中国当代文学作品精选（第四版）

Zhongguo Dangdai Wenxue
Zuopin Jingxuan

谢冕　洪子诚　主编

北京大学出版社
PEKING UNIVERSITY PRESS

图书在版编目(CIP)数据

中国当代文学作品精选 / 谢冕，洪子诚主编.
4版. -- 北京：北京大学出版社，2024.7. -- （博雅大学堂）. -- ISBN 978-7-301-35233-5

Ⅰ. I217.1

中国国家版本馆 CIP 数据核字第 2024SL2971 号

书　　　名	中国当代文学作品精选（第四版）
	ZHONGGUO DANGDAI WENXUE ZUOPIN JINGXUAN
	（DI-SI BAN）
著作责任者	谢　冕　洪子诚　主编
责任编辑	张雅秋
标准书号	ISBN 978-7-301-35233-5
出版发行	北京大学出版社
地　　　址	北京市海淀区成府路 205 号　100871
网　　　址	http://www.pup.cn　新浪微博：@北京大学出版社
电子邮箱	编辑部 wsz@pup.cn　总编室 zpup@pup.cn
电　　　话	邮购部 010-62752015　发行部 010-62750672
	编辑部 010-62757065
印　刷　者	河北博文科技印务有限公司
经　销　者	新华书店
	650 毫米×980 毫米　16 开本　31.5 印张　750 千字
	1995 年 7 月第 1 版　2002 年 8 月第 2 版
	2015 年 3 月第 3 版
	2024 年 7 月第 4 版　2025 年 8 月第 2 次印刷
定　　价	95.00 元

未经许可，不得以任何方式复制或抄袭本书之部分或全部内容。

版权所有，侵权必究

举报电话：010-62752024　电子邮箱：fd@pup.cn

图书如有印装质量问题，请与出版部联系，电话：010-62756370

目录

第四版序/1
第三版序/2
增订版序/3
初版前言/4

诗　歌

臧克家
　　有的人——纪念鲁迅有感/3
何其芳
　　回　答/4
艾　青
　　礁　石/6
　　在智利的海岬上——给巴勃罗·聂鲁达/6
　　鱼化石/9
闻　捷
　　苹果树下/10
公　刘
　　西盟的早晨/11
蔡其矫
　　川江号子/12
　　雾中汉水/13
　　祈　求/13
邵燕祥
　　地球对着火星说/14
郑愁予
　　水手刀/15
　　错　误/15
痖　弦
　　红玉米/16
绿　原
　　又一名哥伦布/17
　　重读《圣经》——"牛棚"诗抄第 n 篇/18

目录

罗　门
　　麦坚利堡/20

商　禽
　　长颈鹿/22

蓉　子
　　一朵青莲/23

曾　卓
　　悬岩边的树/24

食　指
　　这是四点零八分的北京/25

余光中
　　乡　愁/26
　　白玉苦瓜——故宫博物院所藏/27

洛　夫
　　烟之外/28
　　边界望乡/29

牛　汉
　　悼念一棵枫树/30
　　华南虎/31

穆　旦
　　冬/32
　　智慧之歌/34

昌　耀
　　筏子客/35
　　峨日朵雪峰之侧/36
　　凶年逸稿——在饥馑的年代/37
　　鹿的角枝/41

黄永玉
　　我认识的少女已经死了/42

北　岛
　　回　答/43
　　履　历/44
　　宣　告/45

多　多
　　手艺——和玛琳娜·茨维塔耶娃/46
　　教　诲——颓废的纪念/47
　　我读着/49

顾　城
　　一代人/50
　　是树木游泳的力量/50

目录

舒 婷
　　致橡树/51
　　四月的黄昏/52
　　神女峰/52

张 枣
　　镜　中/53
　　那使人忧伤的是什么？/54

柏 桦
　　表　达/55

海 子
　　亚洲铜/57
　　面朝大海,春暖花开/58
　　春天,十个海子/59

于 坚
　　尚义街六号/60
　　对一只乌鸦的命名/62

韩 东
　　有关大雁塔/65
　　温柔的部分/66

骆一禾
　　美丽(三)/67
　　为美而想/67

郑 敏
　　流血的令箭荷花/68

西 川
　　在哈尔盖仰望星空/69
　　午夜的钢琴曲/70

欧阳江河
　　玻璃工厂/71

夏 宇
　　鱼罐头——给朋友的婚礼/73

西 西
　　长着胡子的门神/74

王家新
　　帕斯捷尔纳克/75

王小妮
　　最软的季节/77
　　白纸的内部/78

目 录

翟永明
  渴望——《女人》组诗之一/79
  我策马扬鞭/80

张曙光
  尤利西斯/81

臧 棣
  我喜爱蓝波的几个理由/82
  作为一个签名的落日丛书/83

散 文

沈从文
  五月卅下十点北平宿舍(一九四九年五月三十日)/87
  致张兆和(一九五一年十一月十九日 内江 一九五一年十一月十九日川南内江县四区烈士乡寄)/88

钦 文
  鉴湖风景如画/93

傅 雷
  傅雷家书(节选)/94

丰子恺
  南颖访问记/96

孙 犁
  黄 鹂——病期琐事/99

琦 君
  髻/101

巴 金
  怀念萧珊/104
  小狗包弟/111

杨 绛
  冒险记幸/114

贾平凹
  秦腔/119

余光中
  我的四个假想敌/123

简 媜
  四月裂帛/127

台静农
  伤 逝/136

目录

梁实秋
　　忆青岛/138
汪曾祺
　　昆明的雨——昆明忆旧之三/141
苇　岸
　　大地上的事情/143
史铁生
　　我与地坛/156
张　炜
　　融入野地/166
林斤澜
　　城　墙/174
刘亮程
　　住多久才算是家/177

小　说

孙　犁
　　山地回忆/183
赵树理
　　登　记/187
　　"锻炼锻炼"/201
王　蒙
　　组织部新来的青年人/212
宗　璞
　　红　豆/233
茹志鹃
　　百合花/250
陈翔鹤
　　陶渊明写《挽歌》/255
白先勇
　　永远的尹雪艳/262
　　游园惊梦/270
陈映真
　　将军族/282
张　洁
　　爱，是不能忘记的/290
汪曾祺
　　受　戒/299
　　异　秉/310

目录

史铁生
　　我的遥远的清平湾/316
阿　城
　　棋　王/325
张承志
　　北方的河/345
残　雪
　　山上的小屋/396
余　华
　　十八岁出门远行/399
莫　言
　　透明的红萝卜/403
扎西达娃
　　系在皮绳扣上的魂/430
格　非
　　苏　醒/443
苏　童
　　棚　车/448
迟子建
　　清水洗尘/453
毕飞宇
　　哺乳期的女人/464

戏　剧

老　舍
　　茶馆(第一幕)/471
孟京辉
　　恋爱的犀牛(节选)/480

第四版序

《中国当代文学作品精选》(第四版)在2013年第三版的基础上,入选篇目做了一些调整、替换,仍兼顾文学性和当代文学史教学需求的编选原则,限于篇幅,也仍以短篇作品为主。

与第三版相比,第四版一个比较大的变化是,打破了原来的时间分期,将原来全书四卷(第一卷1949—1957年,第二卷1958—1978年,第三卷1979—1989年,第四卷1990—2009年)合并,只按照诗歌、散文、小说、戏剧四个体裁来编排全书。这样同一作家入选的多篇作品都归于一处,不致显得割裂。而且现在看,之前的四个阶段的划分也已无必要。

这次调整主要由洪子诚负责。特此说明。

编者

2024年7月

第三版序

《中国当代文学作品精选》出版于1994年。当初的设想是为大学作品分析课程和文学爱好者提供较稳定而精约的当代文学作品选本。出版以后受到读者欢迎。1999年，做了增补修订，出版了"增订本"。

这次出版的是第三版。编排上仍依照时间段落划分，仍涵盖大陆、台港的作家作品，限于篇幅仍以短篇作品为主。在历史和文学的关系上取舍也仍以"初版前言"确立的标准为依据。只不过因为时间推移，我们对"当代文学"的认识有了一些调整，同时，为了更靠拢作为大学当代文学史教学参考书的要求，选目上这次也有不少的增删。

张雅秋女士承担了全部资料工作，特此衷心感谢。

编者
2013年1月

增订版序

《中国当代文学作品精选》自印行以来，为各兄弟院校文学教学所采用，并受到广大读者的欢迎。

这次印排第二版，第一版所选篇目基本不动，仅作个别调整。我们增设了第四卷(1990—1999)，并对全书内容作了适量的扩充。我们编选的方针仍然依从第一版所定，没有改变。

研究生吴宇红、徐海燕承担了全部的资料工作，并协助我们做了部分的选编工作。她们的工作尽心尽力，很有成绩，特此致谢。

编　者

1999年5月4日于北京大学

初版前言

在长期的教学实践中,我们一直盼望能有这样一本精约的、相对稳定的中国当代文学作品选。做好这样的工作,是我们多年的愿望。

按照目前通行的说法,中国当代文学的分期,始于1949年迄今,它还可无限地延伸下去。这一段中国文学的历史跨度,早已超过了中国现代文学的三十年。当代文学时期有非常庞大的作家群,作品数量也浩如烟海。特别是由于社会发展与文学运动的复杂性,文学受政治等因素的制约、干扰非常严重。因此,从事这样的工作难度很大。

这是一本严格意义上的精选。我们确定了如下的取舍标准。首先,由于本书篇幅上的限制,它们必须是短篇的,即短诗、短小散文作品和短篇小说。独幕剧本也应是入选的样式之一,但因未能发现合适的作品而暂付阙如。更重要的取舍标准则是:竭力减少非文学因素的考虑,希望择取较为纯正的文学性的角度淘选作品;也避免对于作家身份、资历的先入为主的依赖,以及对既有的文学史"定评"惯例的遵守。当然,由于这一时期文学发展的特殊性,也适当注意到难以拒绝的不同阶段的个别状况,在取舍标准上也会有所调整。

这样的选择标准也许与文学史教学要求不尽吻合——文学史必须直接面对文学与当代社会的直接联系,它不能回避意识形态影响下文学具有的种种特性的描述,同一作品的文学价值和文学史价值也并不总是统一——不过,不同的目的可以由不同的选本来承担;至于本书,编者自信此刻提供于读者面前的,是较为忠实地记录了当代作家为保全和丰富文学的审美传统所经历的艰辛,记录了他们达到的成就和存在的不足。

读者一定会注意到,这里入选的作品在它们发表的年代,有许多并不属于当时文学的主流现象(这主要指"文化大革命"以前的年代)。在那些特殊的年代,代表文学主流的可能是另一些作品。不过,这些并不代表主流的作品,却在艰难地证明着已显得衰弱的文学传统的顽强生命力。不论是专业的读者还是一般的读者,通过这本书不仅可以领略到当代文学的风采,也将获得关于当代文学发展脉络的认知。

本书篇目由谢冕、洪子诚提出(在征求意见后)并最后定稿。张慧敏承担了全书的资料工作。

编　者

1994年6月于北京大学中文系

诗　歌

有 的 人

——纪念鲁迅有感

臧克家

有的人活着
他已经死了；
有的人死了
他还活着。

有的人
骑在人民头上："呵,我多伟大!"
有的人
俯下身子给人民当牛马。

有的人
把名字刻入石头想"不朽"；
有的人
情愿作野草,等着地下的火烧。

有的人
他活着别人就不能活；

有的人
他活着为了多数人更好地活。

骑在人民头上的,
人民把他摔垮；
给人民作牛马的,
人民永远记住他!

把名字刻入石头的,
名字比尸首烂得更早；
只要春风吹到的地方,
到处是青青的野草。

他活着别人就不能活的人,
他的下场可以看到；
他活着为了多数人更好活的人,
群众把他抬举得很高,很高。

1949 年 11 月 1 日,北京
(原载《臧克家诗选》,作家出版社 1978 年版)

回　答

何其芳

一

从什么地方吹来的奇异的风,
吹得我的船帆不停地颤动:
我的心就是这样被鼓动着,
它感到甜蜜,又有一些惊恐。

轻一点吹呵,让我在我的河流里
勇敢地航行,借着你的帮助,
不要猛烈得把我的桅杆吹断,
吹得我在波涛中迷失了道路。

二

有一个字火一样灼热,
我让它在我的唇边变为沉默。
有一种感情海水一样深,
但它又那样狭窄,那样苛刻。

如果我的杯子里不是满满地
盛着纯粹的酒,我怎么能够
用它的名字来献给你呵,
我怎么能够把一滴说为一斗?

三

不,不要期待着酒一样的沉醉!
我的感情只能是另一种类。
它像天空一样广阔,柔和,
没有忌妒,也没有痛苦的眼泪。

唯有共同的美梦,共同的劳动
才能够把人们亲密地联合在一起,
创造出的幸福不只是属于个人,
而是属于巨大的劳动者全体。

四

一个人劳动的时间并没有多少,
鬓间的白发警告着我四十岁的来到。
我身边落下了树叶一样多的日子,
为什么我结出的果实这样稀少?

难道我是一棵不结果实的树?
难道生长在祖国的肥沃的土地上,
我不也是除了风霜的吹打,
还接受过许多雨露,许多阳光?

五

你愿我永远留在人间,不要让

灰暗的老年和死神降临到我的身上。

你说你痴心地倾听着我的歌声,
彻夜失眠,又从它得到力量。
人怎样能够超出自然的限制?

我又用什么来回答你的爱好,
你的鼓励?呵,人是平凡的,
但人又可以升得很高很高!

六

我伟大的祖国,伟大的时代,
多少英雄花一样在春天盛开;
应该有不朽的诗篇来讴歌他们,
让他们的名字流传到千年万载。

我们现在的歌声却那么微茫!
哪里有古代传说中的歌者,
唱完以后,她的歌声的余音
还在梁间缭绕,三日不绝?

七

呵,在我祖国的北方原野上,
我爱那些藏在树林里的小村庄,
收获季节的手车的轮子的转动声,
农民家里的风箱的低声歌唱!

我也爱和树林一样密的工厂,
红色的钢铁像水一样疾奔,
从那震耳欲聋的马达的轰鸣里
我听见了我的祖国的前进!

八

我祖国的疆域是多么广大:
北京飞着雪,广州还开着红花。
我愿意走遍全国,不管我的头
将要枕着哪一块土地睡下。

"那么你为什么这样沉默?
难道为了我们年轻的共和国,
你不应该像鸟一样飞翔,歌唱,
一直到完全唱出你胸脯里的血?"

九

我的翅膀是这样沉重,
像是尘土,又像有什么悲恸,
压得我只能在地上行走,
我也要努力飞腾上天空。

你闪着柔和的光辉的眼睛
望着我,说着无尽的话,
又像殷切地从我期待着什么——
请接受吧,这就是我的回答。

1952 年 1 月写成前五节
1954 年劳动节前夕续完
(原载《人民文学》1954 年 10 月号)

礁 石

艾 青

一个浪,一个浪
无休止地扑过来
每一个浪都在它脚下
被打成碎沫,散开……

它的脸上和身上
像刀砍过的一样
但它依然站在那里
含着微笑,看着海洋……

1954 年 7 月 25 日
(原载《艾青诗选》,人民文学出版社 1979 年版)

在智利的海岬上

——给巴勃罗·聂鲁达

艾 青

让航海女神
守护你的家

她面临大海

仰望苍天
抚手胸前
祈求航行平安

一

你爱海,我也爱海
我们永远航行在海上

一天,一只船沉了
你捡回了救命圈
好像捡回了希望

风浪把你送到海边

你好像海防战士
驻守着这些礁石

你抛下了锚
解下了缆索
回忆你所走过的路
每天瞭望海洋

二

巴勃罗的家
在一个海岬上
窗户的外面
是浩淼的太平洋

一所出奇的房子
全部用岩石砌成
像小小的碉堡
要把武士囚禁

我们走进了
航海者之家
地上铺满了海螺
也许昨晚有海潮

已经残缺了的
　　木雕的女神
站在客厅的门边
像女仆似的虔诚

阁楼是甲板
栏杆用麻绳穿连
在扶梯的边上
有一个大转盘

这些是你的财产：
古代帆船的模型
褐色的大铁锚
中国的大罗盘
（最早的指南针）
大的地球仪
各式各样的烟斗
和各式各样的钢刀

意大利农民送的手杖
放在进门的地方
它陪伴一个天才
走过了整个世界

米黄色的象牙上
刻着年轻的情人
穿着乡村的服装
带着羞涩的表情
像所有的爱情故事
既古老而又新鲜

手枪已经锈了
战船也不再转动
请斟满葡萄酒
为和平而干杯！

三

房子在地球上
而地球在房子里

壁上挂了一顶白顶的
黑漆遮阳的海员帽子
好像这房子的主人
今天早上才回到家里

我问巴勃罗：
"是水手呢，
还是将军？"
他说："是将军，
你也一样；
不过，我的船
已失踪了，
沉落了……"

四

你是一个船长,
还是一个海员?
你是一个舰队长,
还是一个水兵?
你是胜利归来的人,
还是战败了逃亡的人?
你是平安的停憩,
还是危险的搁浅?
你是迷失了方向,
还是遇见了暗礁?

都不是,都不是,
这房子的主人

是被枪杀了的洛尔伽的朋友
是受难的西班牙的见证人
是一个退休了的外交官
不是将军。

日日夜夜望着海
听海涛像在浩叹
也像是嘲弄
也像是挑衅
巴勃罗·聂鲁达
面对着万顷波涛
用矿山里带来的语言
向整个旧世界宣战

五

在客厅门口上面
挂了救命圈
现在船是在岸边
你说:"要是船沉了
我就戴上它
跳进海洋。"

方形的街灯
在第二个门口
这样,每个夜晚
你生活在街上

壁炉里火焰上升
今夜,海上喧哗
围着烧旺了的壁炉
从地球的各个角落来的
十几个航行的伙伴
喝着酒,谈着航海的故事
我们来自许多国家
包括许多民族
有着不同的语言

但我们是最好的兄弟

有人站起来
用放大镜
在地图上寻找
没有到过的地方

我们的世界
好像很大
其实很小

在这个世界上
应该生活得好

明天,要是天晴
我想拿铜管的望远镜
向西方瞭望
太平洋的那边
是我的家乡
我爱这个海岬
也爱我的家乡

这儿夜已经很深

初春的夜晚多么迷人

六

在红心木的桌子上
有船长用的铜哨子

我们大家将很快地爬上船缆
张起船帆,向海洋起程
向另一个世纪的港口航行……

拂晓之前,要是哨子响了

1954年7月24日晚初稿,1956年12月11日整理
(原载《诗刊》1957年第1期)

鱼 化 石

艾 青

动作多么活泼,
精力多么旺盛,
在浪花里跳跃,
在大海里浮沉;

不幸遇到火山爆发,
也可能是地震,
你失去了自由,
被埋进了灰尘;

过了多少亿年,
地质勘察队员,
在岩层里发现你,
依然栩栩如生。

但你是沉默的,
连叹息也没有,

鳞和鳍都完整,
却不能动弹;

你绝对的静止,
对外界毫无反应,
看不见天和水,
听不见浪花的声音。

凝视着一片化石,
傻瓜也得到教训:
离开了运动,
就没有生命。

活着就要斗争,
在斗争中前进,
当死亡没有来临
把能量发挥干净。

1978年
(原载艾青《归来的歌》,四川人民出版社1980年版)

苹果树下

闻 捷

苹果树下那个小伙子,
你不要、不要再唱歌;
姑娘沿着水渠走来了,
年轻的心在胸中跳着。
她的心为什么跳呵?
为什么跳得失去节拍?……

春天,姑娘在果园劳作,
歌声轻轻从她耳边飘过,
枝头的花苞还没有开放,
小伙子就盼望它早结果。
奇怪的念头姑娘不懂得,
她说:别用歌声打扰我。

小伙子夏天在果园度过,
一边劳动一边把姑娘盯着,
果子才结得葡萄那么大,
小伙子就唱着赶快去采摘。
满腔的心思姑娘猜不着,
她说:别像影子一样缠着我。

淡红的果子压弯绿枝,
秋天是一个成熟季节,
姑娘整夜整夜地睡不着,
是不是挂念那树好苹果?
这些事小伙子应该明白,
她说:有句话你怎么不说?

……苹果树下那个小伙子,
你不要、不要再唱歌;
姑娘踏着草坪过来了,
她的笑容里藏着什么?……
说出那句真心的话吧!
种下的爱情已该收获。

1952—1954年,乌鲁木齐—北京
(原载《人民文学》1955年第3期)

西盟的早晨

公 刘

我推开窗子,
一朵云飞进来——
带着深谷底层的寒气,
带着难以捉摸的旭日的光彩。

在哨兵的枪刺上
凝结着昨夜的白霜,

军号以激昂的高音,
指挥着群山每天最初的合唱……

早安,边疆!
早安,西盟!
带枪的人都站立在岗位上
迎接美好生活中的又一个早晨……

1954 年
(原载《离离原上草》,人民文学出版社1980年版)

川江号子

蔡其矫

你碎裂人心的呼号,
来自万丈断崖下,
来自飞箭般的船上。
你悲歌的回声在震荡,
从悬岩到悬岩,
从漩涡到漩涡。
你一阵吆喝,一声长啸,
有如生命最凶猛的浪潮
向我流来,流来。
我看见巨大的木船上有四支桨,
一支桨四个人;
我看见眼中的闪电,额上的雨点,
我看见川江舟子千年的血泪,
我看见终身搏斗在急流上的英雄,
宁做沥血歌唱的鸟,
不做沉默无声的鱼;
但是几千年来
有谁来倾听你的呼声
除了那悬挂在绝壁上的
一片云,一棵树,一座野庙?
……歌声远去了,
我从沉痛中苏醒,
那新时代诞生的巨鸟
我心爱的钻探机,正在山上和江上
用深沉的歌声
回答你的呼吁。

1958 年

(原载《收获》1958 年第 3 期)

雾中汉水

蔡其矫

两岸的丛林成空中的草地；
堤上的牛车在天半运行；
向上游去的货船
只从浓雾中传来沉重的橹声，
看得见的
是千年来征服汉江的纤夫
赤裸着双腿倾身向前
在冬天的寒水冷滩喘息……
艰难上升的早晨的红日，
不忍心看这痛苦的跋涉，
用雾巾遮住颜脸，
向江上洒下斑斑红泪。

1957年

（原载《生活的歌》，人民文学出版社1982年版）

祈　求

蔡其矫

我祈求炎夏有风,冬日少雨；
我祈求花开有红有紫；
我祈求爱情不受讥笑，
跌倒有人扶持；
我祈求同情心——
当人悲伤
至少给予安慰
而不是冷眼竖眉；
我祈求知识有如泉源，
每一天都涌流不息，
而不是这也禁止,那也禁止；
我祈求歌声发自各人胸中
没有谁要制造模式
为所有的音调规定高低；
我祈求
总有一天,再没有人
像我作这样的祈求！

1975年

（原载《生活的歌》，人民文学出版社1982年版）

地球对着火星说

邵燕祥

在满天的繁星中间,我寻找着你,
我凝视着你,你知道吗?
谁说你远在天边——
你是这样地热烈而分明。

在一长串的日子以前,
我们曾经离得这样近;
——假若能长久地互相照耀……
那时我轻声呼唤,没有应声。

……闪笑的睫毛,握手的余温,
交臂错过的一瞬,永远难了的衷情……
在太阳系里,我愉快而矜持地运行;
但是谁懂得这一种难言的隐痛!

许多的岁月飞逝了,
我们都经历了不少里程,
又是银河当空的夏天的夜晚,
我们又一次这样相近。

你看我什么变了,什么没有变?
你可望见我望你的眼睛?
说是近,却还是这样地遥远,
未来的岁月又是这样无穷。

今夜,天地间这样安静,
只有一颗星在讲话,对着另一颗星……
是不是所有的星,全都夜夜合不上眼?
是不是所有的星,全都燃烧着渴望的心?

1956 年 8 月 30 日
(原载《北京日报》1956 年 9 月 11 日)

水 手 刀

郑愁予

长春藤一样热带的情丝
挥一挥手即断了
挥沉了处子般的款摆着绿的岛
挥沉了半个夜的星星
挥出一程风雨来

一把古老的水手刀
被离别磨亮
被用于寂寞,被用于欢乐
被用于航向一切逆风的
桅篷与绳索……

1954 年

(原载《台湾现代诗选》,春风文艺出版社 1987 年版)

错 误

郑愁予

我打江南走过
那等在季节里的容颜如莲花的开落

东风不来,三月的柳絮不飞
你的心如小小的寂寞的城
恰若青石的街道向晚

跫音不响,三月的春帷不揭
你的心是小小的窗扉紧掩

我达达的马蹄是美丽的错误
我不是归人,是个过客……

(原载《郑愁予诗集》,台北洪范书店 1971 年版)

红 玉 米

痖 弦

宣统那年的风吹着
吹着那串红玉米
它就在屋檐下
挂着
好像整个北方
整个北方的忧悒
都挂在那儿。

犹似一些逃学的下午
雪使私塾先生的戒尺冷了
表姐的驴儿就拴在桑树下面。

犹似唢呐吹起
道士们喃喃着
祖父的亡魂到京城去还没有回来。

犹似叫哥哥的葫芦儿藏在棉袍里
一点点凄凉,一点点温暖
以及铜环滚过岗子
遥见外婆家的荞麦田

便哭了。
就是那种红玉米
挂着,久久地
在屋檐底下
宣统那年的风吹着。

你们永不懂得
那样的红玉米
它挂在那儿的姿态
和它的颜色
我底南方出生的女儿也不懂得
凡尔哈仑也不懂得。

犹似现在
我已老迈
在记忆的屋檐下
红玉米挂着
一九五八年的风吹着
红玉米挂着。

1957年12月19日

(原载《痖弦诗集》,台北洪范书店1985年版)

又一名哥伦布

绿　原

Le silence éternal de ces espaces infinis méffraie.
　　　　　　——Pascal①

昨天,十五世纪
一名哥伦布
告别了亲人
告别了人民,甚至
告别人类
驾驶着他的"圣玛丽娅"
航行在空间的海洋上
四周一望无涯
没有陆地,没有岛屿
没有房屋,没有船只
没有走兽,没有飞鸟
只有海
只有海的波涛
只有海的波涛的炮弹
在追赶,在拍击,在围剿
他的孤独的"圣玛丽娅"
哥伦布衣衫褴褛
然而精神抖擞
他站在船头
坚信前面就是印度
不顾一天天少下去的淡水
继续向前漂流、漂流
漂流在空间的海洋上
他终于没有到达印度
却发现了一个新大陆

今天,二十世纪,

又一名哥伦布
也告别了亲人
告别了人民,甚至
告别了人类
驾驶着他的"圣玛丽娅"
航行在时间的海洋上
前后一望无涯
没有分秒,没有昼夜
没有星期,没有年月
只有海——时间的海
只有海的波涛——时间的海的波涛
只有海的波涛的炮弹——
时间的海的波涛的炮弹
在追赶,在拍击,在围剿
他的孤独的"圣玛丽娅"
他的"圣玛丽娅"不是一只船
而是四堵苍黄的粉墙
加上一抹夕阳和半轮灯光
一株马缨花悄然探窗
一块没有指针的夜明表咔咔作响
再没有声音,再没有颜色
再没有变化,再没有运动
一切都很遥远,一切都很朦胧
就像月亮,天安门,石碑胡同……
这个哥伦布形销骨立
蓬首垢面
手捧一部"雅歌中的雅歌"

---

① 巴斯噶:"无限空间之永恒沉默使我颤栗。"

凝视着千变万化的天花板
漂流在时间的海洋上
他凭着爱因斯坦的常识

坚信前面就是"印度"——
即使终于到达不了印度
他也一定会发现一个新大陆

1959年
(原载《人之诗》,人民文学出版社1983年版)

重读《圣经》
——"牛棚"诗抄第n篇
绿 原

儿时我认识一位基督徒,
他送给我一本小小的《福音》,
劝我用刚认识的生字读它;
读着读着,可以望见天堂的门。

青年时期又认识一位诗人,
他案头摆着一部厚厚的《圣经》,
说是里面没有一点科学道理,
但确不乏文学艺术最好的味精。

我一生不相信任何宗教,
也不擅长有滋味的诗文。
惭愧从没认真读过一遍,
尽管赶时髦,手头也有它一本。

不幸"贯索犯文昌":又一次沉沦,
沉沦,沉沦到了人生的底层。
所有书稿一古脑儿被查抄,
单漏下那本异端的《圣经》。

常常是夜深人静,倍感凄清,
辗转反侧,好梦难成,
于是披衣下床,摊开禁书,
点起了公元初年的一盏油灯。

不是对譬喻和词藻有所偏好,
也不是要把命运的奥秘探寻,
纯粹是为了排遣愁绪:一下子
忘乎所以,仿佛变成了但丁。

里面见不到什么灵光和奇迹,
只见蠕动着一个个的活人。
论世道,和我们的今天几乎相仿,
论人品(唉!)未必不及今天的我们。

我敬重为人民立法的摩西,
我更钦佩推倒神殿的沙逊:
一个引领受难的同胞出了埃及,
一个赤手空拳,与敌人同归于尽。

但不懂为什么丹尼尔竟能
单凭信仰在狮穴中走出走进;
还有那彩衣斑斓的约瑟夫
被兄弟出卖后又交上了好运。

大卫血战到底,仍然充满人性:
《诗篇》的作者不愧是人中之鹰;
所罗门毕竟比常人聪明,
可惜到头来难免老年痴呆症。

但我更爱赤脚的拿撒勒人：
他忧郁,他悲伤,他有颗赤子之心；
他抚慰、他援助一切流泪者,
他宽恕、他拯救一切痛苦的灵魂。

他明明是个可爱的傻角,
幻想移民天国,好让人人平等。
他却从来只以"人之子"自居,
是后人把他捧上了半天云。

可谁记得那个千古的哑谜,
他临刑前一句低沉的呻吟：
"我的主啊,你为什么抛弃了我？
为什么对我的祈祷充耳不闻？"

我还向马丽娅·马格黛莲致敬：
她误落风尘,心比钻石更坚贞,
她用眼泪为耶稣洗过脚,
她恨不能代替恩人去受刑。

我当然佩服罗马总督彼拉多：
尽管他嘲笑"真理几文钱一斤？"
尽管他不得已才处决了耶稣,
他却敢于宣布"他是无罪的人！"

我甚至同情那倒霉的犹大：
须知他向长老退还了三十两血银,
最后还勇于悄悄自缢以谢天下,
只因他愧对十字架的巨大阴影……

读着读着,我再也读不下去,
再读便会进一步堕入迷津……
且看淡月疏星,且听鸡鸣荒村,
我不禁浮想联翩,惘然期待着黎明……

今天,耶稣不止钉一回十字架,
今天,彼拉多决不会为耶稣讲情,
今天,马丽娅·马格黛莲注定永远蒙羞,
今天,犹大决不会想到自尽。

这时"牛棚"万籁俱寂,
四周起伏着难友们的鼾声。
桌上是写不完的检查和交代,
明天是搞不完的批判和斗争。

"到了这里一切希望都要放弃。"
无论如何,人贵有一点精神。
我始终信奉无神论：
对我开恩的上帝——只能是人民。

1970 年
(原载《人之诗》,人民文学出版社 1983 年版)

麦坚利堡①

罗 门

超过伟大的
是人类对伟大已感到茫然

战争坐在此哭谁
它的笑声　曾使七万个灵魂陷落在比睡眠还深的地带

太阳已冷　星月已冷　太平洋的泡沫被炮火煮开也都冷了
史密斯　威廉斯　烟花节光荣伸不出手来接你们回家
你们的名字运回故乡　比入冬的海水还冷
在死亡的喧噪里　你们的无救　上帝的手呢

血已把伟大的纪念冲洗了出来
战争都哭了　伟大它为什么不笑
七万朵十字花　围成园　排成林　绕成百合的村
在风中不动　在雨里不动
沉默给马尼拉海湾看　苍白给游客们的照相机看
史密斯　威廉斯　在死亡紊乱的镜面上我只想
知道
　　哪里是你们童幼时眼睛常去玩的地方
　　　哪地方藏有春日的录音与彩色的幻灯片

麦坚利堡　鸟都不叫了　树叶也怕动
凡是声音都会使这里的静默受击出血
空间与空间绝缘　时间逃离钟表

---

① 麦坚利堡（Fort Mekinly）是纪念第二次大战期间七万美军在太平洋地区战亡；美国人在马尼拉城郊，以七万座大理石十字架，分别刻着死者的出生地与名字，非常壮观也非常凄惨地排列在空旷的绿坡上，展览着太平洋悲壮的战况，以及人类悲惨的命运。七万个彩色的故事，是被死亡永远埋住了。这个世界在都市喧噪的射程之外，这里的空灵有着伟大与不安的颤栗，山林的鸟都被吓住不叫了。静得那么可怕，静得连上帝都感到寂寞不敢留下；马尼拉海湾在远处闪目，芒果树与凤凰木连绵遍野，景色美得太过忧伤。天蓝，旗动，令人肃然起敬；天黑，旗静，周围便黯然无声，被死亡的感觉重压着……作者本人最近因公赴菲，曾与菲作家施颖洲、亚薇及画家朱一雄家人往游此地，并站在史密斯、威廉斯的十字架前拍照。

这里比灰暗的天地线还少说话　永恒无声
美丽的无音房　死者的花园　活人的风景区
神来过　敬仰来过　汽车与都市也都来过
而史密斯　威廉斯　你们是不来也不去了
静止如取下摆心的表面　看不清岁月的脸
在日光的夜里　星灭的晚上
你们的盲睛不分季节地睡着
睡醒了一个死不透的世界
睡熟了麦坚利堡绿得格外忧郁的草场

死神将圣品挤满在嘶喊的大理石上
给升满的星条旗看　给不朽看　给云看
麦坚利堡是浪花已塑成碑林的陆上太平洋
一幅悲天泣地的大浮雕　挂入死亡最黑的背景
七万个故事焚毁于白色不安的颤栗
史密斯　威廉斯　当落日烧红满野芒果林的昏暮
神都将急急离去　星也落尽
你们是哪里也不去了
太平洋阴森的海底是没有门的

1960 年 10 月
(原载《联合报・联合副刊》1962 年 10 月 29 日)

长颈鹿

商 禽

  那个年轻的狱卒发觉囚犯们每次体格检查时身长的逐月增加都是在脖子之后,他报告典狱长说:"长官,窗子太高了!"而他得到的回答却是:"不,他们瞻望岁月。"
  仁慈的青年狱卒,不识岁月的容颜,不知岁月的籍贯,不明岁月的行踪;乃夜夜往动物园,到长颈鹿栏下,去逡巡,去守候。

(原载《创世纪诗刊》1959 年 7 月第 12 期)

一朵青莲

蓉　子

有一种低低的回响也成过往　仰瞻
只有沉寒的星光　照亮天边
有一朵青莲　在水之田
在星月之下独自思吟。

可观赏的是本体
可传诵的是芬美　一朵青莲
有一种月色的朦胧　有一种星沉荷池的古典
越过这儿那儿的潮湿和泥泞而如此馨美！

幽思辽阔　面纱面纱
陌生而不能相望
影中有形　水中有影
一朵静观天宇而不事喧嚷的莲。

紫色向晚　向夕阳的天窗
尽管荷盖上承满水珠　但你从不哭泣
仍旧有蓊郁的青翠　仍旧有妍婉的红焰
从澹澹的寒波　擎起。

（原载《台湾现代诗选》，现代出版社2017年版）

悬岩边的树

曾　卓

不知道是什么奇异的风
将一棵树吹到了那边——
平原的尽头
临近深谷的悬岩上

它倾听远处森林的喧哗
和深谷中小溪的歌唱

它孤独地站在那里
显得寂寞而又倔强

它的弯曲的身体
留下了风的形状
它似乎即将倾跌进深谷里
却又像是要展翅飞翔……

1970 年
（原载《诗刊》1979 年第 9 期）

这是四点零八分的北京

食 指

这是四点零八分的北京,
一片手的海浪翻动;
这是四点零八分的北京,
一声雄伟的汽笛长鸣。

北京车站高大的建筑,
突然一阵剧烈地抖动。
我双眼吃惊地望着窗外,
不知发生了什么事情。

我的心骤然一阵疼痛,一定是
妈妈缀扣子的针线穿透了心胸。
这时,我的心变成了一只风筝,
风筝的线绳就在母亲的手中。

线绳绷得太紧了,就要扯断了,
我不得不把头探出车厢的窗棂。
直到这时,直到这时候,
我才明白发生了什么事情。
——一阵阵告别的声浪,
　　就要卷走车站;
　　北京在我的脚下,
　　已经缓缓地移动。

我再次向北京挥动手臂,
想一把抓住她的衣领,
然后对她大声地叫喊:
永远记着我,妈妈啊北京!
终于抓住了什么东西,
管他是谁的手,不能松,
因为这是我的北京,
这是我的最后的北京。

1968 年 12 月 20 日

(原载《北京青年现代诗十六家》,漓江出版社 1986 年版)

乡　愁

余光中

小时候
乡愁是一枚小小的邮票
我在这头
母亲在那头

长大后
乡愁是一张窄窄的船票
我在这头
新娘在那头

后来啊
乡愁是一方矮矮的坟墓
我在外头
母亲在里头

而现在
乡愁是一湾浅浅的海峡
我在这头
大陆在那头

1961 年 1 月 21 日

（原载《白玉苦瓜》，台北大地出版社 1974 年版）

白玉苦瓜

——故宫博物院所藏

余光中

似醒似睡,缓缓的柔光里
似悠悠醒自千年的大寐
一只瓜从从容容在成熟
一只苦瓜,不再是涩苦
日磨月磋琢出深孕的清莹
看茎须缭绕,叶掌抚抱
哪一年的丰收像一口要吸尽
古中国喂了又喂的乳浆
完满的圆腻啊酣然而饱
那触角,不断向外膨胀
充实每一粒酪白的葡萄
直到瓜尖,仍翘着当日的新鲜

茫茫九州只缩成一张舆图
小时候不知道将它叠起
一任摊开那无穷无尽
硕大似记忆母亲,她的胸脯
你便向那片肥沃匍匐
用蒂用根索她的恩液

苦心的慈悲苦苦哺出
不幸呢还是大幸这婴孩
钟整个大陆的爱在一只苦瓜
皮鞋踩过,马蹄踩过
重吨战车的履带踩过
一丝伤痕也不曾留下

只留下隔玻璃这奇迹难信
犹带着后土依依的祝福
在时光以外奇异的光中
熟着,一个自足的宇宙
饱满而不虞腐烂,一只仙果
不产生在仙山,产在人间
久朽了,你的前身,唉,久朽
为你换胎的那手,那巧腕
千昐万眜巧将你引渡
笑对灵魂在白玉里流转
一首歌,咏生命曾经是瓜而苦
被永恒引渡,成果而甘

1974年2月11日

(原载《台湾现代诗选》,春风文艺出版社1987年版)

烟 之 外

洛　夫

在涛声中唤你的名字而你的名字
已在千帆之外
潮来潮去
左边的鞋印才下午
右边的鞋印已黄昏了
六月原是一本很感伤的书
结局如此之凄美
——落日西沉

你依然凝视
那人眼中展示的一片纯白
他跪向你向昨日那朵美了整个下午的云
海哟,为何在众灯之中
独点亮那一盏茫然
还能抓住什么呢?
你那曾被称为云的眸子
现有人叫作
烟

(原载《外外集》,创世纪诗社1967年版)

边界望乡

洛　夫

说着说着
我们就到了落马洲

雾正升起,我们在茫然中勒马四顾
手掌开始生汗
望远镜中扩大数十倍的乡愁
乱如风中的散发
当距离调整到令人心跳的程度
一座远山迎面飞来
把我撞成了
严重的内伤

病了病了
病得像山坡上那丛凋残的杜鹃
只剩下唯一的一朵
蹲在那块"禁止越界"的告示牌后面
咯血。而这时
一只白鹭从水田中惊起
飞越深圳

又猛然折了回来
而这时,鹧鸪以火发音
那冒烟的啼声
一句句
穿透异地三月的春寒
我被烧得双目尽赤,血脉贲张
你却竖起外衣的领子,回头问我
冷,还是
不冷?

惊蛰之后是春分
清明时节该不远了
我居然也听懂了广东的乡音
当雨水把莽莽大地
译成青色的语言
喏!你说,福田村再过去就是水围
故国的泥土,伸手可及
但我抓回来的仍是一掌冷雾

1979 年 6 月 3 日

　　后　记:1979 年 3 月中旬应邀访港,16 日上午余光中兄亲自开车陪我参观落马洲之边界,当时轻雾氤氲,望远镜中的祖国山河隐约可见,而耳边正响起数十年未闻的鹧鸪啼叫,声声扣人心弦,所谓"近乡情怯",大概就是我当时的心境吧。

(原载《洛夫诗选》,中国友谊出版公司 1993 年版)

悼念一棵枫树

牛　汉

我想写几篇小诗,把你最后的绿叶保留下几片来。

——摘自日记

湖边山丘上
那棵最高大的枫树
被伐倒了……
在秋天的一个早晨

几个村庄
和这一片山野
都听到了,感觉到了
枫树倒下的声响

家家的门窗和屋瓦
每棵树,每根草
每一朵野花
树上的鸟,花上的蜂
湖边停泊的小船
都颤颤地哆嗦起来……

是由于悲哀吗?

这一天
整个村庄
和这一片山野上
飘忽着浓郁的清香

清香
落在人的心灵上
比秋雨还要阴冷

想不到
一棵枫树
表皮灰暗而粗犷
发着苦涩气息
但它的生命内部
却贮蓄了这么多的芬芳

芬芳
使人悲伤

枫树直挺挺的
躺在草丛和荆棘上
那么庞大,那么青翠
看上去比它站立的时候
还要雄伟和美丽

伐倒三天之后
枝叶还在微风中

(原载《长安》1981 年第 1 期)

华 南 虎

牛 汉

在桂林
小小的动物园里
我见到一只老虎。

我挤在叽叽喳喳的人群中
隔着两道铁栅栏
向笼里的老虎
张望了许久许久,
但一直没有瞧见
老虎斑斓的面孔
和火焰似的眼睛。

笼里的老虎
背对胆怯而绝望的观众
安详地卧在一个角落,
有人用石块砸它
有人向它厉声呵喝
有人还苦苦劝诱
它都一概不理!

又长又粗的尾巴
悠悠地在拂动,
哦,老虎,笼中的老虎,
你是梦见了苍苍莽莽的山林吗?
是屈辱的心灵在抽搐吗?
还是想用尾巴鞭击那些可怜而又可笑的观众?

你的健壮的腿
直挺挺地向四方伸开,
我看见你的每个趾爪
全都是破碎的,
凝结着浓浓的鲜血,
你的趾爪
是被人捆绑着
活活地铰掉的吗?
还是由于悲愤
你用同样破碎的牙齿
(听说你的牙齿是被钢锯锯掉的)
把它们和着热血咬碎……

我看见铁笼里
灰灰的水泥墙壁上
有一道一道的血淋淋的沟壑
像闪电那般耀眼刺目!

我终于明白……
羞愧地离开了动物园。

恍惚之中听见一声
石破天惊的咆哮,
有一个不羁的灵魂
掠过我的头顶
腾空而去,
我看见了火焰似的斑纹
火焰似的眼睛,
还有巨大而破碎的
滴血的趾爪!

1973年6月,咸宁
(原载《诗刊》1982年第2期)

冬

穆 旦

一

我爱在淡淡的太阳短命的日子,
临窗把喜爱的工作静静做完;
才到下午四点,便又冷又昏黄,
我将用一杯酒灌溉我的心田。
多么快,人生已到严酷的冬天,

我爱在枯草的山坡,死寂的原野,
独自凭吊已埋葬的火热一年,
看着冰冻的小河还在冰下面流,
不知低语着什么,只是听不见。
呵,生命也跳动在严酷的冬天。

我爱在冬晚围着温暖的炉火,
和两三昔日的好友会心闲谈,
听着北风吹得门窗沙沙地响,
而我们回忆着快乐无忧的往年。
人生的乐趣也在严酷的冬天。

我爱在雪花飘飞的不眠之夜,
把已死去或尚存的亲人珍念,
当茫茫白雪铺下遗忘的世界,
我愿意感情的热流溢于心间,
来温暖人生的这严酷的冬天。

二

寒冷,寒冷,尽量束缚了手脚,
潺潺的小河用冰封住口舌,
盛夏的蝉鸣和蛙声都沉寂,
大地一笔勾销它笑闹的蓬勃。

谨慎,谨慎,使生命受到挫折,
花呢? 绿色呢? 血液闭塞住欲望,

经过多日的阴霾和犹疑不决,
才从枯树枝漏下淡淡的阳光。

奇怪! 春天是这样深深隐藏,
哪儿都无消息,都怕峥露头角,
年轻的灵魂裹进老年的硬壳,
仿佛我们穿着厚厚的棉袄。

三

你大概已停止了分赠爱情,
把书信写了一半就住手,

望望窗外,天气是如此肃杀,
因为冬天是感情的刽子手。

你把夏季的礼品拿出来,
无论是蜂蜜,是果品,是酒,
然后坐在炉前慢慢品尝,
因为冬天已经使心灵枯瘦。

你拿一本小说躺在床上,
在另一个幻像世界周游,

它使你感叹,或使你向往,
因为冬天封住了你的门口。

你疲劳了一天才得休息,
听着树木和草石都在嘶吼,
你虽然睡下,却不能成梦,
因为冬天是好梦的刽子手。

四

在马房隔壁的小土屋里,
风吹着窗纸沙沙响动,
几只泥脚带着雪走进来,
让马吃料,车子歇在风中。

高高低低围着火坐下,
有的添木柴,有的在烘干,
有的用他粗而短的指头
把烟丝倒在纸里卷成烟。

一壶水滚沸,白色的水雾
弥漫在烟气缭绕的小屋,
吃着,哼着小曲,还谈着
枯燥的原野上枯燥的事物。

北风在电线上朝他们呼唤,
原野的道路还一望无际,
几条暖和的身子走出屋,
又迎面扑进寒冷的空气。

1976 年 12 月

(原载《穆旦诗选》,人民文学出版社 1986 年版)

智慧之歌

穆　旦

我已走到了幻想底尽头，
这是一片落叶飘零的树林，
每一片叶子标记着一种欢喜，
现在都枯黄地堆积在内心。

有一种欢喜是青春的爱情，
那是遥远天边的灿烂的流星，
有的不知去向，永远消逝了，
有的落在脚前，冰冷而僵硬。

另一种欢喜是喧腾的友谊，
茂盛的花不知道还有秋季，
社会的格局代替了血的沸腾，
生活的冷风把热情铸为实际。

另一种欢喜是迷人的理想，
他使我在荆棘之途走得够远，
为理想而痛苦并不可怕，
可怕的是看它终于成笑谈。

只有痛苦还在，它是日常生活
每天在惩罚自己过去的傲慢，
那绚烂的天空都受到谴责，
还有什么彩色留在这片荒原？

但唯有一棵智慧之树不凋，
我知道它以我的苦汁为营养，
它的碧绿是对我无情的嘲弄，
我咒诅它每一片叶的滋长。

1976 年 3 月
（原载《穆旦诗选》，人民文学出版社 1986 年版）

筏子客

昌　耀

落日。辉煌的河岸。
一个辉煌的背影:皮筏和扛着皮筏的
筏子客。跋涉于归途,
忘却了鱼的飞翔、水的凌厉。
与激流拼命周旋原是为的崖畔那扇窗口,
那里有一朵盛开的牡丹。

当圆月升起,
我看到一个托举着皮筏的男子
走向山巅辉煌的小屋。

1961年夏初稿
(原载《命运之书》,青海人民出版社1994年版)

峨日朵雪峰之侧

昌 耀

这是我此刻仅能征服的高度了:
我小心地探出前额,
惊异于薄壁那边
朝向峨日朵之雪彷徨许久的太阳
正决然跃入一片引力无穷的
山海。石砾不时滑坡,
引动棕色深渊自上而下的一派嚣鸣,
像军旅远去的喊杀声。
我的指关节铆钉一样揳入巨石的罅隙。
血滴,从撕裂的千层掌鞋底渗出。

呵,真渴望有一只雄鹰或雪豹与我为伍。
在锈蚀的岩壁,
但有一只小得可怜的蜘蛛
与我一同默享着这大自然赐予的
快慰。

1962年8月2日初稿
1983年7月27日删定
(原载《昌耀抒情诗集》,青海人民出版社1986年版)

凶年逸稿
——在饥馑的年代

昌　耀

1

我喜欢望山。
席坐山脚,望山良久良久
而蓦然心猿意马
我喜欢在峻峭的崖岸背手徘徊复徘徊,
而蓦然被茫无头绪的印像或说不透的原由
深深苦恼。

2

有一个时期(那已像梦一般遥远)
我坐在黄瓜藤蔓的枝影里抄录采自民间的歌词。
我时而停下笔来揣摩落在桌布的影迹
或有着石涛的墨韵笔意。
中午,太阳强烈地投射在这个城市上空
烧得屋瓦的釉质层面微微颤抖。
没有云。没有风。斗拱檐角的钟铃不再摇摆。
真实的夏季每天在此仅停留四个小时。
但在紧张施工的城市下水道堑壕却极阴凉。
整晚我坐在自己的斗室敞开唯有的后窗
听古城墙上泥土簌簌剥落如铭文流失于金石。
夜气中沉浮着一种特殊的丁香气味。
是线装图书、露水或黎明的气味。

3

这是一个被称作绝少孕妇的年代。
我们的绿色希望以语言形式盛在餐盘
任人下箸。我们习惯了精神会餐。

一次我们隐身草原暮色将一束青草误投给了
夜游的种公牛,当我们蹲在牛胯才绝望地醒悟
已不可能得到原所期望吮噆的鲜奶汁。
我们在大草原上迷失,跑啊跑啊……
直到夜深才跑到一处陌生村落,
我们倒头便在廊阶沉沉睡去,
一晚夕只觉着门厅里笙歌弦舞不辍,
身边时而驰过送客的车马。
我们再也醒不来。
既然这里曾也沃若我们青春的花叶,
我们早已与这土地融为一体。
我们不想苏醒,但是鸡已啼明。
新燃的腐殖土堆远在对河被垦荒者巡护,
荧荧如同万家灯火,如黎明中的城。
而我们才发觉自己是露宿在一片荒坟。

4

是的,在那些日子我们因饥馑而恍惚。
当我走出森林头枕手杖在草地睡去,
银杉弯向我年青的脸庞,讨好地
向我证实我的山河诚然可爱。
而当在薄暮中穿越荒芜的滩头,
一只白须翁伫立起在坟场泥淖,
让我重新考虑他所护卫的永恒真理。
我感觉他开裂的指爪已迫近我单薄的马甲,
然而此刻究竟是谁的口吻暖似红樱桃
轻轻吹亮了我胸中的火种?

5

有一天我看到了山的分娩。
我看见从山的穴道降生一条钢铁长龙。
这里原是一处僻远州县,
不久前熊还是截道逞强的暴徒
大胆袭击过往的卡车司机。
后来建筑师用图板在山边构思出了
许多许多的红色屋顶,从此
骆驼队跨过沙漠走在沥青路的鱼形脊背。
那一年在双层防风玻璃窗底

有各式花瓣的雕刻奇妙地折射阳光，
那是以冬日黄昏的寒冷孕育的浮雕。
终于等到某日一个男孩推开门扇跨进大厅，
手举一棵采自向阳墙脚连同土根刨起的青禾，
众人从文案抬起下颔向他送去一束可疑的目光，
仿佛男孩手心托起的竟是一块盗来的宝石。
而我想道：大地果然已在悄悄中妊娠了啊。

6

我以炊烟运动的微粒
娇纵我梦幻的马驹。而当我注目深潭，
我的马驹以我的热情又已从湖底跃出，
有一身黧黑的水浆。我觉得它的因成熟
而欲绽裂的股臀更显丰足更显美润。
我觉得我的马驹行走在水波，甩一甩尾翼
为自己美润的倒影而有所矜持。
我以冥构的牧童为它抱来甜美的刍草，
另以冥构的铁匠为它打制晶亮的蹄铁
当我坐在湖岸用杖节点触涟漪，
那时在我的期盼中会听到一位村姑问我
何以如此忧郁，而我定要向她提议：
可愿与我一同走到湖心为海神的马驹梳沐？

7

我是这土地的儿子。
我懂得每一方言的情感细节。
那些乡间的人们总是习惯坐在黄昏的门槛
向着延伸在远方的路安详地凝视。
夜里，裸身的男子趴卧在炕头毡条被筒
让苦惯了的心熏醉在捧吸的烟草。
黑眼珠的女儿们都是一颗颗生命力旺盛的种子。
都是一盏盏清亮的油灯。

8

风是鹰的母亲。鹰是风的宠儿。
我常在鹰群与风的嬉戏中感受到被勇敢者
领有的道路，听风中激越的嘶鸣迂回穿插

有着瞬息万变,有着钢丝般的柔韧。
我在沉默中感受了生存的全部壮烈。
如果我不是这土地的儿子,将不能
在冥思中同样勾勒出这土地的锋刃。

9

我以极好的兴致观察一撮春天的泥土,
看春天的泥土如何跟阳光角力,
看它们如何僵持不下,看它们喘息,
看它们摩擦,痛苦地分泌出黄色体脂,
看阳光晶体如何刺入泥土润湿的毛孔,
看泥土如何附着松针般锐利的阳光挛缩抽搐,
看它们相互吞噬又相互吐出,
看它们如何相互威胁、挖苦、嘲讽,
看它们又如何挤眉弄眼紧紧地拥抱。

啊,美的泥土。
啊,美的阳光。
生活当然不朽。

1961—1962　于祁连山
(原载《命运之书》,青海人民出版社1994年版)

鹿的角枝

昌　耀

在雄鹿的颅骨,有两株
被精血所滋养的小树。
雾光里
这些挺拔的枝状体
明丽而珍重,
遁越于危崖、沼泽,
与猎人相周旋。

若干个世纪以后,
在我的书架,

在我新的收藏品之上,
我才听到来自高原腹地的那一声
火枪。——
那样的夕阳
倾照着那样呼唤的荒野,
从高岩。飞动的鹿角
猝然倒仆……

……是悲壮的。

1982年3月2日

(原载《昌耀抒情诗集》,青海人民出版社1986年版)

我认识的少女已经死了

黄永玉

我认识的少女已经死了,
她不是站在小河对岸的
　　　　那个少女,
虽然她们都一样的美丽年轻。
我认识的少女已经死了,
为了悼念一位伟大的死者,
她为悼念而牺牲。

我认识的少女是那么纤弱,
她曾经怕过老鼠和小虫,
却完成了一个壮丽的献身。

有谁知道她死在何方?
有谁看过那最后的一双
等待黎明的眼睛?

在小河对岸
　　站立着一个少女,
但我认识的少女已经死了。

虽然她也曾在河岸上
　　凝眸黄昏。

为了不让所有的少女
　　再有那不幸的未来,
让我们男人们为战斗而死吧!
即使死一万次也行!

1979年4月5日

(原载《曾经有过那种时候》,江苏人民出版社1981年版)

回　答

北　岛

卑鄙是卑鄙者的通行证,
高尚是高尚者的墓志铭。
看吧,在那镀金的天空中,
飘满了死者弯曲的倒影。

冰川纪已过去了,
为什么到处都是冰凌?
好望角发现了,
为什么死海里千帆相竞?

我来到这个世界上,
只带着纸、绳索和身影。
为了在审判之前,
宣读那些被判决的声音:

告诉你吧,世界,
我——不——相——信!

纵使你脚下有一千名挑战者,
那就把我算作第一千零一名。

我不相信天是蓝的;
我不相信雷的回声;
我不相信梦是假的;
我不相信死无报应。

如果海洋注定要决堤,
就让所有的苦水都注入我心中;
如果陆地注定要上升,
就让人类重新选择生存的峰顶。

新的转机和闪闪的星斗,
正在缀满没有遮拦的天空。
那是五千年的象形文字,
那是未来人们凝视的眼睛。

1976 年 4 月

(原载《被放逐的诗神》,武汉出版社 2006 年版)

履 历

北 岛

我曾正步走过广场
剃光脑袋
为了更好地寻找太阳
却在疯狂的季节
转了向,隔着栅栏
会见那些表情冷漠的山羊
直到从盐碱地似的
白纸上看见理想
我弓起了脊背
自以为找到表达真理的
唯一方式,如同
烘烤着的鱼梦见海洋
万岁!我只他妈喊了一声
胡子就长出来
纠缠着,像无数个世纪

我不得不和历史作战
并用刀子与偶像们
结成亲眷,倒不是为了应付
那从蝇眼中分裂的世界
在争吵不休的书堆里
我们安然平分了
倒卖每一颗星星的小钱
一夜之间,我赌输了
腰带,又赤条条地回到世上
点着无声的烟卷
是给这午夜致命的一枪
当天地翻转过来
我被倒挂在
一棵墩布似的老树上
眺望

(原载《北岛诗选》,新世纪出版社 1986 年版)

宣 告

北 岛

也许最后的时刻到了　　　　　　分开了生者和死者的行列
我没有留下遗嘱　　　　　　　　我只能选择天空
只留下笔,给我的母亲　　　　　决不跪在地上
我并不是英雄　　　　　　　　　以显出刽子手们的高大
在没有英雄的年代里　　　　　　好阻挡自由的风
我只想做一个人

　　　　　　　　　　　　　　　从星星的弹孔中
宁静的地平线　　　　　　　　　将流出血红的黎明

(选自《朦胧诗选》,春风文艺出版社1985年版)

手　艺

——和玛琳娜·茨维塔耶娃

多　多

我写青春沦落的诗　　　　　　我那没有人读的诗
（写不贞的诗）　　　　　　　正如一个故事的历史
写在窄长的房间中　　　　　　我那失去骄傲
被诗人奸污　　　　　　　　　失去爱情的
被咖啡馆辞退街头的诗　　　　（我那贵族的诗）
我那冷漠的　　　　　　　　　她，终会被农民娶走
再无怨恨的诗　　　　　　　　她，就是我荒废的时日……
（本身就是一个故事）

1973

（原载老木编选《新诗潮诗集》，北京大学五四文学社未名湖丛书编委会，1985 年）

教 诲
——颓废的纪念
多 多

只在一夜之间,伤口就挣开了
书架上的书籍也全部背叛了他们
只有当代最伟大的歌者
用弄哑的嗓音,俯在耳边,低声唱:
"爵士的夜 世纪的夜"
他们已被社会的丛林所排除
并受限于这样的主题:
仅仅是为了衬托世界的悲惨
而出现的,悲惨
就成了他们一生的义务
谁说早期生活的主题是明朗的
至今,他们仍以为那是一句有害的名言
在毫无艺术情节的夜晚
那灯光来源于错觉
他们所看到的只是仅仅是
一条单调的出现在冬天的坠雪的绳
只好,只好不倦地游戏下去
和逃走的东西搏斗
并和无从记忆的东西
生活在一起
即使恢复了最初的憧憬
空虚,已成为他们一生的污点
他们的不幸,来自理想的不幸
但他们的痛苦却是自取的
是自觉让思想变得尖锐
并由于自觉而失血
因而不能与传统和解
虽然在他们诞生之前
世界,早已不洁地存在很久了
他们却仍要找到
第一个发现"真理"的罪犯

以及拆毁记忆
所需要等待的时间
——但他们不是同志
他们分散的破坏力量
还远远没有夺走社会的注意力
而仅仅沦为精神的犯罪者
仅仅因为:他们滥用了寓言
最终,他们将在思想的课室中祈祷
并在看清自己笔迹的时候昏迷:
没有,没有在主安排的时间内生活呵
他们是误生的人。在误解人生的地点停留
他们所经历的,仅仅是出生的悲剧——

1976年
(原载老木编选《新诗潮诗集》,北京大学五四文学社未名湖丛书编委会,1985年)

我读着

多 多

十一月的麦地里我读着我父亲
我读着他的头发
他领带的颜色,他的裤线
还有他的蹄子,被鞋带绊着
阴囊紧缩,颈子因过度的理解伸向天空
我读到我父亲是一匹眼睛大大的马

我读到我父亲曾经短暂地离开过马群
一棵小树上挂着他的外衣
还有他的袜子,还有隐现的马群中
那些苍白的屁股,像剥去肉的
牡蛎壳内盛放的女人洗身的肥皂
我读到我父亲头油的气味

他身上的烟草味
还有他的结核,照亮了一匹马的左肺
我读到一个男孩子的疑问

从一片金色的玉米地里升起
我读到在我懂事的年龄
晾晒谷粒的红房屋顶开始下雨
种麦季节的犁下拖着四条死马的腿
马皮像撑开的伞,还有散于四处的马牙
我读到一张张被时间带走的脸
我读到我父亲的历史在地下静静腐烂
我父亲身上的蝗虫,正独自存在下去

像一个白发理发师搂抱着一株衰老的柿子树
我读到我父亲把我重新放回到一匹马腹中去
当我就要变成伦敦雾中的一条石凳
当我的目光越过在银行大道散步的男人……

1991

(原载《阿姆斯特丹的河流》,北岳文艺出版社 2000 年版)

一代人

顾 城

黑夜给了我黑色的眼睛,
我却用它寻找光明。

1979 年 4 月
(原载《星星》1980 年 3 月号)

是树木游泳的力量

顾 城

是树木游泳的力量
使鸟保持它的航程
使它想起潮水的声音
鸟在空中说话
它说:中午
它说:树冠的年龄

芳香覆盖我们全身
长长清凉的手臂越过内心
我们在风中游泳
寂静成型
我们看不见最初的日子
最初,只有爱情

(原载《五人诗选》,作家出版社 1986 年版)

致 橡 树

舒 婷

我如果爱你——
绝不像攀援的凌霄花
借你的高枝炫耀自己；
我如果爱你——
绝不学痴情的鸟儿
为绿荫重复单调的歌曲；
也不止像泉源
长年送来清凉的慰藉；
也不止像险峰
增加你的高度，衬托你的威仪。
甚至日光。
甚至春雨。
不，这些都还不够！
我必须是你近旁的一株木棉，
作为树的形象和你站在一起。
根，紧握在地下
叶，相触在云里。
每一阵风过
我们都互相致意，
但没有人
听懂我们的言语。
你有你的铜枝铁干
像刀、像剑，
也像戟；
我有我红硕的花朵
像沉重的叹息，
又像英勇的火炬。
我们分担寒潮、风雷、霹雳；
我们共享雾霭、流岚、虹霓。
仿佛永远分离，
却又终身相依。
这才是伟大的爱情，
坚贞就在这里：
爱——
不仅爱你伟岸的身躯，
也爱你坚持的位置，足下的土地。

1977. 3. 27

（原载《诗刊》1979 年 4 月号）

四月的黄昏

舒 婷

四月的黄昏里
流动着一组组绿色的旋律
在峡谷低回
在天空游移
若是灵魂里溢满了回响
又何必苦苦寻觅
要歌唱你就歌唱吧,但请
轻轻,轻轻,温柔地

四月的黄昏
仿佛一段失而复得的记忆
也许有一个约会
至今尚未如期
也许有一次热恋
永不能相许
要哭泣你就哭泣吧,让泪水
流啊,流啊,默默地

1977年5月6日
(原载《朦胧诗选》,春风文艺出版社1985年版)

神 女 峰

舒 婷

在向你挥舞的各色花帕中
是谁的手突然收回
紧紧捂住了自己的眼睛
当人们四散离去,谁
还站在船尾
衣裙漫飞,如翻涌不息的云
江涛
　　高一声
　　　　低一声

美丽的梦留下美丽的忧伤

人间天上,代代相传
但是,心
真能变成石头吗
为眺望远天的杳鹤
而错过无数次春江月明
沿着江岸
金光菊和女贞子的洪流
正煽动新的背叛
与其在悬崖上展览千年
不如在爱人肩头痛哭一晚

1981.6 于长江
(原载《朦胧诗选》,春风文艺出版社1985年版)

镜 中

张 枣

只要想起一生中后悔的事　　　　　面颊温暖，
梅花便落了下来　　　　　　　　　羞惭。低下头，回答着皇帝
比如看她游泳到河的另一岸　　　　一面镜子永远等候她
比如登上一株松木梯子　　　　　　让她坐到镜中常坐的地方
危险的事固然美丽　　　　　　　　望着窗外，只要想起一生中后悔的事
不如看她骑马归来　　　　　　　　梅花便落满了南山

（原载《日日新》1985年第4期）

那使人忧伤的是什么?

张　枣

那使人忧伤的是什么?
是因为无端失落了一本书?
你记得——
　　　　曾经为那些新页的气味激动不已
　　　　它曾带着许多声音和眼睛进入你
　　　　它有被忽略的角落
　　　　而你曾在那儿躲藏
　　　　让别人的呼吸匆匆掠过
　　　　你不冷,腊月也有阳光

现在连那些插图也不见了
你想象上面的葡萄藤和少女
你想起一个孤独的英雄在流血

你花一整天时间寻找它
你让架上的书重新排列组合
你感到世界很大
你怀疑它是否存在过

那令人忧伤的是什么?

1984.4

(原载张枣自印诗集《四月诗选》,1984年)

表 达

柏 桦

我要表达一种情绪
一种白色的情绪
这情绪不会说话
你也不能感到它的存在
但它存在
来自另一个星球
只为了今天这个夜晚
才来到这个陌生的世界

它凄凉而美丽
拖着一条长长的影子
可就是找不到另一个可以交谈的影子

你如果说它像一块石头
冰冷而沉默
我就告诉你它是一朵花

这花的气味在夜空下潜行
只有当你死亡之时
才进入你意识的平原

音乐无法呈现这种情绪
舞蹈也不能抒发它的形体
你无法知道它的头发有多少
也不知道为什么要梳成这样的发式

你爱她,她不爱你
你的爱是从去年春天的傍晚开始的
为何不是今年冬日的黎明?

我要表达一种细胞运动的情绪
我要思考它们为什么反叛自己
给自己带来莫名的激动和怒气

我知道这种情绪很难表达
比如夜,为什么在这时降临?
我和她为什么在这时相爱?
你为什么在这时死去?

我知道鲜血的流淌是无声的
虽然悲壮
也无法溶化这铺满钢铁的大地

水流动发出一种声音
树断裂发出一种声音
蛇缠住青蛙发出一种声音
这声音预示着什么?
是准备传达一种情绪呢?
还是表达一种内含的哲理?

还有那些哭声
那些不可言喻的哭声
中国的儿女在古城下哭泣过
基督忠实的儿女在耶路撒冷哭泣过
千千万万的人在广岛死去了
日本人曾哭泣过
那些殉难者,那些怯懦者也哭泣过
可这一切都很难被理解

一种白色的情绪
一种无法表达的情绪
就在今夜
已经来到这个世界
在我们视觉以外

在我们中枢神经里　　　　　　　在我们心里延续着,延续着……
静静地笼罩着整个宇宙　　　　　不能平息,不能感知
它不会死,也不会离开我们　　　因为我们不想死去

(原载《表达》,漓江出版社1988年版)

亚洲铜

海 子

亚洲铜,亚洲铜
祖父死在这里,父亲死在这里,我也会死在这里
你是唯一的一块埋人的地方

亚洲铜,亚洲铜
爱怀疑和爱飞翔的是鸟,淹没一切的是海水
你的主人却是青草,住在自己细小的腰上,
守住野花的手掌和秘密

亚洲铜,亚洲铜
看见了吗?那两只白鸽子,它是屈原遗落在沙滩上的白鞋子
让我们——我们和河流一起,穿上它吧

亚洲铜,亚洲铜
击鼓之后,我们把在黑暗中跳舞的心脏叫做月亮
这月亮主要由你构成

(原载《海子、骆一禾作品选》,南京出版社1991年版)

面朝大海,春暖花开

海 子

从明天起,做一个幸福的人
喂马,劈柴,周游世界
从明天起,关心粮食和蔬菜
我有一所房子,面朝大海,春暖花开

从明天起,和每一个亲人通信
告诉他们我的幸福
那幸福的闪电告诉我的
我将告诉每一个人

给每一条河每一座山取一个温暖的名字
陌生人,我也为你祝福
愿你有一个灿烂的前程
愿你有情人终成眷属
愿你在尘世获得幸福
我只愿面朝大海,春暖花开

(原载《当代青年诗人十家》,上海文艺出版社1993年版)

春天,十个海子

海 子

春天,十个海子全都复活
在光明的景色中
嘲笑这一个野蛮而悲伤的海子
你这么长久地沉睡究竟为了什么?

春天,十个海子低低地怒吼
围着你和我跳舞、唱歌
扯乱你的黑头发,骑上你飞奔而去,尘土飞扬
你被劈开的疼痛在大地弥漫

在春天,野蛮而悲伤的海子
就剩下这一个,最后一个
这是一个黑夜的孩子,沉浸于冬天,倾心死亡
不能自拔,热爱着空虚而寒冷的乡村

那里的谷物高高堆起,遮住了窗户
它们一半用于一家六口人的嘴,吃和胃
一半用于农业,他们自己繁殖
大风从东吹到西,从北刮向南,无视黑夜和黎明
你所说的曙光究竟是什么意思

1989 年 3 月 4 日　凌晨 3—4 点
(原载《后朦胧诗全集》,四川教育出版社 1993 年版)

尚义街六号

于 坚

尚义街六号
法国式的黄房子
老吴的裤子晾在二楼
喊一声胯下就钻出戴眼镜的脑袋

隔壁的大厕所
天天清早排着长队
我们往往在黄昏光临
打开烟盒打开嘴巴
打开灯

墙上钉着于坚的画
许多人不以为然
他们只认识梵高
老卡的衬衣,揉成一团抹布
我们用它拭手上的果汁
他在翻一本黄书
后来他恋爱了
常常双双来临
在这里吵架在这里调情
有一天他们宣告分手
朋友们一阵轻松很高兴
次日他又送来结婚的请柬
大家也衣冠楚楚前去赴宴

桌上总是摊开朱小羊的手稿
那些字乱七八糟
这个杂种警察一样盯牢我们
面对那双红丝丝的眼睛
我们只好说得朦胧
像一首时髦的诗

李勃的拖鞋压着费嘉的皮鞋
他已经成名了有一本蓝皮会员证
他常常躺在上边
告诉我们应该怎样穿鞋子
怎样小便怎样洗短裤
怎样炒白菜怎样睡觉等等
八二年他从北京回来
外表比过去深沉
他讲文坛内幕
口气像作协主席

茶水是老吴的电表是老吴的
地板是老吴的邻居是老吴的
媳妇是老吴的胃舒平是老吴的
口痰烟头空气朋友是老吴的
老吴的笔躲在抽屉里
很少露面

没有妓女的城市
童男子们老练地谈论着女人
偶尔有裙子们进来
大家就扣好纽扣
那年纪我们都渴望钻进一条裙子
又不肯弯下腰去

于坚还没有成名
每回都被教训
在一张旧报纸上
他写下许多意味深长的笔名
有一人大家都很怕他
他在某某处工作
"他来是有用心的,

我们什么也不要讲!"

有些日子天气不好
生活中经常倒霉
我们就攻击费嘉的近作
称朱小羊为大师
后来这只羊摸摸钱包
支支吾吾闪烁其词
八张嘴马上笑嘻嘻地站起

那是智慧的年代
许多谈话如果录音
可以出一本名著

那是热闹的年代
许多脸都在这里出现
今天你去城里问问
他们都大名鼎鼎

外面下着小雨
我们来到街上

空荡荡的大厕所
他第一回独自使用

一些人结婚了
一些人成名了
一些人要到西部
老吴也要去西部
大家骂他硬充汉子
心中惶惶不安

吴文光你走了
今晚我去哪里混饭
恩恩怨怨吵吵嚷嚷
大家终于走散
剩下一片空地板
像一张旧唱片再也不响
在别的地方
我们常常提到尚义街六号
说是很多年后的一天
孩子们要来参观

1984 年 6 月
（原载《诗刊》1986 年第 11 期）

对一只乌鸦的命名

于 坚

从看不见的某处
乌鸦用脚趾踢开秋天的云块
潜入我的眼睛上垂着风和光的天空
乌鸦的符号　黑夜修女熬制的硫酸
嘶嘶地洞穿鸟群的床垫
堕落在我内心的树枝
像少年时期在故乡的树顶征服鸦巢
我的手再也不能触摸秋天的风景
它爬上另一棵大树要把另一只乌鸦
从它的黑暗中掏出
乌鸦　在往昔是一种鸟肉　一堆毛和肠子
现在　是叙述的愿望　说的冲动

也许　是厄运当头的自我安慰
是对一片不祥阴影的逃脱
这种活计是看不见的　比童年
用最大胆的手　伸进长满尖喙的黑穴　更难
当一只乌鸦　栖留在我内心的旷野
我要说的　不是它的象征　它的隐喻或神话
我要说的　只是一只乌鸦　正像当年
我从未在一个鸦巢中抓出过一只鸽子
从童年到今天　我的双手已长满语言的老茧
但作为诗人　我还没有说出过　一只乌鸦

深谋远虑的年纪　精通各种灵感　辞格和韵脚
像写作之初　把笔整只地浸入墨水瓶
我想　对付这只乌鸦　词素　一开始就得黑透
皮　骨头和肉　血的走向以及
披露在天空的飞行　都要黑透
乌鸦　就是从黑透的开始　飞向黑透的结局
黑透　就是从诞生就进入永远的孤独和偏见

进入无所不在的迫害和追捕

它不是鸟　它是乌鸦
充满恶意的世界　每一秒钟
都有一万个借口　以光明或美的名义
朝这个代表黑暗势力的活靶　开枪
它不会因此逃到乌鸦以外
飞得高些　僭越鹰的座位
或者降得矮些　混迹于蚂蚁的海拔
天空的打洞者　它是它的黑洞穴　它的黑钻头
它只在它的高度　乌鸦的高度
驾驶着它的方位　它的时间　它的乘客
它是一只快乐的　大嘴巴的乌鸦
在它的外面　世界只是臆造
只是一只乌鸦无边无际的灵感
你们　辽阔的天空和大地　辽阔之外的辽阔
你们　于坚以及一代又一代的读者
都是一只乌鸦巢中的食物

我断定这只乌鸦　只消几十个单词　就能说出
形容的结果　它被说成是一只黑箱
可是我不知道谁拿着箱子的钥匙
我不知道是谁在构思一只乌鸦藏在黑暗中的密码
在第二次形容中它作为一位裹着绑腿的牧师出现
这位圣子正在天堂的大墙下面　寻找入口
可我明白　乌鸦的居所　比牧师　更挨近上帝
或许某一天它在教堂的尖顶上
已窥见过那位拿撒勒人的玉体
当我形容乌鸦是永恒黑夜饲养的天鹅
一群具体的鸟　闪着天鹅之光　正焕然飞过我身旁那片明亮的沼泽
这事实立即让我丧失了对这个比喻的全部信心
我把"落下"这个动词安在它的翅膀之上
它却以一架飞机的风度"扶摇九天"
我对它说出"沉默"　它却伫立于"无言"
我看见这只无法无天的巫鸟
在我头上的天空中牵引着一大群动词　乌鸦的动词
我说不出它们　我的舌头被这些铆钉卡住
我看着它们在天空疾速上升　跳跃
下沉到阳光中　又聚拢在云之上
自由自在　变化组合着乌鸦的各种图案

那日　我像个空心的稻草人　站在空地
所有心思　都浸淫在一只乌鸦之中

我清楚地感觉到乌鸦　感觉到它黑暗的肉
黑暗的心　可我逃不出这个没有阳光的城堡
当它在飞翔　就是我在飞翔
我又如何能抵达乌鸦之外　把它捉住
那日　当我仰望苍天　所有的乌鸦都已黑透
餐尸的族　我早就该视而不见　在故乡的天空
我曾经一度捉住过它们　那时我多么天真
一嗅着那股死亡的臭味　我就惊惶地把手松开
对于天空　我早就该只瞩目于云雀　白鸽
我生来就了解并热爱这些美丽的天使
可是当那一日　我看见一只鸟
一只丑陋的　有乌鸦那种颜色的鸟
被天空灰色的绳子吊着
受难的双腿　像木偶那么绷直
斜搭在空气的坡上
围绕着某一中心　旋转着
巨大而虚无的圆圈
当那日　我听见一串串不祥的叫喊
挂在看不见的某处
我就想　说点什么
以向世界表白　我并不害怕
那些看不见的声音

1990 年 2 月

（原载《于坚的诗》，人民文学出版社 2000 年版）

有关大雁塔

韩 东

有关大雁塔
我们又能知道些什么
有很多人从远方赶来
为了爬上去
做一次英雄
也有的还来第二次
或者更多
那些不得意的人们
那些发福的人们
统统爬上去

做一做英雄
也有有种的往下跳
在台阶上开一朵红花
那就真的成了英雄——
当代英雄
有关大雁塔
我们又能知道些什么
我们爬上去
看看四周的风景
然后再下来

(原载《以梦为马——新生代诗卷》,北京师范大学出版社1993年版)

温柔的部分

韩 东

我有过寂寞的乡村生活
它形成了我生活中温柔的部分
每当厌倦的情绪来临
就会有一阵风为我解脱
至少我不那么无知
我知道粮食的由来
你看我怎样把清贫的日子过到底
并能从中体会到快乐
而早出晚归的习惯
捡起来还会像锄头那样顺手
只是我再也不能收获些什么
不能重复其中每一个细小的动作
这里永远怀有某种真实的悲哀
就像农民痛哭自己的庄稼

1985年3月
(原载《诗刊》1986年11月号)

美丽（三）

骆一禾

美丽不同往常，果树林
美是那么不同往常
在这个世上
彩虹作为大宇宙的符誓
伟大的诗人，也只能把山水猜想
我们都曾有浪漫年代
美的猜想
难道只因为人的遗忘
用老了的头脑，就只能把松林砍伐
或把幸福用语言说得微薄？
像一个固执的宪兵、穿过田野
那只是他的影子灰暗，思想也平庸

而美丽，你是七倍于我
早上起来，精神寒爽
你在果树林里
光着脚，观看着清凉的果树
并在断枝上
留下碧汪汪的手印
我们寻找着太阳的脸颊
清新得好像一阵刺痛
风吹晒了一冬的
芬芳锐利的松针

1988. 1. 8

（原载《骆一禾诗全编》，上海三联书店 1997 年版）

为美而想

骆一禾

在五月里一块大岩石旁边
我想到美
河流不远，靠在一块紫色的大岩石旁边
我想到美　雷电闪在这离寂静不远的地方
有一片晒烫的地衣
闪烁着翅膀

在暴力中吸上岩层
那只在深红色五月的青苔上
孜孜不倦的工蜂
是背着美的呀

在五月里一块大岩石的旁边
我感到岩石下面的目的。
有一层沉思在为美而冥想

1988. 5. 23

（原载《骆一禾诗全编》，上海三联书店 1997 年版）

流血的令箭荷花

郑 敏

只有花还在开
那被刀割过的令箭
在六月的黑夜里
喷出暗红的血,花朵
带来沙漠的愤怒
而这里的心
是汉白玉,是大理石的龙柱
不吸收血迹
在玉石的洁白下

多少呼嚎,多少呻吟
多少苍白的青春面颊
多少疑问,多少绝望

只有花还在开
吐血的令箭荷花
开在六月无声的
沉沉的,闷热的
看不透的夜的黑暗里

(选自《早晨,我在雨里采花》,香港突破出版社1991年版)

在哈尔盖仰望星空

西 川

有一种神秘你无法驾驭
你只能充当旁观者的角色
听凭那神秘的力量
从遥远的地方发出信号
射出光来,穿透你的心
像今夜,在哈尔盖
在这个远离城市的荒凉的
地方,在这青藏高原上的
一个蚕豆般大小的火车站旁
我抬起头来眺望星空
这时河汉无声,鸟翼稀薄

青草向群星疯狂地生长
马群忘记了飞翔
风吹着空旷的夜也吹着我
风吹着未来也吹着过去
我成为某个人,某间
点着油灯的陋室
而这陋室冰凉的屋顶
被群星的亿万只脚踩成祭坛
我像一个领取圣餐的孩子
放大了胆子,但屏住呼吸

(原载《诗神》1986 年第 2 期)

午夜的钢琴曲

西 川

幸好我能感觉,幸好我能倾听
一支午夜的钢琴曲复活一种精神
一个人在阴影中朝我走近
一个没有身子的人不可能被阻挡
但他有本领擦亮灯盏和器具
令我羞愧地看到我双手污黑

睡眠之冰发出咔咔的断裂声
有一瞬间灼灼的杜鹃花开遍大地
一个人走近我,我来不及回避
就像我来不及回避我的青春
在午夜的钢琴曲中,我舔着
干裂的嘴唇,醒悟到生命的必然性

但一支午夜的钢琴曲犹如我
抓不住的幸福,为什么如此之久
我抓住什么,什么就变质?

我记忆犹新那许多喧闹的歌舞场景
而今夜的钢琴曲不为任何人伴奏
它神秘,忧伤,自言自语
窗外的大风息止了,必有一只鹰
飞近积雪的山峰,必有一只孔雀
受到梦幻的鼓动,在星光下开屏
而我像一株向日葵站在午夜的中央
自问谁将取走我笨重的生命
一个人走近我,我们似曾相识

我们脸对着脸,相互辨认
我听见有人在远方鼓掌
一支午夜的钢琴曲归于寂静
对了,是这样:一个人走近我
犹豫了片刻,随即欲言又止地
退回到他所从属的无边的阴影

1994年
(原载《大意如此》,湖南文艺出版社1997年版)

玻璃工厂

欧阳江河

一

从看见到看见,中间只有玻璃。
从脸到脸
隔开是看不见的。
在玻璃中,物质并不透明。
整个玻璃工厂是一只巨大的眼珠,
劳动是其中最黑的部分,
它的白天在事物的核心闪耀。

事物坚持了最初的泪水,
就像鸟在一片纯光中坚持了阴影。
以黑暗方式收回光芒,然后奉献。
在到处都是玻璃的地方,
玻璃已经不是它自己,而是
一种精神。
就像到处都是空气,空气近于不存在。

二

工厂附近是大海。
对水的认识就是对玻璃的认识。
凝固、寒冷、易碎,
这些都是透明的代价。
透明是一种神秘的、能看见波浪的
语言,
我在说出它的时候已经脱离了它,
脱离了杯子、茶几、穿衣镜,所有这些
具体的、成批生产的物质。
但我又置身于物质的包围之中,
生命被欲望充满。

语言溢出,枯竭,在透明之前。
语言就是飞翔,就是
以空旷对空旷,以闪电对闪电。
如此多的天空在飞鸟的躯体之外,
而一只孤鸟的影子
可以是光在海上的轻轻的擦痕。
有什么东西从玻璃上划过,比影子
更轻,
比切口更深,比刀锋更难逾越。
裂缝是看不见的。

三

我来了,我看见了,我说出。
语言和时间浑浊,泥沙俱下。
一片盲目从中心散开。
同样的经验也发生在玻璃内部。
火焰的呼吸,火焰的心脏。

所谓玻璃就是水在火焰里改变态度,
就是两种精神相遇,
两次毁灭进入同一永生。
水经过火焰变成玻璃,
变成零度以下的冷峻的燃烧,

像一个真理或一种感情
浅显,清晰,拒绝流动。

在果实里,在大海深处,水从不流动。

四

那么这就是我看到的玻璃——
依旧是石头,但已不再坚固。
依旧是火焰,但已不复温暖。
依旧是水,但既不柔软也不流逝。
它是一些伤口但从不流血,

它是一种声音但从不经过寂静。
从失去到失去,这就是玻璃。
语言和时间透明,
付出高代价。

五

在同一工厂我看见三种玻璃:
物态的,装饰的,象征的。
人们告诉我玻璃的父亲是一些混乱的
石头。
在石头的空虚里,死亡并非终结,
而是一种可改变的原始的事实。
石头粉碎,玻璃诞生。
这是真实的。但还有另一种真实

把我引入另一种境界:从高处到高处。
在那种真实里玻璃仅仅是水,是已经
或正在变硬的、有骨头的、泼不掉
的水,
而火焰是彻骨的寒冷,
并且最美丽的也最容易破碎。
世间一切崇高的事物,以及
事物的眼泪。

(原载《透过词语的玻璃》,改革出版社 1997 年版)

鱼罐头

——给朋友的婚礼

夏 宇

鱼躺在番茄酱里　　　　　　　海岸并不知道
鱼可能不大愉快
海并不知道　　　　　　　　　这个故事是猩红色的
　　　　　　　　　　　　　　而且这么通俗
海太深了　　　　　　　　　　所以其实是关于番茄酱的

（原载《台港抒情短诗精品鉴赏》,河南人民出版社1993年版）

长着胡子的门神

西 西

长着胡子的门神啊
你可要好好地替我掌着门啊

我该起程了
窗子都已经关上
炉子已经熄了火
我告诉过报摊依旧要每日送报纸来
米和石油气也会按时送来

这些我都记得的
让我再背一次给你听
我的身份证明书是在我右边的口袋里
我的牛痘证是在我右边的口袋里
我的身份证也是在我右边的口袋里
我的行李不会超过四十四磅重

冰箱里还有一个柠檬
若是你又伤风了
切两片柠檬煮一杯可乐喝喝
就像平日那样
伤风的时候不要吃冻梨子
记得早眠早起
摄氏五度的早晨
先围一条围巾才好开门出外
围巾就在木橱的第三格抽屉里面
一拉开抽屉你就看得见

记得的了
到了一个地方就写信回来
记得的,到了那里
代你去问候龙

要是电视又没有映像
把它捉去喂老虎
要是水厕又没有水
把它捉去喂老虎

三脚凳我在大前天已经修好
这次不会累你再摔跤
疲倦的时候多坐坐
那么重的盔甲
不要自己洗
拿到干衣店里去
喜欢吃甚么的话打电话叫他们送上来

记得的了
不可喝不明水源的泉水
不可胡乱吃鲜艳的果子
记得的
要一面走路一面唱歌
我的忧愁不应该超过四十四磅重
记得的
到该回来的时候我就回来

长着胡子的门神啊
你可要好好地替我掌着门啊
如果我回来
不比以前更诚恳
把我捉去喂老虎
如果我回来
不比以前更宽容
把我捉去喂老虎

(原载《百年新诗 社会卷》,百花文艺出版社 2012 年版)

帕斯捷尔纳克

王家新

不能到你的墓地献上一束花
却注定要以一生的倾注,读你的诗
以几千里风雪的穿越
一个节日的破碎,和我灵魂的颤栗

终于能按照自己的内心写作了
却不能按一个人的内心生活
这是我们共同的悲剧
你的嘴角更加缄默,那是

命运的秘密,你不能说出
只是承受、承受,让笔下的刻痕加深
为了获得,而放弃
为了生,你要求自己去死,彻底地死

这就是你,从一次次劫难里你找到我
检验我,使我的生命骤然疼痛
从雪到雪,我在北京的轰响泥泞的
公共汽车上读你的诗,我在心中

呼喊那些高贵的名字
那些放逐、牺牲、见证,那些
在弥撒曲的震颤中相逢的灵魂
那些死亡中的闪耀,和我的

自己的土地!那北方牲畜眼中的泪光
在风中燃烧的枫叶
人民胃中的黑暗、饥饿,我怎能
撇开这一切来谈论我自己?

正如你,要忍受更疯狂的风雪扑打
才能守住你的俄罗斯,你的

拉丽萨,那美丽的、再也不能伤害的
你的,不敢相信的奇迹

带着一身雪的寒气,就在眼前!
还有烛光照亮的列维坦的秋天
普希金诗韵中的死亡、赞美、罪孽
春天到来,广阔大地裸现的黑色

把灵魂朝向这一切吧,诗人
这是幸福,是从心底升起的最高律令
不是苦难,是你最终承担起的这些
仍无可阻止地,前来寻找我们

发掘我们:它在要求一个对称
或一支比回声更激荡的安魂曲
而我们,又怎配走到你的墓前?
这是耻辱!这是北京的十二月的冬天

这是你目光中的忧伤、探询和质问
钟声一样,压迫着我的灵魂
这是痛苦,是幸福,要说出它
需要以冰雪来充满我的一生

(原载《花城》1991年第2期)

最软的季节

王小妮

在五月里
我看得最远。
记忆像新虫
鼓动着向南的山坡。
我知道
最软的季节快要到了。

在五月里
我当然能看见你。
你又化妆成最细的游丝
凄婉地攀上
两千公里外我的围墙。

我决定
把我整个一生都忘掉。

我与你无关。

我的水
既不结冰也不温暖。
谁也不能打动我
哪怕是五月。
我今天的坚硬
超过了任何带壳的种子。

春天跟指甲那么短。
而我再也不用做你的树
一季一季去演出。
现在
我自己拿着自己的根。
自己踩着自己的枯枝败叶。

（原载《诗刊》1993 年第 9 期）

白纸的内部

王小妮

阳光走在家以外
家里只有我
一个心平气坦的闲人

一日三餐
理着温顺的菜心
我的手
漂浮在半透明的白瓷盆里
在我的气息悠远之际
白色的米
被煮成了白色的饭。

纱门像风中直立的书童
望着我睡过忽明忽暗的下午。
我的信箱里
只有蝙蝠的绒毛们。
人在家里
什么也不等待。

房子的四周
是危险转弯的管道。

(原载《诗歌月刊》2004年第4期)

渴 望
——《女人》组诗之一
翟永明

今晚所有的光只为你照亮
今晚你是一小块殖民地
久久停留,忧郁从你身体内
渗出,带着细腻的水滴

月亮像一团光洁芬芬的肉体
酣睡,发出诱人的气息
两个白昼夹着一个夜晚
在它们之间,你黑色眼圈
保持着欣喜

怎样的喧嚣堆积成我的身体
无法安慰,感到有某种物体将形成
梦中的墙壁发黑
使你看见三角形泛滥的影子
全身每个毛孔都张开
不可捉摸的意义
星星在夜空毫无人性地闪耀
而你的眼睛装满
来自远古的悲哀和快意

带着心满意足的创痛
你优美的注视中,有着恶魔的力量
使这一刻,成为无法抹掉的记忆

(原载《女人》,漓江出版社1988年版)

我策马扬鞭

翟永明

我策马扬鞭　在有劲的黑夜里
雕花马鞍　在我坐骑下
四只滚滚而来的白蹄

踏上羊肠小道　落英缤纷
我是走在哪一个世纪？
哪一种生命在斗争？
宽阔邸宅　我曾经梦见：
真正的门敞开
里面刀戟排列　甲胄全身
寻找着　寻找着死去的将军

我策马扬鞭　在痉挛的冻原上
牛皮缰绳　松开昼与黄昏
我要纵横驰骋

穿过瘦削森林
近处雷电交加
远处儿童哀鸣
什么锻炼出的大斧
在我眼前挥动？
何来的鲜血染红绿色军衣？
憧憬啊,憧憬一生的战绩

号角清朗　来了他们的将士
来了黑色的统领

我策马扬鞭　在揪心的月光里
形销骨锁　我的凛凛坐骑
不改谵狂的禀性

跑过白色营帐　树影幢幢
瘦弱的男子在灯下弈棋
门帘飞起,进来了他的麾下：
敌人！敌人就在附近
哪一位垂死者年轻气盛？
今晚是多少年前的夜晚？
巨鸟的黑影　还有头盔的黑影
使我胆战心惊
迎面而来是灵魂的黑影
等待啊　等待盘中的输赢
一局未了　我的梦幻成真

一本书　一本过去时代的书
记载着这样的诗句
在静静的河面上
看啊　来了他们的长脚蚊

(原载《翟永明诗集》,成都出版社 1994 年版)

尤利西斯

张曙光

这是个譬喻问题。当一只破旧的木船
拼贴起风景和全部意义,椋鸟大批大批地
从寒冷的桅杆上空掠过,浪涛的声音
像抽水马桶哗哗响着,使一整个上午

萎缩成一张白纸。有时,它像一个词
从遥远的海岸线显现,并逐渐接近我们
使黄昏的面影模糊而陌生
你无法揣度它们,有时它们被时间榨干

或融入整部历史。而我们的全部问题在于
我们能否重新翻回那一页
或从一片枯萎的玫瑰花瓣,重新
聚拢香气,追回美好的时日

我想象着老年的荷马,或詹姆士·乔伊斯
在词语的岛屿和激流间穿行　寻找着巨人的城堡
能否听到塞壬的歌声?午夜我们走过
黑暗而肮脏的街道,从树叶和软体动物的

空隙,一支流行歌曲,燃亮
我们黯淡的生活,像生日蛋糕的蜡烛
我们的恐惧来自我们自己,最终我们将从情人回到妻子
冰冷而贞洁,那带有道德气味的历史

(原载《小丑的花格外衣》,文化艺术出版社1998年版)

我喜爱蓝波的几个理由

臧 棣

他的名字里有蓝色的波浪，
奇异的爱恨交加，
但不伤人。浪漫起伏着，
噢，犹如一种光学现象。
至少，我喜欢这样的特例——
喜欢他们这样把他介绍过来。
他命定要出生在法国南部，
然后去巴黎，去布鲁塞尔，
去伦敦，去荒凉的非洲
寻找足够的沙子。
他们用水洗东西，而他
用成吨的沙子洗东西。
我理解这些，并喜爱
其中闪光的部分。
我不能确定，如果早生

一百年，我是否会认他作
诗歌上的兄弟。但我知道
我喜欢他，因为他说
每个人都是艺术家。
他使用的逻辑非常简单：
由于他是天才，他也在每个人身上
看到了天才。要么是潜在的，
要么是无名的。他的呼吁简洁
但听起来复杂："什么？永恒。"
有趣的是，晚上睡觉时，
我偶尔会觉得他是在胡扯。
而早上醒来，沐浴在
晨光的清新中，我又意识到
他的确有先见之明。

2002 年 11 月

（原载《新世纪诗典 第 1 季》，浙江文艺出版社 2012 年版）

作为一个签名的落日丛书

臧 棣

又红又大,它比从前更想做
你在树上的邻居。

凭着这妥协的美,它几乎做到了,
就好像这树枝从宇宙深处伸来。

它把金色翅膀借给了你,
以此表明它不会再对鸟感兴趣。

它只想熔尽它身上的金子,
赶在黑暗伸出大舌头之前。

凭着这最后的浑圆,这意味深长的禁果,
熔掉全部的金子,然后它融入我们身上的黑暗。

(原载《诗刊》2014年第17期)

散 文

五月卅下十点北平宿舍

一九四九年五月三十日

沈从文

很静。不过十点钟。忽然一切都静下来了，十分奇怪。第一回闻窗下灶马振翅声。试从听觉搜寻远处，北平似乎全静下来了，十分奇怪，不大和平时相近。远处似闻有鼓声连续。我难道又起始疯狂？

两边房中孩子鼾声清清楚楚。有种空洞游离感起于心中深处，我似乎完全孤立于人间，我似乎和一个群的哀乐全隔绝了。绿色的灯光如旧，桌上稿件零乱如旧，靠身的写字桌已跟随了我十八年，桌上一个相片，十九年前照的，丁玲还像是极熟习，那时是她丈夫死去二月，为送她遗孤回到湖南去，在武昌城头上和〔凌〕叔华一家人照的。抱在叔华手中的小莹，这时已入大学，还有那个遗孤韦护，可能已成为一个青年壮士，——我却被一种不可解的情形，被自己的疯狂，游离于群外，而面对这个相片发呆。

十分钟前从收音机中听过《卡门》前奏曲，《蝴蝶夫人》曲，《茶花女》曲，一些音的涟漪与坡谷，把我生命带到许多似熟习又陌生过程中，我总想喊一声，却没有作声，想哭哭，没有眼泪，想说一句话，不知向谁去说。

我的家表面上还是如过去一样，完全一样，兆和健康而正直，孩子们极知自重自爱，我依然守在书桌边，可是，世界变了，一切失去了本来意义。我似乎完全回复到了许久遗忘了的过去情形中，和一切幸福隔绝，而又不悉悲哀为何事，只茫然和面前世界相对，世界在动，一切在动，我却静止而悲悯的望见一切，自己却无份，凡事无份。我没有疯！可是，为什么家庭还照旧，我却如此孤立无援无助的存在。为什么？究竟为什么？你回答我。

我在毁灭自己。什么是我？我在何处？我要什么？我有什么不愉快？我碰着了什么事？想不清楚。

我希望继续有音乐在耳边回旋，事实上只是一群小灶马悉悉叫着。我似乎要呜咽一番，我似乎并这个已不必需。我活在一种可怕孤立中。什么都极分明，只不明白我自己站在什么据点上，在等待些什么，在希望些什么。

夜静得离奇。端午快来了，家乡中一定是还有龙船下河。翠翠，翠翠，你是在一零四小房间中酣睡，还是在杜鹃声中想起我，在我死去以后还想起我？翠翠，三三，我难道又疯狂了？我觉得吓怕，因为一切十分沉默，这不是平常情形。难道我应当休息了？难道我……

我在搜寻丧失了的我。

很奇怪，为什么夜中那么静。我想喊一声，想哭一哭，想不出我是谁，原来那个我在什么地方去了呢？就是我手中的笔，为什么一下子会光彩全失，每个字都若冻结到纸上，完全失去相互间关系，失去意义？

（原载《沈从文精读》[第2版]，复旦大学出版社2016年版）

致张兆和

一九五一年十一月十九日　　内江
一九五一年十一月十九日川南内江县四区烈士乡寄

沈从文

三姐：

寄的信应当可以收到，但是总得廿来天日子了。昨托寄《老同志》一小文，抄过了五次，不怎么完整，还落实而已。在事的行进中，言语中，还要多一点，解释还要删节点，就对了。这是我的工作学习的起始。也测验得出，素朴深入，我能写，粗犷泼辣，还待学习。写土地人事关联，配上景物画，使人事在有背景中动，我有些特长，也即是如加里宁说的，从土地环境中引起人对祖国深厚情感。至于处理人事复杂机心种种，我无可为力。今天已十九，我离开北京三个星期天了。这三星期和新事物的接触教育，只是一种感想，即终身来为人民的种种在生长的方面而服务。少拿点钱，多做点事，用作多久以来和人民脱节的自赎。看看这里干部的生活俭朴和工作勤苦，三姐，我们在都市中生活，实在有愧，实在罪过！要学习靠拢人民，抽象的话说来无用，能具体的少吃少花些，把国家给的退还一半，实有必要。如北大不即要我们搬，务必去和张文教同志商量商量，拿一半薪已很多。余捐献给抗美援朝去好，还公家好。我相信你是能理解，能作到的。比起来，我实无资格用国家这个钱！我们不配用国家那么多钱的。不配用。你来看看即明白了。

这里工作照一定程序进行。过几天秋征场面必可展开。也是最后一次秋征。因为土地一变公私关系，方式即大不同了。对于当地社会，我们能接触到的，还只是点点滴滴，但即点点滴滴，对于我教育意义，都是终生有影响的。特别是日日同在一起的村中干部，在本质上，心情状态上，言语派头上，工作方式上，都给了我极深而好印象。特别是在这么一个有点突出的自然环境背景中，我的综合学习，得到的东西，已多过云南数年的。一定要反映到新的工作中去。笔如还有机会能用，还有点时间可以自由支配来用，会生长一点东西的。这正和我们过崂山那时一样，我给你一种预约，保证有些东西已在孕育中，生长中，看不见，摸不着，可是理解得到。因为生命中有了一种印象，一种在生长发展的，虽如朦朦胧胧，经验上却极具体的东西。我要的只是一样，即自由处理的时间。没有它，什么都完事，一切空话。有时间，这一切，在我生命中的东西，恰和粮食种子撒到这地方的土地中情形一样，生长成熟是常态，而抑郁萎悴倒是变质！同时也希望体力能支持得下去。特别是脑子和心脏，待回复本来，不能再恶化下去。我得支持。因为我明白，有些工作，对于人民还有益。对人民革命和社会向前，特别是保留历史过程中最生动一个环节，我还要好好工作几年，能够做点事情。我爱这个国家！要努力把生命和历史发展好好结合起来。决不违反人民。不孤立。不自大。

昨天饭后，独自出去走走，到屋后高处悬壁上去，四野丘陵连亘，到处是褐土和淡绿色甘蔗林相间相映,空气透明,潮润,真是一片锦绣河山!各处山坡上都有人在点豌豆种。远处人小如米点,白布包头蓝长衫,还看得清清楚楚。每个山坳或悬崖间,照例都有几户人家在竹树林间扬起炊烟,田埂间有许多小孩子和家中小狗在一起走动。山凹间冲里都是水田,一层层的,返着明光。有些田面淡绿,有些浅紫。四望无际情景全相同。一切如童话中景象。一切却十分实在。一切极静,可是在这个自然的静默中,却正蕴藏历史上没有的人事的变动,土地还家,土地回到农人手中,而通过一系列变动过程,影响到每一个人,每一个人和另一个人的关系!一面是淡紫色卷耳莲在山顶水坝中开得十分幽美,塘坝边小小蓝色雏菊和万点星的黄菊相映成趣。一面是即只五岁,满头疥癞的小孩子,挑了小小竹箕去捡狗屎,从这个水坝边走过时,见了我们也叫土改同志,知道是北京毛主席派来帮穷人翻身的,你想想看这意义多深刻。一面是一些位置在山顶绝崖上的砦子,还完全是中古时代的风格,另一面即在这些大庄子,和极偏僻穷苦的小小贫农人家,也有北京来的或本地村干在为土地改革程序而工作。三姐,这对照太动人了,我不知为什么,独自在悬崖上站着,竟只想哭哭。这一来,虽不曾去过四哥过去工作的地方,得不到大圩子印象,但是把四嫂叙述和这个景象一结合,有些东西在成熟了,在生长了,从朦胧中逐渐明确起来。我那个未完成的作品,有了完成的条件。大致回来如有半年时间可以自由使用,会生产一个新东西,也可能是我一生中仅有的成熟作品。即把这里背景移到四哥故事上去。这也是米丘林的做法,在文学,如求典型效果,且是唯一这样可得到特别成功的。你如记起《边城》的生产过程,一定会理解这个工作的必然性。我要的只是自由时间来完成。

我住处是个大糖房,在山顶上,属于地主高百万家产。门前即一冲水田,一级一级下去。房子四周全是慈竹,本地人名王竹,不许动笋子,因为用处多,生长容易,一切编物都用得到。也即是四川民族神话中的象征,竹王生于竹中,只有这种无所不用的竹子可以当之。这竹子其实即一般常见的洋竹,如呈贡李地主家门前的那个样子,不过这里普遍生长而已。

房子前的水田杂树,特别是小竹林,都和电影或戏剧背景一样,在透明潮润空气中萧疏疏的。房子中侧屋,是糖房堆糖处,大方石柱,大门栏,还有秘室,墙中有孔藏金银,特别是大容一二百石的木糖桶,在戏剧布景中是天然的,非常突出显眼,而又有极强烈好效果的。

就在这个院子中,黄昏前,来了些看病的女人(新设一医疗处),两个老太太拄拐杖来,走得极慢,从大石板栏的后屋走进。一个女孩子,长得干小小的,成年而不成熟,从前门进。医生在吃饭,这女孩子即坐下来和我谈话。姓徐,无父母,傍姑母为生:"大家做事大家吃,有什么吃什么。种了十二箩担的地,今年挖红薯六挑,只值八千文一挑。种了点牛皮菜。收粮食即拿去缴公粮。养了一只鸡,两只兔子,花二千五百文买来的(她用手比大小),小得很,养到了两斤重一个,抗美援朝捐献了一只,选大的捐。"说到这时笑了许久,很快乐。"要打倒美国鬼子才有好日子过。毛主席知道我们,要我们好好生产,选劳模。大家好好生产,吃一样饭,做一样事,过几年国家就好了。现在不同以往,往天乡保欺压人,不许讲道理。现在大家一样,讲道理,眉眼清楚,人好都说好。我过三天就要到甘蔗地做事,八斤米一天,一个月二百四十斤。也累,人多做起来好。要乘这个月做,糖房已开工。那边人多好热闹!……我住互助村,来耍喔!我要走了。"

天已快夜,拿过药,又说了一会,当真就走了。就是从那些梯田小径,甘蔗林长在悬崖边,和小房子依悬崖竹林边……弯弯曲曲小路走去。到家有三里路,一定黑了。理应还拾了些莴苣叶去,因为兔子欢喜吃莴苣叶。

三,一切都那么善良。生在那么一个寂寞平凡环境中,活在那么一种单纯工作方式中,却有一只亲手喂大的兔子,捐献给朝鲜的战士,为了打美国人!这是一种什么情感!为了国家!你想想看,我们应不应当自愧。这个人已活在我生命中,还要活在文字中。我一定要为她们来工作的,为她们终生工作,我的存在才有意义!天当真夜了下来,侧屋里有几个农干围着一盏灯唱小本词。一切极静,可是凡有人家处,都在动中,为土改进行程序而动,少年会、妇女会、老年会、知分会、富农会、地主训话会、自新坦白会……没有一个人闲着,一切脑子都在动——这就是历史,真的历史。一切在孕育,在生长。现实的人和抽象的原则,都从这个动中而发展,而进展。我的学习和其他同行似乎稍微不同,在工作上可能是个不及格的附员,但是把这个历史的点和面重现到文字中时,可能是一个相当好的工作者。为的是这一切都教育我,感动我,并支配了我。不过,这一点我无从向谁去说的。没有人理会的。大家一定以为我是个对事不关心的人,可不知一切事在如何空气下在动和变,我都一律关心,而且倾心。和我对面的一个村干,我和他话说得极少,他的报告内容,报告神气,报告中的特别长处和小小弱点,在戏剧中和在小说中是种什么情形,效果,我都熟习之至。但是,我什么都不说。我好像一点不亲热。

什么事都是生动的,新鲜的,而又可以用各种方式反映到文字绘画和音乐中的。是一切创造的源泉。只要有时间,什么都可以重现出来,而必然得到极好效果。这个事只有你明白,生一点人不会懂的。

同行中也有作曲的,住在离三里路远一个小村子里。和我谈起,以为来到的地方没有音乐。如指歌唱,本地人真是奇怪,统不会唱歌,凡是云南湖南江西及华北人民开口有腔有调的长处,这里都如被历史传统压力束缚,无生长机会。言语多清越可听,只是不会唱。可是一个习乐曲的,如一般美术、哲学、文学、绘画文化兴致高,广泛有个理解,则在这里却必然由转移方式,得到极多的启发。特别是丘陵起伏中的自然背景,任何时看来都是大乐章的源泉,是乐章本身!任何时都近于音乐转成定型后的现象,只差得是作曲者来用乐章符号重新翻译!很奇怪,即这一切对于一个习作曲的反而视若无睹。这也可见中国更新的作曲家的训练,得换换方式,必从一般文化提高,方能从自然中启发那个创造的心。这是一种艰难工作,但也是唯一工作。不知从万象取法,从自然脉搏中取得节奏,不会有伟大乐章可得的!

早上鸟声也教育人极深,唐人诗说山鸟悟禅机,大有道理。从早上极静中闻鸟声,令人不敢堕落,只觉生命和时代脉搏一致时的单纯和谧静。人事的动和自然的静相互映照,人在其间实在离奇。尤其是创造心的逐渐回复,十分离奇。党说为工作而忘我,稍稍有些理会。

附近糖房工作已开始,我估想得到,只要住上两天,即可从人事中得到一种极有价值印象,不甚费力转移到文字篇章上,也可给人一种非常动人印象的。本地人以为极平凡。这里包含了音乐、绘画、雕塑、戏剧各种元素的揖取综合,特别是工作者多为村干,工作的进展且联系到下一月的土改工作思想教育,生产和爱国教育,日夜分班动工,碾子日夜转动,糖锅日夜沸腾,原料如山堆积,成品如山堆积,……而其中且贯串着阶级斗争,太动人了!我知道一切感动并不即是一切作品,但它却必然是一切作品的媒触剂。一切成长都得通过了它,才有可能鲜明而具体的成为文学和艺术的作品。文艺座谈的重要性，唯有从这个环境里能深入一层体会。能印证为正确而切实。一切理论都只有从这种现实环境中，才可能深入理解。

我们在这里，有三个人带毛选来，在一张桌子一盏清油灯下同读，也是一件极动人的事情，或极意外事情。各有所得，各有所体会，但又有某一点完全相同，即对于这个重要历史文件的深一层理解。三个人中一个是郑昕，北大哲学系，我们的团长。一个查汝强，北京市党部，我们的秘书长。和周小平一样，才廿六岁，十五岁即工作。一个是我，一点不懂政治，却深深懂文学如何和历史结合，和人民结合，和某一阶层结合，用何种方式来表现，即可得到极高政治效果的土改队中无固定职务的工作员。正和过去与思聪、宗岱三人同听悲多汶①等全套乐曲一样，各有所得。思聪从作曲者和指挥者和器乐独奏者，都可得到一些东西。宗岱得的是音乐史中的某种东西。我呢，在直接方面似乎毫无所得，但间接转化却影响到好几本书，特别是几个给人有印象的东西，其中即有乐曲中的过程节奏。也近于乐曲的转译成为形象的试验。但理会到这点的人是不多的。

这里土地给人印象实在离奇。不见到，即不易想象。更离奇是许多同来的人，都视为平常自然，有些人且一生从未到过南方，而对于那么好的土地竟若毫无感觉，毫不惊异，特别是土地如此肥沃人民如此穷困，只感到这是过去剥削压迫的结果，看不出更深一些东西，看不到在这个对照中的社会人事最生动活泼的种种，对这个区域土改后的景象，也即缺少真正的深刻的爱和长远关心，任务完毕，可能即一切完事。这种对于新事物的发展和变化少感情，也很是特别。似乎这些情感被滞塞住，被郁积住。又似乎这些情感因过去适当年龄不曾好好培育过，即始终得不到好好发育机会。又似乎这种情感本来即近于一种病的变质，仅为文学作者所独具，而非一般人所应有，因此大家活在历史中，对历史却了无兴趣。活在比任何文学艺术更复杂生动过程中，背景中，节目中，却人与境合，人境两忘，然而闲暇时却又去看土改小说，看他人写的东西！真是不可说，不易说的一种现实。这现实也就动人之至！

天气如好些，体力也好些，我一天总有点时间可到山顶上去看看，大家可能以为我是"自由主义"，游山玩水的看风景，不会想到原来是在那个悬崖顶上，从每个远近村子，每个丘陵的位置，每个在山地工作的人民，从过去，到当前，到未来，加以贯通，我生命即融化到这个现实千万种历史悲欢里，行动发展里，而有所综合，有所取舍，有所孕育酝酿。这种教育的深刻意义，也可说实在怕人，因为在摧毁我又重造我，比任何外来力量都来得严重而深刻。我就在这个环境中思索，学习，而放弃了旧我，变得十分渺小。奇怪得很，一到那个悬崖上看到脚下山村，和更远一点山顶悬崖砦子时，我眼睛总是湿蒙蒙的。因为我体会得到，我的生命如有机会和这些印象结合起来，和这些肥沃美丽自然背景中的山村人事变动结合起来，必然会生长一些新的庄稼，一些特别的庄稼，不必如其他作家那么多，只要有三万到八万字，即可得到一种不易设想的离奇效果。一面是仿佛看到这个庄稼的成长，另一面却又看到体力上的真正衰老，自然的限制和人为的挫折，都若无可奈何的在默然中接受。这在个人生命本身，也是一种奇异的存在。

我从一条顶小顶小的路走上山顶去，路即沿着崖边，泥土和蘸了油一样滋润，新拔的苕藤沿路摊着。一到顶上，即有天地悠悠感。表面上，我和同住的都如有点陌生，少接触，事实上生命却正和他们的行为在作紧密的契合，而寻觅那个触机而发的创造的机

---

① 今译贝多芬。

会。给我一点时间,在我生命中投一点资,这点天地悠悠感就会变成一份庄稼而成长,而成熟。但是这个看来似乎荒谬十分的设想,谁能理解,能相信?世界在动中,一切存在皆在动中,人的机心和种种由于隔离,生分,相争相左,得失积累,在长长时间中,在不同情感愿望中而生长存在,彼此俨若无关而又彼此密切联系,相激相宕形成的不同发展,到明天是和风甘雨有助于这个庄稼的成长,还是迅雷烈风,只作成摧残和萎悴?没有人可以前知。我常说人生可悯处,也即在此。人太脆弱渺小。体力比较回复时,我理会得到,新的人事印象的复合,我还能组织起来,成为一些有历史意义和时代价值的成品。因为文字的节奏感和时代的脉搏有个一致性,我意识得到。如果过去的工作,曾经得到一定的成就,这新的工作,必然还可望更加成熟,而具有一定深度,且不会失去普遍性。为的是生命因种种内外变迁,已达到了一个成熟点上。特别是一种哀悯感,从文学史上看过去的人的成就,总是和它形成一种动人的结合。由屈原司马迁到杜甫曹雪芹,到鲁迅,情形相异而又同,同是对人生有了理会,对生存有了理会。但是到身心衰弱时,三姐,什么都说不上了,只有一点,即脆弱。只不过如一个小火,一吹即熄。我已尽了极大努力来把工作能力和信心恢复,要它和人民历史发展结合。总要尽能力所及作去。我爱国家!我要把工作和国家明天结合起来!我已深深明白工作应当是什么,而能作到什么。也得承认自然的限制,体力用到某一程度下的必然结果。

我到这里什么都是学习。从看牛的学,村农会中学,从极琐碎生活生计里学理解他们,也从他们新的觉醒意识理解,但是,从表面看,我只是一个不管部的属员而已。

在这里看到十一月某一天报纸,有陈波儿追悼会消息。使我记起在吴淞时见她穿着一件长绸曳地袍子上课神气,在北京从没见到,二十多年了,印象还极新。可惜。

(原载《从文家书——从文兆和书信选》,上海远东出版社1996年版)

鉴湖风景如画

钦　文

艺术家依照自然景物作画,叫作写生。所谓风景如画,是说美好的风景。拿画来形容风景的好,因为有些画是经过艺术家美化了的风景的写照。"风景如画"这意义,我日前在绍兴才深刻地体会到。

我坐着踏桨船,到小云栖等地方去看看,觉得路上风景实在可观。偏门外,虽然由石条叠成圆洞的高高的跨湖桥已于抗日战争时期毁掉,可是快阁所在,是爱国大诗人陆游写过"风吹麦饭满村香"的地方,大片银波粼粼的水,远处衬着青青的山,湖光山色依然。在那青山绿水之间,金黄黄的早稻穗和碧油油的晚稻苗一方一方地间隔在田间;还有杨柳、柏树排列在河岸和田塍上。且不说经过鱼荡的箔时,那竹笆刮着船底飕飕的轻脆悦耳声,在菱荡旁垂钓鲈鱼的渔翁的幽然的姿态,往常我也只在画面上见到过。绍兴极大部分是平地,所以河流通常总是静止的样子。水面如镜,这就成了"镜湖",也称"鉴湖"。一个魁星阁,一座三眼桥,几株柏树,一丛松树,砖墙的楼房,茅草的平屋,摇着橹的出畈船和供行人休息的路亭等等,分开来个别观看,没有什么特别,可是配置在稽山镜水之间,这就千变万化,形成了许多醒目的景象。有名的峨嵋山,所谓风景奇特,五步一小变,十步一大变的,我欣赏过一个星期。虽然多变化,可是气势太急促,岩石峰峦,近近地迫在眼前,往往看得透不过气来的样子。会稽山脉在鉴湖水上观望,似乎淡淡的几笔,远远的,只是衬托的背景。可是我能想见:那里禹陵、兰亭等古迹的所在,崇山峻岭之间长着茂林修竹,雄伟、庄严,也是秀丽的。坐在船上摇动着,也可以说是"五步一小变,十步一大变"的,却处处使人眼开眉展、爽神悦目。我坐在踏桨船上,一桨一桨地踏过去,眼前景物渐渐地转变,一幅一幅的图画,好像是在看优美的风景片子的电影;真是百看不厌的。杜甫有诗说,"越女天下白,鉴湖五月凉。"这凉是清凉爽快,无论何时,看着鉴湖的风景,总是觉得爽快的呀!

绍兴是我的故乡,偏门外一带是我旧游之地;以前我可没有这样感到兴趣过。固然,由于年龄、世故等关系,有些事情一时体会不到真情;像我早在中等学校里唱过的"鸟鸣山更幽"和"夜归鹿门"等歌词,一直要到我年已半百在福建永安的山上时才忽然体会到,却也只是一会儿就过去了的。如今鉴湖风景给我优美的印象是使我念念不忘的了。"静观万物皆自得";原来在旧社会里,我迫于生计,一直匆匆忙忙,没有好好地安静过心境。不久以前我到北京去开会,在火车开出城站时,我忽然想到,以前我屡次北上,总是为着生计,这次才主要的是为着事业。

新社会给我们的幸福,并不限于物质条件,更加是精神上可以愉快,得到安慰!

1956年秋于西子湖畔的桃花江边

(原载《建国十年文学创作选·散文特写[1949—1959]》,中国青年出版社1959年版)

傅雷家书(节选)

傅 雷

亲爱的孩子,八月二十日报告的喜讯使我们心中说不出的欢喜和兴奋。你在人生的旅途中踏上一个新的阶段,开始负起新的责任来,我们要祝贺你,祝福你,鼓励你。希望你拿出像对待音乐艺术一样的毅力、信心、虔诚,来学习人生艺术中最高深的一课。但愿你将来在这一门艺术中得到像你在音乐艺术中一样的成功! 发生什么疑难或苦闷,随时向一二个正直而有经验的中、老年人讨教,(你在伦敦已有一年八个月,也该有这样的老成的朋友吧?)深思熟虑,然后决定,切勿单凭一时冲动:只要你能做到这几点,我们也就放心了。

对终身伴侣的要求,正如对人生一切的要求一样不能太苛。事情总有正反两面:追得你太迫切了,你觉得负担重;追得不紧了,又觉得不够热烈。温柔的人有时会显得懦弱,刚强了又近乎专制。幻想多了未免不切实际,能干的管家太太又觉得俗气。只有长处没有短处的人在哪儿呢? 世界上究竟有没有十全十美的人或事物呢? 抚躬自问,自己又完美到什么程度呢? 这一类的问题想必你考虑过不止一次。我觉得最主要的还是本质的善良,天性的温厚,开阔的胸襟。有了这三样,其他都可以逐渐培养;而且有了这三样,将来即使遇到大大小小的风波也不致变成悲剧。做艺术家的妻子比做任何人的妻子都难;你要不预先明白这一点,即使你知道"责人太严,责己太宽",也不容易学会明哲、体贴、容忍。只要能代你解决生活琐事,同时对你的事业感到兴趣就行,对学问的钻研等等暂时不必期望过奢,还得看你们婚后的生活如何。眼前双方先学习相互的尊重、谅解、宽容。

对方把你作为她整个的世界固然很危险,但也很宝贵! 你既已发觉,一定会慢慢点醒她;最好旁敲侧击而勿正面提出,还要使她感到那是为了维护她的人格独立,扩大她的世界观。倘若你已经想到奥里维的故事,不妨就把那部书叫她细读一二遍,特别要她注意那一段插曲。像雅葛丽纳那样只知道 love,love,love! 的人只是童话中人物,在现实世界中非但得不到 love,连日子都会过不下去,因为她除了 love 一无所知,一无所有,一无所爱。这样狭窄的天地哪像一个天地! 这样片面的人生观哪会得到幸福! 无论男女,只有把兴趣集中在事业上、学问上、艺术上,尽量抛开渺小的自我(ego),才有快活的可能,才觉得活的有意义。未经世事的少女往往会存一个荒诞的梦想,以为恋爱时期的感情的高潮也能在婚后维持下去。这是违反自然规律的妄想。古语说,"君子之交淡如水";又有一句话说,"夫妇相敬如宾"。可见只有平静、含蓄、温和的感情方能持久;另外一句的意义是说,夫妇到后来完全是一种知己朋友的关系,也即是我们所谓的终身伴侣。未婚之前双方能深切领会到这一点,就为将来打定了最可靠的基础,免除了多少不必要的误会与痛苦。

你是以艺术为生命的人,也是把真理、正义、人格等等看做高于一切的人,也是以工作为乐生的人；我用不着唠叨，想你早已把这些信念表白过，而且竭力灌输给对方的了。我只想提醒你几点：——第一，世界上最有力的论证莫如实际行动，最有效的教育莫如以身作则；自己做不到的事千万勿要求别人；自己也要犯的毛病先批评自己，先改自己的。——第二，永远不要忘了我教育你的时候犯的许多过严的毛病。我过去的错误要是能使你避免同样的错误，我的罪过也可以减轻几分；你受过的痛苦不再施之于他人，你也不算白白吃苦。总的来说，尽管指点别人，可不要给人"好为人师"的感觉。奥诺丽纳（你还记得巴尔扎克那个中篇吗？）的不幸一大半是咎由自取，一小部分也因为丈夫教育她的态度伤了她的自尊心。凡是童年不快乐的人都特别脆弱（也有训练得格外坚强的，但只是少数），特别敏感，你回想一下自己，就会知道对付你的恋人要如何 delicate，如何 discreet 了。

我相信你对爱情问题看得比以前更郑重更严肃了；就在这考验时期，希望你更加用严肃的态度对待一切，尤其要对婚后的责任先培养一种忠诚、庄严、虔敬的心情！

1960 年 8 月 29 日

（原载《傅雷家书》，生活·读书·新知三联书店 1981 年版）

南颖访问记

丰子恺

南颖是我的长男华瞻的女儿。七月初有一天晚上,华瞻从江湾的小家庭来电话,说保姆突然走了,他和志蓉两人都忙于教课,早出晚归,这个刚满一岁的婴孩无人照顾,当夜要送到这里来交祖父母暂管。我们当然欢迎。深黄昏,一辆小汽车载了南颖和他父母到达我家,住在三楼上。华瞻和志蓉有时晚上回来伴她宿;有时为上早课,就宿在江湾,这里由我家的保姆英娥伴她睡。

第二天早上,我看见英娥抱着这婴孩,教她叫声公公。但她只是对我看看,毫无表情。我也毫不注意,因为她不会讲话,不会走路,也不哭,家里仿佛新买了一个大洋囡囡,并不觉得添了人口。

大约默默地过了两个月,我在楼上工作,渐渐听见南颖的哭声和学语声了。她最初会说的一句话是"阿姨"。这是对英娥有所要求时叫出的。但是后来发音渐加变化:"阿呀","阿咦","阿也"。这就变成了欲望不满足时的抗议声。譬如她指着扶梯要上楼,或者指着门要到街上去,而大人不肯抱她上来或出去,她就大喊"阿呀!阿呀!"语气中仿佛表示:"阿呀!这一点要求也不答应我!"

第二句会说的话是"公公"。然而也许是"咯咯",就是鸡。因为阿姨常常抱她到外面去看邻家的鸡,她已经学会"咯咯"这句话。后来教她叫"公公",她不会发鼻音,也叫"咯咯";大人们主观地认为她是叫"公公",欢欣地宣传:"南颖会叫公公了!"我也主观地高兴,每次看见了,一定抱抱她,体验着古人"含饴弄孙"之趣。然而我知道南颖心里一定感到诧异:"一只鸡和一个出胡须的老人,都叫做'咯咯'。人的语言真奇怪!"

此后她的语汇逐渐丰富起来:看见祖母会叫"阿婆";看见鸭会叫"Ga—Ga";看见挤乳的马会叫"马马";要求上楼时会叫"尤尤"(楼楼);要求出外时会叫"外外";看见邻家的女孩子会叫"几几"(姊姊)。从此我逐渐亲近她,常常把她放在膝上,用废纸画她所见过的各种东西给她看,或者在画册上教她认识各种东西。她对平面形象相当敏感:如果一幅大画里藏着一只鸡或一只鸭,她会找出来,叫"咯咯"、"Ga—Ga"。她要求很多,意见很多;然而发声器官尚未发达,无法表达她的思想,只能用"嗯,嗯,嗯,嗯"或哭来代替言语。有一次她指着我案上的文具连叫"嗯,嗯,嗯,嗯"。我知道她是要那支花铅笔,就对她说:"要笔,是不是?"她不嗯了,表示是。我就把花铅笔拿给她,同时教她:"说'笔'!"她的嘴唇动动,笑笑,仿佛在说:"我原想说'笔',可是我的嘴巴不听话呀!"

在这期间,南颖会自己走路了。起初扶着凳子或墙壁,后来完全独步了;同时要求越多,意见越多了。她欣赏我的手杖,称它为"都都"。因为她看见我常常拿着手杖上车子去开会,而车子叫"都都",因此手杖也就叫"都都"。她要求我左手抱了她,右手拿着拐杖走路。更进一步,要求我这样地上街去买花。这种事我不胜任,照理应该拒绝。然而我这时候自己已经化作了小孩,觉得这确有意思,就鼓足干劲,一手抱着孩子,一手拿着拐杖，走出里门，在人行道上慢慢地踱步。有一个路人向我注视了一会，笑问："老伯伯，你抱得动么？"我这才觉悟了我的姿态的奇特：凡拿手杖，总是无力担负自己的身体，所以叫手杖扶助的；可是现在我左手里却抱着一个十五、六个月的小孩！这矛盾岂不可笑？

她寄居我家一共五个多月。前两个多月像洋囡囡一般无声无息；可是后三个多月她的智力迅速发达，眼见得由洋囡囡变成了一个人，一个全新的人。一切生活在她都是初次经验，一切人事在她都觉得新奇。记得《西青散记》的序言中说："予初生时，怖夫天之乍明乍暗，家人曰：昼夜也；怪夫人之乍有乍无，家人曰：死生也。"南颖此时的观感正是如此。在六十多年前，我也曾有过这种观感。然而六十多年的世智尘劳早已把它磨灭殆尽，现在只剩得依稀仿佛的痕迹了。由于接近南颖，我获得了重温远昔旧梦的机会，瞥见了我的人生本来面目。有时我屏绝思虑，注视着她那天真烂漫的脸，心情就会迅速地退回到六十多年前的儿时，尝到人生的本来滋味。这是最深切的一种幸福，现在只有南颖能够给我。三个多月以来我一直照管她，她也最亲近我。虽然为她相当劳瘁，但是她给我的幸福足可以抵偿。她往往不讲情理，恣意要求。例如当我正在吃饭的时候定要我抱她到"尤尤"去；深夜醒来的时候放声大哭，要求到"外外"去。然而越是恣意，越是天真，越是明显地衬托出世间大人们的虚矫，越是使我感动。所以华瞻在江湾找到了更宽敞的房屋，请到了保姆，要接她回去的时候，我心中发生了一种矛盾：在理智上乐愿她回到父母的新居，但在感情上却深深地对她惜别，从此家里没有了生气蓬勃的南颖，只得像杜甫所说："寂寞养残生"了。那一天他们准备十点钟动身，我在九点半钟就悄悄地拿了我的"都都"，出门去了。

我十一点钟回家，家人已经把壁上所有为南颖作的画揭去，把所有的玩具收藏好，免得我见物怀人。其实不必如此，因为这毕竟是"欢乐的别离"；况且江湾离此只有一小时的旅程，今后可以时常来往。不过她去后，我闲时总要想念她。并不是想她回来，却是想她作何感想。十七、八个月的小孩，不知道世间有"家庭"、"迁居"、"往来"等事。她在这里由洋囡囡变成人，在这里开始有知识；对这里的人物、房屋、家具、环境已经熟悉。她的心中已经肯定这里是她的家了。忽然大人们用车子把她载到另一个地方，这地方除了过去晚上有时看到的父母之外，保姆、房屋、家具、环境都是陌生的。"一向熟悉的公公、阿婆、阿姨哪里去了？一向熟悉的那间屋子哪里去了？一向熟悉的门巷和街道哪里去了？这些人物和环境是否永远没有了？"她的小头脑里一定发生这些疑问。然而无人能替她解答。

我想用事实来替她证明我们的存在，在她迁去后一星期，到江湾去访问她。坐了一小时的汽车，来到她家门前。一间精小的东洋式住宅门口，新保姆抱着她在迎接我。南颖向我凝视片刻，就要我抱，看看我手里的"都都"，然而目光呆滞，脸无笑容，很久默默不语，显然表示惊奇和怀疑。我推测她的小心里正在想："原来这个人还在。怎么在这里出现？那间屋子存在不存在？阿婆、阿姨和'几几'存在不存在？"我要引起她回忆，故意对她说："尤尤"，"公公，都都，外外，买花花。"她的目光更加呆滞了，表情更加严肃了，默默无言了很久。我想这时候她的小心境中大概显出两种情景。其一是：走上楼梯，书桌上有她所见惯的画册、笔砚、烟灰缸、茶杯；抽斗里有她所玩惯的显微镜、颜料瓶、图章、打火机；四周有特地为她画的小图画。其二是：电车道旁边的一家鲜花店、一个满面笑容的卖花人和红红绿绿的许多花；她的小手手拿了其中的几朵，由公公抱回家里,插在茶几上的花瓶里。但不知道这时候她心中除了惊疑之外,是喜是悲,是怒是慕。

　　我在她家逗留了大半天,乘她沉沉欲睡的时候悄悄地离去。她照旧依恋我。这依恋一方面使我高兴,另一方面又使我惆怅:她从热闹的都市里被带到这幽静的郊区,笼闭在这沉寂的精舍里,已经一个星期,可能尘心渐定。今天我去看她,这昙花一现,会不会促使她怀旧而增长她的疑窦?我希望不久迎她到这里来住几天,再用事实来给她证明她的旧居的存在。

庚子仲冬记
(原载《丰子恺散文选》,上海文艺出版社 1981 年版)

黄 鹂
——病期琐事

孙 犁

  这种鸟儿,在我的家乡好像很少见。童年时,我很迷恋过一阵捕捉鸟儿的勾当。但是,无论春末夏初在麦苗地或油菜地里追逐红靛儿,或是天高气爽的秋季,奔跑在柳树下面网罗虎不拉儿的时候,都好像没有见过这种鸟儿。它既不在我那小小的村庄后边高大的白杨树上同黧鸡儿一同鸣叫,也不在村南边那片神秘的大苇塘里和苇咋儿一块筑窠。

  初次见到它,是在阜平县的山村。那是抗日战争期间,在不断的炮火洗礼中,有时清晨起来,在茅屋后面或是山脚下的丛林里,我听到了黄鹂的尖利的富有召唤性和启发性的啼响。可是,它们飞起来,迅若流星,在密密的树枝树叶里忽隐忽现,常常是在我仰视的眼前一闪而过,金黄的羽毛上映照着阳光,美丽极了,想多看一眼都很困难。

  因为职业的关系,对于美的事物的追求,真是有些奇怪,有时简直近于一种狂热。在战争不暇的日子里,这种观察飞禽走兽的闲情逸致,不知对我的身心情感,起着什么性质的影响。

  前几年,终于病了。为了疗养,来到了多年向往的青岛。春天,我移居到离海边很近,只隔着一片杨树林洼地的一幢小楼房里。有很长的一段时间,我一个人住在这里,清晨黄昏,我常常到那杨树林里散步。有一天,我发现有两只黄鹂飞来了。

  这一次,它们好像喜爱这里的林木深密幽静,也好像是要在这里产卵孵雏,并不匆匆离开,大有在这里安家落户的意思。

  每天,天一发亮,我听到它们的叫声,就轻轻打开窗帘,从楼上可以看见它们互相追逐,互相逗闹,有时候看得淋漓尽致,对我来说,这真是饱享眼福了。

  观赏黄鹂,竟成了我的一种日课。一听到它们叫唤,心里就很高兴,视线也就转到杨树上,我很担心它们一旦要离此他去。这里是很安静的,甚至有些近于荒凉,它们也许会安心居住下去的。我在树林里徘徊着,仰望着,有时坐在小石凳上谛听着,但总找不到它们的窠巢所在,它们是怎样安排自己的住室和产房的呢?

  一天清晨,我又到树林里散步,和我患同一种病症的史同志手里拿着一支猎枪,正在瞄准树上。

  "打什么鸟儿?"我赶紧过去问。

  "打黄鹂!"老史兴致勃勃地说,"你看看我的枪法。"

  这时候,我不想欣赏他的枪技,我但愿他的枪法不准。他瞄了一会儿,黄鹂发觉飞走了。乘此机会,我以老病友的资格,请他不要射击黄鹂,因为我很喜欢这种鸟儿。

  我很感激老史同志对友谊的尊重。他立刻答应了我的要求,没有丝毫不平之气。

并且说：

"养病么，喜欢什么就多看看，多听听。"

这是真诚的同病相怜。他玩猎枪，也是为了养病，能在兴头儿上照顾旁人，这种品质不是很难得吗？

有一次，在东海岸的长堤上，一位穿皮大衣戴皮帽的中年人，只是为了讨取身边女朋友的一笑，就开枪射死了一只回翔在天空的海鸥。一群海鸥受惊远飏，被射死的海鸥落在海面上，被怒涛拍击漂卷。胜利品无法取到，那位女人请在海面上操作的海带培养工人帮助打捞，工人们愤怒地掉头划船而去。这给我留下了深刻的印象。回到房子里，无可奈何地写了几句诗，也终于没有完成，因为契诃夫在好几种作品里写到了这种人。我的笔墨又怎能更多地为他们的业绩生色？在他们的房间里，只挂着契诃夫为他们写的褒词就够了。

惋惜的是，我的朋友的高尚情谊，不能得到这两只惊弓之鸟的理解，它们竟一去不返。从此，清晨起来，白杨萧萧，再也听不到那种清脆的叫声。夏天来了，我忙着到浴场去游泳，渐渐把它们忘掉了。

有一天我去逛鸟市。那地方卖鸟儿的很少了，现在生产第一，游闲事物，相应减少，是很自然的。在一种转角地方，有一个卖鸟笼的老头儿，坐在一条板凳上，手里玩弄着一只黄鹂。黄鹂系在一根木棍上，一会儿悬空吊着，一会儿被拉上来。我站住了，我望着黄鹂，忽然觉得它的焦黄的羽毛，它的嘴眼和爪子，都带有一种凄惨的神气。

"你要吗？多好玩儿！"老头儿望望我问了。

"我不要。"我转身走开了。

我想，这种鸟儿是不能饲养的，它不久会被折磨得死去。这种鸟儿，即使在动物园里，也不能从容地生活下去吧，它需要的天地太宽阔了。

从此，有很长一段时间，我不再想起黄鹂。第二年春季，我到了太湖，在江南，我才理解了"杂花生树，群莺乱飞"这两句文章的好处。

是的，这里的湖光山色，密柳长堤；这里的茂林修竹，桑田苇泊；这里的乍雨乍晴的天气，使我看到了黄鹂的全部美丽，这是一种极致。

是的，它们的啼叫，是要伴着春雨、宿露，它们的飞翔，是要伴着朝霞和彩虹。这里才是它们真正的家乡，安居乐业的所在。

各种事物都有它的极致。虎啸深山，鱼游潭底，驼走大漠，雁排长空，这就是它们的极致。

在一定的环境里，才能发挥这种极致。这就是形色神态和环境的自然结合和相互发挥，这就是景物一体。典型环境中的典型性格，也可以从这个角度来理解吧。这正是在艺术上不容易遇到的一种境界。

1962 年 4 月

（原载《孙犁代表作》，河南人民出版社 1994 年版）

髻

琦 君

母亲年轻的时候，一把青丝梳一条又粗又长的辫子，白天盘成了一个螺丝似的尖髻儿，高高地翘起在后脑，晚上就放下来挂在背后。我睡觉时挨着母亲的肩膀，手指头绕着她的长发梢玩儿，双妹牌生发油的香气混着油垢味直熏我的鼻子。有点儿难闻，却有一份母亲陪伴着我的安全感，我就呼呼地睡着了。

每年的七月初七，母亲才痛痛快快地洗一次头。乡下人的规矩，平常日子可不能洗头。如洗了头，脏水流到阴间，阎王要把它储存起来，等你死以后去喝，只有七月初七洗的头，脏水才流向东海去。所以一到七月七，家家户户的女人都要有一大半天披头散发。有的女人披着头发美得跟葡萄仙子一样，有的却像丑八怪。比如我的五叔婆吧，她既矮小又干瘪，头发掉了一大半，却用墨炭划出一个四四方方的额角，又把树皮似的头顶全抹黑了。洗过头以后，墨炭全没有了，亮着半个光秃秃的头顶，只剩后脑勺一小撮头发，飘在背上，在厨房里摇来晃去帮我母亲做饭，我连看都不敢冲她看一眼。可是母亲乌油油的柔发却像一匹缎子似的垂在肩头，微风吹来，一绺绺的短发不时拂着她白嫩的面颊。她眯起眼睛，用手背拢一下，一会儿又飘过来了。她是近视眼，眯缝眼儿的时候格外的俏丽。我心里在想，如果爸爸在家，看见妈妈这一头乌亮的好发，一定会上街买一对亮晶晶的水钻发夹给她，要她戴上。妈妈一定是戴上了一会儿就不好意思地摘下来。那么这一对水钻夹子，不久就会变成我扮新娘的"头面"了。

父亲不久回来了，没有买水钻发夹，却带回一位姨娘。她的皮肤好细好白，一头如云的柔鬓比母亲的还要乌，还要亮。两鬓像蝉翼似的遮住一半耳朵，梳向后面，挽一个大大的横爱司髻，像一只大蝙蝠扑盖着她后半个头。她送母亲一对翡翠耳环。母亲只把它收在抽屉里从来不戴，也不让我玩，我想大概是她舍不得戴吧。

我们全家搬到杭州以后，母亲不必忙厨房，而且许多时候，父亲要她出来招呼客人，她那尖尖的螺丝髻儿实在不像样，所以父亲一定要她改梳一个式样。母亲就请她的朋友张伯母给她梳了个鲍鱼头。在当时，鲍鱼头是老太太梳的，母亲才过三十岁，却要打扮成老太太，姨娘看了只是抿嘴儿笑，父亲就直皱眉头。我悄悄地问她："妈，你为什么不也梳个横爱司髻，戴上姨娘送你的翡翠耳环呢？"母亲沉着脸说："你妈是乡下人，那儿配梳那种摩登的头，戴那讲究的耳环呢？"

姨娘洗头从不拣七月初七。一个月里都洗好多次头。洗完后，一个丫头在旁边用一把粉红色大羽毛扇轻轻地扇着，轻柔的发丝飘散开来，飘得人起一股软绵绵的感觉。父亲坐在紫檀木榻床上，端着水烟筒噗噗地抽着，不时偏过头来看她，眼神里全是笑。姨娘抹上三花牌发油，香风四溢，然后坐正身子，对着镜子盘上一个油光闪亮的爱司髻，我站在边上都看呆了。姨娘递给我一瓶三花牌发油，叫我拿给母亲，母亲却把它高高搁在橱背上，说："这种新式的头油，我闻了就泛胃。"

母亲不能常常麻烦张伯母,自己梳出来的鲍鱼头紧绷绷的,跟原先的螺丝髻相差有限,别说父亲,连我看了都不顺眼。那时姨娘已请了个包梳头刘嫂。刘嫂头上插一根大红签子,一双大脚鸭子,托着个又矮又胖的身体,走起路来气喘呼呼的。她每天早上十点钟来,给姨娘梳各式各样的头,什么凤凰髻、羽扇髻、同心髻、燕尾髻,常常换样子,衬托着姨娘细洁的肌肤,嬝嬝婷婷的水蛇腰儿,越发引得父亲笑眯了眼。刘嫂劝母亲说:"大太太,你也梳个时髦点的式样嘛。"母亲摇摇头,响也不响,她噘起厚嘴唇走了。母亲不久也由张伯母介绍了一个包梳头陈嫂。她年纪比刘嫂大,一张黄黄的大扁脸,嘴里两颗闪亮的金牙老露在外面,一看就是个爱说话的女人。她一边梳一边叽哩呱啦地从赵老太爷的大少奶奶,说到李参谋长的三姨太,母亲像个闷葫芦似的一句也不搭腔,我却听得津津有味。有时刘嫂与陈嫂一起来了,母亲和姨娘就在廊前背对着背同时梳头。只听姨娘和刘嫂有说有笑,这边母亲只是闭目养神。陈嫂越梳越没劲儿,不久就辞工不来了,我还清清楚楚地听见她对刘嫂说:"这么老古董的乡下太太,梳什么包梳头呢?"我都气哭了,可是不敢告诉母亲。

从那以后,我就垫着矮凳替母亲梳头,梳那最简单的鲍鱼头。我踮起脚尖,从镜子里望着母亲。她的脸容已不像在乡下厨房里忙来忙去时那么丰润亮丽了,她的眼睛停在镜子里,望着自己出神,不再是眯缝眼儿的笑了。我手中捏着母亲的头发,一绺绺地梳理,可是我已懂得,一把小小黄杨木梳,再也理不清母亲心中的愁绪。因为在走廊的那一边,不时飘来父亲和姨娘琅琅的笑语声。

我长大出外读书以后,寒暑假回家,偶然给母亲梳头,头发捏在手心,总觉得愈来愈少。想起幼年时,每年七月初七看母亲乌亮的柔发飘在两肩,她脸上快乐的神情,心里不禁一阵阵酸楚。母亲见我回来,愁苦的脸上却不时展开笑容。无论如何,母女相依的时光总是最最幸福的。

在上海求学时,母亲来信说她患了风湿病,手膀抬不起来,连最简单的螺丝髻儿都盘不成样,只好把稀稀疏疏的几根短发剪去了。我捧着信,坐在寄宿舍窗口凄淡的月光里,寂寞地掉起眼泪。深秋的夜风吹来,我有点冷,披上母亲为我织的软软的毛衣,浑身又暖和起来。可是母亲老了,我却不能随侍在她身边,她剪去了稀疏的短发,又何尝剪去满怀的愁绪呢!

不久,姨娘因事来上海,带来母亲的照片。三年不见,母亲已白发如银。我呆呆地凝视着照片,满腔心事,却无法向眼前的姨娘倾诉。她似乎很体谅我思母之情,絮絮叨叨地和我谈着母亲的近况。说母亲心脏不太好,又有风湿病,所以体力已不大如前。我低头默默地听着,想想她就是使我母亲一生郁郁不乐的人,可是我已经一点都不恨她了。因为自从父亲去世以后,母亲和姨娘反而成了患难相依的伴侣,母亲早已不恨她了。我再仔细看看她,她穿着灰布棉袍,鬓边戴着一朵白花,颈后垂着的再不是当年多彩多姿的凤凰髻同心髻,而是一条简简单单的香蕉卷,她脸上脂粉不施,显得十分哀戚,我对她不禁起了无限怜悯。因为她不像我母亲是个甘淡泊的女性,她随着父亲享受了近二十多年的富贵荣华,一朝失去了依傍,她的空虚落寞之感,将更甚于我母亲吧。

来台湾以后,姨娘已成了我唯一的亲人,我们住在一起有好几年。在日式房屋的长廊里,我看她坐在玻璃窗边梳头,她不时用拳头捶着肩膀说:"手酸得很,真是老了。"老了,她也老了。当年如云的青丝,如今也渐渐落去,只剩了一小把,且已夹有丝丝白发。想起在杭州时,她和母亲背对着背梳头,彼此不交一语的仇视日子,转眼都成过去。人世间,什么是爱,什么是恨呢? 母亲已去世多年,垂垂老去的姨娘,亦终归走向同一个渺茫不可知的方向,她现在的光阴,比谁都寂寞啊。

我怔怔地望着她,想起她美丽的横爱司髻,我说:"让我来替你梳个新的式样吧。"她愀然一笑说:"我还要那样时髦干什么,那是你们年轻人的事了。"

我能长久年轻吗? 她说这话,一转眼又是十多年了。我也早已不年轻了。对于人世的爱、憎、贪、痴,已木然无动于衷。母亲去我日远,姨娘的骨灰也已寄存在寂寞的寺院中。这个世界,究竟有什么是永久的,又有什么是值得认真的呢?

(原载《红纱灯》,台北三民出版社1969年版)

怀念萧珊

巴 金

一

今天是萧珊逝世的六周年纪念日。六年前的光景还非常鲜明地出现在我的眼前。那天我从火葬场回到家中,一切都是乱糟糟的,过了两三天我渐渐地安静下来了,一个人坐在书桌前,想写一篇纪念她的文章。在五十年前我就有了这样一种习惯:有感情无处倾吐时,我经常求助于纸笔。可是一九七二年八月里那几天,我每天坐三四个小时望着面前摊开的稿纸,却写不出一句话。我痛苦地想,难道给关了几年的"牛棚",真的就变成"牛"了?头上仿佛压了一块大石头,思想好像冻结了一样。我索性放下笔,什么也不写了。

六年过去了,林彪、"四人帮"及其爪牙们的确把我搞得很"狼狈",但我还是活下来了,而且偏偏活得比较健康,脑子也并不糊涂,有时还可以写一两篇文章。最近我经常去火葬场,参加老朋友们的骨灰安放仪式。在大厅里,我想起许多事情。同样地奏着哀乐,我的思想却从挤满了人的大厅转到只有二三十个人的中厅里去了,我们正在用哭声向萧珊的遗体告别。我记起了《家》里面觉新说过的一句话:"好像珏死了,也是一个不祥的鬼。"四十七年前我写这句话的时候,怎么想得到我是在写自己!我没有流眼泪,可是我觉得有无数锋利的指甲在搔我的心。我站在死者遗体旁边,望着那张惨白色的脸,那两片咽下千言万语的嘴唇,我咬紧牙齿,在心里唤着死者的名字。我想,我比她大十三岁,为什么不让我先死?我想,这是多么不公平!她究竟犯了什么罪?她也给关进"牛棚",挂上"牛鬼蛇神"的小纸牌,还扫过马路。究竟为什么?理由很简单,她是我的妻子。她患了病,得不到治疗,也因为她是我的妻子。想尽办法一直到逝世前三个星期,靠开后门她才住进医院。但是癌细胞已经扩散,肠癌变成了肝癌。

她不想死,她要活,她愿意改造思想,她愿意看到社会主义建成。这个愿望总不能说是痴心妄想吧。她本来可以活下去,倘使她不是"黑老K"的"臭婆娘"。一句话,是我连累了她,是我害了她。

在我靠边的几年中间,我所受到的精神折磨她也同样受到。但是我并未挨过打,她却挨了"北京来的红卫兵"的铜头皮带,留在她左眼上的黑圈好几天以后才褪尽。她挨打只是为了保护我,她看见那些年轻人深夜闯进来,害怕他们把我揪走,便溜出大门,到对面派出所去,请民警同志出来干预。那里只有一个人值班,不敢管。当着民警的面她被他们用铜头皮带狠狠抽了一下,给押了回来,同我一起关在马桶间里。

她不仅分担了我的痛苦,还给了我不少的安慰和鼓励。在"四害"横行的时候,我在原单位(中国作家协会上海分会)给人当作"罪人"和"贱民"看待,日子十分难过,有时到晚上九十点钟才能回家。我进了门看到她的面容，满脑子的乌云都消散了。我有什么委屈、牢骚，都可以向她尽情倾吐。有一个时期我和她每晚临睡前要服两粒眠尔通才能够闭眼，可是天刚刚发白就都醒了。我唤她，她也唤我，我诉苦般地说："日子难过啊！"她也用同样声音回答："日子难过啊！"但是她马上加一句："要坚持下去。"或者再加一句："坚持就是胜利。"我说"日子难过"，因为在那一段时间里，我每天在"牛棚"里面劳动、学习、写交代、写检查、写思想汇报。任何人都可以责骂我、教训我、指挥我，从外地到"作协分会"来串联的人可以随意点名叫我出去"示众"，还要自报罪行。上下班不限时间，由管理"牛棚"的"监督组"随意决定。任何人都可以闯进我家里来，高兴拿什么就拿走什么。这个时候大规模的群众性批斗和电视批斗大会还没有开始，但已经越来越逼近了。

她说"日子难过"，因为她给两次揪到机关，靠边劳动，后来也常常参加陪斗。在淮海中路"大批判专栏"上张贴着批判我的罪行的大字报，我一家人的名字都给写出来"示众"，不用说"臭婆娘"的大名占着显著的地位。这些文字像虫子一样咬痛她的心。她让上海戏剧学院"狂妄派"学生突然袭击，揪到"作协分会"去的时候，在我家大门上还贴了一张揭露她的所谓罪行的大字报。幸好当天夜里我儿子把它撕毁。否则这一张大字报就会要了她的命！

人们的白眼、人们的冷嘲热骂蚕蚀着她的身心。我看出来她的健康逐渐遭到损害。表面上的平静是虚假的。内心的痛苦像一锅煮沸的水，她怎么能遮盖住！怎么能使它平静！她不断地给我安慰，对我表示信任，替我感到不平。然而她看到我的问题一天天地变得严重，上面对我的压力一天天地增加，她又非常担心。有时同我一起上班或者下班，走近巨鹿路口、快到"作协分会"，或者走到湖南路口、快到我们家，她总是抬不起头。我理解她，同情她，也非常担心她经受不起沉重的打击。我还记得有一天到了平常下班的时间，我们没有受到留难，回到家里她比较高兴，到厨房去烧菜。我翻看当天的报纸，在第三版上看到当时做了"作协分会"的"头头"的两个工人作家写的文章《彻底揭露巴金的反革命真面目》。真是当头一棒！我看了两三行，连忙把报纸藏起来，我害怕让她看见。她端着烧好的菜出来，脸上还带笑容，吃饭时她有说有笑。饭后她要看报，我企图把她的注意力引到别处。但是没有用，她找到了报纸。她的笑容一下子完全消失。这一夜她再没有讲话，早早地进了房间。我后来发现她躺在床上小声哭着。一个安静的夜晚给破坏了。今天回想当时的情景，她那张满是泪痕的脸还在我的眼前。我多么愿意让她的泪痕消失，笑容在她那憔悴的脸上重现，即使减少我几年的生命来换取我们家庭生活中一个宁静的夜晚，我也心甘情愿！

二

我听周信芳同志的媳妇说，周的夫人在逝世前经常被打手们拉出去当作皮球推来推去，打得遍体鳞伤，有人劝她躲开，她说："我躲开，他们就要这样对付周先生了。"萧珊并未受到这种新式体罚。可是她在精神上给别人当皮球打来打去。她也有这样的想法：她多受一点精神折磨，可以减轻对我的压力。其实这是她的一片痴心，结果只苦了她自己。我看见她一天天地憔悴下去，我看见她的生命之火逐渐熄灭，我多么痛心，我劝她，安慰她，我想拉住她，但一点也没有用。

她常常问我:"你的问题什么时候才解决呢?"我苦笑地说:"总有一天会解决的。"她叹口气说:"我恐怕等不到那个时候了。"后来她病倒了,有人劝她打电话找我回家,她不知从哪里得来的消息,她说:"他在写检查,不要打扰他。他的问题大概可以解决了。"等到我从五·七干校回家休假,她已经不能起床。她还问我检查写得怎样,问题是否可以解决。我当时的确在写检查,而且已经写了好几次了。他们要我写,只是为了消耗我的生命。但她怎么能理解呢?

这时离她逝世不过两个多月,癌细胞已经扩散,可是我们不知道,想找医生给她认真检查一次,也毫无办法。平日去医院挂号看门诊,等了许久才见到医生或者实习医生,随便给开个药方就算解决问题。只有在发烧到摄氏三十九度才有资格挂急诊号,或者还可以在病人拥挤的观察室里待上一天半天。当时去医院看病找交通工具也很困难,常常是我女婿借了自行车来,让她坐在车上,他慢慢地推着走。有一次她雇到小三轮车去看病,看好门诊回家雇不到车了,只好同陪她看病的朋友一起慢慢地走回来,走走停停,走到街口,她快要倒下了,只得请求行人到我们家通知。她一个表侄正好来探病,就由他去把她背了回家。她希望拍一张X光片子查一查肠子有什么病,但是办不到。后来靠了她一位亲戚帮忙开后门两次拍片,才查出她患肠癌。以后又靠朋友设法开后门住进了医院。她自己还很高兴,以为得救了。只有她一个人不知真实的病情,她在医院里只活了三个星期。

我休假回家,假期满了,我又请过两次假,留在家里照料病人,最多也不到一个月。我看见她病情日趋严重,实在不愿意把她丢开不管,我要求延长假期的时候,我们那个单位一个"工宣队"头头逼着我第二天就回干校去。我回到家里,她问起来,我无法隐瞒,她叹了一口气,说:"你放心去吧。"她把脸掉过去,不让我看她。我女儿、女婿看到这种情景,自告奋勇跑到巨鹿路向那位"工宣队"头头解释,希望同意我在市区多留些日子照料病人。可是那个头头"执法如山",还说:"他不是医生,留在家里,有什么用!""留在家里对他改造不利!"他们气愤地回到家中,只说机关不同意,后来才对我传达了这句"名言"。我还能讲什么呢?明天回干校去!

整个晚上她睡不好,我更睡不好。出乎意外,第二天一早我那个插队落户的儿子在我们房间里出现了,他是昨天半夜里到的。他得到了家信,请假回家看母亲,却没有想到母亲病成这样。我见了他一面,把他母亲交给他,就回干校去了。

在车上我的情绪很不好。我实在想不通为什么会有这样的事情。我在干校待了五天,无法同家里通消息。我已经猜到她的病不轻了。可是人们不让我过问她的事情。这五天是多么难熬的日子!到第五天晚上在干校的造反派头头通知我们全体第二天一早回市区开会。这样我又回到了家,见到了我的爱人。靠了朋友帮忙,她可以住进中山医院肝癌病房,一切都准备好,她第二天就要住院了。她多么希望住院前见我一面,我终于回来了。连我也没有想到她的病情发展得这么快。我们见了面,我一句话也讲不出来,她说了一句:"我到底住院了。"我答说:"你安心治疗吧。"她父亲也来看她,老人家双目失明,去医院探病有困难,可能是来同他的女儿告别了。

我吃过中饭,就去参加给别人戴上反革命帽子的大会,受批判、戴帽子的人不止一个,其中有一个我的熟人王若望同志,他过去也是作家,不过比我年轻。我们一起在"牛棚"里关过一个时期,他的罪名是"摘帽右派"。他不服,不听话,他贴出大字报,声明"自己解放自己",因此罪名越搞越大,给捉去关了一个时期不算,还戴上了反革命的帽子监督劳动。在会场里我一直像在做怪梦。开完会回家,见到萧珊我感到格外亲切,仿佛重回人间。可是她不舒服,不想讲话,偶尔讲一句半句,我还记得她讲了两次:"我看不到了。"我连声问她看不到什么?她后来才说:"看不到你解放了。"我还能再讲什么呢?

我儿子在旁边,垂头丧气,精神不好,晚饭只吃了半碗,像是患感冒。她忽然指着他小声说:"他怎么办呢?"他当时在安徽山区农村已经待了三年半,政治上没有人管,生活上不能养活自己,而且因为是我的儿子,给剥夺了好些公民权利。他先学会沉默,后来又学会抽烟。我怀着内疚的心情看看他,我后悔当初不该写小说,更不该生儿育女。我还记得前两年在痛苦难熬的时候她对我说:"孩子们说爸爸做了坏事,害了我们大家。"这好像用刀子在割我身上的肉,我没有出声,我把泪水全吞在肚里。她睡了一觉醒过来忽然问我:"你明天不去了?"我说:"不去了。"就是那个"工宣队"头头今天通知我不用再去干校就留在市区。他还问我:"你知道萧珊是什么病?"我答说:"知道。"其实家里瞒住我,不给我知道真相,我还是从他这句问话里猜到的。

三

第二天早晨她动身去医院,一个朋友和我女儿、女婿陪她去。她穿好衣服等候车来。她显得急躁,又有些留恋,东张张、西望望,她也许在想是不是能再看到这里的一切。我送走她,心上反而加了一块大石头。

将近二十天里,我每天去医院陪伴她大半天,我照料她,我坐在病床前守着她,同她短短地谈几句话。她的病情变化,一天天衰弱下去,肚子却一天天大起来,行动越来越不方便。当时病房里没有人照料,生活方面除饮食外一切都必须自理。后来听同病房的人称赞她"坚强",说她每天早晚都默默地挣扎着下了床,走到厕所。医生对我们谈起,病人的身体经不住手术,最怕的是她的肠子堵塞,要是不堵塞,还可以拖延一个时期。她住院后的半个月是一九六六年八月以来我既痛苦又感到幸福的一段时间,是我和她在一起度过的最后的平静时刻,我今天还不能将它忘记。但是半个月以后,她的病情又有了发展。一天吃中饭的时候,医生通知我儿子找我去谈话。他告诉我:病人的肠子给堵住了,必须开刀。开刀不一定有把握,也许中途出毛病。但是不开刀,后果更不堪设想,他要我决定,并且要我劝她同意。我做了决定,就去病房对她解释,我讲完话,她只说了一句:"看来,我们要分别了。"她望着我,眼睛里全是泪水,我说:"不会的……"我的声音哑了。接着护士长来安慰她,对她说:"我陪你,不要紧的。"她回答:"你陪我就好。"时间很紧迫,医生、护士们很快作好了准备,她给送进手术室去了,是她的表侄把她推到手术室门口的。我们就在外面走廊上等了好几个小时,等到她平安地给送出来,由儿子把她推回到病房去。儿子还在她的身边守过一个夜晚。过两天他也病倒了,查出来他患肝炎,是从安徽农村带回来的。本来我们想瞒住他的母亲,可是无意间让他母亲知道了。她不断地问:"儿子怎么样?"我自己也不知道儿子怎么样,我怎么能使她放心呢?晚上回到家,走进空空的、静静的房间,我几乎要叫出声来:"一切都朝我的头打下来吧,让所有的灾祸都来吧。我受得住!"

我应当感谢那位热心而又善良的护士长,她同情我的处境,要我把儿子的事情完全交给她办。她作好安排,陪他看病、检查,让他很快住进别处的隔离病房,得到及时的治疗和护理。他在隔离病房里苦苦地等候母亲病情的好转。母亲躺在病床上，只能有气无力地说几句短短的话，她经常问："棠棠怎么样？"从她那双含泪的眼睛里我明白她多么想看见她最爱的儿子。但是她已经没有精力多想了。

她每天给输血、打盐水针。她看见我去就断断续续地问我："输多少CC的血？该怎么办？"我安慰她："你只管放心。没有问题，治病要紧。"她不止一次地说："你辛苦了。"我有什么苦呢？我能够为我最亲爱的人做事情，哪怕做一件小事，我也高兴！后来她的身体更不行了。医生给她输氧气，鼻子里整天插着管子。她几次要求拿开，这说明她感到难受。但是听了我们的劝告，她终于忍受下去了。开刀以后她只活了五天。谁也想不到她会去得这么快！五天中间我整天守在病床前，默默地望着她在受苦（我是设身处地感觉到这样的），可是她除了两三次要求搬开床前巨大的氧气筒，三四次表示担心输血较多，付不出医药费之外，并没有抱怨过什么，见到熟人她常有这样一种表情：请原谅我麻烦了你们。她非常安静，但并未昏睡，始终睁大两只眼睛。眼睛很大，很美，很亮，我望着，望着，好像在望快要燃尽的烛火。我多么想让这对眼睛永远亮下去！我多么害怕她离开我！我甚至愿意为我那十四卷"邪书"受到千刀万剐，只求她能安静地活下去。

不久前我重读梅林写的《马克思传》，书中引用了马克思给女儿的信里的一段话，讲到马克思夫人的死。信上说："她很快就咽了气。……这个病具有一种逐渐虚脱的性质，就像由于衰老所致一样。甚至在最后几小时也没有临终的挣扎，而是慢慢地沉入睡乡，她的眼睛比任何时候都更大、更美、更亮！"这段话我记得很清楚，马克思夫人也死于癌症。我默默地望着萧珊那对很大、很美、很亮的眼睛，我想起这段话，稍微得到一点安慰。听说她的确也"没有临终的挣扎"，也是"慢慢地沉入睡乡"。我这样说，因为她离开这个世界的时候，我不在她的身边，那天是星期天，卫生防疫站因为我们家发现了肝炎病人，派人上午来做消毒工作。她的表妹有空愿意到医院去照料她，讲好我们吃过中饭就去接替。没有想到我们刚刚端起饭碗，就得到传呼电话，通知我女儿去医院，说是她妈妈"不行"了。真是晴天霹雳！我和我女儿、女婿赶到医院。她那张病床上连床垫也给拿走了。别人告诉我她在太平间。我们又下了楼赶到那里，在门口遇见表妹。还是她找人帮忙把"咽了气"的病人抬进来的。死者还不曾给放进铁匣子里送进冷库，她躺在担架上，但已经给白布床单包得紧紧的，看不到面容了。我只看到她的名字。我弯下身子，把地上那个还有点人形的白布包拍了好几下，一面哭着唤她的名字。不过几分钟的时间。这算是什么告别呢？

据表妹说，她逝世的时刻，表妹也不知道。她曾经对表妹说："找医生来。"医生来过，并没有什么。后来她就渐渐地"沉入睡乡"。表妹还以为她在睡眠。一个护士来打针，才发觉她的心脏已经停止跳动了。我没有能同她诀别，我有许多话没有能向她倾吐，她不能没有留下一句遗言就离开我！我后来常常想，她对表妹说："找医生来。"很可能不是"找医生"，是"找李先生"（她平日这样称呼我）。为什么那天上午偏偏我不在病房呢？家里人都不在她身边，她死得这样凄凉！

我女婿马上打电话给我们仅有的几个亲戚。她的弟媳赶到医院，马上晕了过去。三天以后在龙华火葬场举行告别仪式。她的朋友一个也没有来，因为一则我们没有通知，二则我是一个审查了将近七年的对象。没有悼词，没有吊客，只有一片伤心的哭声。我衷心感谢前来参加仪式的少数亲友和特地来帮忙的我女儿的两三个同学。最后，我跟她的遗体告别,女儿望着遗容哀哭,儿子在隔离病房还不知道把他当作命根子的妈妈已经死亡。值得提说的是她当作自己儿子照顾了好些年的一位亡友的男孩从北京赶来,只为了看见她的最后一面。这个整天同钢铁打交道的技术员,他的心倒不像钢铁那样。他得到电报以后,他爱人对他说:"你去吧,你不去一趟,你的心永远安定不了。"我在变了形的她的遗体旁边站了一会。别人给我和她照了相。我痛苦地想:这是最后一次了,即使给我们留下来很难看的形象,我也要珍视这个镜头。

一切都结束了。过了几天我和女儿、女婿到火葬场,领到了她的骨灰盒。在存放室寄存了三年之后,我按期把骨灰盒接回家里。有人劝我把她的骨灰安葬,我宁愿让骨灰盒放在我的寝室里,我感到她仍然和我在一起。

四

梦魇一般的日子终于过去了。六年仿佛一瞬间似的远远地落在后面了。其实哪里是一瞬间!这段时间里有多少流着血和泪的日子啊。不仅是六年,从我开始写这篇短文到现在又过去了半年,半年中我经常在火葬场的大厅里默哀,行礼,为了纪念给"四人帮"迫害致死的朋友。想到他们不能把个人的智慧和才华献给社会主义祖国,我万分惋惜。每次戴上黑纱、插上纸花的同时,我也想起我自己最亲爱的朋友,一个普通的文艺爱好者,一个成绩不大的翻译工作者,一个心地善良的好人。她是我的生命的一部分,她的骨灰里有我的泪和血。

她是我的一个读者。一九三六年我在上海第一次同她见面,一九三八年和一九四一年我们两次在桂林像朋友似地住在一起。一九四四年我们在贵阳结婚。我认识她的时候,她还不到二十,对她的成长我应当负很大的责任。她读了我的小说,给我写信,后来见到了我,对我发生了感情。她在中学念书。看见我以前,因为参加学生运动被学校开除,回到家乡住了一个短时期,又出来进另一所学校。倘使不是为了我,她三七、三八年一定去了延安。她同我谈了八年的恋爱,后来到贵阳旅行结婚,只印发了一个通知,没有摆过一桌酒席。从贵阳我和她先后到了重庆,住在民国路文化生活出版社门市部楼梯下七八个平方米的小屋里。她托人买了四只玻璃杯开始组织我们的小家庭。她陪着我经历了各种艰苦生活。在抗日战争紧张的时期,我们一起在日军进城以前十多个小时逃离广州,我们从广东到广西,从昆明到桂林,从金华到温州,我们分散了,又重见,相见后又别离。在我那两册《旅途通讯》中就有一部分这种生活的记录。四十年前有一位朋友批评我:"这算什么文章!"我的《文集》出版后,另一位朋友认为我不应当把它们也收进去。他们都有道理,两年来我对朋友、对读者讲过不止一次,我决定不让《文集》重版。但是为我自己,我要经常翻看那两小册《通讯》。在那些年代,每当我落在困苦的境地里、朋友们各奔前程的时候,她总是亲切地在我的耳边说:"不要难过,我不会离开你,我在你的身边。"的确,只有在她最后一次进手术室之前她才说过这样一句:"我们要分别了。"

我同她一起生活了三十多年。但是我并没有好好地帮助过她。她比我有才华,却缺乏刻苦钻研的精神。我很喜欢她翻译的普希金和屠格涅夫的小说。虽然译文并不恰当,也不是普希金和屠格涅夫的风格,它们却是有创造性的文学作品,阅读它们对我是一种享受。她想改变自己的生活,不愿作家庭妇女,却又缺少吃苦耐劳的勇气。她听从一个朋友的劝告，得到后来也是给"四人帮"迫害致死的叶以群同志的同意，到《上海文学》"义务劳动"，也做了一点点工作，然而在运动中却受到批判，说她专门向老作家组稿，又说她是我派去的"坐探"。她为了改造思想，想走捷径，要求参加"四清"运动，找人推荐到某铜厂的工作组工作，工作相当忙碌、紧张，她却精神愉快。但是到我快要靠边的时候，她也被叫回"作协分会"参加运动。她第一次参加这种急风暴雨般的斗争，而且是以"反动权威"家属的身份参加，她不知道该怎么办才好。她张皇失措、坐立不安，替我担心，又为儿女的前途忧虑。她盼望什么人向她伸出援助的手，可是朋友们离开了她，"同事们"拿她当作箭靶，还有人想通过整她来整我。她不是作家协会或者刊物的正式工作人员，可是仍然被"勒令"靠边劳动、站队挂牌，放回家以后，又给揪到机关。过一个时期，她写了认罪的检查，第二次给放回家的时候，我们机关的造反派头头却通知里弄委员会罚她扫街。她怕人看见，每天大清早起来，拿着扫帚出门，扫得精疲力尽，才回到家里，关上大门，吐了一口气。但有时她还碰到上学去的小孩，对她叫骂"巴金的臭婆娘"。我偶尔看见她拿着扫帚回来，不敢正眼看她，我感到负罪的心情，这是对她的一个致命的打击。不到两个月，她病倒了，以后就没有再出去扫街（我妹妹继续扫了一个时期），但是也没有完全恢复健康。尽管她还继续拖了四年，但一直到死她并不曾看到我恢复自由。这就是她的最后，然而绝不是她的结局。她的结局将和我的结局连在一起。

我绝不悲观。我要争取多活。我要为我们社会主义祖国工作到生命的最后一息。在我丧失工作能力的时候，我希望病榻上有萧珊翻译的那几本小说，等到我永远闭上眼睛，就让我的骨灰同她的掺和在一起。

1979年1月15日写

（原载《随想录》第1集，香港三联书店1979年版）

小狗包弟

巴　金

　　一个多月前，我还在北京，听人讲起一位艺术家的事情，我记得其中一个故事是讲艺术家和狗的。据说艺术家住在一个不太大的城市里，隔壁人家养了小狗，它和艺术家相处很好，艺术家常常用吃的东西款待它。"文革"期间，城里发生了从未见过的武斗，艺术家害怕起来，就逃到别处躲了一段时期。后来他回来了，大概是给人揪回来的，说他"里通外国"，是个反革命，批他，斗他。他不承认，就痛打，拳打脚踢，棍棒齐下，不但头破血流，一条腿也给打断了。批斗结束，他走不动，让专政队拖着他游街示众，衣服撕破了，满身是血和泥土，口里发出呻唤。认识的人看见半死不活的他，都掉开头去。忽然一只小狗从人丛中跑出来，非常高兴地朝着他奔去。它亲热地叫着，扑到他跟前，到处闻闻，用舌头舔舔，用脚爪在他的身上抚摸。别人赶它走，用脚踢，拿棒打，都没有用，它一定要留在它的朋友的身边。最后专政队用大棒打断了小狗的后腿，它发出几声哀叫，痛苦地拖着伤残的身子走开了。地上添了血迹，艺术家的破衣上留下几处狗爪印。艺术家给关了几年才放出来，他的第一件事就是买几斤肉去看望那只小狗。邻居告诉他，那天狗给打坏以后，回到家里什么也不吃，哀叫了三天就死了。

　　听了这个故事，我又想起我曾经养过的那条小狗。是的，我也养过狗。那是一九五九年的事情。当时一位熟人给调到北京工作，要将全家迁去，想把他养的小狗送给我，因为我家里有一块草地，适合养狗的条件。我答应了，我的儿子也很高兴。狗来了，是一条日本种的黄毛小狗，干干净净，而且有一种本领：它有什么要求时就立起身子，把两只前脚并在一起不停地作揖。这本领不是我那位朋友训练出来的。它还有一位瑞典旧主人，关于他我毫无所知。他离开上海回国，把小狗送给接受房屋租赁权的人，小狗就归了我的朋友。小狗来的时候有一个外国名字，它的译音是"斯包弟"。我们简化了这个名字，就叫它做"包弟"。

　　包弟在我们家待了七年，同我们一家人处得很好。它不咬人，见到陌生人，在大门口吠一阵，我们一声叫唤，它就跑开了。夜晚篱笆外面人行道上常常有人走过，它听见某种声音就会朝着篱笆又跑又叫，叫声的确有点刺耳，但它也只是叫几声就安静了。它在院子里和草地上的时候多些，有时我们在客厅里接待客人或者同老朋友聊天，它会进来作几个揖，讨糖果吃，引起客人发笑。日本朋友对它更感兴趣，有一次大概在一九六三年或者以后的夏天，一家日本通讯社到我家来拍电视片，就拍摄了包弟的镜头。又有一次日本作家由起女士访问上海，来我家作客，对日本产的包弟非常喜欢，她说她在东京家中也养了狗。两年以后，她再到北京参加亚非作家紧急会议，看见我她就问："您的小狗怎样？"听我说包弟很好，她笑了。

　　我的爱人萧珊也喜欢包弟。在三年困难时期，我们每次到文化俱乐部吃饭，她总要向服务员讨一点骨头回去喂包弟。一九六二年我们夫妇带着孩子在广州过了春节，回到上海，听妹妹说，我们在广州的时候，睡房门紧闭，包弟每天清早守在房门口等候我们出来。它天天这样，从不厌倦。它看见我们回来，特别是看到萧珊，不住地摇头摆尾，那种高兴、亲热的样子，现在想起来我还很感动，仿佛又听见由起女士的问话："您的小狗怎样？"

"您的小狗怎样？"倘使我能够再见到那位日本女作家，她一定会拿同样的一句话问我。她的关心是不会减少的。然而我已经没有小狗了。

一九六六年八月下旬红卫兵开始上街抄"四旧"的时候，包弟变成了我们家的一个大"包袱"，晚上附近的小孩时常打门大喊大嚷，说是要杀小狗。听见包弟尖声吠叫，我就胆战心惊，害怕这种叫声会把抄"四旧"的红卫兵引到我家里来。当时我已经处于半靠边的状态，傍晚我们在院子里乘凉，孩子们都劝我把包弟送走，我请我的大妹妹设法。可是在这时节谁愿意接受这样的礼物呢？据说只好送给医院由科研人员拿来做实验用，我们不愿意。以前看见包弟作揖，我就想笑，这些天我在机关学习后回家，包弟向我作揖讨东西吃，我却暗暗地流泪。

形势越来越紧。我们隔壁住着一位年老的工商业者，原先是某工厂的老板，住屋是他自己修建的，同我的院子只隔了一道竹篱。有人到他家去抄"四旧"了。隔壁人家的一动一静，我们听得清清楚楚，从篱笆缝里也看得见一些情况。这个晚上附近小孩几次打门捉小狗，幸而包弟不曾出来乱叫，也没有给捉了去。这是我六十多年来第一次看见抄家，人们拿着东西进进出出，一些人在大声叱骂，有人摔破坛坛罐罐。这情景实在可怕。十多天来我就睡不好觉，这一夜我想得更多，同萧珊谈起包弟的事情，我们最后决定把包弟送到医院去，交给我的大妹妹去办。

包弟送走后，我下班回家，听不见狗叫声，看不见包弟向我作揖、跟着我进屋，我反而感到轻松，真有一种甩掉包袱的感觉。但是在我吞了两片眠尔通、上床许久还不能入睡的时候，我不由自主地想到了包弟，想来想去，我又觉得我不但不曾甩掉什么，反而背上了更加沉重的包袱。在我眼前出现的不是摇头摆尾、连连作揖的小狗，而是躺在解剖桌上给割开肚皮的包弟。我再往下想，不仅是小狗包弟，连我自己也在受解剖。不能保护一条小狗，我感到羞耻；为了想保全自己，我把包弟送到解剖桌上，我瞧不起自己，我不能原谅自己！我就这样可耻地开始了十年浩劫中逆来顺受的苦难生活。一方面责备自己，另一方面又想保全自己，不要让一家人跟自己一起堕入地狱。我自己终于也变成了包弟，没有死在解剖桌上，倒是我的幸运。……

整整十三年零五个月过去了。我仍然住在这所楼房里，每天清早我在院子里散步，脚下是一片衰草，竹篱笆换成了无缝的砖墙。隔壁房屋里增加了几户新主人，高高墙壁上多开了两扇窗，有时倒下一点垃圾。当初刚搭起的葡萄架给虫蛀后早已塌下来扫掉，连葡萄藤也被挖走了。右面角上却添了一个大化粪池，是从紧靠着的五层楼公寓里迁过来的。少掉了好几株花，多了几棵不开花的树。我想念过去同我一起散步的人，在绿草如茵的时节，她常常弯着身子，或者坐在地上拔除杂草，在午饭前后她有时逗着包弟玩。……我好像做了一场大梦。满园的创伤使我的心仿佛又给放在油锅里熬煎。这样的熬煎是不会有终结的，除非我给自己过去十年的苦难生活作了总结，还清了心灵上的欠债。这绝不是容易的事。那么我今后的日子不会是好过的吧。但是那十年我也活过来了。

即使在"说谎成风"的时期,人对自己也不会讲假话,何况在今天,我不怕大家嘲笑,我要说:我怀念包弟,我想向它表示歉意。

1980年1月4日

(原载《芳草》1982年第3期)

冒险记幸

杨 绛

在息县上过干校的,谁也忘不了息县的雨——灰蒙蒙的雨,笼罩人间;满地泥浆,连屋里的地也潮湿得想变浆,尽管泥路上经太阳晒干的车辙像刀刃一样坚硬,害得我们走得脚底起泡,一下雨就全化成烂泥,滑得站不住脚,走路拄着拐杖也难免滑倒。我们寄居各村老乡家,走到厨房吃饭,常有人滚成泥团子。厨房只是个席棚;旁边另有个席棚存放车辆和工具。我们端着饭碗尽量往两个席棚里挤。棚当中,地较干;站在边缘不仅泥泞,还有雨丝飕飕地往里扑。但不论站在席棚的中央或边缘,头顶上还点点滴滴漏下雨来。吃完饭,还得踩着烂泥,一滑一跌到井边去洗碗。回村路上如果打破了热水瓶,更是无法弥补的祸事,因为当地买不到,也不能由北京邮寄。唉!息县的雨天,实在叫人鼓不起劲来。

一次,连着几天下雨。我们上午就在村里开会学习,饭后只核心或骨干人员开会,其余的人就放任自流了。许多人回到寄寓的老乡家,或写信,或缝补,或赶做冬衣。我住在副队长家里,虽然也是六面泥的小房子,却比别家讲究些,朝南的泥墙上还有个一尺宽、半尺高的窗洞。我们糊上一层薄纸,又挡风,又透亮。我的床位在没风的暗角落里,伸手不见五指,除了晚上睡觉,白天待不住。屋里只有窗下那一点微弱的光,我也不愿占用。况且雨里的全副武装——雨衣、雨裤、长筒雨鞋,都沾满泥浆,脱换费事;还有一把水淋淋的雨伞也没处挂。我索性一手打着伞,一手拄着拐棍,走到雨里去。

我在苏州故居的时候最爱下雨天。后园的树木,雨里绿叶青翠欲滴,铺地的石子冲洗得光洁无尘;自己觉得身上清润,心上洁净。可是息县的雨,使人觉得自己确是黄土捏成的,好像连骨头都要化成一堆烂泥了。我踏着一片泥海,走出村子;看看表,才两点多,忽然动念何不去看看默存。我知道擅自外出是犯规,可是这时候不会吹号、列队、点名。我打算偷偷儿抄过厨房,直奔西去的大道。

连片的田里都有沟;平时是干的,积雨之后,成了大大小小的河渠。我走下一座小桥,桥下的路已淹在水里,和沟水汇成一股小河。但只差几步就跨上大道了。我不甘心后退,小心翼翼,试探着踩过靠岸的浅水;虽然有几脚陷得深些,居然平安上坡。我回头看看后无追兵,就直奔大道西去,只心上切记,回来不能再走这条路。

泥泞里无法快走,得步步着实。雨鞋愈走愈重;走一段路,得停下用拐杖把鞋上沾的烂泥拨掉。雨鞋虽是高筒,一路上的烂泥粘得变成"胶力士",争着为我脱靴;好几次我险地把雨鞋留在泥里。而且不知从哪里搓出来不少泥丸子,会落进高筒的雨鞋里去。我走在路南边,就觉得路北边多几茎草,可免滑跌;走到路北边,又觉得还是南边草多。这是一条坦直的大道,可是将近砖窑,有二三丈路基塌陷。当初我们菜园挖井,阿香和我推车往菜地送饭的时候,到这里就得由阿香推车下坡又上坡。连天下雨,这里一片汪洋,成了个清可见底的大水塘。中间有两条堤岸;我举足踹上堤岸,立即深深陷下去;原来那是大车拱起的轮辙,浸了水是一条"酥堤"。我跋涉到此,虽然走的是平坦大道,也大不容易,不愿废然而返。水并不没过靴筒,还差着一二寸。水底有些地方是沙,有些地方是草;沙地有软有硬,草地也有软有硬。我拄着拐杖一步一步试探着前行,想不到竟安然渡过了这个大水塘。

上坡走到砖窑,就该拐弯往北。有一条小河由北而南,流到砖窑坡下,稍一湾洄,就泛入窑西低洼的荒地里去。坡下那片地,平时河水蜿蜒而过,雨后水涨流急,给冲成一个小岛。我沿河北去,只见河面愈来愈广。默存的宿舍在河对岸,是几排灰色瓦房的最后一排。我到那里一看,河宽至少一丈。原来的一架四五尺宽的小桥,早已冲垮,歪歪斜斜浮在下游水面上。雨丝绵绵密密,把天和地都连成一片;可是面前这一道丈许的河,却隔断了道路。我在东岸望着西岸,默存住的房间更在这排十几间房间的最西头。我望着望着,不见一人;忽想到假如给人看见,我岂不成了笑话。没奈何,我只得踏着泥泞的路,再往回走;一面走,一面打算盘。河愈南去愈窄,水也愈急。可是如果到砖窑坡下跳上小岛,跳过河去,不就到了对岸吗?那边看去尽是乱石荒墩,并没有道路,可是地该是连着的,没有河流间隔。但河边泥滑,穿了雨靴不如穿布鞋灵便;小岛的泥土也不知是否坚固。我回到那里,伸过手杖去扎那个小岛,泥土很结实。我把手杖扎得深深地,攀着杖跳上小岛,又如法跳到对岸。一路坑坑坡坡,一脚泥、一脚水,历尽千难万阻,居然到了默存宿舍的门口。

我推门进去,默存吃了一惊。

"你怎么来了?"

我笑说:"来看看你。"

默存急得直骂我,催促我回去。我也不敢逗留,因为我看过表,一路上费的时候比平时多一倍不止。我又怕小岛愈冲愈小,我就过不得河了。灰蒙蒙的天,再昏暗下来,过那片水塘就难免陷入泥里去。

恰巧有人要过砖窑往西到"中心点"去办事。我告诉他说,桥已冲垮。他说不要紧,南去另有出路。我就跟他同走。默存穿上雨鞋,打着雨伞,送了我们一段路。那位同志过砖窑往西,我就往东。好在那一路都是刚刚走过的,只需耐心、小心,不妨大着胆子。我走到我们厨房,天已经昏黑。晚饭已过,可是席棚里还有灯火,还有人声。我做贼也似的悄悄掠过厨房,泥泞中用最快的步子回屋。

我再也记不起我那天的晚饭是怎么吃的;记不起是否自己保留了半个馒头,还是默存给我吃了什么东西;也记不起是否饿了肚子。我只自幸没有掉在河里,没有陷入泥里,没有滑跌,也没有被领导抓住;便是同屋的伙伴,也没有觉察我干了什么反常的事。

入冬,我们全连搬进自己盖的新屋,军宣队要让我们好好过个年,吃一餐丰盛的年夜饭,免得我们苦苦思家。

外文所原是文学所分出来的。我们连里有几个女同志的"老头儿"(默存就是我的"老头儿"——不管老不老,丈夫就叫"老头儿")在他们连里,我们连里同意把几位"老头儿"请来同吃年夜饭。厨房里的烹调能手各显奇能,做了许多菜:熏鱼、酱鸡、红烧猪肉、咖喱牛肉等等应有尽有;还有凉拌的素菜,都很可口。默存欣然加入我们菜园一伙,围着一张长方大桌子吃了一餐盛馔。小趋在桌子底下也吃了个撑肠挂肚;我料想它尾巴都摇酸了。记得默存六十周岁那天,我也附带庆祝自己的六十虚岁,我们只开了一罐头红烧鸡。那天我虽放假,他却不放假。放假吃两餐,不放假吃三餐。我吃了早饭到他那里，中午还吃不下饭，却又等不及吃晚饭就得回连，所以只勉强啃了几口馒头。这番吃年夜饭，又有好菜，又有好酒；虽然我们俩不喝酒，也和旁人一起陶然忘忧。晚饭后我送他一程，一路走一路闲谈，直到拖拉机翻到河里的桥边，默存说："你回去吧。"他过桥北去，还有一半路。

那天是大雪之后，大道上雪已融化，烂泥半干，踩在脚下软软的，也不滑，也不硬。可是桥以北的小路上雪还没化。天色已经昏黑，我怕默存近视眼看不清路——他向来不会认路——干脆直把他送回宿舍。

雪地里，路径和田地连成片，很难分辨。我一路留心记住一处处的标志，例如哪个转角处有一簇几棵大树、几棵小树，树的枝叶是什么姿致；什么地方，路是斜斜地拐；什么地方的雪特别厚，那是田边的沟，面上是雪，踹下去是半融化的泥浆，归途应当回避等等。

默存屋里已经灯光雪亮。我因为时间不早，不敢停留，立即辞归。一位年轻人在旁说，天黑了，他送我回去吧。我想这是大年夜，他在暖融融的屋里，说说笑笑正热闹，叫他冲黑冒寒送我，是不情之请。所以我说不必，我认识路。默存给他这么一提，倒不放心了。我就吹牛说："这条路，我哪天不走两遍！况且我带着个很亮的手电呢，不怕的。"其实我每天来回走的路，只是北岸的堤和南岸的东西大道。默存也不知道不到半小时之间，室外的天地已经变了颜色，那一路上已不复是我们同归时的光景了。而且回来朝着有灯光的房子走，容易找路；从亮处到黑地里去另是一回事。我坚持不要人送，他也不再勉强。他送我到灯光所及的地方，我就叫他回去。

我自恃惯走黑路，站定了先辨辨方向。有人说，女同志多半不辨方向。我记得哪本书上说：女人和母鸡，出门就迷失方向。这也许是侮辱了女人。但我确是个不辨方向的动物，往往"欲往城南望城北"。默存虽然不会认路，我却靠他辨认方向。这时我留意辨明方向：往西南，斜斜地穿出树林，走上林边大道；往西，到那一簇三五棵树的地方，再往南拐；过桥就直奔我走熟的大道回宿舍。

可是我一走出灯光所及的范围，便落入了一团昏黑里。天上没一点星光，地下只一片雪白；看不见树，也看不见路。打开手电，只照见远远近近的树干。我让眼睛在黑暗里习惯一下，再睁眼细看，只见一团昏黑，一片雪白。树林里那条蜿蜒小路，靠宿舍里的灯光指引，暮色苍茫中依稀还能辨认，这时完全看不见了。我几乎想退回去请人送送。可是再一转念：遍地是雪，多两只眼睛亦未必能找出路来；况且人家送了我回去，还得独自回来呢，不如我一人闯去。

我自信四下观望的时候脚下并没有移动。我就硬着头皮，约莫朝西南方向，一纳头走进黑地里去。假如太往西，就出不了树林；我宁可偏向南走。地下看着雪白，踩下去却是泥浆。幸亏雪下有些秫秸秆儿、断草绳、落叶之类，倒也不很滑。我留心只往南走，有树挡住，就往西让。我回头望望默存宿舍的灯光，已经看不见了，也不知身在何处。走了一回，忽一脚踩个空，栽在沟里，吓了我一大跳；但我随即记起林边大道旁有个又宽又深的沟，这时撞入沟里，不胜忻喜，忙打开手电，找到个可以上坡的地方，爬上林边的大道。

大道上没雪，很好走，可以放开步子；可是得及时往南拐弯。如果一直走，便走到"中心点"以西的邻村去了。大道两旁植树，十几步一棵。我只见树干，看不见枝叶，更看不见树的什么姿致。来时所认的标志，一无所见。我只怕错失了拐弯处，就找不到拖拉机翻身的那座桥。迟拐弯不如早拐弯——拐迟了走入连片的大田,就够我在里面转个通宵了。所以我看见有几棵树聚近在一起,就忙拐弯往南。

一离开大道,我又失去方向;走了几步,发现自己在秫秸丛里。我且直往前走。只要是往南,总会走到河边;到了河边,总会找到那座桥。

我曾听说,有坏人黑夜躲在秫秸田里;我也怕野狗闻声蹿来,所以机伶着耳朵,听着四周的动静轻悄悄地走,不拂动两旁秫秸的枯叶。脚下很泥泞,却不滑。我五官并用,只不用手电。不知走了多久,忽见前面横着一条路,更前面是高高的堤岸。我终于到了河边! 只是雪地又加黑夜,熟悉的路也全然陌生,无法分辨自己是在桥东还是在桥西——因为桥西也有高高的堤岸。假如我已在桥西,那条河愈西去愈宽,要走到"中心点"西头的另一个砖窑,才能转到河对岸,然后再折向东去找自己的宿舍。听说新近有个干校学员在那个砖窑里上吊死了。幸亏我已经不是原先的胆小鬼,否则桥下有人淹死,窑里有人吊死,我只好徘徊河边吓死。我估计自己性急,一定是拐弯过早,还在桥东,所以且往西走;一路找去,果然找到了那座桥。

过桥虽然还有一半路,我飞步疾行,一会儿就到家了。

"回来了?"同屋的伙伴儿笑脸相迎,好像我才出门走了几步路。在灯光明亮的屋里,想不到昏黑的野外另有一番天地。

一九七一年早春,学部干校大搬家,由息县迁往明港某团的营房。干校的任务,由劳动改为"学习"——学习阶级斗争吧? 有人不解"学部"指什么,这时才恍然:"学部"就是"学习部"。

看电影大概也算是一项学习,好比上课,谁也不准逃学(默存因眼睛不好,看不见,得以豁免)。放映电影的晚上,我们晚饭后各提马扎儿,列队上广场。各连有指定的地盘,各人挨次放下马扎儿入座。有时雨后,指定的地方泥泞,马扎儿只好放在烂泥上;而且保不定天又下雨,得带着雨具。天热了,还有防不胜防的大群蚊子。不过上这种课不用考试。我睁眼就看看,闭眼就歇歇。电影只那么几部,这一回闭眼没看到的部分,尽有机会以后补看。回宿舍有三十人同屋,大家七嘴八舌议论,我只需旁听,不必泄漏自己的无知。

一次我看完一场电影,随着队伍回宿舍。我睁着眼睛继续做我自己的梦,低头只看着前人的脚跟走。忽见前面的队伍渐渐分散,我到了宿舍的走廊里,但不是自己的宿舍。我急忙退回队伍,队伍只剩个尾巴了;一会儿,这些人都纷纷走进宿舍去。我不知道自己的宿舍何在,连问几人,都说不知道。他们各自忙忙回屋,也无暇理会我。我忽然好比流落异乡,举目无亲。

抬头只见满天星斗。我认得几个星座;这些星座这时都乱了位置。我不会借星座的位置辨认方向,只凭颠倒的位置知道离自己的宿舍很远了。营地很大,远远近近不知有多少营房,里面都亮着灯。营地上纵横曲折的路,也不知有多少。营房都是一个式样,假如我在纵横曲折的路上乱跑,一会儿各宿舍熄了灯,更无从寻找自己的宿舍了。目前只有一法:找到营房南边铺石块的大道,就认识归路。放映电影的广场离大道不远,我错到的陌生宿舍,估计离广场也不远;营房大多南向,北斗星在房后——这一点我还知道。我只要背着这个宿舍往南去,寻找大道;即使绕了远路,总能找到自己的宿舍。

我怕耽误时间,不及随着小道曲折而行,只顾抄近,直往南去;不防走进了营地的菜圃。营地的菜圃不比我们在息县的菜圃。这里地肥,满畦密密茂茂的菜,盖没了一畦畦的分界。我知道这里每一二畦有一眼沤肥的粪井;井很深。不久前,也是看电影回去,我们连里一位高个儿年轻人失足落井。他爬了出来,不顾寒冷,在"水房"——我们的盥洗室——冲洗了好半天才悄悄回屋,没闹得人人皆知。我如落井,谅必一沉到底,呼号也没有救应。冷水冲洗之厄,压根儿可不必考虑。

我当初因为跟着队伍走不需手电,并未注意换电池。我的手电昏暗无光,只照见满地菜叶,也不知是什么菜。我想学猪八戒走冰的办法,虽然没有扁担可以横架肩头,我可以横抱着马扎儿,扩大自己的身躯。可是如果我掉下半身,呼救无应,还得掉下粪井。我不敢再胡思乱想,一手提马扎儿,一手打着手电,每一步都得踢开菜叶,缓缓落脚,心上虽急,却战战兢兢,如临深渊,一步不敢草率。好容易走过这片菜地,过一道沟仍是菜地。简直像梦魇似的,走呀、走呀,总走不出这片菜地。

幸亏方向没错,我出得菜地,越过煤渣铺的小道,越过乱草、石堆,终于走上了石块铺的大路。我立即拔步飞跑,跑几步,走几步,然后转北,一口气跑回宿舍。屋里还没有熄灯,末一批上厕所的刚回房,可见我在菜地里走了不到二十分钟。好在没走冤枉路,我好像只是上了厕所回屋,谁也没有想到我会睁着眼睛跟错队伍。假如我掉在粪井里,几时才会被人发现呢?

我睡在硬邦邦、结结实实的小床上,感到享不尽的安稳。

有一位比我小两岁的同事,晚饭后乖乖地坐在马扎上看电影,散场时他因脑溢血已不能动弹,救治不及,就去世了。从此老年人可以免修晚上的电影课。我常想,假如我那晚在陌生的宿舍前叫喊求救,是否可让老年人早些免修这门课呢?只怕我的叫喊求救还不够悲剧,只能成为反面教材。

所记三事,在我,就算是冒险,其实说不上什么险;除非很不幸,才会变成险。

(原载《干校六记》,生活·读书·新知三联书店 1981 年版)

秦　腔

贾平凹

　　山川不同,便风俗区别;风俗区别,便戏剧存异。普天之下人不同貌,剧不同腔;京、豫、晋、越、黄梅、二簧、四川高腔,几十种品类。或问:历史最悠久者,文武最正经者,是非最汹汹者?曰:秦腔也。正如长处和短处一样突出便见其风格,对待秦腔,爱者便爱得要死,恶者便恶得要命。外地人——尤其是自夸于长江流域的纤秀之士——最害怕秦腔的震撼。评论说得婉转的是:唱得有劲;说得直率的是:大喊大叫。于是,便有柔弱女子,常在戏台下以绒堵耳;又或在平日教训某人:你要不怎么怎么样,今晚让你去看秦腔!秦腔成了惩罚的代名词。所以,别的剧种可以各省走动,惟秦腔则如秦人一样,死不离窝。严重的乡土观念,也使其离不了窝。可能还在西北几个地方变腔走调地有些市场,却绝对冲不出往东南而去的潼关呢。

　　但是,几百年来,秦腔却没有被淘汰、被沉沦,这使多少人有大惑而不得其解。其解是有的,就在陕西这块土地上。如果是一个南方人,坐车轰轰隆隆往北走,渡过黄河,进入西岸,八百里秦川大地,原来竟是:一抹黄褐的平原;辽阔的地平线上,一处一处用木椽夹打成一尺多宽墙的土屋,粗笨而庄重;冲天而起的白杨、苦楝、紫槐,枝杆粗壮如桶,叶却小似铜钱,迎风正反翻覆。你立即就会明白了:这里的地理构造竟与秦腔的旋律惟妙惟肖的一统!再去接触一下秦人吧,活脱脱地一群秦始皇兵马俑的复出:高个,浓眉,眼和眼间隔略远,手和脚一样粗大,上身又稍稍见长于下身。当他们背着沉重的三角形状的犁铧,赶着山包一样团块组合式的秦川公牛,端着脑袋般大小的耀州瓷碗,蹲在立的卧的石磙子碌碡上吃着牛肉泡馍,你不禁又要改变起世界观了:啊,这是块多么空旷而实在的土地,在这块土地摸爬滚打的人群是多么"二愣"的民众!那晚霞烧起的黄昏里,落日在地平线上欲去不去的痛苦的妊娠,五里一村,十里一镇,高音喇叭里传播的秦腔互相交织,冲撞。这秦腔原来是秦川的天籁、地籁、人籁的共鸣啊!于此,你不渐渐感觉到了南方戏剧的秀而无骨吗?不深深地懂得秦腔为什么形成和存在而占却时间、空间的位置吗?

　　八百里秦川,以西安为界,咸阳、兴平、武功、周至、凤翔、长武、岐山、宝鸡,两个专区几十个县为西府;三原、泾阳、高陵、户县、合阳、大荔、韩城、白水,一个专区十几个县为东府。秦腔,就源于西府。在西府,民性敦厚,说话多用去声,一律咬字沉重,对话如吵架一样,哭丧又一呼三叹,呼喊远人更是特殊:前声拖十二分地长,末了方极快地道出内容。声韵的发展,使会远道喊人的人都从此有了唱秦腔的天才。老一辈的能唱,小一辈的能唱;男的能唱,女的能唱;唱秦腔成了做人最体面的事。任何一个乡下男女,只有唱秦腔,才有出人头地的可能。大凡有出息的,是个人才的,哪一个何曾未登过台,起码不能哼一阵秦腔呢?!

　　农民是世上最劳苦的人,尤其是在这块平原上,生时落草在黄土炕上,死了被埋在黄土堆下；秦腔是他们大苦中的大乐。当老牛木犁疙瘩绳，在田野已经累得筋疲力尽，立在犁沟里大喊大叫来一段秦腔，那心胸肺腑，关关节节的困乏便一尽儿涤荡净了。秦腔与他们，是和"西凤"白酒，长线辣子，大叶卷烟，牛肉泡馍一样成为生命的五大要素。若与那些年长的农民聊起来，他们想象的伟大的共产主义生活，首先便是这五大要素。他们有的是吃不完的粮食，他们缺的是高超的艺术享受。他们教育自己的子女，不会是那些文豪们讲的，幼年不是祖母讲着动人的迷离的童话，而是一字一板传授着秦腔。他们大都不识字，但却出奇地能一本一本整套背诵出剧本，虽然那常常是之乎者也的字眼从那一圈胡子的嘴里吐出来十分别扭。有了秦腔，生活便有了乐趣，高兴了，唱"快板"，高兴得是被烈性炸药爆炸了一样，要把整个身心粉碎在天空！痛苦了，唱"慢板"，揪心裂肠的唱腔却表现了多么有情有味的美来，美给了别人以享受，美也熨平了自己心中愁苦的皱纹。当他们在收获时节的土场上，在月挂中天的庄院里，大吼大叫唱起来的时候，那种难以想象的狂喜，激动，雄壮，与那些献身于诗歌的文人，与那些有吃有穿却总感空虚的都市人相比，常说的什么伟大而痛苦的爱情，是多么渺小、有限和虚弱啊！

我曾经在西府走动了两个秋冬，所到之处，村村都有戏班，人人都会清唱。在黎明或者黄昏的时分，一个人独独地到田野里去，远远看着天幕下一个一个山包一样隆起的十三个朝代帝王的陵墓，细细辨认着田埂上、荒草中那一截一截汉唐时期石碑上的残字，高高的土屋上的窗口里就飘出一阵冗长的二胡声，几声雄壮的秦腔叫板，我就痴呆了，感觉到那村口的土尘里，一头叫驴的打滚是那么有力；猛然发现了自己心胸中一股强硬的气魄随同着胳膊上的肌肉疙瘩一起产生了。

每到农闲的夜里，村里就常听到几声锣响：戏班排演开始了。演员们都集合起来，到那古寺庙里去。吹、拉、弹、奏、翻、打、念、唱，提袍甩袖，吹胡瞪眼，古寺庙成了古今真乐府，天地大梨园。导演是老一辈演员，享有绝对权威；演员是一家几口，夫妻同台，父子同台，公公儿媳也同台。按秦川的风俗：父和子不能不有其序，爷和孙却可以无道；弟与哥嫂可以嬉闹无常，兄与弟媳则无正事不能多言。但是，一到台上，秦腔面前人人平等，兄可以拜弟媳为帅为将，子可以将老父绳绑索捆。寺庙里有窗无扇，屋梁上蛛丝结网；夏天蚊虫飞来，成团成团在头上旋转，薰蚊草就墙角燃起，一声唱腔一声咳嗽。冬天里四面透风，柳木疙瘩火当中架起，一出场一脸正经，一下场凑近火堆，热了前怀，凉了后背。排演到什么时候，什么时候都有观众，有抱着二尺长的烟袋的老者，有凳子高、桌子高趴满窗台孩子。庙里一个跟头未翻起，窗外就哇地一声叫倒好，演员出来骂一声；谁说不好的滚蛋！他们抓住窗台死不滚去，倒要连声讨好：翻得好！翻得好！更有殷勤的，跑回来偷拿了红薯、土豆，在火堆里煨熟给演员作夜餐，赚得进屋里有一个安全位置。排演到三更鸡叫，月儿偏西，演员们散了，孩子们还围了火堆弯腰踢腿，学那一招一式。

一出戏排成了，一人传出，全村振奋，扳着指头盼那上演日期。一年十二个月，正月元宵日，二月龙抬头，三月三、四月四，五月初五过端午，六月六日晒丝绸，七月过半，八月中秋，九月初九，十月一日，再是那腊月五豆，腊八，二十三……月月有节，三月一会，那戏必是上演的。戏台是全村人的共同的事业，宁肯少吃少穿也要筹资积款，买上好的木石，请高强的工匠来修筑。村子富不富，就比这戏台阔不阔。一演出，半下午人就扛凳子去占座位了；未等戏开，台下坐的、站的人头攒拥，台两边阶上立的、卧的是一群顽童。那锣鼓就叮叮咣咣地闹台，似乎整个世界要天翻地覆了。各类小吃趁机摆开，一个食摊上一盏马灯，花生、瓜子、糖果、烟卷、油茶、麻花、烧鸡、煎饼，长一声短一声叫卖不绝。锣鼓还在一声儿敲打,大幕只是不拉,演员偶尔从幕边往下望望,下边就喊:开演呀,场子都满了!幕布放下,只说就要出场了,却又叮叮咣咣不停。台下就乱了,后边的喊前边的坐下,前边的喊后边的为什么不说最前边的立着,场外的大声叫着亲朋子女名字,问有坐处没有,场内的锐声回应快进来;有要吃煎饼的喊熟人去买一个,熟人买了站在场外一扬手,"日"地一声隔人头甩去,不偏不倚目标正好;左边的喊右边的踩了他的脚,右边的叫左边的挤了他的腰,一个说:狗年快完了,你还叫啥哩?一个说:猪年还没到,你便拱开了!言语伤人,动了手脚;外边的趁机而入,一时四方向里挤,里边向外抗,人的旋涡涌起,如四月的麦田起风,根儿不动,头身一会儿倒西,一会儿倒东;喊声、骂声、哭声一片。有拼命挤将出来的,一出来方觉世界偌大,身体胖肿,但差不多却光了脚,乱了头发。大幕又一挑,站出戏班头儿,大声叫喊要维持秩序,立即就跳出一个两个所谓"二杆子"人物来。这类人物多是头脑简单,四肢发达,却十二分忠诚于秦腔,此时便拿了树条儿,哪里人挤,往哪里打去,如凶神恶煞一般。人人恨骂这些人,人人又都盼有这些人,叫他们是秦腔宪兵。宪兵者越发忠于职责,虽然彻夜不得看戏,但大家一夜满足了,他们也就满足了一夜。

终于台上锣鼓停了,大幕拉开,角色出场。但不管男的女的,出来偏不面对观众,一律背身掩面,女的就碎步后移,水上漂一样,台下就叫:瞧那腰身,那肩头,一身的戏哟!是男的就摇那帽翎,一会双摇,一会单摇,一边上下飞闪,一边纹丝不动,台下便叫:绝了,绝了!等到那角色儿猛一转身,头一高扬,一声高叫,声如炸雷嘭嘭嘭直从人们头顶碾过,全场一个冷颤,从头到脚,每一个手指尖儿,每一根头发梢儿都麻酥酥的了。如果是演《救裴生》,那慧娘站在台中往下蹲,慢慢地,慢慢地,慧娘蹲下去了,全场人头也矮下去了半尺;等那慧娘往起站,慢慢地,慢慢地,慧娘站起来了,全场人的脖子也全拉长了起来。他们不喜欢看生戏,最欢迎看熟戏,那一腔一调都晓得,哪个演员唱得好,就摇头晃脑跟着唱,哪个演员走了调,台下就有人要纠正。说穿了,看秦腔的不为求新鲜,他们只图过过瘾。

在这样的地方,这样的环境,这样的气氛,面对着这样的观众,秦腔是最逞能的。它的艺术享受,是和拥挤而存在,是有力气而获得的。如果是冬天,那风在刮着,像刀子一样,如果在夏天,人窝里热得如蒸笼一般,但只要不是大雪、冰雹、暴雨,台下的人是不肯撤场的。最可贵的是那些老一辈的秦腔迷,他们没有力气挤在台下,也没有好眼力看清演员,却一溜一排地蹲在戏台两侧的墙根,吸着草烟,慢慢将唱腔品赏。一声叫板,便可以使他们坠入艺术之宫,"听了秦腔,肉酒不香",他们是体会得最深。那些大一点的,脾性野一点的孩子,却占领了戏场周围所有的高空,杨树上、柳树上、槐树上,一个枝杈一个人。他们常常乐而忘了险境,双手鼓掌时竟从树杈上掉下来;掉下来自不会损伤,因为树下是无数的人头,只是招致一顿臭骂罢了。更有一些爬在了场边的麦秸垛上,夏天四面来风,好不凉快;冬日就趴个草洞,将身子缩进去,露一个脑袋。也正是有闲阶级享受不了秦腔吧,他们常就瞌睡了;一觉醒来,月在西天,戏毕人散,只好苦笑一声,悄然没声儿地溜下来回家敲门去了。

当然,一次秦腔演出,是一次演员亮相,也是一次演员受村人评论的考场。每每角色一出场,台下就一片喊喊喳喳:这是谁的儿子,谁的女子,谁家的媳妇,娘家何处?于是乎,谁有出息,谁没能耐,一下子就有了定论。有好多外村的人来提亲说媒,总是就在这个时候进行。据说有一媒人将一女子引到台下,相亲台上一个男演员,事先夸口这男的如何俊样,如何能干;但戏演了过半,那男的还未出场。后来终于出来,是个国民党的伪兵,持枪还未走到中台,扮游击队长的演员挥枪一指,"叭"地一声,那伪兵就倒地而死,爬着钻进了后幕。那女子当下哼了一声,闭了嘴,一场亲事自然了了。这是喜中之悲一例。据说还有一例,一个老头在脖子上架了孙孙去看戏,孙孙吵着要回家,老头好说好劝只是不忍半场而去,便破费买了半斤花生。他眼相着台上,手在下边剥花生,然后一颗一颗扬手喂到孙孙嘴里,但喂着喂着,竟将一颗塞进孙孙鼻孔,吐不出,咽不下,口鼻出血,连夜送到医院动手术,花去了七十元钱。但是,以秦腔引喜的事却不计其数。每个村里,总会有那么个老汉,夜里看戏,第二天必是头一个起床往戏台下跑。戏台下一片石头、砖头,一堆堆瓜子皮、糖果纸、烟屁股,他掀掀这块石头,踢踢那堆尘土,少不了要拣到一角两角甚至三元四元钱币来,或者一只鞋,或者一条手帕。这是村里刁钻人干的营生。而馋嘴的孩子们有的则夜里趁各家锁门之机,去地里摘那香瓜来吃,去谁家院里将桃杏装在背心兜里回来分红。自然少不了有那些青春妙龄的少男少女,则往往在台下混乱之中眼送秋波,或者就悄悄退出,相依相偎到黑黑的渠畔树林子里去了⋯⋯

秦腔在这块土地上,有着神圣的不可动摇的基础。凡是到这些村庄去下乡,到这些人家去做客,他们最高级的接待是陪着看一场秦腔;实在不逢年过节,他们就会要合家唱一会乱弹,你只能点头称好,不能耻笑,甚至不能有一点不入神的表示。他们一生最崇敬的只有两种人,一是国家领导人,一是当地秦腔名角。即使在任何地方,这些名角没有在场,只要发现了名角的父母,去商店买油是不必排队的,进饭馆吃饭是会有座位的,就是在半路上挡车,只要喊一声:我是某某的什么,司机也便要嘎地停车。但是,谁要侮辱一下秦腔,他们要争死争活地和你论理,以致大打出手,永远使你记住教训。每每村里过红白丧喜之事,那必是要包一台秦腔的;生儿以秦腔迎接,送葬以秦腔致哀;似乎这个人生的世界,就是秦腔的舞台。人只要在舞台上,生、旦、净、丑,才各显了真性;恶的夸张其丑,善的凸现其美,善使他们获得了美的教育,恶的也在丑里化作了美的艺术。

广漠旷远的八百里秦川,只有这秦腔,也只能有这秦腔。八百里秦川的劳作农民,只有也只能有这秦腔使他们喜怒哀乐。秦人自古是大苦大乐之民众,他们的家乡交响乐除了大喊大叫的秦腔还能有别的吗?

1983年5月2日于五味村

(原载《贾平凹文集》第11卷,陕西人民出版社1998年版)

我的四个假想敌

余光中

二女幼珊在港参加侨生联考,以第一志愿分发台大外文系。听到这消息,我松了一口气,从此不必担心四个女儿通通嫁给广东男孩了。

我对广东男孩当然并无偏见,在港六年,我班上也有好些可爱的广东少年,颇讨老师的欢心,但是要我把四个女儿全都让那些"靓仔"、"叻仔"掳掠了去,却舍不得。不过,女儿要嫁谁,说得洒脱些,是她们的自由意志,说得玄妙些呢,是因缘,做父亲的又何必患得患失呢?何况在这件事上,做母亲的往往位居要冲,自然而然成了女儿的亲密顾问,甚至亲密战友,作战的对象不是男友,却是父亲。等到做父亲的惊醒过来,早已腹背受敌,难挽大势了。

在父亲的眼里,女儿最可爱的时候是在十岁以前,因为那时她完全属于自己。在男友的眼里,她最可爱的时候却在十七岁以后,因为这时她正像毕业班的学生,已经一心向外了。父亲和男友,先天上就有矛盾。对父亲来说,世界上没有东西比稚龄的女儿更完美的了,唯一的缺点就是会长大,除非你用急冻术把她久藏,不过这恐怕是违法的,而且她的男友迟早会骑了骏马或摩托车来,把她吻醒。

我未用太空舱的冻眠术,一任时光催迫,日月轮转,再揉眼时,怎么四个女儿都已依次长大,昔日的童话之门砰地一关,再也回不去了。四个女儿,依次是珊珊、幼珊、佩珊、季珊。简直可以排成一条珊瑚礁。珊珊十二岁的那年,有一次,未满九岁的佩珊忽然对来访的客人说:"喂,告诉你,我姐姐是一个少女了!"在座的大人全笑了起来。

曾几何时,惹笑的佩珊自己,甚至最幼稚的季珊,也都在时光的魔杖下,点化成"少女"了。冥冥之中,有四个"少男"正偷偷袭来,虽然蹑手蹑足,屏声止息,我却感到背后有四双眼睛,像所有的坏男孩那样,目光灼灼,心存不轨,只等时机一到,便会站到亮处,装出伪善的笑容,叫我岳父。我当然不会应他。哪有这么容易的事!我像一棵果树,天长地久在这里立了多年,风霜雨露,样样有份,换来果实累累,不胜负荷。而你,偶尔过路的小子,竟然一伸手就来摘果子,活该蟠地的树根绊你一跤!

而最可恼的,却是树上的果子,竟有自动落入行人手中的样子。树怪行人不该擅自来摘果子,行人却说是果子刚好掉下来,给他接着罢了。这种事,总是里应外合才成功的。当初我自己结婚,不也是有一位少女开门揖盗吗?"堡垒最容易从内部攻破",说得真是不错。不过彼一时也,此一时也。同一个人,过街时讨厌汽车,开车时却讨厌行人。现在是轮到我来开车。

好多年来,我已经习于和五个女人为伍,浴室里弥漫着香皂和香水气味,沙发上散置皮包和发卷,餐桌上没有人和我争酒,都是天经地义的事。戏称吾庐为"女生宿舍",也已经很久了。做了"女生宿舍"的舍监,自然不欢迎陌生的男客,尤其是别有用心的一类。但自己辖下的女生,尤其是前面的三位,已有"不稳"的现象,却令我想

起叶慈的一句诗:

　　一切已崩溃,失去重心。

　　我的四个假想敌,不论是高是矮,是胖是瘦,是学医还是学文,迟早会从我疑惧的迷雾里显出原形,一一走上前来,或迂回曲折,嗫嚅其词,或开门见山,大言不惭,总之要把他的情人,也就是我的女儿,对不起,从此领去。无形的敌人最可怕,何况我在亮处,他在暗里,又有我家的"内奸"接应,真是防不胜防。只怪当初没有把四个女儿及时冷藏,使时间不能拐骗,社会也无由污染。现在她们都已大了,回不了头。我那四个假想敌,那四个鬼鬼祟祟的地下工作者,也都已羽毛丰满,什么力量都阻止不了他们了。先下手为强,这件事,该乘那四个假想敌还在襁褓的时候,就予以解决的。至少美国诗人纳许(Ogden Nash, 1902—1971)劝我们如此。他在一首妙诗《由女婴之父来唱的歌》(Song to Be Sung by the Father of Infant Female Children)之中,说他生了女儿吉儿之后,惴惴不安,感到不知什么地方正有个男婴也在长大,现在虽然还浑浑噩噩,口吐白沫,却注定将来会抢走他的吉儿。于是做父亲的每次在公园里看见婴儿车中的男婴,都不由神色一变,暗暗想:"会不会是这家伙?"想着想着,他"杀机陡萌",便要解开那男婴身上的别针,朝他的爽身粉里撒胡椒粉,把盐撒进他的奶瓶,把沙撒进他的菠菜汁,再扔头优游的鳄鱼到他的婴儿车里陪他游戏,逼他在水深火热之中挣扎而去,去娶别人的女儿。足见诗人以未来的女婿为假想敌,早已有了前例。

　　不过一切都太迟了。当初没有当机立断,采取非常措施,像纳许诗中所说的那样,真是一大失策。如今的局面,套一句史书上常见的话,已经是"寇入深矣!"女儿的墙上和书桌的玻璃垫下,以前的海报和剪报之类,还是披头、拜丝、大卫·凯西弟的形象,现在纷纷都换上男友了。至少,滩头阵地已经被入侵的军队占领了去,这一仗是必败的了。记得我们小时,这一类的照片仍被列为机密要件,不是藏在枕头套里,贴着梦境,便是夹在书堆深处,偶尔翻出来神往一番,哪有这么二十四小时眼前供奉的?

　　这一批形迹可疑的假想敌,究竟是哪年哪月开始入侵厦门街余宅的,已经不可考了。只记得六年前迁港之后,攻城的军事便换了一批口操粤语的少年来接手。至于交战的细节,就得问名义上是守城的那几个女将,我这位"昏君"是再也搞不清的了。只知道敌方的炮火,起先是瞄准我家的信箱,那些歪歪斜斜的笔迹,久了也能猜个七分;继而是集中在我家的电话,"落弹点"就在我书桌的背后,我的文苑就是他们的沙场,一夜之间,总有十几次脑震荡。那些粤音平上去入,有九声之多,也令我难以研判敌情。现在我带幼珊回了厦门街,那头的广东部队轮到我太太去抵挡,我在这头,只要留意台湾健儿,任务就轻松多了。

　　信箱被袭,只如战争的默片,还不打紧。其实我宁可多情的少年勤写情书,那样至少可以练习作文,不致在视听教育的时代荒废了中文。可怕的还是电话中弹,那一串串警告的铃声,把战场从门外的信箱扩至书房的腹地,默片变成了身历声,假想敌在实弹射击了。更可怕的,却是假想敌真的闯进了城来,成了有血有肉的真敌人,不再是假想了好玩的了,就像军事演习到中途,忽然真的打起来一样。真敌人是看得出来的。在某一女儿的接应之下,他占领了沙发的一角,从此两人呢喃细语,嗫嚅密谈,即使脉脉相对的时候,那气氛也浓得化不开,窒得全家人都透不过气来。这时几个姐妹早已回避得远远的了,任谁都看得出情况有异。万一敌人留下来吃饭,那空气就更为紧张,好像摆好姿势,面对照相机一般。平时鸭塘一般的餐桌,四姐妹这时像在演哑剧,连筷子和调羹都似乎得到了消息,忽然小心翼翼起来。明知这僭越的小子未必就是真命女婿,(谁晓得宝贝女儿现在是十八变中的第几变呢?)心里却不由自主升起一股淡淡的敌意。也明知女儿正如将熟之瓜,终有一天会蒂落而去,却希望不是随眼前这自负的小子。

当然,四个女儿也自有不乖的时候,在恼怒的心情下,我就恨不得四个假想敌赶快出现,把她们统统带走。但是那一天真要来到时,我一定又会懊悔不已。我能够想象,人生的两大寂寞,一是退休之日,一是最小的孩子终于也结婚之后。宋淇有一天对我说:"真羡慕你的女儿全在身边!"真的吗? 至少目前我并不觉得,自己有什么可羡之处。也许真要等到最小的季珊也跟着假想敌度蜜月去了,才会和我并坐在空空的长沙发上,翻阅她们小时相簿,追忆从前,六人一车长途壮游的盛况,或是晚餐桌上,热气蒸腾,大家共享的灿烂灯光。人生有许多事情,正如船后的波纹,总要过后才觉得美的。这么一想,又希望那四个假想敌,那四个生手笨脚的小伙子,还是多吃几口闭门羹,慢一点出现吧。

袁枚写诗,把生女儿说成"情疑中副车",这书袋掉得很有意思,却也流露了重男轻女的封建意识。照袁枚的说法,我是连中了四次副车,命中率够高的了。余宅的四个小女孩现在变成了四个小妇人,在假想敌环伺之下,若问我择婿有何条件,一时倒恐怕答不上来。沉吟半响,我也许会说:"这件事情,上有月下老人的婚姻谱,谁也不能窜改,包括韦固,下有两个海誓山盟的情人,'二人同心,其利断金',我凭什么要逆天拂人,梗在中间? 何况终身大事,神秘莫测,事先无法推理,事后不能悔棋,就算交给21世纪的电脑,恐怕也算不出什么或然率来。倒不如故示慷慨,伪作轻松,博一个开明父亲的美名,到时候带颗私章,去做主婚人就是了。"

问的人笑了起来,指着我说:"什么叫做'伪作轻松'? 可见你心里并不轻松。"

我当然不很轻松,否则就不是她们的父亲了。例如人种的问题,就很令人烦恼。万一女儿发痴,爱上一个耸肩摊手口香糖嚼个不停的小怪人,该怎么办呢? 在理性上,我愿意"有婿无类",做一个大大方方的世界公民。但是在感情上,还没有大方到让一个臂毛如猿的小伙子把我的女儿抱过门槛。现在当然不再是"严夷夏之防"的时代,但是一任单纯的家庭扩充成一个小型的联合国,也大可不必。问的人又笑了,问我可曾听说混血儿的聪明超乎常人。我说:"听过,但是我不希罕抱一个天才的'混血孙'。我不要一个天才儿童叫我Grandpa,我要他叫我外公。"问的人不肯罢休:"那么省籍呢?"

"省籍无所谓,"我说。"我就是苏闽联姻的结果,还不坏吧? 当初我母亲从福建写信回武进,说当地有人向她求婚。娘家大惊小怪,说'那么远! 怎么就嫁给南蛮!'后来娘家发现,除了言语不通之外,这位闽南姑爷并无可疑之处。这几年,广东男孩锲而不舍,对我家的压力很大,有一天闽粤结成了秦晋,我也不会感到意外。如果有个台湾少年特别巴结我,其志又不在跟我谈文论诗,我也不会怎么为难他的。至于其他各省,从黑龙江直到云南,口操各种方言的少年,只要我女儿不嫌他,我自然也欢迎。"

"那么学识呢?"

"学什么都可以。也不一定要是学者,学者往往不是好女婿,更不是好丈夫。只有一点:中文必须精通。中文不通,将祸延吾孙!"

客又笑了。"相貌重不重要?"他再问。

"你真是迂阔之至!"这次轮到我发笑了。"这种事,我女儿自己会注意,怎么会要我来操心?"

笨客还想问下去,忽然门铃响起。我起身去开大门,发现长发乱处,又一个假想敌来掠余宅。

(原载《港台抒情文学精品》,安徽文艺出版社1992年版)

四月裂帛

简　频

　　三月的天书都印错，竟无人知晓。

　　近郊山头染了雪迹，山腰的杜鹃与瘦樱仍然一派天真地等春。三月本来毋庸置疑，只有我关心瑞雪与花季的争辩，就像关心生活的水潦能否允许生命的焚烧。但，人活得疲了，转烛于锱铢，或酒色，或一条百年老河养不养得起一只螃蟹？于是，我也放胆地让自己疲累，圆滑地在言语厮杀的会议之后，用寒鸦的音色赞美："这世界多么有希望啊！"然后，走。

　　直到一本陌生的诗集飘至眼前，印了一年仍然初版的冷诗，（我们是诗的后裔！）诗的序写于两年以前，若洄溯行文走句，该有四年，若还原诗意至初孕的人生，或则六年、八年。于是，我做了生平第一件快事，将三家书店摆饰的集子买尽——原谅我鲁莽啊！陌生的诗人，所有不被珍爱的人生都应该高傲地绝版！

　　然而，当我把所有的集子同时翻到最后一页题曰最后一首情诗时，午后的雨丝正巧从帘缝蹑足而来。三月的团云倾倒的是二月的水谷，正如薄薄的诗舟盛载着积年的乱麻。于是，我轻轻地笑起来，文学，真是永不疲倦的流刑地啊！那些黥面的人，不必起解便自行前来招供、画押，因为，唯有此地允许罪愆者徐徐地申诉而后自行判刑，唯有此地，宁愿放纵不愿错杀。

　　原谅我把冷寂的清官朝服剪成合身的寻日布衣，把你的一品丝绣裁成放心事的暗袋，你娴熟的三行连韵与商籁体，到我手上变为缝缝补补的百衲图。安静些，三月的鬼雨，我要翻箱倒箧，再裂一条无汗则拭泪的巾帕。

　　　　我不断漂泊，
　　　　因为我害怕一颗被囚禁的心
　　　　终于，我来到这一带长年积雨的森林

　　你把七年来我写给你的信还我，再也没有比这更轻易的事了。

　　约在医院门口见面，并且好好地晚餐。你的衣角仍飘荡着辛涩的药味，这应是最无菌的一次约会。可惜，惨淡夜色让你看起来苍白，仿佛生与死的演绎仍鞭笞着你瘦而长的身躯。最高的纪录是，一个星期见十三名儿童死去，你常说你已学会在面对病人死亡之时，让脑子一片空白，继续做一个饱餐、更浴、睡眠的无所谓的人。在早期，你所写的那首《白鹭鸶》诗里，曾雄壮地要求天地给你这一袭白衣；白衣红里，你在数年之后《关渡手稿》这样写：

　　　　恐怕
　　　　我是你的尸体衣裳
　　　　非婚礼华服

并且悄悄地后记着:"每次当病人危急时,我们明知无用,仍勉强做些急救的工作。其目的并非要救病人,而是来安慰家属。"

你早已不写诗了,断腕只是为了编织更多美丽的谎言喂哺垂死病人绝望的眼神。也好让自己无时无刻沉浸于谎言的绚丽之中,悄然忘记四面楚歌的现实。你更瘦些,更高些,给我的信愈来愈短,我何尝看不出在急诊室、癌症病房的行程背后,你颤抖而不肯落墨讨论的,关于生命这一条理则。

终于,我们也来到了这一刻,相见不是为了圆谎为了还清面目,七年了,我们各自以不同的手法编织自己的谎,的确也毫发未损地避过现实的险滩。唯独此刻,你愿意在我面前诚实,正如我唯一不愿对你假面。那么,我们何其不幸,不能被无所谓的美梦收留,又何等幸运,历劫之后,单刀赴会。

穿过新公园,魅魅魍魉都在黑森林里游荡,一定有人殷勤寻找"仲夏夜之梦",有人临池摹仿无弦钓。我们安静地各走各的,好像相约要去探两个挚友的病,一个是七年前的你,一个是七年前的我,好像他们正在加护病房苟延残喘,死而不肯瞑目,等亲人去认尸。

"为什么走那么快?"你喊着。

"冷啊!而且快下雨了。"

灯光飘浮着,钢琴曲听来像粗心的人踢倒一桶玻璃珠。餐前酒被洁净的白手侍者端来,耶稣的最后晚餐是从哪儿开始吃的?

"拿来吧,你要送我的东西。"

你腼腆着,以迟疑的手势将一包厚重的东西交给我。

"可以现在拆吗?"我狡诈地问。

"不行,你回去再看,现在不行。"

"是什么?书吗?是圣经?……还是……真重哩!"我掂了又掂,七年的重量。

"你……回去看,唯一、唯一的要求。"

于是,我装作什么都不知道,继续与你晚餐,我痛恨自己的灵敏,正如厌烦自己总能在针毡之上微笑应对。而我又不忍心拂袖,多么珍贵这一席晚宴。再给你留最后一次余地,你放心,凄风苦雨让我挡着,你慢慢说。

"后来,我遇到第二个女孩子,她懂得我写的、想的,从来没有人像她那样……"你说。

"我察觉在不知道的地方,有一种东西,好像遥远不可及,又像近在身边;似在身外,又似在身内,一直在吸引我。我无法形容那是什么——或许是使得风景美丽的不可知之力量;或许是从小至今,推动我不断向前追求的不能拒绝之力量;或许是每时刻我心中最深处的一种呼唤、一种喜悦、一种梦;或许是考娄芮基(Coleridge)在他的《文学传记》所述的'自然之本质',这本质,事先便肯定了较高意义的自然与人的灵魂之间,存在着一种'关联'……想着,想着,《关渡手稿》就在这种心境写下来。……"年轻的习医者在信上写着。

"她懂你像你懂自己一样深刻吗?"我问。

"我试着让她知道,我为什么而活。"你说。

"来此两个多星期,天天看病人,跟在医院无两样。空间多,看海与观星成了忘我的消遣。我很高兴能走入'时间'里面去体会时间的分秒之悸动,《圣经》说,人生若经过炼金之人的火及漂布之人的碱,必能尝到丰溢的酒杯,于是我更能体会濒死病人的呻吟,可以真实地走过病眼深水的波浪洪涛。在'你的瀑布发声,深渊就与深渊响应'之际,虽然长夜仍然漫漫,我仍旧守候在病人的身旁,守候着风雨之中的花蕾,守候着天发亮的晨星……这是我衷心想告诉你的……"在东引海边的军营里,有一封信这么写。

"为了她我拒绝所有的交往,我告诉另一个女孩子,我在等人;她哭了,她嫁人了。"你颓唐起来。

"啊!"我说:"这个女孩子真是铜墙铁壁啊!是你不能接受她是个非基督徒,还是她不能接受你的主?"

"我曾由只要去爱不是去同情的初学者,变成现在差不多以 make money 为主的医匠。我甚至陷在希望借研究与学术发表演讲来满足内心好大喜功之欲望里而不可自拔,我甚至怕自己突因某种原因而死亡(很多医师因工作太累,开车打瞌睡而撞死)。目前,我正在钻研一种'内生性类似毛地黄之因子',我渴求能在两年内把它分析出来公之于世,以满足一己暂时的快感……我不知道我是谁?

"我渴望婚姻,但也害怕婚姻带来的角色改变,我是痛苦的空城。直到,我碰到了一位'女作家',我非常喜欢和她做朋友,但我的直觉和教会及所有的人认为我不能和一个非基督徒结婚。我相信我有能力做她的好朋友,但我不知道能否做她的好丈夫?我不能接受夫妻因信仰所发生的任何冲突,我又很希望这位女作家过着幸福快乐的日子,我当然希望结婚的对象也是基督徒……我可能选择独身,我是矛盾的人。"第四十二封信写着。

"的确,"我啜饮着烫舌的咖啡:"天上的父必然要选择他地上的媳,如同平凡的妇人也想选择她天上的父。"

"我不懂她心中真正的想法,她真是铜墙铁壁!"你说。

"她或许了解你的坚持,你却不一定进得去她固执的内野。你们都航行于真理的海,沿着不同的鲸路。你只希望她到你的船上,你知道她的舟是怎么空手造成的?她爱她的扁舟甚于爱你,犹如你爱你的船甚于爱她。如果你为她而舍船,在她的眼中你不再尊贵,如果她为你而弃舟,她将以一生的悔恨磨折自己。的确,隐隐有一种存在远远超过爱情所能掩盖的现实,如果不是基于对永恒生命衷心寻觅而结缡的爱,它不比一介微尘骄傲。你们曾经欢心惊叹,发现彼此航行于同一座海洋;现在却相互争辩,只为了不在同一条船上。假设,她愿意将你的缆绳结在她的舟身,不要求你弃船,那么你能否接受她的绳,不要求她覆舟?如果比身并航也不为你的宗教所允许,你只有失去她,永远地失去她。"

"我是一个失败的证道者!"你喟然着。

"不!"我说:"如果你不曾成功地摊开你的内心,她早就成为你痛苦的妻。当你朗诵诗篇二十三给她:'耶和华是我的牧者,我必不致缺乏。他使我躺卧在青草地上,领我在可安歇的水边。他使我的灵魂苏醒,为自己的名引导我走义路。'你要相信,她才答应自己去寻找另一处无人到过的迦南美地。如果她在你心中仍然美丽,就是因为这一身永不妥协的探索与敢于迎战的清白足以美丽。她一生不曾侍奉任何的主,而她赞美你,等同赞美了上帝。你信仰了主,你当终生仰望,你既然住着耶和华的殿,享有他赐予的粮,你何苦再寻一座婚姻的空壳?我只听说有人千方百计地将他的茅屋改成宫殿,未曾闻过在宫殿里另筑茅屋。你成全了她走自己的义路,这是你赐她最大的福音。她住在她那寒伧的磨坊,无一日不在负轭、磨粮,你要体会,不是为了她自己,为了不可指认、不能执著的万有——让虚空遍满琉璃珍珠,让十五之后日日是好日,让一介生命甘心以粉身碎骨的万有;如同你活着为了光耀上帝。你要眼睁睁看她怎么粉碎,正如她眼睁睁看你七年。"

最后一封信这样落笔:"在我心目中,你一直是个尊贵的灵魂,为我所景仰。认识你愈久,愈觉得你是我人生行路中一处清喜的水泽。

"为了你,我吃过不少苦,这些都不提。我太清楚存在于我们之间的困难,遂不敢有所等待,几次想忘于世,总在山穷水尽处又悄然相见,算来即是一种不舍。

"我知道,我是无法成为你的伴侣,与你同行。在我们眼所能见耳所能听的这个世界,上帝不会将我的手置于你的手中。这些,我都已经答应过了。

"这么多年,我很幸运成为你最大的分享者,每一次见面,你从不吝惜把你内心丰溢的生息倾注于我的杯。像约书亚等人从以实各谷砍了葡萄树的一枝,上头有一挂葡萄,又带了些石榴和无花果来……你让我不致变成一个盲从的所知障者,你激励我追求无上自由的意志,如果有一天我终能找到我的迦南之野,我得感谢你给我翅膀。

"请相信,我尊敬你的选择,你也要心领神会,我的固执不是因为对你任何一桩现实的责难,而是对自己个我生命忠贞不贰的守信。你甚美丽,你一向甚我美丽。

"你也写过诗的,你一定了解创作的磨坊一路孤绝与贫瘠,没有一日,我卑微的灵不在这里工作、学习。若我有任何贪恋安逸,则将被遗弃。走惯贫沙,啃过粗粮,吞咽之时意也有蜜汁之感,或许,这是我的迦南地。

"不幻想未来了。你若遇着可喜的姊妹,我当祈福祝祷。你真是一个令人欢喜的人,你的杯不应该为我而空。

"就这样告别好了,信与不信不能共负一轭。"

　　且让我们以一夜的苦茗
　　诉说半生的沧桑
　　我们都是执著而无悔的一群
　　以飘零作归宿

在你年轻而微弱的生命时辰里,我记载这一卷佶屈聱牙的经文,希望有朝一日,你为我讲解。

如果笔端的回忆能够一丝丝一缕缕再绕个手,我都已经计算好了,当我们学着年轻的比丘尼入舍卫大城乞食,于其城中次第乞已,还至本处时,我要把钵中最大最美的食物供养你,再不准你像以前软硬兼施乘人不备地把一片冰心掷入我的壶。

我们真的因为寻常饮水而认识。

那应该是个薄夏的午后,我仍记得短短的袖口沾了些风的纤维。在课与课交接的空口,去文学院天井边的茶水房倒杯麦茶,倚在砖砌的拱门觑风景。一行樱瘦,绿扑扑的,倒使我怀念冬樱冻唇的美,虽然那美带着凄清,而我宁愿选择绝世的凄艳,更甚于平铺直叙的雍容。门墙边,老树浓荫,曳着天风;草色釉青,三三两两的粉蝶梭游。我轻轻叹了气,感觉有一个不知名的世界在我眼前幻生幻化,时而是一段佚诗,时而变成幽幽的浮烟,时而是一声惋惜——来自于一个人一生中最精致的神思……这些交错纷叠的灵羽最后被凌空而来的一声鸟啼啄破,然后,另一个声音这么问:

"你，就是简媜吗？"

我紧张起来，你知道的，我常忘记自己的名字，并且抗拒在众人面前承认自己，那一天我一定很无措吧！迟疑了很久才说："是。"又以极笨拙的对话问："那，你是什么人？"

知道你也学中文的，又写诗，好像在遍野的三瓣酢浆中找四瓣的幸运草："唷，还有一棵躲在这！"我愉快起来就会吃人："原来是学弟，快叫学姊！"你面有难色，才吐露从理学院辗转到文学殿堂的行程，倒长我二岁有余。我看你温文又亲和，分明是邻家兄弟，存心欺负你到底："我是论辈不论岁的！"你露齿而笑，大大地包容了我这目中无人的草莽性情。那一午后我归来，莫名地，有一种被生命紧紧拥住的半疼半喜，我想，那道拱门一定藏有一座世界的回忆。

毕竟，我只善于口头称霸，在往后与你书信嬗递，才发觉你瘦弱的身躯底下，凝炼了多少雄奇悲壮的天质，而你深深懂得韬光养晦，只肯凿一小小的孔，让琢磨过的生命以童子的姿势嬉嬉然到我眼前来。我们不谈身世只论性命，更多时候在校园道上相遇，也只是一语一笑作别，但我坚信："这人是个大寂寞过的人！"

那时候，你的面目早已因潜伏的病灶难靖，稍稍地倾斜着，反正已经割过了而且是个慢性子的瘤，就不必管吧，只在你心力交瘁的时候，才憔悴起来，我叫你当心，你复来的信不痛不痒地说："今早文心课见你挽抱书本飘然而去，霎时间萌生一种远飚的感觉，没来得及跟你说。有回上声韵，下了课，正见你倦极而伏案，其时感觉也是一惊。记得有次夜深，与你不期然遇，你说从总图出来，回宿舍去。夜色下的你步履决定，却透着层弱倦后的苍白。一直没能多问候你，反而是你看出我的憔悴。"你始终不愿意称我"简媜"，说这二字太坚奇铿锵，带了点刀兵，你宁愿正正经经地写下"敏媜"，说有了这"敏"字，行云流水起来，不遭忌的。我深深动容，你一片片莲灿，都为我惜生，而我能为你做什么？性格里横槊赋诗的草莽气质，总让我对最亲近的人杀伐征讨。难得有一回清清淡淡的小聚，临别时，我不经心窜出那头兽、那忘情负义将仇报的猛禽："保重哟，下一次见面或许九天，或九年。"你清和的面容浮掠一丝秋瑟，宽怀地笑纳这些语锋契机，你报平安的信通常这么作结："写信、说话，欢喜日复一日。看你什么时候有空，小谈。我担心一语成谶。"

尔后，我离了学院，日复日载饥载渴，过的是牛饮而后快的星夜。偶有不死的诗心，才写些哀哀怨怨的信给亲近的人，你总是快快地回："外出三天，深夜踏雨归来，檐前出现一小叠信。中有你亲切的字迹，你的信柬自然令我喜欢……我的病情，好好坏坏，终须挨上一刀才见分晓。近两个月来的抱病自守，旦夕之间，情知对于生命的千般流转，尽须付与无尽的忍爱。我想，他朝小痊，如你之奔驰，亦须这样。一步一履，无非修行。至此，我依然深心乐观，来日或聚，愿其时你的事业大势底定，我亦澡雪精神。"

我们深心乐观着未来，几次击掌切磋，暗暗以创格自许，不屑袭调。负气使才如我，滔滔洒墨，似欲与千夫万夫一拼。你见我清瘦异常，只吩咐我不可太夜太累，我委屈了，说："就活这么一次，我要飞扬跋扈！"你语重心长地说："早慧，难享天年的，古来如此。"

你珍贵我这顽桀的生命，大大地甚于你自己的。那一回生日，你特地去寻玉送我，一龙一凤绕着净瓶（啊！会是观音的净瓶吗？），你说鬻玉的老者称这块玉的肌理具荷质，返家的途中经过南海路，你去植物园的荷花池，轻轻地轻轻地将这玉沁了又沁……你说："生命恒有繁华落尽的感觉，只不过，不染淤泥！"

病魔却与你弄斧耍戗，你的眼开始不自觉地泪，夜半常因拭泪而难以入眠，你谦称这是宿业使然。在你卜居的深山穷野，你宛若处子与生灭大化促膝而谈，抱病独居的信，不改涓涓细流的字迹："有天半夜不能安睡，出至阳台。山间天像澄明，月光大片大片洒落一地。忽然间，我看见自己月下的影子，细细瘦瘦，怯怯地，触目竟十分眼熟，但那分明不是日光中的'我'。我呆呆地忖忖想想，啊，是了——是童话时候的'我'！我好感动地望着那片身影，然后牵他入梦。偶得一悟，心情愿如庄周，处于病与不病之间。"

你第二度开刀，除去右颜面突变的肉瘤，我将一串琥珀念珠赠你，那是寺里一名师父突然脱下赠我的，我欢喜生命中"突然"的意象。你认真地戴在手腕，虚弱地在病榻上闭目。我又天真起来了，仿佛一名间谍，在你短兵相接的战场之前，先给你解药，你此后可以大胆地无惧地去迎喂毒的流箭。病后，你说："我渐渐愿意把所有的悲沉、蒙昧、大痛、无明都化约到一种素朴的乐观上，我认为它是生命某种终极的境界。你知我知。"

最珍贵而美丽的，应该是你赴港念比较文学之前的半年。你诗写得少了，专志狼吞文学批评的典籍，你戏谑这是一桩"反美"的工程，但要我千万注意，你并非不爱美。我说："管你家的什么美不美，天天念原文书，把一个人念得豆芽菜似的，这种美简直王八蛋！"你每星期总要回长庚医院追踪病情，我们相约在中午，趁我歇班的时刻，你教我念书。常常在市嚣流矢的小咖啡店里，你取出一叠白纸、一支钢笔，在喝了一口微冷的红茶之后，开始以沙哑沉浊的声音，为我唤来"福寇"（Michel Foucault），我静静地抱膝听着，进入神思所能触摸的最壮阔与最阴柔的空间，你的话幽浮起来："……如今，书写已和献祭发生关联，甚至和生命的献祭发生关联……"我幡然有悟："等等，我下一本书的架构出来了，你要不要听！"知识的考掘通常转化为创作的考掘，我是锈刀，拿你当磨刀石。你不也说了吗，我的生命太千军万马，终究不会听你这座"紫微"。实而言之，你是一则遥远的和平，为了你，我必须不断地战争。

有一回，茶冷言尽，你取出一张泛黄的黑白照片让我瞧：一名十岁男童倚在漫画书店的租台边，白白净净的怯生生的，眼睛里有一股神秘的招引与微燃的悲喜，静静地与世界相看。我惊叹起来："多美啊！是你吗？"你欢喜地说："是！"

那一回，你送我回报社上班，沿着木棉击掌、槭实落墨的砖道，你微微地喟叹："天！给我时间！"

香港一年，你终因病发大量出血而辍学，从中正机场直奔林口长庚，医师已开了病危通知书。你却幽幽转醒，看着病床边来来往往的友好、同窗，或者，你还在等，当养育的父母双亡，亲生的父母待寻。你那时已不能进食，肉瘤塞住口舌，话也不能说了。你见我来，兀自挣身下床，从杂乱的行李中掏出一块精致的香皂，多少年前，我说过一日三浴更甚于心头欢喜，你在纸上写着："多洗澡！"那一刹——那百千万亿年只可能有一回的一刹，我想狠狠地置你于死。

半年来，我抗拒着再去看你，想给你七七四十九遍的经诵终于不能尽读，我压抑每一丝丝一缕缕一角角关于你的挂念。只有两回梦见，一次你以赤子的形象从半空掠过，我仰首不复寻踪；一次你款款而来，白白净净的面目，我大喜，问："你好了？"你笑而不答，许久许久才说："还没开始生病哪！"梦醒后，深深地痛恨自己，现世里的大欢大美被解构得还不够吗？连在可以作主的梦土，也要懦怯地缴械。我终究是个懦夫，不配英雄谈吐。

那么，敬爱的兄弟，我们一起来回忆那一日午后，所有已死的神鬼都应该安静敷座，听我娓娓诉说。

那一日,我借了轮椅,推你到医院大楼外的湖边,秋阳绵绵密密地散装,轮转空空,偶尔绞尽砖岸的莽草。我感觉到你的瘦骨宛若长河落日,我的浮思如大漠孤烟。当我们面湖静坐,即将忘却此生安在,突然,遥远的湖岸跃出一行白鹭,扶摇直上掠湖而去,不复寻。湖水仍在,如沉船后,静静的海面,没有什么风,天边有云朵堆聚着。

你在纸上问我:"几只?"

我答:"十二只。"你平安地颔首。

也许,不再有什么佶屈聱牙的经卷难得了你我。当你恒常以诗的悲哀征服生命的悲哀,我试图以小说的悬崖瓦解宿命的悬崖;当我无法安慰你,或你不再关怀我,请千万记住,在我们菲薄的流年,曾有十二只白鹭鸶飞过秋天的湖泊。

犹似存在主义,
或是老庄,
或是一杯下午茶,
或两本借来的书。

百般凌虐你,你都不生气,或,只生一小会儿气。好似在你那里存了一笔巨款,我尽情挥霍,总也不光。有时失了分寸,你肃起一张沧桑后的脸,像一个蹇途者思索不可测的驿站,我就知道该道歉了,摸摸你深锁的额头说:"什法子,谁叫你欠我。不生气,生气还得付我利息。"

常常在早餐约会,或入了夜的市集。热咖啡、双面煎荷包蛋、烘酥了的土司,及三分早报。你总替我放糖、一圈白奶,还打了个不切实际的哈欠。我喜欢晨光、翻报、热咖啡的烟更甚于盘中物,你半哄半骗,说瘦了就丑,我说:"喂,就吃!"你果真叉起蛋片进贡而来,我从不吝惜给予最直接的礼赞:"今天表现不错,记小功一支。"

早晨恒常令我欢心,仿佛摄取日出的力量,从睡眼沉静射入惊蛰的流动,有了奔驰的野性及征服的欲望。早晨对你却是苛责的,你雾着一张脸,听我意兴风发地擘画每一桩工作,帮你整理当日的行程及争辩的重点,战役的成果未必留给我们,但我们联手打过漂亮的仗。

入夜的城市更显得蠢蠢欲动,入夜的我通常是一只安静的软体动物,容易认错、善于仆役、不扎别人的自尊。你活跃于墨色的时空,以锐利的精神带着我游走于市集。一碗卤肉饭、石斑鱼汤、水煮虾也是令人难忘的饮食起居。我擅于剥虾、剔无刺的鱼肉,伺候你。你尽管放心地细数我的不对,定谳白日的蛮悍,我一向从善如流,乖乖地向你忏悔。

当市集悄悄撤退,夜也恹了,我打起一枚长长的呵欠,你说:"走吧!回家。"你走你的路,我走我的归途。这城市无疑是我们巨构的室家,要各自走过冗长的通道,你回你的卧室,我有我的睡榻。

那么,的确必须用更宽容的律法才能丈量你我的轨道。你不曾因为我而放弃熟悉的生命潮汐——不管是过往的情涛、现实的波澜,或即将逼近的浪潮;我也不必为你而修改既定的秩序——我有我不能割舍的人际、工作的程序,及关于未来的编排。当我们相约,其实是趁机将自己从曲曲折折的轨道释放出来,以大而无当的姿势携手、寻路。你四十过二的音色里仍留有不肯成熟的童话;(要不,你怎么老是叉橡皮筋偷袭我!)我二十又七的华容仍忘怀不去初为儿女的恣意;(挺喜欢捧你的大手,一支一支地啃你的指头!)你时而化童时而老迈,我时而为人时而原兽,我们生动地演出内心被禁锢的角色,以城市为舞台,行人当盲目的观众。那些令人疲惫的典章制度不容推翻总可以暂忘,你虽然抱怨半生颠踬无以转圜,我却不曾怂恿你——那些包袱早已变成心头肉,在我们分手后仍然继续由你背负的。如是,我期望每一次相聚,透过理智的剖析与情感之疏浚,更助益你昂然驼行。我深知,情会淡爱会薄,但作为一个坦荡的人,通过情枷爱锁的鞭笞之后,所成全的道义,将是生命里最昂贵的碧血。因而,你可以原始地袒露,常常促膝一夜,谈你孑然成长的大江南北,谈梦幻与现实互灭、谈你云烟过眼的诸多女人,谈你远去的妻与儿女⋯⋯常常,我看到那一颗三十多年未落的噙泪。

同等地,我得以在你身上复习久违的伦常,属于父执与兄长的渴望。过于阴柔的家境,促使我必须不断训练自己雄壮、摹仿男系社会的权威;而我生命的基调,却是要命的抒情传统,三秋桂子十里芰荷的那种,遂拿你砌湖,我得以歌尽舞影,临水照镜(啊!我终究必须恋父情结)。实则如此,每一桩生命的垦拓,须要吮取各式情爱的果实,凡是亏空的滋味,人恒以内在的潜力去做异次元的再造。你在不知不觉中已被我修改,按着我心中的形象发音;正如我愿意为你而俯身,将自己捏成宽口的罍,以盛住你酒后崩塌的块垒——任何一桩情缘,如果不能激励出另一种角色与规则,以弥补梦土与现实之间的断崖,终究不易被我珍爱。

于是,我们很理智地辩论着婚姻。

你说,不曾歇息的情涛,总难免落得一身萧索,过往的女人不是不爱,却发现愈爱得深愈陷泥淖;我说,这是剥夺,爱情之中藏有看不见的手。你说,如果我们结婚如何?我问,你视我为何?难道纷落的情锁不曾令你却步?你说,我在你心中不等同于女人,属于一种透明的中性——像白昼与黑夜,时而如男人清楚,时而如女性张皇,你能充分享受诉说,从最崔嵬的男峰吐露至最婉柔的女泽(你有时细心得像一名婢女),我欢愉你所陈述的,那表示,一个人对他(她)内在生命做多元创造的无限可能。而我开始叙述,关于多年来我们另辟蹊径,如今俨然一条轨道的情爱(请注意,放弃世俗轨道的通常要花更多心血为自己领航,且不再有回头的可能)。我们成就一种无名的名分,住在无法建筑的居室,我不要求你成为我的眷属如同我厌烦成为任何人的局部,你不必放弃什么即能获得我的灌注,我亦有难言的顽固却能被你呵护,我们积极相聚也品尝得不的舍离,遂把所能拥有的辰光化成分分秒秒的惊叹。如果爱情是最美的学习,我愿意作证,那是因为我们学到了布施胜于索取,自由胜于收藏,超越胜于厮守,生命道义胜于世俗的华居。想必你了解,婚姻只是情爱之海的一叶方舟,如果我们愿意乘桴浮于海,何必贪恋短暂的晴朗——要纵浪就纵浪到底吧!我已拍案下注,你敢不敢作庄?

我们还要一座壳吗?让壳内众所皆知的游戏规则逐渐吞噬我们的章法。以我不靖的个性,难以避免对你层层剥夺;以你根深蒂固的男系角色,终究会逐步对我干涉。原有我深沉的悲观,婚姻也有雄壮的大义,但不适合于我——我喜于实验,易于推翻,遂有不断地、不断地裂帛。

我情愿把这城市当成无人的旷野,那一夜,我爬上大厦广场的花台,你一把攫住,将我驮在肩上,哼着歌儿,凛凛然走过两条街;被击溃之后如果有内伤,那内伤也带着目中无人的酣畅。有一日,深夜作别,我内心击打着滔滔逝水的悲切,不忍责你什么,只想一个人把漫漫长夜走完,你说起风了,脱下外衣披我,押我上车,在站牌旁频频向我挥手,然后孤独地走向你候车的街口。那一霎,我又剑拔弩张,想狠狠刺大化的心脏,遂在下一站下车,拼命地跑,越过城市将灭的灯色,汗水淋漓地回到你的背后,你多么单薄,掏烟、点火,长长地向夜空喷雾,像一名手无寸铁的人!我倏地蒙住你的眼睛,重重地咬你的耳朵:"不许动!"你回头,看我,错愕的神情转化成放纵的狂笑,我胜利了我说。

在借来的时空,我们散坐于城市中最凌乱的蓬壁,抽莫名其妙的烟,喝冷言热语的酒,我将烟灰弹入你的鞋里,问:

"欸,你也不说清楚,嫁给你有什么好处?"

你脱鞋,将灰烬敲出,说:"一日三顿饭吃,两件花衣裳嘛,一把零用钱让你使。"

我又把烟灰弹进去:"那我吃饱了做什么?"

你捏着我的颈子:"这样么,你写书我读——再弹一次看看!"

我又把烟灰弹进去。

> 我随手抽了把单刀
> 走了趟雪花掩月
> 无声的月夜
> 只有鸽子簌簌地飞起

你怎么来了?

明明将你锁在梦土上,经书日月、粉黛春秋,还允许你闲来写诗,你却飞越关岭,趁着行岁未晚,到我面前说:"半生漂泊,每一次都雨打归舟。"

我只能说:"也好,坐坐!"

关于你生命中的山盟与水逝,我都听说。在茶余饭后,你的身世竟令我思谋,什么样的人,才能与秋水换色,什么样的情,才能百炼钢化成绕指柔。我似乎看到年幼时的你,已然为自己想象海市蜃楼,你愿意成为执戟侍卫,为亘古仅存的一枚日,奉献你绚霞一般的初心。

那么,请不要再怪罪生命之中总有不断的流星,就算大化借你朱砂御笔,你终究不会辜负悲沉的宿命,击倒的人宁愿刎颈,不屑偷生。这次见你,虽然你的眉目仍未能廓然朗清,倒也在一苇渡航之后,款款立命。你要日复日吐铺,不吐铺焉能归心。

把我当成你回不去的原乡,把我的挂念悬成九月九的茱萸,还有今年春末大风大雨,这些都是你的。总有一日,我会打理包袱前去寻你。但你要答应,先将梦泽填为壑,再伐桂为柱,滚石奠基,并且不许回头望我,这样,我才能听到来世的第一声鸡啼。

你走的时候,留下一把锁匙,说万一你月迷津渡,我可以去开你书中的小屋。我把指环赠你,尽管流离散落,恒有一轮守护你的红日,等候于深夜的山头。

你说:"还要去庙里烧香,像凡夫凡妇。"

那日,我独自去碧山岩,为你拈香,却什么话都没说。

这就是了,所有季节的流转永不能终止。三世一心的兴观群怨正在排练,我却有点冷,也许应该去寻松针,有朝一日,或许要为自己修改征服。

四月的天空如果不肯裂帛,五月的夹衣如何起头?

(原载《简媜散文》,浙江文艺出版社1999年版)

伤　逝

台静农

今年四月二日是大千居士逝世三周年祭,虽然三年了,而昔日言谈,依稀还在目前。当他最后一次入医院的前几天的下午,我去摩耶精舍,门者告诉我他在楼上,我就直接上了楼。他看见我,非常高兴,放下笔来,我即刻阻止他说:"不要起身,我看你作画。"随着我就在画案前坐下。

案上有十来幅都只画了一半,等待"加工",眼前是一小幅石榴,枝叶果实,或点或染,竟费了一小时的时间才完成。第二张画什么呢?有一幅未完成的梅花,我说就是这一幅罢,我看你如何下笔,也好学呢。他笑了笑说:"你的梅花好啊。"其实我学写梅,是早年的事,不过以此消磨时光而已,近些年来已不再有兴趣了。但每当他的生日,不论好坏,总画一小幅送他,这不是不自量,而是借此表达一点心意,他也欣然。最后的一次生日,画了一幅繁枝,求简不得,只有多打圈圈了。他说:"这是冬心啊。"他总是这样鼓励我。

话又说回来了,这天整个下午没有其他客人,他将那幅梅花完成后也就停下来了。相对谈天,直到下楼晚饭。平常吃饭,是不招待酒的,今天意外,不特要八嫂拿白兰地给我喝,并且还要八嫂调制的果子酒,他也要喝,他甚赞美那果子酒好吃,于是我同他对饮了一杯。当时显得十分高兴,作画的疲劳也没有了,不觉的话也多起来了。

回家的路上我在想,他毕竟老了,看他作画的情形,便令人伤感。犹忆一九四八年大概在春夏之交,我陪他去北沟故宫博物院,博物院的同人对这位大师来临,皆大欢喜,庄慕陵兄更加高兴与忙碌。而大千看画的神速,也使我吃惊,每一幅作品刚一解开,随即卷起,只一过目而已,事后我问他何以如此之快,他说这些名迹,原是熟悉的,这次来看,如同访问老友一样。当然也有在我心目中某一幅某些地方有些模糊了,再来证实一下。

晚饭后,他对故宫朋友说,每人送一幅画。当场挥洒,不到子夜,一气画了近二十幅,虽皆是小幅,而不暇构思,着墨成趣,且边运笔边说话,时又杂以诙谐,当时的豪情,已非今日所能想象。所幸他兴致好,并不颓唐,今晚看我吃酒,他也要吃酒,犹是少年人的心情,没想到这样不同寻常的兴致,竟是我们最后一次的晚餐。数日后,我去医院,仅能在加护病房见了一面,虽然一息尚存,相对已成隔世,生命便是这样的无情。

摩耶精舍与庄慕陵兄的洞天山堂,相距不过一华里,若没有小山坡及树木遮掩,两家的屋顶都可以看见的。慕陵初闻大千要卜居于外双溪,异常高兴,多年友好,难得结邻,如陶公与素心友"乐与数晨夕",也是晚年快事。大千住进了摩耶精舍,慕陵送给大千一尊大石,不是案头清供,而是放在庭园里,好像是"反经石"之类,重有两百来斤呢。

可悲的是,他们两人相聚时间并不多,因为慕陵精神开始衰惫,终至一病不起。他们最后的相晤,还是在荣民医院里,大千原是常出入于医院的,慕陵却一去不返了。

我去外双溪时,若是先到慕陵家,那一定在摩耶精舍晚饭。若是由摩耶精舍到洞天山堂,慕陵一定要我留下同他吃酒。其实酒甚不利他的病体,而且他也不能饮了,可是饭桌前还得放一杯掺了白开水的酒。他这杯淡酒,也不是为了我,却因结习难除,表示一点酒人的倔强,听他家人说,日常吃饭就是这样的。

后来病情加重,已不能起床,我到楼上卧房看他时,他还要若侠夫人下楼拿杯酒来,有时若侠夫人不在,他要我下楼自己找酒。我们平常都没有饭前酒的习惯,而慕陵要我这样的,或许以为他既没有精神谈话,让我一人枯坐着,不如喝杯酒。当我一杯在手,对着卧榻上的老友,分明死生之间,却也没生命奄忽之感。或者人当无可奈何之时,感情会一时麻木的。

1986 年 3 月
(原载《龙坡杂文》,台北洪范书店 1988 年版)

忆 青 岛

梁实秋

"上有天堂,下有苏杭。"天堂我尚未去过。《启示录》所描写的"从天上上帝那里降下来的圣城耶路撒冷,那城充满着上帝的荣光,闪烁像碧玉宝石,光洁像水晶",城墙是碧玉造的,城门是珍珠造的,街道是纯金的。珠光宝气,未能免俗。真不想去。新的耶路撒冷是这样的,天堂本身如何,可想而知。至于苏杭,余生也晚,没赶上当年的旖旎风光。我知道苏州有一个顽石点头的地方,有亭台楼阁之胜,网师渔隐,拙政灌园,均足令人向往。可是想到一条河里同时有人淘米洗锅刷马桶,不禁胆寒。杭州是白傅留诗苏公判牍的地方,荷花十里,桂子三秋,曾经一度被人当作汴州。如今只见红男绿女游人如织,谁有心情看浓妆淡抹的山色空濛。所以苏杭对我也没有多少号召力。

我曾梦想,如果有朝一日,可以安然退休,总要找一个比较舒适安逸的地点去居住。我不是不知道随遇而安的道理。

> 树下一卷诗,
> 一壶酒,一条面包——
> 荒漠中还有你在我身边歌唱——
> 啊,荒漠也就是天堂!

这只是说说罢了。荒漠不可能长久的变成天堂。我不存幻想,只想寻找一个比较能长久的居之安的所在。我是北平人,从不以北平为理想的地方。北平从繁华而破落,从高雅而庸俗、而恶劣,几经沧桑,早已无复旧观。我虽然足迹不广,但北自辽东,南至百粤,也走过了十几省,窃以为真正令人流连不忍去的地方应推青岛。

青岛位于东海之滨,在胶州湾之入口处,背山面海,形势天成。光绪二十三年(一八九七)德国强租胶州湾,辟青岛为市场,大事建设。直到如今,青岛的外貌仍有德国人的痕迹。例如房屋建筑,屋顶一律使用红瓦片,山坡起伏绿树葱茏之间,红绿掩映,饶有情趣。一九一四年青岛又被日本夺占,一九二二年才得收回。尔后虽然被几个军阀盘据,表面上没有遭到什么破坏。当初建设的根底牢固,就是要糟踏一时也糟踏不了。青岛的整齐清洁的市容一直维持了下来。我想在全国各都市里,青岛是最干净的一个。"无风三尺土,有雨一街泥"的北平不能比。

青岛的天气属于大陆气候,但是有海湾的潮流调剂,四季的变化相当温和,称得上是"春有百花秋有月,夏有凉风冬有雪"的好地方。冬天也有过雪,但是很少见,屋里面无需生火不会结冰。夏天的凉风习习,秋季的天高气爽,都是令人喜的,而春季的百花齐放,更是美不胜收。樱花我并不喜欢,虽然第一公园里整条街的两边都是樱花树,繁花如簇,一片花海,游人摩肩接踵,蜜蜂嗡嗡之声震耳,可是花没有香气,没有姿态。樱花是日本的国花,日本和我们有血海深仇,花树无辜,但是我不能不连带着对它有几分憎恶！我喜欢的是公园里培养的那一大片娇艳欲滴的西府海棠。杜甫诗里没有提起过它，历代诗人词人歌咏赞叹它的不在少数。上清宫的牡丹高与檐齐，别处没有见过，山野有此丽质，没有人嫌它有富贵气。

推开北窗，有一层层的青山在望。不远的一个小丘有一座楼阁矗立，像堡垒似的，有俯瞰全市傲视群山之势，人称总督府，是从前德国总督的官邸，平民是不敢近的，青岛收回之后作为冠盖往来的饮宴之地，平民还是不能进去的（听说后来有时候也偶尔开放）。里面是什么样子我不知道，也不想知道。还有人说里面闹鬼。反正这座建筑物，尽管相当雄伟，不给人以愉快的印象，因为它带给我们耻辱的回忆。

其实青岛本身没有高山峻岭，邻近的劳山，亦作崂山，又称牢山，却是岧峣巉崄，为海滨一大名胜。读《聊斋志异》劳山道士，早已心向往之，以为至少那是一些奇人异士栖息之所。由青岛驱车至九水，就是山麓，清流汨汨，到此尘虑全消。舍车扶策步行上山，仰视峰巘，但见参嵯翳日，大块的青石陡峭如削，绝似山水画中之大斧劈的皴法，而且童山濯濯，没有什么迎客松五老松之类的点缀，所以显得十分荒野。有人说这样的名山而没有古迹岂不可惜，我说请看随便哪一块巍巍的巨岩不是大自然千百万年锤炼而成，怎能说没有古迹？几小时的登陟，到了黑龙潭观瀑亭，已经疲不能兴。其他胜境如清风岭碧落岩，则只好留候异日。游山逛水，非徒乘兴，也须有济胜之具才成。

青岛之美不在山而在水。汇泉的海滩宽广而水浅，坡度缓，作为浴场据说是东亚第一。每当夏季，游客蜂拥而至，一个个一双双的玉体横陈，在阳光下干晒，晒得两面焦，扑通一声下水，冲凉了再晒。其中有佳丽，也有老丑。玩得最尽兴的莫过于夫妻俩携带着小儿女阖第光临。小孩子携带着小铲子小耙子小水桶，在沙滩上玩沙土，好像没个够。在这万头攒动的沙滩上玩腻了，缓步踱到水族馆，水族固可观，更妙的是下面岩石缝里有潮水冲积的小水坑，其中小动物很多。如寄生蟹，英文叫 hermit crab，顶着螺蛳壳乱跑，煞是好玩。又如小型水母，像一把伞似的一张一阖，全身透明。孩子们利用他们的小工具可以罗掘一小桶，带回家去倒在玻璃缸里玩，比大人玩热带鱼还兴致高。如果还有余勇可贾，不妨在栈桥上走一遭。桥尽头处有一个八角亭，额曰回澜阁。在那里观壮阔之波澜，当大王之雄风，也是一大快事。

汇泉在冬天是被遗弃的，却也别有风致。在一个隆冬里，我有一回偕友在汇泉闲步，在沙滩上走着走着累了，便倒在沙滩上晒太阳，和风吹着我们的脸。整个沙滩属于我们，没有旁人，最后来了一个老人向我们兜售他举着的冰糖葫芦。我们在近处一家餐厅用膳，还喝了两杯古拉索(柑香酒)。尽一日欢，永不能忘。

汇泉冬夜涨潮时，潮水冲上沙滩又急遽的消退，轰隆呜咽，往复不已。我有一个朋友赁居汇泉尽头，出户不数步就是沙滩，夜闻涛声不能入眠，匆匆移去。我想他也许没有想到，那就是观音说教的海潮音，乃觌面失之。

说来惭愧，"饮食之人"无论到了什么地方总是不能忘情口腹之欲。青岛好吃的东西很多。牛肉最好，销行国内外。德国人佛劳塞尔在中山路开一餐馆，所制牛排我认为是国内第一。厚厚大大的一块牛排，煎得外焦里嫩，切开之后里面微有血丝。牛排上面覆以一枚嫩嫩的荷包蛋，外加几根炸番薯。这样的一份牛排，要两元钱，佐以生啤酒一大杯，依稀可以领略樊哙饮彘切肉之豪兴。内行人说，食牛肉要在星期三四，因为周末屠宰，牛肉筋脉尚生硬，冷藏数日则软硬恰到好处。佛劳塞尔店主善饮，我在一餐之间看他在酒桶之前走来走去，每经酒桶即取饮一杯，不下七八杯之数，无怪他大腹便便，如酒桶然。这是五十年前旧话，如今这个餐馆原址闻已变成邮局，佛劳塞尔如果尚在人间当在百龄以上。

青岛的海鲜也很齐备。像蚶、蛤、牡蛎、虾、蟹以及各种鱼类应有尽有。西施舌不但味鲜，名字也起得妙，不过一定要不惜工本，除去不大雅观的部分，专取其洁白细嫩的一块小肉，加以烹制，才无负于其美名，否则就近于唐突西施了。以清汤汆煮为上，不宜油煎爆炒。顺兴楼最善烹制此味，远在闽浙一带的餐馆以上。我曾在大雅沟菜市场以六元市得鲥鱼一尾，长二尺半有奇，小口细鳞，似才出水不久，归而斩成几段，阖家饱食数餐，其味之腴美，从未曾有。菜蔬方面隽品亦多。蒲菜是自古以来的美味，诗经所说"其蔌维何，维笋及蒲"，蒲的嫩芽极细致清脆。青岛的蒲菜好像特别粗壮，以做羹汤最为爽口。再就是附近潍县的大葱，粗壮如甘蔗，细嫩多汁。一日，有客从远道来，止于寒舍，惟索烙饼大葱，他非所欲。乃如命以大葱进，切成段段，如甘蔗状，堆满大大一盘。客食之尽，谓乃生平未有之满足。青岛一带的白菜远销上海，短粗肥壮而质地细嫩。一般人称之为山东白菜。古人所称道的"春韭秋菘"，菘就是这大白菜。白菜各地皆有，种类不一，以山东白菜为最佳。

青岛不产水果，但是山东半岛许多名产以青岛为集散地。例如莱阳梨。此梨产在莱阳的五龙河畔，因沙地肥沃，故品质特佳。外表不好看，皮又粗糙，但其细嫩酥脆甜而多浆，绝无渣滓，美得令人难以相信。大的每个重十两以上。再如肥城桃，皮破则汁流，真正是所谓水蜜桃，海内无其匹，吃一个抵得半饱。今之人多喜怀乡，动辄曰吾乡之梨如何，吾乡之桃如何，其夸张心理可以理解。但如食之以莱阳梨、肥城桃，两相比较，恐将哑然失笑。他如烟台之香蕉苹果玫瑰葡萄，也是青岛市面上常见的上品。

一般山东人的特性是外表倔强豪迈，内心敦厚温和。宦场中人，大部分肉食者鄙，各地皆然，固无足论。观风问俗，宜对庶民着眼。青岛民风淳厚，每于细民中见之。我初到青岛，看到人力车夫从不计较车资，乘客下车一律付与一角，路程远则付二角，无争论者。这是全国所没有的现象。有人说这是德国人留下的无形的制度，无论如何这种作风能维持很久便是难能可贵。青岛市面上绝少讨价还价的恶习。虽然小事一端，代表意义很大。无怪乎有人感叹，齐鲁本是圣人之邦，青岛焉能不绍其余绪？

我家里请了一位厨司老张，他是一位异人。他的手艺不错，蒸馒头、烧牛尾，都很擅长。每晚膳事完毕，沐浴更衣外出，夜深始返。我看他面色苍白削瘦，疑其吸毒涉赌。我每日给他菜钱二元，有时候他只飨我以白菜豆腐之类，勉强可以果腹而已。我问他何以至此，他惨笑不答。过几天忽然大鱼大肉罗列满桌，俨若筵席，我又问其所以，他仍微笑不语。我懂了，一定是昨晚赌场大赢。几番叮问之后，他最后迸出这样的一句："这就是一点良心！"

我赁屋于鱼山路七号，房主王君乃铁路局职员，以其薄薪多年积蓄成此小筑。我于租满前三个月退租离去，仍依约付足全年租赁，王君坚不肯收，争执不已，声达户外。有人叹曰："此君子国也。"

我在青岛居住四年，往事如烟。如今隔了半个世纪，人事全非，山川有异。悬想可以久居之地，乃成为缥缈之乡！噫！

（原载《梁实秋散文鉴赏》，北岳文艺出版社 1991 年版）

昆明的雨

——昆明忆旧之三

汪曾祺

宁坤要我给他画一张画,要有昆明的特点。我想了一些时候,画了一幅:右上角画了一片倒挂着的浓绿的仙人掌,末端开出一朵金黄色的花;左下画了几朵青头菌和牛肝菌。题了这样几行字:

> 昆明人家常于门头挂仙人掌一片以辟邪,仙人掌悬空倒挂,尚能存活开花。于此可见仙人掌生命之顽强,亦可见昆明雨季空气之湿润。雨季则有青头菌、牛肝菌,味极鲜腴。

我想念昆明的雨。

我以前不知道有所谓雨季。"雨季",是到昆明以后才有了具体感受的。

我不记得昆明的雨季有多长,从几月到几月,好像是相当长的。但是并不使人厌烦。因为是下下停停、停停下下,不是连绵不断,下起来没完。而且并不使人气闷。我觉得昆明雨季气压不低,人很舒服。

昆明的雨季是明亮的、丰满的,使人动情的。城春草木深,孟夏草木长。昆明的雨季,是浓绿的。草木的枝叶里的水分都到了饱和状态,显示出过分的、近于夸张的旺盛。

我的那张画是写实的。我确实亲眼看见过倒挂着还能开花的仙人掌。旧日昆明人家门头上用以辟邪的多是这样一些东西:一面小镜子,周围画着八卦,下面便是一片仙人掌,——在仙人掌上扎一个洞,用麻线穿了,挂在钉子上。昆明仙人掌多,且极肥大。有些人家在菜园的周围种了一圈仙人掌以代替篱笆。——种了仙人掌,猪羊便不敢进园吃菜了。仙人掌有刺,猪和羊怕扎。

昆明菌子极多。雨季逛菜市场,随时可以看到各种菌子。最多,也最便宜的是牛肝菌。牛肝菌下来的时候,家家饭馆卖炒牛肝菌,连西南联大食堂的桌子上都可以有一碗。牛肝菌色如牛肝,滑,嫩,鲜,香,很好吃。炒牛肝菌须多放蒜,否则容易使人晕倒。青头菌比牛肝菌略贵。这种菌子炒熟了也还是浅绿色的,格调比牛肝菌高。菌中之王是鸡㙡,味道鲜浓,无可方比。鸡㙡是名贵的山珍,但并不真的贵得惊人。一盘红烧鸡㙡的价钱和一碗黄焖鸡不相上下,因为这东西在云南并不难得。有一个笑话:有人从昆明坐火车到呈贡,在车上看到地上有一棵鸡㙡,他跳下去把鸡㙡捡了,紧赶两步,还能爬上火车。这笑话用意在说明昆明到呈贡的火车之慢,但也说明鸡㙡随处可见。有一种菌子,中吃不中看,叫做干巴菌。乍一看那样子,真叫人怀疑:这种东西也能吃?!颜色深褐带绿,有点像一堆半干的牛粪或一个被踩破了的马蜂窝。里头还有许多草茎、松毛,乱七八糟!可是下点功夫,把草茎松毛择净,撕成蟹腿肉粗细的丝,和青辣椒同炒,入口便会使你张目结舌:这东西这么好吃?!还有一种菌子,中看不中吃,叫鸡油菌。都是一般大小,有一块银圆那样大,的溜圆,颜色浅黄,恰似鸡油一样。这种菌子只能做菜时配色用,没甚味道。

雨季的果子,是杨梅。卖杨梅的都是苗族女孩子,戴一顶小花帽子,穿着扳尖的绣了满帮花的鞋,坐在人家阶石的一角,不时吆唤一声:"卖杨梅——",声音娇娇的。她们的声音使得昆明雨季的空气更加柔和了。昆明的杨梅很大,有一个乒乓球那样大,颜色黑红黑红的,叫做"火炭梅"。这个名字起得真好,真是像一球烧得炽红的火炭!一点都不酸!我吃过苏州洞庭山的杨梅、井冈山的杨梅,好像都比不上昆明的火炭梅。

雨季的花是缅桂花。缅桂花即白兰花,北京叫做"把儿兰"(这个名字真不好听)。云南把这种花叫做缅桂花,可能最初这种花是从缅甸传入的,而花的香味又有点像桂花,其实这跟桂花实在没有什么关系。——不过话又说回来,别处叫它白兰、把儿兰,它和兰花也挨不上呀,也不过是因为它很香,香得像兰花。我在家乡看到的白兰多是一人高,昆明的缅桂是大树!我在若园巷二号住过,院里有一棵大缅桂,密密的叶子,把四周房间都映绿了。缅桂盛开的时候,房东(是一个五十多岁的寡妇)就和她的一个养女,搭了梯子上去摘,每天要摘下来好些,拿到花市上去卖。她大概是怕房客们乱摘她的花,时常给各家送去一些。有时送来一个七寸盘子,里面摆得满满的缅桂花!带着雨珠的缅桂花使我的心软软的,不是怀人,不是思乡。

雨,有时是会引起人一点淡淡的乡愁的。李商隐的《夜雨寄北》是为许多久客的游子而写的。我有一天在积雨少住的早晨和德熙从联大新校舍到莲花池去。看了池里的满池清水,看了作比丘尼装的陈圆圆的石像(传说陈圆圆随吴三桂到云南后出家,暮年投莲花池而死),雨又下起来了。莲花池边有一条小街,有一个小酒店,我们走进去,要了一碟猪头肉,半市斤酒(装在上了绿釉的土磁杯里),坐了下来。雨下大了。酒店有几只鸡,都把脑袋反插在翅膀下面,一只脚着地,一动也不动地在檐下站着。酒店院子里有一架大木香花。昆明木香花很多。有的小河沿岸都是木香。但是这样大的木香却不多见。一棵木香,爬在架上,把院子遮得严严的。密匝匝的细碎的绿叶,数不清的半开的白花和饱涨的花骨朵,都被雨水淋得湿透了。我们走不了,就这样一直坐到午后。四十年后,我还忘不了那天的情味,写了一首诗:

  莲花池外少行人,野店苔痕一寸深。浊酒一杯天过午,木香花湿雨沉沉。

我想念昆明的雨。

1984 年 5 月 19 日

(原载《滇池》1984 年第 10 期)

大地上的事情

苇 岸

1

我观察过蚂蚁营巢的三种方式。小型蚁筑巢,将湿润的土粒吐在巢口,垒成酒盅状、灶台状、坟冢状、城堡状或松疏的蜂房状,高耸在地面;中型蚁的巢口,土粒散得均匀美观,围成喇叭口或泉心的形状,仿佛大地开放的一只黑色花朵;大型蚁筑巢像北方人的举止,随便、粗略、不拘细节,它们将颗粒远远地衔到什么地方,任意一丢,就像大步奔走撒种的农夫。

2

下雪时,我总想到夏天,因成熟而褪色的榆荚被风从树梢吹散。雪纷纷扬扬,给人间带来某种和谐感,这和谐感正来自于纷纭之中。雪也许是更大的一棵树上的果实,被一场世界之外的大风刮落。它们漂泊到大地各处,它们携带的纯洁,不久即繁衍成春天动人的花朵。

3

写《自然与人生》的日本作家德富芦花,观察过落日。他记录太阳由衔山到全然沉入地表,需要三分钟。我观察过一次日出,日出比日落缓慢。观看落日,大有守待圣哲临终之感;观看日出,则像等待伟大英雄辉煌的诞生。仿佛有什么阻力,太阳艰难地向上跃动,伸缩着挺进。太阳从露出一丝红线,到伸缩着跳上地表,用了约五分钟。

世界上的事物在速度上,衰落胜于崛起。

4

这是一具熊蜂的尸体,它是自然死亡,还是因疾病或敌害而死,不得而知。它偃卧在那里,翅零乱地散开,肢蜷曲在一起。它的尸身僵硬,很轻,最小的风能将它推动。我见过胡蜂巢、土蜂巢、蜜蜂巢和别的蜂巢,但从没有见过熊蜂巢。熊蜂是穴居者,它们将巢筑在房屋的立柱、檩木、横梁、椽子或枯死的树干上。熊蜂从不集群活动,它们个个都是英雄,单枪匹马到处闯荡。熊蜂是昆虫世界当然的王,它们身着的黑黄斑纹,是大地上最怵目的图案,高贵而恐怖。老人们告诉过孩子,它们能蜇死牛马。

5

麻雀在地面的时间比在树上的时间多。它们只是在吃足食物后,才飞到树上。它们将短硬的喙像北方农妇在缸沿砺刀那样,在枝上反复擦拭。麻雀蹲在枝上啼鸣,如孩子骑在父亲的肩上高声喊叫,这声音蕴含着依赖、信任、幸福和安全感。麻雀在树上就和孩子们在地上一样,它们的蹦跳就是孩子们的奔跑。而树木伸展的愿望,是给鸟儿送来一个个广场。

6

穿越田野的时候,我看到一只鹞子。它静静地盘旋,长久浮在空中。它好像看到了什么,径直俯冲下来,但还未触及地面又迅疾飞起。我想象它看到一只野兔,因人类的扩张在平原上已近绝迹的野兔,梭罗在《瓦尔登湖》中预言过的野兔:"要是没有兔子和鹧鸪,一个田野还成什么田野呢?它们是最简单的土生土长的动物,与大自然同色彩、同性质,和树叶、和土地是最亲密的联盟。看到兔子和鹧鸪跑掉的时候,你不觉得它们是禽兽,它们是大自然的一部分,仿佛飒飒的木叶一样。不管发生怎么样的革命,兔子和鹧鸪一定可以永存,像土生土长的人一样。不能维持一只兔子的生活的田野一定是贫瘠无比的。"

看到一只在田野上空徒劳盘旋的鹞子,我想起田野往昔的繁荣。

7

在我的住所前面,有一块空地,它的形状像一只盘子,被四周的楼群围起。它盛过田园般安详的雪,盛过赤道般热烈的雨,但它盛不住孩子们的欢乐。孩子们把欢乐撒在里面,仿佛一颗颗珍珠滚到我的窗前。我注视着男孩和女孩在一起做游戏,这游戏是每一个从他们身边匆匆走过的大人都做过的。大人告别了童年,就将游戏像玩具一样丢在了一边。但游戏在孩子们手里,依然一代代传递。

8

在一所小学教室的墙壁上,贴着孩子们写自己家庭的作文。一个孩子写道,他的爸爸是工厂干部,妈妈是中学教师,他们很爱自己的孩子,星期天常常带他去山边玩,他有许多玩具,有自己的小人书库,他感到很幸福。但是妈妈对他管教很严,命令他放学必须直接回家,回家第一件事是用肥皂洗手。为此他感到非常不幸,恨自己的妈妈。

每一匹新驹都不会喜欢给它套上羁绊的人。

9

黎明,我常常被麻雀的叫声唤醒。日子久了,我发现它们总在日出前二十分钟开始啼叫。冬天日出较晚，它们叫的也晚；夏天日出早，它们叫的也早。麻雀在日出前和日出后的叫声不同，日出前它们发出"鸟、鸟、鸟"的声音，日出后便改成"喳、喳、喳"的声音。我不知它们的叫法和太阳有什么关系。

10

在山岗的小径上，我看到一只蚂蚁在拖蜣螂的尸体。蜣螂可能被人踩过，尸体已经变形，渗出的体液粘着两粒石子，使它更加沉重。蚂蚁紧紧咬住蜣螂，它用力扭动身躯，想把蜣螂拖走。蜣螂微微摇晃，但丝毫没有向前移动。我看了很久，直到我离开时，这个可敬的勇士仍在不懈地努力。没有其他蚁来帮它，它似乎也没有回巢去请援军的想法。

11

麦子是土地上最优美、最典雅、最令人动情的庄稼。麦田整整齐齐摆在辽阔的大地上，仿佛一块块耀眼的黄金。麦田是五月最宝贵的财富，大地蓄积的精华。风吹麦田，麦田摇荡，麦浪把幸福送到外面的村庄。到了六月，农民抢在雷雨之前，把麦田搬走。

12

在我窗外阳台的横栏上，落了两只麻雀。那里是一个阳光的海湾，温暖、平静、安全。这是两只老雀，世界知道它们为它哺育了多少雏鸟。两只麻雀蹲在辉煌的阳光里，一副丰衣足食的样子，它们眯着眼睛，脑袋转来转去，毫无顾忌。它们时而啼叫几声，声音朴实而亲切。它们的体态肥硕，羽毛蓬松，头缩进厚厚的脖颈里，就像冬天穿着羊皮袄的马车夫。

13

下过雪许多天了，地表的阴面还残留着积雪。大地斑斑点点，仿佛一头在牧场垂首吃草的花斑母牛。积雪收缩，并非因为气温升高了，而是大地的体温在吸收它们。

14

冬天，一次在原野上，我发现了一个奇异现象，它纠正了我原有的关于火的观念。我没有见到那个人，他点起火走了。火像一头牲口，已将枯草吞噬很大一片。北风吹着，风头很硬，火紧贴在地面上，火首却逆风而行，这让我吃惊。为了再次证实，我把火种引到另一片草上，火依旧溯风烧向北方。

15

我时常忆起一个情景，它发生在午后时分。如大兵压境，滚滚而来的黑云，很快占据了整面天空。随后,闪电迸绽,雷霆轰鸣,分币大的雨点砸在地上,烟雾四起。骤雨像是一个丧失理性的对人间复仇的巨人。就在这万物偃息的时刻,我看到一只衔虫的麻雀从远处飞回,雷雨没能拦住它,它的窝在雨幕后面的屋檐下。在它从空中降落飞进檐间的一瞬,它的姿势和蜂鸟在花丛前一样美丽。

16

五月,在尚未插秧的稻田里,闪动着许多小鸟。我叫不出它们的名字,它们神态机灵,体型比麻雀娇小。它们走动的样子,非常庄重。麻雀行走用双足蹦跳,它们行走是像公鸡那样迈步。它们的样子,和孩童做出大人的举止一样好笑。它们飞得很低,从不落到树上。它们是田亩的精灵。它们停在田里,如果不走动,便简直认不出它们。

17

秋收后,田野如新婚的房间,已被农民拾掇得干干净净。一切要发生的,一切已经到来的,它都将容纳。在人类的身旁,落叶正悲壮地诀别它们的母亲。看着它们决绝的样子,我忽然想,树木养育了它们,仿佛就是为了此时重现大地上的勇士形象。

18

在冬天空旷的原野上,我听到过啄木鸟敲击树干的声音。它的速度很快,仿佛弓的颤响,我无法数清它的频率。冬天鸟少,鸟的叫声也被藏起。听到这声音,我感到很幸福。我忽然觉得,这声音不是来自啄木鸟,也不是来自光秃的树木,它来自一种尚未命名的鸟,这只鸟,是这声音创造的。

19

1988年1月16日,我看到了日出。我所以记下这次日出,因为有生以来我从没有见过这样大的太阳。好像发生了什么奇迹,它使我惊得目瞪口呆,久久激动不已。哥伦比亚作家加西亚·马尔克斯在《百年孤独》中这样描述马贡多连续下了四年之久的雨后日出:"一轮憨厚、鲜红、像破砖碎末般粗糙的红日照亮了世界,这阳光几乎像流水一样清新。"我所注视的这次日出,我不想用更多的话来形容它,红日的硕大,让我首先想到乡村院落的磨盘。如果你看到了这次日出,你会相信。

20

已经一个月了,那窝蜂依然伏在那里,气温渐渐降低,它们似乎已预感到什么,紧紧挤在一起,等待最后一刻的降临。只有太阳升高,阳光变暖的时候,它们才偶尔飞起。它们的巢早已失去,它们为什么不在失去巢的那一天飞走呢?每天我看见它们,心情都很沉重。在它们身上,我看到了某种大于生命的东西。那个一把火烧掉蜂巢的人,你为什么要捣毁一个无辜的家呢？显然你只是想借此显示些什么，因为你是男人。

21

太阳的道路是弯曲的。我注意几次了。在立夏前后，朝阳能够照到北房的后墙，夕阳也能够照到北房的后墙。其他时间，北房拖着变深的影子。

22

立春一到，便有冬天消逝、春天降临的迹象和感觉。此时整整过了一冬的北风，到达天涯后已经返回。它们告诉站在大路旁观看的我：春天已被它们领来。看着旷野，我有一种庄稼满地的幻觉。天空已经变蓝，踩在松动的土地上，我感到肢体在伸张，血液在涌动。我想大声喊叫或疾速奔跑，想拿起锄头拼命劳动一场。我常常产生这个愿望：一周中，在土地上至少劳动一天。爱默生认为，每一个人都应当与这世界上的劳作保持着基本关系。劳动是上帝的教育，它使我们自己与泥土和大自然发生基本的关系。

但是，在这个世界上，有一部分人，一生从未踏上土地。

23

捕鸟人天不亮就动身，鸟群天亮开始飞翔。捕鸟人来到一片果园，他支起三张大网，呈三角状。一棵果树被围在里面。捕鸟人将带来的鸟笼，挂在这棵树上，然后隐在一旁。捕鸟人称笼鸟为"圝子"，它们的作用是呼喊。圝子在笼里不懈地转动，每当鸟群从空中飞过，它们便急切地扑翅呼应。它们凄怆的悲鸣，使飞翔的鸟群回转。一些鸟撞到网上，一些鸟落在网外的树上，稍后依然扑向鸟笼。鸟像木叶一般，坠满网片。

丰子恺先生把诱引羊群走向屠场的老羊，称作"羊奸"。我不称这些圝子为"鸟奸"，人类制造的任何词语，都仅在他自己身上适用。

24

平常，我们有"北上"和"南下"的说法。向北行走，背离光明，称作向上；向南行走，接近光明，称作向下。不知这种上下之分依据什么而定（纬度或地势？）。在大地上旅行时，我们的确有这种内心感觉。像世间称做官为上、还民为下一样。

25

麻雀和喜鹊，是北方常见的留鸟。它们的存在，使北方的冬天格外生动。民间有"家雀跟着夜猫子飞"的说法，它的直接意思，指小鸟盲目追随大鸟的现象。我留意过麻雀尾随喜鹊的情形，并由此发现了鸟类的两种飞翔方式。它们具有代表性。喜鹊飞翔，姿态镇定、从容，两翼像树木摇动的叶子，体现着在某种基础上的自信。麻雀敏感、慌忙,它们的飞法类似蛙泳,身体总是朝前一耸一耸的,并随时可能转向。

这便是小鸟和大鸟的区别。

26

一次,我穿越田野。一群农妇,蹲在田里薅苗。在我凝神等待远处布谷鸟再次啼叫时,我听到了两个农妇的简短对话:

农妇甲:"几点了?"

农妇乙:"该走了,12点多了。"

农妇甲:"12点了,孩子都放学了,还没做饭呢。"

无意听到的两句很普通的对话,竟震撼了我。认识词易,比如"母爱"或"使命",但要完全懂得它们的意义难。原因在于我们不常遇到隐在这些词后面的,能充分体现这些词涵义的事物本身;在于我们正日渐远离原初意义上的"生活"。我想起曾在美术馆看过的美国女画家爱迪娜·米博尔画展,前言有画家这样一段话,我极赞同:"美的最主要表现之一是,肩负着重任的人们的高尚与责任感。我发现这一特点特别地表现在世界各地生活在田园乡村的人们中间。"

27

栗树大都生在山里。秋天,山民爬上山坡,收获栗实。他们先将树下杂草,刈除干净。然后环树刨出一道道沟垄,为防敲下的栗实四处滚动。栗实包在毛森森的壳里,像蜷缩一团的幼小刺猬。栗实成熟时,它们黄绿色壳斗便绽开缝隙,露出乌亮的栗核。如果没有人采集,栗树会和所有植物一样,将自己漂亮的孩子自行还给大地。

28

进入冬天,便怀念雪。一个冬天,迎来几场大雪,本是平平常常的事情,如今已成为一种奢求(谁剥夺了我们这个天定的权利?)。冬天没有雪,就像土地上没有庄稼,森林里没有鸟儿。雪意外地下起来时,人间一片喜悦。雪赋予大地神性;雪驱散了那些平日隐匿于人们体内,禁锢与吞噬着人们灵性的东西。我看到大人带着孩子在旷地上堆雪人,在我看不到的地方,一定同样进行着许多欢乐的与雪有关的事情。

可以没有风,没有雨,但不可以没有雪。在人类美好愿望中发生的事情,都是围绕雪进行的。

29

一只山路上的蚂蚁,衔着一具比它大数倍的蚜虫尸体,正欢快地朝家走去。它似乎未费太多的力气,从不放下猎物休息。在我粗暴地半路打劫时,它并不惊慌逃走。它四下寻着它的猎物,两只触角不懈地探测。它放过了土块,放过了石子和瓦砾,当它触及那只蚜虫时,便再次衔起。仿佛什么事情也未发生,它继续去完成自己庄重的使命。

30

我把麻雀看作鸟类中的"平民",它们是鸟在世上的第一体现者。它们的淳朴和生气,散布在整个大地。它们是人类卑微的邻居,在无视和伤害的历史里,繁衍不息。它们以无畏的献身精神,主动亲近莫测的我们。没有哪一种鸟,肯与我们建立如此密切的关系。在我对鸟类作了多次比较后,我发现我还是最喜爱它们。我刻意为它们写过这样的文字:

麻　雀

它们很守诺言
每次都醒在太阳前面
它们起得很早
在半道上等候太阳
然后一块儿上路
它们仿佛是太阳的孩子
每天在太阳身边玩耍
它们习惯于睡觉前聚在一起
把各自在外面见到的新鲜事情
讲给大家听听
由于不知什么叫秩序
它们给外人的印象
就好像在争吵一样
它们的肤色使我想到土地的颜色
它们的家族
一定同这土地一样古老
它们是留鸟
从出生起
便不远离自己的村庄

31

下面的内容,是我在一所小学见到的,为众多的学生保证书之一。原文抄录如下:
1. 老师留的作业要认真按时完成。
2. 下课不追跑打闹。
3. 不管是不是低声日都不大声说话。
4. 不管什么时候都不能骂人。
5. 学校举行什么活动都要听老师的。
6. 老师提问要积极举手发言。

7. 不逃学,积极参加课外活动为班争光。
8. 不管上什么课都不搞小动作,在考试上得90分以上。
9. 自己的事要自己做。

(三〈四〉班 孙蕊)

我把这20世纪末中国少年的誓言记在这里,但不想多说什么。唯愿我们的少年长大后,不再写出类似鲁迅先生曾写过的话:"长辈的训诲对我是这样的有力,所以我也很遵从读书人家的家教。屏息低头,毫不轻举妄动。两眼下视黄泉,看天就是傲慢;满脸装出死相,说笑就是放肆。"(鲁迅《忽然想到》)

32

一架直升飞机,从小镇的上空呼啸而过。我看到街上三个孩子蹦跳着高喊:"飞机、飞机,你下来,带我们上动物园。"

孩子们不说去别的什么地方,这是缘于生命的,在因袭与指导之外的选择。

33

世界上的事物,往往有两种以上的称呼。

这里讲的,不指西方分类学上物种的"二名法"(用两个拉丁字构成某一物种名称的命名法,第一字是属名,第二字是种加词),或"三名法"(用三个拉丁字表示生物亚种或变种的命名法,由属名、种加词和变种加词构成),而指我们认识的事物,大多拥有数个名称,分别称作学名、别名和俗名。它们各自有着神秘的来历,在不同的场所,体现自己独特的作用。比如太阳,亦称日,我还知道北方的农民称之"老爷儿";鸱鸮,亦称枭,民间则称之"猫头鹰"或"夜猫子"。

学名是文明的、科学的、抽象的,它们用于研究和交流,但难于进入生活。它们由于在特征和感性上与其所指示的事物分离,遭到泥土和民间的抵触;它们由于缺少血液和活力,而滞在学者与书卷那里。

别名是学名的变称,与学名具有同一命运。

俗名是事物的乳名或小名,它们是祖先的、民间的、土著的、亲情的。它们出自民众无羁的心,在广大土地上自发地世代相沿。它们既体现事物自身的原始形象或某种特征,又流露出一地民众对故土百物的亲昵之意与随意心理。如车前草,因其叶子宽大,在我的故乡,称作"猪耳朵";地黄,花冠钟状、甘甜,可摘下吮吸,故称"老头喝酒"。俗名和事物仿佛与生俱来,诗意、鲜明,富于血肉气息。它们在现代文明不可抵御的今天,依然活跃在我们的庭院和大地。它们的蕴意,丰富、动人,饱含情感因素。无论什么时候,无论走到哪里,只要我们听到这样的称呼,眼前便会浮现我们遥远的童年、故乡与土地。那里是我们的母体和出发点。

俗名对人类,永远具有"情结"意义。

34

在北方的林子里,我遇到过一种彩色蜘蛛。它的罗网,挂在树干之间,数片排列,杂乱联结。这种蜘蛛,体大,八足纤长,周身浅绿与橘黄相间,异常艳丽。在我第一次猛然撞见它的时候,我感觉它刹那带来的恐怖,超过了世上任何可怕的事物。

相同的色彩,在一些事物那里,令我们赞美、欢喜;在另一些事物那里,却令我们怵目、悚然,成了我们的恐怖之源。

35

每次新月出现,只要你注意,你会在它附近看到一颗亮星。有时它们挨得极近,它们各自的位置,身处的背景,密切的情形,都让我将它们看作大海上的船与撑船人。可是不久,撑船人便会弃船而去。后来,我查阅了天文方面的书,始知这个撑船人原来是大名鼎鼎的金星,我们熟悉的太阳系第二位行星,地球最近的邻居。由于金星是地内行星,因而它的行踪往往漂泊不定。黄昏在西方最早显现,凌晨在东方最迟隐去的星,就是这个活跃的撑船人。在古代,中国人给它起了很优雅的名字:黄昏称它"长庚",凌晨称它"启明"。希腊人比较粗爽,他们本能地、形象地、诗化地、亲昵地、直截了当叫它"流浪者"。

36

尽管我很喜欢鸟类,但我无法近距离观察它们。每当我从鸟群附近经过,无论它们在树上,还是在地面,我都不能停下来,不能盯着它们看,我只能侧耳听听它们兴高采烈的声音。否则,它们会马上警觉,马上做出反应,终止议论或觅食,一哄而起,迅即飞离。

我的发现,对我,只是生活的一个普通认识;鸟的反应,对鸟,则是生命的一个重要经验。

37

在樗树(臭椿)上,有一种甲虫,体很小,花背,象形,生物学称它为象鼻虫或象甲,乡下的孩子叫它"老锁"。它们通常附在樗树的干上,有时很低,伸手可及。只要有人轻轻一碰,它们便迅速蜷起六足,象鼻状的长喙紧贴胸前,全身抱在一起。此时,孩子们抓起一只,对着它不断呼唤:"老锁,老锁,开门!"情真意切,永不生厌。仿佛精诚所至,它最终总会松开肢身,然后谨慎地,像一头小象,开始在孩子们的手上四下走动。

38

秋天,大地上到处都是果实,它们露出善良的面孔,等待着来自任何一方的采取。每到这个季节,我便难于平静,我不能不为在这世上永不绝迹的崇高所感动,我应当走到土地里面去看看,我应该和所有的人一道去得到陶冶和启迪。

太阳的光芒普照原野,依然热烈。大地明亮,它敞着门,为一切健康的生命。此刻,万物的声音都在大地上汇聚,它们要讲述一生的事情,它们要抢在冬天到来之前,把心内深藏已久的歌全部唱完。

第一场秋风已经刮过去了,所有结满籽粒和果实的植物都把丰足的头垂向大地,这是任何成熟者必至的谦逊之态，也是对孕育了自己的母亲一种无语的敬祝和感激。手脚粗大的农民再次忙碌起来，他们清理了谷仓和庭院，他们拿着家什一次次走向田里，就像是去为一头远途而归的牲口卸下背上的重负。

看着生动的大地，我觉得它本身也是一个真理。它叫任何劳动都不落空，它让所有的劳动者都能看到成果，它用纯正的农民暗示我们：土地最宜养育勤劳、厚道、朴实、所求有度的人。

39

人类与地球的关系，很像人与他的生命的关系。在无知无觉的年纪，他眼里的生命是一口取之不尽用之不竭的井，可以任意汲取和享用。当他有一天觉悟，突然感到生命的短暂和有限时，他发现，他生命中许多宝贵的东西已被挥霍一空。面对未来，他开始痛悔和恐惧，开始锻炼和保健。

不同的是，人类并不是一个人，它不是具有一个头脑的整体。今天，各国对地球的掠夺，很大程度上已不仅仅为了满足自己国民的生活。如同体育比赛已远远超出原初的锻炼肌体的意义一样，不惜牺牲的竞争和较量，只是为了获得一项冠军的荣誉。

40

我的祖父、祖母，两个年逾八十的老人。一次在我回乡下去看望他们时，他们向我讲了这样一件事：

一天深夜，他们突然被响动的院门惊醒。借着微弱的月光，他们看到进来一个人，推着自行车。这个人来到屋前，拍着屋门，含混地叫着："大爷您开开门！大爷您开开门！"他的叫声不断，声音可怜。听着这陌生而又哀求的叫声，起来的祖父给他打开了门。这是一个壮年汉子，喝了酒，自称走错了门，说了几句什么，不久便退出去了。

有着一生乡村经验与阅历的祖父、祖母，依然保持着人的最初的心和他们对人的基本信任。

41

与其他开端相反，第一场雪大都是零乱的。为此我留意好几年了。每次遇到新雪，我都想说："看，这是一群初进校门的乡下儿童。"雪仿佛是不期而至的客人，大地对这些客人的进门，似乎感到一种意外的突然和无备的忙乱。没有收拾停当的大地，显然还不准备接纳它们。所以，尽管空中雪迹纷纷，地面依旧荡然无存。新雪在大地面前的样子，使我想象一群临巢而不能栖的野蜂，也想象历史上那些在祖国外面徘徊的流亡者。

42

在生命世界，一般来讲，智慧、计谋、骗术大多出自弱者。它们或出于防卫，或出于猎取。

假死是许多逃避无望的昆虫及其他一些弱小动物,灾难当头拯救自己的唯一办法。地巢鸟至少都要具备两种自卫本领:一是能使自身及卵的颜色随季节变化而改变;二是会巧设骗局引开走近己巢的强敌。蛛网本身就是陷阱,更有一种绝顶聪明的蜘蛛,会分泌带雌蛾气味的小球,它先把小球吊在一根丝上,然后转动,引诱雄蛾上钩。在追捕上低能的蛇,长于无声地偷袭;澳大利亚还有一种眼镜蛇,能以尾尖伪装小虫,欺骗蛙鼠。强者是不屑于此的。非洲的猎豹出猎时,从不使用伏击。动物学家说,鲨鱼一亿年来始终保持着它们原初的体型。没有对手的强大,使它抵制了进化。

　　看历史与现实,人类的状况,大体也是这样。

43

　　命名,是一种前科学的事情。在科学到来之前,每个事物都有它们自己土生土长的名称。这些名称身世神秘,谁也无法说清它们的来历,它们体现着本土原始居民的奇异智力、生动想象、无羁天性和朴素心声,与事物亲密无间地结为一体。科学是一个强大的征服者,它的崛起,令所有原生事物惊恐。它一路无所顾忌的行径,改变了事物自体的进程。科学的使命之一,就是统一天下事物的名称。它以一种近似符号的新名,取代了与事物有着血肉联系的原始名称。比如,美洲印第安人所称的"饮太阳血的鸟",被科学定名为蜂鸟;西方农夫所称的"魔鬼的信使",被科学定名为狐蝠;非洲部落猎人们所称的"黄色的闪电",被科学定名为猎豹。

　　科学的使命还远远没有完成,而各地的"原生力量",也从未放弃过抵抗。

44

　　《百年孤独》的第一页,有这样一个细节:在表演了磁铁的魔力后,神秘的吉卜赛人墨尔基阿德斯,对老布恩地亚讲:"任何东西都有生命,一切在于如何唤起它们的灵性。"

　　季节也是有生命的。为了感受这一点,需要我们悉心体验,也许还需要到乡村生活一年。以冬天为例,在北方,在北京,每年一进入公历一月,我就会感受到它显著的变化。此时的冬天,就像一个远途跋涉后终于到达目的地的、开始安顿下来的旅人。它让我想象乡村的失去光泽和生气,不再驾车的马和三年以上的公鸡。一个活泼的、冲动的、新鲜的、敏感的、易变的冬天,已一去不返。而另一个迂缓的、安稳的、沉郁的、灰暗的、阴冷的冬天,已经来到我们身边。这是生命悲哀的转折。由此开始的,是冬天的一段让我们最难耐的时期。它给我们造成的心境,与我们从手上不再有书籍,心中不再有诗歌,已获取了一定财富或权力的人到中年者那里,领略的大体相同。

45

　　自从出现了精神分析学家,人类似乎便彻底改变了对自己的看法。20世纪的现代主义作家们笔下的人,更让读者害怕。德国女作家沃尔夫在她的小说《一只公猫的新生活观》中,借公猫麦克斯之口说:"有些人希望使自己心地善良,乐于助人,忘记自己是动物的后裔，这是同他们缺乏生理知识有关。"

其实，这是对动物的曲解和污蔑。在影视上或书本里或生活中，人们知道了多少动物互助和利他的感人事迹！最近我从科教片《燕子》里知道，燕子在喂雏期，为了觅食，每天要飞出去二百多次，如果你想帮帮它，它回来也会将你放在巢边的昆虫叼走。雏燕出巢后，在野外，会受到任何一只成燕照顾。这仅是一个简单的例子。新闻中不是曾有关于"狼孩"和"熊孩"的报道吗？最近它还告诉人们，一群骆驼抚养了死于沙暴中的阿拉伯牵驼人的两个婴儿。

在这则随笔中我是想说，如果人抱定人类的本性就是动物，从而做任何事情都心安理得，原谅自己，那么他其实是应验了中国民间的一个说法：禽兽不如！

46

1991年元旦，一个神异的开端。这天阳光奇迹般恢复了它的本色，天空仿佛也返回到了秋天。就在这一天，在旷野，我遇见了壮观的迁徙的鸟群。在高远的天空上，在蓝色的背景下，它们一群群从北方涌现。每只鸟都是一个点，它们像分巢的蜂群。在高空的气流中，它们旋转着，缓慢地向南推进。一路上，它们的叫声传至地面。

我没有找到关于鸟类迁徙的书籍，也不认识鸟类学家。这是我有生以来第一次遇到鸟类冬季迁徙，我不明白这是什么原因，也不知道这是些什么鸟。在新年的第一天，我遇见了它们，我感到我是得到了神助的人。

47

一次，我乘公共汽车，在我的邻座上，是一位三十几岁带小孩的母亲。小孩还很小，正处在我们所说的咿呀学语时期。一个漂亮的、机灵的小男孩。在车里，母亲不失时机地教他认识事物，发音说话。他已经会说些什么了，一路上我都听着他初始的声音。忽然他兴奋地高喊："卖鱼的！卖鱼的！"原来在自行车道上，有两个蹬平板三轮车的小贩。两个三轮车上驮的都是囤形的盛着水的大皮囊，与我们在自由市场常见的一样。

到站下车时，我问那位母亲："您的小孩有一岁吗？"答："一岁多了。"

48

三月是远行者上路的日子，他们从三月出发，就像语言从表达出发，歌从欢乐出发。三月连羔羊也会大胆，世界温和，大道光明，石头善良。三月的村庄像篮子，装满阳光，孩子们遍地奔跑，老人在墙根下走动。三月使人产生劳动的欲望，土地像待嫁的姑娘。三月，人们想得很远，前面有许许多多要做的事情。三月的人们满怀信心，仿佛远行者上路时那样。

49

梭罗说，文明改善了房屋，却没有同时改善居住在房屋中的人。关于这个问题,我这样想过:根本原因也许就在于孩子们与成人混在了一起(这里暂不涉及人性因素)。

可以打个比方:孩子们每天在课堂精心编织着他们的美丽的网,但当他们放学后,这张网即遭到社会蚊蚋的冲撞。孩子们置身在学校中,实际就是一个不断修复他们破损了的网的过程,直至某一天他们发现这种努力的徒劳性。

成人世界是一条浊浪滚滚的大河,每个孩子都是一支欢乐地向它奔去的清澈小溪。孩子们的悲哀是:仿佛他们在世上的唯一出路,便是未来的同流合污。

50

我看过一部美国影片,片名已想不起来了。影片这样开的头:一个在学校总挨欺负的男孩,仿佛被神明选定,得到了一部巨大的书。这是一部童话,讲的是一个名叫"虚无"的庞然怪物,吞噬幻想国的故事。当最后的毁灭逼近,女王即将死亡时,书告诉这个男孩,拯救幻想国和女王的唯一办法,是由他大声为女王起一个新名。

这是一部寓意很深的影片,它让我想到泰戈尔讲的一句话:"每一个孩子生出时所带的神示说:上帝对于人尚未灰心失望呢。"

(原载《散文百家》1991年第3期)

我与地坛

史铁生

一

我在好几篇小说中都提到过一座废弃的古园,实际就是地坛。许多年前旅游业还没有开展,园子荒芜冷落得如同一片野地,很少被人记起。

地坛离我家很近。或者说我家离地坛很近。总之,只好认为这是缘分。地坛在我出生前四百多年就坐落在那儿了,而自从我的祖母年轻时带着我父亲来到北京,就一直住在离它不远的地方——五十多年间搬过几次家,可搬来搬去总是在它周围,而且是越搬离它越近了。我常觉得这中间有着宿命的味道:仿佛这古园就是为了等我,而历尽沧桑在那儿等待了四百多年。

它等待我出生,然后又等待我活到最狂妄的年龄上忽地残废了双腿。四百多年里,它一面剥蚀了古殿檐头浮夸的琉璃,淡褪了门壁上炫耀的朱红,坍圮了一段段高墙又散落了玉砌雕栏,祭坛四周的老柏树愈见苍幽,到处的野草荒藤也都茂盛得自在坦荡。这时候想必我是该来了。十五年前的一个下午,我摇着轮椅进入园中,它为一个失魂落魄的人把一切都准备好了。那时,太阳循着亘古不变的路途正越来越大,也越红。在满园弥漫的沉静光芒中,一个人更容易看到时间,并看见自己的身影。

自从那个下午我无意中进了这园子,就再没长久地离开过它。我一下子就理解了它的意图。正如我在一篇小说中所说的:"在人口密聚的城市里,有这样一个宁静的去处,像是上帝的苦心安排。"

两条腿残废后的最初几年,我找不到工作,找不到去路,忽然间几乎什么都找不到了,我就摇了轮椅总是到它那儿去,仅为着那儿是可以逃避一个世界的另一个世界。我在那篇小说中写道:"没处可去我便一天到晚耗在这园子里。跟上班下班一样,别人去上班我就摇了轮椅到这儿来。""园子无人看管,上下班时间有些抄近路的人们从园中穿过,园子里活跃一阵,过后便沉寂下来。""园墙在金晃晃的空气中斜切下一溜荫凉,我把轮椅开进去,把椅背放倒,坐着或是躺着,看书或者想事,撅一权树枝左右拍打,驱赶那些和我一样不明白为什么要来这世上的小昆虫。""蜂儿如一朵小雾稳稳地停在半空;蚂蚁摇头晃脑捋着触须,猛然间想透了什么,转身疾行而去;瓢虫爬得不耐烦了,累了祈祷一回便支开翅膀,忽悠一下升空了;树干上留着一只蝉蜕,寂寞如一间空屋;露水在草叶上滚动,聚集,压弯了草叶轰然坠地摔开万道金光。""满园子都是草木竞相生长弄出的响动,窸窸窣窣窸窸窣窣片刻不息。"这都是真实的记录,园子荒芜但并不衰败。

除去几座殿堂我无法进去,除去那座祭坛我不能上去而只能从各个角度张望它,地坛的每一棵树下我都去过,差不多它的每一米草地上都有过我的车轮印。无论是什么季节,什么天气,什么时间,我都在这园子里呆过。有时候呆一会儿就回家,有时候就呆到满地上都亮起月光。记不清都是在它的哪些角落里了,我一连几小时专心致志地想关于死的事,也以同样的耐心和方式想过我为什么要出生。这样想了好几年,最后事情终于弄明白了:一个人,出生了,这就不再是一个可以辩论的问题,而只是上帝交给他的一个事实;上帝在交给我们这件事实的时候,已经顺便保证了它的结果,所以死是一件不必急于求成的事,死是一个必然会降临的节日。这样想过之后我安心多了,眼前的一切不再那么可怕。比如你起早熬夜准备考试的时候,忽然想起有一个长长的假期在前面等待你,你会不会觉得轻松一点?并且庆幸并且感激这样的安排?

剩下的就是怎样活的问题了。这却不是在某一个瞬间就能完全想透的,不是能够一次性解决的事,怕是活多久就要想它多久了,就像是伴你终生的魔鬼或恋人。所以,十五年了,我还是总得到那古园里去,去它的老树下或荒草边或颓墙旁,去默坐,去呆想,去推开耳边的嘈杂理一理纷乱的思绪,去窥看自己的心魂。十五年中,这古园的形体被不能理解它的人肆意雕琢,幸好有些东西是任谁也不能改变它的。譬如祭坛石门中的落日,寂静的光辉平铺的一刻,地上的每一个坎坷都被映照得灿烂;譬如在园中最为落寞的时间,一群雨燕便出来高歌,把天地都叫喊得苍凉;譬如冬天雪地上孩子的脚印,总让人猜想他们是谁,曾在哪儿做过些什么,然后又都到哪儿去了;譬如那些苍黑的古柏,你忧郁的时候它们镇静地站在那儿,你欣喜的时候它们依然镇静地站在那儿,它们没日没夜地站在那儿从你没有出生一直站到这个世界上又没了你的时候;譬如暴雨骤临园中,激起一阵阵灼烈而清纯的草木和泥土的气味,让人想起无数个夏天的事件;譬如秋风忽至,再有一场早霜,落叶或飘摇歌舞或坦然安卧,满园中播散着熨帖而微苦的味道。味道是最说不清楚的,味道不能写只能闻,要你身临其境去闻才能明了。味道甚至是难于记忆的,只有你又闻到它你才能记起它的全部情感和意蕴。所以我常常要到那园子里去。

现在我才想到,当年我总是独自跑到地坛去,曾经给母亲出了一个怎样的难题。

她不是那种光会疼爱儿子而不懂得理解儿子的母亲。她知道我心里的苦闷,知道不该阻止我出去走走,知道我要是老呆在家里结果会更糟,但她又担心我一个人在那荒僻的园子里整天都想些什么。我那时脾气坏到极点,经常是发了疯一样地离开家,从那园子里回来又中了魔似的什么话都不说。母亲知道有些事不宜问,便犹犹豫豫地想问而终于不敢问,因为她自己心里也没有答案。她料想我不会愿意她跟我一同去,所以她从未这样要求过,她知道得给我一点独处的时间,得有这样一段过程。她只是不知道这过程得要多久,和这过程的尽头究竟是什么。每次我要动身时,她便无言地帮我准备,帮助我上了轮椅车,看着我摇车拐出小院;这以后她会怎样,当年我不曾想过。

有一回我摇车出了小院,想起一件什么事又返身回来,看见母亲仍站在原地,还是送我走时的姿势,望着我拐出小院去的那处墙角,对我的回来竟一时没有反应。待她再次送我出门的时候,她说:"出去活动活动,去地坛看看书,我说这挺好。"许多年以后我才渐渐听出,母亲这话实际上是自我安慰,是暗自的祷告,是给我的提示,是恳求与嘱咐。只是在她猝然去世之后,我才有余暇设想。当我不在家里的那些漫长的时间,她是怎样心神不定坐卧难宁,兼着痛苦与惊恐与一个母亲最低限度的祈求。现在我可以断定,以她的聪慧和坚忍,在那些空落的白天后的黑夜,在那不眠的黑夜后的白天,她思来想去最后准是对自己说:"反正我不能不让他出去,未来的日子是他自己的,如果他真的要在那园子里出了什么事,这苦难也只好我来承担。"在那段日子里——那是好几年长的一段日子,我想我一定使母亲作过了最坏的准备了,但她从来没有对我说过:"你为我想想。"事实上我也真的没为她想过。那时她的儿子,还太年轻,还来不及为母亲想,他被命运击昏了头,一心以为自己是世上最不幸的一个,不知道儿子的不幸在母亲那儿总是要加倍的。她有一个长到二十岁上忽然截瘫了的儿子,这是她唯一的儿子;她情愿截瘫的是自己而不是儿子,可这事无法代替;她想,只要儿子能活下去哪怕自己去死呢也行,可她又确信一个人不能仅仅是活着,儿子得有一条路走向自己的幸福;而这条路呢,没有谁能保证她的儿子终于能找到。——这样一个母亲,注定是活得最苦的母亲。

有一次与一个作家朋友聊天,我问他学写作的最初动机是什么?他想了一会说:"为我母亲。为了让她骄傲。"我心里一惊,良久无言。回想自己最初写小说的动机,虽不似这位朋友的那般单纯,但如他一样的愿望我也有,且一经细想,发现这愿望也在全部动机中占了很大比重。这位朋友说:"我的动机太低俗了吧?"我光是摇头,心想低俗并不见得低俗,只怕是这愿望过于天真了。他又说:"我那时真就是想出名,出了名让别人羡慕我母亲。"我想,他比我坦率。我想,他又比我幸福,因为他的母亲还活着。而且我想,他的母亲也比我的母亲运气好,他的母亲没有一个双腿残废的儿子,否则事情就不这么简单。

在我的头一篇小说发表的时候,在我的小说第一次获奖的那些日子里,我真是多么希望我的母亲还活着。我便又不能在家里呆了,又整天整天独自跑到地坛去,心里是没头没尾的沉郁和哀怨,走遍整个园子却怎么也想不通:母亲为什么就不能再多活两年?为什么在她儿子就快要碰撞开一条路的时候,她却忽然熬不住了?莫非她来此世上只是为了替儿子担忧,却不该分享我的一点点快乐?她匆匆离我去时才只有四十九呀!有那么一会,我甚至对世界对上帝充满了仇恨和厌恶。后来我在一篇题为"合欢树"的文章中写道:"我坐在小公园安静的树林里,闭上眼睛,想,上帝为什么早早地召母亲回去呢?很久很久,迷迷糊糊的我听见了回答:'她心里太苦了,上帝看她受不住了,就召她回去。'我似乎得了一点安慰,睁开眼睛,看见风正从树林里穿过。"小公园,指的也是地坛。

只是到了这时候,纷纭的往事才在我眼前幻现得清晰,母亲的苦难与伟大才在我心中渗透得深彻。上帝的考虑,也许是对的。

摇着轮椅在园中慢慢走,又是雾罩的清晨,又是骄阳高悬的白昼,我只想着一件事:母亲已经不在了。在老柏树旁停下,在草地上在颓墙边停下,又是处处虫鸣的午后,又是鸟儿归巢的傍晚,我心里只默念着一句话:可是母亲已经不在了。把椅背放倒,躺下,似睡非睡挨到日没,坐起来,心神恍惚,呆呆地直坐到古祭坛上落满黑暗然后再渐渐浮起月光,心里才有点明白,母亲不能再来这园中找我了。

曾有过好多回,我在这园子里呆得太久了,母亲就来找我。她来找我又不想让我发觉,只要见我还好好地在这园子里,她就悄悄转身回去,我看见过几次她的背影。我也看见过几回她四处张望的情景,她视力不好,端着眼镜像在寻找海上的一条船,她没看见我时我已经看见她了,待她看见我也看见我了我就不去看她,过一会我再抬头看她就又看见她缓缓离去的背影。我单是无法知道有多少回她没有找到我。有一回我坐在矮树丛中,树丛很密,我看见她没有找到我;她一个人在园子里走,走过我的身旁,走过我经常呆的一些地方,步履茫然又急迫。我不知道她已经找了多久还要找多久,我不知道为什么我决意不喊她——但这绝不是小时候的捉迷藏,这也许是出于长大了的男孩子的倔强或羞涩?但这倔强只留给我痛悔,丝毫也没有骄傲,我真想告诫所有长大了的男孩子,千万不要跟母亲来这套倔强,羞涩就更不必,我已经懂了可我已经来不及了。

儿子想使母亲骄傲,这心情毕竟是太真实了,以致使"想出名"这一声名狼藉的念头也多少改变了一点形象。这是个复杂的问题,且不去管它了罢。随着小说获奖的激动逐日暗淡,我开始相信,至少有一点我是想错了:我用纸笔在报刊上碰撞开的一条路,并不就是母亲盼望我找到的那条路。年年月月我都到这园子里来,年年月月我都要想,母亲盼望我找到的那条路到底是什么。母亲生前没给我留下过什么隽永的哲言,或要我恪守的教诲,只是在她去世之后,她艰难的命运,坚忍的意志和毫不张扬的爱,随光阴流转,在我的印象中愈加鲜明深刻。

有一年,十月的风又翻动起安详的落叶,我在园中读书,听见两个散步的老人说:"没想到这园子有这么大。"我放下书,想,这么大一座园子,要在其中找到她的儿子,母亲走过了多少焦灼的路。多年来我头一次意识到,这园中不单是处处都有过我的车辙,有过我的车辙的地方也都有过母亲的脚印。

二

如果以一天中的时间来对应四季,当然春天是早晨,夏天是中午,秋天是黄昏,冬天是夜晚。如果以乐器来对应四季,我想春天应该是小号,夏天是定音鼓,秋天是大提琴,冬天是圆号和长笛。要是以这园子里的声响来对应四季呢?那么,春天是祭坛上空漂浮着的鸽子的哨音,夏天是冗长的蝉歌和杨树叶子哗啦啦地对蝉歌的取笑,秋天是古殿檐头的风铃响,冬天是啄木鸟随意而空旷的啄木声。以园中的景物对应四季,春天是一径时而苍白时而黑润的小路,时而明朗时而阴晦的天上摇荡着串串杨花;夏天是一条条耀眼而灼人的石凳,或阴凉而爬满了青苔的石阶,阶下有果皮,阶上有半张被坐皱的报纸;秋天是一座青铜的大钟,在园子的西北角上曾丢弃着一座很大的铜钟,铜钟与这园子一般年纪,浑身挂满绿锈,文字已不清晰;冬天,是林中空地上几只羽毛蓬松的老麻雀。以心绪对应四季呢?春天是卧病的季节,否则人们不易发觉春天的残忍与渴望;夏天,情人们应该在这个季节里失恋,不然就似乎对不起爱情;秋天是从外面买一棵盆花回家的时候,把花搁在阔别了的家中,并且打开窗户把阳光也放进屋里,慢慢回忆慢慢整理一些发过霉的东西;冬天伴着火炉和书,一遍遍坚定不死的决心,写一些并不发出的信。还可以用艺术形式对应四季,这样春天就是一幅画,夏天是一部长篇小说,秋天是一首短歌或诗,冬天是一群雕塑。以梦呢?以梦对应四季呢?春天是树尖上的呼喊,夏天是呼喊中的细雨,秋天是细雨中的土地,冬天是干净的土地上的一只孤零的烟斗。

因为这园子,我常感恩于自己的命运。

我甚至现在就能清楚地看见,一旦有一天我不得不长久地离开它,我会怎样想念它,我会怎样想念它并且梦见它,我会怎样因为不敢想念它而梦也梦不到它。

三

现在让我想想,十五年中坚持到这园子来的人都是谁呢?好像只剩了我和一对老人。

十五年前,这对老人还只能算是中年夫妇,我则货真价实还是个青年。他们总是在薄暮时分来园中散步,我不大弄得清他们是从哪边的园门进来,一般来说他们是逆时针绕这园子走。男人个子很高,肩宽腿长,走起路来目不斜视,胯以上直至脖颈挺直不动;他的妻子攀了他一条胳膊走,也不能使他的上身稍有松懈。女人个子却矮,也不算漂亮,我无端地相信她必出身于家道中衰的名门富族;她攀在丈夫胳膊上像个娇弱的孩子,她向四周观望似含着恐惧,她轻声与丈夫谈话,见有人走近就立刻怯怯地收住话头。我有时因为他们而想起冉阿让与柯赛特,但这想法并不巩固,他们一望即知是老夫老妻。两个人的穿着都算得上考究,但由于时代的演进,他们的服饰又可以称为古朴了。他们和我一样,到这园子里来几乎是风雨无阻,不过他们比我守时。我什么时间都可能来,他们则一定是在暮色初临的时候。刮风时他们穿了米色风衣,下雨时他们打了黑色的雨伞,夏天他们的衬衫是白色的,裤子是黑色的或米色的,冬天他们的呢子大衣又都是黑色的,想必他们只喜欢这三种颜色。他们逆时针绕这园子一周,然后离去。他们走过我身旁时只有男人的脚步响,女人像是贴在高大的丈夫身上跟着漂移。我相信他们一定对我有印象,但是我们没有说过话,我们互相都没有想要接近的表示。十五年中,他们或许注意到一个小伙子进入了中年,我则看着一对令人羡慕的中年情侣不觉中成了两个老人。

曾有过一个热爱唱歌的小伙子,他也是每天都到这园中来,来唱歌,唱了好多年,后来不见了。他的年纪与我相仿,他多半是早晨来,唱半小时或整整唱一个上午,估计在另外的时间里他还得上班。我们经常在祭坛东侧的小路上相遇,我知道他是到东南角的高墙下去唱歌,他一定猜想我去东北角的树林里做什么。我找到我的地方,抽几口烟,便听见他谨慎地整理歌喉了。他反反复复唱那么几首歌。文化革命没过去的时候,他唱"蓝蓝的天上白云飘,白云下面马儿跑……"我ele也记不住这歌的名字。"文革"后,他唱《货郎与小姐》中那首最为流传的咏叹调。"卖布——卖布嘞,卖布——卖布嘞!"我记得这开头的一句他唱得很有声势,在早晨清澈的空气中,货郎跑遍园中的每一个角落去恭维小姐。"我交了好运气,我交了好运气,我为幸福唱歌曲……"然后他就一遍一遍地唱,不让货郎的激情稍减。依我听来,他的技术不算精到,在关键的地方常出差错,但他的嗓子是相当不坏的,而且唱一个上午也听不出一点疲惫。太阳也不疲惫,把大树的影子缩小成一团,把疏忽大意的蚯蚓晒干在小路上,将近中午,我们又在祭坛东侧相遇,他看一看我,我看一看他,他往北去,我往南去。日子久了,我感到我们都有结识的愿望,但似乎都不知如何开口,于是互相注视一下终又都移开目光擦身而过;这样的次数一多,便更不知如何开口了。终于有一天——一个丝毫没有特点的日子,我们互相点了一下头。他说:"你好。"我说:"你好。"他说:"回去啦?"我说:"是,你呢?"他说:"我也该回去了。"我们都放慢脚步(其实我是放慢车速),想再多说几句,但仍然是不知从何说起,这样我们就都走过了对方,又都扭转身子面向对方。他说:"那就再见吧。"我说:"好,再见。"便互相笑笑各走各的路了。但是我们没有再见,那以后,园中再没了他的歌声,我才想到,那天他或许是有意与我道别的,也许他考上了哪家专业的文工团或歌舞团了吧? 真希望他如他歌里所唱的那样,交了好运气。

还有一些人,我还能想起一些常到这园子里来的人。有一个老头,算得一个真正的饮者;他在腰间挂一个扁瓷瓶,瓶里当然装满了酒,常来这园中消磨午后的时光。他在园中四处游逛,如果你不注意你会以为园中有好几个这样的老头,等你看过了他卓尔不群的饮酒情状,你就会相信这是个独一无二的老头。他的衣着过分随便,走路的姿态也不慎重,走上五六十米路便选定一处地方,一只脚踏在石凳上或土埂上或树墩上,解下腰间的酒瓶,解酒瓶的当儿眯起眼睛把一百八十度视角内的景物细细看一遭,然后以迅雷不及掩耳之势倒一大口酒入肚,把酒瓶摇一摇再挂向腰间,平心静气地想一会什么,便走下一个五六十米去。还有一个捕鸟的汉子,那岁月园中人少,鸟却多,他在西北角的树丛中拉一张网,鸟撞在上面,羽毛龁在网眼里便不能自拔。他单等一种过去很多而现在非常罕见的鸟,其他的鸟撞在网上他就把它们摘下来放掉,他说已经有好多年没等到那种罕见的鸟,他说他再等一年看到底还有没有那种鸟,结果他又等了好多年。早晨和傍晚,在这园子里可以看见一个中年女工程师,早晨她从北向南穿过这园子去上班,傍晚她从南向北穿过这园子回家。事实上我并不了解她的职业或者学历,但我以为她必是学理工的知识分子,别样的人很难有她那般的素朴并优雅。当她在园子穿行的时刻,四周的树林也仿佛更加幽静,清淡的日光中竟似有悠远的琴声,比如说是那曲《献给艾丽丝》才好。我没有见过她的丈夫,没有见过那个幸运的男人是什么样子,我想象过却想象不出,后来忽然懂了想象不出才好,那个男人最好不要出现。她走出北门回家去,我竟有点担心,担心她会落入厨房,不过,也许她在厨房里劳作的情景更有另外的美吧,当然不能再是《献给艾丽丝》,是个什么曲子呢?还有一个人,是我的朋友,他是个最有天赋的长跑家,但他被埋没了。他因为在"文革"中出言不慎而坐了几年牢,出来后好不容易找了个拉板车的工作,样样待遇都不能与别人平等,苦闷极了便练习长跑。那时他总来这园子里跑,我用手表为他计时,他每跑一圈向我招一下手,我就记下一个时间。每次他要环绕这园子跑二十圈,大约两万米。他盼望以他的长跑成绩来获得政治上真正的解放,他以为记者的镜头和文字可以帮他做到这一点。第一年他在春节环城赛上跑了第十五名,他看见前十名的照片都挂在了长安街的新闻橱窗里,于是有了信心。第二年他跑了第四名,可是新闻橱窗里只挂了前三名的照片,他没灰心。第三年他跑了第七名,橱窗里挂前六名的照片,他有点怨自己。第四年他跑了第三名,橱窗里却只挂了第一名的照片。第五年他跑了第一名——他几乎绝望了,橱窗里只有一幅环城赛群众场面的照片。那些年我们俩常一起在这园子里呆到天黑,开怀痛骂,骂完沉默着回家,分手时再互相叮嘱:别去死,再试着活一活看。现在他已经不跑了,年岁太大了,跑不了那么快了。最后一次参加环城赛,他以三十八岁之龄又得了第一名并破了纪录,有一位专业队的教练对他说:"我要是十年前发现你就好了。"他苦笑一下什么也没说,只在傍晚又来这园中找到我,把这事平静地向我叙说一遍。不见他已有好几年了,现在他和妻子和儿子住在很远的地方。

　　这些人现在都不到园子里来了,园子里差不多完全换了一批新人。十五年前的旧人,现在就剩我和那对老夫老妻了。有那么一段时间,这老夫老妻中的一个也忽然不来,薄暮时分唯男人独自来散步,步态也明显迟缓了许多,我悬心了很久,怕是那女人出了什么事。幸好过了一个冬天那女人又来了,两个人仍是逆时针绕着园子走,一长一短两个身影恰似钟表的两支指针;女人的头发白了许多,但依旧攀着丈夫的胳膊走得像个孩子。"攀"这个字用得不恰当了,或许可以用"搀"吧,不知有没有兼具这两个意思的字。

四

　　我也没有忘记一个孩子——一个漂亮而不幸的小姑娘。十五年前的那个下午,我第一次到这园子里来就看见了她,那时她大约三岁,蹲在斋宫西边的小路上捡树上掉落的"小灯笼"。那儿有几棵大栾树,春天开一簇簇细小而稠密的黄花,花落了便结出无数如同三片叶子合抱的小灯笼,小灯笼先是绿色,继而转白,再变黄,成熟了掉落得满地都是。小灯笼精巧得令人爱惜,成年人也不免拣了一个还要捡一个。小姑娘咿咿呀呀地跟自己说着话,一边捡小灯笼;她的嗓音很好,不是她那个年龄所常有的那般尖细,而是很圆润或是厚重,也许是因为那个下午园子里太安静了。我奇怪这么小的孩子怎么一个人跑来这园子里?我问她住在哪儿?她随便指一下,就喊她的哥哥,沿墙根一带的茂草之中便站起一个七八岁的男孩,朝我望望,看我不像坏人便对他的妹妹说:"我在这儿呢",又伏下身去,他在捉什么虫子。他捉到螳螂、蚂蚱、知了和蜻蜓,来取悦他的妹妹。有那么两三年,我经常在那几棵大栾树下见到他们,兄妹俩总是在一起玩,玩得和睦融洽,都渐渐长大了些。之后有很多年没见到他们。我想他们都在学校里吧,小姑娘也到了上学的年龄,必是告别了孩提时光,没有很多机会来这儿玩了。这事很正常,没理由太搁在心上,若不是有一年我又在园中见到他们,肯定就会慢慢把他们忘记。

  那是个礼拜日的上午。那是个晴朗而令人心碎的上午,时隔多年,我竟发现那个漂亮的小姑娘原来是个弱智的孩子。我摇着车到那几棵大栾树下去,恰又是遍地落满了小灯笼的季节;当时我正为一篇小说的结尾所苦,既不知为什么要给它那样一个结尾,又不知可以忽然不想让它有那样一个结尾,于是从家里跑出来,想依靠着园中的镇静,看看是否应该把那篇小说放弃。我刚刚把车停下,就见前面不远处有几个人在戏耍一个少女,作出怪样子来吓她,又喊又笑地追逐她拦截她,少女在几棵大树间惊惶地东跑西躲,却不松手揪卷在怀里的裙裾,两条腿袒露着也似毫无察觉。我看出少女的智力是有些缺陷,却还没看出她是谁。我正要驱车上前为少女解围,就见远处飞快地骑车来了个小伙子,于是那几个戏耍少女的家伙望风而逃。小伙子把自行车支在少女近旁,怒目望着那几个四散逃窜的家伙,一声不吭喘着粗气,脸色如暴雨前的天空一样一会比一会苍白。这时我认出了他们,小伙子和少女就是当年那对小兄妹。我几乎是在心里惊叫了一声,或者是哀号。世上的事常使上帝的居心变得可疑。小伙子向他的妹妹走去。少女松开了手,裙裾随之垂落了下来,很多很多她捡的小灯笼便洒落了一地,铺散在她脚下。她仍然算得漂亮,但双眸迟滞没有光彩。她呆呆地望那群跑散的家伙,望着极目之处的空寂,凭她的智力绝不可能把这个世界想明白吧?大树下,破碎的阳光星星点点,风把遍地的小灯笼吹得滚动,仿佛暗哑地响着无数小铃铛。哥哥把妹妹扶上自行车后座,带着她无言地回家去了。

  无言是对的。要是上帝把漂亮和弱智这两样东西都给了这个小姑娘,就只有无言和回家去是对的。

  谁又能把这世界想个明白呢?世上的很多事是不堪说的。你可以抱怨上帝何以要降诸多苦难给这人间,你也可以为消灭种种苦难而奋斗,并为此享有崇高与骄傲,但只要你再多想一步你就会坠入深深的迷茫了:假如世界上没有了苦难,世界还能够存在么?要是没有愚钝,机智还有什么光荣呢?要是没了丑陋,漂亮又怎么维系自己的幸运?要是没有了恶劣和卑下,善良与高尚又将如何界定自己又如何成为美德呢?要是没有了残疾,健全会否因其司空见惯而变得腻烦和乏味呢?我常梦想着在人间彻底消灭残疾,但可以相信,那时将由患病者代替残疾人去承担同样的苦难。如果能够把疾病也全数消灭,那么这份苦难又将由(比如说)相貌丑陋的人去承担了。就算我们连丑陋,连愚昧和卑鄙和一切我们所不喜欢的事物和行为,也都可以统统消灭掉,所有的人都一样健康、漂亮、聪慧、高尚,结果会怎样呢?怕是人间的剧目就全要收场了,一个失去差别的世界将是一条死水,是一块没有感觉没有肥力的沙漠。

看来差别永远是要有的。看来就只好接受苦难——人类的全部剧目需要它,存在的本身需要它。看来上帝又一次对了。

于是就有一个最令人绝望的结论等在这里:由谁去充任那些苦难的角色?又有谁去体现这世间的幸福、骄傲和快乐?只好听凭偶然,是没有道理好讲的。

就命运而言,休论公道。

那么,一切不幸命运的救赎之路在哪里呢?

设若智慧的悟性可以引领我们去找到救赎之路,难道所有的人都能够获得这样的智慧和悟性吗?

我常以为是丑女造就了美人。我常以为是愚氓举出了智者。我常以为是懦夫衬照了英雄。我常以为是众生度化了佛祖。

五

设若有一位园神,他一定早已注意到了,这么多年我在这园里坐着,有时候是轻松快乐的,有时候是沉郁苦闷的,有时候优哉游哉,有时候恓惶落寞,有时候平静而且自信,有时候又软弱,又迷茫。其实总共只有三个问题交替来骚扰我,来陪伴我。第一个是要不要去死?第二个是为什么活?第三个,我干嘛要写作?

现在让我看看,它们迄今都是怎样编织在一起的吧。

你说,你看穿了死是一件无需乎着急去做的事,是一件无论怎样耽搁也不会错过的事,便决定活下去试试?是的,至少这是很关键的因素。为什么要活下去试试呢?好像仅仅是因为不甘心,机会难得,不试白不试,腿反正是完了,一切仿佛都要完了,但死神很守信用,试一试不会额外再有什么损失。说不定倒有额外的好处呢是不是?我说过,这一来我轻松多了,自由多了。为什么要写作呢?作家是两个被人看重的字,这谁都知道。为了让那个躲在园子深处坐轮椅的人,有朝一日在别人眼里也稍微有点光彩,在众人眼里也能有个位置,哪怕那时再去死呢也就多少说得过去了,开始的时候就是这样想,这不用保密,这些现在不用保密了。

我带着本子和笔,到园中找一个最不为人打扰的角落,偷偷地写。那个爱唱歌的小伙子在不远的地方一直唱。要是有人走过来,我就把本子合上把笔叼在嘴里。我怕写不成反落得尴尬。我很要面子。可是你写成了,而且发表了。人家说我写的还不坏,他们甚至说:真没想到你写得这么好。我心说你们没想到的事还多着呢。我确实有整整一宿高兴得没合眼。我很想让那个唱歌的小伙子知道,因为他的歌也毕竟是唱得不错。我告诉我的长跑家朋友的时候,那个中年女工程师正优雅地在园中穿行;长跑家很激动,他说好吧,我玩命跑,你玩命写。这一来你中了魔了,整天都在想哪一件事可以写,哪一个人可以让你写成小说。是中了魔了,我走到哪儿想到哪儿,在人山人海里只寻找小说,要是有一种小说试剂就好了,见人就滴两滴看他是不是一篇小说,要是有一种小说显影液就好了,把它泼满全世界看看都是哪儿有小说,中了魔了,那时我完全是为了写作活着。结果你又发表了几篇,并且出了一点小名,可这时你越来越感到恐慌。我忽然觉得自己活得像个人质,刚刚有点像个人了却又过了头,像个人质,被一个什么阴谋抓了来当人质,不定哪天被处决,不定哪天就完蛋。你担心要不了多久你就会文思枯竭,那样你就又完了。凭什么我总能写出小说来呢?凭什么那些适合作小说的生活素材能送到一个截瘫者跟前来呢?人家满世界跑都有枯竭的危险,而我坐在这园子里凭什么可以一篇接一篇地写呢?你又想到死了。我想见好就收吧。当一名人质实在是太累了太紧张了,太朝不保夕了。我为写作而活下来,要是写作到底不是我应该干的事,我想我再活下去是不是太冒傻气了?你这么想着你却还在绞尽脑汁地想写。我好歹又拧出点水来,从一条快要晒干的毛巾上。恐慌日甚一日,随时可能完蛋的感觉比完蛋本身可怕多了,所谓不怕贼偷就怕贼惦记,我想人不如死了好,不如不出生的好,不如压根儿没有这个世界的好。可你并没有去死。我又想到那是一件不必着急的事。可是不必着急的事并不证明是一件必要拖延的事呀?你总是决定活下来,这说明什么?是的,我还是想活。人为什么活着?因为人想活着,说到底是这么回事,人真正的名字叫作:欲望。可我不怕死,有时候我真的不怕死。有时候,——说对了。不怕死和想去死是两回事,有时候不怕死的人是有的,一生下来就不怕死的人是没有的。我有时候倒是怕活。可是怕活不等于不想活呀?可我为什么还想活呢?因为你还想得到点什么,你觉得你还是可以得到点什么的,比如说爱情,比如说,价值感之类,人真正的名字叫欲望,这不对吗?我不该得到点什么吗?没说不该。可我为什么活得恐慌,就像个人质?后来你明白了,你明白你错了,活着不是为了写作,而写作是为了活着。你明白了这一点是在一个挺滑稽的时刻。那天你又说你不如死了好,你的一个朋友劝你:你不能死,你还得写呢,还有好多好作品等着你去写呢。这时候你忽然明白了,你说:只是因为我活着,我才不得不写作。或者说只是因为你还想活下去,你才不得不写作。是的,这样说过之后我竟然不那么恐慌了。就像你看穿了死之后所得的那份轻松?一个人质报复一场阴谋的最有效的办法是把自己杀死。我看出我得先把我杀死在市场上,那样我就不用参加抢购题材的风潮了。你还写吗?还写。你真的不得不写吗?人都忍不住要为生存找一些牢靠的理由。你不担心你会枯竭了?我不知道,不过我想,活着的问题在死前是完不了的。

这下好了,您不再恐慌了不再是个人质了,您自由了。算了吧你,我怎么可能自由呢?别忘了人真正的名字是:欲望。所以您得知道,消灭恐慌的最有效的办法就是消灭欲望。可是我还知道,消灭人性的最有效的办法也是消灭欲望。那么,是消灭欲望同时也消灭恐慌呢?还是保留欲望同时也保留人生?

我在这园子里坐着,我听见园神告诉我:每一个有激情的演员都难免是一个人质。每一个懂得欣赏的观众都巧妙地粉碎了一场阴谋。每一个乏味的演员都是因为他老以为这戏剧与自己无关。每一个倒霉的观众都是因为他总是坐得离舞台太近了。

我在这园子里坐着,园神成年累月地对我说:孩子,这不是别的,这是你的罪孽和福祉。

六

要是有些事我没说,地坛,你别以为是我忘了,我什么也没忘,但是有些事只适合收藏。不能说,也不能想,却又不能忘。它们不能变成语言,它们无法变成语言,一旦变成语言就不再是它们了。它们是一片朦胧的温馨与寂寥,是一片成熟的希望与绝望,它们的领地只有两处:心与坟墓。比如说邮票,有些是用于寄信的,有些仅仅是为了收藏。

如今我摇着车在这园子里慢慢走,常常有一种感觉,觉得我一个人跑出来已经玩得太久了。有一天我整理我的旧相册,看见一张十几年前我在这园子里照的照片——那个年轻人坐在轮椅上,背后是一棵老柏树,再远处就是那座古祭坛。我便到园子里去找那棵树。我按着照片上的背景找,很快就找到了它,按着照片上它枝干的形状找,肯定那就是它。但是它已经死了,而且在它身上缠绕着一条碗口粗的藤萝。有一天我在这园子里碰见一个老太太,她说:"哟,你还在这儿哪?"她问我:"你母亲还好吗?""您是谁?""你不记得我,我可记得你。有一回你母亲来这儿找你,她问我您看没看见一个摇轮椅的孩子?……"我忽然觉得,我一个人跑到这世界上来玩真是玩得太久了。有一天夜晚,我独自坐在祭坛边的路灯下看书,忽然从那漆黑的祭坛里传出一阵阵唢呐声;四周都是参天古树,方形祭坛占地几百平米空旷坦荡独对苍天,我看不见那个吹唢呐的人,唯唢呐声在星光寥寥的夜空里低吟高唱,时而悲怆时而欢快,时而缠绵时而苍凉,或许这几个词都不足以形容它,我清清醒醒地听出它响在过去,响在现在,响在未来,回旋飘转亘古不散。

必有一天,我会听见喊我回去。

那时您可以想象一个孩子,他玩累了可他还没玩够呢,心里好些新奇的念头甚至等不及到明天。也可以想象是一个老人,无可置疑地走向他的安息地,走得任劳任怨。还可以想象一对热恋中的情人,互相一次次说"我一刻也不想离开你",又互相一次次说"时间已经不早了",时间不早了我一刻也不想离开你,一刻也不想离开你可时间毕竟是不早了。

我说不好我想不想回去。我说不好是想还是不想,还是无所谓。我说不好我是像那个孩子,还是像那个老人,还是像一个热恋中的情人。很可能是这样:我同时是他们三个。我来的时候是个孩子,他有那么多孩子气的念头所以才哭着喊着闹着要来,他一来一见到这个世界便立刻成了不要命的情人,而对一个情人来说,不管多么漫长的时光也是稍纵即逝,那时他便明白,每一步每一步,其实一步步都是走在回去的路上。当牵牛花初开的时节,葬礼的号角就已吹响。

但是太阳,他每时每刻都是夕阳也都是旭日。当他熄灭着走下山去收尽苍凉残照之际,正是他在另一面燃烧着爬上山巅布散烈烈朝辉之时。那一天,我也将沉静着走下山去,扶着我的拐杖。有一天,在某一处山洼里,势必会跑上来一个欢蹦的孩子,抱着他的玩具。

当然,那不是我。

但是,那不是我吗?

宇宙以其不息的欲望将一个歌舞炼为永恒。这欲望有怎样一个人间的姓名,大可忽略不计。

1989年5月11日
1990年1月7日改
(原载《上海文学》1991年第1期)

融入野地

张 炜

一

　　城市是一片被肆意修饰过的野地,我最终将告别它。我想寻找一个原来,一个真实。这纯稚的想念如同一首热烈的歌谣,在那儿引诱我。市声如潮,淹没了一切,我想浮出来看一眼原野、山峦,看一眼丛林、青纱帐。我寻找了,看到了,挽回了只是没完没了的默想。辽阔的大地,大地的边缘是海洋。无数的生命在腾跃、繁衍、生长,升起的太阳一次次把它们照亮……当我在某一瞬间睁大了双目时,突然看到了眼前的一切都变得簇新。它令人惊悸,感动,诧异,好像生来第一遭发现了我们的四周遍布奇迹。

　　我极想抓住那个"瞬间感受",心头充溢着阵阵狂喜。我在其中领悟:万物都在急剧循环,生生灭灭,长久与暂时都是相对而言的;但在这纷纭无绪中的确有什么永恒的东西。我在捕捉和追逐,而它又绝不可能属于我。这是一个悲剧,又是一个喜剧。暂且抑制了一个城市人的伤感,面向旷野追问一句:为什么会是这样?这些又到底来自何方?已经存在的一切是如此完美,完美得让人不可思议;它又是如此地残缺,残缺得令人痛心疾首。我们面对的不仅是一个熟知的世界,还有一个完全陌生的世界;原来那种悲剧感或是喜剧感都来自一种无可奈何。

　　心弦紧绷,强抑下无尽的感慨。生活的浪涌照例扑面而来,让人一拍三摇。做梦都想像一棵树那样抓牢一小片泥土。我拒绝这种无根无定的生活,我想追求的不过是一个简单、真实和落实。这永远只能停留在愿望里。寻找一个去处成了大问题,安慰自己这颗成年人的心也成了大问题。默默捱蹭,一个人总是先学会承受,再设法拒绝。承受,一直承受,承受你的自尊所无法容许的混浊一团。也就在这无边的蹦蹭中,真正的拒绝开始了。

　　这条长路犹如长夜。在漫漫夜色里,谁在长思不绝?谁在悲天悯人?谁在知心认命?心界之内,喧嚣也难以渗入,它们只在耳畔化为了夜色。无光无色的域内,只需伸手触摸,而不以目视。在这儿,传统的知与见已经失去了原有的意义。神游的脚步磨得夜气发烫,心甘情愿一意追踪。承受、接受、忍受——一个人真的能够忍受吗?有时回答能,有时回答不,最终还是不能。我于是只剩下了最后的拒绝。

二

　　当我还一时无法表述"野地"这个概念时,我就想到了融入。因为我单凭直觉就知道,只有在真正的野地里,人可以漠视平凡,发现舞蹈的仙鹤。泥土滋生一切;在那儿,人将得到所需的全部,特别是百求不得的那个安慰。野地是万物的生母,她子孙满堂却不会衰老。她的乳汁汇流成河,涌入海洋,滋润了万千生灵。

我沿了一条小路走去。小路上脚印稀罕,不闻人语,它直通故地。谁没有故地?故地连接了人的血脉,人在故地上长出第一绺根须。可是谁又会一直心系故地?直到今天我才发现,一个人长大了,走向远方,投入闹市,足迹印上大洋彼岸,他还会固执地指认:故地处于大地的中央。他的整个世界都是那一小片土地生长延伸出来的。

我又看到了山峦,平原,一望无边的大海。泥沼的气息如此浓烈,土地的呼吸分明可辨。稼禾、草、丛林;人、小蚁、骏马;主人、同类、寄生者……搅缠共生于一体。我渐渐靠近一个巨大的身影……

故地指向野地的边缘,这儿有一把钥匙。这里是一个入口。一个门。满地藤蔓缠住了手足,丛丛灌木挡住了去路,它们挽留的是一个过客,还是一个归来的生命?我伏下来,倾听,贴紧,感知脉动和体温。此刻我才放松下来,因为我获得了真正的宽容。

一个人这时会被深深地感动。他像一棵树一样,在一方泥土上萌生。他的一切最初都来自这里,这里是他一生探究不尽的一个源路。人实际上不过是一棵会移动的树。他的激动、欲望,都是这片泥土给予的。他曾经与四周的丛绿一起成长。多少年过去了,回头再看旧时景物,会发现时间改变了这么多,又似乎一点也没变。绿色与裸土并存,枯树与长藤纠扯。那只熟悉的红点颏与巨大的石碾一块儿找到了;还有荒野芜草中百灵的精制小窝……故地在我看来真是妙迹处处。

一个人只要归来就会寻找,只要寻找就会如愿。多么奇怪又多么素朴的一条原理,我一弯腰将它拣了起来。匍匐在泥土上,像一棵欲要扎根的树——这种欲求多次被鹦鹉学舌者给弄脏。我要将其还原来。我心灵里那个需求正像童年一样热切纯洁。

我像个熟练的取景人,眯起双目遥视前方。这样我就眯朦了画面,闪去了很多具体的事物。我看到的不是一棵或一株,而是一派绿色;不是一个老人一个少女,而是密挤的人的世界。所有的声息都撒落在泥土上,混合一起涌过,如蜂鸣如山崩。

我蹲在一棵壮硕的玉米下,长久地看它大刀一样的叶片,上面的银色丝络;我特别注意了它如爪如须、紧攥泥土的根。它长得何等旺盛,完美无损,英气逼人。与之相似的无语生命比比皆是,它们一块儿忽略了必将来临的死亡。它们有个精神,秘而不宣。我就这样仰望着一棵近在咫尺的玉米。

时至今天,似乎更没有人愿意重视知觉的奥秘。人仿佛除了接受再没有选择。语言和图画携来的讯息堆积如山,现代传递技术可以让人蹲在一隅遥视世界。谬误与真理掺拌一起抛洒,人类像挨了一场陨石雨。它损伤的是人的感知器官。失去了辨析的基本权力,剩下的只是一种苦熬。一个现代人即便大睁双目,还是拨不开无形的眼障。错觉总是缠住你,最终使你臣服。传统的"知"与"见"给予了我们,也蒙蔽了我们。于是我们要寻找新的知觉方式,警惕自己的视听。

我站在大地中央,发现它正在生长躯体,它负载了江河和城市,让各色人种和动植物在腹背生息。令人无限感激的是,它把正中的一块留给了我的故地。我身背行囊,朝行夜宿,有时翻山越岭,有时顺河而行;走不尽的一方土,寸土寸金。有个异国师长说它像邮票一般大。我走近了你、挨上了你吗?一种模模糊糊的幸运飘过心头。

三

　　大概不仅仅是职业习惯，我总是急于寻觅一种语言。语言对于我从来就有一种神秘的感觉。人生之路上遭逢的万事万物之所以缄口沉默，主要是失去了语言。语言是凭证、是根据，是继续前行的资本。我所追求的语言是能够通行四方，源发于山脉和土壤的某种东西，它活泼如生命，坚硬如顽石，有形无形，有声无声。它就撒落在野地上，潜隐在万物间。河水汩汩流淌，大海日夜喧嚷，鸟鸣人呼——这都是相互隔离的语言；那么通行四方的语言藏在了哪里？

　　它犹如土中的金子，等待人们历尽辛苦之后才跃出。我的力气耗失了那天，即便如愿以偿了又有什么意义？我像所有人一样犹豫、沮丧、叹息，不知何方才是目的，既空空荡荡又心气高远。总之无语的痛苦难以忍受，它是真实的痛苦。我的希冀不大，无非就想讨一句话。很可惜也很残酷，它不发一言。

　　让人亲近、心头灼热的故地，我扑入你的怀抱就痴话连篇，说了半响才发觉你仍是一个默默。真让人尴尬。我知道无论是秋虫的鸣响或人的欢语，往往都隐下了什么。它们的无声之声才道出真谛，我收拾的是声音底层的回响。

　　在一个废弃的村落旧址上，我发现了遗落在荒草间的碾盘。它上面满是磨钝了的齿沟。它曾经被忙生计的人团团围住，它当刻下滔滔话语。还有，茅草也遮不住的破碎瓦砾，该留下被击碎那一刻的尖利吧？我对此坚信无疑，只是我仍然不能将其破译。脚下是一道道地裂，是在草叶间偷窥的小小生灵。太阳欲落，金红的火焰从天边一直烧到脚下；在这引人怀念和追忆的时刻，我感到了凄凉，更感到了蕴含于天地自然中的强大的激情。可是我们仍然相对无语。

　　刚刚接近故地的那种熟悉和亲切逐渐消失，代之而来的是深深的陌生感。我认识到它们的表层之下，有着我以往完全不曾接近过的东西。多少次站在夕阳西下的郊野，默想观望，像等候一个机会。也就在这时，偶尔回想起流逝的岁月，会勾起一丝酸疼。好在这会儿我已没有了书生那样的忏悔，而且充满了爱心和感激，心甘情愿地等待、等待。我回想了童年，不是那时的故事，而是那时的愉快心情。令人惊讶的是那种愉悦后来再也没有出现。我多少领悟了：那时还来不及掌握太多的俗词儿，因而反倒能够与大自然对话；那愉悦是来自交流和沟通，那时的我还未完全从自然的母体上剥离开来。世俗的词儿看上去有斤有两，在自然万物听来却是一门拙劣的外语。使用这种词儿操作的人就不会有太大希望。解开了这个谜我一阵欣慰，长舒一口气。

　　田野上有很多劳作的人，他们趴在地上，沾满土末。禾绿遮着铜色躯体，掩成一片。土地与人之间用劳动沟通起来，人在劳动中就忘记了世俗的词儿。那时人与土地以及周围的生命结为一体，看上去，人也化进了朦胧。要倾听他们的语言吗？这会儿真的掺入泥中，长成了绿色的茎叶。这是劳动和交流的一场盛会，我怀着赶赴盛宴的心情投入了劳动。我想将自己融入其间。

　　人若丢弃了劳动就会陷于蒙昧。我有个细致难忘的观察：那些劳动者一旦离开了劳动，立刻操起了世俗的词儿。这就没有了交流的工具，与周遭的事物失去了联系，因而毫无力量。语言，不仅仅是表，而是里；它有自己的生命、质地和色彩，它是幻化了的精气。仅以声音为标志的语言已经是徒有其表，魂魄飞走了。我崇拜语言，并将其奉为神圣和神秘之物。

四

　　生活中无数次证明:忍受是困难的。一个人无论多么达观,最终都难以忍受。逃避、投诚、撞碎自己,都不是忍受。拒绝也不是忍受。不能忍受是人性中刚毅纯洁的一面,是人之所以可爱的一个原因。偶有忍受也为了最终的拒绝。拒绝的精神和态度应该得到赞许。但是,任何一种选择都是通过一个形式去完成的,而形式可以是多种多样的。

　　一个人如果因爱而痴,形似懵懂,也恰恰是找到了自己的门径。别人都忙于拒绝时,他却进入了忘我的状态。忘我也是不能忍受的结果。他穿越激烈之路,烧掉了愤懑,这才有了痴情。爱一种职业、一朵花、一个人,爱的是具体的东西;爱一份感觉、一个意愿、一片土地、一种状态,爱的是抽象的东西。只要从头走过来,只要爱得真挚,就会痴迷。迷了心窍,就有了境界。

　　当我投入一片茫茫原野时,就明白自己背向了某种令我心颤的、滚烫烫的东西。我从具体走向了抽象。站在荒芜间举目四望,一个质问无法回避。我回答仍旧爱着。尽管头发已经蓬乱,衣衫有了破洞,可我自知这会儿已将内心修葺得工整洁美。我在迎送四季的田头壑底徘徊,身上只负了背囊,没有矛戟。我甘愿心疏志废、自我放逐。冷热悲欢一次次织成了网,我更加明白我"不能忍受",扔掉小欣喜,走入故地,在秋野禾下满面欢笑。

　　但愿截断归途,让我永远呆在这里。美与善有时需要独守,需要眼盯盯地看着它生长。我处于沉静无声的一个世界,享受安谧;我听到至友在赞颂坚韧,同志在歌唱牺牲,而我却仅仅是不能忍受。故地上的一棵红果树,一株缬草,都让我再三吟味。我不能从它的身边走开,它们深深地吸引了我。我在它们的淡淡清香中感动不已。它们也许只是简单明了、极其平凡的一树一花,荒野里的生物,可它们活得是何等真实。

　　我消磨了时光,时光也恩惠了我。风霜洗去了轻薄的热情,只留住了结结实实的冷漠。站在这辽远开阔的平畴上,再也嗅不到远城炊烟。四处都是去路,既没人挽留,也没人催促。时空在这儿变得旷敞了,人性也自然松弛。我知道所有的热闹都挺耗人,一直到把人耗贫。我爱野地,爱遥远的那一条线。我痴迷得不可救药,像入了玄门;我在忘情时已是口不能语,手不能书;心远手粗,有时提笔忘字。我顺着故地小径走入野地,在荒村陋室里勉强记下野歌。这些歪歪扭扭的墨迹没有装进昨天的人造革皮夹,而是用一块土纺花布包了,背在肩上。

　　土纺花布小包裹了我的痴唱,携上它继续前行。一路上我不断地识字:如果说象形文字源于实物,它们之间要一一对应,那么现在是更多地指认实物的时候了。这是一种可以保持长久的兴趣,也只有在广大的土地上才做得到。琐细迷人的辨识中,时光流逝不停,就这样过起了自己的日子。我满足于这种状态和感觉、这其间难以言传的欢愉。这欢愉真像是窃来的一样。

　　我知道不能忍受的东西终会消失;但我也明白一个人有多么执拗。因此,历史上的智者一旦放逐了自己就乐不思蜀。一切都是平平淡淡地过下去,像太阳一样重复自己。这重复中包含了无尽的内容。

五

在一些质地相当纯正的著作里，我注意到它一再地提请我们注意如下的意思：孤独有多么美。在这儿，孤独这个概念多少有些含混。大概在精神的驻地，在人的内心，它已经无法给弄得更准确了。它大约在指独自一人——当然无论是肉体方面还是精神方面的状态。一个动物，一株树，都可以孤独。孤独是难以归类的结果。它是美的吗？果真如此，人们也就勿须慌悚逃离了。它起码不像幻想那么美；如果有一点点，也只是一种苍凉的美。

一个人处于那样的情状只会是被迫的。现代人之所以形单影只，还因为有一个不断生长的"精神"。要截断那种恐惧，就要截断根须。然而这是徒劳的，因为只要活着，它总要生长。伪装平庸也许有趣，但要真的将一个人扔还平庸，必然遭到他的剧烈抵抗。

独自低徊富于诗意，但极少有人注意其中的痛苦。孤独往往是心与心的通道被堵塞。人一生下来就要面对无数隐秘，可是对于每个人而言，这隐秘后来不是减少而是成倍地增加了。它来自各个方面，也来自人本身。于是被嘲弄被困扰的尴尬就始终相伴，于是每个人都在自觉不自觉地挣脱——说不出的恐惶使他们丢失了优雅。

在我眼里，孤独是可怕的，但更可怕的是放弃自尊。怎样既不失去后者又能保住心灵上的润泽？也许真的"鱼与熊掌不可得兼"，也许它又是一个等待破解的隐秘。在漫漫的等待中，有什么能替代冥想和自语？我发现心灵可以分解，它的不同的部分甚至能够对话。可是不言而喻，这样做需要一份不同寻常的宁静，使你能够倾听。

正像一籽抛落就要寻下裸土，我凭直感奔向了土地。它产生了一切，也就能回答一切，圆满一切。因为被饥困折磨久了，我远投野地的时间选在了九月，一个五谷丰登的季节。这时候的田野上满是结果。由于丰收和富足，万千生灵都流露出压抑不住的欢喜，个个与人为善。浓绿的植物、没有衰败的花、黑土黄沙，无一不是新鲜真切。呆在它们中间，被侵犯和伤害的忧虑空前减弱，心头泛起的只是依赖和宠幸……

这是一个喃喃自语的世界，一个我所能找到的最为慷慨的世界。这儿对灵魂的打扰最少。在此我终于明白：孤独不仅是失去了沟通的机缘，更为可怕的是频频侵扰下失去了自语的权力。这是最后的权力。

就为了这一点点，我不惜千里跋涉，甚至一度变得"能够忍受"。我安定下来，驻足入驿，这才面对自己的幸运。我简直是大喜过望了。在这里我弄懂一个切近的事实：对于我们而言，山脉土地，是千万年不曾更移的背景；我们正被一种永恒所衬托。与之相依，尽可以沉入梦呓，黎明时总会被久长悠远的呼鸣给唤醒。

世上究竟哪里可以与此地比拟？这里处于大地的中央。这里与母亲心理的距离最近。在这里，你尽可述说昨日的流浪。凄冷的岁月已经过去，一个男子终于迎来了双亲。你没有泣哭，只是因为你学会了掩泪入心。在怀抱中的感知竟如此敏锐，你只需轻轻一瞥就看透了世俗。长久和短暂、虚无与真实，罗列分明。你发现寻求同类也并非想象那么艰苦，所有朴实的、安静的、纯真的，都是同类。它们或他们大可不必操着同一种语言，也不一定要以声传情。同类只是大地母亲平等照料的孩子，饮用同样的乳汁，散发着相似的奶腥。

在安怡温和的长夜,野香熏人。追思和畅想赶走了孤单,一腔柔情也有了着落。我变得谦让和理解,试着原谅过去不曾原谅的东西,也追究着根性里的东西。夜的声息繁复无边,我在其间想象;在它的启示之下,我甚至又一次探寻起词语的奥秘。我试过将音节和发声模拟野地上的事物,并同时传递出它的内在的神采。如小鸟的"啾啾",不仅拟声极准,"啾"字竟是让我神往的秋、秋天秋野,口、嘴巴歌喉——它们组成的。还有田野的气声、回响,深夜里游动的光。这些又该如何模拟出一个成词并汇入现代人的通解?这不仅是饶有兴趣的实验,它同时也接近了某种意义和目的。我在默默夜色里找准了声义及它们的切口,等于是按住万物突突的脉搏。

一种相依相伴的情感驱逐了心理上的不安。我与野地上的一切共存共生,共同经历和承受。长夜尽头,我不止一次听到了万物在诞生那一刻的痛苦嘶叫。我就这样领受了凄楚和兴奋交织的情感,让它磨砺。

好在这些不仅仅停留于感觉之中。臆想的极限超越之后,就是实实在在的触摸了。

六

因为我在很大程度上摆脱了生命的寂寥,所以我能够走出消极。我的歌声从此不仅为了自慰,而且还用以呼唤。我越来越清楚这是一种记录,不是消遣,不是自娱,甚至也来不及伤感。如若那样,我做的一切都会像朝露一样蒸掉。我所提醒人们注意的只是一些最普通的东西,因为它们之中蕴含的因素使人惊讶,最终将被牢记。我关注的不仅仅是人,而是与人不可分割的所有事物。我不曾专注于苦难,却无法失去那份敏感。我所提供的,仅仅是关于某种状态的证词。

这大概已经够了。这是必要的。我这儿仅仅遵循了质朴的原则,自然而然地藐视乖巧。真实伴我左右,此刻无须请求指认。我的声音混同于草响虫鸣,与原野的喧声整齐划一。这儿不需一位独立于世的歌手;事实上也做不到。我竭尽全力只能仿个真,以获取在它们身侧同唱的资格。

来时两手空空,野地认我为贫穷的兄弟。我们肌肤相摩,日夜相依。我隐于这浑然一片,俗眼无法将我辨认。我们的呼吸汇成了风,气流从禾叶和河谷吹过,又回到我们中间。这风洗去了我的疲惫和倦意,裹挟了我们的合唱。谁能从中分析我的嗓音?我化为了自然之声。我生来第一次感受这样的骄傲。

我所投入的世界生机勃勃,这儿有永不停息的蜕变、消亡以及诞生。关于它们的讯息都覆于落叶之下,渗进了泥土。新生之物让第一束阳光照个通亮。这儿瞬息万变,光影交错,我只把心口收紧,让神思一点点溶解。喧哗四起,没有终结的躁动——这就是我的故地。我跟紧了故地的精灵,随它游遍每一道沟坎。我的歌唱时而荡在心底,时而随风飘动。精灵隐隐左右了合唱,或是合声催生了精灵。我充任了故地的劣等秘书,耳听口念手书,痴迷恍惚,不敢稍离半步。

眼看着四肢被青藤绕裹,地衣长上额角。这不是死,而是生。我可以做一棵树了,扎下根须,化为了故地上的一个器官。从此我的吟哦不是一己之事,也非我能左右。一个人消逝了,一株树诞生了。生命仍在,性质却得到了转换。

这样,自我而生的音响韵节就留在了另一个世界。我寻找同类因为我爱他们、爱纯美的一切,寻求的结果却使我化为一棵树。风雨将不断梳洗我,霜雪就是膏脂。但我却没有了孤独。孤独是另一边的概念,洋溢着另一种气味。从此尽是树的阅历,也是它的经验和感受。有人或许听懂了树的歌吟,注目枝叶在风中相摩的声响,但树本身却没有如此的期待。一棵棵树就是这样生长的,它的最大愿望大概就是一生抓紧泥土。

七

　　随着年龄的增长,我越来越注意到艺术的神秘的力量。只有艺术中凝结了大自然那么多的隐秘。所以我认为光荣从来属于那些最激动人心的诗人。人类总是通过艺术的隧道去触摸时间之谜,去印证生命的奥秘。自然中的全部都可通过艺术之手的拨动而进入人的视野。它与人的关系至为独特,人迷于艺术,是因为他迷于人本身,迷于这个世界昭示他的一切。一个健康成长着的人对于艺术无法选择。

　　但实际上选择是存在的。我认为自己即有过选择。对于艺术可以有多种解释,这是必然的。但我始终认为将艺术置于选择的位置,是一次堕落。

　　我曾选择过,所以我也有过堕落。补救的方法也许就是紧紧抱定这个选择结果,以求得灵魂的升华。这个世界的物欲愈盛,我愈从容。对于艺术,哪怕给我一个独守的机会也好。我交织着重重心事:一方面希望所有人的投入,另一方面又怕玷污了圣洁。在我看来它只该继续走向清冷,走到一个极端。留下我来默祷,为了我的守护,和我认准了的那份神圣。当然这是不可能的。

　　我梦见过在烛光下操劳的银匠,特别记住了他头顶闪烁的那一团白发。深不见底的墨夜,夜的中间是掬得起的一汪烛辉……什么是艺术?什么是劳动?它们共生共长吗?我在那个清晨叮咛自己:永远不要离开劳动——虽然我从未想过,也从未有过离去的念头。

　　艺术与宗教的品质不尽相同,但二者都需要心怀笃诚。当贪婪和攫取的狂浪拍碎了陆地,你不得不划一叶独舟时,怀中还剩下了什么?无非是一份热烈和忠诚。饥饿和死亡都不能剥夺的东西才是真正珍贵的。多少人歌颂物欲,说它创造了世界。是的,它创造了一个邪恶的世界;它也毁灭了一个世界,那是一个宁静的世界。我渐渐明白:要始终保有富足,积累的速度并不重要,重要的是能够积累。诚实的劳动者和艺术家一块儿发现了历史的哀伤,即:不能够。

　　人的岁月也极像循环不止的四季,时而斑斓,时而被洗得光光。一切还得从头开始。为了寻觅永久的依托,人们还是找到站立的这片土地。千万年的秘史糅在泥中,生出鲜花和毒菇。这些无法言喻的事物靠什么去洞悉和揭示?哪怕是仅仅获取一个接近的权力,靠什么?仍然是艺术,是它的神秘的力量。

　　滋生万物的野地接纳了艺术家。野地也能够拒绝,并且做得毅然彻底。强加于它的东西最终就不能立足。泥土像好的艺术家,看上去沉静,实际上怀了满腔热情。艺术家可以像绿色火焰,像青藤,在土地上燃烧。

　　最后也只能剩下一片灰烬。多么短暂,连这点也像青藤。不过他总算用这种方式挨紧了热土。

八

　　我曾询问:一个知识分子的精神源自何方?它的本源?很久以来,一层层纸页将这个本来浅显的问题给覆盖了。当然,我不会否认渍透了心汁的书林也孕育了某种精神。可我还是发现了那种悲天的情怀来自大自然,来自一个广漠的世界。也许在任何一个时世里都有这样的哀叹——我们缺少知识分子。它的标志不仅是学历和行当上的造就,因为最重要的依据是一个灵魂的性质。真正的"知"应该达于"灵"。那些弄科技艺术以期成功者,同时要使自己成长为一个知识分子。

将"知识分子"这个概念俗化有伤人心。于是你看到了逍遥的骗子、昏聩的学人、卖了良心的艺术家。这些人有时并非厌恶劳动,却无一例外地极度害怕贫困。他们注重自己的仪表,却没有内在的严整性,最善于尾随时风。谁看到一个意外?谁找到一个稀罕?在势与利面前一个比一个更乖,像临近了末日。我宁可一生泡在汗尘中,也要远离它们。

我曾经是一个职业写作者,但我一生的最高期望是:成为一个作家。

人需要一个遥远的光点,像渺渺星斗。我走向它,节衣缩食,收心敛性。愿冥冥中的手为我开启智门。比起我的目标,我追赶的修行,我显得多么卑微。苍白无力,琐屑慵懒,经不住内省。就为了精神上的成长,让诚实和朴素、让那份好德行,永远也不要离开我,让勇敢和正义变得愈加具体和清晰。那样,漫长的消磨和无声的侵蚀我也能够陪伴。

在我投入的原野上,在万千生灵之间,劳作使我沉静。我获得了这样的状态:对工作和发现的意义坚信不疑。我亲手书下的只是一片稚拙,可这份作业却与俗眼无缘。我的这些文字是为你、为他和她写成的,我爱你们。我恭呈了。

九

就因为那个瞬间的吸引,我出发了。我的希求简明而又模糊:寻找野地。我首先踏上故地,并在那里迈出了一步。我试图抚摸它的边缘,望穿雾幔;我舍弃所有奔向它,为了融入其间。跋涉、追赶、寻问——野地到底是什么?它在何方?野地是否也包括了我浑然苍茫的感觉世界?

我无法停止寻求……

(原载《上海文学》1993年第1期)

城　墙

林斤澜

我不是老北京,1950年才到北京来。老北京的往日风貌,倒也赶上个尾子。

不久,就开剁尾巴尖儿,陆续听说要拆掉天安门前的三座门,还有东单牌楼、西单牌楼、东四牌楼、西四牌楼的牌楼。拆与不拆,两种意见争论起来,听说相持不下,后来还是总理作出折中,牌楼拆掉又挪到公园里保存。

不过牌楼一挪,就失掉意义。只有专门兴趣的人,才会找到什么公园去欣赏一番。广大众生现在都不知道牌楼是怎么回事了,连地名也只剩下东单、西单、东四、西四,仿佛没头没脑的数目字。可见建筑不是随便孤立在哪里的东西,它和人文环境息息相关。

那时候我虽有关心,但还没有站在哪一边的意思。

随着讨论拆城墙,人大讨论、政协讨论、文化部门讨论、专家讨论,老百姓也议论纷纷。这可是金、元、明、清屡修屡建八百多年的庞然大物呀!难道这还不能列为国宝?反对派以建筑学家梁思成为首,这回我立刻站到梁教授这边。其实我对梁的学问、学派、学品,可以说一无所知。倒知道他出身名门,体重才七八十斤,还读过他夫人的小说,但这些和城墙不生关系,都不消说的。

我站在他这边,单只因为他反对拆城墙。我没有参加过有他的会,没有听过他的引经据典,或据理力争,或力排众议。我只听见一些传闻,当作会场花絮传开的,好比说他说,拆城墙和抽他的筋剥他的皮一样!这样激动的话,竟出自大学者之口,我惊讶。不过惊讶不惊讶也是小菜,我只反对拆城墙。

顺着城墙根儿,由崇文门往西和由宣武门往东,背靠城墙,有小吃摊儿;回民的羊霜肠,汉民的熬油渣,高丽的炸货。有打小鼓的拉来的,大至三件头的两米高的红木立柜,小至揉得油光甑亮的核桃壳儿。还有的一张包袱皮铺地,摆上自家使出来的——不定什么全有。

关于霜肠,我写过小文章,且抄摘一段:

> 霜肠是羊肠子里灌羊血,圆滚滚的使小火煮在锅里,以它为主。陪着煮的有骨头肉、碎肉、筋头、软骨头……羊身上没有名分的东西,全在这锅里了。
> ……
> 吃主往小桌旁板凳上一坐,掌柜的在热腾腾锅里,用手指头抓起一根肠,拿刀"拉"下一节,切片码在碗底。再抓块碎肉切两刀,抓块筋头切两刀。匆忙又从容,要刀中节又中看。再浇上汤,问声要辣的不要?要酸的不要?洒上碧绿的香菜或韭菜末。
> 要是冷天、风天、雪天、雨天,再搭上夜晚,那小火,那热腾腾的锅就是吸引力。
> 这是最大众化的荤小吃,价钱由五分到一毛。吃主多半是蹬三轮、拉排子车、赶牲口、干力气活的。摊上带卖白酒,叫二锅头,哪怕是白薯烧,也叫二锅头。暖壶

大的玻璃瓶口上，塞着个棒子核儿。掌柜的那热锅里出来的油晃晃带冒烟儿的手，抓住瓶颈子，往小碗里咕嘟咕嘟两下，二两。

这些小摊儿别处不是没有，在什么胡同口，在哪个拐角地方，但都不如城墙根的"风味"。沉甸甸的高大，青苍苍的厚实，散发着八百年的风霜，八百年的京都气息……那是不能够替代的。

我在别处，也写过别一城墙的事：

> ……一位好古的文人，在南京城边，找到一块残破的，不过寻丈的，据说是三国东吴遗留下的石头城。他肃立凝视，沉思。他看见了风化的石头透着暗红，他听见了江海风涛，千军刀枪碰撞，遍野的呼喊。那暗红的石头，原是浸泡了历史的鲜血……差点儿"怆然而涕下"。

为什么说不能够替代，建筑与人文溶化一起了。

当年主张拆除城墙的理由，大体上是老北京太小了，不能适应新建设的需要。不得不扩大到城外，城墙成了内外交通的障碍。

反对的说，老北京不是小了一点，是需要有整体的规划。保留文化古城，在外围建设新的卫星城市，比如说海淀是教育城，通县是轻工业城，石景山的钢铁城，门头沟的煤矿城……

现在的北京好像煎饼似的摊开来，远超过拆城墙派的眼界。若当时好好的做出卫星规划，新北京会比摊煎饼齐整。

那老北京，就有可能成为别具一格举世无双的历史、文化、旅游城。梁思成教授有一个诗一般的倡议，广阔宽厚的城墙，正好是一圈高架花园，别的国家花多少钱也不能有这么大的规模。它是绿化带，又是环城花园，还是星星点点的歌厅、舞场、棋局、茶室、酒吧、健身房，是八百年的苍翠和现代的花朵，你里有我我里有你、别时别地无法替代的文化。

不幸，当年讨论结果是：拆。传说的"说法"中，有一句是"拆它个稀巴烂"。

拆到"文化大革命"，还留着几个城楼。更不打话，还拆。西直门那里的门墙里，拆出个小点的城楼来，原来是元代的建筑。后来在加宽加大的工程中给封在里头了。真是意外的收获，可也是：拆。

北京发动的"大革文化命"，发明了"破四旧"：烧书画，砸古董，抄走资料稿本。远在东海边上，丛山陡岭窄路，有个老虎也蹦不上去的仙姑洞，洞中有古寺。竟遭"革命"两次，因为恰好地处两州之间，本来是两不管的地方，这回是这个州来造了反，那个州也不放过，又来"革命"。

二十年代的《阿Q正传》里"静修庵"老尼姑遇到过这种情况，说"革命革命，革过一革的……你们要革得我们怎么样呢？"

北京的破坏，五十年代"拆它个稀巴烂"就开始了。这回更是北京发动的缘故，通都大邑，山坳海沿，无孔不入，一扫而光。若不是北京的号召，不会泛滥如此。

五十年代北京批判了马寅初的人口论，现在吃到了苦果。其苦涩无比，得到比较充分的认识。南北的超生队和反超生队伍，不一定都知道马寅初，不一定或正面或反面直接受到马寅初的影响。但北京批判马寅初确实影响到全国，现在不能不把人口控制定为国策。

保护文物可能没有控制人口的重大。但浩劫之后各地又大兴制造假古董,假古董替代不了真古董,还要耗费巨大的财力人力去制造,可见是人民的需要,是国家的利益,是民族的光彩。

　　"破四旧"的英雄们,毁灭文物的勇士们不一定知道有个梁思成。也因为对批判梁思成的反思,远远没有展开。现在历史学者、建筑师、文物专家们每有痛心疾首的呼吁,往往得不到共鸣,嗤之以鼻,置之脑后的也还不少。

(原载《中国当代文学作品选》,广东教育出版社 2008 年版)

住多久才算是家

刘亮程

喜欢在一个地方长久地生活下去——具体点说，是在一个村庄的一间房子里。如果这间房子结实，我就不挪窝地住一辈子。一辈子进一扇门，睡一张床，在一个屋顶下御寒和纳凉。如果房子坏了，在我四十岁或五十岁的时候，房梁朽了，墙壁出现了裂缝，我会很高兴地把房子拆掉，在老地方盖一幢新房子。

我庆幸自己竟然活得比一幢房子更长久。只要在一个地方久住下去，你迟早会有这种感觉。你会发现周围的许多东西没有你耐活。树上的麻雀有一天突然掉下一只来，你不知道它是老死的还是病死的。树有一天被砍掉一棵，做了家具或当了烧柴。陪伴你多年的一头牛，在一个秋天终于老得走不动。算一算，它远没有你的年龄大，只跟你的小儿子岁数差不多，你只好动手宰掉或卖掉它。

一般情况，我都会选择前者。我舍不得也不忍心把一头使唤老的牲口再卖给别人使唤。我把牛皮钉在墙上，晾干后做成皮鞭和皮具。把骨头和肉炖在锅里，一顿一顿吃掉。这样我才会觉得舒服些，我没有完全失去一头牛，牛的某些部分还在我的生活中起着作用，我还继续使唤着它们。尽管皮具有一天也会被磨断，拧得很紧的皮鞭也会被抽散，扔到一边。这都是很正常的。

甚至有些我认为是永世不变的东西，在我活过几十年后，发现它们已几经变故，面目全非。而我，仍旧活生生的，虽有一点衰老迹象，却远不会老死。

早年我修房后面那条路的时候，曾想到这是件千秋功业，我的子子孙孙都会走在这条路上。路比什么都永恒，它平躺在大地上，折不断、刮不走，再重的东西它都能经受住。

有一年一辆大卡车开到村里，拉着一满车铁，可能是走错路了，想掉头回去。村中间的马路太窄，转不过弯。开车的师傅找到我，很客气地说要借我们家房后的路走一走，问我行不行。我说没事，你放心走吧。其实我是想考验一下我修的这段路到底有多结实。卡车开走后我发现，路上只留下浅浅的两道车辙辘印。这下我更放心了，暗想，以后即使有一卡车黄金，我也能通过这条路运到家里。

可是，在一年后的一场雨中，路却被冲断了一大截，其余的路面也泡得软软的，几乎连人都走不过去。雨停后我再修补这段路面时，已经不觉得道路永恒了，只感到自己会生存得更长久些。以前我总以为一生短暂无比，赶紧干几件长久的事业留传于世。现在倒觉得自己可以久留世间，其他一切皆如过眼烟云。

我在调教一头小牲口时，偶尔会脱口骂一句：畜生，你爷爷在我手里时多乖多卖力。骂完之后忽然意识到，又是多年过去。陪伴过我的牲口、农具已经消失了好几茬，而我还那样年轻有力、信心十足地干着多少年前的一件旧事。多少年前的村庄又浮现在脑海里。

如今谁还能像我一样幸福地回忆多少年前的事呢。那匹三岁的儿马,一岁半的母猪,以及路旁林带里只长了三个夏天的白杨树,它们怎么会知道几十年前发生在村里的那些事情呢。它们来得太晚了,只好遗憾地生活在村里,用那双没见过世面的稚嫩眼睛,看看眼前能够看到的,听听耳边能够听到的,却对村庄的历史一无所知,永远也不知道这堵墙是谁垒的,那条渠是谁挖的。谁最早蹚开了那一大片荒地,谁曾经乘着夜色把一大群马赶出村子,谁总是在天亮前提着裤子翻院墙溜回自己家里……这一切,连同完整的一大段岁月,被我珍藏了,成了我一个人的。除非我说出来,谁也别想再走进去。

当然,一个人活得久了,麻烦事也会多一些。就像人们喜欢在千年老墙万年石壁上刻字留名以求共享永生,村里的许多东西也都喜欢在我身上留印迹。它们认定我是不朽之物,咋整也整不死。我的腰上至今还留着一头母牛的半只蹄印。它把我从牛背上掀下来,朝着我的光腰杆就是一蹄子。踩上了还不赶忙挪开,直到它认为这只蹄印已经深刻在我身上了,才慢腾腾移动蹄子。我的腿上深印着好几条狗的紫黑牙印,有的是公狗咬的,有的是母狗咬的。它们和那些好在文物古迹上留名的人一样,出手隐蔽敏捷,防不胜防。我的脸上身上几乎处处都有蚊虫叮咬的痕迹,有的深,有的浅。有的过不了几天便消失了,更多的伤痕永远留在身上。一些隐秘处还留有女人的牙印和指甲印儿。而留在我心中的东西就更多了。

我背负着曾经与我一同生活过的众多生命的珍贵印迹,感到自己活得深远而厚实,却一点不觉得累。有时在半夜腰疼时,想起踩过我的已离世多年的那头母牛,它的毛色和花纹,硕大无比的乳房和发情季节亮汪汪的水门。有时走路腿困时,记起咬伤我的一条黑狗的皮,还展展地铺在我的炕上,当了多年的褥子。我成了记载村庄历史的活载体,随便触到哪,都有一段活生生的故事。

在一个村庄活久了,就会感到时间在你身上慢了下来,而在其他事物身上飞快地流逝着。这说明,你已经跟一个地方的时光混熟了。水土、阳光和空气都熟悉了你,知道你是个老实安分的人,多活几十年也没多大害处。不像有些人,有些东西,满世界乱跑,让光阴满世界追他们。可能有时他们也偶尔躲过时间,活得年轻而滋润。光阴一旦追上他们就会狠狠报复一顿,一下从他们身上减去几十岁。事实证明,许多离开村庄去跑世界的人,最终都没有跑回来,死在外面了。他们没有赶回来的时间。

平常我也会自问:我是不是在一个地方生活得太久了?土地是不是已经烦我了?道路是否早就厌倦了我的脚印,虽然它还不至于拒绝我走路?事实上我有很多年不在路上走了,我去一个地方,照直就去了,水里草里。一个人走过一些年月后就会发现,所谓的道路不过是一种摆设,供那些在大地上瞎兜圈子的人们玩耍的游戏。它从来都偏离真正的目的。不信去问问那些永远匆匆忙忙走在路上的人,他们走到自己的归宿了吗?没有。否则他们不会没完没了地在路上转悠。

而我呢,是不是过早地找到了归宿,多少年住在一间房子里,开一个门,关一扇窗,跟一个女人睡觉?是不是还有另一种活法,另一番滋味?我是否该挪挪身,面朝一生的另一些事情活一活,就像这幢房子,面南背北多少年,前墙都让太阳晒得发白脱皮了?我是不是把它掉个个,让一向阴潮的后墙根也晒几年太阳?

这样想着就会情不自禁在村里转一圈,果真看上一块地方,地势也高,地盘也宽敞。

于是动起手来，花几个月时间盖起一院新房子。至于旧房子嘛，最好拆掉，尽管拆不到一根好檩子，一块整土块。毕竟是住了多年的旧窝，有感情，再贵卖给别人也会有种被人占有的不快感。墙最好也推倒，留下一个破墙圈，别人会把它当成天然的茅厕，或者用来喂羊圈猪，甚至会有人躲在里面干坏事。这样会损害我的名誉。

当然，旧家具会一件不剩地搬进新房子，柴火和草也一根不剩拉到新院子。大树砍掉，小树连根移过去。路无法搬走，但不能白留给别人走。在路上挖两个大坑。有些人在别人修好的路上走顺了，老想占别人的便宜，自己不愿出一点力。我不能让那些自私的人变得更加自私。

我只是把房子从村西头搬到了村南头。我想稍稍试验一下我能不能挪动。人们都说：树挪死，人挪活。树也是老树一挪就死，小树要挪到好地方会长得更旺呢。我在这块地方住了那么多年，已经是一棵老树，根根脉脉都扎在了这里，我担心挪不好把自己挪死。先试着在本村里动一下，要能行，我再往更远处挪动。

可这一挪麻烦事跟着就来了。在搬进新房子的好几年间，我收工回来经常不由自主地回到旧房子，看到一地的烂土块才恍然回过神。牲口几乎每天下午都回到已经拆掉的旧圈棚，在那里挤成一堆。我的所有的梦也都是在旧房子。有时半夜醒来，还当是门在南墙上。出去解手，还以为茅厕在西边的墙角。

不知道住多少年才能把一个新地方认成家。认定一个地方时或许人已经老了，或许到老也无法把一个新地方真正认成家。一个人心中的家，并不仅仅是一间属于自己的房子，而是长年累月在这间房子里度过的生活。尽管这房子低矮陈旧，清贫如洗，但堆满房子角角落落的那些黄金般珍贵的生活情节，只有你和你的家人共拥共享，别人是无法看到的。走进这间房子，你就会马上意识到：到家了。即使离乡多年，再次转世回来，你也不会忘记回这个家的路。

我时常看到一些老人，在晴朗的天气里，背着手，在村外的田野里转悠。他们不仅仅是看庄稼的长势，也在瞅一块墓地。他们都是些幸福的人，在一个村庄的一间房子里，生活到老，知道自己快死了，在离家不远的地方，择一块墓地。虽说是离世，也离得不远。坟头和房顶日夜相望，儿女的脚步声在周围的田地间走动，说话声、鸡鸣狗吠声时时传来。这样的死没有一丝悲哀，只像是搬一次家。离开喧闹的村子，找个清静处呆呆。地方是自己选好的，棺木是早几年便吩咐儿女们做好的。从木料、样式到颜色，都是照自己的意愿去做的，没有一丝让你不顺心不满意。

唯一舍不得的便是这间老房子，你觉得还没住够，亲人们也这么说：你不该早早离去。其实你已经住得太久太久，连脚下的地都住老了，头顶的天都活旧了。但你一点没觉得自己有多么"不自觉"。要不是命三番五次地催你，你还会装糊涂生活下去，还会住在这间房子里，还进这个门，睡这个炕。

我一直庆幸自己没有离开这个村庄，没有把时间和精力白白耗费在另一片土地上。在我年轻的时候、年壮的时候，曾有许多诱惑让我险些远走他乡，但我留住了自己。我做得最成功的一件事，是没让自己从这片天空下消失。我还住在老地方，所谓盖新房搬家，不过是一个没有付诸行动的梦想。我怎么会轻易搬家呢？我们家屋顶上面的天空，经过多少年的炊烟熏染，已经跟别处的天空大不一样。当我在远处，还看不到村庄，望不见家园的时候，便能一眼认出我们家屋顶上面的那片天空，它像一块补丁，一幅图画，不管别处的天空怎样风云变幻，它总是晴朗祥和地贴在高处，家安安稳稳坐落在下面。

家园周围的这一窝子空气,多少年被我吸进呼出,也已经完全成了我自己的气息,带着我的气味和温度。我在院子里挖井时,曾潜到三米多深的地下,看见厚厚的土层下面褐黄色的沙子,水就从细沙中缓缓渗出。而在西边的一个墙角上,我的尿水年复一年已经渗透到地壳深处,那里的一块岩石已被我含碱的尿水腐蚀得变了颜色。看看,我的生命上抵高天,下达深地。这都是我在一个地方地久天长生活的结果。我怎么会离开它呢。

(原载《一个人的村庄》,译林出版社2022年版)

小　说

山地回忆

孙 犁

从阜平乡下来了一位农民代表,参观天津的工业展览会。我们是老交情,已经快有十年不见面了。我陪他去参观展览,他对于中纺的织纺,对于那些改良的新农具特别感到兴趣。临走的时候,我一定要送点东西给他,我想买几尺布。

为什么我偏偏想起买布来?因为他身上穿的还是那样一种浅蓝的土靛染的粗布裤褂。这种蓝的颜色,不知道该叫什么蓝,可是它使我想起很多事情,想起在阜平穷山恶水之间度过的三年战斗的岁月,使我记起很多人。这种颜色,我就叫它"阜平蓝"或是"山地蓝"吧。

他这身衣服的颜色,在天津是很显得突出,也觉得土气。但是在阜平,这样一身衣服,织染既是不容易,穿上也就觉得鲜亮好看了。阜平土地很少,山上都是黑石头,雨水很多很暴,有些泥土就冲到冀中平原上来了——冀中是我的家乡。阜平的农民没有见过大的地块,他们所有的,只是像炕台那样大,或是像锅台那样大的一块土地。在这小小的、不规整的,有时是尖形的,有时是半圆形的,有时是梯形的小块土地上,他们费尽心思,全力经营。他们用石块垒起,用泥土包住,在边沿栽上枣树,在中间种上玉米。

阜平的天气冷,山地不容易见到太阳。那里不种棉花,我刚到那里的时候,老大娘们手里搓着线锤。很多活计用麻代线,连袜底也是用麻纳的。

就是因为袜子,我和这家人认识了,并且成了老交情。那是个冬天,该是一九四一年的冬天,我打游击到了这个小村庄,情况缓和了,部队决定休息两天。

我每天到河边去洗脸,河里结了冰,我登在冰冻的石头上,把冰砸破,浸湿毛巾,等我擦完脸,毛巾也就冻挺了。有一天早晨,刮着冷风,只有一抹阳光,黄黄的落在河对面的山坡上。我又登在那块石头上,砸开那个冰口,正要洗脸,听见在下水流有人喊:

"你看不见我在这里洗菜吗?洗脸到下边洗去!"

这声音是那么严厉,我听了很不高兴。这样冷天,我来砸冰洗脸,反倒妨碍了人。心里一时挂火,就也大声说:

"离着这么远,会弄脏你的菜!"

我站在上风头,狂风吹送着我的愤怒,我听见洗菜的人也恼了,那人说:

"菜是下口的东西呀!你在上流洗脸洗屁股,为什么不脏?"

"你怎么骂人?"我站立起来转过身去,才看见洗菜的是个女孩子,也不过十六七岁。风吹红了她的脸,像带霜的柿叶,水冻肿了她的手,像上冻的红萝卜。她穿的衣服很单薄,就是那种蓝色的破袄裤。

十月严冬的河滩上,敌人往返烧毁过几次的村庄的边沿,在寒风里,她抱着一篮子水沤的杨树叶,这该是早饭的食粮。

不知道为什么,我一时心平气和下来。我说:

"我错了,我不洗了,你在这块石头上来洗吧!"

她冷冷地望着我,过了一会才说:

"你刚在那石头上洗了脸,又叫我站上去洗菜!"

我笑着说:

"你看你这人,我在上水洗,你说下水脏,这么一条大河,哪里就能把我脸上的泥土冲到你的菜上去?现在叫你到上水来,我到下水去,你还说不行,那怎么办哩?"

"怎么办,我还得往上走!"

她说着,扭着身子逆着河流往上去了。登在一块尖石上,把菜篮浸进水里,把两手插在袄襟底下取暖,望着我笑了。

我哭不得,也笑不得,只好说:

"你真讲卫生呀!"

"我们是真卫生,你们是装卫生!你们尽笑话我们,说我们山沟里的人不讲卫生,住在我们家里,吃了我们的饭,还刷嘴刷牙,我们的菜饭再不干净,难道还会弄脏了你们的嘴?为什么不连肠子肚子都刷刷干净!"说着就笑得弯下腰去。

我觉得好笑。可也看见,在她笑着的时候,她的整齐的牙齿洁白的放光。

"对,你卫生,我们不卫生。"我说。

"那是假话吗?你们一个饭缸子,也盛饭,也盛菜,也洗脸,也洗脚,也喝水,也尿泡,那是讲卫生吗?"她笑着用两手在冷水里刨抓。

"这是物质条件不好,不是我们愿意不卫生。等我们打败了日本,占了北平,我们就可以吃饭有吃饭的家伙,喝水有喝水的家伙了,我们就可以一切齐备了。"

"什么时候,才能打败鬼子?"女孩子望着我,"我们的房,叫他们烧过两三回了!"

"也许三年,也许五年,也许十年八年。可是不管三年五年,十年八年,我们总是要打下去,我们不会悲观的。"我这样对她讲,当时觉得这样讲了以后,心里很高兴了。

"光着脚打下去吗?"女孩子转脸望了我脚上一下,就又低下头去洗菜了。

我一时没弄清是怎么回事,就问:

"你说什么?"

"说什么?"女孩子也装没有听见,"我问你为什么不穿袜子,脚不冷吗?也是卫生吗?"

"咳!"我也笑了,"这是没有法子么,什么卫生!从九月里就反'扫荡',可是我们八路军,是非到十月底不发袜子的。这时候,正在打仗,哪里去找袜子穿呀?"

"不会买一双?"女孩子低声说。

"哪里去买呀,尽住小村,不过镇店。"我说。

"不会求人做一双?"

"哪里有布呀?就是有布,求谁做去呀?"

"我给你做。"女孩子洗好菜站起来,"我家就住在那个坡子上,"她用手一指,"你要没有布,我家里有点,还够做一双袜子。"

她端着菜走了,我在河边上洗了脸。我看了看我那只穿着一双"踢倒山"的鞋子,冻得发黑的脚,一时觉得我对于面前这山,这水,这沙滩,永远不能分离了。

我洗过脸,回到队上吃了饭,就到女孩子家去。她正在烧火,见了我就说:

"你这人倒实在,叫你来你就来了。"

我既然摸准了她的脾气,只是笑了笑,就走进屋里。屋里蒸汽腾腾,等了一会,我才看见炕上有一个大娘和一个四十多岁的大伯,围着一盆火坐着。在大娘背后还有一位雪白头发的老大娘。一家人全笑着让我炕上坐。女孩子说:

"明儿别到河里洗脸去了,到我们这里洗吧,多添一瓢水就够了!"

大伯说:

"我们妞儿刚才还笑话你哩!"

白发老大娘瘪着嘴笑着说:

"她不会说话,同志,不要和她一样呀!"

"她很会说话!"我说,"要紧的是她心眼儿好,她看见我光着脚,就心疼我们八路军!"

大娘从炕角里扯出一块白粗布,说:

"这是我们妞儿纺了半年线赚的,给我做了一条棉裤,下剩的说给他爹做双袜子,现在先给你做了穿上吧。"

我连忙说:

"叫大伯穿吧!要不,我就给钱!"

"你又装假了,"女孩子烧着火抬起头来,"你有钱吗?"

大娘说:

"我们这家人,说了就不能改移。过后再叫她纺,给她爹赚袜子穿。早先,我们这里也不会纺线,是今年春天,家里住了一个女同志,教会了她。还说再过来了,还教她织布哩!你家里的人,会纺线吗?"

"会纺!"我说,"我们那里是穿洋布哩,是机器织纺的。大娘,等我们打败日本……"

"占了北平,我们就有洋布穿,就一切齐备!"女孩子接下去,笑了。

可巧,这几天情况没有变动,我们也不转移。每天早晨,我就到女孩子家里去洗脸。第二天去,袜子已经剪裁好,第三天去她已经纳底子了,用的是细细的麻线。她说:

"你们那里是用麻用线?"

"用线。"我摸了摸袜底,"在我们那里,鞋底也没有这么厚!"

"这样坚实。"女孩子说,"保你穿三年,能打败日本不?"

"能够。"我说。

第五天,我穿上了新袜子。

和这一家人熟了,就又成了我新的家。这一家人身体都健壮,又好说笑。女孩子的母亲,看起来比女孩子的父亲还要健壮。女孩子的姥姥九十岁了,还那么结实,耳朵也不聋,我们说话的时候,她不插言,只是微微笑着,她说,她很喜欢听人们说闲话。

女孩子的父亲是个生产的好手,现在地里没活了,他正计划贩红枣到曲阳去卖,问我能不能帮他的忙。部队重视民运工作,上级允许我帮老乡去作运输,每天打早起,我同大伯背上一百多斤红枣,顺着河滩,爬山越岭,送到曲阳去。女孩子早起晚睡给我们做饭,饭食很好。一天,大伯说:

"同志,你知道我是沾你的光吗?"

"怎么沾了我的光?"

"往年,我一个人背枣,我们妞儿是不会给我吃这么好的!"

我笑了。女孩子说:

"沾他什么光,他穿了我们的袜子,就该给我们做活了!"

又说:

"你们跑了快半月,赚了多少钱?"

"你看,她来查账了,"大伯说,"真是,我们也该计算计算了!"他打开放在被垛底下的一个小包袱,"我们这叫包袱账,赚了赔了,反正都在这里面。"

我们一同数了票子,一共赚了五千多块钱,女孩子说:

"够了。"

"够干什么了?"大伯问。

"够给我买张织布机子了!这一趟,你们在曲阳给我买架织布机子回来吧!"

无论姥姥、母亲、父亲和我,都没人反对女孩子这个正义的要求。我们到了曲阳,把枣卖了,就去买了一架机子。大伯不怕多花钱,一定要买一架好的,把全部盈余都用光了。我们分着背了回来,累的浑身流汗。

这一天,这一家人最高兴,也该是女孩子最满意的一天。这像要了几亩地,买回一头牛;这像制好了结婚前的陪送。

以后,女孩子就学习纺织的全套手艺了:纺、拐、浆、落、经、镶、织。

当她卸下第一匹布的那天,我出发了。从此以后,我走遍山南塞北,那双袜子,整整穿了三年也没有破绽。一九四五年,我们战胜了日本强盗,我从延安回来,在碛口地方,跳到黄河里去洗了一个澡,一时大意,奔腾的黄河水,冲走了我的全部衣物,也冲走了那双袜子。黄河的波浪激荡着我关于敌后几年生活的回忆,激荡着我对于那女孩子的纪念。

开国典礼那天,我同大伯一同到百货公司去买布,送他和大娘一人一身蓝士林布,另外,送给女孩子一身红色的。大伯没见过这样鲜艳的红布,对我说:

"多买上几尺,再买点黄色的。"

"干什么用?"我问。

"这里家家门口挂着新旗,咱那山沟里准还没有哩!你给了我一张国旗的样子,一块带回去,叫妞儿给做一个,开会过年的时候,挂起来!"

他说妞儿已经有两个孩子了,还像小时那样,就是喜欢新鲜东西,说什么也要学会。

1949 年 12 月

(原载《孙犁文集》[第一集],百花文艺出版社 1981 年版)

登 记

赵树理

一、罗汉钱

诸位朋友们：今天让我来说个新故事。这个故事题目叫《登记》，要从一个罗汉钱说起。

这个故事要是出在三十年前，"罗汉钱"这东西就不用解释；可惜我要说的故事是个新故事，听书的朋友们又有一大半是年轻人，因此在没有说故事以前，就得先把"罗汉钱"这东西交代一下：

据说罗汉钱是清朝康熙年间铸的一种特别的钱，个子也和普通的康熙钱一样大小，只是"康熙"的"熙"字左边少一直画；铜的颜色特别黄，看起来有点像黄金。相传铸那一种钱的时候，把一个金罗汉像化在铜里边，因此一个钱有三成金。这种传说可靠不可靠不是我们要管的事，不过这种钱确实有点可爱——农村里的青年小伙子们，爱漂亮的，常好在口里衔一个罗汉钱，和城市人们爱包镶金牙的习惯一样，直到现在还有些偏僻的地方仍然保留着这种习惯；有的用五个钱叫银匠给打一只戒指，戴到手上活像金的。不过要在好多钱里挑一个罗汉钱可很不容易：兴制钱的时候，聪明的孩子们，常好在大人拿回来的钱里边挑，一年半载也不见得能碰见一个。制钱虽不兴了，罗汉钱可是谁也不出手的，可惜是没有几个。说过了钱，就该说故事：

有个农村叫张家庄。张家庄有个张木匠。张木匠有个好老婆，外号叫个"小飞蛾"。小飞蛾生了个女儿叫艾艾，算到一九五〇年阴历正月十五元宵节，虚岁二十，周岁十九。庄上有个青年叫"小晚"，正和艾艾搞恋爱。故事就出在他们两个人身上。

照我这么说，性急的朋友们或者要说我不在行："怎么一个'罗汉钱'还要交代半天，说到故事中间的人物，反而一句也不交代？照这样说下去，不是五分钟就说完了吗？"其实不然：有些事情不到交代的时候，早早交代出来是累赘；到了该交代的时候，想不交代也不行。闲话少说，我还是接着说吧：

张木匠一家就这么三口人——他两口子和这个女儿艾艾——独住一个小院：他两口住北房，艾艾住西房。今年①阴历正月十五夜里，庄上又要玩龙灯，张木匠是老把式，甩尾巴的，吃过晚饭丢下碗就出去玩去了。艾艾洗罢了锅碗，就跟她妈相跟着，锁上院门，也出去看灯去了。后来三个人走了个三岔：张木匠玩龙灯，小飞蛾满街看热闹，艾艾可只看放花炮起火，因为花炮起火是小晚放的。艾艾等小晚放完了花炮起火就回去了，小飞蛾在各街道上飞了一遍也回去了，只有张木匠不玩到底放不下手，因此他

---

① 指一九五〇年。

回去得最晚。

艾艾回得北房里等了一阵等不回她妈来，就倒在她妈的床上睡着了。小飞蛾回来见闺女睡在自己的床上，就轻轻推了一把说："艾艾！醒醒！"艾艾没有醒来，只翻了一个身，有一个明晃晃的小东西从她衣裳口袋里溜出来，叮铃一声掉到地下，小飞蛾端过灯来一看："这闺女！几时把我的罗汉钱偷到手？"她的罗汉钱原来藏在板箱子里边的首饰匣子里。这时候，她也不再叫艾艾，先去放她的罗汉钱。她拿出钥匙来，先开了箱子上的锁，又开了首饰匣子上的锁，到她原来放钱的地方放钱："咦！怎么我的钱还在？"摸出来拿到灯下一看，一样，都是罗汉钱，她自己那一个因为隔着两层木头没有见过潮湿气，还是那么黄，只是不如艾艾那个亮一点。她看了艾艾一眼，艾艾仍然睡得那么酣。她自言自语说："憨闺女！你怎么也会干这个了？说不定也是戒指换的吧？"她看看艾艾的两只手，光光的；捏了捏口袋，似乎有个戒指，掏出来一看是顶针圈儿。她叹了一口气说："唉！算个甚？娘儿们一对戒指，换了两个罗汉钱！明天叫五婶再去一趟赶快给她把婆家说定了就算了！不要等闹出什么故事来！"她把顶针圈儿还给艾艾装回口袋里去，拿着两个罗汉钱想起她自己那一个钱的来历。

这里就非交代一下不行了。为了要说明小飞蛾那个罗汉钱的来历，先得从小飞蛾为什么叫"小飞蛾"说起：

二十多年前，张木匠在一个阴历腊月三十日娶亲。娶的这一天，庄上人都去看热闹。当新媳妇取去了盖头红的时候，一个青年小伙子对着另一个小伙子的耳朵悄悄说："看！小飞蛾！"那个小伙子笑了一笑说："活像！"不多一会，屋里、院里，你的嘴对我的耳朵，我的嘴又对他的耳朵，各哩各得都嚷嚷这三个字——"小飞蛾""小飞蛾""小飞蛾"……

原来这地方一个梆子戏班里有个有名的武旦，身材不很高，那时候也不过二十来岁，一出场，抬手动脚都有戏，眉毛眼睛都会说话。唱《金山寺》她装白娘娘，跑起来白罗裙满身飞，一个人撑满台，好像一只蚕蛾儿，人都叫她"小飞蛾"。张木匠娶的这个新媳妇就像她——叫张木匠自己说，也说是"越看越像"。

第二天是大年初一，按这地方的习惯，用两个妇女搀着新媳妇，一个小孩在头里背条红毯儿，到邻近各家去拜个年——不过只是走到就算，并不真正磕头。早饭以后，背红毯的孩子刚一出门，有个青年就远远地喊叫："都快看！小飞蛾出来了！"他这么一喊，马上聚了一堆人，好像正月十五看龙灯那么热闹，新媳妇的一举一动大家都很关心："看看！进了她隔壁五婶院子里了！""又出来了又出来了！到老秋孩院子里去了！……"

张木匠娶了这么个媳妇，当然觉得是得了个宝贝，一九里，除了给舅舅去拜了一趟年，再也不愿意出门，连明带夜陪着小飞蛾玩；穿起小飞蛾的花衣裳扮女人，想逗小飞蛾笑；偷了小飞蛾的斗方戒指，故意要叫小飞蛾满屋子里撵他，……可是小飞蛾偏没心情，只冷冷地跟他说："不要打哈哈！"

几个月过后，不知道谁从小飞蛾的娘家东王庄带了一件消息来，说小飞蛾在娘家有个相好的叫保安。这消息传到张家庄，有些青年小伙子就和张木匠开玩笑："小木匠，回去先咳嗽一声，不要叫跟保安碰了头！""小飞蛾是你的？至少有人家保安一半！"张木匠听了这些话，才明白了小飞蛾对自己冷淡的原因，好几次想跟小飞蛾生气，可是一进了家门，就又退一步想："过去的事不提它吧，只要以后不胡来就算了！"后来这消息传到他妈耳朵里，他妈把他叫到背地里，骂了他一顿"没骨头"，骂罢了又劝他说："人是苦虫！痛痛打一顿就改过来了！舍不得了不得……"他受过了这顿教训以后，就好好留心找小飞蛾的岔子。

有一次他到丈人家里去，碰见保安手上戴了个斗方戒指，和小飞蛾的戒指一个样；回来一看小飞蛾的手，小飞蛾的戒指果然只留下一只。"他妈的！真是有人家保安一半！"他把这消息报告了他妈，他妈说："快打吧！如今打还打得过来！要打就打她个够受！轻来轻去不抵事！"他正一肚子肮脏气，他妈又给他打了打算盘，自然就非打不行了。他拉了一根铁火柱正要走，他妈一把拉住他说："快丢手！不能使这个！细家伙打得疼，又不伤骨头，顶好是用小锯梁子上的梁！"

他从他的一捆木匠家具里边抽出一条小锯梁子来，尺半长，一指厚，木头很结实，打起来管保很得劲。他妈为什么知道这家具好打人呢？原来他妈当年年轻时候也有过小飞蛾跟保安那些事，后来是被老木匠用这家具打过来的。闲话少说，张木匠拿上这件得劲的家伙，黑丧着脸从他妈的房子里走出来，回到自己的房里去。

小飞蛾见他一进门，例应酬了他一下说："你拿的那个是什么？"张木匠没有理她的话，用锯梁子指着她的手说："戒指怎么只剩了一只？说！"这一问，问得小飞蛾头发根一支权。小飞蛾抬头看看他的脸，看见他的眼睛要吃人，吓得她马上没有答上话来，张木匠的锯梁子早就打在她的腿上了。她是个娇闺女，从来没有挨过谁一下打，才挨了一下，痛得她叫了一声低下头去摸腿，又被张木匠抓住她的头发，把她按在床边上，拉下裤子来"披、披、披"一连打了好几十下。她起先还怕招得人来看笑话，憋住气不想哭，后来实在支不住了，只顾喘气，想哭也哭不上来，等到张木匠打得没了劲扔下家伙走出去，她觉得浑身的筋往一处抽，喘了半天才哭了一声就又压住了气，头上的汗，把头发湿得跟在热汤里捞出来的一样，就这样喘一阵哭一声喘一阵哭一声，差不多有一顿饭工夫哭声才连起来。一家住一院，外边人听不见，张木匠打罢了早已走了，婆婆连看也不来看，远远地在北房里喊："还哭什么？看多么排场？多么有体面？"小飞蛾哭了一阵以后，屁股蛋疼得好像谁用锥子剜，摸了一摸满手血，咬着牙兜起裤子，站也站不住。

她的戒指是怎样送给保安的，以后张木匠也没有问，她自己自然也没有说。原来是她在端午那一天到娘家去过节，保安想要她个贴身的东西，她给保安卸了一个戒指；她也要叫保安给她个贴身的东西，保安把口里衔的罗汉钱送了她。

自从她挨了这一顿打之后，这个罗汉钱更成了她的宝贝。人怕伤了心：从挨打那天起，她看见张木匠好像看见了狼，没有说话先哆嗦。张木匠也莫想看上她一个笑脸——每次回来，从门外看见她还是活人，一进门就变成死人了。有一次，一个鸡要下蛋，没有回窝里去，小飞蛾正在院里撵，张木匠从外边回来，看见她那神气，真有点像在戏台上系着白罗裙唱白娘娘的那个小飞蛾，可是小飞蛾一看见他，就连鸡也不撵了，赶紧规规矩矩走回房子里去。张木匠生了气，撵到房子里跟她说："人说你是'小飞蛾'，怎么一见了我就把你那翅膀搭拉下来了？我是狼？""呱"一个耳刮子。小飞蛾因为不愿多挨耳刮子，也想在张木匠面前装个笑脸，可惜是不论怎么装也装得不像，还不如不装。张木匠看不上活泼的小飞蛾，觉着家里没了趣，以后到外边做活，一年半载不回家，路过家门口也不愿进去，听说在外面找了好几个相好的。张木匠走了，家里只留下婆媳两个。婆婆跟丈夫是一势，一天跟小飞蛾说不够两句话，路上碰着了扭着脸走，小飞蛾离娘家虽然不远，可是有嫌疑，去不得；娘家爹妈听说闺女丢了丑，也没有脸来看望。这样一来，全世界上再没有一个人跟小飞蛾是一势了,小飞蛾只好一面伺候婆婆,一面偷偷地玩她那个罗汉钱。她每天晚上打发婆婆睡了觉,回到自己房子里关上门,把罗汉钱拿出来看了又看,有时候对着罗汉钱悄悄说:"罗汉钱!要命也是你,保命也是你!人家打死我我也不舍你!咱俩死活在一起!"她有时候变得跟小孩子一样,把罗汉钱暖到手心里,贴到脸上,按到胸上,衔到口里……除了张木匠回家来那有数的几天以外,每天夜上她都是离了罗汉钱睡不着觉,直到生了艾艾,才把它存到首饰匣子里。

她剩下的那只戒指是自从挨打之后就放进首饰匣子里去的。当艾艾长到十五那一年,她拿出匣子来给艾艾找帽花,艾艾看见了戒指就要。她生怕艾艾再看见罗汉钱,赶快把戒指给了艾艾就把匣子锁起来了。那时候张木匠和小飞蛾的关系比以前好了一点,因为闺女也大了,他妈也死了,小飞蛾和保安也早就没有联系了。又因为两口子只生了艾艾这么个孤闺女,两个人也常借着女儿开开玩笑。艾艾戴上了小飞蛾那只斗方戒指,张木匠指着说:"这原来是一对来!"艾艾问:"那一只哩?"张木匠说:"问你妈!"艾艾正要问小飞蛾,小飞蛾翻了张木匠一眼。艾艾只当是她妈丢了,也就不问了。这只戒指就是这么着到了艾艾手的。

以前的事已经交代清楚,再回头来接着说今年(一九五〇年)正月十五夜里的事吧:

小飞蛾手里拿着两个罗汉钱,想起自己那个钱的来历来,其中酸辣苦甜什么味儿也有过:说这算件好事吧,跟着它吃了多少苦;说这算件坏事吧,想一遍也满有味。自己这个,不论好坏都算过去了;闺女这个又算件什么事呢?把它没收了吧,说不定闺女为它费了多少心;悄悄还给她吧,难道看着她走自己的伤心路吗?她正在想来想去得不着主意,听见门外有人走得响,张木匠玩罢了龙灯回来了,因此她也顾不上考虑,两个钱随便往箱里一手,就把箱子锁住。

这时候鸡都快叫了,张木匠见艾艾还没有回房去睡,就发了脾气:"艾艾,起来!"因为他喊的声音太大,吓得艾艾哆嗦了一下一骨碌爬起来,瞪着眼问:"什么事,什么事?"小飞蛾说:"不能慢慢叫?看你把闺女吓得那个样子!"又向艾艾说:"艾!醒了没有?什么事也没有,你爹叫你回去睡哩!"张木匠说:"看你把她惯成什么样子!"艾艾这才醒过来,什么也没有说,笑了一笑就走了。

张木匠听得艾艾回西房去关上门,自己也把门关上,回头一边脱衣服一边悄悄跟小飞蛾说:"这二年给咱艾艾提亲的那么多,你总是挑来挑去都觉着不合适。东院五婶说的那一家有成呀没成?快把她出脱了吧!外面的闲话可大哩!人家都说:一个马家院的燕燕,一个咱家的艾艾,是村里两个招风的东西;如今燕燕有了主了,就光剩下咱艾艾了!"小飞蛾说:"不是听说村公所不准燕燕跟小进结婚吗?我听说他们两个要到区上登记,村公所不给开证明,后来怎么又说成了?"张木匠说:"人家说她招风,指的是她跟小进的事,当然人家不给他们证明!后来说的另是一家西王庄的,是五婶给保的媒,后天我就要去办登记!"小飞蛾说:"我看村公所那些人也是些假正经,瞎挑眼!既然嫌咱艾艾的声名不好,这二年说媒的为什么那么多哩?民事主任为什么还托着五婶给他的外甥提哩?"张木匠说:"我这几天只顾玩灯,也忘记了问你;这一家这几年过得究竟怎么样?"小飞蛾说:"我也摸不着!虽说都在一个东王庄,可是人家住在南头,我妈住在北头,没有事也不常走动。五婶说她明天还要去,要不我明天也到我妈家走一趟,顺便到他家里看看去吧?"张木匠说:"也可以!"停了一下子他又向小飞蛾说:"我再问你个没大小的话:咱艾艾跟小晚究竟是有的事呀没的事?"小飞蛾当然不愿意把罗汉钱的事告诉给他,只推他说:"不用管这些吧!闺女大了,找个婆家打发出去就不生事了!"

二、眼 力

艾艾也和她妈年轻时候一样,自从有了罗汉钱,每天晚上把钱捏在手里,衔在口里睡觉。这天晚上回去把衣服上的口袋摸遍了,也找不着罗汉钱,掌着灯满地找也找不着,只好空空地睡了。第二天早晨她比谁也起得早,为了找罗汉钱,起来先扫地,扫得特别细致——结果自然还是找不着。停了一会,她听见妈妈开了门,她就又跑去给她妈扫地。她妈见她钻到床底下去扫,明知道她是找钱,也明知道是白费工夫找不着,可是也不好向她说破,只笑着说了一句:"看我的艾艾多么孝顺!"

吃过早饭,五婶来叫小飞蛾往娘家去,张木匠照着二十多年来的老习惯自然要跟着去。

张木匠这个老习惯还得交代一下:自从二十多年前他发现小飞蛾把一只戒指送给了保安以后,知道小飞蛾并不爱他,不是就跟小飞蛾不好了吗?可是每当小飞蛾要去娘家的时候,他就又好像很爱护她,步步不离她。后来他妈也死了,艾艾也长大了,两个人的关系又定下来了,可是还不改这个老习惯。有一回,小飞蛾说:"还不放心吗?"张木匠说:"反正跟惯了,还是跟着去吧!"直到现在还是这样。

五婶、张木匠、小飞蛾三个人都要动身了,小飞蛾说:"艾艾!你不去看看你姥姥?"艾艾说:"我不去!初三不是才去过了吗?"张木匠说:"不去就不去吧!好好给我看家!不要到外边飞去!"说罢,三个人就相跟着走了。

艾艾仍忘不了找她的罗汉钱。她要是寻出钥匙,到箱子里去找,管保还能多找出一个来,不过她梦也梦不到箱子里,她只沿着她到过的地方找,一直找到响午仍是没有影踪。钱找不着,也没有心思做饭吃,天气晌午多了,她只烤了两个馒头吃了吃。

刚刚吃过馒头,小晚来了。艾艾拉住小晚的手,第一句话就是:"罗汉钱丢了!""丢就丢了吧!""气得我连饭也吃不下去!""那也值得生个气?我看那都算不了什么!在着能抵什么用?听说你爹你妈跟东院里五奶奶去给你找主儿去了?是不是?""咱哪里知道那老不死的为什么那么爱管闲事?""咱们这算吹了吧?""吹不了!""要是人家说成了呢?""成不了!""为什么?""我不干!""由得了你?""试试看!"正说着,外边有人进来,两个人赶快停住。

进来的是马家院的燕燕。艾艾说:"燕燕姊!快坐下!"燕燕看见只有他们两个人,就笑着说:"对不起!我还是躲开点好!"艾艾笑了笑没答话,按住肩膀把她按得坐到凳子上。燕燕问:"你们的事怎么样?想出办法来了没有?"艾艾说:"我们正谈这个!"燕燕的眼圈一红接着就说:"要快想办法,不要学我这没出息的耽搁了事!"说了这么句话,眼里就滚出两点泪来,引得艾艾和小晚也陪着她伤心,眼边也湿了。

过了一阵,三个人都揉了揉眼,小晚问燕燕:"不是还没有登记?"燕燕说:"明天就要去!"艾艾问:"这个人怎么样?"燕燕说:"谁可见过人家个影儿?"艾艾又问:"不能改口了吗?"燕燕说:"我妈说:'你不愿意我就死在你手!'我还说什么?"艾艾说:"去年腊月你跟小进到村公所去写证明信,村公所不给写,是怎么说的?什么理由?"燕燕说:"什么理由!还不是民事主任那个死脑筋作怪?人家说咱声名不正,除不给写信,还叫我检讨哩!"小晚说:"明天你再去了,人家民事主任就不要你检讨了吗?"燕燕说:"那还用我亲自去?只要是父母主婚,谁去也写得出来;真正自由的除不给写还要叫检讨!就那人家还说是反对父母主婚!"小晚向艾艾说:"我看咱这算吹了!五奶奶今天去给你说的这个,一来是人家民事主任的外甥,二来又有你妈作主。你妈今天要听了东院五奶奶的话,回来也跟你死呀活呀地一闹,明天你还不跟人家到区上去登记?"艾艾说:"我妈可不跟我闹,她还只怕我闹她哩!"

正说着,门外跑进一个人来,隔着窗就先喊叫:"老张叔叔,老张叔叔!"艾艾拉了燕燕一把说:"小进哥哥又来找你!"还没等燕燕答话,小进就跑进来了。燕燕本来想找他诉一诉苦,两三天也没有找着个空子,这会见他来了,赶快和艾艾坐到床边,把凳子空出来让他坐,两眼直对着他,可是一时想不起来该怎样开口。小进没有理她,也没有坐,只朝着艾艾说:"老张叔叔哩?场上好多人请他教我们玩龙灯去哩!"艾艾说:"我爹到我姥姥家去了。你快坐下!"小进说:"我还有事!"说着翻了燕燕一眼就走出去,走到院里,又故意叫着小晚说:"小晚!到外边玩玩去吧,瞎磨那些闲工夫有什么用处?回去叫你爹花上几石米吧!有的是!"说着就走远了。燕燕一肚子冤枉没处说,一埋头趴在床边哭起来,艾艾和小晚两个人劝也劝不住。

劝了一会,燕燕忍住了哭跟他两个人说:"我劝你们早些想想办法吧!你看弄成这个样子伤心不伤心?"艾艾说:"你看有什么办法?村里的大人们都是些老脑筋,谁也不愿揽咱的事,想找个人到我妈跟前提一提也找不着。"小晚说:"说好话的没有,说坏话的可不少;成天有人劝我爹说:'早些给孩子定上一个吧!不要叫尽管耽搁着!'"燕燕猛然间挺起腰来,跟发誓一样地说:"我来当你们的介绍人!我管跟你们两头的大人们提这事!"又跟艾艾说:"一村里就咱这么两个不要脸闺女,已经耽搁了一个我,难道叫连你也耽搁了?"小晚站起来说:"燕燕姊!我给你敬个礼!不论行不行冒跟我爹提一提!不行也不过是吹了吧?总比这么着不长不短好得多!就这样吧,我得走了!不要让民事主任碰上了再叫你们检讨!"说了就走了。

艾艾又和燕燕计划了一下,见了谁该怎样说见了谁该怎顶,东院里五奶奶要给民事主任的外甥说成了又该怎样顶。她两人正计划得起劲,小飞蛾回来了。她两个让小飞蛾坐了之后,燕燕正打算提个头儿,可是还没有等她开口,五婶就赶来了。五婶说:"不论说人,不论说家,都没有什么包弹的!婆婆就是咱村民事主任的姊姊,你还不知道人家那脾气多么好?闺女到那里管保受不了气!你还是不要错打了主意!"小飞蛾说:"话叫有着吧!回头我再和她爹商量商量!"五婶见小飞蛾不愿意,又应酬了几句就走了,艾艾可喜得满脸笑涡。

小飞蛾为什么不愿意呢?这就得谈谈她这一次去娘家的经过:早饭后他们三个人相跟着到了东王庄,先到了小飞蛾她妈家里。五婶叫小飞蛾跟她到民事主任的外甥家里看看去,小飞蛾说:"相跟去了不好!不如你先到他家去,我随后再去,就说是去叫你相跟着回去,省得人家说咱是亲自送上门的!"

南头这家也只有三口人——老两口,一个孩子——就是张家庄民事主任的姊姊、姊夫和外甥。孩子玩去了,家里只剩下老两口。五婶一进去,老汉老婆齐让坐。几句见面话说过后,老汉就问:"你说的那三家,究竟是哪一家合适些?"五婶说:"依我看都差不多,不过那两家都有主了,如今只剩下小飞蛾家这一个了!"老汉说:"怎么那么快?"五婶说:"十八九的大姑娘自然快得很了!"老婆向老汉说:"我叫快点决定,你偏是那么慢腾腾地拖！好的都叫人家挑完了！"五婶故意说："小一点的不少！就再说个十四五的吧？反正还比你的孩子大！"老婆说："老嫂子！不要说笑话了！我要是愿意要十四五的，还用得搬你这么大的面子吗？"五婶说："要大的可算再找不上了！你怎么说'好的都叫人家挑完了'？我看三个里头，还就数人家小飞蛾这一个标致！我想你也该见过吧！长得不是跟二十年前的小飞蛾一个样吗？"老婆："人样儿满说得过去，不过听说她声名不正！"五婶说："要不是那点毛病，还能留到十八九不占个家吗？以前那两个不一样吗？"老婆说："要是有那个毛病，咱不是花着钱买个气布袋吗？"五婶说："你不要听外人瞎谣传！要真有大毛病的话，你娘家兄弟还叫我来给你提吗？那点小毛病也算不了什么，只要到咱家改过来就行了！"老汉说："还改什么？什么样的老母下什么样的儿！小飞蛾从小就是那么个东西！"五婶说："改得了！人是苦虫！痛痛打一顿以后就没有事了！"老汉说："生就的骨头，哪里打得过来？"五婶说："打得过来，打得过来！小飞蛾那时候，还不是张木匠一顿锯梁子打过来的？"

他们正说到这里，小飞蛾正走到当院里，正赶上听见五婶末了说的那两句话。她一听，马上停了步，看了看院里没人，就又悄悄溜出院来往回走。她想："难道这挨打也得一辈传一辈吗？去你妈的！我的闺女用不着请你管教！"回到她家里，她妈和张木匠都问："怎么样？"她说："不行！不跟他来！"大家又问她为什么，她说："不提他吧！反正不合适！"她妈见她咕嘟着个嘴，问她怎么那样不高兴，她自然不便细说，只说是"昨天晚上熬了夜"，说了就到套间里睡觉去了。

其实她怎么睡得着呢？五婶那两句话好像戳破了她的旧伤口，新事旧事，想起来再也放不下。她想："我娘儿们的命运为什么这么一样呢？当初不知道是什么鬼跟上了我，叫我用一只戒指换了个罗汉钱，害得后来被人家打了个半死，直到现在还跟犯人一样，一出门人家就得在后边押解着。如今这事又出在我的艾艾身上了。真是冤孽！我会干这没出息的事，你偏也会！从这前半截事情看起来，娘儿们好像钻在一个圈子里。傻孩子呀！这个圈子，你妈半辈子没有跳得出去，难道你就也跳不出去吗？"她又前前后后想了一下：不论是和她年纪差不多的姊妹们，不论是才出了阁的姑娘们，凡有像罗汉钱这一类行为的，就没有一个不挨打——婆婆打，丈夫打，寻自尽的，守活寡的……"反正挨打的根儿已经扎下了！贱骨头！不争气！许就许了吧！不论嫁给谁还不是一样挨打？"头脑要是简单一点，打下这么个主意也就算了，可是她的头脑偏不那么简单，闭上了眼睛，就又想起张木匠打她那时候那股牛劲：瞪那两只吃人的眼睛，用尽他那一身气力，满把子揪住头发往那床沿上"扑差"一按，跟打骡子一样一连打几十下也不让人喘口气……"妈呀！怕煞人了！二十年来，几时想起来都是满身打哆嗦！不行！我的艾艾哪里受得住这个？……"就这样反一遍、正一遍尽管想，晌午就连一点什么也吃不下去，为着应付她妈，胡乱吃了四五个饺子。

午饭以后，五婶等不着她，就到她妈家里来找。五婶还要请她到南头看看，她说"怕天气晚了赶天黑赶不到家"。三个人往张家庄走，五婶还要跟她麻烦，说了民事主任的外甥一百二十分好。她因为不想听下去，又拿出二十多年前那"小飞蛾"的精神在前边飞，虽说只跟五婶差十来步远，可弄得五婶直赶了一路也没有赶上她。进了村，张木匠被一伙学着玩龙灯的青年叫到场里去了，小飞蛾一直飞回了家。五婶还不甘心，就赶到小飞蛾家里，后来碰了个软钉子，应酬了几句就走了。艾艾见她妈没有答应了，自然眉开眼笑；燕燕看见这情形，也觉着要说的话更好说一点。

燕燕趁着小飞蛾没有注意，给艾艾递了个眼色叫她走开。艾艾走开了，燕燕就向小飞蛾说："婶婶！我也给艾艾做个媒吧？"小飞蛾觉着她有点孩子气，笑着跟她说："你怎么也能做媒？"燕燕也笑着说："我怎么就不能做媒？"小飞蛾说："你有人家东院五婶那张嘴？"燕燕说："她那么会说，怎么还没有把你说得答应了她？"小飞蛾说："不合适我就能答应她了？"燕燕说："可见全看合适不合适，不在乎会说不会说！我提一个管保合适！"小飞蛾说："你冒说说！"燕燕说："我提小晚！"小飞蛾说："我早就知道你说的是他！快不要提他！你们这些闺女家，以后要放稳重点！外边闲话一大堆！"燕燕："我也学东院五奶奶几句话：'不论说人，不论说家，都没有什么包弹的！'不过我的话比她的话实得多，不像她那老糊涂，'有的说没的道！'婶婶！你想想我的话对不对？"小飞蛾说："你光说好的，不说坏的！外边的闲话你挡得住吗？"燕燕说："闲话也不过出在小晚身上，说闲话的人又都是些老脑筋，索性把艾艾嫁给小晚，看他们还有什么说的？"小飞蛾一想："这孩子不敢轻看！这么办了，管保以后不生闲气，挨打这件事也就再不用传给艾艾了！"她这么一想，觉着燕燕实在伶俐可爱，就伸手抚摩着燕燕的头发说："好孩子！你还当得了个媒人！"燕燕见她转过弯来，就紧赶着问她："婶婶！你算愿意了吧？"小飞蛾说："好孩子！不要急！还有你叔叔！等他回来跟他商量商量！"

燕燕说服了小飞蛾，就辞别过小飞蛾去给艾艾报喜信，不想一出门，艾艾就站在窗外。艾艾拉住她的手，叫她不要声张。两个人相跟着到了院门外，燕燕说："都听见了吧！"艾艾说："听见了！谢谢你！"燕燕说："且不要谢，还有一头哩！你先到街上看灯去，到合作社门口那个热闹地方等着我，我到小晚家试试看！"说了就走了。

燕燕到了小晚家，也走的是妇女路线，先和小晚他娘接头。这地方的普通习惯，只要女家吐了口，男家的话好说，没有费多大工夫，就说妥了。

她跑到合作社门口，拉上艾艾走到个僻静处，把胜利的结果一报告，并且说："只要你妈今天晚上能跟你爹说通，明天就可以去登记。"艾艾听罢，自然是千恩万谢高高兴兴回去了，剩下她想想人家的事，又想想自己的事，两下一对照，伤心得很，趁着这个僻静地方，悄悄哭了一大阵，直到街上人都散了她才回去，回去躺下之后，一直考虑"明天到区上还是牺牲自己呀，还是得罪妈妈"，一夜也不曾合上眼。

小飞蛾呢？自从燕燕和艾艾走出去，她把小晚这一家子细细研究了好几遍：日子也过得，家里也和气，大人们脾气都很平和，孩子又漂亮又正干，年纪也相当，挑来挑去挑不着毛病。这时候，她完全同意了，暗暗夸奖艾艾说："好孩子！你的眼力不错！说闲话的人真是老脑筋！"想到这里，她又想起头一天晚上那个罗汉钱。她又揭开箱子找出那个钱来，心想还了艾艾，又想不到该怎样还她。她正拿着这个在手里搓来搓去想法子，艾艾一股劲跑回来。艾艾看见她手里有个东西，就问："妈！你拿了个什么的？"小飞蛾用两根指头捏起来向她说："罗汉钱！""哪儿来的？""我拾的！""妈！那是我的！""你哪儿来的？""我，我也是拾的！"艾艾说着就笑了。小飞蛾看了看她的脸说："是你的还给了你！"艾艾接过来还装在她的衣裳口袋里。

一会，张木匠玩罢龙灯回来了，艾艾回房去做她的好梦，张木匠和小飞蛾商量艾艾的婚事。

三、不准登记

当天晚上，艾艾回房以后，明知道她的爹妈要谈自己的婚事，自然睡不着觉，爬在窗上听了一会,因为隔着半个院子两重窗,也听不出道理来,只听见了两句话。听见两句什么话呢?当她爹妈谈了一阵争执起来之后,她妈说:"你说这么办了有什么坏处?"她爹说:"坏处是没有,不过挡不住村里人说闲话!"以后的声音又都低下去,艾艾就听不见了。

这一晚艾艾自然没有睡好,第二天早晨起来,本来想先去找燕燕,可是乡村姑娘们,要是家里没有个嫂嫂的话,扫地、抹灰尘、生火做饭、洗锅碗这几件事就成了自己照例的公事,非办不行。她只担心燕燕往区上走了,好容易等到吃过饭,把碗筷收拾起来泡到锅里,偷偷地用锅盖盖起来就跑到燕燕家里去。

她本来想请燕燕替她问一问她妈和她爹商量的结果如何,可是一到了燕燕家,就碰上了别的情况,这番话就不得不搁一搁。这时候,燕燕在床上躺着,她妈坐在那里央告她起来,五婶站在地上等候着。艾艾问:"燕燕姊怎么样了?"燕燕她妈说:"燕燕只怕怄不死我哩!"燕燕躺着说:"都由了你了,还要说我是跟你怄气!"她妈说:"不是怄气怎么不起来呀?好孩子!不要怄了快起!来让你五奶奶给你说说到区上的规矩!再到村公所要上一封介绍信,快走吧!天不早了!"燕燕说:"我死也不去村公所!我还怕民事主任再要我检讨哩!"她妈说:"小奶奶!你不去村公所我替你去!可是你也得起来叫你五奶奶给你说说规矩呀!"燕燕赌着气坐起来说:"分明是按老封建规矩办事,偏要叫人假眉三道去出洋相!什么好规矩?说吧!"五婶见她的气色不好,就先劝她说:"孩子!再不要别别扭扭的!要喜欢一点!这是恭喜事!"燕燕说:"快说你们那假眉三道的规矩吧!什么恭喜事?你们喜的吧,我也喜的?"五婶说:"算了算了!气话不要说了!到了区上,我把介绍信递给王助理员。王助理员看了信,问你多大了,你就说多大了;问你是'自愿'吗?你就说'自愿'……"燕燕说:"这哪里能算自愿?"五婶说:"傻孩子!你就那么说对了!问过自愿以后,他要不再问什么就算了;他要再问你为什么愿意,你就说'因为他能劳动'。"燕燕说:"屁!我连人家个鬼影儿也没有见过,怎么知道人家劳动不劳动?"他妈说:"我这闺女的主意可真哩!怄不死我总不能算拉倒!"燕燕:"妈!这怎么能算是我怄你?我真正是不知道呀!你也不要生气了!要我说什么我给你说什么好了!反正就是个我来!五奶奶!还有什么鬼路道,一股气说完了算!我都照着你的来!"五婶说:"也再没有什么了!"

这时候,小晚来找艾艾,见燕燕母女俩闹得不开交,也就站住来看结果。结果是燕燕答应到了区上照五婶的话说,她妈跟五婶替她到村公所去要介绍信。

等燕燕她妈跟五婶出去之后,艾艾跟燕燕说:"燕燕姊!你今天不高兴,我也不知道该怎样劝你……"燕燕说:"我这辈子算现成了,还有什么高兴不高兴?我还没有问你,你爹同意不同意?"艾艾说:"我也不好问!你今天遇了事,改日再说吧!"燕燕说:"不!我偏要马上管!要管管到底,不要叫都弄成我这样!能办成一件也叫我妈长长见识!你就在我这里等一等,让我去问一问你妈,要是答应了,咱们相跟到区上去!"

燕燕走了,剩下了小晚和艾艾。艾艾说:"听我爹那口气,好像也不反对,听说你家的大人们也愿意了,现在担心的只是民事主任的介绍信!"小晚说:"我也是这么想:咱庄上凡是他插过腿的事,不依了他就都出不了他的手。别看他口口声声说你声名不好,只要嫁给他的外甥,管保就没事了!"艾艾说:"对!事情是明明白白的!他不给咱们写,咱们该怎么办?"两个人都愣了,谁也想不出办法来。停了一会,燕燕回来了,说是张木匠也愿意了,可以一同到区上去登记。艾艾跟她说到村公所写介绍信不容易,她也觉着是一件难事,后来想了想说:"你们去吧! 趁着他给我写罢了你们就提出,他要是不愿意写的话,你们就问他'别人来了可以替人写,亲自来了为什么不行?'看他说什么!"小晚说:"对! 他要是再不给写,咱俩就不拿介绍信到区上去登记。区上问起介绍信,咱就说民事主任是封建脑筋,别人去了可以替人写,自己去了偏不给写!"艾艾说:"那样你不把燕燕姊的事给说漏了吗?"燕燕说:"说漏了自然更好了! 你们给说漏了,我妈也怨不着我!"小晚说:"人家要问介绍人哩?"燕燕说:"就说是我!"小晚说:"写信时候,介绍人也得去呀!"燕燕想了一想说:"可以! 我跟你们去!"艾艾说:"你不是不愿意到村公所去吗?"燕燕说:"我是不去要我的介绍信,给别人办事还可以。咱们到村公所门口等着,等我妈一出门咱就进去!"艾艾说:"民事主任要说你声名不正不能当介绍人呢?"燕燕说:"这回我可有话说!"三个人商量好了,就往村公所去。他们正走到村公所门口,她妈跟五婶就出来了。五婶说:"不用来了! 信写好了!"燕燕说:"我也得问问是怎么写的,不要叫去了说不对!"她妈听着只当是燕燕真愿意了,就笑着跟她说:"你要早是这样,不省得妈来跑一趟? 快问问回来吃些饭走吧!"说着就分头走开。

他们三个走进村公所,民事主任才写过信,墨盒还没有盖上。民事主任看见他们这几个人在一块就没有好气,撇开艾艾和小晚,专对燕燕说:"回去吧! 信已经交给你妈了!"燕燕说:"我知道! 这回是给他们两个人写!"主任瞟了小晚和艾艾一眼说:"你两个?""我两个!""自己也都不检讨一下!"小晚说:"检讨过了! 我两个都愿意!"主任说:"怕你们不愿意哩?"艾艾说:"你说怕谁不愿意? 我爹我妈也都愿意!"小晚说:"我爹我妈也都愿意!"主任说:"谁的介绍人?"燕燕说:"我!""你怎么能当介绍人?""我怎么不能当介绍人?""趁你的好声名哩?""声名不好为什么还给我写介绍信?"主任答不上来就发了脾气:"去你们的! 都不是正经东西!"艾艾看见仍不行了,就又顶了他一句:"嫁给你的外甥就成了正经东西了。是不是?"

这一下更何得主任出不上气来。主任对艾艾,确实有两种正相反的估价:有一次,他看见艾艾跟小晚拉手,他自言自语说:"坏透了! 跟年轻时候的小飞蛾一个样!"又一次,他在他姊姊家里给他的外甥提亲提到了艾艾名下,他姊姊说:"不知道闺女怎么样?"他说:"好闺女! 跟年轻时候的小飞蛾一个样!"这两种评价,在他自己看起来并不矛盾:说"好"是指她长得好,说"坏"是指她的行为坏——他以为世界上的男人接近女人就是坏透了的行为。不过主任对于"身材"和"行为"还不是平均主义看法:他以为"身材"是天生的,是什么就是什么;行为是可以随着丈夫的意思改变的,只要痛痛打一顿,说叫她变个什么样就能变成个什么样。在这一点上,他和东院五婶的意见根本相同。可是这道理他向艾艾说不得,要是说出来,艾艾准会对他说:"这个民事主任用不着你来当,最好是让东院五奶奶当吧!"

闲话少说,还是接着说吧:当艾艾问嫁给他的外甥算不算正经的时候,他半天接不上气来,就很蛮地把墨盒盖子一盖说:"任你们有天大的本事,这个介绍信我不写!"艾艾说:"不写我们也要去登记! 区上问起来我就请他们给评一评这个理!"主任说:"不服劲你就去试试! 区上又不是不知道你们的好声名!"吵了半天,还是不给写,他们只得走出来。

燕燕回家去吃过饭,艾艾回家去洗过锅碗,五婶、燕燕、小晚和艾艾,四个人都往区上去。

三个青年人都觉着五婶讨厌,故意跑在前边不让五婶追上,累得五婶直喘气。走到区公所门口,门口站着五六个人,男女老少都有,只是一个也认不得。原来五婶约着人家西王庄那个孩子在区公所门口等,现在这五六个人,好像也都是等人,有两个大人似乎也是当介绍人的,其中有两个青年男子,一个有二十多岁,一个有十五六岁。燕燕他们三个人,都估量着那个十五六岁的就是给燕燕说的那一个,因为五婶说过"实岁数是十五",可是谁也认不得,不愿意随便打招呼。停了一会,五婶赶到了。五婶在区门边一看说:"怎么西王庄那个孩子还没有来?"她这么一说,他们三个才知道是估量错了,原来那一个也不是。就在这时候,收发室里跑出一个小孩子来向五婶嚷着说:"老大娘!我早就来了!"嗓子比燕燕的嗓子还尖。燕燕一看,比自己低一头,黑光光的小头发,红红的小脸蛋,两只小眼睛睁得像小猫,伸直了他的小胖手,手背上还有五个小涡涡。燕燕想:"这孩子倒也很俏皮,不过我看他还该吃奶,为什么他就要结婚?"五婶说:"咱们进去吧!"他们先到收发处挂了号,四个人相跟着进去了。

正月天,亲戚们彼此来往得多,说成了的亲事也特别多,王助理员的办公室挤满了领结婚证的人,累得王助理员满头汗。屋子小,他们进去站在门边,只能挨着次序往桌边挤。看见别人办的手续,跟五婶说的一样,很简单:助理员看了介绍信,"你叫什么名?"叫什么。"多大了?"多大了。"自愿吗?""自愿!""为什么愿嫁他?"或者"为什么愿娶她?""因为他能劳动!"这一套,听起来好像背书,可是谁也只好那么背着,背了就发给一张红纸片叫男女双方和介绍人都盖指印。也有两件不准的,那就是有破绽:一件是假岁数报得太不相称,一件是从前有过纠纷。

快轮到他们了,燕燕把艾艾推到前边说:"先办你的!"艾艾便挤到桌边。这时候弄出个笑话来:助理员伸着手要介绍信,西王庄那个孩子也已经挤到桌边,信就在手里预备着,一下子就递上去!五婶看见着了急,拉了他一把说:"错了错了!"那孩子说:"不错,人家都是一人一封!"原来五婶在区门口没有把艾艾和燕燕向那孩子交代清楚,那孩子见艾艾比燕燕小一点,以为一定是这个小的。王助理员接住他的信还没有赶上拆开,小晚就挤过去跟他说:"说你错了你还不服哩!"回头指了指燕燕又向他说:"你是跟那一个!"经他一说破,满屋子弄了个哄堂大笑。王助理员又把信递给那个孩子说:"你怎么连你的对象也认不得?"小晚说:"我两个没有介绍信,能不能登记?"王助理员说:"为什么没有介绍信?"艾艾说:"民事主任不给写!燕燕她妈替她去还给写,我们亲自去了不给写!他要叫我嫁给他的外甥!""你们是哪个村?""张家庄!"问艾艾:"你叫什么?""张艾艾!"王助理员注意了她一下说:"你就是张艾艾呀?""是!"王助理员又看着小晚说:"那末你一定就是李小晚了?"小晚说:"是!"王助理员说:"谁的介绍人呢?"燕燕说:"我!""你叫什么?""马燕燕!"王助理员说:"你两个都来了?你怎么能当介绍人?""我怎么不能当介绍人?""村里有报告,说你的声名不正!"三个人同问:"有什么证据?"王助理员说:"说你们早就有来往!"小晚说:"早有个来往有什么不好?没来往不是会把对象认错了吗?"这句话又说得大家笑起来。王助理员说:"村里既然有报告,等调查调查再说吧!"燕燕说:"助理员!你说叫他们两人结了婚有什么不好?为什么还要调查?他们两个人都没有结过婚,和谁也没有麻烦!两个人又是真正自愿,还要调查什么呢?"助理员说:"反正还得调查调查!这件事就这样了。"又指着西王庄那个孩子说:"拿你的信来吧!"小孩子递上了信,五婶一边把村公所给燕燕的介绍信也递上去。

王助理员问西王庄那个孩子:"你叫什么?""王旦!""十几了?""十……二十了!"

小王旦说了个"十"就觉着五婶教他的话不一样,赶快改了口。王助理员说:"怎么叫个'十二十'呢?"小王旦没话说,王助理员又问:"你们是自愿吗?""自愿。""为什么愿意跟她结婚?""因为她能劳动!"王助理员又看了看燕燕的介绍信说:"马燕燕!你说他究竟多大了?"燕燕说:"我不知道!"五婶急得向燕燕说:"你怎么说不知道?"燕燕回答说:"五奶奶!我真正不知道!你哪里跟我说过这个?"五婶不知道燕燕是有意叫弄不成事,还暗暗地埋怨燕燕说:"这闺女心眼儿为什么这么死? 就算我没有跟你说过,可是人家说二十,你就不会跟着说二十吗?"在这时候,小王旦偏要卖弄他的聪明。他说:"人家是真正不知道!我住在西王庄,人家住在张家庄,我两个谁也没有见过谁,人家怎么知道我多大了呢?"王助理员说:"我早就知道你没有见过她!要是见过,怎么还能认错了呢? 你没有见过人家,怎么知道人家能劳动? 小孩子家尽说瞎话!不准你们两个登记!一来男方的岁数不实在,说不上什么自愿不自愿;二来见了面连认也不认得,根本不能算自由婚姻!都回去吧!"

五个人都出了区公所,小王旦回西王庄去了,五婶和他们三个年轻人仍回张家庄去。在路上,五婶怪燕燕说错了话,燕燕故意怪五婶教她说话的时候没有教全。艾艾跟小晚说王助理员的脑筋不清楚,燕燕说王助理员的脑筋还不错。

他们四个人相跟了一段,还跟来的时候一样,三个青年走在前边商量自己的事,五婶在后边赶也赶不上。他们谈到以后该怎么样办,燕燕仍然帮着艾艾和小晚想办法,他们两个也愿意帮着燕燕,叫她重跟小进好起来。用外交上的字眼说,也可以叫做"订下了互助条约"。

四、谁该检讨

前边说过:张家庄的民事主任对妇女的看法是"身材第一,行为第二,行为是可以随着丈夫的意思改变的"。其实这种看法在张家庄是很普遍的一种看法,不只是民事主任一个人如此——要是他一个人,也不会给这两个大闺女造成坏的"声名"。张家庄只剩这么两个大闺女,这两个人又都各自结交了个男人。谁也说她们"坏透了",可是谁也只想给自己人介绍,介绍不成功就越说她们"坏",因此她们两个的声名就"越来越坏"。

自从她们到区上走了一趟,事情公开了,老年人都认为"更坏得不能提了",也就不提了;打算给自己人介绍的看见没有希望了,也就提得少了;青年人大部分从前只跟着大人瞎吵吵,心里边其实早就赞成,见大人不多提了也就不吵吵了;另有几个原来想和小晚竞争一下,后来见艾艾的心已经落到小晚身上,他们也就没劲了;再加上公开了之后,谁要当面说闲话,她们就要当面质问:"我们结了婚有什么坏处?"这句话的力量很大,谁也回答不出道理来。有这么好多原因,说闲话的人一天比一天少起来。她两个的声名也一天比一天好起来。

在这两对婚姻问题上,成问题的只有三个人:一个是燕燕她妈,说死说活嫌败兴,死不赞成;一个是民事主任,死不给写介绍信;再一个就是区上的王助理员,光说空话不办事,艾艾跟小晚去问过几次,仍是那一句话:"以后调查调查再说。"因为有这么三个人,就把四个人的事情给拖延下来。

他们四个都是不当家的孩子,家里的大人,燕燕她妈还反对,其余的纵不反对也不给他们撑腰,有心到县里去告状去,在家里先请不准假。在这个情况下面,气得他们每天骂民事主任,骂王助理员。

一直骂了两个月,还是不长不短,仍然没有结果。种谷的时候,有一天晚上,小晚到合作社去,合作社掌柜笑着跟他说:"小晚!你们结婚的事情怎么样了?"小晚说:"人家区上还没有调查好哩!"掌柜说:"几时就调查好了?"小晚说:"还不得个十年二十年?"掌柜说:"你真会长期打算!现在不用等那么长时候了!婚姻法公布出来了!看了那上边的规定,你们两个完全合法!"小晚只当他是开玩笑,就说:"看你这个掌柜多么不老实!"掌柜正经跟他说:"真的!给你看看报!"说着递给他一张报。小晚先看见报上的大字觉着真有这回事,就拿到灯下各里各节往下念。掌柜说:"让我念给你听!"说着接过来一口气念下去。等掌柜念完,大家都说:"小晚这一下撞对了!明天再去登记去吧!完全合法!"

小晚有了这个底,从合作社出来就去找艾艾;因为他们和燕燕小进有互助条约,艾艾又去找燕燕,小晚又去找小进。不大一会,四个人到了艾艾家开了个会,因为燕燕不愿意马上得罪她妈,决定第二天先让艾艾和小晚去登记。燕燕说:"只要你们能领回结婚证来,我妈那里的话就好说一点。虽然你们说我妈不同意也可以,依我看能说通还是说通了好!"大家也就同意了她的话。

这天晚上散会之后,小晚和艾艾各自准备了半夜,计划着第二天到区上,王助理员要仍然不准,他们用什么话跟他说。不料第二天到了区上,王助理员什么也没有再问就给填上了结婚证。

隔了一天,区公所通知村公所,说小晚和艾艾的婚姻是模范婚姻,要村里把结婚的日期报一下,到那时候区里的干部还要来参加他们的结婚典礼。

因为区里说是模范婚姻,村里人除了太顽固的,差不多也都另换了一种看法;青年人们本来就赞成,有好多自动来给他们帮忙筹备,不几天就准备停当了。

结婚这一天,区上来了两个干部——一个区分委书记,一个王助理员。村上的干部差不多全体参加了——民事主任本来不想到场,区上说别的干部可以不参加,他非参加不可,他没法,也只得来。

因为区上说是模范婚姻,村上的群众自然也来得特别多,把小晚家一个院子全都挤满。

会开了,新人就了位,不知道哪个孩子从外边学来的新调皮,要新媳妇报告恋爱经过,还要叫从罗汉钱说起。艾艾说:"那算什么稀奇?我送了他个戒指,他送了我个罗汉钱。一句话不就说完了吗?"

有个青年小伙子说:"她这么说行不行?"大家说:"不行!""不行怎么办?""叫她再说!"艾艾说:"你们这么说我可不赞成!这又不是斗争会!"有的说:"我们好意来给你帮个忙,凑个热闹,你怎么撑起我们来了?"艾艾说:"大家帮我的忙我很欢迎,不过可不愿意挨斗争!罗汉钱的事实在没有多少话说的,大家要我说,我可以说一些别的事!"大家说:"可以!""说什么都好!"艾艾说:"大家不是都知道我的声名不正吗?你们知道这怨谁?"有的说:"你说怨谁?"艾艾说:"怨谁?谁不叫我们两个人结婚就怨谁!你们大家想想:要是早一年结了婚,不是早就正了吗?大家讲起官话来,都会说'男女婚姻要自主',你们说,咱们村里谁自主过?说老实话,有没有一个不是父母主婚?"大家心里都觉着对,只是对着区干部不好意思那么说。艾艾又接着说:"要说有的话,女的就只有我和燕燕两个,可是民事主任常常要叫我们检讨!我们检讨过了,要说有错的话,就是说我们不该自主!说到这里我也坦白坦白:为了这事,我整整骂了民事主任两个月了,现在让我来赔个情!"大家问:"都骂了些什么话?"艾艾说:"现在我们俩人的事情已经成功了,前边的事就都不提它了……"大家一定要艾艾说,艾艾总不肯说,小晚站起来笑着说:"我说了吧!我也骂过!主任可不要恼,我不过是当成故事来说的。我说:……我也愿意,她也愿意,就是你这个当主任的不愿意!我两个结了婚,能把你的什么事坏了?老顽固!死脑筋!外甥路线!嫁给你的外甥,管保就不用检讨了!"大家都看着民事主任笑,民事主任没有说话。区分委书记说:"你也给王助理员提点意见!"小晚说:"王助理员倒是个好人,可惜认不得真假!光听人家说个'自愿',也不看说得有劲没劲,连我都能看出是假的来,他都给人家发了结婚证!问人家自愿的理由,更问得没道理:只要人家真是自愿,那管着人家什么理由?他既然要这样问,人家就跟背书一样给他背一句'因为他能劳动'。哪个庄稼人不能劳动?这也算个理由吗?轮上我们这真正自愿的了,他说村里有报告,说我们两个人早就有来往,还得调查调查。村里报告我们早就有来往,还不能证明我们是自愿吗?那还要调查什么?难道过去连一点来往也没有才叫自愿吗?"小晚说到这里,又吃吃吃笑着说:"我再说句老实话,我们也骂过王助理员。我们说:'助理员,傻不傻?不要真,光要假!多少假的都准了,一对真的要调查!'王助理员你可不要恼我们!从你给我们发了结婚证那一天,我们就再也没有骂过你一句!"

区分委书记说:"你骂得对!我保证谁也不恼你们!群众说你们声名不正,那是他们头脑里还有些封建思想,以后要大家慢慢去掉。村民事主任因为想给他外甥介绍,就不给你们写介绍信,那是他干涉婚姻。中央人民政府公布了婚姻法以后,谁再有这种行为,是要送到法院判罪的。王助理员迟迟不发结婚证,那叫官僚主义不肯用脑子!他自己这几天正在区上检讨。中央人民政府的婚姻法公布以后,我们共产党全党保证执行,我们区分委会也正在讨论这事,今天就是为了搜集你们的意见来的!"区分委书记说着向全场看了一看说:"党员同志们,你们说说人家骂得对不对呀?检查一下咱们区上村上这几年处理错了多少婚姻问题?想想有多少人天天骂咱们?再要不纠正,受了党内处分不算,群众也要把咱们骂死了!"

散会以后,大家都说这种婚姻结得很好,都说:"两个人以后一定很和气,总不会像小飞蛾那时候叫张木匠打得个半死!"连一向说人家声名不正的老头子老太太,也有说好的了。

这天晚上,燕燕她妈的思想就打通了,亲自跟燕燕说叫她第二天跟小进到区上去登记。

1950年6月5日

(原载《下乡集》,作家出版社1963年版)

"锻炼锻炼"

赵树理

"争先"农业社,地多劳力少,
动员女劳力,作得不够好;
有些妇女们,光想讨点巧,
只要没便宜,请也请不到——
有说小腿疼,床也下不了,
要留儿媳妇,给她送屎尿;
有说四百二,她还吃不饱,
男人上了地,她却吃面条。
她们一上地,定是工分巧,
做完便宜活,老病就犯了;
割麦请不动,拾麦起得早,
敢偷又敢抢,纪律全不要;
开会常不到,也不上民校,
提起正经事,啥也不知道;
谁给提意见,马上跟谁闹,
没理占三分,吵得天塌了。
这些老毛病,赶紧得改造,
快请识字人,念念大字报!
——杨小四写

这是一九五七年秋末"争先农业社"整风时候出的一张大字报。在一个吃午饭的时间,大家正端着碗到社办公室门外的墙上看大字报,杨小四就趁这个热闹时候把自己写的这张快板大字报贴出来,引得大家丢下别的不看,先抢着来看他这一张,看着看着就轰隆轰隆笑起来。倒不因为杨小四是副主任,也不是因为他编得顺溜写得整齐才引得大家这样注意,最引人注意的是他批评的两个主要对象是"争先社"的两个有名人物——一个外号叫"小腿疼",那一个外号叫"吃不饱"。

小腿疼是五十来岁一个老太婆,家里有一个儿子一个儿媳,还有个小孙孙。本来她瞧着孙孙做做饭媳妇是可以上地的,可是她不,她一定要让媳妇照着她当日伺候婆婆那个样子伺候她——给她打洗脸水、送尿盆、扫地、抹灰尘、做饭、端饭……不过要是地里有点便宜活的话也不放过机会。例如夏天拾麦子,在麦子没有割完的时候她可去,一到割完了她就不去了。按她的说法是:"拾东西全凭偷,光凭拾能有多大出息"。后来社里发现了这个秘密,又规定拾的麦子归社,按斤给她记工,她就不干了。又如摘棉花,在棉桃盛开每天摘的能超过定额一倍的时候,她也能出动好几天,不用说刚能做到定额她不去，就是只超过定额三分她也不去。她的小腿上，在年轻时候生过连疮，不过早在二十多年前就治好了。在生疮的时候，她的丈夫伺候她；在治好之后，为了容易使唤丈夫，她说她留下了个腿疼根。"疼"是只有自己才能感觉到的。她说"疼"，别人也无法证明真假，不过她这"疼"，疼得有点特别：高兴时候不疼，不高兴了就疼；逛会、看戏、游门、串户时候不疼，一做活就疼；她的丈夫死后儿子还小的时候有好几年没有疼，一给孩子娶过媳妇就又疼起来；入社以后是活儿能大量超过定额时候不疼，超不过定额或者超过的少了就又要疼。乡里的医务站办得虽说还不错，可是对这种腿疼还是没有办法的。

"吃不饱"原名叫"李宝珠"，比"小腿疼"年轻得多——才三十来岁，论人材在"争先社"是数一数二的，可惜她这个优越条件，变成了她自己一个很大的包袱。她的丈夫叫张信，和她也算是自由结婚。张信这个人，生得也聪明伶俐，只是没有志气，在恋爱期间李宝珠跟他提出的条件，明明白白就说是结婚以后上不地劳动，这条件在解放后的农村是没有人能答应的，可是他答应了。在李宝珠看来，她这位丈夫也不能算最满意的人，只能说是"比上不足比下有余"——因为不是个干部——所以只把他作为个"过渡时期"的丈夫，等什么时候找下了最理想的人再和他离婚。在结婚以后，李宝珠有一个时期还在给她写大字报这位副主任杨小四身上打过主意，后来打听着她自己那个"吃不饱"的外号原来就是杨小四给她起的，这才打消了这个念头。她既然只把张信当成她"过渡时期"的丈夫，自然就不能完全按"自己人"来对待他，因此她安排了一套对待张信的"政策"。她这套政策：第一是要掌握经济全权，在社里张信名下的账要朝她算，家里一切开支要由她安排，张信有什么额外收入全部缴她，到花钱时候再由她批准、支付。第二是除做饭和针线活以外的一切劳动——包括担水、和煤、上碾、上磨、扫地、送灰渣一切杂事在内——都要由张信负担。第三是吃饭穿衣的标准要由她规定——在吃饭方面她自己是想吃什么就做什么，对张信是她做什么张信吃什么；同样，在穿衣方面，她自己是想穿什么买什么，对张信自然又是她买什么张信穿什么。她这一套政策是她暗自规定暗自执行的，全面执行之后，张信完全变成了她的长工。自从实行粮食统购以来，她是时常喊叫吃不饱的。她的吃法是张信上了地她先把面条煮得吃了，再把汤里下几颗米熬两碗糊糊粥让张信回来吃，另外还做些火烧干饼锁在箱里，张信不在的时候几时想吃几时吃。队里动员她参加劳动的时候，她却说"粮食不够吃，每顿只能等张信吃完了刮个空锅，实在劳动不了"。时常做假的人，没有不露马脚的。张信常发现床铺上有干饼星星（碎屑），也不断见着糊糊粥里有一两根没有捞尽的面条，只是因为一提就得生气，一生气她就先提"离婚"，所以不敢提，就那样睁只眼闭只眼吃点亏忍忍饥算了。有一次张信端着碗在门外和大家一齐吃饭，第三队（他所属的队）的队长张太和发现他碗里有一根面条。这位队长是个比较爱说俏皮话的青年。他问张信说："吃不饱大嫂在哪里学会这单做一根面条的本事哩？"从这以后，每逢张信端着糊糊粥到门外来吃的时候，爱和他开玩笑的人常好夺过他的筷子来在他碗里找面条，碰巧的是时常不落空，总能找到那么一星半点。张太和有一次跟他说："我看'吃不饱'这个外号给你加上还比较正确，因为你只能吃一根面条。"在参加生产方面，"吃不饱"和"小腿疼"的态度完全一样。她既掌握经济全权，就想利用这种时机为她的"过渡"以后多弄一点积蓄，因此在生产上一有了取巧的机会她就参加，绝不受她自己所定的政策第二条的约束；当便宜活做完了她就仍然喊她的"吃不饱不能参加劳动"。

杨小四的快板大字报贴出来一小会，吃不饱听见社房门口起了哄，就跑出来打听——她这几天心里一直跳,生怕有人给她贴大字报。张太和见她来了,就想给她当个义务读报员。张太和说:"大家不要起哄,我来给大家从头念一遍!"大家看见吃不饱走过来,已经猜着了张太和的意思,就都静下来听张太和的。张太和说快板是很有工夫的。他用手打起拍子,有时候还带着表演,跟流水一样马上把这段快板说了一遍,只说得人人鼓掌、个个叫好。吃不饱就在大家鼓掌鼓得起劲的时候,悄悄溜走了。

不过吃不饱可没有回了家,她马上到小腿疼家里去了。她和小腿疼也不算太相好,只是有时候想借重一下小腿疼的硬牌子。小腿疼比她年纪大,闯荡得早,又是正主任王聚海、支书王镇海、第一队队长王盈海的本家嫂子,有理没理常常敢到社房去闹,所以比吃不饱的牌子硬。吃不饱听张太和念过大字报,气得直哆嗦,本想马上在当场骂起来,可是看见人那么多,又没有一个是会给自己说话的,所以没有敢张口就悄悄溜到小腿疼家里。她一进门就说:"大婶呀!有人贴着黑帖子骂咱们哩!"小腿疼听说有人敢骂她好像还是第一次。她好像不相信地问:"你听谁说的?""谁说的?多少人都在社房门口吵了半天了,还用听谁说?""谁写的?""杨小四那个小死材!""他这小死材都写了些什么?""写的多着哩,说你装腿疼,留下儿媳妇给你送屎尿;说你偷麦子;说你没理占三分,光跟人吵架……"她又加油加醋添了些大字报上没有写上去的话,一顿把个小腿疼说得腿也不疼了,挺挺挺挺就跑到社房里去找杨小四。

这时候,主任王聚海、副主任杨小四、支书王镇海三个人都正端着碗开碰头会,研究整风与当前生产怎样配合的问题,小腿疼一跑进去就把个小会给他们搅乱了。在门外看大字报的人们,见小腿疼的来头有点不平常,也有些人跟进去看。小腿疼一进门一句话也没有说,就伸开两条胳膊去扑杨小四,杨小四从座上跳起来闪过一边,主任王聚海趁势把小腿疼拦住。杨小四料定是大字报引起来的事,就向小腿疼说:"你是不是想打架?政府有规定,不准打架。打架是犯法的。不怕罚款、不怕坐牢你就打吧!只要你敢打一下,我就把你请得到法院!"又向王聚海说:"不要拦她!放开叫她打吧!"小腿疼一听说要出罚款要坐牢,手就软下来,不过嘴还不软。她说:"我不是要打你!我是要问问你政府规定过叫你骂人没有?""我什么时候骂过你?""白纸黑字贴在墙上你还昧得了?"王聚海说:"这老嫂!人家提你的名来没有?"小腿疼马上顶回来说:"只要不提名就该骂是不是?要可以骂我可就天天骂哩!"杨小四说:"问题不在提名不提名,要说清楚的是骂你来没有!我写的有哪一句不实,就算我是骂你!你举出来!我写的是有个缺点,那就是不该没有提你们的名字。我本来提着的,主任建议叫我去了。你要嫌我写得不全,我给你把名字加上好了!""你还嫌骂得不痛快呀?加吧!你又是副主任,你又会写,还有我这不识字的老百姓活的哩?"支书王镇海站起来说:"老嫂你是说理不说理?要说理,等到辩论会上找个人把大字报一句一句念给你听,你认为哪里写得不对许你驳他!不能这样满脑一把抓来派人家的不是!谁不叫你活了?""你们都是官官相卫,我跟你们说什么理?我要骂!谁给我出大字报叫他死绝了根!叫狼吃得他不剩个血盘儿,叫……"支书认真地说:"大字报是毛主席叫贴的!你实在要不说理要这样发疯,这么大个社也不是没有办法治你!"回头向大家说:"来两个人把她送乡政府!"看的人们早有几个人忍不住了,听支书一说,马上跳出五六个人来把她围上,其中有两个人拉住她两条胳膊就要走。这时候,主任王聚海却拦住说:"等一等!这么一点事哪里值得去麻烦乡政府一趟?"大家早就想让小腿疼去受点教训,见王聚海一拦,都觉得泄气,不过他是主任,也只好听他的。小腿疼见真要送她走,已经有点胆怯,后来经主任这么一拦就放了心。她定了定神,看到局势稳定了,就强鼓着气说了几句似乎是光荣退兵的话:"不要拦他们!让他们送吧!看乡政府能不能拔了我的舌头!"王聚海认为已经到了收场的时候,就拉长了调子向小腿疼说:"老嫂!你且回去吧!没有到不了底的事!我们现在要布置明天的生产工作,等过两天再给你们解释解释!""什么解释解释?一定得说个过来过去!""好好好!就说个过来过去!"杨小四说:"主任你的话是怎么说着的?人家闹到咱的会场来了,还要给人家陪情是不是?"小腿疼怕杨小四和支书王镇海再把王聚海说倒了弄得自己不得退场,就赶紧抢了个空子和王聚海说:"我可走了!事情是你承担着的!可不许平白白地拉倒啊!"说完了抽身就走,跑出门去才想起来没有装腿疼。

主任王聚海是个老中农出身,早在抗日战争以前就好给人和解个争端,人们常说他是个会和稀泥的人;在抗日战争中八路军来了以后他当过村长,作各种动员工作都还有点办法;在土改时候,地主几次要收买他,都被他拒绝了,村支部见他对斗争地主还坚决,就吸收他入了党;"争先农业社"成立时候,又把他选为社主任,好几年来,因为照顾他这老资格,一直连选连任。他好研究每个人的"性格",主张按性格用人,可惜不懂得有些坏性格一定得改造过来。他给人们平息争端,主张"和事不表理",只求得"了事"就算。他以为凡是懂得他这一套的人就当得了干部,不能照他这一套来办事的人就都还得"锻炼锻炼"。例如在一九五五年党内外都有人提出可以把杨小四选成副主任,他却说"不行不行,还得好好锻炼几年",直到本年(一九五七年)改选时候他还坚持他的意见,可是大多数人都说杨小四要比他还强,结果选举的票数和他得了个平。小四当了副主任之后,他可是什么事也不靠小四做,并且常说:"年轻人,随在管委会里'锻炼锻炼'再说吧!"又如社章上规定要有个妇女副主任,在他看来那也是多余的。他说:"叫妇女们闹事可以,想叫她们办事呀,连门都找不着!"因为人家别的社里每社都有那么一个人,他也没法坚持他的主张,结果在选举时候还是选了第三队里的高秀兰来当女副主任。他对高秀兰和对杨小四还有区别,以为小四还可以"锻炼锻炼",秀兰连"锻炼"也没法"锻炼",因此除了在全体管委会议的时候按名单通知秀兰来参加以外,在其他主干碰头的会上就根本想不起来还有秀兰那么个人。不过高秀兰可没有忘了他。就在这次整风开始,高秀兰给他贴过这样一张大字报:

"争先"社,难争先,因为主任太主观;
只信自己有本事,常说别人欠锻炼;
大小事情都包揽,不肯交给别人干,
一天起来忙到晚,办的事情很有限。
遇上社员有争端,他在中间赔笑脸,
只求说个八面圆,谁是谁非不评断,
有的没理沾了光,感谢主任多照看,
有的有理受了屈,只把苦水往下咽。
正气碰了墙,邪气遮了天,
有力没处使,谁还肯争先?
希望王主任,来个大转变;
办事靠集体,说理分长短,
多听群众话,免得耍光杆!

——高秀兰写

他看了这张大字报,冷不防也吃了一惊,不过他的气派大,不像小腿疼那样马上唧唧喳喳乱吵,只是定了定神仍然摆出长辈的口气来说:"没想到秀兰这孩子还是个有出息的,以后好好'锻炼锻炼'也许给社里办点事。"王聚海就是这样一个人。

　　杨小四给小腿疼和吃不饱出的那张大字报,在才写成稿子没有誊清以前,征求过王聚海的意见。王聚海坚决主张不要出。他说:"什么病要吃什么药,这两个人吃软不吃硬。你要给她们出上这么一张大字报,保证她们要跟你闹麻烦;实在想出的话,也应该把她们的名字去了。"杨小四又征求支书王镇海的意见,并且把主任的话告诉了支书,支书说:"怕麻烦就不要整风!至于名字写不写都行,一贴出去谁也知道指的是谁!"杨小四为了照顾王聚海的老面子,又改了两句,只把那两个人的名字去了,内容一点也没有变,就贴出去了。

　　当小腿疼一进社房来扑杨小四,王聚海一边拦着她,一边暗自埋怨杨小四:"看你惹下麻烦了没有?都只怨不听我的话!"等到大家要往乡政府送小腿疼,被他拦住用好话把小腿疼劝回去之后,他又暗自夸奖他自己的本领:"试试谁会办事?要不是我在,事情准闹大了!"可是他没有想到当小腿疼走出去、看热闹的也散了之后,支书批评他说:"聚海哥!人家给你提过那么多意见,你怎么还是这样无原则?要不把这样无法无天的人的气焰打下去,这整风工作还怎么往下做呀?"他听了这几句批评觉得很伤心。他想:"你们闯下了事自己没法了局,我给你们做了开解,倒反落下不是了?"不过他摸得着支书的"性格"是"认理不认人、不怕不了事"的,所以他没有把真心话说出来,只勉强承认说:"算了算了!都算我的错!咱们还是快点布置一下明后天的生产工作吧!"

　　一谈起布置生产来,支书又说:"生产和整风是分不开的。现在快上冻了,妇女大半不上地,棉花摘不下来,花秆拔不了,牲口闲站着,地不能犁,要不整风,怎么能把这种情况变过来呢?"主任王聚海说:"整风是个慢工夫,一两天也不能转变个什么样子;最救急的办法,还是根据去年的经验,把定额减一减——把摘八斤籽棉顶一个工,改成六斤一个工,明天马上就能把大部分人动员起来!"支书说:"事情就坏到去年那个经验上!现在一天摘十斤也摘得够,可是你去年改过那么一下,把那些自私自利的人改得心高了,老在家里等那个便宜。这种落后思想照顾不得!去年改成六斤,今年她们会要求改成五斤,明年会要求改成四斤!"杨小四说:"那样也就对不住人家进步的妇女!明天要减了定额,这几天的工分你怎么给人家算?一个多月以前定额是二十斤,实际能摘到四十斤,落后的抢着摘棉花,叫人家进步的去割谷,就已经亏了人家;如今摘三遍棉花,人家又按八斤定额摘了十来天了,你再把定额改小了让落后的来抢,那像话吗?"王聚海说:"不改定额也行,那就得个别动员。会动员的话,不论一个都能动员出来,可惜大家在作动员工作方面都没有'锻炼',我一个人又只有一张嘴,所以工作不好作……"接着他就举出好多例子,说哪个媳妇爱听人夸她的手快,哪个老婆爱听人说她干净……只要摸得着人的"性格",几句话就能说得她愿意听你的话。他正唠唠叨叨举着例子,支书打断他的话说:"够了够了!只要克服了资本主义思想,什么'性格'的人都能动员出来!"

　　话才说到这里,乡政府来送通知,要主任和支书带两天给养马上到乡政府集合,然后到城关一个社里参观整风大辩论。两个人看了通知,主任说:"怎么办?"支书说:"去!""生产?""交给副主任!"主任看了看杨小四,带着讽刺的口气说:"小四!生产交给你!支书说过,'生产和整风分不开',怎样布置都由你!""还有人家高秀兰哩!""你和她商量去吧!"

主任和支书走后,杨小四去找高秀兰和副支书,三个人商量了一下,晚上召开了个社员大会。

人们快要集合齐了的时候,向来不参加会的小腿疼和吃不饱也来了。当她们走近人群的时候,吃不饱推着小腿疼的脊背说:"快去快去!凑他们都还没有开口!"她把小腿疼推进了场,她自己却只坐在圈外。一队的队长王盈海看见她们两个来得不大正派,又见小腿疼被推进场去以后要直奔主席台,就赶了两步过来拦住她说:"你又要干什么?""干什么?今天晌午的事你又不是不知道!先得把小四骂我的事说清楚,要不今天晚上的会开不好!"前边提过,王盈海也是小腿疼的一个本家小叔子,说话要比王聚海、王镇海都尖刻。王盈海当了队长,小腿疼虽然能借着个叔嫂关系跟他耍无赖,不过有时候还怕他三分。王盈海见小腿疼的话头来得十分无理,怕她再把个会场搅乱了,就用话顶住她说:"你的兴就还没有败透?人家什么地方屈说了你?你的腿到底疼不疼?""疼不疼你管不着!""编在我队里我就要管!说你腿疼哩,闹起事来你比谁跑得也快;说你不疼哩,你却连饭也不能做,把个媳妇拖得上不了地!人家给你写了张大字报,你就跟被蝎子蜇了一样,唧唧喳喳乱叫喊!叫吧!越叫越多!再要不改造,大字报会把你的大门上也贴满了!"这样一顶,果然有效,把个小腿疼顶得关上嗓门慢慢退出场外和吃不饱坐到一起去。杨小四看见小腿疼息了虎威,悄悄和高秀兰说:"咱们主任对小腿疼的'性格'摸得还是不太透。他说小腿疼是'吃软不吃硬',我看一队长这'硬'的比他那'软'的更有效些。"

宣布开会了,副支书先讲了几句话说:"支书和主任今天走得很急促,没有顾上详细安排整风工作怎样继续进行。今天下午我和两位副主任商议了一下,决定今天晚上暂且不开整风会,先来布置明天的生产。明天晚上继续整风,开分组检讨会,谁来检讨、检讨什么,得等到明天另外决定。我不说什么了,请副主任谈生产吧!"副支书说了这么几句简单的话就坐下了。有个人提议说:"最好是先把检讨人和检讨什么宣布一下,好让大家准备准备!"副支书又站起来说:"我们还没有商量好,还是等明天再说吧!"

接着就是杨小四讲话。他说:"咱们现在的生产问题,大家都看得很清楚:棉花摘不下来,花秆拔不了,牲口闲站着,地不能犁,再过几天地一冻,秋杀地就算误了。摘完了的棉花秆,断不了还要丢下一星半点,拔花秆上熏了肥料,觉着很可惜;要让大家自由拾一拾吧,还有好多三遍花没有摘,说不定有些手不干净的人要偷偷摸摸的。我们下午商量了一下,决定明后两天,由各队妇女副队长带领各队妇女,有组织地自由拾花;各队队长带领男劳力,在拾过自由花的地里拔花秆,把这一部分地腾清以后,先让牲口犁着,然后再摘那没有摘过三遍的花。为了防止偷花的毛病,现在要宣布几条纪律:第一,明天早晨各队正副队长带领全队队员到村外南池边犁过的那块地里集合,听候分配地点。第二,各队妇女只准到指定地点拾花,不许乱跑。第三,谁要不到南池边集合,或者不往指定地点,拾的花就算偷的,还按社里原来的规定,见一斤扣除五个劳动日的工分,不愿叫扣除的送到法院去改造。完了!散会!"

大会没有开够十分钟就散了,会后大家纷纷议论:有的说:"青年人究竟没有经验!就定一百条纪律,该偷的还是要偷!"有的说:"队长有什么用?去年拾自由花,有些妇女队长也偷过!"有的说:"年轻人可有点火气,真要处罚几个人,也就没人敢偷了!"有的说:"他们不过替人家当两天家,不论说得多么认真,王聚海回来还不是平塌塌地又放下了?"准备偷花的妇女们,也互相交换着意见:"他想的倒周全,一分开队咱们就散开,看谁还管得住谁?""分给咱们个好地方咱们就去,要分到没出息的地方,干脆都不要跟上队长走!""他一只手拖一个,两只手拖两个,还能把咱们都拖住?""我们的队长也不那么老实!"……

"新官上任,不摸秉性",议论尽管议论,第二天早晨都还得到村外南池边那块犁过的地里集合。

要来的人都来到犁耙得很平整的这块地里来坐下,村里再没有往这里走的人了,小四、秀兰和副支书一看,平常装病、装忙、装饿的那些妇女这时候差不多也都到齐,可是小腿疼和吃不饱两个有名人物没有来。他们三个人互相看了看,秀兰说:"大概是一张大字报真把人家两个人惹恼了!"大家又稍微等了一下,小四说:"不等她们了,咱们就按咱们的计划来吧!"他走到面向群众那一边说:"各队先查点一下人数,看一共来了多少人!男女分别计算!"各个队长查点了一遍,把数字报告上来。小四又说:"请各队长到前边来,咱们先商量一下!"各队长都集中到他们三个人跟前来。小四和各队长低声说了几句话,各个队长一听都大笑起来,笑过之后,依小四的吩咐坐在一边。

小四开始讲话了。小四说:"今天大家来得这样齐整,我很高兴。这几天,队长每天去动员人摘花,可是说来说去,来的还是那几个人,不来的又都各有理由:有的说病了,有的说孩子病了,有的说家里忙得离不开……指东划西出不来,今天一听说自由拾花大家就什么事也没有了!这不明明是自私自利思想作怪吗?摘头遍花能超过定额一倍的时候,大家也是这样来得整齐。你们想想:平常活叫别人做,有了便宜你们讨,人家长年在地里劳动的人吃你们多少亏?你们真是想'拾'花吗?一个人一天拾不到一斤籽棉,值上两三毛钱,五天也赚不够一个劳动日,谁有那么傻瓜?老实说:愿意拾花的根本就是想偷花!今年不能像去年,多数人种地让少数人偷!花秆上丢的那一点棉花不拾了,把花秆拔下来堆在地边让每天下午小学生下了课来拾一拾,拾过了再熏肥。今天来了的人一个也不许回去!妇女们各队到各队地里摘三遍花,定额不动,仍是八斤一个劳动日;男人们除了往麦地担粪的还去担粪,其余到各队摘尽了花的地里拔花秆!我的话讲完了!副支书还要讲话!"有一个媳妇站起来说:"副主任!我不说瞎话!我今天不能去!我孩子的病还没有好!不信你去看看!"小四打断她的话说:"我不看!孩子病不好你为什么能来?""本来就不能来,因为……""因为听说要自由拾花!本来不能来你怎么来的?天天叫也叫不到地,今天没有人去叫你,你怎么就来了?副支书马上就要跟你们讲这些事!"这个媳妇再没有说的,还有几个也想找理由请假,见她受了碰,也都没有敢开口。她们也想到悄悄溜走,可是坐在村外一块犁过的地里,各个队长又都坐在通到村里去的路上,谁动一动都看得见,想跑也跑不了。

副支书站起来讲话了。他说:"我要说的话很简单;有人昨天晚上要我把今天的分组检讨会布置一下,把检讨人和检讨什么告大家说,让大家好准备。现在我可以告大家说了:检讨人就是每天不来今天来的人,检讨的事就是'为什么只顾自己不顾社',现在先请各队的记工员把每天不来今天来的人开个名单。"

一会,名单也开完了,小四说:"谁也不准回村去!谁要是半路偷跑了,或者下午不来了,把大字报给她出到乡政府!"秀兰插话说:"我们三队的地在村北哩,不回村怎么过去?"小四向三队队长张太和说:"太和!你和你副队长把人带过村去,到村北路上再查点一下,一个也不准回去!各队干各队的事!散会!"

在散会中间又有些小议论："小四比聚海有办法！""想得出来干得出来！""这伙懒婆娘可叫小四给整住了！""也不止小四一个，他们三个人早就套好了！""聚海只学过内科，这些年轻人能动手术！""聚海的内科也不行，根本治不了病！""可惜小腿疼和吃不饱没有来！"……说着就都走开了。

第三队通过了村，到了村北的路上，队长查点过人数，就往村北的杏树底地里来。这地方有两丈来高一个土岗，有一棵老杏树就长在这土岗上，围着这土岗南、东、北三面有二十来亩地在成立农业社以后连成了一块，这一年种的是棉花，东南两面向阳地方的棉花已经摘尽了，只有北面因为背阴一点，第三遍花还没有摘。他们走到这块地里，把男劳力和高秀兰那样强一点的女劳力留在南头拔花秆，让妇女队长带着软一点的女劳力上北头去摘花。

妇女们绕过了南边和东边快要往北边转弯了，看见有四个妇女早在这块地里摘花，其中有小腿疼和吃不饱两个人。大家停住了步，妇女队长正要喊叫，有个妇女向她摆摆手低声说："队长不要叫她们！你一叫她们不拾了！咱们也装成自由拾花的样子慢慢往那边去！到那里咱们摘咱们的，她们拾她们的！让她们多拾一点处理起来也有个分量！"妇女队长说："我说她们怎么没有出来！原来早来了！"另一个不常下地的妇女说："吃不饱昨天夜里散会以后，就去跟我商量过不要到南池边去集合，早一点往地里去，我没有敢听她的话。"大家都想和小腿疼她们开开玩笑，就都装作拾花的样子，一边在摘过的空花秆上拾着零花，一边往北边走。

原来头天晚上开会时候，小腿疼没有闹起事来，不是就退出场外和吃不饱坐在一起了吗？她们一听到第二天叫自由拾花，吃不饱就对住小腿疼的耳朵说："大婶！咱明天可不要管他那什么纪律！咱们叫上几个人天不明就走，赶她们到地，咱们就能弄他好几斤！她们到南池边集合，咱们到村北杏树底去，谁也碰不上谁；赶她们也到杏树底来咱们跟她们一块儿拾。拾东西谁也不能不偷，她们一偷，就不敢告咱们的状了！"小腿疼说："我也是这么想！什么纪律？纪律的多哩！处理过谁？光咱们俩人去多好！不要叫别人！""要叫几个人，犯了也有个垫背的；不过也不要叫得太多，太多了轮到一个人手里东西就不多了！"她们一共叫过五个人，不过有三个没有敢来，临出发只来了两个，就相跟着到杏树底来了。她们正在五六亩大的没有摘过三遍花的地里偷得起劲，听见有人说话，抬头一看，见三队的妇女都来了，就溜到摘过的这一边来；后来见三队的人也到没有摘过的那边去了，她们就又溜回去。三队的人都哈哈大笑起来。小腿疼说："笑什么？许你们偷不许我们偷？"有个人说："你们怎么拾了那么多？""谁不叫你们早点来？"三队的人都是挨着摘，小腿疼她们四个人可是满地跑着拣好的。三队有个人说："要偷也该挨住片偷呀！"小腿疼说："自由拾花你管我们怎么拾哩？要说是偷，你们不也是偷吗？"大家也不认真和她辩论，有些人隔一阵还忍不住要笑一次。

妇女队长悄悄和一个队员说："这样一直开玩笑也不大好。我离开怕她们闹起来，请你跑到南头去和队长、副主任说一声，叫他们看该怎么办！"那个队员就去了。

队长张太和更是个开玩笑大王。他一听说小腿疼和吃不饱那两个有名人物来了，好像有点幸灾乐祸的样子："来了才合理！我早就想到这些人物碰上这些机会不会不出马！你先回去摘花，我马上就到！"他又向高秀兰说："副主任！你先不要出面，等我把她们整住了请你再去！你把你的上级架子扎得硬硬地！"可是高秀兰不愿意那样做。高秀兰说："咱们都是才学着办事，还是正正经经来吧！咱们一同去！"他们走到北头,队员们看见副主任和队长都来了,又都大笑起来。张太和依照高秀兰的意见,很正经地说:"大家不要笑了!你们那几位也不要满地跑了!"小腿疼又耍她的厉害:"自由拾花!你管不着!""就算自由拾花吧!你们来抢我三队的花,我就要管!都先把篮子缴给我!"吃不饱说:"我可是三队的!三队的花许别人偷就得许我偷!要缴大家都缴出来!"张太和说:"谁也得缴!"说着就先把她们四个人的篮子夺下来,然后就问她们说:"你们为什么不到南池边集合?"吃不饱说:"你且不要问这个!你不是说'谁也得缴'吗?为什么不缴她们的?""她们是给社里摘!""我们也是给社里摘!""谁叫你们摘的?""谁叫她们摘的?""对!现在就先要给你们讲明是谁叫她们摘的!"接着就把在南池边集合的时候那一段话给她们四个讲了一遍,讲得她们都软下来。小腿疼说:"不叫拾不拾算了!谁叫你们不先告我们说?""不告说为什么还叫到南池边集合?告你说你不去听,别人有什么办法?"小腿疼说:"算我们白拾了一趟!你们把花倒下,给我们篮子我们走!"

这时候,高秀兰说话了。她说:"事情不那么简单:事前宣布纪律,为的是让大家不犯,犯了可就不能随便了事!这棉花分明是偷的。太和同志!把这些棉花送回社里,过一过秤,让保管给她们每一个篮子上贴上个条子,写明她们的姓名和棉花的分量,连篮子一同保存起来,等以后开个社员大会,让大家商量一个处理办法来处理!"张太和把四个篮子拿起来走了,小腿疼说:"秀兰呀!你可不能说我们是偷的!我们真正不知道你们今天早上变了卦!"秀兰说:"我们一点也没有变卦!昨天晚上杨小四同志给大家说得明白:'谁要不到南池边集合,拾的花就都算偷的',何况你们明明白白在没有摘过的地里来抢哩,这是妨害全社利益的事,我们不能自作主张,准备交给群众讨论个处理办法!你们有什么话到社员大会上说去吧!"

小腿疼和吃不饱偷了棉花的事,等到吃早饭的时候,就传遍了全村。上午,各队在做活的时候提起这事,差不多都要求把整风的分组检讨会推迟一天,先在本天晚上开个社员大会处理偷花问题——因为大多数人都想叫在王聚海回来之前处理了,免得他回来再来个"八面圆"把问题平放下来。两个副主任接受了大家的要求,和副支书商量把整风会推迟一天,晚上就召开了处理偷花问题的社员大会。

大会开了。会议的项目是先由高秀兰报告捉住四个偷花贼的经过,再要她们四个人坦白交代,然后讨论处理办法。

在她们四个人坦白交代的时候,因为篮子和偷的棉花都还在社里,爱"了事"的主任又不在家,所以除了小腿疼还想找一点巧辩的理由外,一般都还交代得老实。前头是那两个垫背的交代的。一个说是她头天晚上没有参加会,小腿疼约她去她就去了,去到杏树底见地里没有人,根本没有到已经摘尽了的地里去拾,四个人一去,就跑到北头没摘过的地里去了。另一个说的和第一个大体相同,不过她自己是吃不饱约她的。这两个人交代过之后,群众中另有三个人插话说小腿疼和吃不饱也约过她们,她们没有敢去。第三个就叫吃不饱交代。吃不饱见大风已经倒了,老老实实把她怎样和小腿疼商量,怎样去拉垫背的,计划几时出发、往哪块地去……详细谈了一遍。有人追问她拉垫背的有什么用处,她说根据主任处理问题的习惯,犯案的人越多了处理得越轻,有时候就不处理;不过人越多了,每个人能偷到的东西就太少了,所以最好是少拉几个,既不孤单又能落下东西。她可以算是摸着主任的"性格"了。

最后轮着小腿疼作交代了。主席杨小四所以把她排在最后,就是因为她好倚老卖老来巧辩,所以让别人先把事实摆一摆来减少她一些巧辩的机会。可是这个小老太婆真有两下子,有理没理总想争个盛气。她装作很受屈的样子说:"说什么?算我偷了花还不行?"有人问她:"怎么'算'你偷了?你究竟偷了没有?""偷了!偷也是副主任叫我偷的!"主席杨小四说:"哪个副主任叫你偷的?""就是你!昨天晚上在大会上说叫大家拾花,过了一夜怎么就不算了?你是说话呀是放屁哩?"她一骂出来,没有等小四答话,群众就有一半以上的人"哗"地一下站起来:"你要造反!""叫你坦白呀叫你骂人?"……三队长张太和说:"我提议:坦白也不让她坦白了!干脆送法院!"大家一齐喊"赞成"。小腿疼着了慌,头像货郎鼓一样转来转去四下看。她的孩子、媳妇见说要送她也都慌了。孩子劝她说:"娘你快交代呀!"小四向大家说:"请大家稍静一下!"然后又向小腿疼说:"最后问你一次:交代不交代?马上答应,不交代就送走!没有什么客气的!""交交交代什么呀!""随你的便!想骂你就再骂!""不不不那是我一句话说错了!我交代!"小四问大家说:"怎么样?就让她交代交代看吧?""好吧!"大家答应着又都坐下了。小腿疼喘了几口气说:"我也不会说什么!反正自己做错了!事情和宝珠说的差不多:昨天晚上快散会的时候,宝珠跟我说:'咱明天可不要管他那什么纪律!咱们叫上几个人……'"

这时候忽然出了点小岔子:城关那个整风辩论会提前开了半天,支书和主任摸了几里黑路赶回来了。他们见场里有灯光,预料是开会,没有回家就先到会场上来。主任远远看见小腿疼先朝着小四说话然后又转向群众,以为还是争论那张大字报的问题,就赶了几步赶进场里,根本也没有听小腿疼正说什么,就拦住她说:"回去吧老嫂!一点点小事还值得追这么紧?过几天给你们解释解释就完了……"大家初看见他进到会场时候本来已经觉得有点泄气,赶听到他这几句话,才知道他还根本不了解情况,"轰隆"一声都笑了。有个年纪老一点的人说:"主任!你且坐下来歇歇吧!'没有调查就没有发言权'!"支书也拉住他说:"咱们打听打听再说话吧!离开一天多了,你知道人家的工作是怎样安排的?"主任觉得很没意思,就和支书一同坐下。

小腿疼见主任王聚海一回来,马上长了精神。她不接着往下交代了。她离开自己站的地方走到王聚海面前说:"老弟呀!你走了一天,人家就快把你这没出息嫂嫂摆弄死了!"她来了这一下,群众又上都站起来:"你不用装蒜!""你犯了法谁也替不了你!"……主任站起来走到小四旁边面向大家说:"大家请坐下!我先给大家谈谈!没有了不了的事……"有人说:"你请坐下!我们今天没有选你当主席!""这个事我们会'了'了'!"……支书急了,又把主任拉住说:"你为什么这么肯了事?先听一下情况好不好?让人家开会,我们到社房休息休息!"又问副支书说:"你要抽得出身来的话,抽空子到社房给我们谈谈这两天的事!"副支书说:"可以!现在就行!"

他们三个离了会场到社房,副支书把他和杨小四、高秀兰怎样设计把那些光想讨巧不想劳动的妇女调到南池边,怎样批评了他们,怎样分配人力摘花,拔花秆,怎样碰上小腿疼她们偷花……详细谈了一遍,并且说:"棉花明天就可以摘完,今天下午犁地的牲口就全部出动了,花拔得赶得上犁,剩下的男劳力仍然往准备冬浇的小麦地里运粪。"他报告完了情况,就先赶回会场去。

副支书走了,支书想了一想说:"这些年轻人还是有办法!做法虽然有点开玩笑,可是也解决了问题!"主任说:"我看那种动员办法不可靠!不捉摸每个人的'性格',勉强动员到地里去,能做多少活哩!""再不要相信你摸得着人的'性格'了!我看人家几个年轻同志非常摸得着人的'性格'。那些不好动员的妇女们有她们的共同'性格'，那就是'偷懒''取巧'。正因为摸透了她们这种性格，才把她们都调动出来。人家不止'摸得着'这种性格，还能'改变'这种性格。你想：开了那么一个'思想展览会'，把她们的坏思想抖出来了，他们还能原封收回去吗？你说人家动员的人不能做活，可是棉花是靠那些人摘下来的。用人家的办法两天就能摘完，要仍用你那'摸性格'的老办法，恐怕十天也摘不完——越摘人越少。在整风方面，人家一来就找着两个自私自利的头子，你除不帮忙，还要替人家'解释解释'。你就没有想到全社的妇女你连一半人数也没有领导起来，另一半就是咱那个小腿疼嫂嫂和李宝珠领导着的！我的老哥！我看你还是跟那几位年轻同志在一块'锻炼锻炼'吧！"主任无话可说了，支书拉住他说："咱们去看看人家怎样处理这偷花问题。"

他们又走到会场时候，小腿疼正向小四求情。小腿疼说："副主任！你就让我再交代交代吧！"原来自她说了大家"捉弄"了她以后，大家就不让她再交代，只讨论了对另外三个人的处分问题，留下她准备往法院送。有个人看见主任来了，就故意讽刺小腿疼说："不要要求交代了！那不是？主任又来了！"主任说："不要说我！我来不来你们该怎么办还怎么办！刚才怨我太主观，不了解情况先说话！"小腿疼也抢着说："只要大家准我交代，不论谁来了我也交代！"小腿疼看了看群众，群众不说话；看了看副支书和两个副主任，这三个人也不说话。群众看了看主任，主任不说话；看了看支书，支书也不说话。全场冷了一下以后，小腿疼的孩子站起来说："主席！我替我娘求个情！还是准她交代好不好？"小四看了看这青年，又看了看大家说："怎么样？大家说！"有个老汉说："我提议，看在孩子的面上还让她交代吧！"又有人接着说："要不就让她说吧！"小四又问："大家看怎么样？"有些人也答应："就让她说吧！""叫她说说试试！"……小腿疼见大家放了话，因为怕进法院，恨不得把她那些对不起大家的事都说出来，所以坦白得很彻底。她说完了，大家决定也按一斤籽棉五个劳动日处理，不过也跟给吃不饱规定的条件一样，说这工一定得她做，不许用孩子的工分来顶。

散会以后，支书走在路上和主任说："你说那两个人'吃软不吃硬'你可算没有摸透她们的'性格'吧？要不是你的认识给她们撑了腰，她们早就不敢那么猖狂了！所以我说你还是得'锻炼锻炼'！"

1958 年 7 月 14 日

（原载《火花》1958 年第 8 期）

组织部新来的青年人

王　蒙

一

三月,天空中纷洒着似雨似雪的东西。三轮车在区委会门口停住,一个年青人跳下来。车夫看了看门口挂着的大牌子,客气地对乘客说:"您到这儿来,我不收钱。"传达室的工人、复员荣军老吕微跛着脚走出,问明了那年青人的来历后,连忙帮他搬下微湿的行李,又去把组织部的秘书赵慧文叫出来。赵慧文紧握着林震的两只手,说:"我们等你好久了。"林震在小学教师支部的时候,就与赵慧文认识。她的苍白而美丽的脸上,两只大眼睛闪着友善亲切的光亮,只是下眼皮上有着因疲倦而现出来的青色。她带林震到男宿舍,把行李放好,解开,把湿了的毡子晾上,再铺被褥。在她料理这些事情的时候,常常撩一撩自己的头发,正像那些能干而漂亮的女同志们一样。她说:"我们等了你好久!半年前就要调你来,区人民委员会文教科死也不同意,后来区委书记直接找区长要人,又和教育局人事室吵了一回,这才把你调了来。"

"可我前天才知道,"林震说,"听说调我到区委会,真不知怎么好。咱们区委会净干什么呀?"

"什么都干。"

"组织部呢?"

"组织部就作组织工作。"

"工作忙不忙?"

"有时候忙,有时候不忙。"

赵慧文端详着林震的床铺,摇摇头,大姐姐似的不以为然地说:"小伙子,真不讲卫生!瞧那枕头布,已经由白变黑,被头呢,吸饱了你脖子上的油,还有床单,那么多折子,简直成了泡泡纱……"

林震觉得,他一走进区委会的门,他的新的生活刚一开始,就碰到了一个很亲切的人。

他带着一种节日的兴奋心情跑着到组织部第一副部长的办公室去报到。副部长有一个古怪的名字:刘世吾。在林震心跳着敲门的时候,他正仰着脸衔着烟考虑组织部的工作规划。他热情而得体地接待林震,让林震坐在沙发上,自己坐在办公桌边,推一推玻璃板上叠得高高的文件,从容地问:

"怎么样?"他的左眼微皱,右手弹着烟灰。

"支部书记通知我后天搬来,我在学校已经没事,今天就来了。叫我到组织部工作,我怕干不了,我是个新党员,过去作小学教师,小学教师的工作与党的组织工作有些不同……"

　　林震说着他早已准备好的话,说得很不自然,正像小学生第一次见老师一样。于是他感到这间屋子很热。三月中旬,冬天就要过去,屋里还生着火,玻璃上的霜花溶解成一条条的污道子。他的额头沁出了汗珠,他想掏出手绢擦擦、在衣袋里摸索了半天没有找到。

　　刘世吾机械地点着头,看也不看地从那一大叠文件中抽出一个牛皮纸袋,打开纸袋,拿出林震的党员登记表,锐利的眼光迅速掠过,宽阔的前额上出现了密密的皱纹,闭了一下眼,手扶着椅子背站起来,披着的棉袄从肩头滑落了,然后用熟练的毫不费力的声调说:

　　"好,对,好极了,组织部正缺干部,你来得好。不,我们的工作并不难作,学习学习就会作的,就那么回事。而且你原来在下边工作的……相当不错嘛,是不是不错?"

　　林震觉得这种称赞似乎有某种嘲笑意味,他惶恐地摇头:"我工作作得并不好……"

　　刘世吾的不太整洁的脸上现出隐约的笑容,他的眼光聪敏地闪动着,继续说:"当然也可能有困难,可能。这是个了不起的工作。中央的一位同志说过,组织工作是给党管家的,如果家管不好,党就没有力量。"然后他不等问就加以解释:"管什么家呢?发展党和巩固党,壮大党的组织和增强党组织的战斗力,把党的生活建立在集体领导、批评和自我批评、与密切联系群众的基础上。这样作好了,党组织就是坚强的、活泼的、有战斗力的,就足以团结和指引群众,完成和更好地完成社会主义建设与社会主义改造的各项任务……"

　　他每说一句话,都干咳一下,但说到那些惯用语的时候,快得像说一个字。譬如他说:"把党的生活建立在……上",听起来就像:"把生活建在登登登上",他纯熟地驾驭那些林震觉得是相当深奥的概念,像拨弄算盘子一样的灵活。林震集中最大的注意力,仍然不能把他讲的话全部把握住。

　　接着,刘世吾给他分配了工作。

　　当林震推门要走的时候,刘世吾又叫住他,用另一种全然不同的随意神情问:

　　"怎么样,小林,有对象了没有?"

　　"没……"林震的脸刷地红了。

　　"大小伙子还红脸?"刘世吾大笑了,"才二十二岁,不忙。"他又问:"口袋里装着什么书?"

　　林震拿出书,说出书名:"拖拉机站站长和总农艺师"。刘世吾拿过书去,从中间打开看了几行,问:"这是他们团中央推荐给你们青年看的吧?"

　　林震点头。

　　"借我看看。"

　　"您有时间看小说吗?"林震看着副部长桌上的大叠材料,惊异了。

　　刘世吾用手托了托书,试了试分量,微皱着左眼说:"怎么样?这么一薄本有半个夜车就开完啦。四本《静静的顿河》我只看了一个星期,就那么回事。"

　　当林震走向组织部大办公室的时候,天已经放晴,残留的几片云现出了亮晶晶的边缘,太阳照亮了区委会的大院子。人们都在忙碌:一个穿军服的同志挟着皮包匆匆走过,传达室的老吕提着两个大铁壶给会议室送茶水,可以听见一个女同志顽强地对着电话机子说："不行,最迟明天早上！不行……"还可以听见忽快忽慢的"框哧、框哧"声——是一只生疏的手使用着打字机,"她也和我一样,是新调来的吧？"林震不知凭什么理由,猜打字员一定是个女的。他在走廊上站了一站,望着耀眼的区委会的院子,高兴自己新生活的开始。

二

组织部的干部算上林震一共二十四个人,其中三个人临时调到肃反办公室去了,一个人半日工作准备考大学,一个人请产假。能按时工作的只剩下十九个人。四个人作干部工作,十五个人按工厂、机关、学校分工管理建党工作,林震被分配与二厂支部联系组织发展党的工作。

组织部部长由区委副书记李宗秦兼任,他并不常过问组织部的事,实际工作是由第一副部长刘世吾掌握。另一个副部长负责干部工作。具体指导林震工作的是工厂建党组组长韩常新。

韩常新的风度与刘世吾迥然不同。他二十七岁,穿蓝色海军呢制服,干净得抖都抖不下土。他有高大的身材,配着英武的只因为粉刺太多而略有瑕疵的脸。他拍着林震的肩膀,用嘹亮的嗓音讲解工作,不时发出豪放的笑声,使林震想："他比领导干部还像领导干部。"特别是第二天韩常新与一个支部的组织委员的谈话,加强了他给林震的这种印象。

"为什么你们只谈了半小时？我在电话里告诉你,至少要用两小时讨论'发展计划'！"

那个组织委员说："这个月生产任务太忙……"

韩常新打断了他的话,富有教训意味地说："生产任务忙就不认真研究发展工作了？这是把中心工作与经常工作对立起来,也是党不管党的一种表现……"

林震弄不明白什么叫"中心工作与经常工作对立起来"和"党不管党",他熟悉的是另外一类名词："课堂五环节"与"直观教具"。他很钦佩韩常新的这种气魄与能力——迅速地提高到原则上分析问题和指示别人。

他转过头,看见正伏在桌上复写材料的赵慧文,她皱着眉怀疑地看一看韩常新,然后扶正头上的假琥珀发卡,用微带忧郁的目光看向窗外。

晚上,有的干部去参加街道上基层组织生活,有的休息了,赵慧文仍然赶着复写"税务分局培养、提拔干部的经验",累了一天,手腕酸痛,不时在写的中间搁下笔,摇摇手,往手上吹口气。林震自告奋勇来帮忙,她拒绝了,说："你抄,我不放心。"于是林震帮她把抄过的美浓纸叠整齐,站在她身旁,起一点精神支援作用。她一边抄,一边时时抬头看林震,林震问："干吗老看我？"赵慧文咬了一下复写笔,调皮地笑了笑。

三

林震是一九五三年秋天由师范学校毕业的,当时是候补党员,被分配到这个区的中心小学当教员。作了教师的他,仍然保持中学生的生活习惯;清晨练哑铃,夜晚记日记,每个大节日——五一、七一……以前到处征求人们对他的意见。曾经有人预言,过不了三个月他就会被那些生活不规律的成年人"同化"。但，不久以后，许多教师夸奖他也羡慕他了，说："这孩子无忧无虑，无牵无挂，除了工作，就是工作……"

他也没有辜负这种羡慕，一九五四年寒假，由于教学上的成绩，他受到了教育局的奖励。

人们也许以为，这位年青的教师就会这样平稳地、满足而快乐地度过自己的青年时代。但是不，孩子般单纯的林震，也有自己的心事。

一年以后，他更经常焦灼地鞭策自己。是因为社会主义高潮的推动，全国青年社会主义积极分子会议的召开，还是因为年龄的增长？

他已经二十二岁了，记得在初中一年级时作过一篇文，题目是"当我××岁的时候"，他写成"当我二十二岁的时候，我要……"现在二十二岁，他的生命史上好像还是白纸，没有功勋，没有创造，没有冒险，也没有爱情——连给某个姑娘写一封信的事都没有做过。他努力工作，但是他作的少、慢，和青年积极分子们比较，和生活的飞奔比较，难道能安慰自己吗？他订规划，学这学那，作这作那，他要一日千里！

这时，接到调动工作的通知，"当我二十二岁的时候，我成了党工作者……"也许真正的生活在这里开始了？他抑制住对于小学教育工作和孩子们的依恋，燃烧起对新的工作的渴望。支部书记和他谈话的那个晚上，他想了一夜。

就这样，林震口袋里装着《拖拉机站站长与总农艺师》，兴高采烈地登上区委会的石阶，对于党工作者(他是根据电影里全能的党委书记的形象来猜测他们的)的生活，充满了神圣的憧憬。但是，等他接触到那些忙碌而自信的领导同志，看到来往的文件和同时举行的会议，听到那些尖锐争吵与高深的分析，他眨眨那有些特别的淡褐色眼珠的眼睛，心里有点怯……

到区委会的第四天，林震去通华麻袋厂了解第一季度发展党员工作的情况。去以前，他看了有关的文件和名叫《怎样进行调查研究》的小册子，再三地请教了韩常新，他密密麻麻地写了一篇提纲，然后飞快地骑着新领到的自行车，向麻袋厂驶去。

工厂门口的警卫同志听说他是委员会的干部，没要他签名，信任地请他进去了。穿过一个大空场，走过一片放麻的露天仓库与机器隆隆响的厂房，他心神不安地去敲厂长兼支部书记王清泉办公室的门，得到了里面"进来"的回答后，他慢慢地走进去，怕走快了显得没有经验，他看见一个阔脸、粗脖子、身材矮小的男人正与一个头发上抹了许多油的驼背的男人下棋。小个子的同志抬起头，右手玩着棋子，问清了林震找谁以后，不耐烦地挥一挥手："你去西跨院党支部办公室找魏鹤鸣，他是组织委员。"然后低下头继续下棋。

林震找着了红脸的魏鹤鸣，开始按提纲发问了："一九五六年第一季度，你们发展了几个人？"

"一个半。"魏鹤鸣粗声粗气地说。

"什么叫'半'？"

"有一个通过了，区委拖了两个多月还没有批下来。"

林震掏出笔记本记了下来。又问：

"发展工作是怎么样进行的，有什么经验？"

"进行过程和向来一样——和党章的规定一样。"

林震看了看对方，为什么他说出的话像搁了一个星期的窝窝头一样干巴？魏鹤鸣托着腮,眼睛看着别处,心里也像在想别的事。

林震又问:"发展工作的成绩怎么样?"

魏鹤鸣答:"刚才说过了,就是那些。"他好像应付似地希望快点谈完。

林震不知道应该再问什么了,预备了一下午的提纲,和人家只谈上五分钟就用完了。他很窘。

这时门被一只有力的手推开了。那个小个子的同志进来,匆匆忙忙地问魏鹤鸣:"来信的事你知道吗?"

魏鹤鸣无精打采地点了点头。

小个子的同志来回踱着步子,然后劈开腿站在房中央:"你们要想办法!质量问题去年就提出来了,为什么还等着合同单位给纺织工业部写信?在社会主义高潮当中我们的生产迟迟不能提高,这是耻辱!"

魏鹤鸣冷冷地看着小个子的脸,用颤抖的声音问:"您说谁?"

"我说你们大家!"小个子手一挥,把林震也包括在里面了。

魏鹤鸣因为抑制着的愤怒的爆发而显得可怕,他的红脸更红了,他站起来问:"那么您呢?您不负责任?"

"我当然负责。"小个子的同志却平静了,"对于上级,我负责,他们怎么处分我我也接受。对于我,你得负责,谁让你作生产科长呢?你得小心……"说完,他威胁地看了魏鹤鸣一眼,走了。

魏鹤鸣坐下,把棉袄的扣子全解开了,喘着气。林震问:"他是谁?"魏鹤鸣讽刺地说:"你不认识?他就是厂长王清泉。"、

于是魏鹤鸣向林震详细地谈起了王清泉的情况。王清泉原来在中央某部工作,因为在男女关系上犯错误受了处分,一九五一年调到这个厂子作副厂长,一九五三年厂长他调,他就被提拔作厂长。他一向是吃饱了转一转,躲在办公室批批文件下下棋,然后每月在工会大会、党支部大会、团总支大会上讲话批评工人群众竞赛没搞好,对质量不关心,有经济主义思想……魏鹤鸣没说完,王清泉又推门进来了。他看着左腕上的表,下令说:"今天中午十二点十分,你通知党、团、工会和行政各科室的负责人到厂长室开会。"然后把门乓地一带,走了。

魏鹤鸣嘟哝着:"你看他怎么样?"

林震说:"你别光发牢骚,你批评他,也可以向上级反映,上级决不允许有这样的厂长。"

魏鹤鸣笑了,问林震:"老林同志,你是新来的吧?"

"老林"同志脸红了。

魏鹤鸣说;"批评不动!他根本不参加党的会议,你上哪儿批评去?偶尔参加一次,你提意见,他说:'提意见是好的,不过应该掌握分寸,也应该看时间,场合。现在,我们不应该因为个人意见侵占党支部讨论国家任务的宝贵时间。'好,不占用宝贵时间,我找他个别提,于是我们俩吵成了现在这个样子。"

"向上级反映呢?"

"一九五四年我给纺织工业部和区委写了信,部里一位张同志与你们那儿的老韩同志下来检查了一回。检查结果是:'官僚主义较严重,但主要是作风问题,任务基本上完成了,只是完成任务的方法有缺点。然后找王清泉'批评'了一下,又找我鼓励了一

下开展自下而上的批评的精神，就完事了。此后，王厂长有一个来月对工作比较认真，不久他得了肾病，病好以后他说自己是'因劳致疾'，就又成了这个样子。"

"你再反映呀！"

"哼，后来与韩常新也不知说过多少次，老韩也不答理，反倒向我进行教育说，应该尊重领导，加强团结。也许我不该这样想，但我觉得也许要等到王厂长贪污了人民币或者强奸了妇女，上级才会重视起来！"

林震出了厂子再骑上自行车的时候，车轮旋转的速度就慢多了。他深深地把眉头皱起来。他发现他的工作的第一步就有重重的困难，但他也受到一种刺激甚至是激励——这正是发挥战斗精神的时候啊！他想着想着，直到因为车子溜进了急行线而受到交通民警的申斥。

四

吃完午饭，林震迫不及待地找韩常新汇报情况。韩常新有些疲倦地靠着沙发背，高大的身体显得笨重，从身上掏出火柴匣，拿起一根火柴剔牙。

林震杂乱地叙述他去麻袋厂的见闻，韩常新脚尖打着地不住地说："是的，我知道。"然后他拍一拍林震的肩膀，愉快地说："情况没了解上来不要紧，第一次下去嘛。下次就好了。"

林震说："可是我了解了关于王清泉的情况。"他把笔记本打开。

韩常新把他的笔记本合上，告诉他："对，这个情况我早知道。前年区委让我处理过这个事情，我严厉地批评过他，指出他的缺点和危险性，我们谈了至少有三四个钟头……"

"可是并没有效果呀，魏鹤鸣说他只好一个月……"林震插嘴说。

"一个月也是效果，而且决不止一个月。魏鹤鸣那个人思想上有问题，见人就告厂长的状……"

"他告的状是不是真的？"

"很难说不真，也很难说全真。当然这个问题是应该解决的，我和区委副书记李宗秦同志谈过。"

"副书记的意见是什么？"

"副书记同意我的意见，王清泉的问题是应该解决也是可能解决的……不过，你不要一下子就陷到这里边去。"

"我？"

"是的。你第一次去一个工厂，全面情况也不了解，你的任务又不是去解决王清泉的问题，而且，直爽地说，解决他的问题也需要更有经验的干部；何况我们并不是没有管过这件事……你要是一下子陷到这个里头，三个月也出不来，第一季度的建党总结还了解不了解？上级正催我们交汇报呢！"

林震说不出话。

韩常新又拍拍林震的肩膀："不要急躁嘛，咱们区三千个党员，百十几个支部，你一来就什么问题都摸行吗？"他打了个哈欠，有倦意的脸上的粉刺涨红了："啊——哈，该睡午觉了。"

"那,发展工作怎么再去了解?"林震没有办法地问。

韩常新又去拍林震的肩膀,林震不由得躲开了。韩常新有把握地说:"明天咱们俩一齐去,我帮你去了解,好不好?"然后他拉着林震一同到宿舍去。

第二天,林震很有兴趣观察韩常新如何了解情况。三年前,林震在北京师范上学的时候,出去作过见习教师,老教师在前面讲,林震和学生一起听,学了不少东西。这次,他也抱着见习的态度,打开笔记本,准备把韩常新的工作过程详细记录下来。

韩常新问魏鹤鸣:"发展了几个党员?"

"一个半。"

"不是一个半,是两个,我是检查你们的发展情况,不是检查区委批没批。"韩常新纠正他,又问:"这两个人本季度生产计划完成的怎么样?"

"很好,他们一个超额百分之七,一个超额百分之四,厂里黑板报还表扬……"

谈起生产情况,魏鹤鸣似乎起劲了些,但是韩常新打断了他的话:"他们有些什么缺点?"

魏鹤鸣想了半天,空空洞洞地说了些缺点。

韩常新叫他给所举的缺点提一些例子。提完例子,韩常新再问他党的积极分子完成本季度生产任务的情况,他特别感兴趣的是一些数字和具体事例,至于这些先进的工人克服困难、钻研创造的过程,他听都不要听。

回来以后,韩常新用流利的行书示范地写了一个"麻袋厂发展工作简况",内容是这样的:"……本季度(一九五六年一月——三月)麻袋厂支部基本上贯彻了积极慎重发展新党员的方针,在党建工作上取得了一定的成绩,新通过的党员朱XX与范XX受到了共产党员的光荣称号的鼓舞,增强了主人翁的观念,在第一季度繁重的生产任务中各超额百分之七,百分之四。广大积极分子,围绕在支部周围,受到了朱XX与范XX模范事例的教育,并为争取入党的决心所推动,发挥了劳动的积极性与创造性,良好地完成或者超额完成了第一季度的生产任务……(下面是一系列数字与具体事例)这说明:一、建党工作不仅与生产工作不会发生矛盾,而且大大推动了生产,任何借口生产忙而忽视建党工作的作法是错误的。二、……但同时必须指出,麻袋厂支部的建党工作,也仍然存在着一定的缺点……例如……"

林震把写着"简况"的片艳纸捧在手里看了又看,他有一刹那甚至怀疑自己去没去过麻袋厂,还是上次与韩常新同去时自己睡着了,为什么许多情况他根本不记得呢?他迷惑地问韩常新:

"这,这是根据什么写的?"

"根据那天魏鹤鸣的汇报呀。"

"他们在生产上取得的成绩是因为建党工作么?"林震口吃起来。

韩常新抖一抖裤脚,说:"当然。"

"不吧。上次魏鹤鸣并没有这样讲。他们的生产提高了,也可能是由于开展竞赛,也许由于青年团建立了监督岗,未必是建党工作的成绩……"

"当然,我不否认。各种因素是统一起来的,不能形而上学地割裂地分析这是甲项工作的成绩,那是乙项工作的成绩。"

"那,譬如我们写第一季度的捕鼠工作总结,是不是也可以用这些数字和事例呢?"

韩常新沉着地笑了,他笑林震不懂"行",他说:"那可以灵活掌握……"

林震又抓住几个小问题问：

"你怎么知道他们的生产任务是繁重的呢？"

"难道现在会有一个工厂任务很轻闲吗？"

林震目瞪口呆了。

五

　　区委会的工作是紧张而严肃的，在区委书记办公室，连日开会到深夜。从汉语拼音到预防大脑炎，从劳动保护到政治经济学讲座，无一不经过区委会的讨论。林震有一次去收发室取报纸，看见一份厚厚的材料，第一页上写着"区人民委员会党组关于调整公私合营工商业的分布、管理、经营方法及贯彻市委关于公私合营工商业工人工资问题的报告的请示"。他怀着敬畏的心情看着这份厚得像一本书的材料和它的长题目。有时，又觉得区委干部们的精神状态是随意而松懈的，他们在办公时间聊天，看报纸，大胆地拿林震认为最严肃的题目开玩笑，例如，青年监督岗开展工作，韩常新半嘲笑地说："吓，小青年们脑门子热起来啦……"林震参加的组织部一次部务会议也很有意思，讨论市委布置的一个临时任务，大家抽着烟，说着笑话，打着岔，开了两个钟头，拖拖沓沓，没有什么结果。这时，皱着眉思索了好久的刘世吾提出了一个方案，马上热烈地展开了讨论，很多人发表了使林震惊佩的精彩意见。林震觉得，这最后的三十多分钟的讨论要比以前的两个钟头有效十倍。某些时候，譬如说夜里，各屋亮着灯；第一会议室，出席座谈会的胖胖的工商业者愉快地与统战部长交换意见；第二会议室，各单位的学习辅导员们为"价值"与"价格"的关系争得面红耳赤；组织部坐着等待入党谈话的激动的年青人，而市委的某个严厉的书记出其不意地出现在书记办公室，找区委正副书记汇报贯彻工资改革的情况……这时，人声嘈杂，人影交错，电话铃声断断续续，林震仿佛从中听到了本区生活的脉搏的跳动，而区委会这座不新的、平凡的院落，也变得辉煌壮观起来。

　　在一切印象中，最突出和新鲜的印象是关于刘世吾的：刘世吾工作极多，常常同一个时间好几个电话催他去开会，但他还是一会儿就看完了《拖拉机站站长与总农艺师》，把书转借给了韩常新；而且，他已经把前一个月公布的拼音文字草案学会了，开始在开会时用拼音文字作记录了。某些传阅文件刘世吾拿过来看看题目和结尾就签上名送走，也有的不到三千字的指示他看上一下午，密密麻麻地划上各种符号。刘世吾有时一面听韩常新汇报情况，一面漫不经心地查阅其他的材料，听着听着却突然指出："上次你报的情况不是这样！"韩常新不自然地笑着，刘世吾的眼睛捉摸不定地闪着光；但刘世吾并不深入追究，仍然查他的材料，于是韩常新恢复了常态，有声有色地汇报下去。

　　赵慧文与韩常新的关系也被林震看出了一些疑窦：韩常新对一切人都是拍着肩膀，称呼着"老王""小李"，亲热而随便，独独对赵慧文，却是一种礼貌的"公事公办"的态度，这样说话："赵慧文同志，党刊第一百〇四期放在哪里？"而赵慧文也用警戒的神情对待他。

　　奇怪得很，林震说不清他的这个新环境是好是坏。他还是像在小学时一样，每天照样很早就起来玩哑铃，还是照常地给人以"单纯"的甚至"天真"的印象。但是，他的内心活动却比在小学的时候多得多。他必须学会判断一切事情和一切人。

　　……四月，东风悄悄地刮起，不再被人喜爱的火炉蜷缩在阴暗的贮藏室，只有各房间熏黑了的屋顶还存留着严冬的痕迹。往年,这个时候,林震就会带着活泼的孩子们去卧佛寺或者西山八大处踏青,在早开的桃李与混浊的溪水中寻找春天的消息……区委会的生活却丝毫不受季节的影响,继续以那种紧张的节奏和复杂的色彩流转着。当林震从院里的垂柳上摘下一颗多汁的嫩芽时,他稍微有点怅惘,因为春天来得那么快,而他,却没作出什么有意义的事情来迎接这个美妙的季节……

晚上九点钟,林震走进了刘世吾办公室的门。赵慧文正在这里,她穿着紫黑色的毛衣,脸儿在灯光下显得越发苍白。听到有人进来,她迅速地转过头来,林震仍然看见了她略略突出的颧骨上的泪迹。他回身要走,低着头吸烟的刘世吾作手势止住他:"坐在这儿吧,我们就谈完了。"林震坐在一角,远远地隔着灯光看报,刘世吾用烟卷在空中划着圆圈,诚恳地说:

"相信我的话吧,没错。年青人都这样,最初互相美化,慢慢发现了缺点,就觉得都很平凡。不要作不切实际的要求,没有遗弃,没有虐待,没有发现他政治上、品质上的问题,怎么能说生活不下去呢?才四年嘛。你的许多想法是从苏联电影里学来的,实际上,就那么回事……"

赵慧文没说话,她撩一撩头发,临走的时候,对林震惨然地一笑。

刘世吾走到林震旁边,问:"怎么样?"他丢下烟蒂,又掏出一只来点上火,紧接着贪婪地吸了几口,缓缓地吐着白烟,告诉林震:"赵慧文跟她爱人又闹翻了……"接着,他开开窗户,一阵风吹掉了办公桌上的几张纸,传来了前院里散会以后人们的笑声,招呼声和自行车铃响。

刘世吾把只抽了几口的烟扔出去,伸了个懒腰,扶着窗户,低声说:"真的是春天了呢!"

"我想谈谈来区委工作的情况,我有一些问题不知道怎么解决。"林震用一种坚决的神气说,同时把落在地上的纸页拾起来。

"对,很好。"刘世吾仍然靠着窗户框子。

林震从去麻袋厂说起:"……我走到厂长室,正看见王清泉同志……"

"下棋呢还是打扑克?"刘世吾微笑着问。

"您怎么知道?"林震惊骇了。

"他老兄什么时候干什么我都算得出来,"刘世吾慢慢地说,"这个老兄棋瘾很大,有一次在咱这儿开了半截会,他出去上厕所,半天不回来,我出去一找,原来他看见老吕和区委书记的儿子下棋,他在旁边'支'上'招儿'了。"

林震不顾对方老是不在意地打断他的话,坚持着把自己所知道的情况说了一遍。

刘世吾关上窗户,拉一把椅子坐下,用两个手扶着膝头支持着身体,轻轻地摆动着头:

"魏鹤鸣是个直性子,他一来就和王清泉吵得面红耳赤……你知道,王清泉也是个特殊人物,不太简单。抗日胜利以后,王清泉被派到国民党军队里工作,他作过国民党军的副团长,是个刮刮叫的情报人员。一九四七年以后他与我们的联系中断,直到解放以后才接上线。他是去瓦解敌人的,但是他自己也染上国民党军官的一些习气,改不过来,其实是个英勇的老同志。"

"这样……"

"是啊。"刘世吾严肃地点点头,接着说,"当然,这不能为他辩护,党是派他去战胜敌人而不是与敌人同流合污,所以他的错误,是不可原谅的。"

"怎么去解决呢？魏鹤鸣说,这个问题已经拖了好久。他到处写过信……"

"是啊。"刘世吾又干咳了一会,作着手势说:"现在下边支部里各类问题很多,你如果一一的用手工业的方法去解决,那是事倍功半的。而且,上级布置的任务追着屁股,完成这些任务已经感到很吃力。作为领导,必须掌握一种把个别问题与一般问题结合起来,把上级分配的任务与基层存在的问题结合起来的艺术。再者,王清泉工作不努力是事实,但还没有发展到消极怠工的地步;作风有些生硬,也不是什么违法乱纪;显然,这不是组织处理问题而是经常教育的问题。从各方面看,解决这个问题的时机目前还不成熟。"

林震沉默着,他判断不清究竟哪样好,是娜斯嘉的"对坏事决不容忍"对呢,还是刘世吾的"条件成熟论"对。他一想起王清泉那样的厂长就觉得难受,但是,他驳不倒刘世吾的"领导艺术"。刘世吾又告诉他:"其实,有类似毛病的干部也不只一个……"这更加使得林震睁大了眼睛,觉得这跟他在小学时所听的党课的内容不是一个味儿。

后来,林震又把看到的韩常新如何了解情况与写简报的事说了说,他说,他觉得这样整理简报不太真实。

刘世吾大笑起来,说:"老韩……这家伙…真高明……"笑完了,又长出一口气,告诉林震:"对,我把你的意见告诉他。"

林震犹豫着,刘世吾问:"还有别的意见么？"

于是林震勇敢地提出:"我不知道为什么,来了区委会以后发现了许多许多缺点,过去我想象的党的领导机关不是这样……"

刘世吾把茶杯一放:"当然,想象总是好的,实际呢,就那么回事。问题不在有没有缺点,而在什么是主导的。我们区委的工作,包括组织部的工作,成绩是基本的呢还是缺点是基本的？显然成绩是基本的,缺点是前进中的缺点。我们伟大的事业,正是由这些有缺点的组织和党员完成着的。"

走出办公室以后,林震有一种奇怪的感觉:和刘世吾谈话似乎可以消食化气,而他自己的那些肯定的判断,明确的意见,却变得模糊不清了。他更加惶惑了。

六

不久,在党小组会上,林震受到了一次严厉的批评。

事情是这样:有一次,林震去麻袋厂,魏鹤鸣说,由于季度生产质量指标没有达到,王厂长狠狠地训了一回工人,工人意见很大,魏鹤鸣打算找些人开个座谈会,搜集意见,准备向上反映。林震很同意这种做法,以为这样也许能促进"条件的成熟"。过了三天,王清泉气急败坏地到区委会找副书记李宗秦,说魏鹤鸣在林震支持下搞小集团进行反领导的活动,还说参加魏鹤鸣主持的座谈会的工人都有历史问题……最后说自己请求辞职。李宗秦批评了他的一些缺点,同意制止魏鹤鸣再开座谈会,"至于林震,"他对王清泉说,"我们会给以应有的教育的。"

批评会上,韩常新分析道:"林震同志没有和领导上商量,擅自同意魏鹤鸣召集座谈会,这首先是一种无组织无纪律行为……"

林震不服气,他说:"没有请示领导,是我的错。但是我不明白为什么我们不但不去主动了解群众的意见,反而制止基层这样做!"

"谁说我们不了解?"韩常新翘起一只腿,"我们对麻袋厂的情况统统掌握……"

"掌握了而不去解决,这正是最痛心的!党章上规定着,我们党员应该向一切违反党的利益的现象作斗争…"林震的脸变青了。

富有经验的刘世吾开始发言了,他向来就专门能在一定的关头起扭转局面的作用。

"林震同志的工作热情不错,但是他刚来一个月就给组织部的干部讲党章,未免仓促了些。林震以为自己是支持自下而上的批评,是做一件漂亮事,他的动机当然是好的喽;不过,自下而上的批评必须有领导地去开展,譬如这回事,请林震同志想一想:第一,魏鹤鸣是不是对王清泉有个人成见呢?很难说没有。那么魏鹤鸣那样积极地去召集座谈会,可不可能有什么个人目的呢?我看不一定完全不可能。第二,参加会的人是不是有一些历史复杂别有用心的分子呢?这也应该考虑到。第三,开这样一个会,会不会在群众里造成一种王清泉快要挨整了的印象因而天下大乱呢?等等。至于林震同志的思想情况,我愿意直爽地提出一个推测:年青人容易把生活理想化,他以为生活应该怎样,便要求生活怎样,作一个党工作者,要多考虑的却是客观现实,是生活可能怎样。年青人也容易过高估计自己,抱负甚多,一到新的工作岗位就想对缺点斗争一番,充当个娜斯嘉式的英雄。这是一种可贵的,可爱的想法,也是一种虚妄……"

林震像被打中了一拳似地颤了一下,他紧咬住下嘴唇忍住了心里的气愤和痛苦。

他鼓起勇气再问:"那么王清泉……"刘世吾把头一扬:"我明天找他谈话,有原则性的并不仅是你一个人。"

七

星期六晚上,韩常新举行婚礼。林震走进礼堂,他不喜欢那迷漫的呛人的烟气,还有地上杂乱的糖果皮与空中杂乱的哄笑,没等婚礼开始他就退了出来。

组织部的办公室黑着,他拉开灯,看见自己桌上的信,是小学的同事们写来的,其中还夹着孩子们用小手签了名的信:

"林老师!您身体好吗?我们特别特别想您,女同学都哭了,后来就不哭了,后来我们作算术,题目特别特别难,我们费了半天劲,中于算出来了……"

看着信,林震不禁独自笑起来了,他拿起笔把"中于"改成"终于",准备在回信时告诉他们下次要避免别字。他仿佛看见了系蝴蝶结的李琳琳,爱画水彩画的刘小毛和常常把铅笔头含在嘴里的孟飞……他猛把头从信纸上抬起来,所看见的却是电话、吸墨纸和玻璃板。他所熟悉的孩子的世界已经离他而去了,现在是到了一个有些陌生的环境里来了……他想起前天党小组会上人们对他的批评。难道自己真的错了?真的是莽撞和幼稚,再加几分年青人的廉价的勇气?也许真的应该切实估量一下自己,把分内的事作好,过两年,等到自己"成熟"了以后再干预一切吧?

礼堂里传来爆发的掌声和笑声。

一只柔软的手落在肩上,他吃惊地回过头来,灯光显得刺眼,赵慧文没有声响地站在他的身边,女同志走路都有这种不声不响的本事。

赵慧文问:"怎么不去玩?"

"我懒得去。你呢?"

"我该回家了,"赵慧文说,"到我家坐坐好吗?省得一个人在这儿想心事。"

"我没有心事,"林震分辩着,但他接受了赵慧文的好意。

赵慧文住在离区委会不远的一个小院落里。

孩子睡在浅蓝色的小床里,幸福地含着指头。赵慧文吻了儿子,拉林震到自己房间里来。

"他父亲不回来吗?"林震小心地问。

赵慧文摇摇头。

这间卧室好像是布置得很仓促,墙壁因为空无一物而显得过分洁白,盆架孤单地缩在一角,窗台上的花瓶傻气地张着口;只有床头小桌上的收音机,好像还能扰乱这卧室的安静。

林震坐在藤椅上,赵慧文靠墙站着。林震指着花瓶说:"应该插枝花,"又指着墙壁说:"为什么不买几张画挂上?"

赵慧文说:"经常也不在,就没有管它。"然后她指着收音机问:"听不听?星期六晚上,总有好的音乐。"

收音机亮了,一种梦幻的柔美的旋律从远处飘来,慢慢变得热情激荡。提琴奏出的诗一样的主题立即揪住了林震的心。他托着腮,屏住了气。他的青春,他的追求,他的碰壁,似乎都能与这乐曲相通。

赵慧文背着手靠在墙上,不顾衣服蹭上了石灰粉,等这段乐曲过去,她用和音乐一样的声音说:"这是柴可夫斯基的意大利随想曲,让人想到南国,想到海,……我在文工团的时候常听它,慢慢觉得,这调子不是别人演奏出的,而是从我心里钻出来的……"

"在文工团?"

"参加军事干部学校以后被分配去的,在朝鲜,我用我的蹩脚的嗓子给战士唱过歌,我是个哑嗓子的歌手。"

林震像第一次见面似的又重新打量赵慧文。

"怎么?不像了吧?"这时电台改放"剧场实况"了,赵慧文把收音机关了。

"你是文工团的,为什么很少唱歌?"林震问。

她不回答,走到床边,坐下。她说:"我们谈谈吧,小林,告诉我,你对咱们区委的印象怎么样?"

"不知道,我是说,还不明确。"

"你对韩常新和刘世吾有点意见吧,是不?"

"也许。"

"当初我也这样,从部队转业到这里,和部队的严格准确比较,许多东西我看不惯。我给他们提了好多意见,和韩常新激动地吵过一回,但是他们笑我幼稚,笑我工作没作好意见倒一大堆,慢慢地我发现,和区委的这些缺点作斗争是我力不胜任的……"

"为什么力不胜任?"林震像刺痛了似地跳起来,他的眉毛拧在一起了。

"这是我的错,"赵慧文抓起一个枕头,放在腿上,"那时我觉得自己水平太低,自己也很不完美,却想纠正那些水平比自己高得多的同志,实在不量力。而且,刘世吾、韩常新还有别人,他们确实把有些工作作得很好。他们的缺点散布在咱们工作的成绩里边,就像灰尘散布在美好的空气中,你嗅得出来,但抓不住,这正是难办的地方。"

"对!"林震把右拳头打在左手掌上。

赵慧文也有些激动了,她把枕头抛开,话说得更慢,她说:"我做的是事务工作,领导同志也不大过问,加上个人生活上的许多牵扯,我沉默了,于是,上班抄抄写写,下班给孩子洗尿布,买奶粉。我觉得我老得很快,参加军干校时候那种热情和幻想,不知道哪里去了。"她沉默着,一个一个地捏着自己那白白的好看的手指,接着说:"两个月以前,北京市进入社会主义高潮,工人、店员还有资本家,放着鞭炮,打着锣鼓到区委会报喜,工人、店员把入党申请书直接送到组织部,大街上一天一变,整个区委会彻夜通明,吃饭的时候,宣传部、财经部的同志滔滔不绝地讲着社会主义高潮中的各种气象;可我们组织部呢?工作改进很少!打电话催催发展数字,按前年的格式添几条新例子写写总结……最近,大家检查保守思想,组织部也检查,拖拖沓沓开了三次会,然后写个材料完事。……哎,我说乱了,社会主义高潮中,每一声鞭炮都刺着我,当我复写批准新党员通知的时候,我的手激动得发抖,可是我们的工作就这样依然故我地下去吗?"她喘了一口气,来回踱着,然后接着说:"我在党小组会上谈自己的想法,韩常新满足地问:'难道我们发展数字的完成比例不是各区最高的?难道市委组织部没要我们写过经验?然后他进行分析,说我情绪不够乐观,是因为不安心事务工作……"

"开始的时候,韩常新给人一个了不起的印象,但是实际一接触……"林震又说起那次写汇报的事。

赵慧文同意地点头,"这一二年,虽然我没提什么意见,但我无时无刻不在观察。生活里的一切,有表面也有内容,作到金玉其外,并不是难事。譬如韩常新,充领导他会拉长了声音训人,写汇报他会强拉硬扯生动的例子,分析问题,他会用几个无所不包的概念;于是,俨然成了个少壮有为的干部,他漂浮在生活上边,悠然得意。"

"那么刘世吾呢?"林震问,"他决不像韩常新那样浅薄,但是他的那些独到的见解,精辟的分析,好像包含着一种可怕的冷漠,看到他容忍王清泉这样的厂长,我无法理解,而当我想向他表示什么意见的时候,他的议论却使人越绕越糊涂,除了跟着他走,似乎没有别的路……"

"刘世吾有一句口头语,就那么回事。他看透了一切,以为一切就那么回事。按他自己的说法,他知道什么是'是',什么是'非',还知道'是'一定战胜'非',又知道'是'不是一下子战胜'非',他什么都知道,什么都见过——党的工作给人的经验本来很多;于是他不再操心,不再爱也不再恨。他取笑缺陷,仅仅是取笑,欣赏成绩,仅仅是欣赏。他满有把握地应付一切,再也不需要虔诚地学习什么,除了拼音文字之类的具体知识,一旦他认为条件成熟需要干一气,他一把把事情抓在手里,教育这个,处理那个,俨然是一切人的上司。凭他的经验和智慧,他当然可以作好一些事,于是他更加自信。"赵慧文毫不容情地说着。这些话曾经在多少个不眠的夜晚萦绕在她的心头……

"我们的区委副书记兼部长呢?他不管么?"

赵慧文更加兴奋了,她说:"李宗秦身体不好,他想去作理论研究工作,嫌区的工作过于具体。他作组织部长只是挂名,把一切事情推给刘世吾。这也是一种相当普遍的不正常的现象,有一批老党员,因为病、因为文化水平低,或者因为是首长爱人,他们挂着厂长、校长和书记的名,却由副厂长、教导主任、秘书或者某个干事作实际工作。"

"我们的正书记——周润祥同志呢?"

"周润群同志工作太多,他忙着肃反,私营企业的改造……各种带有突击性的任务,我们组织部的工作呢,一般说永远成不了带突击性的中心任务,所以他管的也不多。"

"那……怎么办呢?"林震直到现在,才开始明白了事情的复杂性,一个缺点,仿佛粘在从上到下的一系列的缘故上。

"是啊。"赵慧文沉思地用手指弹着自己的腿,好像在弹一架钢琴,然后她向着远处笑了,她说:"谢谢你……"

"谢我?"林震以为自己听错了。

"是的,见到你,我好像又年轻了。你常常把眼睛盯在一个地方不动,老是在想,像个爱幻想的孩子。你又挺容易兴奋起来,动不动就红脸。可是,你又天不怕地不怕,敢于和一切坏现象作斗争,于是我有一种婆婆妈妈的预感:你……一场风波要起来了。"

林震又真的脸红了。他根本没想到这些,他正为自己的无能而十分羞耻。他嘟哝着说:"但愿是真正的风波而不是瞎胡闹。"然后他问,"你想了这么多,分析得这么清楚,为什么只是憋在心里呢?"

"我老觉得没有把握,"赵慧文把手放在自己的胸前:"我看了想,想了又看,我有时候想得一夜都睡不好,我问自己:'你的工作是事务性的,你能理解这些吗?'"

"你怎么会这样想?我觉得你刚才说的对极了!你应该把你刚才说的对区委书记谈,或者写成材料给《人民日报》……"

"瞧,你又来了。"赵慧文露出润湿的牙齿笑了。

"怎么叫又来了?"林震不高兴地站起来,使劲搔着头皮,"我也想过多少次,我觉得,人要在斗争中使自己变正确,而不能等到正确了才去作斗争!"

赵慧文突然推门出去了,把林震一个人留在这空旷的屋子里。他嗅见了肥皂的香气。马上,赵慧文回来了,端着一个长柄的小锅,她跳着进来,像一个梳着三只辫子的小姑娘。她打开锅盖,戏剧性地向林震说:

"来,我们吃荸荠,煮熟了的荸荠,我没有找到别的好吃的。"

"我从小就喜欢吃熟荸荠,"林震愉快地把锅接过来,他挑了一个大的没剥皮就咬了一口,然后他皱着眉吐了出来,"这是个坏的,又酸又臭。"赵慧文大笑。林震气愤地把捏烂了的酸荸荠扔到地上。

临走的时候,夜已经深了,纯净的天空上布满了畏怯的小星星。有一个老头儿吆喝:"炸丸子开锅!"推车走过。林震站在门外,赵慧文站在门里,她的眼睛在黑暗中闪光,她说:"下次来的时候,墙上就有画了。"

林震会心地笑着:"而且希望你把丢下的歌儿唱起来!"他摇了一下她的手。

林震用力地呼吸着春夜的清香之气,一股温暖的泉水在心头涌了上来。

八

韩常新最近被任命为组织部副部长。新婚和被提拔,使他愈益精神焕发和朝气勃勃。他每天刮一次脸,在参观了服装展览会以后又作了一套凡尔丁料子的衣服。不过,最近他亲自出马下去检查工作少了,主要是在办公室听汇报,改文件和找人谈话。刘世吾仍然那么忙……

一天,晚饭以后,韩常新把《拖拉机站站长与总农艺师》还给林震。他用手弹一弹那本书,点点头说:"很有意思,也很荒唐。当个作家倒不坏,编得天花乱坠。赶明儿我得了风湿性关节炎或者犯错误受了处分,就也写小说去。"

林震接过书,赶快拉开抽屉,把它压在最底下。

刘世吾坐在另一边的沙发上正出神地研究一盘象棋残局,听了韩常新的话,刻薄地说:"老韩将来得关节炎或者受处分倒不见得不可能,至于小说,我们可以放心,至少在这个行星上不会看到您的大作。"他说的时候一点不像开玩笑,以至韩常新尴尬地转过头,装没听见。

这时刘世吾又把林震叫过去,坐在他旁边,问:"最近看什么书了?有没有好的借我看看?"

林震说没有。

刘世吾挪动着身体,斜躺在沙发上,两手托在脑后,半闭着眼,缓慢地说:"最近在《译文》上看了《被开垦的处女地》第二部的片段,人家写得真好,活得很……"

"您常看小说?"林震真不大相信。

"我愿意荣幸地表示,我和你一样地爱读书:小说、诗歌,包括童话。解放以前,我最喜欢屠格涅夫,小学五年级,我已经读《贵族之家》,我为伦蒙那个德国老头儿流泪,我也喜欢叶琳娜;英沙罗夫写得却并不好……可他的书有一种清新的、委婉多情的调子。"他忽地站起来,走近林震,扶着沙发背,弯着腰继续说,"现在也爱看,看的时候很入迷,看完了又觉得没什么,你知道,"他紧挨林震坐下,又半闭起眼睛,"当我读一本好小说的时候,我梦想一种单纯的、美妙的、透明的生活。我想去作水手,或者穿上白衣服研究红血球,或者作一个花匠,专门培植十样锦……"他笑了,从来没这样笑过,不是用机智,而是用心。"可还是得作什么组织部长。"他摊开了手。

"为什么您把现在的工作看得和小说那么不一样呢?党的工作不单纯,不美妙,也不透明么?"林震友好而关切地问。

刘世吾接连摇头,咳嗽了一会,又站起来,靠到远一点的地方,嘲笑地说:"党工作者不适合看小说。……譬如,"他用手在空中一划,"拿发展党员来说,小说可以写:'在壮丽的事业里,多少名新战士参加了无产阶级的先锋行列,万岁!'而我们呢,组织部呢,却正在发愁:第一,某支部组织委员工作马大哈,谈不清新党员的历史情况。第二,组织部压了百十几个等着批准的新党员,没时间审查。第三,新党员需经常委批准,常委员一听开会批准党员就请假。第四,公安局长参加常委会批准党员的时候老是打瞌睡……"

"您不对!"林震大声说,他像本人受了侮辱一样地难以忍耐,"真奇怪!……"他说不下去了。

刘世吾笑了笑,叫韩常新:"来,看看报上登的这个象棋残局,该先挪车呢还是先跳马?"

九

魏鹤鸣告诉林震,他要求回到车间做工人,他说:"这个支部委员和生产科长我干不了。"林震费尽唇舌,劝他把那次座谈会搜集的意见写给党报,并且质问他:"你退缩了,你不信任党和国家了,是吗?"后来魏鹤鸣和几个意见较多的工人写了一封长信,偷偷地寄给报纸,连魏鹤鸣本人都对自己有些怀疑:"也许这又是'小集团活动'?那就处罚我吧!"他是带着有罪的心情把大信封扔进邮箱的。

五月中旬,《北京日报》以显明的标题登出揭发王清泉官僚主义作风的群众来信。署名"麻袋厂一群工人"的信,愤怒地要求领导上处理这一问题。《北京日报》编者也在按语中指出:"……有关领导部门应迅速作认真的检查……"

赵慧文首先发现了,她叫林震来看。林震兴奋得手发抖,看了半天连不成句子,他想:"好!终于揭出来了!时机总算成熟了吧?"

他把报纸拿给刘世吾看,刘世吾仔细地看了几遍,然后抖一抖报纸,客观地说:"好,开刀了!"

这时,区委书记周润祥走进来,他问:"王清泉的情况你们了解不?"

刘世吾不慌不忙地说:"麻袋厂支部的一些不健康的情况那是确实存在的。过去,我们就了解过,最近我亲自找王清泉谈过话,同时小林同志也去了解过。"他转身向林震:"小林,你谈谈王清泉的情况吧。"

有人敲门。魏鹤鸣紧张地撞进来,他的脸由红色变成了青色,他说,王厂长在看到《北京日报》以后非常生气,现在正追查写信的人。

……经过党报的揭发与区委书记的过问,刘世吾以出乎林震意料之外的雷厉风行的精神处理了麻袋厂的问题。刘世吾一下决心,就可以把工作作得很出色。他把其他工作交代给别人,连日与林震一起下到麻袋厂去。他深入车间,详细调查了王清泉工作的一切情况,征询工人群众的一切意见。然后,与各有关部门进行了联系,只用了一个多星期的时间,就对王清泉作了处理,——党内和行政都予以撤职处分。

处理王清泉的大会一直开到深夜,开完会,外面下起雨,雨忽大忽小,久久地不停息。风吹到人脸上有些凉。刘世吾与林震到附近的一个小铺子去吃馄饨。

这是新近公私合营的小铺子,整理得干净而且舒适。由于下雨,顾客不多。他们避开热气腾腾的馄饨锅,在墙角的小桌旁坐下来。

他们要了馄饨,刘世吾还要了白酒,他呷了一口酒,掐着手指,有些感触地说:"我这是第六次参加处理犯错误的负责干部的问题了,头几次,我的心很沉重。"由于在大会上激昂地讲过话,他的嗓音有些嘶哑,"党工作者是医生,他要给人治病,他自己却是并不轻松的。"他用无名指轻轻敲着桌子。

林震同意地点头。

刘世吾忽然问:"今天是几号?"

"五月二十,"林震告诉他。

"五月二十,对了。九年前的今天,青年军二〇八师打坏了我的腿。"

"打坏了腿?"林震对刘世吾的过去历史还不了解。

刘世吾不说话,雨一阵大起来,他听着那哗啦哗啦的单调的响声,嗅着潮湿的土气。一个被雨淋透的小孩子跑进来避雨,小孩的头发在往下滴水。

刘世吾招呼店员:"切一盘肘子。"然后告诉林震:"一九四七年,我在北大作自治会主席。参加五·二〇游行的时候,二〇八师的流氓打坏了我的腿。"他挽起裤子,可以看到一道弧形的疤痕,然后他站起来:"看,我的左腿是不是比右腿短一点?"

林震第一次以深深的尊敬和爱戴的眼光看着他。

喝了几口酒,刘世吾的脸微微发红,他坐下,把肉片夹给林震,然后斜着头说:"那时候……我是多么热情,多么年青啊!我真恨不得……"

"现在就不年青,不热情了么?"林震试探着问。他想了解一下这个人,想逗得他多说几句。

"当然不,"刘世吾玩着空酒杯,"可是我真忙啊!忙得什么都习惯了,疲倦了。解放以来从来没睡够过八小时觉。我处理这个人和那个人,却没有时间处理处理自己。"他托起腮,用最质朴的人对人的态度看着林震,"是啊,一个布尔什维克,经验要丰富,但是心要单纯。……再来一两!"刘世吾举起酒杯,向店员招手。

这时林震已经开始被他深刻和真诚的抒发所感动了。刘世吾接着闷闷地说:"据说,炊事员的职业病是缺少良好食欲,饭菜是他们作的,他们整天和饭菜打交道。我们,党工作者,我们创造了新生活,结果,生活反倒不能激动我们。……"

林震的嘴动了动,刘世吾摆摆手,表示希望不要现在就和他辩论。他不说话,独自托着腮发愣。

"雨小多了,这场雨对麦子不错,"过了半天,刘世吾叹了口气,忽然又说:"你这个干部好,比韩常新强。"

林震在慌乱中赶紧喝汤。

刘世吾盯着他,亲切地笑着,问他:"赵慧文最近怎么样?"

"她情绪挺好。"林震随口说。他拿起筷子去夹熟肉,看见了他熟悉的刘世吾的闪烁的目光。

刘世吾把椅子拉近他,缓缓地说:"原谅我的直爽,但是我有责任告诉你……"

"什么?"林震停止了夹肉。

"据我看,赵慧文对你的感情有些不……"

林震颤抖着手放下了筷子。

离开馄饨铺,雨已经停了,星光从黑云下面迅速地露出来,风更凉了,积水潺潺地从马路两边的泄水池流下去。林震迷惘地跑回宿舍,好像喝了酒的不是刘世吾,倒是他。同宿舍的同志都睡得很甜,粗短的和细长的鼾声此起彼伏。林震坐在床上,摸着湿了的裤脚,难过,难过,说不清为什么要难过。眼前浮现了赵慧文的苍白而美丽的脸。……他还是个毛小伙子,他什么也没经历过,什么都不懂。难过,难过,……他走近窗子,把脸紧贴在外面沾满了水珠的冰冷的玻璃上。

十

区委常委开会讨论麻袋厂的问题。

林震列席参加。他坐在一角,心跳,紧张,手心里出了汗。他的衣袋里装着好几千字的发言提纲,准备在常委会上从麻袋厂事件扯出组织部工作中的问题。他觉得麻袋厂问题的揭发和解决,造成了最好的机会,可以促请领导从根本上考虑一下组织部的工作。时候到了!

刘世吾正在条理分明地汇报情况。书记周润祥显出沉思的神色,用左拳托着士兵式的粗壮而宽大的脸,右腕子压着一张纸,时而在上面写几个字。李宗秦用食指在空中写划着。韩常新也参加了会,他专心地把自己的鞋带解开又系上。

林震几次想说话,但是心跳得使他喘不上气。第一次参加常委会,就作这种大胆的发言,未免过于莽撞吧?不怕,不怕!他鼓励自己。他想起八岁那年在青岛学跳水,他也一边听着心跳,一边生气地对自己说:"不怕,不怕!"

区委常委批准了刘世吾对于麻袋厂问题提出的处理意见,马上就要进行下面一项议程了,林震霍地举起了手。

"有意见吗? 不举手就可以发言的。"周书记笑着说。

林震站起来,碰响了椅子,掏出笔记本看着提纲,他不敢看大家。

他说:"王清泉个人是作了处理了,但是如何保证不再有第二、第三个王清泉出现呢? 我们应该检查一下区委组织工作中的缺点:第一,我们只抓了建党,对于巩固党没给以应有的注意,使基层的党内斗争处于自流状态。第二,我们明知有问题却拖延着不去解决,王清泉来厂子整整五年,问题一直存在而且愈发展愈严重。……具体地说,我认为韩常新同志与刘世吾同志有责任……"

会场起了轻微的骚动,有人咳嗽,有人放下了烟卷,有人打开笔记本,有人挪了一下椅子。

韩常新耸了一下肩,用舌头舐了一下扭动着的牙床,讽刺地说:"往往听到一种事后诸葛亮的意见:'为什么不早一点处理呢?'当然是愈早愈好喽……高饶事件发生了,有人问为什么不早一点,贝利亚,也有人问为什么不早一点。再者,组织部并不能保证第二、三个王清泉不会出现,林震同志也未尝能保证这一点。……"

林震抬起头,用激怒的目光看韩常新。韩常新却只是冷冷地笑。林震压抑着自己,他说:"老韩同志知道缺点的存在是规律,但他不知道克服缺点前进更是规律。老韩同志和刘部长,就是抱住了头一个规律,因而对各种严重的缺点采取了容忍乃至于麻木的态度!"说完,他用手抹了抹头上的汗,他也不知道自己怎么敢说得这样尖锐,但是终究说出来了,他有一种如释重负的感觉。

李宗秦在空中划着的食指停住了。周润祥转头看看林震又看看大家,他的沉重的身躯使木椅发出了吱吱声。他向刘世吾示意:"你的意见?"

刘世吾点点头:"小林同志的意见是对的,他的精神也给了我一些启发……"然后他悠闲地蹭到桌子边去倒茶水,用手抚摸着茶碗沉思地说:"不过具体到麻袋厂事件,倒难说了。组织部门巩固党的工作抓的不够,是的,我们干部太少,建党还抓不过来。麻袋厂王清泉的处理,应该说还是及时而有效的。在宣布处理的工人大会上,工人的情绪空前高涨,有些落后的工人也表示更认识到了党的大公无私,有一个老工人在台上一边讲话一边落泪,他们口口声声说着感谢党,感谢区委……"

林震小声说:"是的,正因为这样,我才觉得我们工作中的麻木、拖延、不负责任,是对群众犯罪。"他提高了声音,"党是人民的,阶级的心脏,我们不允许心脏上有灰尘,就不允许党的机关有缺点!"

李宗秦把两手交插起来放在膝头,他缓缓地说,像是一边说一边思索着如何造句:"我认为林震、韩常新、刘世吾同志的主要争论有两个症结,一个是规律性与能动性的问题,……一个是……"

林震以不知从哪儿来的勇气对李宗秦说:"我希望不要只作冷静而全面的分析……"他没有说下去,他怕自己掉下眼泪来。

"为什么?"周润祥问林震,他严厉地说:"冷静而全面的分析比急躁而片面的冲动好得多。同志,你太容易激动了,背诵着抒情诗去做组织工作是不相宜的!"然后他对大家说:"讨论下一项议程吧。"

散会后,林震气恼得没有吃下饭,区委书记的态度他没想到。他不满甚至有点失望。韩常新与刘世吾找他一齐出去散步,就像根本没理会他对他们的不满意,这使林震更意识到自己和他们力量的悬殊。他苦笑着想:"你还以为常委会上发一席言就可以起好大的作用呢!"他打开抽屉,拿起那本被韩常新嘲笑过的苏联小说,翻开第一篇,上面写着:"按娜斯嘉的方式生活!"他自言自语:"真难啊!"

十一

第二天下班以后,赵慧文告诉林震:"到我家吃饭去吧,我自己包饺子。"他想推辞,赵慧文已经走了。

林震犹豫了好久,终于在食堂吃了饭再到赵慧文家去。赵慧文的饺子刚刚煮熟。她第一次穿上暗红色的旗袍,系着围裙,手上沾满面粉,像一个殷勤的主妇似地对林震说:"新下来的豆角做的馅子……"

林震嗫嚅地说:"我吃过了。"

赵慧文不信,跑出去给他拿来了筷子,林震再三表示确实吃过,赵慧文不满意地一个人吃起来。林震不安地坐在一旁,一会儿看看这,一会儿看看那,一会儿搓搓手,一会儿晃一晃身体,那种说不出来的温暖和难过的感觉又一齐涌上了他的心头。他的心在痛,好像失掉了什么。他简直不敢看赵慧文那张被红衣裳映红了的美丽的脸儿。

"小林,有什么事吗?"赵慧文停止了吃饺子。

"没……有。"

"告诉我吧。"赵慧文目不转睛地看着他。

"昨天在常委会上我把意见都提了,区委书记睬都不睬………"

赵慧文咬着筷子端想了想,她坚决地说:"不会的,周润祥同志也许只是不轻易发表意见……"

"也许,"林震半信半疑地说,他低下头,不敢正面接触赵慧文关切的目光。

赵慧文吃了几个饺子,又问:"还有呢?"

林震的心跳起来了。他抬起头,看见了赵慧文那同情他和鼓励他的眼睛,他轻轻地叫:"赵慧文同志……"

赵慧文放下筷子,靠在椅子背上,有些吃惊了。

"我很想知道,你是否幸福。"林震用一种粗重的完全像大人一样的声音说,"我看见过你的眼泪,在刘世吾的办公室,那时候春天刚来……后来忘记了。我自己马马虎虎地过日子,也不会关心人。你幸福吗?"

赵慧文略略疑惑地看着他,摇头,"有时候我也忘记……"然后点头,"会的,会幸福的。你为什么问它呢?"她安详地笑着。

林震把刘世吾对他讲的告诉了她:"……请原谅我,把刘世吾同志随便讲的一些话告诉了你,那完全是瞎说……我很愿意和你一起说话或者听交响乐,你好极了,那是自然而然的,……也许这里边有什么不好的,不合适的东西,马马虎虎的我忽然多虑了,我恐怕我扰乱谁。"林震抱歉地结束了。

赵慧文安详地笑着,接着皱起了眉尖儿,又抬起了细瘦的胳臂,用力擦了一下前额,然后她甩了一下头,好像甩掉什么不愉快的心事似地转过身去了。

她慢慢地走到墙壁上新挂的油画前边，默默地看画。那幅画的题目是《春》，莫斯科，太阳在春天初次出现，母亲和孩子到街头去……

一会，她又转过身来，迅速地坐在床上，一只手扶着床栏杆，异常平静地说："你说了些什么呀？真是！我不会作那些不经过考虑的事。我有丈夫，有孩子，我还没和你谈过我的丈夫，"她不用常说的"爱人"，而强调地说着"丈夫"，"我们在五二年结的婚，我才十九，真不该结婚那么早。他从部队里转业，在中央一个部里作科长，他慢慢地染上了一种'油条'劲儿，争地位、争待遇，和别人不团结。我们之间呢，好像也只剩下了星期六晚上回来和星期一走。他的理论是：或者是崇高的爱情，或者什么都没有。我们争吵了……但我仍然等待着……他最近出差去上海，等回来，我要和他好好谈一谈。可你说了些什么呢？"她又一问问，"小林，你是我所尊敬的顶好的朋友，但你还是个孩子——这个称呼也许不对，对不起。我们都希望过一种真正的生活，我们希望组织部成为真正的党的工作机构，我觉着你像是我的弟弟，你盼望我振作起来，是吧？生活是应该有互相支援和友谊的温暖，我从来就害怕冷淡。就是这些了，还有什么呢？还能有什么呢？"

林震惶恐地说："我不该受刘世吾话的影响……"

"不，"赵慧文摇头，"刘世吾同志是聪明人，他的警告也许并不是完全没有必要，然后……"她深深地吐一口气："那就好了。"

她收拾起碗筷，出去了。

林震茫然地站起，来回踱着步子，他想着，想着，好像有许多话要说，慢慢地，又没有了。他要说什么呢？本来什么都没有发生。生活有时候带来某种情绪的波流，使人激动也使人困扰，然后波流流过去，没有一点痕迹……真的没有痕迹吗？它留下对于相逢者的纯洁和美好的记忆，虽然淡淡，却难忘……

赵慧文又进来了，她领着两岁的儿子，还提着一个书包。小孩已经与林震见过几次面，亲热地叫林震"夫夫"——他说不清"叔叔"。

林震用强健的手臂把他举了起来。空旷的屋子里顿时充满了孩子的笑闹声。

赵慧文打开书包，拿出一叠纸，翻着，说："今天晚上，我要让你看几样东西。我已经把三年来看到的组织部工作中的一些问题和自己的意见写了一个草稿。这个……"她不好意思地摸了一下一张橡皮纸："大概这是可笑的，我给自己规定了一个竞赛的办法。让今天的自己和昨天的自己竞赛。我划了表，如果我的工作有了失误——写入党批准通知的时候抄错了名字或者统计错了新党员人数，我就在表上划一个黑叉子，如果一天没有错，就画一个小红旗。连续一个月都是红旗，我就买一条漂亮的头巾或者别的什么奖励自己……也许，这像幼儿园的做法吧？你笑吗？"

林震入神地听着，他严肃地说："决不，我尊敬你对你自己的……"

临走的时候，夜已经深了，林震站在门外，赵慧文站在门里，她的眼睛在黑暗中闪着光，她说："今天的夜色非常好，你同意吗？你嗅见槐花的香气了没有？平凡的小白花，它比牡丹清雅，比桃李浓馥，你嗅不见？真是！再见。明天一早就见面了，我们各自投身在伟大而麻烦的工作里边。然后晚上来找我吧，我们听美丽的意大利随想曲。听完歌，我给你煮荸荠，然后我们把荸荠皮扔得满地都是……"

……林震靠着组织部门前的大柱子好久好久地呆立着，望着夜的天空。初夏的南风吹拂着他——他来时是残冬，现在已经是初夏了，他在区委会度过了第一个春天。

一阵莫名其妙的情绪涌上了他的心头，仿佛是失掉了什么宝贵的东西，仿佛是由于想起了自己几个月来工作得太少而进步也太慢……不，他仿佛是第一次尝到了爱情的痛苦的滋味。

在这以前，他并没有想到自己会对赵慧文发生什么特别的感情，他不过是把她当做一位朋友，一位大姐；不过是，偶然想起她对他的友谊时，心里有一股温暖的、然而又有些难过的和惭愧的味儿。他一直并没有好好地去想一想为什么会有这样的心情。但正因为有这样的心情，再加上刘世吾的点破，他才更加不安，好像是担心会有什么不幸的事情要发生，因此他才有了刚才那样一段坦率的表白。却没有想到，当赵慧文也作了同样坦率的表白以后，当她仍然把他当做亲密的朋友，当她说出人与人之间需要热情，当她宣布了自己今后力求进步的计划以后，她的一举一动，她的心灵，反而显得更加可爱了，一股真正的爱情的滋味反而从他的内心深处涌出来了！……不，她是有丈夫的人，不会爱他，他也不应该爱她。……人，是多么复杂啊！一切一切事情，决不会像刘世吾所说的："就那么回事"。不，决不是就那么回事。正因为不是就那么回事，所以人应该用正直感情严肃认真地去对待一切。正因为这样，所以看见了不合理的事情，不能容忍的事情，就不要容忍，就要一次两次三次地斗争到底，一直到事情改变了为止。所以决不要灰心丧气……至于爱情呢，既是……，那就咬咬牙，把这热情悄悄地压在自己心里吧！

"我要更积极，更热情，但是一定要更坚强……"最后，林震低声对自己说了这么两句，挺起胸脯来深深地吸了一口夜的凉气。

隔着窗子，他看见绿色的台灯和夜间办公的区委书记的高大侧影，他坚决地、迫不及待地敲响领导同志办公室的门。

一九五六年五月—七月
（原载《人民文学》1956年第9期）

红 豆

宗 璞

  天气阴沉沉的,雪花成团地飞舞着。本来是荒凉的冬天的世界,铺满了洁白柔软的雪,仿佛显得丰富了,温暖了。江玫手里提着一只小箱子,在×大学的校园中一条弯曲的小道上走着。路旁的假山,还在老地方。紫藤萝架也还是若隐若现地躲在假山背后。还有那被同学戏称为阿木林的枫树林子,这时每株树上都积满了白雪,真是"忽如一夜春风来,千树万树梨花开"了。雪花迎面扑来,江玫觉得又清爽又轻快。她想起六年以前,自己走着这条路,离开学校,走上革命的工作岗位时的情景,她那薄薄的嘴唇边,浮出一个微笑。脚下不觉愈走愈快,那以前住过四年的西楼,也愈走愈近了。

  江玫走进了西楼的大门,放下了手中的箱子,把头上紫红色的围巾解下来,抖着上面的雪花。楼里一点声音也没有,静悄悄的。江玫知道这楼已作了单身女教职员宿舍,比从前是学生宿舍时,自然不同。只见那间门房,从前是工友老赵住的地方,门前挂着一个牌子,写着"传达室"三个字。

  "有人么?"江玫环顾着这熟悉的建筑,还是那宽大的楼梯,还是那阴暗的甬道,吊着一盏大灯。只是墙边布告牌上贴着"今晚团员大会"的布告,又是工会基层选举的通知,用红纸写着,显得喜气洋洋的。

  "谁呀?"一个苍老的声音从传达室里发出来。传达室门开了,一个穿着干部服的整洁的老头儿,站在门口。

  "老赵!"江玫叫了一声,又高兴又惊奇,跑过去一把抱住了他。"你还在这儿!"

  "是江玫!"老赵几乎不相信自己昏花的老眼,揉了揉眼睛,仔细看着江玫。"是江玫!打前儿个总务处就通知我,说党委会新来了个干部,叫给预备一间房,还说这干部还是咱们学校的学生呢,我可再也没想到是你!你离开学校六年啦,可一点没变样,真怪,现时的年轻人,怎么再也长不老哇!走!领你上你屋里去,可真凑巧,那就是你当学生时住的那间房!"

  老赵絮絮叨叨领着江玫上楼。江玫抚着楼梯栏杆,好像又接触到了六年以前的大学生生活。

  这间房间还是老样子,只是少了一张床,多了些别的家具,窗外可以看到阿木林,还有阿木林后面的小湖,在那里,夏天时,是要长满荷花的。江玫四面看着,眼光落到墙上嵌着的一个耶稣受难像上。那十字架的颜色,显然深了许多。

  好像是有一个看不见的拳头,重重地打了江玫一下。江玫觉得一阵头昏,问老赵:"这个东西怎么还在这儿?"

  "本来说要取下来,破除迷信,好些房间都取下来了。后来又说是艺术品让留着,有几间屋子就留下了。"

  "为什么要留下?为什么要留下这一间的?"江玫怔怔地看着那十字架,一歪身坐在还没有铺好的床上。

"那也是凑巧呗!"老赵把桌上的一块破抹布捡在手里。"这屋子我都给收拾好啦,你归置归置,休息休息。我给你张罗点开水去。"

老赵走了。江玫站起身来,伸手想去摸那十字架,却又像怕触到使人疼痛的伤口似的,伸出手又缩回手,怔了一会儿,后来才用力一揿耶稣的右手,那十字架好像一扇门一样打开了。墙上露出一个小洞。江玫踮起脚尖往里看,原来被冷风吹得绯红的脸色刷地一下变得惨白。她低声自语:"还在!"遂用两个手指,钳出了一个小小的有象牙托子的黑丝绒盒子。

江玫坐在床边,用发颤的手揭开了盒盖。盒中露出来血点儿似的两粒红豆,镶在一个银丝编成的指环上,没有耀眼的光芒,但是色泽十分匀静而且鲜亮。时间没有给它们留下一点痕迹。

江玫知道这里面有多少欢乐和悲哀。她拿起这两粒红豆,往事像一层烟雾从心上升了起来——

那已经是八年以前的事了。那时江玫刚二十岁,上大学二年级。那正是一九四八年,那动荡的翻天覆地的一年,那激动,兴奋,流了不少眼泪,决定了人生的道路的一年。

在这一年以前,江玫的生活像是山岩间平静的小溪流,一年到头潺湲地流着,很少波浪。她生长于小康之家,父亲做过大学教授,后来做了几年官。在江玫五岁时,有一天,他到办公室去,就再没有回来过。江玫只记得自己被送到舅母家去住了一个月,回家时,看见母亲如画的脸庞消瘦了,眼睛显得惊人的大,看去至少老了十年。据说父亲是患了急性肠炎去世的。以后,江玫上了小学上中学,上了中学上大学。日寇入侵的那段水深火热的日子,江玫也在母亲的尽力遮蔽下较平静地度过。在中学时,有一些密友常常整夜叽叽喳喳地谈着知心话。上大学后,因为大家都是上课来,下课走,不参加什么活动的人简直连同班同学也不认识,只认识自己的同屋。江玫白天上课弹琴,晚上坐图书馆看参考书,礼拜六就回家。母亲从摆着夹竹桃的台阶上走下来迎接她,生活就像那粉红色的夹竹桃一样与世隔绝。

一九四八年春天,新年刚过去,新的学期开始了。那也是这样一个下雪天,浓密的雪花安安静静地下着。江玫从练琴室里走出来,哼着刚弹过的调子。那雪花使她感到非常新鲜,她那年轻的心充满了欢快。她走在两排粉妆玉琢的短松墙之间,简直想去弹动那雪白的树枝,让整个世界都跳起舞来。她伸出了右手,自己马上觉得不好意思,连忙缩了回来,掠了掠鬓发,按了按母亲从箱子底下找出来的一个旧式发夹,发夹是黑白两色发亮的小珠串成的,还托着两粒红豆,她的新同屋肖素说好看,硬给她戴在头上的。

在这寂静的道路上,一个青年人正急速地向练琴室走来。他身材修长,穿着灰绸长袍,罩着蓝布长衫,半低着头,眼睛看着自己前面三尺的地方,世界对于他,仿佛并不存在。也许是江玫身上活泼的气氛,脸上鲜亮的颜色搅乱了他,他抬起头来看了她一眼。江玫看见他有着一张清秀的象牙色的脸,轮廓分明,长长的眼睛,有一种迷惘的做梦的神气。江玫想,这人虽然抬起头来,但是一定没有看见我。不知为什么,这个念头,使她觉得很遗憾。

晚上,江玫躺在床上,久久不能入睡。许多片断在她脑中闪过。她想着母亲,那和她相依为命的老母亲,这一生欢乐是多么少。好像有什么隐秘的悲哀在过早地染白她那一头丰盛的头发。她非常嫌恶那些做官的和有钱的人，江玫也从她那里承袭了一种清高的气息，那与世隔绝的清高。江玫想想，忽然好笑了起来。

江玫自己知道，觉得那种清高好笑是因为想到肖素的缘故。肖素是江玫这一学期的新同屋。同屋不久，可是两人已经成为很要好的朋友。肖素说江玫像是从另一个世界来的，清高这个词儿也是肖素说的，她还说："当然，这也有好处也有不好处。"这些，江玫并不完全了解。只不知为什么，乱七八糟的一些片断都在脑海中浮现出来。

这屋子多么空！肖素还不回来。江玫很想看见她那白中透红的胖胖的面孔，她总是给人安慰、知识和力量。学物理的人总是聪明的，而且她已经四年级了，江玫想。但是在肖素身上，好像还不只是学物理和上到大学四年级，她还有着更丰富的东西，江玫还想不出是什么。

正乱想着，肖素推门进来了。

"哦！小鸟儿！还没有睡！"小鸟儿是肖素给江玫起的绰号。

"睡不着。真希望你快点回来。"

"为什么睡不着？"肖素带回来一个大萝卜，切了一片给江玫。

"等着吃萝卜，——还等着你给讲点什么。"江玫望着肖素坦白率真的脸，又想起了母亲。上礼拜她带肖素回家去，母亲真喜欢肖素，要江玫多听肖姐姐的话。

"我会讲什么？你是幼稚园？要听故事？呶，给你本小书看看。"江玫接过那本小书，书面上写着"方生未死之间"。

两人静静地读起书来了。这本书很快就把江玫带进了一个新的天地。它描写着中国人民受的苦难，在血和泪中，大家在为一种新的生活——真正的丰衣足食，真正的自由——奋斗，这种生活，是大家所需要的。

"大家？——"江玫把书抱在胸前，沉思起来。江玫的二十年的日子，可以说全是在那粉红色的夹竹桃后面度过的。但她和母亲一样，憎恶权势，憎恶金钱。母亲有时会流着泪说："大家都该过好日子，谁也不该屈死。"母亲的"大家"在这本小书里具体化了。是的，要为了大家。

"肖素，"江玫靠在枕上说："我这简单的人，有时也曾想过人活着是为了什么，但想不通。你和你的书使我明白了一些道理。"

"你还会明白得更多。"肖素热切地望着她，"你真善良——你让我忘记刚才的一场气了，刚刚我为我们班上的齐虹真发火——"

"齐虹？他是谁？"

"就是那个常去弹琴，老像在做梦似的那个齐虹，真是自私自利的人，什么都不能让他关心。"

肖素又拿起书来看了。

江玫也拿起书来，但她觉得那清秀的象牙色的脸，不时在她眼前晃动。

雪不再下了。坚硬的冰已经逐渐变软。江玫身上的黑呢大衣换成了灰呢子的，配上她习惯用的红色的围巾，洋溢着春天的气息。她跟着肖素，生活渐渐忙起来。她参加了"大家唱"歌咏团和"新诗社"。她多么喜欢那"你来我来他来她来大家一齐来唱歌"的热情的声音，她因为《黄河大合唱》刚开始时万马奔腾的鼓声兴奋得透不过气来。她读着艾青、田间的诗，自己也悄悄写着什么"飞翔，飞翔，飞向自由的地方"的句子。"小鸟"成了大家对她的爱称。她和肖素也更接近，每天早上一醒来，先要叫一声"素姐"。

她还是天天去弹琴，天天碰见齐虹，可是从没有说过话。本来总在那短松夹道的路上碰见他，后来常在楼梯上碰见他，后来江玫弹完了琴出来时，总看见他站在楼梯栏杆旁，仿佛站了很久了似的，脸上的神气总是那样漠然。

有一天天气暖洋洋的，微风吹来，丝毫不觉得冷，确实是春天来了。江玫在练琴室里练习贝多芬的月光曲，总弹也弹不会，老要出错，心里烦躁起来，没到时间就不弹了。她走出琴室，一眼就看见齐虹站在那里。他的神色非常柔和，劈头就问：

"怎么不弹了？"

"弹不会。"江玫多少带了几分诧异。

"你大概太注意手指的动作了。不要多想它，只记着调子，自然会弹出来。"

他在钢琴旁边坐下了，冰冷的琴键在他的弹奏下发出了那样柔软热情的声音。换上别的人，脸上一定会带上一种迷醉的表情，可是齐虹神采飞扬，目光清澈，仿佛现实这时才在他眼前打开似的。

"这是怎么样的人？"江玫问着自己。"学物理，弹一手好钢琴，那神色多么奇怪。"

齐虹停住了，站起来，看着倚在琴边的江玫，微微一笑。

"你没有听？"

"不，我听了。"江玫分辩道，"我在想——"想什么，她自己也不知道。

"我送你回去，好么？"

"你不练琴？"

"不想练。你看天气多么好！"

就这样，他们开始了第一次的散步，就这样，他们散步，散步，看到迎春花染黄了柔软的嫩枝，看到亭亭的荷叶铺满了池塘。他们曾迷失在荷花清远的微香里，也曾迷失在桂花浓郁的甜香里，然后又是雪花飞舞的冬天。哦！那雪花，那阴暗的下雪天！——

齐虹送她回去，一路上谈着音乐，齐虹说："我真喜欢贝多芬，他真伟大、丰富，又那样朴实。每一个音符上都充满了诗意。"

江玫懂得他的"诗意"含有一种广义的意思。她的眼睛很快地表露了她这种懂得。

齐虹接着说："你也是喜欢贝多芬的。不是吗？据说肖邦最不喜欢贝多芬，简直不能容忍他的音乐。"

"可我也喜欢肖邦。"江玫说。

"我也喜欢。那甜蜜的忧愁——人和人之间是有很多相同的也有很多不同的东西——"那漠然的表情又来到他的脸上。"物理和音乐能把我带到一个真正的世界去，科学的、美的世界，不像咱们活着的这个世界，这样空虚，这样紊乱，这样丑恶！"

他送她到西楼，冷淡地点了点头就离开了，根本没有问她的姓名。江玫又一次感到有些遗憾。

晚上，江玫从图书馆里出来，在月光中走回宿舍。身后有一个声音轻轻唤她："江玫！"

"哦！是齐虹。"她回头看见那修长的身影。

"你怎么知道我的名字？"齐虹问。月光照出他脸上热切的神气。

"你怎么知道我的名字？"江玫反问。她觉得自己好像认识齐虹很久了，齐虹的问题可以不必回答。

"我生来就知道。"齐虹轻轻地说。

两人都不再说话。月光把他们的影子投在地上。

以后,江玫出来时,只要是一个人,就总会听到温柔的一声"江玫"。他们愈来愈熟。不知从什么时候起,从图书馆到西楼的路就无限度地延长了。走啊,走啊,总是走不到宿舍。江玫并不追究路为什么这样长,她甚至希望路更长一些,好让她和齐虹无止境地谈着贝多芬和肖邦,谈着苏东坡和李商隐,谈着济慈和勃朗宁。他们都很喜欢苏东坡的那首江城子:"十年生死两茫茫,不思量,自难忘,千里孤坟、无处话凄凉。"他们幻想着十年的时间会在他们身上留下怎样的痕迹。他们谈时间,空间,也谈论人生的道理——

齐虹说:"人活着就是为了自由。自由,这两个字实在好极了。自就是自己,由就是什么都由自己,自己爱做什么就做什么。这解释好吗?"

他的语气有些像开玩笑,其实他是认真的。

"可是我在书里看见,认识必然才是自由。"江玫那几天正在看《大众哲学》。"人也不能只为自己,一个人怎么活?"

"呀!"齐虹笑道,"我倒忘了,你的同屋就是肖素。"

"我们非常要好。"

因为看到路旁的榆叶梅,齐虹说用热闹两字形容这种花最好,江玫很赞赏这两个字,就把自由问题搁下了。

江玫隐约觉得,在某些方面,她和齐虹的看法永远也不会一致。可是她并没有去多想这个,她只喜欢和他在一起,遏不住地愿意和他在一起。

一个礼拜天,江玫第一次没有回家。她和齐虹商量好去颐和园。春天的颐和园真是花团锦簇,充满了生命的气息。来往的人都脱去了臃肿的冬装,显得那样轻盈可爱。江玫和齐虹沿着昆明湖畔向南走去,那边简直没有什么人,只有和暖的春风和他们作伴。绿得发亮的垂柳直向他们摆手。他们一路赞叹着春天,赞叹着生命,走到玉带桥旁。

"这水多么清澈,多么丰满啊。"江玫满心欢喜地向桥洞下面跑去。她笑着想要摸一摸那湖水。齐虹几步就追上了她,正好在最低的一层石阶上把她抱住。

"你呀!你再走一步就掉到水里去了!"齐虹掠着她额前的短发,"我救了你的命,知道么?小姑娘,你是我的。"

"我是你的。"江玫觉得世界上什么都不存在了。她靠在齐虹胸前,觉得这样撼人的幸福渗透了他们。在她灵魂深处汹涌起伏着潮水似的柔情,把她和齐虹一起溶化。

齐虹抬起了她的脸,"你哭了?"

"是的。我不知为什么,为什么这样感动——"

齐虹也感动地望着她,在清澈的丰满的春天的水面上,映出了一双倒影。

齐虹喃喃地说:"我第一次看见你,就是那个下雪天,你记得么?我看见了你,当时就下了决心,一定要永远和你在一起,就像你头上的那两粒红豆,永远在一起,就像你那长长的双眉和你那双会笑的眼睛,永远在一起。"

"我还以为你没有看见我——"

"谁能不看见你!你像太阳一样发着光,谁能不看见你!"齐虹的语气是这样热烈,他的脸上真的散发出温暖的光辉。

他们循着没有人迹的长堤走去,因为没有别人而感到自由和高兴。江玫抬起她那双会笑的眼睛,悄声说:"齐虹,咱们最好去住在一个没有人的岛上,四面是茫茫的大海,只有你是唯一的人——"

齐虹快乐地喊了一声,用手围住她的腰。"那我真愿意!我恨人类!只除了你!"

对于江玫来说,正是由于深切的爱,才想到这样的念头,她不懂齐虹为什么要联想到恨,未免有些诧异地望着他。她在齐虹光亮的眼睛里感到了热情,但在热情后面却有一些冰冷的东西,使她发抖。

齐虹注意到她的神色,改了话题:

"冷吗?我的小姑娘?"

"我只是奇怪,你怎么能恨——"

"你甜蜜的爱,就是珍宝,我不屑把处境和帝王对调。"齐虹顺口念着莎士比亚的两句诗,他确是真心的。可是江玫听来,觉得他对那两句诗的情感,更多于对她自己。她并没有多计较,只说真有些冷,柔顺地在他手臂中,靠得更紧一些。

江玫的温柔的衰弱的母亲不大喜欢齐虹。江玫问她:"他怎么不好?他哪里不好?"母亲忧愁地微笑着,说他是聪明极了,也称得是漂亮,但作为一个人,他似乎少些什么,究竟少些什么,母亲也说不出。在江玫充满爱情的心灵里,本来有着一个奇怪的空隙,这是任何在恋爱中的女孩子所不会感到的。而在江玫,这空隙是那样尖锐,那样明显,使她在夜里痛苦得不能入睡。她想马上看见他,听他不断地诉说他的爱情。但那空隙,是无论怎样的诉说也填不满的罢。母亲的话更增加了江玫心上的阴影。更何况还有肖素。

红五月里,真是热闹非凡。每天晚上都有晚会。五月五日,是诗歌朗诵会。最后一个朗诵节目是艾青的《火把》。江玫担任其中的唐尼。她本来是再也不肯去朗诵诗的,她正好是属于一听朗诵诗就浑身起鸡皮疙瘩的那种人。肖素只问了她两句话:"喜欢这首诗不?""喜欢。""愿意多有一些人知道它不?""愿意。""那好了。你去念罢。"江玫拂不过她,最后还是站到台上来了。她听到自己清越的声音飘在黑压压的人群上,又落在他们心里。她觉得自己就是举着火把游行的唐尼,感觉到了一种完全新的东西、陌生的东西。而肖素正像是指导着唐尼的李茵。她愈念愈激动,脸上泛着红晕。她觉得自己在和上千的人共同呼吸,自己的情感和上千的人一同起落。"黑夜从这里逃遁了,哭泣在遥远的荒原。"那雄壮的齐诵好像是一种无穷的力量,推着她,使她想要奔跑,奔跑——

回到房间里,她对肖素说:"我今天忽然懂得了大伙儿在一起的意思,那就是大家有一样的认识,一样的希望,爱同样的东西,也恨同样的东西。"

肖素直看着她,问道:"你和齐虹有一样的认识,一样的期望么?"

江玫很怪肖素这时提到齐虹,打断了她那些体会,她那双会笑的眼睛严肃起来:"我真不知道怎样告诉你,我和齐虹,照我看,有很多地方,是永远也不会一致的。"

肖素也严肃地说:"本来是不会一致。小鸟儿,你是一个好女孩子,虽然天地窄小,却纯洁善良。齐虹憎恨人,他认为无论什么人彼此都是互相利用。他有的是疯狂的占有的爱,事实上他爱的还是自己。我和他已经同学四年——"

"你怎么能这样说他!我爱他!我告诉你我爱他!"江玫早忘了她和齐虹之间的分歧,觉得有一团火在胸中烧,她斩钉截铁地说,砰的一声关上房门,到走廊里去了。

"回来！回来。"第一声是严厉的，第二声是温柔的。肖素打开房门，看见她站在走廊里，眼睛像星星般亮。"你这礼拜天回家吗？有点事要你做。"

江玫是从不拒绝肖素的任何要求的。她隐约觉得肖素正在为一个伟大的事业做着工作，肖素的生活是和千百万人联系在一起的，非常炽热，似乎连石头也能温暖，她望着肖素，慢慢走了回来。

"什么事？交给我办好了。"

"你不回家么？"

"原来想回去看看。听说面粉已经涨到三百万一袋了。前几天大公报登了几首小诗，有一点稿费，想去送给母亲。"江玫一下子觉得疲倦得要命，坐在椅子上。

肖素本来想说"不食人间烟火的江玫也知道关心物价"，又一想，就没有说。只说：

"这里有几篇壁报稿子，礼拜一要出，你来把它们修改一遍，文字上弄通顺些，抄写清楚。我明天进城，可以把钱送给伯母。"她把稿子递给江玫，关心地看着她，说："过两天，咱们还要好好谈一谈。"

礼拜天，江玫吃过早饭就坐在桌旁看那些稿子。为什么这些短短的文字并不怎么通顺的文章这样有说服力？要民主反饥饿，像钟声一样在江玫耳边敲着。参加新诗朗诵会的兴奋心情又升起来了。《火把》中的唐尼的形象仿佛正站在窗帘上。

有人敲门。

"江玫！"是齐虹的声音。

江玫转过头去，正是齐虹站在门口，一脸温柔的笑意，在看着江玫。

"哦！你来了！"

"昨天晚上到你家里去了，伯母说你没有回来。我连家也没有回，就回学校来了。"他走上来握住江玫的手。

一提起齐虹的家，江玫眼前就浮现出富丽堂皇的大厅，老银行家在数着银元，叮叮当当响，这和江玫手上的那些文章很不调和。甚至齐虹，这温文尔雅的齐虹，也和它们很不调和，但江玫看见他，还是很高兴的。

"在干什么？要出壁报么？听说你还朗诵诗？你怎么？也参加民主运动了？我的女诗人！"

江玫不太喜欢他那说话的语气，领首要他坐下。

"我是来找你出去玩的。你看天气多么好！转眼就是夏天了。我来接你到'绝域'去做春季大扫除。"

"绝域"是他们两个都喜欢的一个童话"潘波得"中的神仙领域。他们的爱情就建筑在这些并不存在的童话，终究要萎谢的花朵，要散的云，会缺的月上面。

"今天不行呀，齐虹。"江玫抱歉地说。她抽回了自己的手，理了理放在桌上的稿子。"肖素要我——"

"肖素！又是肖素！你怎么这么听她的话！"齐虹不耐烦地说。

"她的话对么！"

"可是你知道我多么想和你在一起，去听那新生的小蝉的叫唤，去看那新长出来的小小的荷叶——我想要怎样，就要做到！"齐虹脸上温柔的笑意不见了，好像江玫是他的一本书，或者一件仪器。

江玫惊诧地望着他。

"也许,你还会去参加游行罢!你真傻透了!就知道一个肖素!"忿怒的阴云使他的脸变得很凶恶。但他马上又换上一副温和的腔调:"跟我去罢,我的小姑娘。"

江玫咬着自己的嘴唇,几乎咬出血来。

门外有人叫:"小鸟儿!江玫!快来看看这幅漫画,合适不合适。"

江玫想要出去。齐虹却站在桌前不放她走。江玫绕到桌子这边,齐虹也绕了过来,照旧拦住她。江玫又急又气,怎么推他也推不动,不一会儿,江玫的头发散乱,那红豆发夹落在地上,马上就被齐虹那穿着两色镶皮鞋的脚踩碎了,满地散着黑白两色的小珠。江玫觉得自己整个的灵魂正像那个发夹一样给压碎了。她再没有一点力气,屈辱地伏在桌上哭起来。

齐虹需要的正是这样的哭泣。他捡起那两粒红豆,极其体贴地抚着她的肩:"原谅我,原谅我!我太任性,我只是说不出的要和你在一起,我需要你——"

"别哭了,别哭了,我的小姑娘。"齐虹真的着急起来,"我再也不惹你生气了,再也不——再也不——"

江玫觉得这一切真没意思。她很快就抬起头来,擦干了眼泪。她看出来壁报是编不成了,但她也下定决心不跟他出去。只呆呆地坐着,望着窗外。

"好了,好了,不要生气。我来做个盒子把这两粒红豆装起来吧。做个纪念,以后绝不会再惹你。咱们该把这两粒红豆藏在哪儿?"

以后,这两粒红豆就被装在一个精致的盒子里面,放在耶稣像后面的小洞里了。那小洞是齐虹偶然发现的。江玫睡在床上看见耶稣的像,总觉得他太累,因为他负荷着那么多人世间的痛苦。

这一次争吵以后,齐虹和江玫并不是再也不,而是把争吵、哭泣,变成了他们爱情中的一部分。他们每次见面总有一阵风波,有时大有时小,但如有一天不见面,不看到听到对方的音容笑貌,在他们却又是受不了的事。他们的爱情正像鸦片烟一样,使人不幸,而又断绝不了。江玫一天天地消瘦了,苍白了,母亲望着她忍不住哭。齐虹脸上那种漠不关心的神气消失了,换上的是提心吊胆的急躁和忧愁。因为他对人生不信任,他对爱情也不信任,他监视着爱情,监视着幸福,监视着江玫——

就在这个时候,江玫也一天天明白了许多事。她知道少数人剥削多数人的制度该被打倒。她那善良的少女的心,希望大家都过好的生活。而且物价的飞涨正影响着江玫那平静温暖的小天地。母亲存着一些积蓄的那家银行忽然关了门。江玫和母亲一下子变成舅舅的负担了。江玫是决不愿意成为别人的负担的。她渴望着新的生活,新的社会秩序。共产党在她心里,已经成为一盏导向幸福自由的灯,灯光虽还模糊,但毕竟是看得见的了。

也就在这时候,江玫的母亲原有的贫血症愈来愈严重,医生说必须加紧治疗,每天注射肝精针,再拖下去的话,后果不堪设想。但是这一笔医药费用筹办起来谈何容易!舅舅已经是自顾不暇了,难道还去麻烦他?本来和齐虹一提也可以,但是江玫决不愿求他。江玫只自己发愁,夜里直睡不着觉。

肖素很快就看出来江玫有心事。一盘问,江玫就一五一十告诉了她。

"那可不能拖下去。"肖素立刻说,她那白白的脸上的神色总是那样果断。"我输血给她!小鸟儿,你看,我这样胖!"她含笑弯起了手臂。

江玫感动地抱住了她:"不行,肖素。你和我的血型一样,和母亲不一样,不能输血。"

"那怎么办?我们总得想办法去筹一笔款子。"

第三天晚上,肖素兴高采烈地冲进房间。一进来就喊:"江玫!快看!"江玫吃惊地看她,她大笑着,扬起了一叠钞票。

"素!哪里来的?你怎么这样有本事!"江玫也笑了,笑得那样放心。这种笑,是齐虹极想要听而听不到的。

"你别管,明天快拿去给伯母治病吧。"肖素眨眨眼睛,故作神秘地说。

"非要知道不可!不然我不安心!"

"别说了。我要睡觉了。"肖素笑过了,一下子显得很是疲倦。她脱去了朴素的蓝外套,只穿着短袖竹布旗袍,坐在床边上。

江玫上下打量她,忽然看见她的臂弯里贴着一块橡皮膏。江玫过去拉起她的手,看看橡皮膏,又看看她的脸。

"有什么好打量的?"肖素微笑着抽回了手,盖上了被。

"你——抽了血?"

肖素满不在乎地说:"我卖了血。不只我一个人,还有几个伙伴。"

人常常会在一刹那间,也许只是因为一个眼神一个手势,伤透了心,破坏了友谊。人也常常会在一刹那间,也许就因为手臂上的一点针孔,建立了生死不渝的感情。江玫这时什么话也说不出来。她一下子跪在床边,用两只手遮住了脸。

礼拜六,江玫一定要肖素自己送钱去给母亲。肖素答应了和江玫一道回家,江玫也答应了肖素不告诉母亲钱的来源。两人欢欢喜喜回家去了。到了家,江玫才发现母亲已经病倒在床,这几天饭都是舅母那边送过来的。她站在衰老病弱的母亲床边,一阵心酸,眼泪夺眶而出。肖素也拿出了手绢。但她不只是看见这一位母亲躺在床上,她还看见千百万个母亲形销骨立心神破碎地被压倒在地下。

这一晚,两人自己做了面,端在母亲床边一同吃了。母亲因为高兴,精神也好了起来。她吃过了面,笑着问:"我真是病得老了,今天你舅母来,问我有火没有,我听成有狗没有。直告诉她从前咱们养了一只狗,名叫斐斐——"肖素和江玫听了笑得不得了。江玫正笑着,想起了齐虹。她想:这种生活和感情是齐虹永远不会懂的。她也没有一点告诉给他的欲望。

六月,反对美国扶植日本的运动达到了高潮。江玫比以前更关心当前的政治局势。她感到美国正在筹谋着什么坏主意。很明显,扶植压迫中国人民八年之久的日本,在每一个中国人心上都会引起抑制不住的愤怒。

有一天,肖素和江玫坐在窗前,读着当时美驻华大使司徒雷登在报上发表的声明,一面读一面生气。声明中说:"如使日人成为饥饿不安之人民,则日人亦将续为和平之威胁,此种情形适为共产主义所需。如吾人诚意为一般之利益计,必须消灭鼓励共产主义之因素。"这很可以看清楚美国的目的究竟何在了。读完报纸,江玫忿忿地说:

"要不要共产主义,是我们自己的事!"

肖素微笑道:"你知道共产主义是什么?"

江玫坦率地说:"我不知道。不过我想那种生活总不会比现在坏。那时的人,都像你一样——"

肖素又笑道:"现在哪里不够好? 你吃着大米饭,穿的花布旗袍,还坏么?"

江玫倚在肖素身上,一面想,一面说:"这个人吃人的社会,不只在物质上,也在精神上。"她出了一会儿神,又说:"肖素,要知道,我是多么寂寞呵。"

肖素抚着她的肩,说:"人生的道路,本来不是平坦的。要和坏人斗争,也要和自己斗争——"以后江玫在最困难的时候,总会想起这几句话。

六月九日,北京学生举行反美扶日大游行,江玫也参加了。

那天早上,窗外还黑得像老鸦的翅膀,江玫就起来收拾医药包,她是救护队的。她看看肖素空了一夜的床,又看看救护包上的红十字,心想肖素这一夜不知忙得怎样了,也许今天就会用这包里的绷带纱布来救护她罢。不知为什么,江玫特别为肖素和几个社团里的同学担心,江玫摸摸碘酒和红药水的药瓶,心中又兴奋,又不安。

"小鸟儿快走呀!"同学在门外叫起来了。

她们跑到操场上,夏天的太阳刚在东柳村那边村庄的屋顶上射出一片红光。肖素正在人丛里,她分明是一夜没有睡,胖胖的面庞有些苍白,但精神还是那样好。她看见江玫和同学们跑来,脸上闪过一个嘉许的微笑。

"江玫!"

"肖素!"江玫悄悄地塞给她一个大苹果,那是齐虹昨天送来的。对于齐虹不断向西楼运来的各式各样的礼物,江玫只偶尔接受一点水果和糖食。

长长的队伍出发了,举着各种标语,沉默地走在郊外的大道上。愈走天愈亮,愈走路愈分明,一个男同学问江玫:"药包重吗? 我代你拿。"江玫微笑,说:"一个兵士的枪,能让人家代他背着吗?"那男同学也微笑,看着她穿着白衬衫蓝长裤红背心的雄赳赳的样子,问:"你永远都要做一个兵?"江玫严肃地睁大眼睛,略想了一想,她回答:"是的,永远。"

队伍七点钟就到了西直门,可是城门关了,进不去。人群中有人喊着:"不开城门,决不回校!"有的喊着:"大家冲呵,冲进去!"一时群情激昂,人声嘈杂,那些标语牌子忽高忽低地起伏着。肖素在队伍里跑来跑去叫着:"别嚷! 别乱! 已经去交涉了。"江玫忽然很希望自己是一个手执拂尘的仙女,用拂尘一指,城门马上便开——自己这样想想,又觉得好笑,还是等肖素他们交涉,肖素比仙女有用得多。

果然,到九点钟时,城门开了,队伍涌进城去,正遇到城里几个大学的同学拥在门前迎接他们。"同学们,你好!""兄弟们,你好!"热情的呼声,此起彼落,江玫觉得泪水已冲到了眼睛里,她连忙低下头,看着自己的鞋尖。

游行开始了,大家一步步地走着,一声声地喊着。"反对美国扶植日本!""要自由!""要独立!"口号像炸弹一样在空中炸了开来,路旁有些军警脸上带了惊慌的神色,江玫几乎来不及想喊了什么,只觉得每一步路每一声喊都使大家更接近光明——

队伍走过了西四西单天安门,绕南池子到北京大学的民主广场。走过天安门的时候,江玫望着那雄伟的建筑,心里升起一种怜悯而又惭愧的心情。天安门在不肖的子孙手里,蒙受了多少耻辱。江玫觉得那剥落的红墙也在盼望着:新的社会快点来,让中华民族站起来,让天安门也站起来!

在民主广场举行了群众大会,有几个教授讲演。也许是累了,也许是别的原因,江玫觉得思想很不集中,那种兴奋和激动已经过去了。她惦记着那黄昏笼了的初夏的校园,惦记着自己住的西楼,说得更确切些,她是惦记着那在西楼窗下徘徊的那个年轻人。天知道他会急成什么样子,会发多么大的脾气,会做出怎样的事来!她把肩上挎的药包紧了一紧,感觉到一阵头昏。

肖素走过来,低声问:"你不舒服么?"

"没有,一点儿都没有!"江玫连忙振起了精神。自己暗暗责骂自己,在这样的场合,偏会想到他!

大队回到学校时,灯光已经缀满校园。江玫回到房间里,两腿再也抬不起来,像是绑上了两块大石头。这时有人敲门,江玫心中一紧,感到一场风暴就要发生了,她靠在床栏杆上,默默地啜着热水。门开了,进来的是老赵。他的眉头皱得打了结,手里拿着一个破碎的糖盒子,往桌上一放说:

"哎哟江小姐!可真不得了啦!我活了这么大年纪也没见过脾气这么火暴的人!你们这位齐先生别是用公鸡血喂大的吧?他要死了,准得下冰冻地狱把人镇凉了才行,要不然连阎王殿都给烧啦!"

"什么'你们齐先生'!别这么说。他怎么了?你快说呀。"江玫放下了手中的杯子。

"今儿个下午他来找您,我说江小姐游行去了。他一听,就把他带来的这盒糖扔到大门外台阶上了,像是扔球似的!盒子破了,糖都滚了出来,我看这盒糖呀,值一袋面的钱,心里怪舍不得,我说,'齐先生,江小姐不在,你给东西留下得了,干嘛发这么大的火呀?'他一听更急了,一张脸煞红煞白,抄起门房的一个茶杯就摔在玻璃窗上,哗啦!你瞧瞧这满地的玻璃碴子!我看他是有点儿疯病!摔完拔腿就走,还扔在台阶上三百万的票子,那是让我们修玻璃买茶杯?您说是不是?"

"别说了。"江玫无力地挥手。"就补块玻璃买个茶杯罢。"

"这糖,我看怪可惜了儿的,给您捡了来了。"

"你带回家去,那不是我的,我不要。"

这时肖素已经进来了,把这一段话都听了去。她一回来就洗脸洗脚,都收拾好了就伏在桌上写什么。而江玫还靠在床栏杆上,一动也不动。

肖素停下笔来:"你干什么?小鸟儿?你这样会毁了自己的。看出来了没有?齐虹的灵魂深处是自私残暴和野蛮,干嘛要折磨自己?结束了吧,你那爱情!真的到我们中间来,我们都欢迎你,爱你——"肖素走过来,用两臂围住江玫的肩。

"可是,齐虹——"江玫没有完全明白肖素在说什么。

"什么齐虹!忘掉他!"肖素几乎是生气地喊了起来,"你是个好孩子,好心肠,又聪明能干,可是这爱情会毒死你!忘掉他!答应我!小鸟儿。"

江玫还从没有想到要忘掉齐虹。他不知怎么就闯入了她的生命,她也永不会知道该如何把他赶出去。她迟钝地说:"忘掉他——忘掉他——我死了,就自然会忘掉。"

肖素真生她的气:"怎么这样说话!好好儿要说到死!我可想活呢,而且要活得有价值!"她说着,颜色有些凄然。

"怎么了?素姐!"细心而体贴的江玫一眼就看出有什么不平常的事。对肖素的关心一下子把自己的痛苦冲了开去。

肖素望着窗外,想了一会儿,说:"危险得很。小鸟儿。我离开你以后,你还是要走我们的路,是不是?千万不要跟着齐虹走,他真会毁了你的。"

"离开我!"江玫一把抱住了肖素。"离开我!为什么!我要跟你在一起!"

"我要毕业了呀,家里要我回湖南去教书。"肖素似真似假地回答。她是湖南人,父亲是个中学教员。

"毕业?"

"是毕业呀。"

可是肖素并没有能毕业,当然也没有回湖南去教书。她去参加毕业考试的最后一项科目,就没有回来。

同学们跑来告诉江玫时,江玫正在为"英国小说选"这一门课写读书报告,读的书是英国女作家艾米莱·勃朗特的《咆哮山庄》。江玫和齐虹常常谈论这本书。齐虹对这本书有那么多精辟的见解,了解得那样透彻,他真该是最懂得人生、最热爱人生的,但是竟不然——

肖素被捕的消息一下子就把江玫从《咆哮山庄》里拉出来了。江玫跳起来夺门而出,不顾那精心写作的读书报告撒得满地。好些同学跟她一起跑出了西楼,一直跑到学校门口,只看见一条笔直的马路,空荡荡的,望不到头。路边的洋槐发散着淡淡的香气。江玫手扶着一棵洋槐树,连声问:"在哪儿?在哪儿?"一个同学痛心地说:"早装上闷子车,这会子到了警察局了。"江玫觉得天旋地转,两腿再没有一点力气,一下子就坐在地上了。大家都拥上来看她,有的同学过来搀扶她。

"你怎么了?"

"打起精神来,江玫!"

大家喊喊喳喳在说着。是谁忿忿的声音特别响:"流血,流泪,逮捕,更教人睁开了眼睛。"

"是呀!"江玫心里说,"逮走一个肖素,会让更多的人都长成肖素。"

江玫弄不清楚人群怎样就散开了,而自己却靠在齐虹的手臂上,缓缓走着。

齐虹对她说:"我们系里那些进步同学嚷嚷着江玫晕倒了,我就明白是为了那肖素的缘故,连忙赶来。"

"对了。你们不是一起考理论物理吗?听说她是在课堂上被抓走的。"江玫这时多么希望谈谈肖素。

"是在考试时被抓走的。你看,干那些民主活动,有什么好下场!你还要跟着她跑!我劝你多少次——"

"什么!你说什么!"江玫叫了起来,她那会笑的眼睛射出了火光。"你!你真是没有心肝!"她把齐虹扶着她的手臂用力一推,自己向宿舍跑去了。跑得那么快,好像后面有什么妖魔鬼怪在追着她。

她好容易跑到自己房间,一下子扑在床上,半天喘不过气来。这时齐虹的手又轻轻放在她肩上了。齐虹非常吃惊,他不懂江玫为什么会发这么大的脾气,他曲着一膝伏在床前说:

"我又惹了你吗?玫!我不过忌妒着肖素罢了,你太关心她了。你把我放在什么地方?我常常恨她,真的,我觉得就是她在分开咱们俩——"

"不是她分开我们,是我们自己的道路不一样。"江玫抽咽着说。

"什么?为什么不一样?我们有些看法不同,我们常常打架,我的脾气确实不好。不过,那有什么关系,反正我只知道,没有你就不行。我还没有告诉你,玫,我家里因为近来局势紧张,预备搬到美国去,他们要我也到美国去留学。"

"你！到美国去？"江玫猛然坐了起来。

"是的。还有你,玫。我已经和父亲说到了你,虽然你从来都拒绝到我家里去,他们对你都很熟悉。我常给他们看你的相片。"齐虹得意地拿出他随身携带的小皮夹子,那里面装着江玫的一张照片,是齐虹从她家里偷去的。那是江玫十七岁时照的,一双弯弯的充满了笑意的眼睛,还有那深色的嘴唇微微翘起,像是在和谁赌气。"我对他们说,你是一首最美的诗,一只最美的乐曲——"若说起赞美江玫的话来,那是谁也比不上齐虹的。

"不要说了。"江玫辛酸地止住了他。"不管是什么,可不能把你留在你的祖国呵。"

"可是你是要和我一块儿去的,玫,你可以接着念大学,我们要永远在一起,没有任何东西能分开我们。"

"不要说了,不要说了。"这是江玫唯一能说的话。

心上的重压逼得江玫走投无路。她真怕看肖素留下的那张空床,那白被单刺得她眼睛发痛。没有到礼拜六,她就回家去了。那晚正停电,母亲坐在摇曳的烛光下面缝着什么,在阴影里,她显得那样苍老而且衰弱,江玫心里一阵发痛,无声地唤着"心爱的母亲,可怜的母亲",眼泪不由自主地流了下来。

"玫儿!"母亲丢了手中的活计。

"妈妈!肖素被捉走了。"

"她被捉走了?"母亲对女儿的好朋友是熟悉的。她也深深爱着那坦率纯朴的姑娘,但她对这个消息竟有些漠然,她好像没有知觉似地沉默着,坐在阴影里。

"肖素被捉走了。"江玫又重复了一遍。她眼前仿佛看见一个殷红的圆圆的面孔。

"早想得到呵。"母亲喃喃地说。

江玫把手中的书包扔到桌上,跑过来抱住母亲的两腿。"您知道!"

"我不知道但我想得到。"母亲叹了一口气,用她枯瘦的手遮住自己的脸,停了一下,才说:"我一直没有告诉你。我想着,没有父亲的日子,对我的小女儿来说,已经够受的了,怎能再加上别的缘故,让你的日子更沉重。——要知道你的父亲,十五年前,也是这样不明不白地就再没有回来。他从来也没有害过什么肠炎胃炎,只是那些人说他思想有毛病。他脾气偏,不会应酬人,还有些别的什么道理,我不懂,说不明白。他反正没有杀人放火,可我们就这样糊里糊涂地再也看不见他了——"母亲说着,失声痛哭起来。

原来父亲并不是死于什么肠炎!无怪母亲常常说不该有一个人屈死。屈死!父亲正是屈死的!江玫几乎要叫出来。她也放声哭了。母亲抚着她的头,眼泪浇湿了她的头发……

从父亲死后,江玫只看见母亲无言流泪,还从没有看见她这样激动过。衰弱的母亲,心底埋藏了多少悲痛和仇恨!江玫觉得母亲的眼泪滴落在她头上,这眼泪使得她平静下来了。是的,难道还该要这屈死人的社会么?彷徨挣扎的痛苦离开了她,仿佛有一种大力量支持着她走自己选择的路。她把母亲粗糙的手搁在自己被泪水浸湿的脸颊上,低声唤着:"父亲——我的父亲——"

门轻轻开了,烛光把齐虹的修长的影子投在墙上,母亲吃惊地转过头去。江玫知道是齐虹,仍埋着头不做声。齐虹应酬地唤了一声"伯母",便对江玫说:

"你怎么今天回家来了?我到处找你找不着。"

江玫没有理他,抬头告诉母亲:"他要到美国去。"

"是要和江玫一块儿去,伯母。"齐虹抢着加了一句。

"孩子,你会去吗?"母亲用颤抖的手摸着女儿的头。

"您说呢?妈妈!"江玫抱住母亲的双膝,抬起了满是泪痕的脸。

"我放心你。"

"您同意她去了,伯母?"人总是照自己所期待的那样理解别人的话,齐虹惊喜万分地走过来。

"母亲放心我自己做决定。她知道我不会去。"江玫站起来,直望着齐虹那张清秀的象牙色的脸。齐虹浑身上下都滴着水,好像他是游过一条大河来到她家似的。

可是齐虹自己一点不觉得淋湿了,他只看见江玫满脸泪痕,连忙拿出手帕来给她擦,一面说:"咱们别再闹别扭了,玫,老打架,有什么意思?"

"是下雨了吗?"母亲包起她的活计,"你们商量罢,玫儿,记住你的父亲。"

"我不知道下雨了没有。"齐虹心不在焉地回答,他没有看见江玫的母亲已经走出房去,他的眼睛一刻都没有离开江玫。

江玫呆呆地瞪着他,尽他拭去了脸上的泪,叹了一口气,说:

"看来竟不能不分手了。我们的爱情还没有能让我们舍弃自己的一生。"

"我们一定会过得非常舒适而且快活——为什么提到舍弃,为什么提到分手?"齐虹狂热地吻着他最熟悉的那有着粉红色指甲的小手。

"那你留下来!"江玫还是呆呆地看着他。

"我留下来?我的小姑娘,要我跟着你满街贴标语,到处去游行么?我们是特殊的人,难道要我丢了我的物理音乐,我的生活方式,跟着什么群众瞎跑一气,扔开智慧,去找愚蠢!傻心眼的小姑娘,你还根本不懂生活,你再长大一点,就不会这样天真了。"

"傻心眼?人总还是傻点好!"

"你一定得跟我走!"

"跟你走,什么都扔了。扔开我的祖国,我的道路,扔开我的母亲,还扔开我的父亲!"江玫的声音细若游丝,她自己都听不见自己在说什么。说到父亲两字,她的声音猛然大起来,自己也吃了一惊。

"可是你有我。玫!"齐虹用责备的语气说,他看见江玫眼睛里闪耀一种亮得奇怪的火光,不觉放松了江玫的手。紧接着一阵遏止不住的渴望和激怒,使他抓住了江玫的肩膀。他压低了声音,一字一字地说:"我恨不得杀了你,把你装在棺材里带走。"

江玫回答说:"我宁愿听说你死了,不愿知道你活得不像个人。"

风呼啸着,雨滴急速地落着。疾风骤雨,一阵比一阵紧,忽然哗啦一声响,是什么东西摔碎了。齐虹把江玫搂在胸前,借着闪电的惨白的光辉,看见窗外阶上的夹竹桃被风刮到了阶下。江玫心里又是一阵疼痛,她觉得自己的爱情,正像那粉碎了的花盆一样,像那被吹落的花朵一样,永远不能再重新完整起来,永远不能再重新开在枝头。

这种爱情,就像碎玻璃一样割着人。齐虹和江玫,虽然都把话说得那样决绝,却还是形影相随。花池畔,树林中,不断地增添着他们新的足迹。他们也还是不断地争吵,流泪。

十月里东北局势紧张,解放军排山倒海地压来,解放了好几个城市。当时蒋介石提出的方针是:"维持东北,确保华北,肃清华中"。虽然对华北是确保,但华北的"贵人"们还是纷纷南迁。齐虹的家在秋初就全部飞南京转沪赴美了,只有齐虹一个人留在北京。他告诉家里说论文还有点尾巴没写好,拿不到毕业文凭,而实际上,他还在等着江玫回心转意。他根本不相信江玫可能不跟他走。他,齐虹,这样的齐虹,又在发疯地爱着的齐虹!在那执拗的江玫面前,他不只一次想,若真能把她包扎起来带走该有多好!他脸上的神色愈来愈焦愁,紧张,眼神透露着一种凶恶。这些都常在黑夜里震荡着江玫的梦。

江玫的梦现在已不是那种透明的、颜色非常鲜亮的少女的梦了。局势的变化,肖素的被捕,齐虹的爱,以及她自己的复杂的感情,使她多懂了许多事。在抗议"七五"事件(国民党屠杀东北来的青年学生)的游行里,她已经不再当救护队,而打着"反剿民,要活命,要请愿"的大标语走在队伍的前列了。她领头喊着"为死者申冤,为生者请命"的口号,她奇怪自己的声音竟会这样响。她想到,在死者里面有她的父亲;在生者里面有母亲、肖素和她自己。她渴望着把青春贡献给为了整个人类解放的事业,她渴望着生活来一次翻天覆地的变动。

后来据肖素说,(肖素在解放后出狱,在广播电台做播音员,向全世界广播北京的声音。)那时的地下组织原打算发展江玫参加地下民主青年联盟的,只是她和齐虹的感情,让人闹不清她究竟爱什么,憎恶什么,就搁下来了。江玫听说这话,只轻轻叹了口气。

一九四八年冬天,北京已经到了解放前夕。城里流传着这样的民谣:"家家挂红灯,迎接毛泽东。"最沉得住气的反动官员们、大亨们都纷纷逃走了。齐虹家里几乎是一天一封电报催他走,并且代他订了飞机座位。那时江玫的中心工作是和同学们一起讨论怎样应"变",宣传护校。她为即将到来的解放,感到兴奋,好像等待着一件期待已久的亲人的礼物,满怀着感情,幻想解放后的日子。而同时,她和齐虹那注定了的无可挽回的分别啃咬着她的心。她觉得自己的心一面在开着花,同时又在萎缩。

一天,齐虹进城去了,直到晚上还没有露面。江玫坐在图书馆里,一页书也没有看,进来一个人她就抬头,可是直到电灯开了,齐虹还是不见。她忽然想,很可能他已经走了。走了,永远再也见不到他了。可是江玫一定还要再看他一眼,最后一眼!"齐虹!齐虹!"江玫几乎要叫出来,叫得全图书馆都听见。她连忙紧咬着嘴唇,快步走出了图书馆。

那是那一年冬天的第一个下雪天。路上的雪还没有上冻,灯光照在雪花上,闪闪刺人的眼。江玫一直向北楼走去,她想看一看那正对着一棵白杨树梢的窗子,有没有灯光。那个房间她从没有去过,可是那窗口她却十分熟悉。齐虹常对她讲窗口的白杨树叶的沙沙声怎样伴着他度过多少不眠的夜。透过飞舞着的迷乱的雪花,她一下子就找到那棵白杨树,而那白杨树梢的窗口,漆黑一片,没有灯光。

江玫的心沉了下去。她两腿发软,站在北楼前,一动不动。

也许他从城里回来太累,已经去睡了?也许他还没有回来?江玫快步走进了北楼,走到齐虹的房间,她敲门又推门,门是锁着的。

"难道再见不着他了!真见不着他了!"江玫走出北楼,心里在大声哭泣。她完全没有看见新诗社的一个同学从她身边走过,也没有听见人家在唤着"小鸟儿"。

好容易走到西楼,江玫真是一点力气都没有了。她想找个地方靠一靠再上楼,一眼看见自己房间里有灯光。那房间,自从肖素被抓去以后,是那样空,那样冷,晚上进去总是黑洞洞的。这时竟点着灯,这灯光温暖了江玫,她三步两步跑上去,在门外就叫着

"虹!"

果然是齐虹在房间里等她,满脸的焦急使他看上去苍老了许多。他一看见江玫,连忙迎上来握着她的手,疲倦地、也多少有些安心地说:"你到底回来了!我以为我再也见不着你了。"

江玫没有回答。她怕自己会把刚才那一番焦急向他倾吐,会让他明白她多离不开他。而他却就要走了,永远地走了。

"明天一早的飞机,今晚就要去机场。"齐虹焦躁地说,"一切都已经定了,怎么样?咱们就得分别么?"

"分别?——永远不能再见你——"江玫看着那耶稣受难的像,她仿佛看见那像后的两粒红豆。

"完全可以不分别,永不分别!玫!只要你说一声同我一道走,我的小姑娘。"

"不行。"

"不行!你就不能为我牺牲一点!你说过只愿意跟我在一起!"

"你自己呢?"江玫的目光这样说。

"我么!我走的路是对的。我绝不能忍受看见我爱的人去过那种什么'人民'的生活!你该跟着我!你知道么!我从来没有这样求过人!玫!你听我说!"

"不行。"

"真的不行么?你就像看见一个临死的人而不肯去救他一样,可他一死去就再也不会活转来了。再也不会活了!走开的人永远也不会再回来。你会后悔的,玫!我的玫!"他用力摇着江玫的肩。

"我不后悔。"

齐虹看着她的眼睛,还是那亮得奇怪的火光。他叹了一口气:"好,那么,送我下楼罢。"

江玫温柔地代他系好围巾,拉好了大衣领子,一言不发,送他下楼。

纷飞的雪花在无边的夜里飘荡,夜,是那样静,那样静。他们一出楼门,马上开过来一辆小汽车。从车里跳出一个魁梧的司机。齐虹对司机摇摇手,把江玫领到路灯下,看着她,摇头,说:"我原来预备抢你走的。你知道么?你看,我预备了车,飞机票也买好了。不过,我看了出来,那样做,你会恨我一辈子。你会的,不是么?"他拿出一张飞机票,也许他还希望江玫会忽然同意跟他走,迟疑了一下,然后把它撕成几瓣。碎纸片混在飞舞的雪花中,不见了。"再见!我的玫。我的女诗人!我的女革命家!"他最后几句话,语气非常尖刻。江玫看见他的脸因为痛苦而变了形,他的眼睛红肿,嘴唇出血,脸上充满了烦躁和不安。江玫忽然想起,第一次看见他时,他脸上那种漠不关心,什么都看不见的神气。

江玫想说点什么,但说不出来,好像有千把刀子插在喉头。她心里想:"我要撑过这一分钟,无论如何要撑过这一分钟。"她觉得齐虹冰凉的嘴唇落在她的额上,然后汽车响了起来。周围只剩了一片白,天旋地转的白,淹没了一切的白——

她最后对齐虹说的一句话就是"我不后悔"。

江玫果然没有后悔。那时称她革命家是一种讽刺,这时她已经真的成长为一个好的党的工作者了。解放后又渐渐健康起来的母亲骄傲地对人说:"她父亲有这样一个女儿,死得也不算冤了。"

雪还在下着。江玫手里握着的红豆已经被泪水滴湿了。

"江玫！小鸟儿！"老赵在外面喊着。"有多少人来看你啦！史书记,老马,郑先生,王同志,还有小耗子——"

一阵笑语声打断了老赵不伦不类的通报。江玫刚流过泪的眼睛早已又充满了笑意。她把红豆和盒子放在一旁,从床边站了起来。

1956 年 12 月

（原载《人民文学》1957 年第 7 期）

百合花

茹志鹃

一九四六年的中秋。

这天打海岸的部队决定晚上总攻。我们文工团创作室的几个同志,就由主攻团的团长分派到各个战斗连去帮助工作。大概因为我是个女同志吧!团长对我抓了半天后脑勺,最后才叫一个通讯员送我到前沿包扎所去。

包扎所就包扎所吧!反正不叫我进保险箱就行。我背上背包,跟通讯员走了。

早上下过一阵小雨,现在虽放了晴,路上还是滑得很,两边地里的秋庄稼,却给雨水冲洗得青翠水绿,珠烁晶莹。空气里也带有一股清鲜湿润的香味。要不是敌人的冷炮,在间歇地盲目地轰响着,我真以为我们是去赶集呢!

通讯员撒开大步,一直走在我面前。一开始他就把我摆下几丈远。我的脚烂了,路又滑,怎么努力也赶不上他。我想喊他等等我,却又怕他笑我胆小害怕;不叫他,我又真怕一个人摸不到那个包扎所。我开始对这个通讯员生起气来。

嗳!说也怪,他背后好像长了眼睛似的,倒自动在路边站下了。但脸还是朝着前面,没看我一眼。等我紧走慢赶地快要走近他时,他又蹬蹬蹬地自个向前走了,一下又把我甩下几丈远。我实在没力气赶了,索性一个人在后面慢慢晃。不过这一次还好,他没让我摆得太远,但也不让我走近,总和我保持着丈把远的距离。我走快,他在前面大踏步向前;我走慢,他在前面就摇摇摆摆。奇怪的是,我从没见他回头看我一次,我不禁对这通讯员发生了兴趣。

刚才在团部我没注意看他,现在从背后看去,只看到他是高挑挑的个子,块头不大,但从他那副厚实实的肩膀看来,是个挺棒的小伙。他穿了一身洗淡了的黄军装,绑腿直打到膝盖上。肩上的步枪筒里,稀疏地插了几根树枝,这要说是伪装,倒不如算作装饰点缀。

没有赶上他,但双脚胀痛得像火烧似的。我向他提出了休息一会后,自己便在做田界的石头上坐了下来。他也在远远的一块石头上坐下,把枪横搁在腿上,背向着我,好像没我这个人似的。凭经验,我晓得这一定又因为我是个女同志的缘故。女同志下连队,就有这些困难。我着恼地带着一种反抗情绪走过去,面对着他坐下来。这时,我看见他那张十分年轻稚气的圆脸,顶多有十八岁。他见我挨他坐下,立即张惶起来,好像他身边埋下了一颗定时炸弹,局促不安,掉过脸去不好,不掉过去又不行,想站起来又不好意思。我拼命忍住笑,随便地问他是哪里人。他没回答,脸涨得像个关公,讷讷半晌,才说清自己是天目山人。原来他还是我的同乡呢!

"在家时你干什么?"

"帮人拖毛竹。"

我朝他宽宽的两肩望了一下,立即在我眼前出现了一片绿雾似的竹海,海中间,一条窄窄的石级山道,盘旋而上。一个肩膀宽宽的小伙,肩上垫了一块老蓝布,扛了几枝青竹,竹梢长长的拖在他后面,刮打得石级哗哗作响……这是我多么熟悉的故乡生活啊!我立刻对这位同乡,越加亲热起来。我又问:

"你多大了?"

"十九。"

"参加革命几年了?"

"一年。"

"你怎么参加革命的?"我问到这里自己觉得这不像是谈话,倒有些像审讯。不过我还是禁不住地要问。

"大军北撒时①我自己跟来的。"

"家里还有什么人呢?"

"娘,爹,弟弟妹妹,还有一个姑姑也住在我家里。"

"你还没娶媳妇吧?"

"……"他飞红了脸,更加忸怩起来,两只手不停地数摸着腰皮带上的扣眼;半响他才低下了头,憨憨地笑了一下,摇了摇头。我还想问他有没有对象,但看到他这样子,只得把嘴里的话,又咽了下去。

两人闷坐了一会儿,他开始抬头看看天,又掉过来扫了我一眼,意思是在催我动身。

当我站起来要走的时候,我看见他摘了帽子,偷偷地在用毛巾拭汗。这是我的不是,人家走路都没出一滴汗,为了我跟他说话,却害他出了这一头大汗,这都怪我了。

我们到包扎所,已是下午两点钟了。这里离前沿有三里路,包扎所设在一个小学里,大小六个房子组成品字形,中间一块空地长了许多野草,显然,小学已有多时不开课了。我们到时屋里已有几个卫生员在弄着纱布棉花,满地上都是用砖头垫起来的门板,算作病床。

我们刚到不久,来了一个乡干部,他眼睛熬得通红,用一片硬拍纸插在额前的破毡帽下,低低地遮在眼睛前面挡光。他一肩背枪,一肩挂了一杆秤;左手挎了一篮鸡蛋,右手提了一口大锅,呼哧呼哧地走来。他一边放东西,一边对我们又抱歉又诉苦,一边还喘息地喝着水,同时还从怀里掏出一包饭团来嚼着。我只见他迅速地做着这一切,他说的什么我就没大听清。好像是说什么被子的事,要我们自己去借。我问清了卫生员,原来因为部队上的被子还没发下来,但伤员流了血,非常怕冷,所以就得向老百姓去借。哪怕有一二十条棉絮也好。我这时正愁工作插不上手,便自告奋勇讨了这件差事,怕来不及就顺便也请了我那位同乡,请他帮我动员几家再走。他踌躇了一下,便和我一起去了。

我们先到附近一个村子,进村后他向东,我往西,分头去动员。不一会儿,我已写了三张借条出去,借到两条棉絮,一条被子,手里抱得满满的,心里十分高兴,正准备送回去再来借时,看见通讯员从对面走来,两手还是空空的。

"怎么,没借到?"我觉得这里老百姓觉悟高,又很开通,怎么会没有借到呢,我有点

---

① 一九四五年鬼子投降后,共产党为了全国人民实现和平的愿望,和国民党进行和平谈判,并忍痛撤出江南。但时隔不久,国民党竟背信撕毁"双十"协定,又向我中原、苏中等解放区大举进攻。

惊奇地问。

"女同志,你去借吧!……老百姓死封建……"

"哪一家?你带我去。"我估计一定是他说话不对,说崩了。借不到被子事小,得罪了老百姓影响可不好。我叫他带我去看看。但他执拗地低着头,像钉在地上似的,不肯挪步。我走近他,低声地把群众影响的话对他说了。他听了,果然就松松爽爽地带我走了。

我们走进老乡的院子里,只见堂屋里静静的,里面一间房门上,垂着一块蓝布红额的门帘,门框两边还贴着鲜红的对联。我们只得站在外面向里"大姐大嫂"地喊,喊了几声,不见有人应,但响动是有了。一会,门帘一挑,露出一个年轻媳妇来。这媳妇长得很好看,高高的鼻梁,弯弯的眉,额前一绺蓬松松的刘海。穿的虽是粗布,倒都是新的。我看她头上已硬翘翘地挽了髻,便大嫂长大嫂短地对她道歉,说刚才这个同志来,说话不好别见怪等等。她听着,脸扭向里面,尽咬着嘴唇笑。我说完了,她也不作声,还是低头咬着嘴唇,好像忍了一肚子的笑料没笑完。这一来,我倒有些尴尬了,下面的话怎么说呢!我看通讯员站在一边,眼睛一眨不眨地看着我,好像在看连长做示范动作似的。我只好硬了头皮,讪讪地向她开口借被子了,接着还对她说了一遍共产党的部队,打仗是为了老百姓的道理。这一次,她不笑了,一边听着,一边不断向房里瞅着。我说完了,她看看我,看看通讯员,好像在掂量我刚才那些话的斤两。半晌,她转身进去抱被子了。

通讯员乘这机会,颇不服气地对我说道:

"我刚才也是说的这几句话,她就是不借,你看怪吧!……"

我赶忙白了他一眼,不叫他再说。可是来不及了,那个媳妇抱了被子,已经在房门口了。被子一拿出来,我方才明白她刚才为什么不肯借的道理了。这原来是一条里外全新的新花被子,被面是假洋缎的,枣红底,上面撒满白色百合花。她好像是在故意气通讯员,把被子朝我面前一送,说:"抱去吧。"

我手里已捧满了被子,就一努嘴,叫通讯员来拿。没想到他竟扬起脸,装作没看见。我只好开口叫他,他这才绷了脸,垂着眼皮,上去接过被子,慌慌张张地转身就走。不想他一步还没走出去,就听见"嘶"的一声,衣服挂住了门钩,在肩膀处,挂下一片布来,口子撕得不小。那媳妇一面笑着,一面赶忙找针拿线,要给他缝上。通讯员却高低不肯,夹了被子就走。

刚走出门不远,就有人告诉我们,刚才那位年轻媳妇,是刚过门三天的新娘子,这条被子就是她唯一的嫁妆。我听了,心里便有些过意不去,通讯员也皱起了眉,默默地看着手里的被子。我想他听了这样的话一定会有同感吧。果然,他一边走,一边跟我嘟哝起来了。

"我们不了解情况,把人家结婚被子也借来了,多不合适呀!……"我忍不住想给他开个玩笑,便故作严肃地说:

"是呀!也许她为了这条被子,在做姑娘时,不知起早熬夜,多干了多少零活积起来的钱,或许她曾为了这条花被,睡不着觉呢。可是还有人骂她死封建……"

他听到这里,突然站住脚,呆了一会,说:

"那!……那我们送回去吧!"

"已经借来了,再送回去,倒叫她多心。"我看他那副认真、为难的样子,又好笑,又觉得可爱。不知怎么的,我已从心底爱上了这个傻乎乎的小同乡。

他听我这么说,也似乎有理,考虑了一下,便下决心似的说:

"好,算了。用了给她好好洗洗。"他决定以后,就把我抱着的被子,通统抓过去,左一条、右一条地披挂在自己肩上,大踏步地走了。

回到包扎所以后,我就让他回团部去。他精神顿时活泼起来了,向我敬了礼就跑了。走不几步,他又想起了什么,在自己挂包里掏了一阵,摸出两个馒头,朝我扬了扬,顺手放在路边石头上,说:"给你开饭啦!"说完就脚不点地地走了。我走过去拿起那两个干硬的馒头,看见他背的枪筒里不知在什么时候又多了一枝野菊花,跟那些树枝一起,在他耳边抖抖地颤动着。

他已走远了,但还见他肩上挂下来的布片,在风里一飘一飘,我真后悔没给他缝上再走。现在,至少他要裸露一晚上的肩膀了。

包扎所的工作人员很少。乡干部动员了几个妇女,帮我们打水、烧锅,做些零碎活。那位新媳妇也来了,她还是那样,笑眯眯地抿着嘴,偶然从眼角上看我一眼,但她时不时地东张西望,好像在找什么。后来她到底问我说:

"那位同志弟到哪里去了?"我告诉她同志弟不是这里的,他现在到前沿去了。她不好意思地笑了一下说:"刚才借被子,他可受我的气了!"说完又抿了嘴笑着,动手把借来的几十条被子、棉絮,整整齐齐地分铺在门板上、桌子上(两张课桌拼起来,就是一张床)。我看见她把自己那条白百合花的新被,铺在外面屋檐下的一块门板上。

天黑了,天边涌起一轮满月。我们的总攻还没发起。敌人照例是忌怕夜晚的,在地上烧起一堆堆的野火,又盲目地轰炸,照明弹也一个接一个地升起,好像在月亮下面点了无数盏的汽油灯,把地面的一切都赤裸裸地暴露出来了。在这样一个"白夜"里来攻击,有多困难,要付出多大的代价啊!我连那一轮皎洁的月亮,也憎恶起来了。

乡干部又来了,慰劳了我们几个家做的干菜月饼。原来今天是中秋节了。

啊!中秋节,在我的故乡,现在一定又是家家门前放一张竹茶几,上面供一副香烛,几碟瓜果月饼。孩子们急切地盼那炷香快些焚尽,好早些分摊给月亮娘娘享用过的东西。他们在茶几旁边跳着唱着:"月亮堂堂,敲锣买糖……"或是唱着:"月亮嬷嬷,照你照我……"我想到这里,又想起我那个小同乡,那个拖毛竹的小伙,也许,几年以前,他还唱过这些歌吧!……我咬了一口美味的家做月饼,想起那个小同乡大概现在正趴在工事里,也许在团指挥所,或者是在那些弯弯曲曲的交通沟里走着哩!……

一会儿,我们的炮响了,天空划过几颗红色的信号弹,攻击开始了。不久,断断续续的有几个伤员下来,包扎所的空气立即紧张起来。

我拿着小本子,去登记他们的姓名、单位,轻伤的问问,重伤的就得拉开他们的符号,或是翻看他们的衣襟。我拉开一个重彩号的符号时,"通讯员"三个字使我突然打了个寒战,心跳起来。我定了下神才看到符号上写着×营的字样。啊!不是,我的同乡他是团部的通讯员。但我又莫名其妙地想问问谁,战地上会不会漏掉伤员。通讯员在战斗时,除了送信,还干什么——我不知道自己为什么要问这些没意思的问题。

战斗开始后的几十分钟里,一切顺利,伤员一次次带下来的消息,都是我们突击第一道鹿砦,第二道铁丝网,占领敌人前沿工事打进街了。但到这里,消息忽然停顿了,下来的伤员,只是简单地回答说"在打",或是"在街上巷战"。但从他们满身泥泞,极度疲乏的神色上,甚至从那些似乎刚从泥里掘出来的担架上,大家明白,前面在进行着一场什么样的战斗。

包扎所的担架不够了，好几个重彩号不能及时送后方医院，耽搁下来。我不能解除他们任何痛苦，只得带着那些妇女，给他们拭脸洗手，能吃得的喂他们吃一点，带着背包的，就给他们换一件干净衣裳，有些还得解开他们的衣服，给他们拭洗身上的污泥血迹。

做这种工作，我当然没什么，可那些妇女又羞又怕，就是放不开手来，大家都要抢着去烧锅，特别是那新媳妇。我跟她说了半天，她才红了脸，同意了。不过只答应做我的下手。

前面的枪声，已响得稀落了。感觉上似乎天快亮了，其实还只是半夜。外边月亮很明，也比平日悬得高。前面又下来一个重伤员。屋里铺位都满了，我就把这位重伤员安排在屋檐下的那块门板上。担架员把伤员抬上门板，但围在床边不肯走。一个上了年纪的担架员，大概把我当做医生了，一把抓住我的膀子说："大夫，你可无论如何要想办法治好这位同志呀！你治好他，我……我们全体担架队员给你挂匾！……"他说话的时候，我发现其他的几个担架队员也都睁大了眼盯着我，似乎我点一点头，这伤员就立即会好了似的。我心想给他们解释一下，只见新媳妇端着水站在床前，短促地"啊"了一声。我急拨开他们上前一看，我看见了一张十分年轻稚气的圆脸，原来棕红的脸色，现已变得灰黄。他安详地闭着眼，军装的肩头上，露着那个大洞，一片布还挂在那里。

"这都是为了我们……"那个担架员负罪地说道，"我们十多副担架挤在一个小巷子里，准备往前运动，这位同志走在我们后面，可谁知道狗日的反动派不知从哪个屋顶上扔下颗手榴弹来，手榴弹就在我们人缝里冒着烟乱转，这时这位同志叫我们快趴下，他自己就一下扑在那个东西上了……"

新媳妇又短促地"啊"了一声。我强忍着眼泪，给那些担架员说了些话，打发他们走了。我回转身看见新媳妇已轻轻移过一盏油灯，解开他的衣服；她刚才那种忸怩羞涩已经完全消失，只是庄严而虔诚地给他拭着身子。这位高大而又年轻的小通讯员无声地躺在那里……我猛然醒悟地跳起身，磕磕绊绊地跑去找医生。等我和医生拿了针药赶来，新媳妇正侧着身子坐在他旁边。

她低着头，正一针一针地缝他衣肩上那个破洞。医生听了听通讯员的心脏，默默地站起身说："不用打针了。"我过去一摸，果然手都冰冷了。新媳妇却像什么也没看见，什么也没听到，依然拿着针，细细地、密密地缝着那个破洞。我实在看不下去了，低声地说："不要缝了。"她却对我异样地瞟了一眼，低下头，还是一针针地缝。我想拉开她，我想推开这沉重的氛围，我想看见他坐起来，看见他羞涩的笑。但我无意中碰到了身边一个什么东西，伸手一摸，是他给我开的饭，两个干硬的馒头……

卫生员让人抬了一口棺材来，动手揭掉他身上的被子，要把他放进棺材去。新媳妇这时脸发白，劈手夺过被子，狠狠地瞪了他们一眼。自己动手把半条被子平展展地铺在棺材底，半条盖在他身上。卫生员为难地说："被子……是借老百姓的。"

"是我的——"她气汹汹地嚷了半句，就扭过脸去。在月光下，我看见她眼里晶莹发亮，我也看见那条枣红底色上洒满白色百合花的被子，这象征纯洁与感情的花，盖上了这位平常的、拖毛竹的青年人的脸。

1958 年 3 月
（原载《延河》1958 年第 4 期）

陶渊明写《挽歌》

陈翔鹤

一

在六朝时候宋文帝元嘉四年，陶渊明已经满过六十二岁快达六十三岁的高龄了。近三四年来，由于田地接连丰收，今年又是一个平年，陶渊明家里的生活似乎比以前要好过一些。尤其是在去年颜延之被朝廷任命去做始安郡太守，路过浔阳时，给他留下了二万钱，对他生活也不无小补。虽说陶渊明叫儿子把钱全拿去寄存到镇上的几家酒店，记在账上，以便随时取酒来喝，其实那个经营家务的小儿子阿通，却并未照办，只送了半数前去，其余的便添办了些油盐和别的家常日用物；这种情形，陶渊明当然知道，不过在向来不以钱财为意的陶渊明看来，这也算不得甚么，因此并不再加过问。

在身体健康方面，虽说陶渊明自四十一岁归田以后，即"躬耕自资，遂抱羸疾"，但在六十岁以前，他却仍然不断地参加部分劳动。只是当他满过六十岁之后，他才把锄头交给儿子，说："不成不成，手脚骨头都松了，使用不得力，这些事只好交给你们来作了！"此后即很少自己动手，只于早晚间负手到田垅间去看看桑麻禾黍，一面温习温习自己心爱的诗篇。

这一年浔阳的秋天，来得似乎比哪年都早；每到早晚间，八月里的瑟瑟秋风便使人倍加有畏缩之感。这一天早晨，天刚一放亮，陶渊明便起来了。昨夜他在床上翻腾了一整夜。昨天在庐山东林寺给他的不愉快的印象实在太深了，这不能不逼使他去思考一些问题。因为他去庐山，本来是想同慧远法师谈谈，同时也想在庙里住上三几天，静静脑筋，换换空气。却不料一到东林寺，就遇见那里正在大办法事，来烧香的人真有如穿梭一般，进进出出，十分闹杂。而尤其令他不愉快的，便是那盘腿打坐在大雄宝殿正中的慧远和尚的那种近于傲慢、淡漠而又装腔作势的态度。这与他平时的为人是完全两样的。他头戴昆卢帽，身披绯色罗袈裟，前后左右还围着有一大群年轻俊美的小和尚，手中各持着铜唾盂、白玉柄麈尾、紫丝布巾帨等类的东西，俨然是另一种达官贵人的派头。只见他半闭着眼睛，两手合十，一让香客们在他座前四礼八拜，脸上纹风不动，连一点表情都没有；真不知他是在睡觉呢还是在闭目养神。法会一会儿正式开始了，首先由僧徒们高声唪诵一通《无量寿佛经》，然后又由刘遗民来大念一遍他自己作的所谓"发愿文"，次即是由白莲神社中的社友们一齐向慧远和尚顶礼膜拜；然后又由会众大声宣扬一阵"南无阿弥陀佛，观世音菩萨，大势至菩萨"的佛号，便算散会。这时他才微微地动了一下眼皮，在钟鼓齐鸣中，喃喃念道："揭谛揭谛，波罗揭谛，波罗僧揭谛，菩提萨婆诃！"念毕这种神秘而又令人难懂的咒语之后，他甚么也没有说，便下得座来起身入内了。对于那些匍匐在地面上的会众,连正眼都不曾看一眼,更不用说和气地来同大家打个招呼了!这种毫不理会大家的态度,给陶渊明以一种大有"我慢"之慨的印象。而这种"我慢",又正是慧远本人对陶渊明所时常提起,认为是违反佛理的。

"渊明公,你看这个念佛法会怎样?"到禅堂里坐下喝茶时,刘遗民对他这样的问。还不等他回答,周续之接着便说:"真正是名山胜会,世间少有啊!我看渊明公还是加入我们白莲社的好。慧远法师不是说你加入之后,还是特许可以喝酒吗?""对,对!还是加入的好。'浔阳三隐'中有两位都已经加入,渊明公再一加入,那便算是全数了!"只听得张野、张铨、宗炳、雷次宗等陶渊明儒学中的朋友,当时所谓知名之士的,都一齐异口同声地来劝说。"让我再想想看。人生本来就很短促,并且活着也多不容易啊!在我个人想,又何必用敲钟敲鼓来增加它的麻烦呢?"陶渊明边说边立起身来,打算出去。"你不坐坐,吃过午斋,去同法师谈谈再走吗?"大家齐声说。"不用啦,今天人多,他也很忙,改天再来。"陶渊明记得自己昨天正是这样起身回家的。

虽说"背负炉峰(香炉峰),旁带瀑布"的东林寺离陶渊明的住处柴桑山的栗里只不过二十多里地,可是陶渊明这次走起来却觉得比往常任何一次都吃力。他停停走走地一直到将近黄昏时候才回到了家。在喝过一碗稀粥之后,他便上床睡觉了。他一方面虽然觉得自己腿酸腰疼,疲乏不堪,但一方面想睡却又睡不着。而更可恶的是那种"铛、铛、铛、铛"的东林寺的钟声,于朦胧半睡中,还不住阴一下阳一下地在他耳边鸣响。"看来东林寺以后是不能再去啦,这些和尚真作孽,总是想拿敲钟敲鼓来吓唬人。最可笑的还有刘遗民、周续之那一般人,平时连朝廷的征辟也都不应,可是一见了慧远和尚就那样的磕头礼拜,五体投地!是不是这可以说明,他们对于生死道理还有所未达呢?死,死了便了,一死百了,又算得个甚么!哪值得那样敲钟敲鼓地大惊小怪!佛家说超脱,道家说羽化,其实这些都是自己仍旧有解脱不了的东西。"陶渊明就像这样的想着想着,直翻腾了一整夜。

二

此刻,陶渊明是坐在他茅屋前面过道间的靠背胡床上面了。这还是他大儿子阿舒十多年前,在修盖这所草屋时替他出的主意;即是把房檐尽量放得宽些,简直有堂屋一般的宽,目的是好招待来拜访的客人。不想这样一来,陶渊明却得到受用了,因为他近年来除了爱在床上躺躺之外,就喜欢斜倚在这过道间的胡床上,有时读读书,想想诗,望望南山,听听松涛和想想心事;有时也同来找他谈天的邻居们研究研究收成,话话桑麻;如果当家酿黍酒新熟时,就同他们和和融融、喜笑颜开地喝上几杯。

昨天夜晚刚下过一点小雨。屋檐下的几棵柳树,虽然在中秋的微寒里已经不再茁长了,而且叶子已有点发黄,但早晨乡间的空气还是那般清新,简直分辨不出哪是篱边黄菊的芬芳,哪是田野间残稻的谷香。陶渊明情不自禁地深深呼吸了几口长气。他因昨晚不曾睡好,虽然觉得头有些发晕,口有些发苦,腰也有些发痛,但这一派远远近近的山光树影,薄雾流云,仍不能不使这位饱经忧患的老诗人,很自然地想要去停止一切不愉快的思考,好让自己安静一下。但秋天清晨的寒气又使得陶渊明不得不把身上的灰布单袍往紧里裹了一裹。"真正是秋天了呀!'良辰在何许,凝霜湿衣襟。'阮嗣宗的《咏怀诗》可真正作得不错。还有呢,'感物怀殷忧,悄悄令心悲。多言焉所告,繁辞将诉谁。'像这样的好诗,恐怕只有他一人才能写得出来啦。我的诗似乎可以不必再写了,只消读读他的《咏怀诗》也满够味的。"陶渊明不自禁地想起了他平时所最心爱的阮诗来。他念着,念着,轻轻地频频地摇着头,好像是要把那些使人瑟缩的秋气赶跑似的。

就在这时候,一个身穿白布小褂,青布裤子的小孩,八岁左右,皮肤黑黑的,全身胖乎乎的,一蹦一跳地从后面跑出来了。"呀,我知道,我知道,爷爷昨天又去庐山来着。总不带我去,我不答应。"他边说边扑到陶渊明的怀里来,用手去摸摸陶渊明的灰白胡子。"你走得动吗?我去的时候还是西头的王家叔叔用篮舆抬我去的,回来自己走,可就不行啦,二十多里地就一直走到天黑。"陶渊明边说边抓住孙儿的两只小手,不让他去弄乱他的胡须。"我走得动,走得动,等下一回,你一定要带我去,我跟着你篮舆走,一大步一大步地跨。""小牛,你等不到。以后恐怕我就不会再去庐山啦。哎,不会再去啦!""干甚么不?我就一个人也要去。庐山真好玩儿。我就喜欢摸小和尚的脑袋。我摸他们,他们也摸我。上回我还同他们捉蜻蜓来着。真好玩儿。""嗯……"陶渊明觉得对孩子简直无理可说,便只得这样嗯了一声。

"哎,小牛,快下来!我不告诉过你,爷爷乘不起你吗?还是那样不听话!"这时那个陶渊明的小儿媳妇已托着一个茶盘走了出来。她约有三十岁左右,身体壮健,足穿草履,身着青衣,发髻挽得高高的,眉间颇带一点秀气。她一面嚷着,将茶盘放到矮矮的小白木几上,便动手去拉那个淘气的小孩。"不要紧,还乘得起,就让他这样吧!"陶渊明摸着小孙儿头上的两个丫角爱抚地说,同时又抬起头去望了儿媳妇一眼,在他黑瘦清秀的方脸上不觉已露出了一点笑容。"这是南山上刚才折下来的秋茶,昨天夜晚才炒好,请爷爷尝尝,看可合口味?"她恭顺地说了,随即斟出一杯碧绿的茶水递给陶渊明。"给我喝,给我喝……"孩子又在撒娇了。"好,好。我们大家都喝。媳妇,你辛苦,也来喝上一杯。"陶渊明一面给孩子喝茶一面要媳妇去取个杯子。"我不忙。昨天爷爷那样晚才回来,可把您累着了?要早知道您在庙里只坐一会儿就走,那便不该把篮舆打发回来了,老年人哪里走得了这样多的路!""不,不,还可以。阿通呢,下田去了吗?""哪里,他还睡着呢。稻子一收上坡,他就该睡懒觉啦。有事吗?我去喊他。""没事,没事,让他睡着吧。年轻人能睡得着觉总是好的。"陶渊明说到这里蹙起眉,轻轻叹了一口气,看来他又是觉得腰有些发痛了。

这个媳妇仍然在陶渊明身边站着没有走,似乎尚有所待。陶渊明又抬起头来疑问地望了她一眼。"昨天下午爹来啦,他还等了你老人家半天呢。"她关心地说。"找我可有事情?""他把您的诗稿都拿走了。"听到这里,陶渊明在心内不禁也为之一惊。他间歇了一会才又追问:"他这是甚么意思,拿去作甚么用呢?""据他老人家说,他找到一个甚么字写得不错的书手,打算把您的诗拿去重抄一遍,装订起来,以留作传家之宝。等再过两天,我一定去把稿子要回来。……本来嘛,我就有点不大放心,怕有遗失。"她说罢将头低了下去,仿佛做了一件甚么错事似的。"哦,原来这样!那就让它去吧。当然,如果把稿子失掉了也是可惜的。""不!过两天我一定自己去要回来!""好媳妇,你又何必这样性急呢,等过些时候再说吧。稿子又不比可以吃得的东西,你还怕些甚么!""哎,我本来就不愿意给的,可是他老人家执意要拿去,真是叫人为难。""给了就算了吧。不用去管它。写着玩的东西,本来就不值得甚么,哪用得着这样担心!"陶渊明说毕,又望了儿媳一眼,同时有一种暖乎乎的感觉袭上心来。他简直没想到在自己的家里,竟有人会这样的珍视他的诗篇。随着,这个少妇便拿起一个竹耙,走到篱笆外面去了。

至于说到对这位小儿媳妇的选择,陶渊明起初还是有所考虑的,因为新娘的父亲庞迭之曾经作过江州刺史刘弘的后军功曹,家里又广有田产,他恐怕她过得门来不能吃苦安贫。何况阿通又有一种粗声粗气的戆脾气。可是他的那个以爱管闲事著名的故人庞通之,却竭力向他担保说:"行!我说行就行。难道我自己的亲侄女儿都不了解?她念的《列女传》、《论语》、《诗经》,都还是我一手教出来的呢。姑娘是个不多言多语的好姑娘,平时又很喜欢诗,你的许多诗她都能背得过来。……固然,老头儿有些俗气,讨厌,贪财好名。不过我们娶的是姑娘,而不是那个老头儿。"

过门后,问题果然出来了。首先是大哥阿舒的老婆对新娘感情不好,不肯再管家;等庞家姑娘动手管家了,她又嫌别人管得不好,太费。接着就吵要分家(陶渊明的其他三个儿子,因为小孩多,早就自立门户了);这时庞迭之也出来说了话。于是,平素就很不喜欢生活关系闹得复杂的陶渊明,才决定让他们各自东西,而自己仍同阿通夫妇一同过日子。所幸他所租的庞迭之的三十多亩田,近三四年来收成也还不错,而阿通在庄稼上又是个全把式,孩子也只有小牛一个,再加上陶渊明和儿媳妇两个帮着薅薅锄锄,他们的日子总算勤巴苦做地渡过去了。

陶渊明是从三十岁起就开始过独身生活的。他的两个妻室都早已前后亡故,只有那个"夫耕于前,妻锄于后"的继室翟氏,他对她始终保持着一种优美和崇高的柔情。而阿通又正是翟氏所生的(老二、老三、老四也都与阿通同母),因此他对于这个有点戆脾气的小儿子便更加爱惜,不愿同他离开。一个独身生活过得太久的人,常常是有许多怪脾气的。比如说,不大注意室内清洁,不许别人动用他的东西之类,陶渊明也不例外。可是这种独身汉的生活习惯,到他五十六岁的那年,却被一场严重的痢疾破除了。这时陶渊明病倒床上,看看已入危境,于是这个庞家姑娘才不避嫌疑,大胆地前去看护他,亲自替他换洗衣衾,侍奉汤药。等到病慢慢好了,这个少妇才真正成为这一家之主。而陶渊明也才重新感到有人照顾他生活的家庭之乐。

近几年来,陶渊明又一连遇见了一些就连他自己也不大能理解的事情——那即是他不懂得为甚么像本州(江州)刺史那样的大官儿总爱来同他攀亲论友。首先是刺史王弘,接着又是刺史檀道济。而最使他不高兴的便要数檀道济来拜访的那一次了。他带有许多兵马前来,吆吆喝喝,简直把一个栗里村闹得天翻地覆,老乡们家家关门闭户,一直等他走了以后才敢探出头来。

陶渊明对于这个一州之长,自然是待之以礼。而檀刺史呢,在他高谈阔论了一阵甚么贤者处世应当"天下无道则隐,有道则至"之后,竟至又说起打算要送他几百斛粳米和多少口猪羊这类的话来了。这使得"逃禄归耕",一向不肯轻易接受人钱财的陶渊明,不禁觉得登时两颊有些发烧起来。因此他才拱了拱手,断然决然地说:"这决不敢当,决不敢当,粳米猪羊之类一定不能接受!我陶潜(这是他在刘裕夺取了晋朝政权以后所取的新名字)哪里够得上称甚么'贤者'呢!这并不是我故意装腔作势,只是由于个人的凤愿,不敢妄与那些借归隐为高,一心取得高官厚禄的'贤者'高攀,如此而已!"话不投机半句多。知道谈不下去了,于是这个聪明的檀刺史便拿出赳赳武夫的派头,立起身来大声地说:"到州里来坐坐吧。我一定大张筵席地招待你!""好,再见。改天一定来拜访。"这样才结束了这次颇为不愉快的会谈。事过之后,陶渊明又不得不再三去向邻里们解释,说檀刺史是他自己来的而不是由于他的招请。"真正对不起得很,惊动了大家,惹起这许多麻烦。""还好,还好,幸喜那些兵大爷们没有去捉我们的鸡鸭,"一个老乡说。"近几年来,催收赋税的衙役们好像对我们都要客气得多啦,想来是沾了你老人家的光!"另一个深谙世故的老人说。"哎,老邻居,我们都已经是白发苍苍的老人了啊,哪里还禁得起这样的吵闹。我不图别的,只希望那些豪门大官儿们不要再到这儿来,让我们安安静静的过日子就求之不得啦!看来诗还是作不得的,诌了几句诗,就会引起一些无聊的人前来麻烦!"像这样,陶渊明才算结束了他的"善后工作"。

三

就在从庐山回来第二天的当晚,经过一整天躺着休息之后,陶渊明的心情似乎已经平静得多了,腰虽然还有点疼,但头却已经不再发晕了。到用晚饭的时候,陶渊明又看见他儿媳端出两大盘风鸡和糟鱼来。"嘿,了不起,哪里来的这许多好东西?"陶渊明惊疑而又奇怪地问。"还不是爹带来的。两边都是老人家,真是收下不好,不收下也不好。"因为这个摸熟了陶渊明脾气的聪敏儿媳妇知道,如果公公一不高兴,他是连筷子也都不会去动的,于是她才这样惴惴然地解释说,同时更借着灯光去窥探陶渊明的脸色。近些年来,特别是在有了孙儿小牛以后,陶渊明对于儿媳的神态不觉已经变得柔和、温存得多了,有时还可以说有意去揣摩和投合她的心意。"总是这样时常的道谢他老人家。好,有了好菜,我们大家都来喝上几杯。阿通,你用大碗喝我的菊花酒,我喝糯米酒。媳妇儿也不能不喝。只有一个人喝酒就太没意思啦!"陶渊明的这种兴致,显然是为了要投合他儿媳的心意。

他们父、子、儿媳三人围着一张黑漆矮饭桌,席地坐下了。阿通平时不大爱开口,但喝起酒来,正同他种庄稼一样是个能手。他大口大口地喝着,在他晒得黝黑的圆脸上,也不时露出一种开朗的笑容来。

"你爸爸老啦,下不得田啦。不知道现刻家里可还有甚么困难没有?你大哥三哥孩子多,想来一定是有困难的。你爸爸没本领,脾气又怪,不能够去升官发财,让你们弟兄书都读得很少,阿通尤其识字不多,这不能不算是我当爸爸的人的一种不到之处!"在喝过两杯之后,陶渊明不禁又发起平日所时常爱发的感慨来了。"干吗爸爸总爱说这一些,读书有个屁用!您看颜延之叔叔作了一辈子官,到头还不充军似的到始安郡去作个甚么太守。依我看,还是地不哄人,你挖多少锄就能有多少锄的收成!我就不喜欢读书,也不喜欢读书人。大哥因为多读了几句书,说起话来就总有些酸溜溜的,让大家听不懂。我不高兴和他说话,好多人都不高兴和他说话。"阿通说罢,大大地喝了一口酒,咂了一咂嘴,又用他粗大的手掌去把嘴唇抹了一下。

"爸爸说话,你好好的听着不好吗?"那个知书识礼的媳妇正想制止丈夫的说话。

"不,不。他说得对,说得很对,颜延之是个好人,就是名利心重,官瘾大了点。上回他来,还同我吵架呢。他把自己诗写得不好,归罪于公务太忙,没有时间去推敲。其实哪里是这样。他一天到晚都在同甚么庐陵王、豫章公这一些人搞在一起,侍宴啦、陪乘啦,应诏赋诗啦,俗务萦心,患得患失,哪还有甚么诗情画意?没有诗情,又哪里来的好诗!您看,我所认为好的他的那几首《五君咏》,还不是他官作得不如意的时候写的。除此之外,可就不大高明啦。不过他人总是个好人。讲义气,重朋友。一喝起酒来,便把甚么俗情都忘却了。这不能不说他是颇懂得一点酒中真味的。哎,人一老了,就净爱去想些莫名其妙的事情,说不定他从始安郡回来,就不大可能再看见我了!"陶渊明用手理了理胡须,又满满地干了一杯。"因此,在这两天,我很想把那几首《挽歌》和那篇《自祭文》写完,好留给如像颜延之那样的故友们看看。"言下似乎不胜感慨。

"爸爸昨天上庐山见着那个慧远和尚没有?你不是说要在那里住上两天吗,干吗当天就回来了呢?"庞家姑娘担心地问。

"见是见着啦,只是没有得着机会说话,他们正在做甚么念佛法会。这位大法师,就欢喜装腔作势,净拿些甚么'三界不安犹如火宅',生啦死啦的大道理来吓唬人。我就不喜欢听这些。"

"'未知生,焉知死?'还是孔老夫子说的对呀。"儿媳妇又在运用她的《论语》知识了。其实这一句也正是陶渊明所时常引用的。

"简直乌七八糟,可恶得很!其实,眼睛里恐怕还是在望着那几个大钱上!"阿通在喝过两大碗酒之后,话也多起来了。

"话不能那样说。慧远和尚倒是戒律很严,不爱钱财的。我所看重他的就在于三件事情:第一,他写过五篇《沙门不敬王者论》,而且又博通六经,更懂得老庄的道理,讲起经来也还不是那样干巴巴的,第二,他不许可那个架子很大,拿富贵来骄人的谢灵运加入白莲社;第三,他竟敢去同那个杀人不眨眼的贼头儿卢循,欢然道旧,一点也不怕得附逆之罪的名声。这些都是要有点胆量、修养、本领的人才能做得到的。不过我同他究竟还是两路人。关于生死的看法,我同他就有很大的不同,当然我平时也不是不去思考这些。但说来说去还是二十多年前我在《归去来辞》里面说过的那两句话,'聊乘化以归尽,乐乎天命复奚疑'。慧远和尚再想同我辩论也辩论不出个甚么道理来。他写过一篇《形尽神不灭论》,我也写过三首《形影神》诗来回答他。我主要的意见就在'纵浪大化中,不喜亦不惧。应尽便须尽,无复独多虑'这四句当中。尽,就是完结。凡事有头就有尾,有开头就得有个完结,这不是很自然的吗?何况人活在世上又多么的不容易啊。即以咱们家里的事来作个比喻吧,你们死过两个母亲,一个堂叔叔(敬远),一个堂姑姑(程氏妹),在我四十四岁的时候大火又烧掉了我们的房子,简直烧得个精光,在这段时间,几乎大半要靠向别人借贷口粮过日子。你们弟兄也挨过饥、受过苦。像这样,没个完结,行吗?从反面讲,再以你爹为例吧,好媳妇,你说说看,如果每个人都像你爹那样,养得肥胖肥胖的,终日忙着见官见府,买田置地,没个了结,恐怕也不见得就行吧。"陶渊明说罢便不自禁哈哈的大笑了起来,在他黑瘦的脸上不觉泛起了一层薄薄的酒晕。"我讲个笑话给你听好吗?这还是前两天羊松龄告诉我的,可能是出于他自己的瞎编。不过也真有趣,这很能说明一些道理,说明佛家道理的不大能说得通。"接着陶渊明又说。

"爸爸,讲,讲吧!我就爱听爸爸讲笑话。"

"好多人都说爸爸讲的笑话有意思。"

阿通和他的媳妇都异口同声地要求着。

"那就说一个吧。据说,有个寒门素士去找一位有名的和尚谈道。那和尚爱理不理的,待他非常傲慢。碰巧一个大官儿到庙里来了,而那个老和尚接待他时,却亦步亦趋非常谦恭。等到官儿走了之后,这士子便责问他,为甚么接待客人竟会有两种不同的面孔?老和尚就用禅语来回答说,'接是不接,不接是接!'这个士子听了实不胜其愤,于是就在他秃头上狠狠搲了几巴掌,说,'打是不打,不打是打!'打过后便飘然而去了。你们说有意思没意思?……"陶渊明讲完后,大家都哄堂地笑了起来。阿通笑得更其痛快,接连说:"该打,该打,打得好,打得好!"这时陶渊明早已经有些醉意阑珊了,他立起身来,而那个庞家姑娘就赶忙上前去搀扶着他,把他送入室内。

四

依照陶渊明平时的生活习惯,他总是爱在睡醒一觉之后又动手去做点事情,或者就斜靠在床上去想想在白天他所不大能弄得明白的事情;他这种爱躺在床上沉思默想的习惯,简直可以说已经成为几十年来的顽固习惯了。

今天夜晚,因为大家酒都喝得很高兴,风鸡和糟鱼的味道又很不错,所以隔壁阿通夫妇以及那个早就睡着了的小牛孙儿都睡得很香。等陶渊明一觉醒来,估计时间只不过三更左右。他感觉这几间草房似乎比任何时候都要显得清静,清静得几乎连窗外飞虫的展翅声全都可以听得出来。同时,那桌上的一盏黯淡的菜油灯也更衬托出这秋夜的萧索和静寂。秋夜是那样的静,静得简直有些令人难受。他半夜起身来,把灯芯拨亮了一下。本来打算下得床来,将自己早已打好腹稿的三首《挽歌》和那篇《自祭文》用纸笔记了下来的,可是从牛肋巴的窗孔间所吹进来的阵阵秋风,却使他接连打了两个喷嚏。同时他又感觉自己四肢无力,实在站立不起来。"果然人一到秋天便大大的不同了啊。脚软,站不起来,这不正表明我所有的时间不会太多了么?"他心里这样的嘀咕着,于是便放弃了要下床去动纸笔的念头,决定只斜靠在床上,依旧去推敲他那不知推敲过多少遍了的诗篇。

他从"有生必有死,早终非命促"起,在心内一直默念到"亲戚或余悲,他人亦已歌"止,本来这三首诗写到这里,他认为便可完结了的,可是庐山法会的钟鼓齐鸣,慧远和尚在会上的那种淡漠自傲和专门拿死来吓唬人的情景,蓦地又在他的脑子里闪现出来了。"嗨,不能够这样就算完结,还得同慧远辩论下去。再在这篇诗里面表示一下我对于生死大事的最终看法吧!"于是他在诗的末尾又加上了"死去何所道,托体同山阿"这两句。"'死去何所道,托体同山阿'。不错,死又算得个甚么!人死了,还不是与山阿草木同归于朽。不想那个赌棍刘裕竟会当了皇帝,而能征惯战的刘牢之反而被背叛朝廷的桓玄破棺戮尸。活在这种尔虞我诈、你砍我杀的社会里,眼前的事情实在是无聊之极;一旦死去,归之自然,真是没有什么值得留恋的!……'死去何所道,托体同山阿',好,这首诗,就该这样结束,不必再作什么添改的啦。"

陶渊明结束了《挽歌》之后,在他心里又默默地去推敲他那篇《自祭文》。这篇东西,因为酝酿时间相当的久,所以在他反复地吟诵了几遍,却仍然不曾发现有甚么需得改动的地方。只是当他念到"……匪贵前誉,孰重后歌,人生实难,死之如何?呜呼哀哉!"这最后五句时,一种湿漉漉、热乎乎的东西,便不自觉地漫到了他的眼睫间来。这时他引为感慨的不仅是眼前的生活,而且还有他整个艰难坎坷的一生。

"'人生实难,死之如何'!难道这不是我对于生死一事的素常看法吗?哎,脚都站不起来,老了,看来是真正的老了啊!凡事得有个结束。明天得叫庞家儿媳妇回娘家去。请那位书手将我的诗稿多抄两份,好捡一份送给颜延之。他上回送我的二万钱,数目可真不算少呀。他不肯轻易送人,我也不是那种轻易收下赠物的人。"

想到这里,窗外的雄鸡,拍了拍翅膀,已高声啼唱起来了。

(原载《人民文学》1961 年第 11 期)

永远的尹雪艳

白先勇

一

尹雪艳总也不老。十几年前那一班在上海百乐门舞厅替她捧场的五陵年少,有些天平开了顶,有些两鬓添了霜;有些来台湾降成了铁厂、水泥厂、人造纤维厂的闲顾问,但也有少数却升成了银行的董事长、机关里的大主管。不管人事怎么变迁,尹雪艳永远是尹雪艳,在台北仍旧穿着她那一身蝉翼纱的素白旗袍,一径那么浅浅地笑着,连眼角儿也不肯皱一下。

尹雪艳着实迷人。但谁也没能道出她真正迷人的地方。尹雪艳从来不爱擦胭抹粉,有时最多在嘴唇上点着些似有似无的蜜丝佛陀;尹雪艳也不爱穿红戴绿,天时炎热,一个夏天,她都浑身银白,净扮的了不得。不错,尹雪艳是有一身雪白的肌肤,细挑的身材,容长的脸蛋儿配着一副俏丽甜净的眉眼子,但是这些都不是尹雪艳出奇的地方。见过尹雪艳的人都这么说,也不知是何道理,无论尹雪艳一举手、一投足,总有一份世人不及的风情。别人伸个腰、蹙一下眉,难看,但是尹雪艳做起来,却又别有一番妩媚了。尹雪艳也不多言、不多语,紧要的场合插上几句苏州腔的上海话,又中听、又熨帖。有些荷包不足的舞客,攀不上叫尹雪艳的台子,但是他们却去百乐门坐坐,观观尹雪艳的风采,听她讲几句吴侬软话,心里也是舒服的。尹雪艳在舞池子里,微仰着头,轻摆着腰,一径是那么不慌不忙地起舞着;即使跳着快狐步,尹雪艳从来也没有失过分寸,仍旧显得那么从容,那么轻盈,像一球随风飘荡的柳絮,脚下没有扎根似的。尹雪艳有她自己的旋律。尹雪艳有她自己的拍子。绝不因外界的迁异,影响到她的均衡。

尹雪艳迷人的地方实在讲不清,数不尽。但是有一点却大大增加了她的神秘。尹雪艳名气大了,难免招忌,她同行的姊妹淘醋心重的就到处吵起说:尹雪艳的八字带着重煞,犯了白虎,沾上的人,轻者败家,重者人亡。谁知道就是为着尹雪艳享了重煞的令誉,上海洋场的男士们都对她增加了十分的兴味。生活优闲了,家当丰沃了,就不免想冒险,去闯闯这颗红遍了黄浦滩的煞星儿。上海棉纱财阀王家的少老板王贵生就是其中探险者之一。天天开着崭新的开德拉克,在百乐门门口候着尹雪艳转完台子,两人一同上国际饭店二十四楼的屋顶花园去共进华美的宵夜。望着天上的月亮及灿烂的星斗,王贵生说,如果用他家的金条儿能够搭成一道天梯,他愿意爬上天空去把那弯月牙儿掐下来,插在尹雪艳的云鬓上。尹雪艳吟吟地笑着,总也不出声,伸出她那兰花般细巧的手,慢条斯理地将一枚枚涂着俄国乌鱼子的小月牙儿饼拈到嘴里去。

王贵生拼命地投资,不择手段地赚钱,想把原来的财富堆成三倍四倍,将尹雪艳身边那批富有的逐鹿者一一击倒,然后用钻石玛瑙串成一根链子,套在尹雪艳的脖子上,把她牵回家去。当王贵生犯上官商勾结的重罪，下狱枪毙的那一天，尹雪艳在百乐门停了一宵，算是对王贵生致了哀。

最后赢得尹雪艳的却是上海金融界一位热可炙手的洪处长。洪处长休掉了前妻，抛弃了三个儿女，答应了尹雪艳十条条件。于是尹雪艳变成了洪夫人，住在上海法租界一幢从日本人接收过来华贵的花园洋房里。两三个月的工夫，尹雪艳便像一株晚开的玉梨花，在上海上流社会的场合中以压倒群芳的姿态绽发起来。

尹雪艳着实有压场的本领。每当盛宴华筵，无论在场的贵人名媛，穿着紫貂，围着火狸，当尹雪艳披着她那件翻领束腰的银狐大氅，像一阵三月的微风，轻盈盈地闪进来时，全场的人都好像给这阵风熏中了一般，总是情不自禁地向她迎过来。尹雪艳在人堆子里，像个冰雪化成的精灵，冷艳逼人，踏着风一般的步子，看得那些绅士以及仕女们的眼睛都一齐冒出火来。这就是尹雪艳：在兆丰夜总会的舞厅里、在兰心剧院的过道上，以及在霞飞路上一幢幢侯门官府的客堂中，一身银白，歪靠在沙发椅上，嘴角一径挂着那流吟吟浅笑，把场合中许多银行界的经理、协理、纱厂的老板及小开，以及一些新贵和他们的夫人们都拘到跟前来。

可是洪处长的八字到底软了些，没能抵得住尹雪艳的重煞。一年丢官，两年破产，到了台北来连个闲职也没捞上。尹雪艳离开洪处长时还算有良心，除了自己的家当外，只带走一个从上海跟来的名厨司及两个苏州娘姨。

二

尹雪艳的新公馆落在仁爱路四段的高级住宅区里，是一幢崭新的西式洋房，有个十分宽敞的客厅，容得下两三桌酒席。尹雪艳对她的新公馆倒是刻意经营过一番。客厅的家具是一色桃花心红木桌椅。几张老式大靠背的沙发，塞满了黑丝面子鸳鸯戏水的湘绣靠枕，人一坐下去就陷进了一半，倚在柔软的丝枕上，十分舒适。到过尹公馆的人，都称赞尹雪艳的客厅布置妥帖，叫人坐着不肯动身。打麻将有特别设备的麻将间，麻将桌、麻将灯都设计得十分精巧。有些客人喜欢挖花，尹雪艳还特别腾出一间有隔音设备的房间，挖花的客人可以关在里面恣意唱和。冬天有暖炉，夏天有冷气，坐在尹公馆里，很容易忘记外面台北市的阴寒及溽暑。客厅案头的古玩花瓶，四时都供着鲜花。尹雪艳对于花道十分讲究，中山北路的玫瑰花店常年都送来上选的鲜货，整个夏天，尹雪艳的客厅中都细细地透着一股又甜又腻的晚香玉。

尹雪艳的新公馆很快地便成为她旧雨新知的聚会所。老朋友来到时，谈谈老话，大家都有一腔怀古的幽情，想一会儿当年，在尹雪艳面前发发牢骚，好像尹雪艳便是上海百乐门时代永恒的象征，京沪繁华的佐证一般。

"阿媛，看看干爹的头发都白光喽！侬还像枝万年青一样，愈来愈年青！"

吴经理在上海当过银行的总经理，是百乐门的座上常客，来到台北赋闲，在一家铁工厂挂个顾问的名义。见到尹雪艳，他总爱拉着她半开玩笑而又不免带点自怜的口吻这样说。吴经理的头发确实全白了，而且患着严重的风湿，走起路来，十分蹒跚，眼睛又害沙眼，眼毛倒插，常年淌着眼泪，眼圈已经开始溃烂，露出粉红的肉来。冬天时候，尹雪艳总把客厅里那架电暖炉移到吴经理的脚跟前，亲自奉上一盅铁观音，笑吟吟地说道：

"哪里的话,干爹才是老当益壮呢!"

吴经理心中熨帖了,恢复了不少自信,眨着他那烂掉了睫毛的老花眼,在尹公馆里,当众票了一出"坐宫",以苍凉沙哑的嗓子唱出:

我好比浅水龙,
被困在沙滩。

尹雪艳有迷男人的功夫,也有迷女人的功夫。跟尹雪艳结交的那班太太们,打从上海起,就背地数落她。当尹雪艳平步青云时,这起太太们气不忿,说道:凭你怎么爬,左不过是个货腰娘。当尹雪艳的靠山相好遭到厄运的时候,她们就叹气道:命是逃不过的,煞气重的娘儿们到底沾惹不得。可是十几年来这起太太们一个也舍不得离开尹雪艳,到了台北都一窝蜂似的聚到尹雪艳的公馆里,她们不得不承认尹雪艳实在有她惊动人的地方。尹雪艳在台北的鸿祥绸缎庄打得出七五折,在小花园里挑得出最登样的绣花鞋儿,红楼的绍兴戏码,尹雪艳最在行,吴燕丽唱"孟丽君"的时候,尹雪艳可以拿得到免费的前座戏票,论起西门町的京沪小吃,尹雪艳又是无一不精了。于是这起太太们,由尹雪艳领队,逛西门町、看绍兴戏、坐在三六九里吃桂花汤团,往往把十几年来不如意的事儿一古脑儿抛掉,好像尹雪艳周身都透着上海大千世界荣华的麝香一般,熏得这起往事沧桑的中年妇人都进入半醉的状态,而不由自主都津津乐道起上海五香斋的蟹黄面来。这起太太们常常容易闹情绪。尹雪艳对于她们都一一施以广泛的同情,她总耐心地聆听她们的怨艾及委曲,必要时说几句安抚的话,把她们焦躁的脾气一一熨平。

"输呀,输得精光才好呢!反正家里有老牛马垫背,我不输,也有旁人替我输!"

每逢宋太太搓麻将输了钱时就向尹雪艳带着酸意的抱怨道。宋太太在台湾得了妇女更年期的痴肥症,体重暴增到一百八十多磅,形态十分臃肿,走多了路,会犯气喘。宋太太的心酸话较多,因为她先生宋协理有了外遇,对她颇为冷落,而且对方又是一个身段苗条的小酒女。十几年前宋太太在上海的社交场合出过一阵风头,因此她对以往的日子特别向往。尹雪艳自然是宋太太倾诉衷肠的适当人选,因为只有她才能体会宋太太那种今昔之感。有时讲到伤心处,宋太太会禁不住掩面而泣。

"宋家阿姐,'人无千日好,花无百日红',谁又能保得住一辈子享荣华,受富贵呢?"

于是尹雪艳便递过热毛巾给宋太太揩面,怜悯的劝说道。宋太太不肯认命,总要抽抽搭搭地怨怼一番:

"我就不信我的命又要比别人差些!像侬吧,尹家妹妹,侬一辈子是不必发愁的,自然有人会来帮衬侬。"

三

尹雪艳确实不必发愁,尹公馆门前的车马从来也未曾断过。老朋友固然把尹公馆当做世外桃源,一般新知也在尹公馆找到别处稀有的吸引力。尹雪艳公馆一向维持它的气派。尹雪艳从来不肯把它降低于上海霞飞路的排场①。出入的人士,纵然有些是

---

① 上海霞飞路的排场:霞飞路是旧时上海法租界的一条路段,两旁多为高等住宅区。它的排场代表了三四十年代上海都市生活的最高消费方式。

过了时的,但是他们有他们的身份,有他们的派头,因此一进到尹公馆,大家都觉得自己重要,即使是十几年前作废了的头衔,经过尹雪艳娇声亲切的称呼起来,也如同受过诰封一般,心理上恢复了不少的优越感。至于一般新知,尹公馆更是建立社交的好所在了。

当然,最吸引人的,还是尹雪艳本身。尹雪艳是一个最称职的主人。每一位客人,不分尊卑老幼,她都招呼得妥妥帖帖。一进到尹公馆,坐在客厅中那些铺满黑丝面椅垫的沙发上,大家都有一种宾至如归,乐不思蜀的亲切之感,因此,做会总在尹公馆开标,请生日酒总在尹公馆开席,即使没有名堂的日子,大家也立一个名目,凑到尹公馆成一个牌局。一年里,倒有大半的日子,尹公馆里总是高朋满座。

尹雪艳本人极少下场,逢到这些日期,她总预先替客人们安排好牌局;有时两桌,有时三桌。她对每位客人的牌品及癖性都摸得清清楚楚,因此牌搭子总配得十分理想,从来没有伤过和气。尹雪艳本人督导着两个头干脸净的苏州娘姨在旁边招呼着。午点是宁波年糕或者湖州粽子。晚饭是尹公馆上海名厨的京沪小菜:金银腿、贵妃鸡、抢虾、醉蟹——尹雪艳亲自设计了一个转动的菜牌,天天转出一桌桌精致的筵席来。到了下半夜,两个娘姨便捧上雪白喷了明星花露水的冰面巾,让大战方酣的客人们揩面醒脑,然后便是一碗鸡汤银丝面作了宵夜。客人们掷下的桌面十分慷慨,每次总上两三千。赢了钱的客人固然值得兴奋,即使输了钱的客人也是心甘情愿。在尹公馆里吃了玩了,末了还由尹雪艳差人叫好计程车,一一送回家去。

当牌局进展激烈的当儿,尹雪艳便换上轻装,周旋在几个牌桌之间,踏着她那风一般的步子,轻盈盈地来回巡视着,像个通身银白的女祭司,替那些作战的人们祈祷和祭祀。

"阿媛,干爹又快输脱底喽!"

每到败北阶段,吴经理就眨着他那烂掉了睫毛的眼睛,向尹雪艳发出讨救的哀号。

"还早呢,干爹,下四圈就该你摸清一色了。"

尹雪艳把个黑丝椅垫枕到吴经理害了风湿症的背脊上,怜恤地安慰着这个命运乖谬的老人。

"尹小姐,你是看到的。今晚我可没打错一张牌,手气就那么背!"

女客人那边也经常向尹雪艳发出乞怜的呼吁,有时宋太太输急了,也顾不得身份,就抓起两颗骰子啐道:

"呸!呸!呸!勿要面孔的东西,看你霉到甚么辰光!"

尹雪艳也照例过去,用着充满同情的语调,安抚她们一番。这个时候,尹雪艳的话就如同神谕一般令人敬畏。在麻将桌上,一个人的命运往往不受控制,客人们都讨尹雪艳的口采来恢复信心及加强斗志。尹雪艳站在一旁,叼着金嘴子的三个九,徐徐地喷着烟圈,以悲天悯人的眼光看着她一群得意的、失意的、老年的、壮年的、曾经叱咤风云的、曾经风华绝代的客人们,狂热地互相厮杀,互相宰割。

四

新来的客人中,有一位叫徐壮图的中年男士,是上海交通大学的毕业生;生得品貌堂堂,高高的个儿,结实的身体,穿着剪裁合度的西装,显得分外英挺。徐壮图是个台北市新兴的实业巨子,随着台北市的工业化,许多大企业应运而生,徐壮图头脑灵活,具有丰富的现代化工商管理的知识,才是四十出头,便出任一家大水泥公司的经理。徐壮图有位贤慧的太太及两个可爱的孩子。家庭美满,事业充满前途,徐壮图成为一个雄心勃勃的企业家。

徐壮图第一次进入尹公馆是在一个庆生酒会上。尹雪艳替吴经理做六十大寿,徐壮图是吴经理的外甥,也就随着吴经理来到尹雪艳的公馆。

那天尹雪艳着实装饰了一番,穿着一袭月白短袖的织锦旗袍,襟上一排香妃色的大盘扣;脚上也是月白缎子的软底绣花鞋,鞋尖却点着两瓣肉色的海棠叶儿。为了讨喜气,尹雪艳破例地在右鬓簪上一朵酒杯大血红的郁金香,而耳朵上却吊着一对寸把长的银坠子。客厅里的寿堂也布置得喜气洋洋。案上全换上才铰下的晚香玉,徐壮图一踏进去,就嗅中一阵沁人脑肺的甜香。

"阿媛,干爹替侬带来顶顶体面的一位人客。"吴经理穿着一身崭新的纺绸长衫,佝着背,笑呵呵地把徐壮图介绍给尹雪艳道,然后指着尹雪艳说:

"我这位干小姐呀,实在孝顺不过。我这个老朽三灾五难的还要赶着替我做生。我忖忖:我现在又不在职,又不问世,这把老骨头天天还要给触霉头的风湿症来折磨。管他折福也罢,今朝我且大模大样的生受了干小姐这场寿酒再讲。我这位外甥,年轻有为,难得放纵一回,今朝也来跟我们这群老朽一道开心开心。阿媛是个最妥当的主人家,我把壮图交把侬,侬好好地招待招待他吧。"

"徐先生是稀客,又是干爹的令戚,自然要跟别人不同一点。"尹雪艳笑吟吟地答道,发上那朵血红的郁金香颤巍巍地抖动着。

徐壮图果然受到尹雪艳特别的款待。在席上,尹雪艳坐在徐壮图旁边一径殷勤地向他劝酒让菜,然后歪向他低声说道:

"徐先生,这道是我们大司傅的拿手,你尝尝,比外面馆子做的如何?"

用完席后,尹雪艳亲自盛上一碗冰冻杏仁豆腐捧给徐壮图,上面却放着两颗鲜红的樱桃。用完席成上牌局的时候,尹雪艳经常走到徐壮图背后看他打牌。徐壮图的牌张不熟,时常发错张子。才是八圈,徐壮图已经输掉一半筹码。有一轮,徐壮图正当发出一张梅花五筒的时候,突然尹雪艳从后面欠过身伸出她那细巧的手把徐壮图的手背按住说道:

"徐先生,这张牌是打不得的。"

那一盘徐壮图便和了一副"满园花",一下子就把输出去的筹码赢回了大半。客人中有一个开玩笑抗议道:

"尹小姐,你怎么不来替我也点点张子,瞧瞧我也输完啦。"

"人家徐先生头一趟到我们家,当然不好意思让他吃了亏回去的喽。"徐壮图回头看到尹雪艳朝着他满面堆着笑容,一对银耳坠子吊在她乌黑的发脚下来回地浪荡着。

客厅中的晚香玉到了半夜,吐出一蓬蓬的浓香来。席间徐壮图喝了不少热花雕,加上牌桌上和了那盘"满园花"的亢奋,临走时他已经有些微醺的感觉了。

"尹小姐,全得你的指教,要不然今晚的麻将一定全盘败北了。"

尹雪艳送徐壮图出大门时,徐壮图感激地对尹雪艳说道。尹雪艳站在门框里,一身白色的衣衫,双手合抱在胸前,像一尊观世音,朝着徐壮图笑吟吟地答道:

"哪里的话,隔日徐先生来白相,我们再一道研究研究麻将经。"

隔了两日,果然徐壮图又来到了尹公馆,向尹雪艳讨教麻将的诀窍。

<h2 style="text-align:center">五</h2>

徐壮图太太坐在家中的藤椅上,呆望着大门,两腮一天天削瘦,眼睛凹成了两个深坑。

当徐太太的干妈吴家阿婆来探望她的时候,她牵着徐太太的手失惊叫道:

"嗳呀,我的干小姐,才是个把月没见着,怎么你就瘦脱了形?"

吴家阿婆是一个六十来岁的妇人,硕壮的身材,没有半根白发,一双放大的小脚,仍旧行走如飞。吴家阿婆曾经上四川青城山去听过道,拜了上面白云观里一位道行高深的法师做师父。这位老法师因为看上吴家阿婆天资禀异,飞升时便把衣钵传了给她。吴家阿婆在台北家中设了一个法堂,中央供奉她老师父的神像。神像下面悬着八尺见方黄绫一幅。据吴家阿婆说,她老师父常在这幅黄绫上显灵,向她授予机宜,因此吴家阿婆可以预卜凶吉,消灾除祸。吴家阿婆的信徒颇众,大多是中年妇女,有些颇有社会地位。经济环境不虞匮乏,这些太太们的心灵难免感到空虚。于是每月初一十五,她们便停止一天麻将,或者标会的聚会,成群结队来到吴家阿婆的法堂上,虔诚地念经叩拜,布施散财,救济贫困,以求自身或家人的安宁。有些有疑难大症,有些有家庭纠纷,吴家阿婆一律慷慨施以许诺,答应在老法师灵前替她们祈求神助。

"我的太太,我看你的气色竟是不好呢!"吴家阿婆仔细端详了徐太太一番,摇头叹息。徐太太低首俯面忍不住伤心哭泣,向吴家阿婆道出了许多衷肠话来。

"亲妈,你老人家是看到的,"徐太太流着泪断断续续地诉说道,"我们徐先生和我结婚这么久,别说破脸,连句重话都向来没有过。我们徐先生是个争强好胜的人。他一向都这么说:'男人的心五分倒有三分应该放在事业上。'来台湾熬了这十来年,好不容易盼着他们水泥公司发达起来,他才出了头,我看他每天为公事在外面忙着应酬,我心里只有暗暗着急。事业不事业倒在其次,求祈他身体康宁,我们母子再苦些也是情愿的。谁知道打上月起,我们徐先生竟好像变了一个人似的。经常两晚三晚不回家。我问一声,他就摔碗砸筷,脾气暴的了不得。前天连两个孩子都挨了一顿狠打。有人传话给我听说是我们徐先生在外面有了人,而且人家还是个有头有脸的人物。亲妈,我这个本本分分的人那里经过这些事情?人还撑得住不走样?"

"干小姐,"吴家阿婆拍了一下巴掌说道:"你不提呢,我也就不说了。你知道我是最怕兜揽是非的人。你叫了我声亲妈,我当然也就向着你些。你知道那个胖婆儿宋太太呀,她先生宋协理搞上个甚么'五月花'的小酒女。她跑到我那里一把鼻涕一把眼泪要我替她求求老师父。我拿她先生的八字来一算,果然冲犯了东西。宋太太在老师父灵前许了重愿,我替她念了十二本经。现在她男人不是乖乖的回去了?后来我就劝宋太太:'整天少和那些狐狸精似的女人穷混,念经做善事要紧!'宋太太就一五一十地把你们徐先生的事情原原本本数了给我听。那个尹雪艳呀,你以为她是个甚么好东西?她没有两下,就能拢得住这些人?连你们徐先生那么个正人君子她都有本事抓得牢。这种事情历史上是有的:褒姒、妲己、飞燕、太真——这起祸水!你以为都是真人吗?妖孽!凡是到了乱世,这些妖孽都纷纷下凡,扰乱人间。那个尹雪艳还不知道是个甚么东西变的呢!我看你呀,总得变个法儿替你们徐先生消了这场灾难才好。"

"亲妈,"徐太太忍不住又哭了起来,"你晓得我们徐先生不是那种没有良心的男人。每次他在外面逗留了回来,他嘴里虽然不说,我晓得他心里是过意不去的。有时他一个人闷坐着猛抽烟,头筋叠暴起来,样子真唬人。我又不敢去劝解他,只有干着急。这几天他更是着了魔一般,回来嚷着说公司里人人都寻他晦气。他和那些工人也使脾气,昨天还把人家开除了几个。我劝他说犯不着和那些粗人计较,他连我也呵斥了一顿。他的行径反常得很,看着不像,真不由得不叫人担心哪!"

"就是说呀!"吴家阿婆点头说道,"怕是你们徐先生也犯着了什么吧?你且把他的八字递给我,回去我替他测一测。"

徐太太把徐壮图的八字抄给了吴家阿婆说道:

"亲妈,全托你老人家的福了。"

"放心,"吴家阿婆临走时说道,"我们老师父最是法力无边,能够替人排难解厄的。"

然而老师父的法力并没有能够拯救徐壮图。有一天,正当徐壮图向一个工人拍起桌子喝骂的时候,那个工人突然发了狂,一把扁钻从徐壮图前胸刺穿到后胸。

六

徐壮图的治丧委员会吴经理当了总干事。因为连日奔忙,风湿又弄犯了,他在极乐殡仪馆穿出穿进的时候,一径拄着拐杖,十分蹒跚。开吊的那一天灵堂就设在殡仪馆里。一时亲戚友好的花圈丧帐白簇簇的一直排到殡仪馆的门口来。水泥公司同仁挽的却是"痛失英才"四个大字。来祭吊的人从早上九点钟起开始络绎不绝。徐太太早已哭成了痴人,一身麻衣丧服带着两个孩子,跪在灵前答谢。吴家阿婆却率领了十二个道士,身着法衣,手执拂尘,在灵堂后面的法坛打解冤洗业醮。此外并有僧尼十数人在念经超度,拜大悲忏。

正午的时候,来祭吊的人早挤满了一堂,正当众人熙攘之际,突然人群里起了一阵骚动,接着全堂静寂下来,一片肃穆。原来尹雪艳不知什么时候却像一阵风一般的闪了进来。尹雪艳仍旧一身素白打扮,脸上未施脂粉,轻盈盈地走到管事台前,不慌不忙地提起毛笔,在签名簿上一挥而就地签上了名,然后款款地步到灵堂中央,客人们都倏地分开两边,让尹雪艳走到灵台跟前。尹雪艳凝着神,敛着容,朝着徐壮图的遗像深深地鞠了三鞠躬。这时在场的亲友大家都呆如木鸡。有些显得惊讶,有些却是忿愤,也有些满脸惶惑,可是大家都好似被一股潜力镇住了,未敢轻举妄动。这次徐壮图的惨死,徐太太那一边有些亲戚迁怒于尹雪艳,他们都没有料到尹雪艳居然有这个胆识闯进徐家的灵堂来。场合过分紧张突兀,一时大家都有点手足无措。尹雪艳行完礼后,却走到徐家太太面前,伸出手抚摸了一下两个孩子的头,然后庄重地和徐太太握了一握手。正当众人面面相觑的当儿,尹雪艳却踏着她那风一般的步子走出了极乐殡仪馆。一时灵堂里一阵大乱,徐太太突然跪倒在地,昏厥了过去,吴家阿婆赶紧丢掉拂尘,抢身过去,将徐太太抱到后堂去。

当晚,尹雪艳的公馆里又成上了牌局,有些牌搭子是白天在徐壮图祭悼会后约好的。吴经理又带了两位新客人来。一位是南国纺织厂新上任的余经理;另一位是大华企业公司的周董事长。这晚吴经理的手气却出了奇迹,一连串的在和满贯。吴经理不

停地笑着叫着,眼泪从他烂掉了睫毛的血红眼圈一滴滴淌下来。到了第十二圈,有一盘吴经理突然双手乱舞大叫起来:

"阿媛,快来!快来!'四喜临门'!这真是百年难见的怪牌。东、南、西、北——全齐了,外带自摸双!人家说和了大四喜,兆头不祥。我倒霉了一辈子,和了这副怪牌,从此否极泰来。阿媛,阿媛,侬看看这副牌可爱不可爱?有趣不有趣?"

吴经理喊着笑着把麻将撒满了一桌子。尹雪艳站到吴经理身边,轻轻地按着吴经理的肩膀,笑吟吟地说道:

"干爹,快打起精神多和两盘。回头赢了余经理及周董事长他们的钱,我来吃你的红!"

(原载台北《现代文学》1965年第24期)

游园惊梦

白先勇

钱夫人到达台北近郊天母窦公馆的时候,窦公馆门前两旁的汽车已经排满了,大多是官家的黑色小轿车。钱夫人坐的计程车开到门口她便命令司机停了下来。窦公馆的两扇铁门大敞,门灯高烧,大门两侧一边站了一个卫士,门口有个随从打扮的人正在那儿忙着招呼宾客的司机。钱夫人一下车,那个随从便赶紧迎了上来,他穿了一身藏青哔叽的中山装,两鬓花白。钱夫人从皮包里掏出了一张名片递给他,那个随从接过名片,即忙向钱夫人深深地行了一个礼,操了苏北口音,满面堆着笑容说道:

"钱夫人,我是刘副官,夫人大概不记得了?"

"是刘副官吗?"钱夫人打量了他一下,微带惊愕地说道,"对了,那时在南京到你们公馆见过你的。你好,刘副官。"

"托夫人的福,"刘副官又深深地行了一礼,赶忙把钱夫人让了进去,然后抢在前面用手电筒照路,引着钱夫人走上一条水泥砌的汽车过道,绕着花园往正屋里行去。

"夫人这向好?"刘副官一行引着路,回头笑着向钱夫人说道。

"还好,谢谢你,"钱夫人答道,"你们长官夫人都好呀?我有好几年没见着他们了。"

"我们夫人好,长官最近为了公事忙一些,"刘副官应道。

窦公馆的花园十分深阔,钱夫人打量了一下,满园子里影影绰绰,都是些树木花草,围墙周遭却密密地栽了一圈椰子树,一片秋后的清月,已经升过高大的椰树干子来了。钱夫人跟着刘副官绕过了几丛棕榈树,窦公馆那座两层楼的房子便赫然出现在眼前,整座大楼,上上下下灯火通明,亮得好像烧着了一般。一条宽敞的石级引上了楼前一个弧形的大露台,露台的石栏边沿上却整整齐齐地置了十来盆一排齐胸的桂木,钱夫人一踏上露台,一阵桂花的浓香便侵袭过来了。楼前正门大开,里面有几个仆人穿梭一般来往着。刘副官停在门口,哈着身子,做了个手势,毕恭毕敬地说了声:

"夫人请。"

钱夫人一走入门内前厅,刘副官便对一个女仆说道:

"快去报告夫人,钱将军夫人到了。"

前厅只摆了一堂精巧的红木几椅,几案上搁了一套景泰蓝的瓶樽,一只鱼篓瓶里斜插了几枝万年青;右侧壁上,嵌了一面鹅卵形的大穿衣镜。钱夫人走到镜前,把身上那件玄色秋大衣卸下,一个女仆赶忙上前把大衣接了过去。钱夫人往镜里瞟了一眼,很快地用手把右鬓一绺松弛的头发抿了一下。下午六点钟才去西门町红玫瑰做的头发,刚才穿过花园,吃风一撩,就乱了。钱夫人往镜子又凑近了一步,身上那件墨绿杭绸的旗袍,她也觉得颜色有点不对劲儿。她记得这种丝绸,在灯光底下照起来,绿汪汪翡翠似的,大概这间前厅不够亮,镜子里看起来,竟有点发乌。难道真的是料子旧了?这份杭绸还是从南京带出来的呢。这些年都没舍得穿,为了赴这场宴才从箱子里拿出来裁了。早知如此,还不如到鸿翔绸庄去买份新的。可是她总觉得台湾的衣料粗糙,光泽扎眼,尤其是丝绸,哪里及得上大陆货那么细致,那么柔熟?

"五妹妹到底来了。"一阵脚步声,窦夫人走了出来,一把便攥住了钱夫人的双手笑道。

"三阿姐,"钱夫人也笑着叫道,"来晚了,累你们好等。"

"哪里的话,恰是时候,我们正要入席呢。"

窦夫人说着便挽了钱夫人往正厅走去。在走廊上,钱夫人用眼角扫了窦夫人两下,她心中不禁觑敲起来;桂枝香果然还是没有老。临离开南京那年,自己明明还在梅园新村的公馆替桂枝香请过三十岁的生日酒,得月台的几个姐妹淘都差不多到齐了——嫁给上海棉纱大王陶鼎新的老二露凝香,桂枝香的妹子后来嫁给任主席任子久做小的十三天辣椒,还有她自己的亲妹妹十七月月红——几个人还学洋派凑份子替桂枝香定制了一个三十寸两层楼的大寿糕,上面足足插了三十根红蜡烛。现在她总该有四十大几了吧?钱夫人又朝窦夫人瞄了一下。窦夫人穿了一身银灰洒朱砂的薄纱旗袍。足上也配了一双银灰闪光的高跟鞋,右手的无名指上戴了一只莲子大的钻戒,左腕也笼了一付白金镶碎钻的手串,发上却插了一把珊瑚缺月钗,一对寸把长的紫瑛坠子直吊下发脚外来,衬得她丰白的面庞愈加雍容矜贵起来。在南京那时,桂枝香可没有这般风光,她记得她那时还做小,窦瑞生也不过是个次长,现在窦瑞生的官大了,桂枝香也扶正,难为她熬了这些年,到底给她熬出了头了。

"瑞生到南部开会去了,他听说五妹妹今晚要来,特地着我向你问好呢。"窦夫人笑着侧过头来向钱夫人说道。

"哦,难为窦大哥还那么有心,"钱夫人答道。一走近正厅,里面一阵人语喧笑便传了出来,窦夫人在正厅门口停了下来,又握住钱夫人的双手笑道:

"五妹妹,你早就该搬来台北了,我一直都挂着,你一个人住在南部那种地方有多冷清呢?今夜你是无论如何缺不得席的——十三也来了。"

"她也在这儿吗?"钱夫人问道。

"你知道呀,任子久一死,她便搬出了任家。"窦夫人说着又凑到钱夫人耳边笑道,"任子久是有几份家当的,十三一个人也算过得舒服了。今晚就是她起的哄,来到台湾还是头一遭呢。她把天香票房里的几位朋友搬了来,锣鼓笙箫都是全的,他们还巴望着你上去显两手呢。"

"罢了,罢了,哪里还能来这个玩意儿!"钱夫人急忙挣脱了窦夫人,摆着手笑道。

"客气话不必说了,五妹妹,你当年的老工夫一定是在的,连你蓝田玉都说不能,别人还敢开腔吗?"窦夫人笑道,也不等钱夫人分辨便挽了她往正厅里走去。

正厅里东一堆西一堆,锦簇绣丛一般,早坐满了衣裙明艳的客人。厅堂异常宽大,呈凸字形,是个中西合璧的款式。左半边置着一堂软垫沙发,右半边置着一堂紫檀硬木桌椅,中间地板上却隔着一张两寸厚刷着二龙抢珠的大地毯。沙发两长四短,对开围着,黑绒底子洒满了醉红的海棠叶儿,中开一张长方矮几上摆了一只两尺高天青细磁胆瓶,瓶里冒着一大蓬金骨红肉的龙须菊。右半边八张紫檀椅子团团围着一张嵌纹石桌面的八仙桌。桌子上早布满了各式的糖盒茶具。厅堂凸字尖端,也摆着六张一式的红木靠椅,椅子三三分开,圈了个半圆,中间缺口处却高高竖了一档乌木架流云蝙蝠镶云母片的屏风。钱夫人看见那些椅子上搁满了铙钹琴弦，椅子前端有两个木架，一个架着一只小鼓，另一只却齐齐的插了一排笙箫管笛。厅堂里灯光辉煌，两旁的座灯从地面斜射上来，照得一面大铜锣金光闪烁。

窦夫人把钱夫人先引到厅堂左半边，然后走到一张沙发跟前对一位五十多岁穿了珠灰旗袍，带了一身玉器的女客说道：

"赖夫人，这是钱夫人，你们大概见过的吧？"

钱夫人认得那位女客是赖祥云的太太，以前在南京时，社交场合里见过几面，那时赖祥云大概是个司令官，来到台湾，报纸上倒常见到他的名字。

"这位大概就是钱鹏公的夫人了？"赖夫人本来正和身旁一位男客在说话，这下才转过身来，打量了钱夫人半晌，款款地立了起来笑着说道。一面和钱夫人握手，一面又扶了头。说道：

"我是说面熟得很！"

然后转向着身边一位黑红脸身材硕肥头顶光秃穿了宝蓝丝葛长袍的男客说：

"刚才我还和余参军长聊天，梅兰芳第一次到上海在丹桂第一台唱的是甚么戏，再也想不起来了。你们瞧，我的记性！"

余参军长老早立了起来，朝着钱夫人笑嘻嘻地行了一个礼说道：

"夫人久违了。那年在南京励志社大会串瞻仰过夫人的风采。我还记得夫人票的是'游园惊梦'呢！"

"是呀。"赖夫人接嘴道，"我一直听说钱夫人的盛名，今天晚上总算有耳福要领教了。"

钱夫人赶忙向余参军长谦谢了一番，她记得余参军长在南京时来过她公馆一次，可是她又仿佛记得他后来好像犯了甚么大案子被革了职退休了。接着窦夫人又引着她过去把在座的几位客人都一一介绍一轮。几位夫人太太她一个也不认识，她们的年纪都相当年轻，大概来到台湾才兴起来的。

"我们到那边去吧，十三和几位票友都在那儿。"

窦夫人说着又把钱夫人领到厅堂的右手边去。她们两人一过去，一位穿红旗袍的女客便踏着碎步迎了上来，一把便将钱夫人的手臂勾了过去，笑得全身乱颤说道：

"五阿姐，刚才三阿姐告诉我你也要来，我就喜得叫道：'好哇，今晚可真把名角给抬了出来了！'"

钱夫人方才听窦夫人说天辣椒蒋碧月也在这里，她心中就踌躇了一番，不知天辣椒嫁了人这些年，可收敛了一些没有。那时大伙儿在南京夫子庙得月台清唱的时候，有风头总是她占先，扭着她们师傅专拣讨好的戏唱。一出台，也不管清唱的规矩，就脸朝了那些捧角的，一双眼睛钩子一般，直伸到台下去。同是一个娘生的，性格儿却差得那么远。论到懂世故，有担待，除了她姐姐桂枝香再也找不出第二个人来。桂枝香那儿的便宜，天辣椒也算捡尽了。任子久连她姐姐的聘礼都下定了，天辣椒却有本事拦腰一把给夺了过去。也亏桂枝香有涵养，等了多少年才委委曲曲做了窦瑞生的三房。难怪桂枝香老叹息说：是亲妹子才专拣自己的姐姐往脚下踹呢！钱夫人又打量了一下天辣椒蒋碧月，蒋碧月穿了一身火红的缎子旗袍，两只手腕上，铮铮锵锵，直戴了八只扭花金丝镯，脸上勾得十分入时，眼皮上抹了眼圈膏，眼角儿也着了墨，一头蓬得像鸟窝似的头发，两鬓上却刷出几只俏皮的月牙钩来。任子久一死，这个天辣椒比从前反而愈更标劲,愈更佻侹了,这些年的动乱,在这个女人身上,竟找不出半丝痕迹来。

"哪,你们见识见识吧,这位钱夫人才是真正的女梅兰芳呢!"

蒋碧月挽了钱夫人向座上几个男女票友客人介绍道。几位男客都慌忙不迭站了起来朝了钱夫人含笑施礼。

"碧月,不要胡说,给这几位内行听了笑话。"

钱夫人一行还礼,一行轻轻责怪蒋碧月道。

"碧月的话倒没有说差。"窦夫人也插嘴笑道,"你的昆曲也算是得了梅派的真传了。"

"三阿姐——"

钱夫人含糊地叫了一声,想分辩几句。可是若论到昆曲,连钱鹏志也对她说过:

"老五,南北名角我都听过,你的'昆腔'也算是个好的了。"

钱鹏志说,就是为着在南京得月台听了她的"游园惊梦",回到上海去,日思夜想,心里怎么也丢不下,才又转了回来娶她的。钱鹏志一迳对她讲,能得她在身边,唱几句"昆腔"作娱,他的下半辈子也就无所求了。那时她刚在得月台冒红,一句"昆腔",台下一声满堂彩,得月台的师傅说:一个夫子庙算起来,就数蓝田玉唱得最正派。

"就是说呀,五阿姐。你来见见。这位徐太太也是个昆曲大王呢!"蒋碧月把钱夫人引到一位着黑旗袍,十分净扮的年青女客跟前说道,然后又笑着向窦夫人说:"三阿姐,回头我们让徐太太唱'游园',五阿姐唱'惊梦',把这出昆腔的戏祖宗搬出来,让两位名角上去较量较量,也好给我们饱饱耳福。"

那位徐太太连忙立了起来,道了不敢,钱夫人也赶忙谦让了几句,心中却着实嗔怪天辣椒讲话太过冒失,今天晚上这些人,大概没有一个不懂戏的,恐怕这位徐太太就现放着是个好角色,回头要真给抬了上去,倒不可以大意呢。运腔转调,这些人都不足畏,倒是在南部这么久,嗓子一直没有认真吊过,却不知如何了。而且裁缝师傅的话果然说中:台北不兴长旗袍喽。在座的——连那个老得脸上起了鸡皮皱的赖夫人在内,个个的旗袍下摆都缩到差不多到膝盖上去,露出大半截腿子来。在南京那时,哪个夫人的旗袍不是长得快拖到脚面上来了的?后悔没有听从裁缝师傅,回头穿了这身长旗袍站出去,不晓得还登不登样。一上台,一亮相,最要紧了。那时在南京梅园新村请客唱戏,每次一站上去,还没开腔就先把那台下人压住了的。

"程参谋,我把钱夫人交给你了。你不替我好好伺候着,明天罚你作东。"

窦夫人把钱夫人引到一个三十多岁的军官面前笑着说道,然后转身悄声对钱夫人说:"五妹妹,你在这里聊聊,程参谋最懂戏的,我得进去招呼上席了。"

"钱夫人久仰了。"

程参谋朝着钱夫人,立了正,倒落的一鞠躬,行了一个军礼。他穿了一身浅色凡呢丁的军礼服,外套的翻领上捌了一副金亮的两朵梅花中校领章,一双短统皮鞋靠在一起,乌光水滑的。钱夫人看见他笑起来时,唰着一口齐朵朵净白的牙齿,容长的面孔;下巴剃得青亮,眼睛细长上挑,随一双飞扬的眉毛,往两鬓插去,一杆葱的鼻梁,鼻尖却微微下佝,一头墨浓的头发,处处都抿得妥妥帖帖的。他的身段颀长,着了军服分外英发。可是钱夫人觉得他这一声招呼里却又透着温柔,半点也没带武人的粗糙。

"夫人请坐"。

程参谋把自己的椅子让了出来,将椅子上那张海绵椅垫挪挪正,请钱夫人就了座,

然后立即走到那张八仙桌端了一盅茉莉香片及一个四色糖盒来,钱夫人正要伸手去接过那盅石榴红的磁杯,程参谋却低声笑道:

"小心烫了手,夫人。"

然后打开了那个描金乌漆糖盒,佝下身去,双手捧到钱夫人面前,笑吟吟地望着钱夫人,等她挑选。钱夫人随手抓了一把松瓤,程参谋忙劝止道:

"夫人,这个东西顶伤嗓子。我看夫人还是尝颗蜜枣,润润喉吧。"

随着便拈起一根牙签挑了一枚蜜枣,递给钱夫人。钱夫人道了谢,将那枚蜜枣接了过来,塞到嘴里,一阵沁甜的蜜味,果然十分甘芳。程参谋另外搬了一张椅子,在钱夫人右侧坐了下来。

"夫人最近看戏没有?"程参谋坐定后笑着问道。他说话时,身子总是微微倾斜过来,十分专注似的,钱夫人看见他又露出了一口白净的牙齿来,灯光下,照得莹亮。

"好久没看了,"钱夫人答道,她低下头去,细细地啜了一口手里那盅香片,"住在南部,难得有好戏。"

"张爱云这几天正在国光戏院演'洛神'呢,夫人。"

"是吗?"钱夫人应道,一直俯着首在饮茶,沉吟了半响才说道,"我还是在上海天蟾舞台看她演过这出戏——那是好久以前了。"

"她的做工还是在的,到底不愧是'青衣祭酒',把个宓妃和曹子建两个人那段情意,演得细腻到了十分。"

钱夫人抬起头来,触到了程参谋的目光,她即刻侧过了头去。程参谋那双细长的眼睛,好像把人都罩住了似的。

"谁演得这般细腻呀?"天辣椒蒋碧月插了进来笑道,程参谋赶忙立起来,让了座。蒋碧月抓了一把朝阳瓜子,跷起腿嗑着瓜子笑道:"程参谋,人人说你懂戏,钱夫人可是戏里的通天教主,我看你趁早别在这儿班门弄斧了。"

"我正在和钱夫人讲究张爱云的'洛神',向钱夫人讨教呢。"程参谋对蒋碧月说着,眼睛却瞟向了钱夫人。

"哦,原来是说张爱云吗?"蒋碧月噗哧笑了一下,"她在台湾教教戏也就罢了,偏偏又要去唱'洛神',扮起宓妃来也不像呀!上礼拜六我才去国光看来,买到了后排,只见她嘴巴动,声音也听不到,半出戏还没唱完,她嗓子先就哑掉了——嗳唷,三阿姐来请上席了。"

一个仆人拉开了客厅通到饭厅的一扇镂空心凸字的桃花心木推门,窦夫人已经从饭厅里走了出来。整座饭厅银素装饰,明亮得像雪洞一般,两桌席上,却是猩红的细布桌面,杯碗羹箸一律都是银的。客人们进去后都你推我让,不肯上坐。

"还是我占先吧,这样让法,这餐饭也吃不成了,倒是辜负了主人这番心意!"

赖夫人走到第一桌的主位坐了下来,然后又招呼着余参军长说道:

"余参军长,你也来我旁边坐下吧。刚才梅兰芳的戏,我们还没有论出头绪来呢。"

余参军长把手一拱,笑嘻嘻地道了一声:"遵命。"客人们哄然一笑便都相随入了席。到了第二桌,大家又推让起来了,赖夫人隔着桌子向钱夫人笑着叫道:

"钱夫人,我看你也学学我吧。"

窦夫人便过来拥着钱夫人走到第二桌主位上,低声在她耳边说道:

"五妹妹,你就坐下吧。你不占先,别人不好入座的。"

钱夫人环视了一下，第二桌的客人都站在那儿带笑瞅着她。钱夫人赶忙含糊地推辞了两句，坐了下去，一阵心跳，连她的脸都有点发热了。倒不是她没经过这种场面，好久没有应酬，竟有点不惯了。从前钱鹏志在的时候，筵席之间，十有八九的主位，倒是她占先的。钱鹏志的夫人当然上坐，她从来也不必推让。南京那起夫人太太们，能僭过她辈分的，还数不出几个来。她可不能跟那些官儿的姨太太们去比，她可是钱鹏志明公正道迎回去做填房夫人的。可怜桂枝香那时出面请客都没份儿，连生日酒还是她替桂枝香做的呢。到了台湾桂枝香才敢这么出头摆场面，而她那时才冒二十岁，一个清唱的姑娘，一夜间便成了将军夫人了。卖唱的嫁给小户人家还遭多少议论，又何况是入了侯门？连她亲妹子十七月月红还刻薄过她两句：姐姐，你的辫子也该铰了，明日你和钱将军走在一起，人家还以为你是他的孙女儿呢！钱鹏志娶她那年已经六十靠边了，然而怎么说她也是他正正经经的填房夫人啊。她明白她的身份，她也珍惜她的身份。跟了钱鹏志那十几年，筵前酒后，哪次她不是捏着一把冷汗，任是多大的场面，总是应付得妥妥帖帖的？走在人前，一样风华翩跹，谁又敢议论她是秦淮河得月台的蓝田玉了？

"难为你了，老五。"

钱鹏志常常抚着她的腮对她这样说道。她听了总是心里一酸，许多的委屈却是没法诉的。难道她还能怨钱鹏志吗？是她自己心甘情愿的。钱鹏志娶她的时候就分明和她说清楚了，他是为着听了她的"游园惊梦"才想把她接回去伴他的晚年的。可是她妹子月月红说的呢，钱鹏志好当她的爷爷了，她还要希冀甚么？到底应了得月台瞎子师娘那把铁嘴：五姑娘，你们这种人只有嫁给年纪大的，当女儿一般疼惜算了，年青的，哪里靠得住？可是瞎子师娘偏偏又捏着她的手，眨巴着一双青光眼叹息道：荣华富贵你是享定了，蓝田玉，只可惜你长错了一根骨头，也是你前世的冤孽！不是冤孽还是甚么？除却天上的月亮摘不到，世上的金银财宝，钱鹏志怕不都设法捧了来讨她的欢心。她体验得出钱鹏志那番苦心。钱鹏志怕她念着出身低微，在达官贵人面前气馁胆怯，总是百般怂恿着她讲排场，耍派头。梅园新村钱夫人宴客的款式怕不噪反了整个南京城，钱公馆里的酒席钱，"袁大头"就用得罪过花啦。单就替桂枝香请生日酒那天吧，梅园新村的公馆里一摆就是十台，吹箫的是琴雪芳那儿搬来的吴声豪，大厨司却是花了十块大洋特别从桃叶渡的绿柳居接来的。

"窦夫人，你们大司务是哪儿请来的呀？来到台湾我还是头一次吃到这么讲究的鱼翅呢。"赖夫人说道。

"他原是黄钦之黄部长家在上海时候的厨子，来台湾才到我们这儿的。"窦夫人答道。

"那就难怪了，"余参军长接口道"黄钦公是有名的吃家呢。"

"哪天要能借府上的大司务去烧个翅，请起客来就风光了，"赖夫人说道。

"那还不容易？我也乐得去白吃一餐呢！"窦夫人说道，客人们都笑了起来。

"钱夫人，请用碗翅吧。"程参谋盛了一碗红烧鱼翅，加了一匙羹镇江醋，搁在钱夫人面前，然后又低声笑道：

"这道菜，是我们公馆里出了名的。"

钱夫人还没来得及尝鱼翅，窦夫人却从隔壁桌子走了过来，敬了一轮酒，特别又叫程参谋替她斟满了，走到钱夫人身边，按着她的肩膀笑道：

"五妹妹，我们两个好久没对过杯了。"

说完便和钱夫人碰了一下杯,一口喝尽,钱夫人也细细地干掉了。窦夫人离开时又对程参谋说道:

"程参谋,好好替我劝酒啊!你长官不在,你就在那一桌替他做主人吧。"

程参谋立起,执了一把银酒壶,弯了身,笑吟吟便往钱夫人杯里筛酒,钱夫人忙阻止道:

"程参谋,你替别人斟吧,我的酒量有限得很。"

程参谋却站着不动,望着钱夫人笑道:

"夫人,花雕不比别的酒,最易发散。我知道夫人回头还要用嗓子,这个酒暖过了,少喝点儿,不会伤喉咙的。"

"钱夫人是海量,不要饶过她!"

坐在钱夫人对面的蒋碧月却走了过来,也不用人让,自己先斟满了一杯,举到钱夫人面前笑道:

"五阿姐,我也好久没有和你喝过双钟儿了。"

钱夫人推开了蒋碧月的手,轻轻咳了一下说道:

"碧月,这样喝法要醉了。"

"到底是不赏妹子的脸,我喝双份儿好啦,回头醉了,最多让他们抬回去就是了。"

蒋碧月一仰头便干了一杯,程参谋连忙捧上另一杯,她也接过去一气干了,然后把个银酒杯倒过来,在钱夫人脸上一晃。客人们都鼓起掌来喝道:

"到底是蒋小姐豪兴!"

钱夫人只得举起了杯子,缓缓地将一杯花雕饮尽。酒倒是烫得暖暖的,一下喉,就像一股热流般,周身游荡起来了。可是台湾的花雕到底不及大陆的那么醇厚,饮下去终究有点割喉。虽说花雕容易发散,饮急了,后劲才凶呢。没想到真正从绍兴办来的那些陈年花雕也那么伤人。那晚到底中了她们的道儿!她们大伙儿都说,几杯花雕那里就能把嗓子喝哑了?难得是桂枝香的好日子,姐妹们不知何日才能聚得齐,主人尚且不开怀,客人哪能恣意呢?连月月红十七也夹在里面起哄:姐姐,我们姐妹俩儿也来干一杯,亲热亲热一下。月月红穿了一身大金大红的缎子旗袍,艳得像只鹦哥儿,一双眼睛,鹘伶伶地尽是水光。姐姐不赏脸,她说,姐姐到底不赏妹子的脸,她说道。逞够了强,捡够了便宜,还要赶着说风凉话。难怪桂枝香叹息:是亲妹子才专拣自己的姐姐往脚下踹呢。月月红——就算她年轻不懂事,郑彦青他就不该也跟了来胡闹了。他也捧了满满的一杯酒,咧着一口雪白的牙齿说道:夫人,我也来敬夫人一杯。他喝得两颧鲜红,眼睛烧得像两团黑水,一双带刺的马靴啪哒一声并在一起,弯着身腰柔柔地叫道:夫人——。

"这下该轮到我了,夫人。"程参谋立起身,双手举起了酒杯,笑吟吟地说道。

"真的不行了,程参谋。"钱夫人微俯着首,喃喃说道。

"我先干三杯,表示点敬意,夫人请随意好了。"

程参谋一连便喝了三杯,一片酒晕把他整张脸都盖了过去。他的额头发出了亮光,鼻尖上也冒出几颗汗珠子来。钱夫人端起了酒杯,在唇边略略沾了一下。程参谋替钱夫人拈了一只贵妃鸡的肉翅,自己也挟了一个鸡头来过酒。

"嗳唷,你敬的是甚么酒呀?"

蒋碧月站起来,伸头前去嗅了一下余参军长手里那杯酒,尖着嗓门叫了起来,余参军长正捧着一只与众不同的金色鸡缸杯在敬蒋碧月的酒。

"小姐,这杯是'通宵酒'哪!"余参军长笑嘻嘻地说道,他那张黑红脸早已喝得像猪肝似的了。

"'呀呀哗,何人与你们通宵哪!'"蒋碧月把手一挥,打起京白说道。

"蒋小姐,百花亭里还没摆起来,你先就'醉酒'了。"赖夫人隔着桌子笑着叫道,客人们又一声哄笑起来。窦夫人也站了起来对客人们说道:

"我们也该上场了,请各位到客厅那边去吧。"

客人们都立了起来,赖夫人带头,鱼贯而入进到客厅里,分别坐下。几位男票友却走到那档屏风面前几张红木椅子就了座,一边调弄起管弦来。六个人,除了胡琴外,一个拉二胡,一个弹月琴,一个管小鼓拍板,另外两个人立着,一个擎了一双铙钹,一个手里却吊了一面大铜锣。

"夫人,那位杨先生真是把好胡琴,他的洞箫,台湾还找不出第二个人呢,回头你听他一吹,就知道了。"

程参谋指着那位拉胡琴姓杨的票友,在钱夫人耳根下说道。钱夫人微微斜靠在一张单人沙发上,程参谋在她身旁一张皮垫矮圆凳上坐了下来。他又替钱夫人沏了一盅茉莉香片,钱夫人一面品着茶,一面顺着程参谋的手,朝那位姓杨的票友望去。那位姓杨的票友约莫五十上下,穿了一件古铜色起暗团花的熟罗长衫,面貌十分清癯,一双手指修长,洁白得像十管白玉一般,他将一柄胡琴从布袋子里抽了出来,腿上垫一块青搭布,将胡琴搁在上面,架上了弦弓,随便咿呀的调了一下,微微将头一垂,一扬手,猛地一声胡琴,便像抛线一般蹿了起来,一段西皮流水,奏得十分清脆滑溜,一奏毕,余参军长便头一个跳了起来叫了声:"好胡琴!"客人们便也都鼓起掌来。接着锣鼓齐鸣,奏出了一只"将军令"的上场牌子来。窦夫人也跟着满客厅一一去延请客人们上场演唱,正当客人们互相推让间,余参军长已经拥着蒋碧月走到胡琴那边,然后打起丑腔叫道:

"启娘娘,这便是百花亭了。"

蒋碧月双手握着嘴,笑得前俯后仰,两只腕上几个扭花金镯子,铮铮锵锵地抖响着。客人们都跟着起哄喝彩起来,胡琴便奏出了"贵妃醉酒"里的四平调。蒋碧月身也不转,面朝了客人便唱了起来。唱到过门的时候,余参军长跑出去托了一个朱红茶盘进来,上面搁了那只金色的鸡缸杯,一手撩了袍子,在蒋碧月跟前做了个半跪的姿势,效那高力士叫道:

"启娘娘,奴婢敬酒。"

蒋碧月果然装了醉态,东歪西倒地做出了种种身段,弯下身去,用嘴将那只酒杯衔了起来,然后又把杯子当啷一声掷到地上,唱出了两句:

  人生在世如春梦
  且自开怀饮几盅

客人们早笑得滚做了一团,窦夫人笑得岔了气,沙着喉咙对了赖夫人喊道:

"我看我们碧月今晚真的醉了!"

赖夫人笑得直用绢子揩眼泪,一面大声叫道:"蒋小姐醉了倒不要紧,只是莫学那杨玉环又去喝一缸醋就行了。"

客人们正在闹着要蒋碧月唱下去,蒋碧月却摇摇摆摆地走了下来,把那位徐太太给抬了上去,然后对客人们宣布道:

"昆曲大王来给我们唱'游园'了,回头再请另外一位昆曲泰斗——钱夫人来接唱'惊梦'。"

钱夫人赶忙抬起了头来,将手里的茶杯搁到左边的矮几上,她看见徐太太已经站到了那档屏风前面,半背着身子,一只手却扶在插笙箫的那只乌木架上。她穿了一身净黑的丝绒旗袍,脑后松松地挽了一个贵妇髻,半面脸微微向外,莹白的耳垂露在发外,上面吊着一丸翠绿的坠子。客厅里几只喇叭形的座灯像数道注光,把徐太太那细挑的身影,袅袅娜娜地推到那档云母屏风上去。

"五阿姐,你仔细听听,看看徐太太的'游园'跟你唱的可有个高下。"

蒋碧月走了过来,一下子便坐到了程参谋的身边,伸过头来,一只手拍着钱夫人的肩,悄声笑着说道。

"夫人,今晚总算我有缘,能领教夫人的'昆腔'了。"

程参谋也转过头来,望着钱夫人笑道。钱夫人睇着蒋碧月手腕上那只金光乱窜的扭花镯子,她忽然感到一阵微微的晕眩。一股酒意涌上了她的脑门似的,刚才灌下去的那几杯花雕好像渐渐着力了,她觉得两眼发热,视线都有点朦胧起来。蒋碧月身上那袭红旗袍如同一团火焰,一下子明晃晃地烧到了程参谋的身上,程参谋衣领上那几枚金梅花,便像火星子般,跳跃了起来。蒋碧月的一对眼睛像两丸黑水银在她醉红的脸上溜转起来,程参谋那双细长的眼睛却眯成了一条缝,射出了逼人的锐光,两张脸都向着她,一齐咧着整齐的白牙,朝她微笑着,两张红得发油光的脸庞渐渐地靠拢起来,凑在一块儿,咧着白牙,朝她笑着。洞箫和笛子都鸣了起来,笛音如同流水,把靡靡下沉的箫声又托了起来,送进"游园"的"皂罗袍"中去——

　　原来姹紫嫣红开遍
　　似这般都付与断井颓垣
　　良辰美景奈何天
　　便赏心乐事谁家院——

杜丽娘唱的这段"昆腔"便算是昆曲里的警句了。连吴声豪也说:钱夫人,您这段"皂罗袍"便是梅兰芳也不能过的。可是吴声豪的箫却偏偏吹得那么高(吴师傅,今晚让她们灌多了,嗓子靠不住,吹低些吧)。吴声豪说,练嗓子的人,第一要忌酒;然而月月红十七却端着那杯花雕过来说道:姐姐,我们姐妹俩儿也来干一杯。她穿得大金大红的,还要说,姐姐,你不赏脸。不是这样说,妹子,不是姐姐不赏脸,实在为着他是姐姐命中的冤孽。瞎子师娘不是说过:荣华富贵——蓝田玉,可惜你长错了一根骨头。冤孽呵。他可不就是姐姐命中招的冤孽了?懂吗,妹子,冤孽。然而他也捧着酒杯来叫道:夫人。他笼着斜皮带,戴着金亮的领章,腰杆子扎得挺细,一双带白铜刺的长统马靴乌光水滑的啪哒一声靠在一起,眼皮都喝得泛了桃花,却叫道:夫人。谁不知道南京梅园新村的钱夫人呢?钱鹏公,钱将军的夫人啊。钱鹏志的夫人。钱鹏志的随从参谋。钱将军的夫人,钱将军的参谋。钱将军。难为你了,老五,钱鹏志说道,可怜你还那么年青。然而年青的人哪里会有良心呢?瞎子师娘说,你们这种人,只有年纪大的才懂得疼惜啊。荣华富贵——只可惜长错了一根骨头。懂吗?妹子,他就是姐姐命中招的冤孽了。钱将军的夫人。钱将军的随从参谋。将军夫人。随从参谋。冤孽,我说。冤孽,我说(吴师傅,吹得低一些,我的嗓子有点不行了。哎,这段"山坡羊")。

没乱里春情难遣

蓦地里怀人幽怨

则为俺生小婵娟

拣名门一例一例里神仙眷

甚良缘把青春抛的远

俺的睡情谁见——

那团红火焰又熊熊的冒了起来了,烧得那两道飞扬的眉毛,发出了青湿的汗光。两张醉红的脸又渐渐地靠拢在一处,一齐咧着白牙,笑了起来。紫箫上那几根玉管子似的手指,上下飞跃着。那袭袅娜的身影儿,在那档雪青的云母屏风上,随着灯光,仿仿佛佛地摇曳起来。洞箫声愈来愈低沉,愈来愈凄咽,好像把杜丽娘满腔的怨情都吹了出来似的。杜丽娘快要入梦了,柳梦梅也该上场了。可是吴声豪却说,"惊梦"里幽会那一段,最是露骨不过的(吴师傅吹低一点,今晚我喝多了酒)。然而他却偏捧着酒杯过来叫道:夫人。他那双乌光水滑的马靴啪哒一声靠在一处,一双白铜马刺扎得人的眼睛都发痛了。他喝得眼皮泛了桃花,还要那么叫道:夫人,我来扶你上马,夫人,他说道,他的马裤把两条修长的腿子翻得滚圆,夹在马肚子上,像一双钳子。他的马是白的,路也是白的,树干子也是白的,他那匹白马在猛烈的太阳底下照得发了亮。他们说:到中山陵的那条路上两旁种满了白桦树。他那匹白马在桦树林子里奔跑起来,活像一头麦秆丛中乱窜的兔儿。太阳照在马背上,蒸出一缕缕的白烟来。一匹白的,一匹黑的——两匹马都在流汗了。而他身上却沾满了触鼻的马汗。他的眉毛变得碧青,眼睛像两团烧着了的黑火,汗珠子一行行从他额上流到他鲜红的颧上来。太阳,我叫道。太阳照得人的眼睛都睁不开了。那些树干子,又白净,又细滑,一层层的树皮都卸掉了,露出里面赤裸裸的嫩肉来。他们说:那条路上种满了白桦树。太阳,我叫道,太阳直射到人的眼睛上来了。于是他便放柔了声音唤道:夫人。钱将军的夫人。钱将军的随从参谋。钱将军的——老五,钱鹏志叫道,他的喉咙已经咽住了。老五,他喑痖地喊道,你要珍重吓。他的头发乱得像一丛枯白的茅草,他的眼睛坑出了两只黑窟窿,他从白床单下伸出他那只瘦黑的手来,说道,珍重吓,老五。他抖索地打开了那只描金的百宝匣儿,这是祖母绿,他取出了第一层抽屉。这是猫儿眼。这是翡翠叶子。珍重吓,老五,他那乌青的嘴皮颤抖着,可怜你还这么年青。荣华富贵——只可惜你长错了一根骨头。冤孽,妹子,他就是姐姐命中招的冤孽了。你听我说,妹子,冤孽呵。荣华富贵——可是我只活过那么一次。懂吗? 妹子,他就是我的冤孽了。荣华富贵——只有那一次。荣华富贵——我只活过一次。懂吗? 妹子,你听我说,妹子。姐姐不赏脸,月月红却端着酒过来说道,她的眼睛亮得剩了两泡水。姐姐到底不赏妹子的脸,她穿得一身大金大红的,像一团火一般,坐到了他的身边去(吴师傅,我喝多了花雕)。

迁延,这衷怀那处言

淹煎,泼残生除问天——

就是那一刻,泼残生——就是那一刻,她坐到他身边,一身大金大红的,就是那一刻,那两张醉红的面孔渐渐地凑拢在一起,就在那一刻,我看到了他们的眼睛:她的眼睛,他的眼睛。完了,我知道,就在那一刻,除问天——(吴师傅,我的嗓子。)完了,我的喉咙,你摸摸我的喉咙,在发抖吗? 完了,在发抖吗? 天——天——(吴师傅,我唱不出来了。)天——天——完了,荣华富贵——可是我只活过一次,——冤孽、冤孽、冤孽——天——天——(吴师傅,我的嗓子。)——就在那一刻,就在那一刻,哑掉了——天——天——

"五阿姐,该是你'惊梦'的时候了,"蒋碧月站了起来,走到钱夫人面前,伸出了她那一双戴满了扭花金丝镯的手臂,笑吟吟地说道。

"夫人——"程参谋也立了起来,站在钱夫人跟前,微微倾着身子,轻轻地叫道。

"五妹妹,请你上场吧,"窦夫人走了过来,一面向钱夫人伸出手说道。

锣鼓笙箫一齐鸣了起来,奏出了一只"万年欢"的牌子来。客人们都倏地离了座,钱夫人看见满客厅里都是些手臂在交挥拍击,把徐太太团团围在客厅中央。笙箫管笛愈吹愈急切,那面铜锣高高地举了起来,敲得金光乱闪。

"我不能唱了,"钱夫人望着蒋碧月,微微摇了摇两下头,喃喃说道。

"那可不行!"蒋碧月一把捉住了钱夫人的双手:"五阿姐,你这位名角今晚无论如何逃不掉的。"

"我的嗓子哑了,"钱夫人突然用力摔开了蒋碧月的双手,嘎声说道,她觉得全身的血液一下子都涌到头上来了似的,两腮滚热,喉头好像猛让刀片拉了一下,一阵阵地刺痛起来,她听见窦夫人插进来说:

"五妹妹不唱算了——余参军长,我看今晚还是你这位名黑头来压轴吧。"

"好呀,好呀,"那边赖夫人马上响应道,"我有好久没有领教余参军长的'八大锤'了'。"

说着赖夫人便把余参军长推到了锣鼓那边。余参军长一站上去,便拱了手朝下面道了一声"献丑",客人们一阵哄笑,他便开始唱了一段金兀术上场时的"点绛唇";一面唱着,一面又撩起了袍子,做了个上马的姿势,踏着马步便在客厅中央环走起来,他那张宽肥的醉脸涨得紫红,双眼圆睁,两道粗眉一齐竖起,几声呐喊,把胡琴都压了下去。赖夫人笑得弯了腰,跑上去,跟在余参军长后头直拍着手,蒋碧月即刻上去加入了他们的行列,不停地尖起嗓子叫着"好黑头! 好黑头!"另外几位女客也上去跟了她们喝彩,团团围走,于是客厅里的笑声便一阵比一阵暴涨了起来。余参军长一唱歇,几个着白衣黑裤的女佣已经端了一碗碗的红枣桂圆汤进来让客人们润喉了。

窦夫人引了客人们走出到屋外的露台上的时候,外面的空气里早充满了风露,客人们都穿上了大衣,窦夫人却围了一张白丝的大披肩,走到了台阶的下端去。钱夫人立在露台的石栏旁边,往天上望去,她看见那片秋月恰恰升到中天,把窦公馆花园里的树木路阶都照得镀了一层白霜,露台上那十几盆桂花,香气却比先前浓了许多,像一阵湿雾似的,一下子罩到了她的面上来。

"赖将军夫人的车子来了",刘副官站在台阶下面,往上大声通报各家的汽车。头一辆开进来的,便是赖夫人那架黑色崭新的林肯,一个穿着制服的司机赶忙跳了下来,打开车门,弯了腰毕恭毕敬地候着。赖夫人走下台阶,和窦夫人道了别,把余参军长也带上了车,坐进去后,却伸出头来向窦夫人笑道:

"窦夫人,府上这一夜戏,就是当年梅兰芳和金少山也不能过的!"

"可是呢,"窦夫人笑着答道,"余参军长的黑头真是赛过金霸王了。"

立在台阶上的客人都笑了起来,一齐向赖夫人挥手作别。第二辆开进来的,却是窦夫人自己的小包车,把几位票友客人都送走了。接着程参谋自己开了一辆吉普军车进

来,蒋碧月马上走了下去,捞起旗袍,跨上车子去,程参谋赶着过来,把她扶上了司机旁边的座位上,蒋碧月却歪出半个身子来笑道:

"这架吉普车连门都没有,回头怕不把我摔出马路上去呢!"

"小心点开啊,程参谋,"窦夫人说道,又把程参谋叫了过去,附耳嘱咐了几句,程参谋直点着头笑应道:"夫人请放心。"

然后他朝了钱夫人,立了正,深深地行了一个礼,抬起头来笑道:

"钱夫人,我先告辞了。"

说完便利落地跳上了车子,发了火,开动起来。

"三阿姐再见!五阿姐再见!"

蒋碧月从车门伸出手来,不停地招挥着,钱夫人看见她臂上那一串扭花镯子,在空中划了几个金圈圈。

"钱夫人的车子呢?"客人快走尽的时候,窦夫人站在台阶下问刘副官道:

"报告夫人,钱将军夫人是坐计程车来的,"刘副官立了正答道。

"三阿姐——"钱夫人站在露台上叫了一声,她老早就想跟窦夫人说替她叫一辆计程车来了,可是刚才客人多,她总觉得有点堵口,钱鹏志过世后,她那辆官家汽车已经归还政府了。

"那么我的汽车回来,立刻传进来送钱夫人吧,"窦夫人马上接口道。

"是,夫人。"刘副官接了命令便退走了。

窦夫人回转身,便向着露台走了上来,钱夫人看见她身上那块白披肩,在月光下,像朵云似的簇拥着她。一阵风掠过去,周遭的椰树都沙沙地鸣了起来,把窦夫人身上那块大披肩吹得姗姗扬起,钱夫人赶忙用手把大衣领子锁了起来,连连打了两个寒噤。刚才滚热的面腮,吃这阵凉风一扬逼,汗毛都张开了。

"我们进去吧,五妹妹。"窦夫人伸出手来,搂着钱夫人的肩膀往屋内走去,"我叫人沏壶茶来,我们正好谈谈心——你这么久没来,可发觉台北变了些没有?"

钱夫人沉吟了半晌,侧过头来答道:

"变多喽。"

走到房子门口的时候,她又轻轻地加了一句:

"变得我都快不认识了——起了好多新的高楼大厦。"

(原载台北《现代文学》1966 年第 30 期)

将 军 族

陈映真

在十二月里,这真是个好天气。特别在出殡的日子,太阳那么绚灿地普照着,使丧家的人们也蒙上了一层隐秘的喜气了。有一支中音的萨士风在轻轻地吹奏着很东洋风的《荒城之月》。它听来感伤,但也和这天气一样地,有一种浪漫的悦乐之感。他为高个子修好了伸缩管,瘪起嘴将喇叭朝地下试吹了三个音,于是抬起来对着大街很富于温情地和着《荒城之月》。然后他忽然地停住了,他只吹了三个音。他睁大了本来细眯着的眼,他便这样地在伸缩的方向看见了伊。

高个子伸着手,将伸缩管喇叭接了去。高个子说:

"行了,行了。谢谢,谢谢。"

这样地说着,高个子若有所思地将喇叭夹在腋下,一手掏出一支皱得像蚯蚓一般的烟伸到他的眼前,差一点碰到了他的鼻子。他后退了一步,猛力地摇着头,瘪嘴做出一个笑容。不过这样的笑容,和他要预备吹奏时的表情,是颇难于区别的。高个子便咬那烟,用手扶直了它,划了一支洋火烧红了一端,哔叽哔叽地抽了起来。他坐在一条长木凳上,心在很异样地悸动着。没有看见伊,已经有了五年了吧。但他却能一眼认出伊来。伊站在阳光里,将身子的重量放在左腿上,让臀部向左边画着十分优美的曼陀玲琴的弧。还是那样的站法呵。然而如今伊变得很婷婷了。很多年前,伊也曾这样地站在他的面前。那时他们都在康乐队里,几乎每天都在大卡车的颠簸中到处表演。

"三角脸,唱个歌好吗?"伊说。声音沙哑,仿佛鸭子。

他猛然地回过头来,看见伊便是那样地站着,抱着一只吉他琴。伊那时又瘦又小,在月光中,尤其的显得好笑。

"很夜了,唱什么歌!"

然而伊只顾站着,那样地站着。他拍了拍沙滩,伊便很和顺地坐在他的旁边。月亮在海水上碎成许多闪闪的鱼鳞。

"那么说故事吧。"

"啰嗦!"

"说一个就好。"伊说着,脱掉拖鞋,裸着的脚丫子便像蟋蟀似地钉进沙里去。

"十五六岁了,听什么故事!"

"说一个你们家里的故事。你们大陆上的故事。"

伊仰着头,月光很柔和地敷在伊的干枯的小脸,使伊的发育得很不好的身体,看来又笨又拙。他摸了摸他的已经开始有些儿秃发的头。他编扯过许多马贼、内战、死刑的故事。不过那并不是用来迷住像伊这样的貌寝的女子的呵。他看着那些梳着长长的头发的女队员们张着小嘴,听得入神,真是赏心乐事。然而,除了听故事,伊们总是跟年轻的乐师泡着。这使他寂寞得很。乐师们常常这样地说：

"我们的三角脸,才真是柳下惠哩!"

而他便总是笑笑,红着那张确乎有些三角形的脸。

他接过吉他琴,撩拨了一组和弦。琴声在夜空中铮琮着。渔火在极远的地方又明又灭。他正苦于怀乡,说什么"家里的"故事呢?

"讲一个故事。讲一个猴子的故事。"他说,太息着。

他于是想起了一个故事。那是写在一本日本的小画册上的故事。在沦陷给日本的东北,他的姊姊曾说给他听过。他只看着五彩的小插画,一个猴子被卖给马戏团,备尝辛酸,历经苦楚,有一个月圆的夜,猴子想起了森林里的老家,想起了爸爸、妈妈、哥哥、姊姊……。

伊坐在那里,抱着屈着的腿,很安静地哭着。他慌了起来,嗫嚅地说:

"开玩笑,怎么的了!"

伊站了起来。瘦楞楞地,仿佛一具着衣的骷髅。伊站了一会儿,逐渐地把重心放在左腿上,就是那样。

就是那样的。然而,于今伊却穿着一套稍嫌小了一些的制服。深蓝的底子,到处镶滚着金黄的花纹。十二月的阳光浴着伊,使那怵目得很的蓝色,看来柔和了些。伊的太阳眼镜的脸,比起往时要丰腴了许多。伊正专心地注视着天空中画着椭圆的鸽子们。一支红旗在向它们招摇。他原也可走进阳光里,叫伊:

"小瘦丫头儿!"

而伊也会用伊的有沙哑的嗓门叫起来的吧。但他只是坐在那儿,望着伊。伊再也不是个"小瘦丫头儿"了。他觉得自己果然已在苍老着,像旧了的鼓,缀缀补补了的铜号那样,又丑陋、又凄凉。在康乐队里的那么些年,他才逐渐接近四十。然而一年一年地过着,倒也尚不识老去的滋味的。不知道那些女孩儿们和乐师们,都早已把他当作叔伯之辈了。然而他还只是笑笑。不是不服老,却是因着心身两面,一直都是放浪如素的缘故。他真正的开始觉老,还正是那个晚上呢。

记得很清楚:那时对着那样地站着的,并且那样轻轻地淌泪的伊,始而惶惑,继而怜惜,终而油然产生了一种老迈的心情。想起来,他是从未有过这样的感觉。从那个霎时起,他的心才改变成为一个有了年纪的人的心了。这样的心情,便立刻使他稳重自在。他接着说:

"开玩笑,这是怎么的了,小瘦丫头儿!"

伊没有回答。伊努力地抑压着,也终于没有了哭声。月亮真是美丽,那样静悄悄地照明着长长的沙滩、碉堡和几栋营房,叫人实在弄不明白:何以造物要将这么美好的时刻,秘密地在阒无一人的夜更里展露呢? 他捡起吉他琴,任意地拨了几个和弦。他小心地、讨好地、轻轻地唱着:

　　——王老七,养小鸡,
　　　叽咯叽咯叽——……

伊便不止地笑了起来。伊转过身来,用一只无肉的腿,向他轻轻地踢起一片细沙。伊忽然地又一个转身,擤了很多的鼻涕。他的心因着伊的活泼,像午后的花朵儿那样绽然地盛开起来。他唱着：

王老七……

伊揩好了鼻涕，盘腿坐在他的面前。伊说：

"有烟么？"

他赶忙搜了搜口袋，递过一支雪白的纸烟，为伊点上火。打火机发着殷红的火光，照着伊的鼻端。头一次他发现伊有一只很好的鼻子，瘦削、结实，且因留着一些鼻水，仿佛有些凉意。伊深深地吸了一口，低下头，用夹住烟的右手支着颐。左手在沙地上歪歪斜斜地画着许多小圆圈。伊说：

"三角脸，我讲个事情你听。"

说着，白白的烟从伊的低着的头，袅袅地飘了上来。他说：

"好呀，好呀。"

"哭一哭，好多了。"

"我讲的是猴子，又不是你。"

"差不多——"

"哦，你是猴子啦，小瘦丫头儿！"

"差不多。月亮也差不多。"

"嗯。"

"唉，唉！这月亮。我一吃饱饭就不对。原来月亮大了，我又想家了。"

"像我吧，连家都没有呢。"

"有家。有家是有家啦，有什么用呢？"

伊说着，以臀部为轴，转了一个半圆。伊对着那黄得发红的大月亮慢慢地抽着纸烟。烟烧得"丝丝"作响。伊掠了掠伊的头发，忽然说：

"三角脸。"

"呵。"他说，"很夜了，少胡思乱想。我何尝不想家呢？"

他于是站了起来。他用衣袖擦了擦吉他琴上的夜露，一根根放松了琴弦。伊依旧坐着，很小心地抽着一截烟屁股，然后一弹，一条火红的细弧在沙地上碎成万点星火。

"我想家，也恨家里。"伊说，"你会这样吗？——你不会。"

"小瘦丫头儿，"他说，将琴的胴体抬在肩上，仿佛扛着一支枪。他说："小瘦丫头儿，过去的事，想它做什么？我要像你，想，想！那我一天也不要活了！"

伊霍然地站立起来，拍着身上的沙粒。伊张着嘴巴打起哈欠来。眨了眨眼，伊看着他，低声地说：

"三角脸，你事情见得多。"伊停了一下，说："可是你是断断不知道：一个人卖出去，是什么滋味。"

"我知道。"他猛然地说，睁大了眼睛。伊看着他的微秃的，果然有些儿三角形的脸，不禁笑了起来。

"就好像我们乡下的猪、牛那样地被卖掉了。两万五，卖给他两年。"伊说。

伊将手插进口袋里，耸起板板的小肩膀，背向着他，又逐渐地把重心移到左腿上。伊的右腿便在那里轻轻地踢着沙子，仿佛一只小马儿。

"带走的那一天，我一滴眼泪也没有。我娘躲在房里哭，哭得好响，故意让我听到。我就是一滴眼泪也没有。哼！"

"小瘦丫头儿!"他低声说。

伊转身望着他,看见他的脸很忧戚地歪扭着,伊便笑了起来:

"三角脸,你知道!你知道个屁呢!"

说着,伊又弓着身子,擤了一把鼻涕。伊说:

"夜了。睡觉了。"

他们于是向招待所走去。月光照着很滑稽的人影,也照着两行孤独的脚印。伊将手伸进他的臂弯里,瞌睡地张大嘴打着哈欠。他的臂弯感觉到伊的很瘦小的胸。但他的心却充满另外一种温暖。临分手的时候,他说:

"要是那时我走了之后,老婆有了女儿,大约也就是你这个年纪吧。"

伊扮了一个鬼脸,蹒跚地走向女队员的房间去。月在东方斜着,分外的圆了。

锣鼓队开始了作业了。密密的脆皮鼓伴着撼人的铜锣,逐渐使这静谧的午后扰骚了起来。他拉低了帽子,站立起来。他看见伊的左手一晃,在右腋里夹住一根钱光闪烁的指挥棒。指挥棒的小铜球也随着那样一晃,有如马嘶一般地轻响起来。伊还是个指挥的呢!

许多也是穿着蓝制服的少女乐手们都集合拢了。伊们开始吹奏着把节拍拉慢了一倍的《马撒永眠黄泉下》的曲子。曲子在震耳欲聋的锣鼓声的夹缝里,悠然地飞扬着。混合着时歇时起的孝子贤孙们的哭声,和这么绚烂的阳光交织起来,便构成了人生、人死的喜剧了。他们的乐队也合拢了。于是像凑热闹似地,也随而吹奏起来了。高个子神气地伸缩着他的管乐器,很富于情感地吹着《游子吟》。也是将节拍拉长了一倍,仿佛什么曲子都能当安魂曲似的——只要拉慢节拍子,全行的。他把小喇叭凑在嘴上,然而他并不在真吹。他只是做着样子罢了。他看着伊颇为神气地指挥着,金黄的流苏随着棒子风舞着。不一会他便发觉了伊的指挥和乐声相差约有半拍。他这才记得伊是个轻度的音盲。

是的,伊是个音盲。所以伊在康乐队里,并不曾是个歌手。可是伊能跳很好的舞,而且也是个很好的女小丑,用一个红漆的破乒乓球,盖住伊唯一美丽的地方——鼻子,瘦板板地站在台上,于是台下卷起一片笑声。伊于是又眨了眨木然的眼,台下便又是一阵笑谑。伊在台上固然不唱歌,在台下也难得开口唱唱的。然而一旦不幸伊一下高兴起来,伊要咿咿呀呀地唱上好几小时,把一支好好的歌,唱得支离破碎,喑哑不成曲调。

有一个早晨,伊突然轻轻地唱起一支歌来。继而一支接着一支,唱得十分起劲。他在隔壁的房间修着乐器,无可奈何地听着那么折磨人的歌声。伊唱着说:

——这绿岛像一只船,
在月夜里飘呀飘……

唱过一遍,停了一会儿,便又从头唱起。一次比一次温柔,充满情感。忽然间,伊说:

"三角脸!"

他没有回答。伊轻轻地敲了敲三夹板的墙壁,说:

"喂,三角脸!"

"哎!"

"我家离绿岛很近。"

"神经病。"

"我家在台东。"

"……"

"他×的,好几年没回去了!"

"什么?"

"我好几年没回去了!"

"你还说一句什么?"

伊停了一会,忽然吃吃地笑了起来。伊轻轻地叹了一口气,说:

"三角脸。"

"啰嗦!"

"有没有香烟?"

他站起来,从夹克口袋摸了一根纸烟,抛过三夹板给伊。他听见划火柴的声音。一缕青烟从伊的房间飘越过来,从他的小窗子飞逸而去。

"买了我的人把我带到花莲,"伊说,吐着嘴唇上的烟丝。伊接着说:"我说:我卖笑不卖身。他说不行,我便逃了。"

他停住手里的工作,躺在床上。天花板因漏雨而有些发霉了。他轻声说:

"原来你还是个逃犯哩!"

"怎么样?"伊大叫着说,"怎么样?报警去吗?呵?"

他笑了起来。

"早下收到家里的信,"伊说:"说为了我的逃走,家里要卖掉那么几小块田赔偿。"

"啊,啊啊。"

"活该,"伊说,"活该,活该!"

他们于是都沉默起来。他坐起身子来,搓着手上的铜锈。刚修好的小喇叭躺在桌子上,在窗口的光线里静悄悄地闪耀着白色的光。不知道怎样地,他觉得沉重起来。隔了一会儿,伊低声说:

"三角脸。"

他咽了一口气,忙说:

"哎。"

"三角脸,过两天我回家去。"

他细眯着眼望着窗外。忽然睁开眼睛,站立起来,嗫嚅地说:

"小瘦丫头儿!"

他听见伊有些自暴自弃地呻吟了一声,似乎在伸懒腰的样子。伊说:

"田不卖,已经活不好了,田卖了,更活不好了。卖不到我,妹妹就完了。"

他走到桌旁,拿起小喇叭,用衣角擦拭着它。铜管子逐渐发亮了,生着红的、紫的圈圈。他想了想,木然地说:

"小瘦丫头儿。"

"嗯。"

"小瘦丫头儿,听我说:如果有人借钱给你还债,行吗?"

伊沉吟了一会,忽然笑了起来。

"谁借钱给我?"伊说,"两万五咧! 谁借给我? 你吗?"

他等待伊笑完了,说:

"行吗?"

"行,行。"伊说,敲着三夹板的壁:"行呀! 你借给我,我就做你的老婆。"

他的脸红了起来,仿佛伊就在他的面前那样。伊笑得喘不过气来,捺着肚子,扶着床板。伊说:

"别不好意思,三角脸。我知道你在壁板上挖了个小洞,看我睡觉。"

伊于是又爆笑起来。他在隔房里低下头,耳朵涨着猪肝那样的赭色。他无声地说:

"小瘦丫头儿……你不懂得我。"

那一晚,他始终不能成眠。第二天的深夜,他潜入伊的房间,在伊的枕头边留下三万元的存折,悄悄地离队出走了。一路上,他明明知道绝不是心疼着那些退伍金的,却不知道为什么止不住地流着眼泪。

几支曲子吹过去了。现在伊又站到阳光里。伊轻轻地脱下制帽,从袖卷中拉出手绢揩着脸,然后扶了扶太阳镜,有些许傲然地环视着几个围观的人。高个子挨着他,用痒痒的声音说:

"看看那指挥的,很挺的一个女的呀!"

说着,便歪着嘴,挖着鼻子。他没有作声,而终于很轻地笑了笑。但即便是这样轻的笑脸,都皱起满脸的皱纹来。伊留着一头乌油油的头发,高高地梳着一个小髻。脸上多长了肉,把伊的本来便很好的鼻子,衬托得尤其的精神了。他想着:一个生长,一个枯萎,才不过是五年先后的事! 空气逐渐有些温热起来。鸽子们停在相对峙的三个屋顶上,凭那个养鸽的怎么样摇撼着红旗,都不起飞了。它们只是斜着头,愣愣地看着旗子,又拍了拍翅膀,而依旧只是依偎着停在那里。纸钱的灰在离地不高的地方打着卷、飞扬着。他站在那儿,忽然看见伊面向着他。从那张戴着太阳镜的脸,他很难于确定伊是否看见了他。他有些青苍起来,手也有些抖索了。他看着伊也木然地站在那里,张着嘴。然后他看见伊向这边走来。他低下头,紧紧地抱着喇叭。

他感觉到一个蓝色的影子挨近他,迟疑了一会,便同他并立着靠在墙上,他的眼睛有些发热了,然而他只是低弯着头。

"请问——"伊说。

"……"

"是你吗?"伊说:"是你吗? 三角脸,是……"伊哽咽起来:"是你,是你。"

他听着伊哽咽的声音,便忽然沉着起来,就像海滩上的那夜一般。他低声说:

"小瘦丫头儿,你这傻小瘦丫头儿!"

他抬起头来,看见伊用绢子捂着鼻子、嘴。他看见伊那样地抑住自己,便知道伊果然的成长了。伊望着他,笑着。他没有看见这样的笑,怕也有数十年了。那年打完仗回到家,他的母亲便曾类似这样地笑过。忽然一阵振翼之声响起,鸽子们又飞翔起来了,斜斜地划着圈子。他们都望着那些鸽子,沉默起来,过了一会,他说:

"一直在看着你当指挥,神气得很呢!"

伊笑了笑。他看着伊的脸,太阳镜下面沾着一小滴泪珠儿,很精细地闪耀着。他笑着说:

"还是那样好哭吗?"

"好多了。"伊说着,低下了头。

他们又沉默了一会,都望着越划越远的鸽子们的圈圈儿。他夹着喇叭,说:

"我们走,谈谈话。"

他们并着肩走过愕然着的高个子。他说:

"我去了马上来。"

"呵呵。"高个子说。

伊走得很婷婷然,然而他却有些伛偻了,他们走完一栋走廊,走过一家小戏院,一排宿舍,又过了一座小石桥。一片田野迎着他们,很多的麻雀聚栖在高压线上。离开了充满香火和纸灰的气味,他们觉得空气是格外的清新舒爽了。不同的作物将田野涂成不同深浅的绿色的小方块。他们站住了好一会,都沉默着。一种从不曾有过的幸福的感觉涨满了他的胸膈。伊忽然地把手伸到他的臂弯里,他们便慢慢地走上一条小坡堤。伊低声地说:

"三角脸。"

"嗯。"

"你老了。"

他摸了摸秃了大半的、尖尖的头,抓着,便笑了起来。他说:

"老了,老了。"

"才不过四五年。"

"才不过四五年。可是一个日出,一个日落呀!"

"三角脸——。"

"在康乐队里的时候,日子还蛮好呢,"他紧紧地夹着伊的手,另一只手一晃一晃地玩着小喇叭。他接着说:"走了以后,在外头儿混,我才真正懂得一个卖给人的人的滋味。"

他们忽然噤着。他为自己的失言恼怒地瘪着松弛的脸。然而伊依然抱着他的手。伊低下头,看着两只踱着的脚。过了一会儿,伊说:

"三角脸——。"

他垂头丧气,沉默不语。

"三角脸,给我一根烟。"伊说。

他为伊点上烟,双双坐了下来。伊吸了一阵,说:

"我终于真找到了你。"

他坐在那儿,搓着双手,想着些什么。他抬起头来,看看伊,轻轻地说:

"找我。找我做什么!"他激动起来了:"还我钱是不是?……我可曾说错了话么?"

伊从太阳镜里望着他的苦恼的脸,便忽而将自己的制帽盖在他的秃头上。伊端详了一番,便自得其乐地笑了起来。

"不要弄成那样的脸吧!否则你这样子倒真像个将军呢!"伊说着,扶了扶眼镜。

"我不该说那句话。我老了,我该死。"

"瞎说。我找你,要来赔罪的。"伊又说。

"那天我看到你的银行存折,哭了一整天。他们说我吃了你的亏,你跑掉了。"伊笑了起来,他也笑了。

"我真没料到你是真好的人。"伊说,"那时你老了,找不上别人。我又小又丑,好欺负。三角脸。你不要生气,我当时老防着你呢!"

他的脸很吃力地红了起来。他不是对伊没有过欲情的。他和别的队员一样,一向是个狂嫖滥赌的独身汉。对于这样的人,欲情与美貌之间,并没有必然的关系。伊接着说:

"我拿了你的钱回家,不料并不能息事。他们又带我到花莲。他们带我去见一个大胖子,大胖子用很尖很细的嗓子问我话。我一听他的口音同你一样,就很高兴。我对他说:'我卖笑,不卖身。'

"大胖子吃吃地笑了。不久他们弄瞎了我的左眼。"

他抢去伊的太阳镜,看见伊的左眼睑收缩地闭着。伊伸手要回眼镜,四平八稳地又戴了上去。伊说:

"然而我一点也没有怨恨。我早已决定这一生不论怎样也要活下来再见你一面。还钱是其次,我要告诉你我终于领会了。"

"我挣够给他们的数目,又积了三万元。两个月前才加入乐社里,不料就在这儿找到你了。"

"小瘦丫头儿!"他说。

"我说过我要做你老婆,"伊说,笑了一阵:"可惜我的身子已经不干净,不行了。"

"下一辈子吧!"他说,"我这副皮囊比你的还要恶臭不堪的。"

远远地响起了一片喧天的乐声。他看了看表,正是丧家出殡的时候。伊说:

"正对,下一辈子吧。那时我们都像婴儿那么干净。"

他们于是站了起来,沿着坡堤向深处走去。过不一会,他吹起《王者进行曲》,吹得兴起,便在堤上踏着正步,左右摇晃。伊大声地笑着,取回制帽戴上,挥舞着银色的指挥棒,走在他的前面,也走着正步。年轻的农夫和村童们在田野向他们招手,向他们欢呼着,两只三只的狗,也在四处吠了起来。太阳斜了的时候,他们的欢乐影子在长长的坡堤的那边消失了。

第二天早晨,人们在蔗田里发现一对尸首。男女都穿着乐队的制服,双手都交握于胸前。指挥棒和小喇叭很整齐地放置在脚前,闪闪发光,他们看来安详、滑稽,都另有一种滑稽中的威严。一个骑着单车的高大的农夫,于围睹的人群里看过了死尸后,在路上对另一个挑着水肥的矮小的农夫说:

"两个人躺得直挺挺地,规规矩矩,就像两位大将军呢!"

于是高大的和矮小的农夫都笑起来了。

(原载《台湾小说选讲》,复旦大学出版社 1983 年版)

爱,是不能忘记的

张 洁

我和我们这个共和国同年。三十岁,对于一个共和国来说,那是太年青了。而对一个姑娘来说,却有嫁不出去的危险。

不过,眼下我倒有一个正儿八经的求婚者。看见过希腊伟大的雕塑家米伦所创造的"掷铁饼者"那座雕塑么?乔林的身躯几乎就是那尊雕塑的翻版。即使在冬天,臃肿的棉衣也不能掩盖住他身上那些线条优美的轮廓。他的面孔黝黑,鼻子、嘴巴的线条都很粗犷。宽阔的前额下,是一双长长的眼睛。光看这张脸和这个身躯,大多数的姑娘都会喜欢他。

可是,倒是我自己拿不准主意要不要嫁给他。因为我闹不清楚我究竟爱他的什么,而他又爱我的什么?

我知道,已经有人在背地里说长道短:"凭她那些条件,还想找个什么样的?"

在他们的想象中,我不过是一头劣种的牲畜,却变着法儿想要混个肯出大价钱的冤大头。这使他们感到气恼,好像我真的干了什么伤天害理的、冒犯了众人的事情。

自然,我不能对他们过于苛求。在商品生产还存在的社会里,婚姻,也像其他的许多问题一样,难免不带着商品交换的烙印。

我和乔林相处将近两年了,可直到现在我还摸不透他那缄默的习惯到底是因为不爱讲话,还是因为讲不出来什么?逢到我起意要对他来点智力测验,一定逼着他说出对某事或某物的看法时,他也只能说出托儿所里常用的那种词汇:"好!"或"不好!"就这么两档,再也不能换换别的花样儿了。

当我问起:"乔林,你为什么爱我?"的时候,他认真地思索了好一阵子。对他来说,那段时间实在够长了。凭着他那宽阔的额头上难得出现的皱纹,我知道,他那美丽的脑壳里面的组织细胞,一定在进行着紧张的思维活动。我不由地对他生出一种怜悯和一种歉意,好像我用这问题刁难了他。

然后,他抬起那双儿童般的、清澈的眸子对我说:"因为你好!"

我的心被一种深刻的寂寞填满了。"谢谢你,乔林!"

我不由地想:当他成为我的丈夫,我也成为他的妻子的时候,我们能不能把妻子和丈夫的责任和义务承担到底呢?也许能够。因为法律和道义已经紧紧地把我们拴在一起。而如果我们仅仅是遵从着法律和道义来承担彼此的责任和义务,那又是多么悲哀啊!那么,有没有比法律和道义更牢固、更坚实的东西把我们联系在一起呢?

逢到我这样想着的时候,我总是有一种古怪的感觉,好像我不是一个准备出嫁的姑娘,而是一个研究社会学的老学究。

也许我不必想这么许多,我们可以照大多数的家庭那样生活下去:生儿育女,厮守在一起,绝对地保持着法律所规定的忠诚……虽说人类社会已经进入了二十世纪七十年代,可在这点上,倒也不妨像几千年来人们所做过的那样,把婚姻当成一种传宗接代的工具,一种交换、买卖,而婚姻和爱情也可以是分离着的。既然许多人都是这么过来的,为什么我就偏偏不可以照这样过下去呢?

不,我还是下不了决心。我想起小的时候,我总是没缘没故地整夜啼哭,不仅闹得自己睡不安生,也闹得全家睡不得安生。我那没有什么文化,却相当有见地的老保姆说我"贼风入耳"了。我想这带有预言性的结论,大概很有一点科学性,因为直到如今我还依然如故,总好拿些不成问题的问题不但搅扰得自己不得安宁,也搅扰得别人不得安宁。所谓"禀性难移"吧!

我呢,还会想到我的母亲,如果她还活着,她会对我的这些想法,对乔林,对我要不要答应他的求婚说些什么?!

我之所以习惯地想到她,绝不因为她是一个严酷的母亲,即使已经不在人世也依然用她的阴魂主宰着我的命运。不,她甚至不是母亲,而是一个推心置腹的朋友。我想,这多半就是我那么爱她,一想到她已经离我远去便悲从中来的原因吧!

她从不教训我,她只是用她那没有什么女性温存的低沉的嗓音,柔和地对我谈她一生中的过失或成功,让我从这过失或成功里找到我自己需要的东西。不过,她成功的时候似乎很少,一生里总是伴着许许多多的失败。

在她最后的那些日子里,她总是用那双细细的、灵秀的眼睛长久地跟随着我,仿佛在估量着我有没有独立生活下去的能力,又好像有什么重要的话要叮嘱我,可又拿不准主意该不该对我说。准是我那没心没肺,凡事都不大有所谓的派头让她感到了悬心。她忽然冒出了一句:"珊珊,要是你吃不准自己究竟要的是什么,我看你就是独身生活下去,也比糊里糊涂地嫁出去要好得多!"

照别人看来,作为一个母亲,对女儿讲这样的话,似乎不近情理。而在我看来,那句话里包含着以往生活里的极其痛苦的经验。我倒不觉得她这样叮咛我是看轻我或是低估了我对生活的认识。她爱我,希望我生活得没有烦恼,是不是?

"妈妈,我不想嫁人!"我这么说,绝不是因为害臊或是在扭怩作态。说真的,我真不知道一个姑娘什么时候需要做出害臊或扭怩的姿态,一切在一般人看来应该对孩子隐讳的事情,母亲早已从正面让我认识了它。

"要是遇见合适的,还是应该结婚。我说的是合适的!"

"恐怕没有什么合适的!"

"有还是有,不过难一点——因为世界是这么大,我担心的是你会不会遇上就是了!"她并不关心我嫁得出去还是嫁不出去,她关心的倒是婚姻的实质。

"其实,您一个人过得不是挺好吗?"

"谁说我过得挺好?"

"我这么觉得。"

"我是不得不如此……"她停住了说话,沉思起来。一种淡淡的,忧郁的神情来到了她的脸上。她那忧郁的、满是皱纹的脸,让我想起我早年夹在书页里的那些已经枯萎了的花。

"为什么不得不如此呢?"

"你的为什么太多了。"她在回避我。她心里一定藏着什么不愿意让我知道的心事。我知道,她不告诉我,并不是因为她耻于向我披露,而多半是怕我不能准确地估量那事情的深浅而曲扭了它,也多半是因为人人都有一点珍藏起来的、留给自己带到坟墓里去的东西。想到这里,我有点不自在。这不自在的感觉迫使我没有礼貌,没有教养地追问下去:"是不是您还爱着爸爸?"

"不,我从没有爱过他。"

"他爱您吗?"

"不,他也不爱我!"

"那你们当初为什么结婚呢?"

她停了停,准是想找出更准确的字眼来说明这令人费解和反常的现象,然后显出无限悔恨的样子对我说:"人在年轻的时候,并不一定了解自己追求的、需要的是什么,甚至别人的起哄也会促成一桩婚姻。等到你再长大一些、更成熟一些的时候,你才会明白你真正需要的是什么。可那时,你已经干了许多悔恨得让你感到锥心的蠢事。你巴不得付出任何代价,只求重新生活一遍才好,那你就会变得比较聪明了。人说'知足者常乐',我却享受不到这样的快乐。"说着,她自嘲地笑了笑,"我只能是一个痛苦的理想主义者。"

莫非我那"贼风入耳"的毛病是从她那里来的?大约我们的细胞中主管"贼风入耳"这种遗传性状的是一个特别尽职尽责的基因。

"您为什么不再结婚呢?"

她不大情愿地说:"我怕自己还是吃不准自己到底要什么。"她明明还是不肯对我说真话。

我不记得我的父亲。他和母亲在我很小的时候便分手了。我只记得母亲曾经很害羞地对我说过他是一个相当漂亮的、公子哥儿似的人物。我明白,她准是因为自己也曾追求过那种浅薄而无聊的东西而感到害臊。她对我说过:"晚上睡不着觉的时候,我常常迫使自己硬着头皮去回忆青年时代所做过的那些蠢事、错事!为的是使自己清醒。固然,这是很不愉快的,我常会羞愧地用被单蒙上自己的脸,好像黑暗里也有许多人在盯着我瞧似的。不过这种不愉快的感觉里倒也有一种赎罪似的快乐。"

我真对她不再结婚感到遗憾。她是一个很有趣味的人,如果她和一个她爱着的人结婚,一定会组织起一个十分有趣味的家庭。虽然她生得并不漂亮,可是优雅,淡泊,像一幅淡墨的山水画。文章写得也比较美,和她很熟悉的一位作家喜欢开这样的玩笑:"光看你的作品,人家就会爱上你的!"

母亲便会接说:"要是他知道他爱的竟是一个满脸皱纹、满头白发的老太婆,他准会吓跑了。"

到了这种年龄,她绝不会是还不知道自己到底要什么。这分明是一句遁词。我之所以这么说,是因为她有一些引起我生出许多疑惑的怪毛病。

比如,不论她上哪儿出差,她必得带上那二十七本一套的、一九五〇年到一九五五年出版的契诃夫小说选集中的一本。并且叮咛着我:"千万别动我这套书。你要看,就看我给你买的那一套。"这话明明是多余的,我有自己的一套,干嘛要去动她的那套呢?况且这话早已三令五申地不知说过多少遍了。可她还是怕有个万一的时候,她爱那套书爱得简直像是得了魔症一般。

我们家有两套契诃夫小说选集。这也许说明对契诃夫的爱好是我们家的家风,但也许更多的是为了招架我和别的喜欢契诃夫的人。逢到有人想要借阅的时候,她便拿了我房间里的那套给人。有一次,她不在家的时候,一位很熟的朋友拿了她那套里的一本。她知道了之后,急得如同火烧了眉毛,立刻拿了我的一本去换了回来。

从我记事的那天起,那套书便放在她的书橱里了。别管我多么钦佩伟大的契诃夫,我也不能明白,那套书就那么百看不厌,二十多年来有什么必要天天非得读它一读?

有时,她写东西写累了,便会端着一杯浓茶,坐在书橱对面,瞧着那套契诃夫小说选集出神。要是这个时候我突然走进了她的房间,她便会显得慌乱不安,不是把茶水泼了自己一身,便是像初恋的女孩子,头一次和情人约会便让人撞见似地羞红了脸。

我便想:她是不是爱上了契诃夫?要是契诃夫还活着,没准真会发生这样的事。

当她神志不清,就要离开这个世界的时候,她对我说的最后一句话是:"那套书——"她已经没有力气说出"那套契诃夫小说选集"这样一个长句子。不过我明白她指的就是那一套。"……还有,写着,'爱,是不能忘记的'……笔记本,和我,一同火葬。"

她最后叮咛我的这句话,有些,我为她做了,比如那套书。有些,我没有为她做,比如那些题着"爱,是不能忘记的"笔记本子。我舍不得。我常想,要是能够出版,那一定是她写过的那些作品里最动人的一篇,不过它当然是不能出版的。

起先,我以为那不过是她为了写东西而积累的一些素材。因为它既不像小说,也不像札记;既不像书信,也不像日记。只是当我从头到尾把它们读了一遍的时候,渐渐地,那些只言片语与我那支离破碎的回忆交织成了一个形状模糊的东西。经过久久的思索,我终于明白,我手里捧着的,并不是没有生命、没有血肉的文字,而是一颗灼人的、充满了爱情和痛苦的心,我还看见那颗心怎样在这爱情和痛苦里挣扎、熬煎。二十多年啦,那个人占有着她全部的情感,可是她却得不到他。她只有把这些笔记本当做是他的替身,在这上面和他倾心交谈。每时,每天,每月,每年。

难怪她从没有对任何一个够意思的求婚者动过心,难怪她对那些说不出来是善意的愿望或是恶意的闲话总是淡然地一笑付之。原来她的心已经填得那么满,任什么别的东西都装不进去了。我想起"曾经沧海难为水,除却巫山不是云"的诗句,想到我们当中多半人不会这样去爱,而且也没有人会照这个样子来爱我的时候,我便感到一种说不出来的怅惘。

我知道了三十年代末,他在上海做地下工作的时候,一位老工人为了掩护他而被捕牺牲,撇下了无依无靠的妻子和女儿。他,出于道义、责任,阶级情谊和对死者的感念,毫不犹豫地娶了那位姑娘。逢到他看见那些由于"爱情"而结合的夫妇又因为"爱情"而生出无限的烦恼的时候,他便会想:"谢天谢地,我虽然不是因为爱情而结婚,可是我们生活得和睦、融洽,就像一个人的左膀右臂。"几十年风里来、雨里去,他们可以说是患难夫妻。

他一定是她那机关里的一位同志。我会不会见过他呢?从到过我家的客人里,我看不出任何迹象,他究竟是谁呢?

大约六二年的春天,我和母亲去听音乐会。剧场离我们家不太远,我们没有乘车。

一辆黑色的小轿车悄无声息地停在人行道旁边。从车上走下来一个满头白发、穿着一套黑色毛呢中山装的、上了年纪的男人。那头白发生得堂皇而又气派!他给人一种严谨的、一丝不苟的、脱俗的、明澄得像水晶一样的印象。特别是他的眼睛,十分冷峻地闪着寒光,当他急速地瞥向什么东西的时候,会让人联想起闪电或是舞动着的剑影。要使这样一对冰冷的眼睛充满柔情,那必定得是特别强大的爱情,而且得为了一个确实值得爱的女人才行。

他走过来，对母亲说："您好！钟雨同志，好久不见了。"

"您好！"母亲牵着我的那只手突然变得冰凉，而且轻轻地颤抖着。

他们面对面地站着，脸上带着凄厉的甚至是严峻的神情，谁也不看着谁。母亲瞧着路旁那些还没有抽出嫩芽的灌木丛。他呢，却看着我："已经长成大姑娘了。真好，太好了，和妈妈长得一样。"

他没有和母亲握手，却和我握了握手。而那手也和母亲的手一样，也是冰冷的，也是轻轻地颤抖着的。我好像变成了一路电流的导体，立刻感到了震动和压抑。我很快地从他的手里抽出我的手，说道："不好，一点也不好！"

他惊讶地问我："为什么不好？"或许我以为他故作惊讶。因为凡是孩子们说了什么直率得可爱的话的时候，大人们都会显出这副神态的。

我看了看妈妈的面孔，是，我真像她。这让我有些失望："因为她不漂亮！"

他笑了起来，幽默地说："真可惜，竟然有个孩子嫌自己的妈妈不漂亮。记得吗？五三年你妈妈刚调到北京，带你来机关报到的那一天？她把你这个小淘气留在了走廊外面，你到处串楼梯，扒门缝，在我房间的门上夹疼了手指头。你哇啦哇啦地哭着，我抱着你去找妈妈？"

"不，我不记得了。"我不大高兴，他竟然提起我穿开裆裤时代的事情。

"啊，还是上了年纪的人不容易忘记。"他突然转身向我的母亲说："您最近写的那部小说我读过了。我要坦率地说，有一点您写得不准确。您不该在作品里非难那位女主人公……要知道，一个人对另一个人产生感情原没有什么可以非议的地方，她并没有伤害另一个人的生活……其实，那男主人公对她也会有感情的。不过为了另一个人的快乐，他们不得不割舍自己的爱情……"

这时，有一个交通民警走到停放小汽车的地方，大声地训斥着司机，说车停的不是地方，司机为难地解释着。他停住了说话，回头朝那边望了望，匆匆地说了声："再见！"便大步走到汽车旁边，向那民警说："对不起，这不怪司机，是我……"

我看着这上了年纪的人，也俯首帖耳地听着民警的训斥，觉得很是有趣。当我把顽皮的笑脸转向母亲的时候，我看见她是怎样地窘迫呀！就像小学校里一个一年级的小女孩，凄凄惶惶地站在那严厉的校长面前一样，好像那民警训斥的是她而不是他。

汽车开走了，留下了一道轻烟。很快地，就连这道轻烟也随风消散了，好像什么都没有发生过，而我，不知道为什么却没有很快地忘记。

现在分析起来，他准是以他那强大的精神力量引动了母亲的心。那强大的精神力量来自他那成熟而坚定的政治头脑，他在动荡的革命时代里出生入死的经历，他活跃的思维、工作上的魄力、文学艺术上的素养……而且——说起来奇怪，他和母亲一样喜欢双簧管。对了，她准是崇拜他，她说过，要是她不崇拜那个人，那爱情准连一天也维持不了。

至于他爱不爱我的母亲，我就猜不透了。要是他不爱她，为什么笔记本里会有这样一段记载呢？

"这礼物太厚重了。不过您怎么知道我喜好契诃夫呢？"

"您说过的！"

"我不记得了。"

"我记得。我听到你有一次在和别人闲聊的时候说起过。"

原来那套契诃夫小说选集是他送给母亲的。对于她,那几乎就是爱情的信物。

没准儿,他这个不相信爱情的人,到了头发都白了的时候才意识到他心里也有那种可以称为爱情的东西存在,到了他已经没有权力去爱的时候,却发生了这足以使他献出全部生命的爱情。这可真够凄惨的。也许不只是凄惨,也许还要深刻得多。

关于他,能够回到我的记忆里来的就是这么一小点。

她那迷恋他,却又得不到他的心情有多么苦呀!为了看一眼他乘的那辆小车,以及从汽车的后窗里看一眼他的后脑勺,她怎样煞费苦心地计算过他上下班可能经过那条马路的时间;每当他在台上做报告,她坐在台下,隔着距离、烟雾、昏暗的灯光、窜动的人头,看着他那模糊不清的面孔,她便觉得心里好像有什么东西凝固了,泪水会不由地充满她的眼眶。为了把自己的泪水瞒住别人,她使劲地咽下它们。逢到他咳嗽得讲不下去,她就会揪心地想到为什么没人阻止他吸烟?担心他又会犯了气管炎。她不明白为什么他离她那么近而又那么遥远?

他呢,为了看她一眼,天天,从小车的小窗里,眼巴巴地瞧着自行车道上流水一样的自行车辆,闹得眼花缭乱,担心着她那辆自行车的闸灵不灵,会不会出车祸;逢到万一有个不开会的夜晚,他会不乘小车,自己费了许多周折来到我们家的附近,不过是为了从我们家的大院门口走这么一趟;他在百忙中也不会忘记注意着各种报刊,为的是看一看有没有我母亲发表的作品。

在他的一生中,一切都是那么清楚、明确,哪怕是在最困难的时刻。但在这爱情面前却变得这样软弱,这样无能为力。这在他的年纪来说,实在是滑稽可笑的。他不能明白,生活为什么偏偏是这样安排着的?

可是,临到他们难得地在机关大院里碰了面,他们又竭力地躲避着对方,匆匆地点个头便赶紧地走开去。即使这样,也足以使我母亲失魂落魄,失去听觉、视觉和思维的能力,世界立刻会变成一片空白……如果那时她遇见一个叫老王的同志,她一定会叫人家老郭,对人家说些连她自己也听不懂的话。

她一定死死地挣扎过,因为她写道:

> 我们曾经相约:让我们互相忘记。可是我欺骗了你,我没有忘记。我想,你也同样没有忘记。我们不过是在互相欺骗着,把我们的苦楚深深地隐藏着。不过我并不是有意要欺骗你,我曾经多么努力地去实行它。有多少次我有意地滞留在远离北京的地方,把希望寄托在时间和空间上,我甚至觉得我似乎忘记了。可是等到我出差回来,火车离北京越来越近的时候,我简直承受不了冲击得使我头晕眼花的心跳。我是怎样急切地站在月台上张望,好像有什么人在等着我似的。不,当然不会有。我明白了,什么也没有忘记,一切都还留在原来的地方。年复一年,就跟一棵大树一样,它的根却越来越深地扎下去,想要拔掉这生了根的东西实在太困难了,我无能为力。
>
> 每当一天过去,我总是觉得忘记了什么重要的事情,或是夜里突然从梦中惊醒:发生了什么事情?不,什么也没有发生,我清清楚楚地意识到:没有你!于是什么都显得是有缺陷的,不完满的,而且是没有任何东西可以弥补的。我们已经到了这一生快要完结的时候了,为什么还要像小孩子一样地忘情?为什么生活总是让人经过艰辛的跋涉之后才把你追求了一生的梦想展现在你的眼前?而这梦想因为当初闭着眼睛走路,不但在岔道上错过了,而且这中间还隔着许多不可逾越的沟壑。

对了,每每母亲从外地出差回来,她从不让我去车站接她,她一定愿意自己孤零零地站在月台上,享受他去接她的那种幻觉。她,头发都白了的、可怜的妈妈,简直就像个痴情的女孩子。

那些文字并没有多少是叙述他们的爱情的,而多半记载的都是她生活里的一些琐事:她的文章为什么失败,她对自己的才能感到了惶惑和猜疑;珊珊(就是我)为什么淘气,该不该罚她;因为心神恍惚她看错了戏票上的时间,错过了一场多么好的话剧;她出去散步,忘了带伞,淋得像个落汤鸡……她的精神明明日日夜夜都和他在一起,就像一对恩爱的夫妻。其实,把他们这一辈子接触过的时间累计起来计算,也不会超过二十四小时。而这二十四小时,大约比有些人一生享受到的东西还深、还多。莎士比亚笔下的朱丽叶说:"我不能清算我财富的一半。"大约,她也不能清算她的财富的一半。

似乎他在"文化大革命"中死于非命。也许因为当时那种特定的历史条件,这一段的文字记载相当含糊和隐晦。我奇怪我那因为写文章而受着那么厉害的冲击的母亲,是用什么办法把这习惯坚持下来的?从这隐晦的文字里,我还是可以猜得出,他大约是对那位红极一世,权极一时的"理论权威"的理论提出了疑问,并且不知对谁说过:"这简直就是右派言论。"从母亲那沾满泪痕的纸页上可以看出,他被整得相当惨,不过那老头子似乎十分坚强,从没有对这位有大来头的人物低过头,直到死的时候,留下来的最后一句话还是:"就是到了马克思那里,这个官司也非打下去不可!"

这件事一定发生在六九年的冬天,因为在那个冬天里,还刚近五十岁的母亲一下子头发全白了。而且,她的手臂上还缠上了一道黑纱。那时,她的处境也很难,为了这条黑纱,她挨了好一顿批斗,说她坚持四旧,并且让她交代这是为了谁?

"妈妈,这是为了谁?"我惊恐地问她。

"为一个亲人!"然后怕我受惊似的解释着,"一个你不熟悉的亲人!"

"我要不要戴呢?"她做了一个许久都没有对我做过的动作,用手拍了拍我的脸颊,就像我小的时候她常做的那样。她好久都没有显出过这么温柔的样子了。我常觉得,随着她的年龄和阅历的增长,特别是那几年她所受过的折磨,那种温柔的东西似乎离她越来越远了,也或许是被她越藏越深了,以致常常让我感到她像个男人。

她恍惚而悲凉地笑了笑,说:"不,你不用戴。"

她那双又干又涩的眼睛显得没有一点水分,好像已经把眼泪哭干了。我很想安慰她,或是做点什么使她高兴的事。她却对我说:"去吧!"

我当时不知为什么生出了一种恐怖的感觉,我觉得我那亲爱的母亲似乎有一半已经随着什么离我而去了。我不由地叫了一声:"妈妈!"

我的心情一定被我那敏感的妈妈一览无余地看透了。她温和地对我说:"别怕,去吧!让我自己呆一会儿。"

我没有错,因为她的确这样地写着:

你去了。似乎我灵性里的一部分也随你而去了。

我甚至不能知道你的下落,更谈不上最后看你一眼。我也没有权利去向他们质询,因为我既不是亲眷又不是生前友好……我们便这样地分离了。我恨不能为你承担那非人的折磨,而应该让你活下去!为了等到昭雪的那一天,为了你将重新为这个社会工作,为了爱你的那些个人们,你都应该活着啊!我从不相信你是什么三反分子,你是被杀害的、最优秀中间的一个。假如不是这样,我怎么会爱你呢?

我已经不怕说出这三个字。

纷纷扬扬的大雪不停地降落着。天哪,连上帝也这样地虚伪,他用一片洁白覆盖了你的鲜血和这谋杀的丑恶。

我独自一人,走在我们唯一一次曾经一同走过的那条柏油小路上,听着我一个人的脚步声在沉寂的夜色里响着、响着……我每每在这小路上徘徊、流连,哪一次也没有像现在这样使我肝肠寸断。那时,你虽然也不在我身边,但我知道,你还在这个世界上,我便觉得你在伴随着我,而今,你的确确不在了,我真不能相信!

我走到了小路的尽头,又折回去,重新开始,再走一遍。

我弯过那道栅栏,习惯地回头望去,好像你还站在那里,向我挥手告别。我们曾淡淡地、心不在焉地微笑着,像两个没有什么深交的人,为的是尽力地掩饰住我们心里那镂骨铭心的爱情。那是一个没有一点诗意的初春的夜晚,依然在刮着冷峭的风。我们默默地走着,彼此离得很远。你因为长年害着气管炎,微微地喘息着。我心疼你,想要走得慢一点,可不知为什么却不能。我们走得飞快,好像有什么重要的事情在等着我们去做,我们非得赶快走完这段路不可。我们多么珍惜这一生中唯一的一次"散步",可我们分明害怕,怕我们把持不住自己,会说出那可怕的、折磨了我们许多年的那三个字:"我爱你"。除了我们自己,大概这个世界上没有一个活着的人会相信我们连手也没有握过一次! 更不要说到其他!

不,妈妈,我相信,再没有人能像我那样眼见过你敞开的灵魂。

啊,那条柏油小路,我真不知道它是那样充满了辛酸的回忆的一条小路。我想,我们切不可忽略世界上任何一个最不起眼的小角落,谁知道呢? 那些意想不到的小角落会沉默地蕴藏着多少隐秘的痛苦和欢乐呢?

难怪她写东西写得疲倦了的时候,常会沿着我们窗后的那条柏油小路慢慢地踱来踱去。有时是彻夜不眠后的清晨,有时甚至是月黑风高的夜晚,哪怕是在冬天,哪怕峭厉的风像发狂的野兽般地吼叫,卷着沙石噼哩叭啦地敲打着窗棂……那时,我只以为那不过是她的一种怪僻,却不知她是去和他的灵魂相会。

她还喜欢站在窗前,瞅着窗外的那条柏油小路出神。有一次,她显出那样奇特的神情,以致我以为柏油小路上走来了我们最熟悉的、最欢迎的客人。我连忙凑到窗前,在深秋的傍晚,只有冷风卷着枯黄的落叶,飘过那空荡荡的小路的路面。

好像他还活着一样,用文字和他倾心交谈的习惯并没有因为他的去世而中断。直到她自己拿不起来笔的那一天。在最后一页上,她对他说了最后的话:

我是一个信仰唯物主义的人。现在我却希冀着天国,倘若真有所谓天国,我知道,你一定在那里等待着我。我就要到那里去和你相会,我们将永远在一起,再也不会分离。再也不必怕影响另一个人的生活而割舍我们自己。亲爱的,等着我,我就要来了——

我真不知道,妈妈,在她行将就木的这一天,还会爱得那么沉重。像她自己所说的,那是镂骨铭心的。我觉得那简直不是爱,而是一种疾痛,或是比死亡更强大的一种力量。假如世界上真有所谓不朽的爱,这也就是极限了。她分明至死都感到幸福:她真正地爱过。她没有半点遗憾。

如今,他们的皱纹和白发早已从碳水化合物变成了其他的什么元素。可我知道,不管他们变成什么,他们仍然在相爱着。尽管没有什么人间的法律和道义把他们拴在一起,尽管他们连一次手也没有握过,他们却完完全全地占有着对方。那是任什么都不能使他们分离的。哪怕千百年过去,只要有一朵白云追逐着另一朵白云;一棵青草傍依着另一棵青草;一层浪花拍打着另一层浪花;一阵轻风紧跟着另一阵轻风……相信我,那一定就是他们。

每每我看着那些题着"爱,是不能忘记的"笔记本,我就不能抑制住自己的眼泪。我哭,这不止一次地痛哭,仿佛遭了这凄凉而悲惨的爱情的是我自己。这要不是大悲剧就是大笑话。别管它多么美,多么动人,我可不愿意重复它!

英国大作家哈代说过:"呼唤人的和被呼唤的很少能互相答应。"我已经不能从普通意义上的道德观念去谴责他们应该或是不应该相爱。我要谴责的却是:为什么当初他们没有等待着那个呼唤着自己的灵魂?

如果我们都能够互相等待,而不糊里糊涂地结婚,我们会免去多少这样的悲剧哟!

到了共产主义,还会不会发生这种婚姻和爱情分离着的事情呢?既然世界是这么大,互相呼唤的人也就可能有互相不能答应的时候,那么说,这样的事情还会发生?可是,那是多么悲哀啊!可也许到了那时,便有了解脱这悲哀的办法了!

我为什么要钻牛角尖呢?

说到底,这悲哀也许该由我们自己负责。谁知道呢?也说不定还得由过去的生活所遗留下来的那种旧意识负责。因为一个人要是老不结婚,就会变成对这种意识的一种挑战。有人就会说你的神经出了毛病,或是你有什么见不得人的隐私,或是你政治上出了什么问题,或是你刁钻古怪,看不起凡人,不尊重千百年来的社会习惯,你准是个离经叛道的邪人……总之,他们会想出种种庸俗无聊的玩意儿来糟蹋你。于是,你只好屈从于这种意识的压力,草草地结婚了事。把那不堪忍受的婚姻和爱情分离着的镣铐套到自己的脖子上去,来日又会为这不能摆脱的镣铐而受苦终生。

我真想大声疾呼地说:"别管人家的闲事吧!让我们耐心地等待着,等着那呼唤我们的人,即使等不到也不要糊里糊涂地结婚!不要担心这么一来独身生活会成为一种可怕的灾难。要知道,这兴许正是社会生活在文化、教养、趣味……等等方面进化的一种表现!"

(原载《北京文艺》1979 年第 3 期)

受　戒

汪曾祺

　　明海出家已经四年了。

　　他是十三岁来的。

　　这个地方的地名有点怪，叫庵赵庄。赵，是因为庄上大都姓赵。叫做庄，可是人家住得很分散，这里两三家，那里两三家。一出门，远远可以看到，走起来得走一会，因为没有大路，都是弯弯曲曲的田埂。庵，是因为有一个庵。庵叫菩提庵，可是大家叫讹了，叫成荸荠庵，连庵里的和尚也这样叫。"宝刹何处？"——"荸荠庵。"庵本来是住尼姑的。"和尚庙""尼姑庵"嘛。可是荸荠庵住的是和尚。也许因为荸荠庵不大，大者为庙，小者为庵。

　　明海在家叫小明子。他是从小就确定要出家的。他的家乡不叫"出家"，叫"当和尚"。他的家乡出和尚。就像有的地方出劁猪的，有的地方出织席子的，有的地方出箍桶的，有的地方出弹棉花的，有的地方出画匠，有的地方出婊子，他的家乡出和尚。人家弟兄多，就派一个出去当和尚。当和尚也要通过关系，也有帮。这地方的和尚有的走得很远。有到杭州灵隐寺的、上海静安寺的、镇江金山寺的、扬州天宁寺的。一般的就在本县的寺庙。明海家田少，老大、老二、老三，就足够种的了。他是老四。他七岁那年，他当和尚的舅舅回家，他爹、他娘就和舅舅商议，决定叫他当和尚。他当时在旁边，觉得这实在是在情在理，没有理由反对。当和尚有很多好处。一是可以吃现成饭，哪个庙里都是管饭的。二是可以攒钱。只要学会了放瑜伽焰口，拜梁皇忏，可以按例分到辛苦钱。积攒起来，将来还俗娶亲也可以；不想还俗，买几亩田也可以。当和尚也不容易，一要面如朗月，二要声如钟磬，三要聪明记性好。他舅舅给他相了相面，叫他前走几步，后走几步，又叫他喊了一声赶牛打场的号子："格当嘚——"，说是"明子准能当个好和尚，我包了！"要当和尚，得下点本，——念几年书。哪有不认字的和尚呢！于是明子就开蒙入学，读了《三字经》《百家姓》《四言杂字》《幼学琼林》"上论下论""上孟下孟"，每天还写一张仿。村里都夸他字写得好，很黑。

　　舅舅按照约定的日期又回了家，带了一件他自己穿的和尚领的短衫，叫明子娘改小一点，给明子穿上。明子穿了这件和尚短衫，下身还是在家穿的紫花裤子，赤脚穿了一双新布鞋，跟他爹、他娘磕了一个头，就随舅舅走了。

　　他上学时起了个学名，叫明海。舅舅说，不用改了。于是"明海"就从学名变成了法名。

　　过了一个湖。好大一个湖！穿过一个县城。县城真热闹：官盐店，税务局，肉铺里挂着成边的猪，一个驴子在磨芝麻，满街都是小磨香油的香味，布店，卖茉莉粉、梳头油的什么斋，卖绒花的，卖丝线的，打把式卖膏药的，吹糖人的，耍蛇的，……他什么都想看看。舅舅一劲地推他："快走！快走！"

到了一个河边,有一只船在等着他们。船上有一个五十来岁的瘦长瘦长的大伯,船头蹲着一个跟明子差不多大的女孩子,在剥一个莲蓬吃。明子和舅舅坐到舱里,船就开了。

明子听见有人跟他说话,是那个女孩子。

"是你要到荸荠庵当和尚吗?"

明子点点头。

"当和尚要烧戒疤呕!你不怕?"

明子不知道怎么回答,就含含糊糊地摇了摇头。

"你叫什么?"

"明海。"

"在家的时候?"

"叫明子。"

"明子!我叫小英子!我们是邻居。我家挨着荸荠庵。——给你!"

小英子把吃剩的半个莲蓬扔给明海,小明子就剥开莲蓬壳,一颗一颗吃起来。

大伯一桨一桨地划着,只听见船桨泼水的声音:

"哗——许!哗——许!"

…………

荸荠庵的地势很好,在一片高地上。这一带就数这片地高,当初建庵的人很会选地方。门前是一条河。门外是一片很大的打谷场。三面都是高大的柳树。山门里是一个穿堂。迎门供着弥勒佛。不知是哪一位名士撰写了一副对联:

　　大肚能容容天下难容之事
　　开颜一笑笑世间可笑之人

弥勒佛背后,是韦驮。过穿堂,是一个不小的天井,种着两棵白果树。天井两边各有三间厢房。走过天井,便是大殿,供着三世佛。佛像连龛才四尺来高。大殿东边是方丈,西边是库房。大殿东侧,有一个小小的六角门,白门绿字,刻着一副对联:

　　一花一世界
　　三藐三菩提

进门有一个狭长的天井,几块假山石,几盆花,有三间小房。

小和尚的日子清闲得很。一早起来,开山门,扫地。庵里的地铺的都是筹底方砖,好扫得很,给弥勒佛、韦驮烧一炷香,正殿的三世佛前也烧一炷香,磕三个头,念三声"南无阿弥陀佛",敲三声磬。这庵里的和尚不兴做什么早课、晚课,明子这三声磬就全都代替了。然后,挑水,喂猪。然后,等当家和尚,即明子的舅舅起来,教他念经。

教念经也跟教书一样,师父面前一本经,徒弟面前一本经,师父唱一句,徒弟跟着唱一句。是唱哎。舅舅一边唱,一边还用手在桌上拍板。一板一眼,拍得很响,就跟教唱戏一样。是跟教唱戏一样,完全一样哎。连用的名词都一样。舅舅说,念经:一要板眼准,二要合工尺。说:当一个好和尚,得有条好嗓子。说:民国二十年闹大水,运河倒了堤,最后在清水潭合龙,因为大水淹死的人很多,放了一台大焰口,十三大师——十三个正座和尚,各大庙的方丈都来了,下面的和尚上百。谁当这个首座?推来推去,还是石桥——善因寺的方丈!他往上一坐,就跟地藏王菩萨一样,这就不用说了;那一声"开香赞",围看的上千人立时鸦雀无声。说:嗓子要练,夏练三伏,冬练三九,要练丹田气!说:要吃得苦中苦,方为人上人!说:和尚里也有状元、榜眼、探花!要用心,不要贪玩!舅舅这一番大法说得明海和尚实在是五体投地,于是就一板一眼地跟着舅舅唱起来:

"炉香乍爇——"

"炉香乍爇——"

"法界蒙薰——"

"法界蒙薰——"

"诸佛现金身……"

"诸佛现金身……"

…………

等明海学完了早经,——他晚上临睡前还要学一段,叫做晚经,——荸荠庵的师父们就都陆续起床了。

这庵里人口简单,一共六个人。连明海在内,五个和尚。

有一个老和尚,六十几了,是舅舅的师叔,法名普照,但是知道的人很少,因为很少人叫他法名,都称之为老和尚或老师父,明海叫他师爷爷。这是个很枯寂的人,一天关在房里,就是那"一花一世界"里。也看不见他念佛,只是那么一声不响地坐着。他是吃斋的,过年时除外。

下面就是师兄弟三个,仁字排行:仁山、仁海、仁渡。庵里庵外,有的称他们为大师父、二师父;有的称之为山师父、海师父。只有仁渡,没有叫他"渡师父"的,因为听起来不像话,大都直呼之为仁渡。他也只配如此,因为他还年轻,才二十多岁。

仁山,即明子的舅舅,是当家的。不叫"方丈",也不叫"住持",却叫"当家的",是很有道理的,因为他确确实实干的是当家的职务。他屋里摆的是一张账桌,桌子上放的是账簿和算盘。账簿共有三本。一本是经账,一本是租账,一本是债账。和尚要做法事,做法事要收钱,——要不,当和尚干什么?常做的法事是放焰口。正规的焰口是十个人。一个正座,一个敲鼓的,两边一边四个。人少了,八个,一边三个,也凑合了。荸荠庵只有四个和尚,要放整焰口就得和别的庙里合伙。这样的时候也有过。通常只是放半台焰口。一个正座,一个敲鼓,另外一边一个。一来找别的庙里合伙费事;二来这一带放得起整焰口的人家也不多。有的时候,谁家死了人,就只请两个,甚至一个和尚咕噜咕噜念一通经,敲打几声法器就算完事。很多人家的经钱不是当时就给,往往要等秋后才还。这就得记账。另外,和尚放焰口的辛苦钱不是一样的。就像唱戏一样,有份子。正座第一份。因为他要领唱,而且还要独唱。当中有一大段"叹骷髅",别的和尚都放下法器休息。只有首座一个人有板有眼地曼声吟唱。第二份是敲鼓的。你以为这容易呀,哼,单是一开头的"发擂",手上没功夫就敲不出迟疾顿挫!其余的,就一样了。这也得记上:某月某日,谁家焰口半台,谁正座,谁敲鼓……省得到年底结账时赌咒骂娘。……这庵里有几十亩庙产,租给人种,到时候要收租。庵里还放债。租、债一向倒很少亏欠,因为租佃借钱的人怕菩萨不高兴。这三本账就够仁山忙的了。另外香烛灯火、油盐"福食",这也得随时记账呀。除了账簿之外,山师父的方丈的墙上还挂着一块水牌,上漆四个红字:"勤笔免思"。

仁山所说当一个好和尚的三个条件,他自己其实一条也不具备。他的相貌只要用两个字就说清楚了:黄,胖。声音也不像钟磬,倒像母猪。聪明么? 难说,打牌老输。他在庵里从不穿袈裟,连海青直裰也免了。经常是披着件短僧衣,袒露着一个黄色的肚子。下面是光脚趿拉着一双僧鞋,——新鞋他也是趿拉着。他一天就是这样不衫不履地这里走走,那里走走,发出母猪一样的声音:"嗯——嗯——"。

二师父仁海。他是有老婆的。他老婆每年夏秋之间来住几个月,因为庵里凉快。庵里有六个人,其中之一,就是这位和尚的家眷。仁山、仁海叫她嫂子,明海叫她师娘。这两口子都很爱干净,整天的洗涮。傍晚的时候,坐在天井里乘凉。白天,闷在屋里不出来。

三师父是个很聪明精干的人。有时一笔账大师兄扒了半天算盘也算不清,他眼珠子转两转,早算得一清二楚。他打牌赢的时候多,二三十张牌落地,上下家手里有些什么牌,他就差不多都知道了。他打牌时,总有人爱在他后面看歪头胡。谁家约他打牌,就说"想送两个钱给你"。他不但经忏俱通(小庙的和尚能够拜忏的不多),而且身怀绝技,会"飞铙"。七月间有些地方做盂兰会,在旷地上放大焰口,几十个和尚,穿绣花袈裟,飞铙。飞铙就是把十多斤重的大铙钹飞起来。到了一定的时候,全部法器皆停,只几十副大铙紧张急促地敲起来。忽然起手,大铙向半空中飞去,一面飞,一面旋转。然后,又落下来,接住。接住不是平平常常地接住,有各种架势,"犀牛望月""苏秦背剑"……这哪是念经,这是耍杂技。也许是地藏王菩萨爱看这个,但真正因此快乐起来的是人,尤其是妇女和孩子。这是年轻漂亮的和尚出风头的机会。一场大焰口过后,也像一个好戏班子过后一样,会有一个两个大姑娘、小媳妇失踪,——跟和尚跑了。他还会放"花焰口"。有的人家,亲戚中多风流子弟,在不是很哀伤的佛事——如做冥寿时,就会提出放花焰口。所谓"花焰口"就是在正焰口之后,叫和尚唱小调,拉丝弦,吹管笛,敲鼓板,而且可以点唱。仁渡一个人可以唱一夜不重头。仁渡前几年一直在外面,近二年才常住在庵里。据说他有相好的,而且不止一个。他平常可是很规矩,看到姑娘媳妇总是老老实实的,连一句玩笑话都不说,一句小调山歌都不唱。有一回,在打谷场上乘凉的时候,一伙人把他围起来,非叫他唱两个不可。他却情不过,说:"好,唱一个。不唱家乡的。家乡的你们都熟,唱个安徽的。"

> 姐和小郎打大麦,
> 一转子讲得听不得。
> 听不得就听不得,
> 打完了大麦打小麦。

唱完了,大家还嫌不够,他就又唱了一个:

> 姐儿生得漂漂的,
> 两个奶子翘翘的。
> 有心上去摸一把,
> 心里有点跳跳的。
> …………

这个庵里无所谓清规,连这两个字也没人提起。

仁山吃水烟,连出门做法事也带着他的水烟袋。

他们经常打牌。这是个打牌的好地方。把大殿上吃饭的方桌往门口一搭,斜放着,就是牌桌。桌子一放好,仁山就从他的方丈里把筹码拿出来,哗啦一声倒在桌上。斗纸牌的时候多,搓麻将的时候少。牌客除了师兄弟三人,常来的是一个收鸭毛的,一个打兔子兼偷鸡的,都是正经人。收鸭毛的担一副竹筐,串乡串镇,拉长了沙哑的声音喊叫:

"鸭毛卖钱——!"

偷鸡的有一件家什——铜蜻蜓。看准了一只老母鸡,把铜蜻蜓一丢,鸡婆子上去就是一口。这一啄,铜蜻蜓的硬簧绷开,鸡嘴撑住了,叫不出来了。正在这鸡十分纳闷的时候,上去一把薅住。

明子曾经跟这位正经人要过铜蜻蜓看看。他拿到小英子家门前试了一试,果然!小英的娘知道了,骂明子:

"要死了!儿子!你怎么到我家来玩铜蜻蜓了!"

小英子跑过来:

"给我!给我!"

她也试了试,真灵,一个黑母鸡一下子就把嘴撑住,傻了眼了!

下雨阴天,这二位就光临荸荠庵,消磨一天。

有时没有外客,就把老师叔也拉出来,打牌的结局,大都是当家和尚气得鼓鼓的:

"×妈妈的!又输了!下回不来了!"

他们吃肉不瞒人。年下也杀猪。杀猪就在大殿上。一切都和在家人一样,开水、木桶、尖刀。捆猪的时候,猪也是没命地叫。跟在家人不同的,是多一道仪式,要给即将升天的猪念一道"往生咒",并且总是老师叔念,神情很庄重:

"……一切胎生、卵生、息生,来从虚空来,还归虚空去。往生再世,皆当欢喜。南无阿弥陀佛!"

三师父仁渡一刀子下去,鲜红的猪血就带着很多沫子喷出来。

…………

明子老往小英子家里跑。

小英子的家像一个小岛,三面都是河,西面有一条小路通到荸荠庵。独门独户,岛上只有这一家。岛上有六棵大桑树,夏天都结大桑椹,三棵结白的,三棵结紫的;一个菜园子,瓜豆蔬菜,四时不缺。院墙下半截是砖砌的,上半截是泥夯的。大门是桐油油过的,贴着一副万年红的春联:

　　向阳门第春常在
　　积善人家庆有余

门里是一个很宽的院子。院子里一边是牛屋、碓棚;一边是猪圈、鸡窠,还有个关鸭子的栅栏。露天地放着一具石磨。正北面是住房,也是砖基土筑,上面盖的一半是瓦,一半是草。房子翻修了才三年,木料还露着白茬。正中是堂屋,家神菩萨的画像上贴的金还没有发黑。两边是卧房。隔扇窗上各嵌着一块一尺见方的玻璃,明亮亮的,——这在乡下是不多见的。房檐下一边种着一棵石榴树,一边种着一棵栀子花,都齐房檐高了。夏天开了花,一红一白,好看得很。栀子花香得冲鼻子。顺风的时候,在荸荠庵都闻得见。

这家人口不多。他家当然是姓赵,一共四口人:赵大伯、赵大妈,两个女儿,大英子、小英子。老两口没有儿子。因为这些年人不得病,牛不生灾,也没有大旱大水闹蝗虫,日子过得很兴旺。他们家自己有田，本来够吃的了，又租种了庵上的十亩田。自己的田里，一亩种了荸荠，——这一半是小英子的主意，她爱吃荸荠，一亩种了茨菰。家里喂了一大群鸡鸭，单是鸡蛋鸭毛就够一年的油盐了。赵大伯是个能干人。他是一个"全把式"，不但田里场上样样精通，还会罩鱼、洗磨、凿砻、修水库、修船、砌墙、烧砖、箍桶、劈篾、绞麻绳。他不咳嗽，不腰疼，结结实实，像一棵榆树。人很和气，一天不声不响。赵大伯是一棵摇钱树，赵大娘就是个聚宝盆。大娘精神得出奇。五十岁了，两个眼睛还是清亮亮的。不论什么时候，头都是梳得滑溜溜的，身上衣服都是格挣挣的。像老头子一样，她一天不闲着。煮猪食，喂猪，腌咸菜，——她腌的咸萝卜干非常好吃，春粉子，磨小豆腐，编蓑衣，织芦筐。她还会剪花样子。这里嫁闺女，陪嫁妆、磁坛子、锡罐子，都要用梅红纸剪出吉祥花样，贴在上面，讨个吉利，也才好看："丹凤朝阳"呀、"白头到老"呀、"子孙万代"呀、"福寿绵长"呀。二三十里的人家都来请她："大娘，好日子是十六，你哪天去呀？"——"十五，我一大清早就来！"

"一定呀！"——"一定！一定！"

两个女儿，长得跟她娘像一个模子里托出来的。眼睛长得尤其像，白眼珠鸭蛋青，黑眼珠棋子黑，定神时如清水，闪动时像星星。浑身上下，头是头，脚是脚。头发滑溜溜的，衣服格挣挣的。——这里的风俗，十五六岁的姑娘就都梳上头了。这两个丫头，这一头的好头发！通红的发根，雪白的簪子！娘女三个去赶集，一集的人都朝她们望。

姐妹俩长得很像，性格不同。大姑娘很文静，话很少，像父亲。小英子比她娘还会说，一天咭咭呱呱地不停。大姐说：

"你一天到晚咭咭呱呱——"

"像个喜鹊！"

"你自己说的！——吵得人心乱！"

"心乱？"

"心乱！"

"你心乱怪我呀！"

二姑娘话里有话。大英子已经有了人家。小人她偷偷地看过，人很敦厚，也不难看，家道也殷实，她满意。已经下过小定，日子还没有定下来。她这二年，很少出房门，整天赶她的嫁妆。大裁大剪，她都会。挑花绣花，不如娘。她可又嫌娘出的样子太老了。她到城里看过新娘子，说人家现在绣的都是活花活草。这可把娘难住了。最后是喜鹊忽然一拍屁股："我给你保举一个人！"

这人是谁？是明子。明子念"上孟下孟"的时候，不知怎么得了半套《芥子园》，他喜欢得很。到了荸荠庵，他还常翻出来看，有时还把旧账簿子翻过来，照着描。小英子说：

"他会画！画得跟活的一样！"

小英子把明海请到家里来，给他磨墨铺纸，小和尚画了几张，大英子喜欢得不得了：

"就是这样！就是这样！这就可以乱孱！"——所谓"乱孱"是绣花的一种针法；绣了第一层，第二层的针脚插进第一层的针缝，这样颜色就可由深到淡，不露痕迹，不像娘那一代绣的花是平针，深浅之间，界限分明，一道一道的。小英子就像个书童，又像个参谋：

"画一朵石榴花！"

"画一朵栀子花！"

她把花掐来,明海就照着画。

到后来,凤仙花、石竹子、水蓼、淡竹叶、天竺果子、腊梅花,他都能画。

大娘看着也喜欢,搂住明海的和尚头:

"你真聪明!你给我当一个干儿子吧!"

小英子捺住他的肩膀,说:

"快叫,快叫!"

小明子跪在地下磕了一个头,从此就叫小英子的娘做干娘。

大英子绣的三双鞋,三十里方圆都传遍了。很多姑娘都走路坐船来看。看完了,就说"啧啧啧,真好看!这哪是绣的,这是一朵鲜花!"她们就拿了纸来央大娘求了小和尚来画。有求画帐檐的,有求画门帘飘带的,有求画鞋头花的。每回明子来画花,小英子就给他做点好吃的,煮两个鸡蛋,蒸一碗芋头,煎几个藕团子。

因为照顾姐姐赶嫁妆,田里的零碎生活小英子就全包了。她的帮手,是明子。

这地方的忙活是栽秧、车高田水、薅头遍草,再就是割稻子、打场了。这几茬重活,自己一家是忙不过来的。这地方兴换工。排好了日期,几家顾一家,轮流转。不收工钱,但是吃好的。一天吃六顿,两头见肉,顿顿有酒。干活时,敲着锣鼓,唱着歌,热闹得很。其余的时候,各顾各,不显得紧张。

薅三遍草的时候,秧已经很高了,低下头看不见人。一听见非常脆亮的嗓子在一片浓绿里唱:

　　栀子哎开花哎六瓣头哎……
　　姐家哎门前哎一道桥哎……

明海就知道小英子在哪里,三步两步就赶到,赶到就低头薅起草来。傍晚牵牛"打汪",是明子的事。——水牛怕蚊子。这里的习惯,牛卸了轭,饮了水,就牵到一口和好泥水的"汪"里,由它自己打滚扑腾,弄得全身都是泥浆,这样蚊子就咬不透了。低田上水,只要一挂十四轧的水车,两个人半天就够了。明子和小英子就伏在车杠上,不紧不慢地踩着车轴上的拐子,轻轻地唱着明海向三师父学来的各处山歌。打场的时候,明子能替赵大伯一会,让他回家吃饭。——赵家自己没有场,每年在荸荠庵外面的场上打谷子。他一扬鞭子,喊起了打场号子:

"格当嘚——"

这打场号子有音无字,可是九转十三弯,比什么山歌号子都好听。赵大娘在家,听见明子的号子,就侧起耳朵:

"这孩子这条嗓子!"

连大英子也停下针线:

"真好听!"

小英子非常骄傲地说:

"一十三省数第一!"

晚上,他们一起看场。——荸荠庵收来的租稻也晒在场上。他们并肩坐在一个石磙子上,听青蛙打鼓,听寒蛇唱歌,——这个地方以为蝼蛄叫是蚯蚓叫,而且叫蚯蚓叫"寒蛇",听纺纱婆子不停地纺纱,"唦——",看萤火虫飞来飞去,看天上的流星。

"呀!我忘了在裤带上打一个结!"小英子说。

这里的人相信,在流星掉下来的时候在裤带上打一个结,心里想什么好事,就能如愿。

....

"挖"荸荠,这是小英子最爱干的生活。秋天过去了,地净场光,荸荠的叶子枯了,——荸荠的笔直的小葱一样的圆叶子里是一格一格的,用手一捋,哗哗地响,小英子最爱捋着玩,——荸荠藏在烂泥里。赤了脚,在凉浸浸滑溜溜的泥里踩着,——哎,一个硬疙瘩!伸手下去,一个红紫红紫的荸荠。她自己爱干这生活,还拉了明子一起去。她老是故意用自己的光脚去踩明子的脚。

她挎着一篮子荸荠回去了,在柔软的田埂上留下一串脚印,明海看着她的脚印,傻了。五个小小的趾头,脚掌平平的,脚跟细细的,脚弓部分缺了一块。明海身上有一种从来没有过的感觉,他觉得心里痒痒的。这一串美丽的脚印把小和尚的心搞乱了。

....

明子常搭赵家的船进城,给庵里买香烛,买油盐。闲时是赵大伯划船;忙时是小英子去,划船的是明子。

从庵赵庄到县城,当中要经过一片很大的芦花荡子。芦苇长得密密的,当中一条水路,四边不见人。划到这里,明子总是无端端地觉得心里很紧张,他就使劲地划桨。

小英子喊起来:

"明子!明子!你怎么啦?你发疯啦?为什么划得这么快?"

....

明海到善因寺去受戒。

"你真的要去烧戒疤呀?"

"真的。"

"好好的头皮上烧八个洞,那不疼死啦?"

"咬咬牙。舅舅说这是当和尚的一大关,总要过的。"

"不受戒不行吗?"

"不受戒的是野和尚。"

"受了戒有啥好处?"

"受了戒就可以到处云游、逢寺挂褡。"

"什么叫'挂褡'?"

"就是在庙里住。有斋就吃。"

"不把钱?"

"不把钱。有法事,还得先尽外来的师父。"

"怪不得都说'远来的和尚会念经'。就凭头上这几个戒疤?"

"还要有一份戒牒。"

"闹半天,受戒就是领一张和尚的合格文凭呀!"

"就是!"

"我划船送你去。"

"好。"

小英子早早就把船划到荸荠庵门前。不知是什么道理,她兴奋得很。她充满了好奇心,想去看看善因寺这座大庙,看看受戒是个啥样子。

善因寺是全县第一大庙,在东门外,面临一条水很深的护城河,三面都是大树,寺在树林子里,远处只能隐隐约约看到一点金碧辉煌的屋顶,不知道有多大。树上到处挂着"谨防恶犬"的牌子。这寺里的狗出名的厉害。平常不大有人进去。放戒期间,任人游看,恶狗都锁起来了。

好大一座庙!庙门的门坎比小英子的胁膝都高。迎门蠹着两块大牌,一边一块,一块写着斗大两个大字:"放戒",一块是:"禁止喧哗",这庙里果然是气象庄严,到了这里谁也不敢大声咳嗽。明海自去报名办事,小英子就到处看看。好家伙,这哼哈二将、四大天王,有三丈多高,都是簇新的,才装修了不久。天井有二亩地大,铺着青石,种着苍松翠柏。"大雄宝殿",这才真是个"大殿"!一进去,凉飕飕的。到处都是金光耀眼。释迦牟尼佛坐在一个莲花座上。单是莲座,就比小英子还高。抬起头来也看不全他的脸,只看到一个微微闭着的嘴唇和胖墩墩的下巴。两边的两根大红蜡烛,一搂多粗。佛像前的大供桌上供着鲜花、绒花、绢花,还有珊瑚树、玉如意、整棵的大象牙。香炉里烧着檀香。小英子出了庙,闻着自己的衣服都是香的。挂了好些幡。这些幡不知是什么缎子的,那么厚重,绣的花真细。这么大一口磬,里头能装五担水!这么大一个木鱼,有一头牛大,漆得通红的。她又去转了转罗汉堂,爬到千佛楼上看了看。真有一千个小佛!她还跟着一些人去看了看藏经楼。藏经楼没有什么看头,都是经书!妈吔!逛了这么一圈,腿也酸了。小英子想起还要给家里打油,替姐姐配丝线,给娘买鞋面布,给自己买两个坠围裙飘带的银蝴蝶,给爹买早烟,就出庙了。

等把事情办齐,晌午了。她又到庙里看了看,和尚正在吃粥。好大一个"膳堂",坐得下八百个和尚。吃粥也有这样多讲究:正面法座上摆着两个锡胆瓶,里面插着红绒花,后面盘膝坐着一个穿着大红满金绣袈裟的和尚,手里拿着戒尺。这戒尺是要打人的。哪个和尚吃粥吃出了声音,他下来就是一戒尺。不过他并不真的打人,只是做个样子。真稀奇,那么多的和尚吃粥,竟然不出一点声音!她看见明子也坐在里面,想跟他打个招呼又不好打。想了想,管他禁止不禁止喧哗,就大声喊了一句:"我走啦!"她看见明子目不斜视地微微点了点头,就不管很多人都朝自己看,大摇大摆地走了。

第四天一大清早小英子就去看明子。她知道明子受戒是第三天半夜,——烧戒疤是不许人看的。她知道要请老剃头师傅剃头,要剃得横摸顺摸都摸不出头发茬子,要不然一烧,就会"走"了戒,烧成了一片。她知道是用枣泥子先点在头皮上,然后用香头子点着。她知道烧了戒疤就喝一碗蘑菇汤,让它"发",还不能躺下,要不停地走动,叫做"散戒"。这些都是明子告诉她的。明子是听舅舅说的。

她一看,和尚真在那里"散戒",在城墙根底下的荒地里。一个一个,穿了新海青,光光的头皮上都有八个黑点子。——这黑疤掉了,才会露出白白的、圆圆的"戒疤"。和尚都笑嘻嘻的,好像很高兴。她一眼就看见了明子。隔着一条护城河,就喊他:

"明子!"

"小英子!"

"你受了戒啦?"

"受了。"

"疼吗?"

"疼。"
"现在还疼吗?"
"现在疼过去了。"
"你哪天回去?"
"后天。"
"上午? 下午?"
"下午。"
"我来接你!"
"好!"
…………

小英子把明海接上船。

小英子这天穿了一件细白夏布上衣,下边是黑洋纱的裤子,赤脚穿了一双龙须草的细草鞋,头上一边插着一朵栀子花,一边插着一朵石榴花。她看见明子穿了新海青,里面露出短褂子的白领子,就说:"把你那外面的一件脱了,你不热呀!"

他们一人一把桨。小英子在中舱,明子扳艄,在船尾。

她一路问了明子很多话,好像一年没有看见了。

她问,烧戒疤的时候,有人哭吗? 喊吗?

明子说,没有人哭,只是不住地念佛,有个山东和尚骂人:

"俺日你奶奶! 俺不烧了!"

她问善因寺的方丈石桥是相貌和声音都很出众吗?

"是的。"

"说他的方丈比小姐的绣房还讲究?"

"讲究。什么东西都是绣花的。"

"他屋里很香?"

"很香。他烧的是伽楠香,贵得很。"

"听说他会作诗,会画画,会写字?"

"会。庙里走廊两头的砖额上,都刻着他写的大字。"

"他是有个小老婆吗?"

"有一个。"

"才十九岁?"

"听说。"

"好看吗?"

"都说好看。"

"你没看见?"

"我怎么会看见? 我关在庙里。"

明子告诉她,善因寺一个老和尚告诉他,寺里有意选他当沙弥尾,不过还没有定,要等主事的和尚商议。

"什么叫'沙弥尾'"?

"放一堂戒,要选出一个沙弥头,一个沙弥尾。沙弥头要老成,要会念很多经。沙弥尾要年轻,聪明,相貌好。"

"当了沙弥尾跟别的和尚有什么不同?"

"沙弥头,沙弥尾,将来都能当方丈。现在的方丈退居了,就当。石桥原来就是沙弥尾。"

"你当沙弥尾吗?"

"还不一定哪。"

"你当方丈,管善因寺?管这么大一个庙?!"

"还早呐!"

划了一气,小英子说:"你不要当方丈!"

"好,不当。"

"你也不要当沙弥尾!"

"好,不当。"

又划了一气,看见那一片芦花荡子了。

小英子忽然把桨放下,走到船尾,趴在明子的耳朵旁边,小声地说:"我给你当老婆,你要不要?"

明子眼睛鼓得大大的。

"你说话呀!"

明子说:"嗯。"

"什么叫'嗯'呀!要不要,要不要?"

明子大声地说:"要!"

"你喊什么!"

明子小小声说:"要——!"

"快点划!"

英子跳到中舱,两只桨飞快地划起来,划进了芦花荡。

芦花才吐新穗。紫灰色的芦穗,发着银光,软软的,滑溜溜的,像一串丝线。有的地方结了蒲棒,通红的,像一枝一枝小蜡烛。青浮萍,紫浮萍。长脚蚊子,水蜘蛛。野菱角开着四瓣的小白花。惊起一只青桩(一种水鸟),擦着芦穗,扑鲁鲁鲁飞远了。

…………

一九八〇年八月十二日,写四十三年前的一个梦

(原载《北京文学》1980年第10期)

异 秉

汪曾祺

　　王二是这条街的人看着他发达起来的。
　　不知从什么时候起,他就在保全堂药店廊檐下摆一个熏烧摊子。"熏烧"就是卤味。他下午来,上午在家里。
　　他家在后街濒河的高坡上,四面不挨人家。房子很旧了,碎砖墙,草顶泥地,倒是不仄逼,也很干净,夏天很凉快。一共三间。正中是堂屋,在"天地君亲师"的下面便是一具石磨。一边是厨房,也就是作坊。一边是卧房,住着王二的一家。他上无父母,嫡亲的只有四口人,一个媳妇,一儿一女。这家总是那么安静,从外面听不到什么声音。后街的人家总是吵吵闹闹的。男人揪着头发打老婆,女人拿火叉打孩子,老太婆用菜刀剁着砧板诅咒偷了她的下蛋鸡的贼。王家从来没有这些声音。他们家起得很早。天不亮王二就起来备料,然后就烧煮。他媳妇梳好头就推磨磨豆腐。——王二的熏烧摊每天要卖出很多回卤豆腐干,这豆腐干是自家做的。磨得了豆腐,就帮王二烧火。火光照得她的圆盘脸红红的(附近的空气里弥漫着王二家飘出的五香味)。后来王二喂了一头小毛驴,她就不用围着磨盘转了,只要把小驴牵上磨,不时往磨眼里倒半碗豆子,注一点水就行了。省出时间,好做针线。一家四口,大裁小剪,很费工夫。两个孩子,大儿子长得像妈,圆乎乎的脸,两个眼睛笑起来一道缝。小女儿像父亲,瘦长脸,眼睛挺大。儿子念了几年私塾,能记账了,就不念了。他一天就是牵了小驴去饮,放它到草地上去打滚。到大了一点,就帮父亲洗料备料做生意,放驴的差事就归了妹妹了。
　　每天下午,在上学的孩子放学、人家淘晚饭米的时候,他就来摆他的摊子。他为什么选中保全堂来摆他的摊子呢? 是因为这地点好,东街西街和附近几条巷子到这里都不远;因为保全堂的廊檐宽,柜台到铺门有相当的余地;还是因为这是一家药店,药店到晚上生意就比较清淡,——很少人晚上上药铺抓药的,他摆个摊子碍不着人家的买卖,都说不清。当初还一定是请人向药店的东家说了好话,亲自登门叩谢过的。反正,有年头了。他的摊子的全副"生财"——这地方把做买卖的用具叫做"生财",就寄放在药店店堂的后面过道里,挨墙放着,上面就是悬在二梁上的赵公元帅的神龛,这些"生财"包括两块长板,两条三条腿的高板凳(这种高凳一边两条腿,在两头;一边一条腿在当中),以及好几个一面装了玻璃的匣子。他把板凳支好,长板放平,玻璃匣子排开。这些玻璃匣子里装的是黑瓜子、白瓜子、盐炒豌豆、油炸豌豆、兰花豆、五香花生米,长板的一头摆开"熏烧"。"熏烧"除回卤豆腐干之外,主要是牛肉、蒲包肉和猪头肉。这地方一般人家是不大吃牛肉的。吃,也极少红烧、清炖,只是到熏烧摊子去买。这种牛肉是五香加盐煮好,外面染了通红的红曲,一大块一大块的堆在那里。买多少,现切,放在送过来的盘子里,抓一把青蒜,浇一勺辣椒糊。蒲包肉似乎是这个县里特有的。用一个三寸来长直径寸半的蒲包,里面衬上豆腐皮,塞满了加了粉子的碎肉,封了口,拦腰用一道麻绳系紧,成一个葫芦形。煮熟以后,倒出来,也是一个带有蒲包印迹的葫芦。切成片,很香。猪头肉则分门别类地卖,拱嘴、耳朵、脸子,——脸子有个专门名词,叫"大肥"。要什么,切什么。到了上灯以后,王二的生意就到了高潮。只见他拿了刀不停地切,一面还忙着收钱,包油炸的、盐炒的豌豆、瓜子,很少有歇一歇的时候。一直忙到九点多钟,在他的两盏高罩的煤油灯里煤油已经点去了一多半,装熏烧的盘子和装豌豆的匣子都已经见了底的时候,他媳妇给他送饭来了,他才用热水擦一把脸,吃晚饭。吃完晚饭,总还有一些零零星星的生意,他不忙收摊子,就端了一杯热茶,坐到保全堂店堂里的椅子上,听人聊天,一面拿眼睛瞟着他的摊子,见有人走来,就起身切一盘、包两包,他的主顾都是熟人,谁什么时候来,买什么,他心里都是有数的。

这一条街上的店铺、摆摊的,生意如何,彼此都很清楚,近几年,景况都不大好。有几家好一些,但也只是能维持。有的是逐渐地败落下来了。先是货架上的东西越来越空,只出不进,最后就出让"生财",关门歇业。只有王二的生意却越做越兴旺,他的摊子越摆越大,装炒货的匣子,装熏烧的洋瓷盘子,越来越多。每天晚上到了买卖高潮的时候,摊子外面有时会拥着好些人。好天气还好,遇上下雨下雪(下雨下雪买他的东西的比平常更多),叫主顾在当街打伞站着,实在很不过意。于是经人说合,出了租钱,他就把他的摊子搬到隔壁源昌烟店的店堂里去了。

源昌烟店是个老名号,专卖旱烟,做门市,也做批发。一边是柜台,一边是刨烟的作坊。这一带抽的旱烟是刨成丝的。刨烟师傅把烟叶子一张一张立着叠在一个特制的木床子上,用皮绳木楔卡紧,两腿夹着床子,用一个刨刃有半尺宽的大刨子刨。烟是黄的。他们都穿了白布套裤。这套裤也都变黄了。下了工,脱了套裤,他们身上也到处是黄的。头发也是黄的。——手艺人都带着他那个行业特有的颜色。染坊师傅的指甲缝里都是蓝的,碾米师傅的眉毛总是白蒙蒙的。原来,源昌号每天有四个师傅、四副床子刨烟。每天总有一些大人孩子站在旁边看。后来减成三个,两个,一个。最后连这一个也辞了。这家的东家就靠卖一点纸烟、火柴、零包的茶叶维持生活,也还卖一点趸来的旱烟、皮丝烟。不知道为什么,原来挺敞亮的店堂变得黑暗了,牌匾上的金字也都无精打采了。那座柜台显得特别的大。大,而空。

王二来了,就占了半边店堂,就是原来刨烟师傅刨烟的地方。他的摊子原来在保全堂廊檐是东西向横放着的,迁到源昌,就改成南北向,直放了。所以,已经不能算是一个摊子,而是半爿店铺了。他在原有的板子之外增加了一块,摆成一个曲尺形,俨然也就是一个柜台。他所卖的东西的品种也增加了。即以熏烧而论,除了原有的回卤豆腐干、牛肉、猪头肉、蒲包肉之外,春天,卖一种叫做"鵽"的野味,——这是一种候鸟,长嘴长脚,因为是桃花开时来的,不知哪位文人雅士给它起了一个名称叫"桃花鵽";卖鹌鹑;入冬以后,他就挂起一个长条形的玻璃镜框,里面用大红蜡笺写了泥金字:"即日起新添美味羊糕五香兔肉"。这地方人没有自己家里做羊肉的,都是从熏烧摊上买。只有一种吃法:带皮白煮,冻实,切片,加青蒜、辣椒糊,还有一把必不可少的胡萝卜丝(据说这是最能解膻气的)。酱油、醋,买回来自己加。兔肉,也像牛肉似的加盐和五香煮,染了通红的红曲。

这条街上过年时的春联是各式各样的。有的是特制嵌了字号的。比如保全堂,就是由该店拔贡出身的东家拟制的"保我黎民,全登寿域",有些大字号,比如布店,口气很大,贴的是"生涯宗子贡,贸易效陶朱",最常见的是"生意兴隆通四海,财源茂盛达三江";小本经营的买卖的则很谦虚地写出:"生意三春草,财源雨后花"。这么一副春联,用于王二的超摊子准铺子,真是再贴切不过了,虽然王二并没有想到贴这样一副春联,——他也没处贴呀,这铺面的字号还是"源昌"。他的生意真是三春草、雨后花一样地起来了。"起来"最显眼的标志是他把长罩煤油灯撤掉,挂起一盏呼呼作响的汽灯。须知,汽灯这东西只有钱庄、绸缎庄才用,而王二,居然在一个熏烧摊子的上面,挂起来了。这白亮白亮的汽灯,越显得源昌柜台里的一盏煤油灯十分地暗淡了。

　　王二的发达,是从他的生活也看得出来的。第一,他可以自由地去听书。王二最爱听书。走到街上,在形形色色招贴告示中间,他最注意的是说书的报条。那是三寸宽,四尺来长的一条黄颜色的纸,浓墨写道:"特聘维扬×××先生在×××(茶馆)开讲××(三国、水浒、岳传……)是月×日起风雨无阻"。以前去听书都要经过考虑。一是花钱,二是费时间,更主要的是考虑这于他的身份不大相称:一个卖熏烧的,常常听书,怕人议论。近年来,他觉得可以了,想听就去。小蓬莱、五柳园(这都是说书的茶馆),都去,三国、水浒、岳传,都听。尤其是夏天,天长,穿了竹布的或夏布的长衫,拿了一吊钱,就去了。下午的书一点开书,不到四点钟就"明日请早"了(这里说书的规矩是在说书先生说到预定的地方,留下一个扣子,跑堂的茶房高喝一声"明日请早——!"听客们就纷纷起身散场),这耽误不了他的生意。他一天忙到晚,只有这一段时间得空。第二,过年推牌九,他在下注时不犹豫。王二平常绝不赌钱,只有过年赌五天。过年赌钱不犯禁,家家店铺里都可赌钱。初一起,不做生意,铺门关起来,里面黑洞洞的。保全堂柜台里身,有一个小穿堂,是供神农祖师的地方,上面有个天窗,比较亮堂。拉开神农画像前的一张方桌,哗啦一声,骨牌和骰子就倒出来了。打麻将多是社会地位相近的,推牌九则不论。谁都可以来。保全堂的"同仁"(除了陶先生和陈相公),替人家收房钱的抡元,卖活鱼的疤眼——他曾得外症,治愈后左眼留一大疤,小学生给他起了个外号叫"巴颜喀拉山",这外号竟传开了,一街人都叫他巴颜喀拉山,虽然有人不知道这是什么意思——,王二。输赢说大不大,说小可也不小。十吊钱推一庄。十吊钱相当于三块洋钱。下注稍大的是一吊钱三三四,一吊钱分三道:三百、三百、四百。七点赢一道,八点赢两道,若是抓到一副九点或是天地杠,庄家赔一吊钱。王二下"三三四"是常事。有的竟会下到五吊钱一注孤丁,把五吊钱稳稳地推出去,心不跳,手不抖(收房钱的抡元下到五百钱一注时手就抖个不住)。赢得多了,他也能上去推两庄。推牌九这玩意,财越大,气越粗,王二输的时候竟不多。

　　王二把他的买卖乔迁到隔壁源昌去了,但是每天九点以后他一定还是端了一杯茶到保全堂店堂里来坐个点把钟。儿子大了,晚上再来的零星生意,他一个人就可以应付了。

　　且说保全堂。

　　这是一家门面不大的药店。不知为什么,这药店的东家用人,不用本地人,从上到下,从管事的到挑水的,一律是淮城人。他们每年有一个月的假期,轮流回家,去干传宗接代的事。其余十一个月,都住在店里。他们的老婆就守十一个月的寡。药店的"同仁",一律称为"先生"。先生里分为几等。一等的是"管事",即经理。当了管事就是终身职务,很少听说过有东家把管事辞了的。除非老管事病故,才会延聘一位新管事。当了管事,就有"身股",或称"人股",到了年底可以按股分红。因此,他对生意是兢兢业业,忠心耿耿的。东家从不到店,管事负责一切,他照例一个人单独睡在神农像后面的一间屋子里,名叫"后柜"。总账、银钱,贵重的药材如犀角、羚羊、麝香,都锁在这间屋子里,钥匙在他身上,——人参、鹿茸不算什么贵重东西。吃饭的时候,管事总是坐在横头末席,以示代表东家奉陪诸位先生。熬到"管事"能有几人?全城一共才有那么几家药店。保全堂的管事姓卢。二等的叫"刀上",管切药和"跌"丸药。药店每天都有很多药要切,"饮片"切得整齐不整齐,漂亮不漂亮,直接影响生意好坏。内行人一看,就知道这药是什么人切出来的。"刀上"是个技术人员,薪金最高,在店中地位也最尊。吃饭时他照例坐在上首的二席,——除了有客,头席总是虚着的。逢年过节,药王生日(药王不是神农氏,却是孙思邈),有酒,管事的举杯,必得"刀上"先喝一口,大家才喝。保全堂的"刀上"是全县头一把刀,他要是闹脾气辞职,马上就有别家抢着请他去。好在此人虽有点高傲,有点倔,却轻易不发脾气。他姓许。其余的都叫"同事"。那读法却有点特别,重音在"同"字上。他们的职务就是抓药,写账。"同事"是没有什么了不起的,每年都有被辞退的可能。辞退时管事并不说话,只是在腊月有一桌辞年酒,算是东家向"同仁"道一年的辛苦,只要是把哪位"同事"请到上席去,该"同事"就二话不说,客客气气地卷起铺盖另谋高就。当然,事前就从旁漏出一点风声的,并不当真是打一闷棍。该辞退"同事"在八月节后就有预感。有的早就和别家谈好,很潇洒地走了;有的则请人斡旋,留一年再看。后一种,总要作一点"检讨",下一点"保证"。"回炉的烧饼不香",辞而不去,面上无光,身价就低了。保全堂的陶先生,就已经有三次要被请到上席了。他咳嗽痰喘,人也不精明。终于没有坐上席,一则是同行店伙纷纷来说情:辞了他,他上谁家去呢?谁家会要这样一个痰篓子呢?这岂非绝了他的生计?二则,他还有一点好处,即不回家。他四十多岁了,却没有传宗接代的任务,因为他没有娶过亲。这样,陶先生就只有更加勤勉,更加谨慎了。每逢他的喘病发作时,有人问:"陶先生,你这两天又不大好吧?"他就一面喘嗽着一面说:"啊不,很好,很(呼噜呼噜)好!"

以上,是"先生"一级。"先生"以下,是学生意的。药店管学生意的却有一个奇怪称呼,叫做"相公"。

因此,这药店除煮饭挑水的之外,实有四等人:"管事"、"刀上"、"同事"、"相公"。

保全堂的几位"相公"都已经过了三年零一节,满师走了。现有的"相公"姓陈。

陈相公脑袋大大的,眼睛圆圆的,嘴唇厚厚的,说话声气粗粗的——呜噜呜噜地说不清楚。

他一天的生活如下:起得比谁都早。起来就把"先生"们的尿壶都倒了涮干净控在厕所里。扫地、擦桌椅、擦柜台。到处掸土。开门。这地方的店铺大都是"铺闼子门",——一列宽可一尺的厚厚的门板嵌在门框和门槛的槽子里。陈相公就一块一块卸出来,按"东一"、"东二"、"东三"、"东四"、"西一"、"西二"、"西三"、"西四"次序,靠墙竖好。晒药,收药。太阳出来时,把许先生切好的"饮片"、"跌"好的丸药,一一都放在匾筛里,用头顶着,爬上梯子,到屋顶的晒台上放好;傍晚时再放下来。这是他一天最快乐的时候。他可以登高四望。看得见许多店铺和人家的房顶,都是黑黑的。看得见远处的绿树,绿树后面缓缓移动的帆。看得见鸽子,看得见飘动摇摆的风筝。到了七月,傍晚,还可以看巧云。七月的云多变幻,当地叫做"巧云"。那是真好看呀!灰的、白的、黄的、橘红的,镶着金边,一会一个样,像狮子的,像老虎的,像马、像狗的。此时的陈相公,真是古人所说的"心旷神怡"。其余的时候,就很刻板枯燥了。碾药,两脚踏着木板,在一个船形的铁碾槽子里碾。倘若碾的是胡椒,就要不停地打喷嚏。裁纸。用一个大弯刀,把一沓一沓的白粉连纸裁成大小不等的方块,包药用。刷印包装纸。他每天还有两项例行的公事。上午,要搓很多抽水烟用的纸媒子。把装铜钱的钱板翻过来,用"表心纸"一根一根地搓。保全堂没有人抽水烟,但不知什么道理每天都要搓许多纸媒子,谁来都可取几根,这已经成了一种"传统"。下午,擦灯罩。药店里里外外,要用十来盏煤油灯。所有灯罩,每天都要擦一遍。晚上,摊膏药。从上灯起,直到王二过店堂里来闲坐,他一直都在摊膏药。到十点多钟,把先生们的尿壶都放到他们的床下,该吹灭的灯都吹灭了,上了门,他就可以准备睡觉了。先生们都睡在后面的厢屋里,陈相公睡在店堂里。把铺板一放,铺盖摊开,这就是他一个人的天地了。临睡前他总要背两篇《汤头歌诀》,——药店的先生总要懂一点医道。小户人家有病不求医,到药店来说明病状,先生们随口就要说出:"吃一剂小柴胡汤吧","服三副藿香正气丸","上一点七厘散"。有时,坐在被窝里想一会家,想想他的多年守寡的母亲,想想他家房门背后的一张贴了多年的麒麟送子的年画。想不一会,困了,把脑袋放倒,立刻就响起了很大的鼾声。

陈相公已经学了一年多生意了。他已经给赵公元帅和神农爷烧了三十次香。初一、十五,都要给这二位烧香,这照例是陈相公的事。赵公元帅手执金鞭,身骑黑虎,两旁有一副八寸长的黑地金字的小对联:"手执金鞭驱宝至,身骑黑虎送财来。"神农爷虬髯披发,赤身露体,腰里围着一圈很大的树叶,手指甲、脚趾甲都很长,一只手捏着一棵灵芝草,坐在一块石头上。陈相公对这二位看得很熟,烧香的时候很虔敬。

陈相公老是挨打。学生意没有不挨打的,陈相公挨打的次数也似稍多了一点。挨打的原因大都是因为做错了事:纸裁歪了,灯罩擦破了。这孩子也好像不大聪明,记性不好,做事迟钝。打他的多是卢先生。卢先生不是暴脾气,打他是为他好,要他成人。有一次可挨了大打。他收药,下梯一脚踩空了,把一匾筛泽泻翻到了阴沟里。这回打他的是许先生。他用一根闩门的木棍没头没脸的把他痛打了一顿,打得这孩子哇哇地乱叫:"哎呀!哎呀!我下回不了!下回不了!哎呀!哎呀!我错了!哎呀!哎呀!"谁也不能去劝,因为知道许先生的脾气,越劝越打得凶,何况他这回的错是不小(泽泻不是贵药,但切起来很费工,要切成厚薄一样,状如铜钱的圆片)。后来还是煮饭的老朱来劝住了。这老朱来得比谁都早,人又出名的忠诚耿直。他从来没有正经吃过一顿饭,都是把大家吃剩的残汤剩水泡一点锅巴吃。因此,一店人都对他很敬畏。他一把夺过许先生手里的门闩,说了一句话:"他也是人生父母养的!"

陈相公挨了打,当时没敢哭。到了晚上,上了门,一个人呜呜地哭了半天。他向他远在故乡的母亲说:"妈妈,我又挨打了!妈妈,不要紧的,再挨两年打,我就能养活你老人家了!"

王二每天到保全堂店堂里来,是因为这里热闹。别的店铺到九点多钟,就没有什么人,往往只有一个管事的在算账,一个学徒在打盹。保全堂正是高朋满座的时候。这些先生都是无家可归的光棍,这时都聚集到店堂里来。还有几个常客,收房钱的抡元,卖活鱼的巴颜喀拉山,给人家熬鸦片烟的老炳,还有一个张汉。这张汉是对门万顺酱园连家的一个亲戚兼食客,全名是张汉轩,大家却都叫他张汉。大概是觉得已经沦为食客,就不必"轩"了。此人有七十岁了,长得活脱像一个伏尔泰,一张尖脸,一个尖尖的鼻子。他年轻时在外地做过幕僚,走过很多地方,见多识广,什么都知道,是个百事通。比如说抽烟,他就告诉你烟有五种:水、旱、鼻、雅、潮,"雅"是鸦片。"潮"是潮烟,这地方谁也没见过。说喝酒,他就能说出山东黄、状元红、莲花白……说喝茶,他就告诉你狮峰龙井、苏州的碧螺春,云南的"烤茶"是在怎样一个罐里烤的,福建的功夫茶的茶杯比酒盅还小,就是吃了一只炖肘子,也只能喝三杯,这茶太酽了。他熟读《子不语》、《夜雨秋灯录》,能讲许多鬼狐故事。他还知道云南怎样放蛊,湘西怎样赶尸。他还亲眼见到过旱魃、僵尸、狐狸精,有时间,有地点,有鼻子有眼。三教九流,医卜星相,他全知道。他读过《麻衣神相》、《柳庄神相》,会算"奇门遁甲"、"六壬课"、"灵棋经"。他总要到快九点钟时才出现(白天不知道他干什么),他一来,大家精神为之一振,这一晚上就全听他一个人刮划。他很会讲,起承转合,抑扬顿挫,有声有色。他也像说书先生一样,说到筋节处就停住了,慢慢地抽烟,急得大家一劲地催他:"后来呢?后来呢?"这也是陈相公一天比较快乐的时候。他一边摊着膏药,一边听着。有时,听得太入神了,摊膏药的扦子停留在油纸上,会废掉一张膏药。他一发现,赶紧偷偷塞进口袋里。这时也不会被发现,不会挨打。

有一天,张汉谈起人生有命。说朱洪武、沈万山、范丹是同年同月同日同时,都是丑时建生,鸡鸣头遍。但是一声鸡叫,可就命分三等了:抬头朱洪武,低头沈万山,勾一勾就是穷范丹。朱洪武贵为天子,沈万山富甲天下,穷范丹冻饿而死。他又说凡是成大事业,有大作为,兴旺发达的,都有异相,或有特殊的秉赋。汉高祖刘邦,股有七十二黑子——就是屁股上有七十二颗黑痣,谁有过?明太祖朱元璋,生就是五岳朝天,——两额、两颧、下巴,都突出,状如五岳,谁有过?樊哙能把一条整猪腿生吃下去,燕人张翼德,睡着了也睁着眼睛。就是市井之人,凡有走了一步好运的,也莫不有与众不同之处。必有非常之人,乃成非常之事。大家听了,不禁暗暗点头。

张汉猛吸了几口旱烟,忽然话锋一转,向王二道:

"即以王二而论,他这些年飞黄腾达,财源茂盛,也必有其异秉。"

"……?"

王二不解何为"异秉"。

"就是与众不同,和别人不一样的地方。你说说,你说说!"

大家也都怂恿王二:"说说!说说!"

王二虽然发了一点财,却随时不忘自己的身份,从不僭越自大,在大家敦促之下,只有很诚恳地欠一欠身说:

"我呀,有那么一点:大小解分清。"他怕大家不懂,又解释道:"我解手时,总是先解小手,后解大手。"

张汉一听,拍了一下手,说:"就是说,不是屎尿一起来,难得!"

说着,已经过了十点半了,大家起身道别。该上门了。卢先生向柜台里一看,陈相公不见了,就大声喊:"陈相公!"

喊了几声,没有应声。

原来陈相公在厕所里。这是陶先生发现的。他一头走进厕所,发现陈相公已经蹲在那里。本来,这时候都不是他们俩解大手的时候。

1948 年旧稿
1980 年 5 月 20 日重写
(原载《汪曾祺短篇小说选》,北京出版社 1982 年版)

我的遥远的清平湾

史铁生

北方的黄牛一般分为蒙古牛和华北牛。华北牛中要数秦川牛和南阳牛最好,个儿大,肩峰很高,劲儿足。华北牛和蒙古牛杂交的牛更漂亮,犄角向前弯去,顶架也厉害,而且皮实、好养。对北方的黄牛,我多少懂一点。这么说吧:现在要是有谁想买牛,我担保能给他挑头好的。看体形,看牙口,看精神儿,这谁都知道;光凭这些也许能挑到一头不坏的,可未必能挑到一头真正的好牛。关键是得看脾气,拿根鞭子,一甩,"嗖"的一声,好牛就会瞪圆了眼睛,左蹦右跳。这样的牛干起活来下死劲,走得欢。疲牛呢?听见鞭子响准是把腰往下一塌,闭一下眼睛。忍了。这样的牛,别要。

我插队的时候喂过两年牛,那是在陕北的一个小山村儿——清平湾。

我们那个地方虽然也还算是黄土高原,却只有黄土,见不到真正的平坦的塬地了。由于洪水年年吞噬,塬地总是塌方,顺着沟、渠、小河,流进了黄河。从洛川再往北,全是一座座黄的山峁或一道道黄的山梁,绵延不断。树很少,少到哪座山上有几棵什么树,老乡们都记得清清楚楚;只有打新窑或是做棺木的时候,才放倒一、两棵。碗口粗的柏树就稀罕得不得了。要是谁能做上一口薄柏木板的棺材,大伙儿就都佩服,方圆几十里内都会传开。

在山上拦牛的时候,我常想,要是那一座座黄土山都是谷堆、麦垛,山坡上的胡蒿和沟壑里的狼牙刺都是柏树林,就好了。和我一起拦牛的老汉总是"唏溜唏溜"地抽着旱烟,笑笑说:"那可就一股劲儿吃白馍馍了。老汉儿家、老婆儿家都睡一口好材。"

和我一起拦牛的老汉姓白。陕北话里,"白"发"破"的音,我们都管他叫"破老汉"。也许还因为他穷吧,英语中的"poor"就是"穷"的意思。或者还因为别的:那几颗零零碎碎的牙,那几根稀稀拉拉的胡子。尤其是他的嗓子——他爱唱,可嗓子像破锣。傍晚赶着牛回村的时候,最后一缕阳光照在崖畔上,红的。破老汉用镢把挑起一捆柴,扛着,一路走一路唱:"崖畔上开花崖畔上红,受苦人过得好光景……"声音拉得很长,虽不洪亮,但颤微微的,悠扬。碰巧了,崖顶上探出两个小脑瓜,竖着耳朵听一阵,跑了,可能是狐狸,也可能是野羊。不过,要想靠打猎为生可不行,野兽很少。我们那地方突出的特点是穷,穷山穷水,"好光景"永远是"受苦人"的一种盼望。天快黑的时候,进山寻野菜的孩子们也都回村了,大的拉着小的,小的扯着更小的,每人的臂弯里都扛着个小篮儿,装的苦菜、苋菜或者小蒜、蘑菇……孩子们跟在牛群后面,"叽叽嘎嘎"地吵,争抢着把牛粪撮回窑里去。

越是穷地方,农活也越重。春天播种;夏天收麦;秋天玉米、高粱、谷子都熟了,更忙;冬天打坝、修梯田,总不得闲。单说春天吧,往山上送粪全靠人挑。一担粪六七十斤,一早上就得送四五趟;挣两个工分,合六分钱。在北京,才够买两根冰棍儿的。那地方当然没有冰棍儿,在山上干活渴急了,什么水都喝。天不亮,耕地的人们就扛着木犁、赶着牛上山了。太阳出来,已经耕完了几垧地。火红的太阳把牛和人的影子长长地印在山坡上,扶犁的后面跟着撒粪的,撒粪的后头跟着点籽的,点籽的后头是打土坷垃的,一行人慢慢地、有节奏地向前移动,随着那悠长的吆牛声。吆牛声有时疲惫、凄婉;有时又欢快、诙谐,引动一片笑声。那情景几乎使我忘记自己是生活在哪个世纪,默默地想着人类遥远而漫长的历史。人类好像就是这么走过来的。

　　清明节的时候我病倒了,腰腿疼得厉害。那时只以为是坐骨神经疼,或是腰肌劳损,没想到会发展到现在这么严重。陕北的清明前后爱刮风,天都是黄的。太阳白蒙蒙的。窑洞的窗纸被风沙打得"唰啦啦"响。我一个人躺在土炕上……

　　那天,队长端来了一碗白馍……

　　陕北的风俗,清明节家家都蒸白馍,再穷也要蒸几个。白馍被染得红红绿绿的,老乡管那叫"zi chui"。开始我们不知道是哪两个字,也不知道什么意思,跟着叫"紫锤"。后来才知道,是叫"子推",是为纪念春秋时期一个叫介子推的人的。破老汉说,那是个刚强的人,宁可被人烧死在山里,也不出去作官。我没有考证过,也不知史学家们对此作何评价。反正吃一顿白馍,清平湾的老老少少都很高兴。尤其是孩子们,头好几天就喊着要吃子推馍馍了。春秋距今两千多年了,陕北的文化很古老,就像黄河。譬如,陕北话中有好些很文的字眼:"喊"不说"喊",要说"呐喊";香菜,叫芫荽;"骗人"也不说"骗人",叫作"玄谎"……连最没文化的老婆儿也会用"酝酿"这词儿。开社员会时,黑压压坐了一窑人,小油灯冒着黑烟,四下里闪着烟袋锅的红光。支书念完了文件,喊一声:"不敢睡!大家讨论个一下!"人群中于是息了鼾声,不紧不慢地应着:"酝酿酝酿了再……"这"酝酿"二字使人想到那儿确是革命圣地,老乡们还记得当年的好作风。可在我们插队的那些年里,"酝酿"不过是一种习惯了的口头语罢了。乡亲们说"酝酿"的时候,心里也明白:球是不顶!可支书让发言,大伙总得有个说的;支书也是难,其实那些政策条文早已经定了。最后,支书再喊一声:"同意啊不?"大伙回答:"同意——"然后回窑睡觉。

　　那天,队长把一碗"子推"放在炕沿上,让我吃。他也坐在炕沿上,"吧嗒吧嗒"地抽烟。"子推"浮头用的是头两荏面,很白;里头都是黑面,麸子全磨了进去。队长看着我吃,不言语。临走时,他吹吹烟锅儿,说:"唉!'心儿'家不容易,离家远。""心儿"就是孩子的意思。

　　队里再开会时,队长提议让我喂牛。社员们都赞成。"年轻后生家,不敢让腰腿作下病,好好价把咱的牛喂上!"老老小小见了我都这么说。在那个地方,担粪、砍柴、挑水、清明磨豆腐、端午做凉粉、出麻油、打窑洞……全靠自己动手。腰腿可是劳动的本钱;唯一能够代替人力的牛筒直是宝贝。老乡把喂牛这样的机要工作交给我,我心里很感动,嘴上却说不出什么。农民们不看嘴,看手。

　　我喂十头,破老汉喂十头,在同一个饲养场上。饲养场建在村子的最高处,一片平地,两排牛棚,三眼堆放草料的破石窑。清平河水整日价"哗哗啦啦"的,水很浅,在村前拐了一个弯,形成了一个水潭。河湾的一边是石崖,另一边是一片开阔的河滩。夏天,村里的孩子们光着屁股在河滩上折腾,往水潭里"扑通扑通"地跳,有时候捉到一只鳖,又笑又嚷,闹翻了天。破老汉坐在饲养场前面的窑顶上看着,一袋接一袋地抽烟。

"'心儿'家不晓得愁,"他说,然后就哑着个嗓子唱起来:"提起那家来,家有名,家住在绥德三十里铺村……"破老汉是绥德人,年轻时打短工来到清平湾,就住下了。绥德出打短工的,出石匠,出说书的,那地方更穷。

绥德还出吹手。农历年夕前后,坐在饲养场上,常能听到那欢乐的唢呐声。那些吹手也有从米脂、佳县来的,但多数是绥德人。他们到处串,随便站在谁家窑就吹上一阵。如果碰巧那要娶媳妇,他们就被推去,"呜哩哇啦"地吹一天,吃一天好饭。要是运气不好,吹完了,就只能向人家要一点吃的或钱。或多或少,家家都给,破老汉尤其给得多。他说:"谁也有难下的时候"。原先,他也干过那营生,吃是能吃饱,可是常要受冻,要是没人请,夜里就得住寒窑。"揽工人儿难,哎哟,揽工人儿难;正月里上工十月里满,受的牛马苦,吃的猪狗饭……"他唱着,给牛添草。破老汉一肚子歌。

小时候就知道陕北民歌。到清平湾不久,干活歇下的时候我们就请老乡唱,大伙都说破老汉爱唱,也唱得好。"老汉的日子熬煎咧,人愁了才唱得好山歌。"确实,陕北的民歌多半都有一种忧伤的调子。但是,一唱起来,人就快活了。有时候赶着牛出村,破老汉憋细了嗓子唱《走西口》,"哥哥你走西口,小妹妹也难留,手拉着哥哥的手,送哥到大门口。走路你走大路,再不要走小路,大路上人马多,来回解忧愁……"场院的婆姨、女子们嘻嘻哈哈地冲我嚷,"让老汉儿唱个《光棍哭妻》嘛,老汉儿唱得可美!"破老汉只做没听见,调子一转,唱起了《女儿嫁》:"一更里叮当响,小哥哥进了我的绣房,娘问女孩儿什么响,西北风刮得门栓响嘛哎哟……"往下的歌词就不宜言传了。我和老汉赶着牛走出很远了,还听见婆姨、女子们在场院上骂。老汉冲我眨眨眼,撅一条柳条,赶着牛,唱一路。

破老汉只带着个七八岁的小孙女过。那孩子小名儿叫"留小儿"。两口人的饭常是她做。

把牛赶到山里,正是响午。太阳把黄土烤得发红,要冒火似的。草丛里不知名的小虫子"磁——磁——"地叫。群山也显得疲乏,无精打采地互相挨靠着。方圆十几里内只有我和破老汉,只有我们的吆牛声。哪儿有泉水,破老汉都知道:几镢头挖成一个小土坑,一会儿坑里就积起了水。细珠似的小气泡一串串地往上冒,水很小,又凉又甜。"你看下我来,我也看下你……"老汉喝水,抹抹嘴,扯着嗓子又唱一句。不知道他又想起了什么。

夏天拦牛可不轻闲,好草都长在田边,离庄稼很近。我们东奔西跑地吆喝着,骂着。破老汉骂牛就像骂人,爹、娘、八辈祖宗,骂得那么亲热。稍不留神,哪个狡猾的家伙就会偷吃了田苗。最讨厌的是破老汉喂的那头老黑牛,称得上是"老谋深算"。它能把野草和田苗分得一清二楚。它假装吃着田边的草,慢慢接近田苗,低着头,眼睛却溜着我。我看着它的时候,田苗离它再近它也不吃,一副廉洁奉公的样儿;我刚一回头,它就趁机啃倒一棵玉米或高粱,调头便走。我识破了它的诡计,它再接近田苗时,假装不看它,等它确信无虞把舌头伸向禁区之际,我才大吼一声。老家伙趔趔趄趄地后退,既惊慌又愧悔,那样子倒有点可怜。

陕北的牛也是苦,有时候看着它们累得草也不想吃,"呼嗵呼嗵"喘粗气,身子都跟着晃,我真害怕它们趴架。尤其是当年那些牛争抢着去舔地上渗出的盐碱的时候,真觉得造物主太不公平。我几次想给它们买些盐,但自己嘴又馋,家里寄来的钱都买鸡蛋吃了。

每天晚上,我和破老汉都要在饲养场上呆到十一、二点,一遍遍给牛添草。草添得要勤,每次不能太多。留小儿跟在老汉身边,寸步不离。她的小手绢里总包两块红薯或一把玉米粒。破老汉用牛吃剩下的草疙节打起一堆火,干的"噼噼啪啪"响,湿的"磁磁"冒烟。火光照亮了饲养场,照着吃草的牛,四周的山显得更高,黑魆魆的。留小儿把红薯或玉米埋在烧尽的草灰里;如果是玉米,就得用树枝拨来拨去,"啪"地一响,爆出了一个玉米花。那是山里娃最好的零嘴儿了。

留小儿没完没了地问我北京的事。"真个是在窑里看电影?""不是窑,是电影院。""前回你说是窑里。""噢,那是电视。一个方匣匣,和电影一样。"她歪着头想,大约想象不出,又问起别的。"啥时想吃肉,就吃?""嗯。""玄谎!""真的。""成天价想吃呢?""那就成天价吃。"这些话她问过好多次了,也知道我怎么回答,但还是问。"你说北京人都不爱吃白肉?"她觉得北京人不爱吃肥肉,很奇怪。她仰着小脸儿,望着天上的星星;北京的神秘,对她来说,不亚于那道银河。

"山里的娃娃什么也解①不开",破老汉说。破老汉是见过世面的,他三七年就入了党,跟队伍一直打到广州。他常常讲起广州:霓虹灯成宿地点着、广州人连蛇也吃、到处是高楼、楼里有电梯……留小儿听得觉也不睡。我说:"城里人也不懂得农村的事呢。""城里人解开个狗吗?"留小儿问,"咯咯"地笑。她指的是我们刚到清平湾的时候,被狗追得满村跑。"学生价连犍牛和生牛也解不开",留小儿说着去摸摸正在吃草的牛,一边数叨:"红犍牛、猴②犍牛、花生牛……爷!老黑牛怕是难活③下了,不肯吃!""它老了,熬了④。"老汉说。山里的夜晚静极了,只听得见牛吃草的"沙沙"声,蛐蛐叫,有时远处还传来狼嗥。破老汉有把破胡琴,"吱吱嘎嘎"地拉起来,唱:"一九头上才立冬,阎王领兵下河东,幽州困住杨文广,年太平,金花小姐领大兵,……"把历史唱了个颠三倒四。

留小儿最常问的还是天安门。"你常去天安门?""常去。""常能照着⑤毛主席?""哪的来,我从来没见过。""咦?!他就生⑥在天安门上,你去了会照不着?"她大概以为毛主席总站在天安门上,像画上画的那样。有一回她趴在我耳边说:"你冬里回北京把我引上行不?"我说:"就怕你爷爷不让,""你跟他说说嘛,他可相信你说的了。盘缠我有。""你哪儿来的钱?""卖鸡蛋的钱,我爷爷不要,都给了我,让我买裥裥儿的。""多少?""五块!""不够。""嘻——我哄你,看,八块半!"她掏出个小布包,打开,有两张一块的,其余全是一毛、两毛的。那些钱大半是我买了鸡蛋给破老汉的。平时实在是饿得够呛想解解馋,也就是买几个鸡蛋。我怎么跟留小儿说呢?我真想冬天回家时把她带上。可就在那年冬天,我病厉害了。

其实,喂牛没什么难的,用破老汉的话说,只要勤谨,肯操心就行。喂牛,苦不重⑦,就是熬人,夜里得起来好几趟,一年到头睡不成个囫囵觉。冬天,半夜从热被窝里爬出

---

① 解:陕北方言中读 hai。
② 猴:小。
③ 活:病。
④ 熬:累。
⑤ 照着:望见。
⑥ 生:住。
⑦ 苦不重:活儿不重。

来的滋味可不是好受的。尤其五更天给牛拌料,牛埋下头吃得香,我坐在牛槽边的青石板上能睡好几觉。破老汉在我耳边叨唠:黑市的粮价又涨了、合作社来了花条绒、留小儿的袄烂得露了花……我"哼哼哈哈"地应着,刚梦见全聚德的烤鸭,又忽然掉进了什刹海的冰窟窿,打了个冷颤醒了,破老汉还没唠叨完。"要不回窑睡去吧,二次料我给你拌上,"老汉说。天上划过一道亮光,是流星。月亮也躲进了山谷。星星和山峦,不知是谁望着谁,或者谁忘了谁,"这营生不是后生家做的,后生家正是好睡觉的时候,"破老汉说,然后"唉,唉——"地发着感慨。我又迷迷糊糊地入了梦乡。

碰上下雨下雪,我们俩就躲进牛棚。牛棚里尽是粪尿,连个盹的地方也没有。那时候我的腿和腰就总酸疼。"倒运的天"!破老汉骂,然后对我说:"北京够咋美,偏来这山沟沟里作什么嘛。""您那时候怎么没留在广州?"我随便问。他抓抓那几根黄胡子,用烟锅儿在烟荷包里不停地剜,瞪着眼睛愣半天,说:"咋!让你把我问着了,我也不晓得咋价日鬼的。"然后又愣半天,似乎回忆着到底是什么原因。"唉,毯毛擀不成个毡,山里人当不成个官。"他说,"我那阵儿要是不回来,这阵儿也住上洋楼了,也把警卫员带上了。山里人憨着咧,只要打罢了仗就回家,哪搭儿也不胜窑里好。毯!要不,我的留小儿这阵儿还愁穿不上个条绒袄儿?"

每回家里给我寄钱来,破老汉总嚷着让我请他抽纸烟。"行!"我说:"'牡丹'的怎么样?""唏——'黄金叶'的就拔尖了!""可有个条件,"我凑到他耳边,"得给'后沟里的'送几根去。""憨娃娃!"他骂。"后沟里的"指的是住在后沟里的一个寡妇,比破老汉小十九岁,村里人都知道那寡妇对破老汉不错。老汉抽着纸烟,望着远处。我也唱一句:"你看下我来,我也看下你……"递给他几根纸烟,向后沟的方向示意。他不言传,笑眯眯地不知道想了什么。末了,他把几根纸烟装进烟荷包,说:"留小儿大了嫁到北京去呀!"说罢笑笑,知道那是不沾边儿的事。

在后山上拦牛的时候,远远地望着后沟里的那眼土窑洞,我问破老汉:"那婆姨怎么样?""亮亮妈,人可好。"他说。我问:"那你干嘛不跟她过?""唏——老了老了还……"他打岔,"算了吧!"我说:"那你夜里常往她窑里跑。"我其实是开玩笑。"咦!不敢瞎说!"他装得一本正经。我诈他:"我都看见了,你还不承认!"他不言传了,尴尬地笑着。其实我什么也没看见。

破老汉望着山脚下的那眼窑洞。窑前,亮亮妈正费力地劈着一疙瘩树根;一个男孩子帮着她劈,是亮亮。"我看你就把她娶了吧,她一个人也够难的。再说就有人给你缝衣裳了。""唉,丢下留小儿谁管?""一搭里过嘛!""她的亮亮也娇惯得危险①,留小儿要受气呢。后妈总不顶亲的。""什么后妈,留小儿得管她叫奶奶了。""还不一样?"山里没人,我们敞开了说。亮亮家的窑顶上冒起了炊烟。老汉呆呆地望着,一缕蓝色的轻烟在山沟里飘绕。小学校放学的钟声"当当"地敲响了。太阳下山了,收工的人们扛着锄头在暮霭中走。拦羊的也吆喝着羊群回村了,大羊喊,小羊叫,"咩咩"地响成一片。老汉还是呆呆地坐着,闷闷地抽烟。他分明是心动了,可又怕对不起留小儿。留小儿的大②死得惨,平时谁也不敢向破老汉问起这事,据说,老汉一想起就哭,自己打自己的嘴巴。听说,都是因为破老汉舍不得给大夫多送些礼,把儿子的病给耽误了;其实,送十来斤米

---

① 危险:严重、厉害之意。
② 大:爹。

或者面就行。那些年月啊!

秋天,在山里拦牛简直是一种享受。庄稼都收完了,地里光秃秃的,山洼、沟掌里的荒草却长得茂盛。把牛往沟里一轰,可以躺在沟门上睡觉;或是把牛赶上山,在山下的路口上坐下,看书。秋山的色彩也不再那么单调:半崖上小灌木的叶子红了,杜梨树的叶子黄了,酸枣棵子缀满了珊瑚珠似的小酸枣……尤其是山坡上绽开了一丛丛野花,淡蓝色的,一丛挨着一丛,雾蒙蒙的。灰色的小田鼠从黄土坷垃后面探头探脑;野鸽子从悬崖上的洞里钻出来,"扑楞楞"飞上天;野鸡"咕咕嘎嘎"地叫,时而出现在崖顶上,时而又钻进了草丛……我很奇怪,生活那么苦,竟然没人逮食这些小动物。也许是因为没有枪,也许是因为这些鸟太小也太少,不过多半还是因为别的。譬如:春天燕子飞来时,家家都把窗户打开,希望燕子到窑里来做窝;很多家窑里都住着一窝燕儿,没人伤害它们。谁要是说燕子的肉也能吃,老乡们就会露出惊讶的神色,瞪你一眼:"咦!燕儿嘛!"仿佛那无异于亵渎了神灵。

种完了麦子,牛就都闲下了,我和破老汉整天在山里拦牛。老汉闲不着,把牛赶到地方,跟我交代几句就不见了。有时忽然见他出现在半崖上,奋力地劈砍着一棵小灌木。吃的难,烧的也难,为了一把柴,常要爬上很高很陡的悬崖。老汉说,过去不是这样,过去人少,山里的好柴砍也砍不完,密密匝匝的,人也钻不进去。老人们最怀恋的是红军刚到陕北的时候,打倒了地主,分了地,单干。"才红了①那阵儿,吃也有得吃,烧也有得烧,这咋会儿,做过啦②!"老乡们都这么说。真是,"这咋会儿",迷信活动倒死灰复燃。有一回,传说从黄河东来了神神,有些老乡到十几里外的一个破庙去祷告,许愿。破老汉不去。我问他为什么,他皱着眉头不说,又哼哼起《山丹丹开花红艳艳》。那是才红了那阵儿的歌。过了半天,使劲磕磕烟袋锅,叹了口气:"都是那号婆姨闹的!""哪号?"我有点明知故问。他用烟袋指指天,摇摇头,撇撇嘴:"那号婆姨,我一照就晓得……"如此算来,破老汉反"四人帮"要比"四·五"运动早好几年呢!

在山里,有那些牛作伴,即便剩我一个人,也并不寂寞。我半天半天地看着那些牛,它们的一举一动都意味着什么,我全懂。平时,牛不爱叫,只有奶着犊子的生牛才爱叫。太阳偏西,奶着犊儿的生牛就急着要回村了,你要是不让它回,它就"哞——哞——"地叫个不停,急得团团转,无心再吃草。有一回,我在山洼洼里,睡着了,醒来太阳已经挨近了山顶。我和破老汉吆起牛回村,忽然发现少了一头。山里常有被雨水冲成的暗洞,牛踩上就会掉下去摔坏。破老汉先也一惊,但马上看明白,说:"没麻搭,它想儿了,回去了。"我才发现,少了的是一头奶犊儿的生牛。离村老远,就听见饲养场上一声声牛叫了,儿一声,娘一声,似乎一天不见,母子间有说不完的贴心话。牛不老③在母亲肚子底下一下一下地撞,吃奶,母牛的目光充满了温柔、慈爱,神态那么满足,平静。我喜欢那头母牛,喜欢那只牛不老。我最喜欢的是一头红犍牛,高高的肩峰,腰长腿壮,单套也能拉得动大步犁。红犍牛的犄角长得好,又粗又长,向前弯去;几次碰上邻村的牛群,它都把对方的首领顶得败阵而逃。我总是多给它拌些料,犒劳它。但它不是首领。最讨厌的还是那头老黑牛,不仅老奸巨猾,而且专横跋扈,双套它也会气喘吁吁,却占着首领的

---

① 才红了:指红军刚到陕北。
② 做过啦:弄糟了。
③ 牛不老:牛犊。

位置。遇到外"部落"的首领,它倒也勇敢,但不下两个回合,便跑得比平时都快了。那头老生牛就好,虽然比老黑牛还老,却和蔼得很,再小的牛冲它伸伸脖子,它也会耐心地为之舔毛……和牛在一起,也可谓其乐无穷了,不然怎么办呢?方圆十几里内看不见一个人,全是山。偶尔有拦羊的从山梁上走过,冲我呐喊两声。黑色的山羊在陡峭的岩壁上走,如走平地,远远看去像是悬挂着的棋盘;白色的绵羊走在下边,是白棋子。山沟里有泉水,渴了就喝,热了就脱个精光,洗一通。那生活倒是自由自在,就是常常饿肚子。

破老汉有个弟弟,我就是顶替了他喂牛的。据说那人奸猾,偷牛料;头几年还因为投机倒把坐过县大狱。我倒不觉得那人有多坏,他不过是蒸了白馍跑到几十里外的水站上去卖高价,从中赚出几升玉米、高粱米。白面自家舍不得吃。还说他捉了乌鸦,做熟了当鸡卖,而且白馍里也掺了假。破老汉看不上他弟弟,破老汉佩服的是老老实实的受苦人。

一阵山歌,破老汉担着两捆柴回来了。"饿了吧?"他问我。"我把你的干粮吃了,"我说。"吃得下那号干粮?"他似乎感到快慰,他"哼哼唉唉"地唱着,带我到山背洼里的一棵大杜梨树下。"咋吃!"他说着爬上树去。他那年已经五十六岁了,看上去还要老,可爬起树来却比我强。他站在树上,把一权权结满了杜梨的树枝撅下来,扔给我。那果实是古铜色的,小指盖儿大小,上面有黄色的碎斑点,酸极了,倒牙。老汉坐在树权上吃,又唱起来:"对面价沟里流河水,横山里下来些游击队……"那是《信天游》。老汉大约又想起了当年。他说他给刘志丹抬过棺材,守过灵。别人说他是吹牛。破老汉有时是好吹吹牛。"牵牛牛开花羊跑春,二月里见罢到如今……"还是《信天游》。我冲他喊:"不是夜来黑喽①才见罢吗?""憨娃娃,你还不赶紧寻个婆姨?操心把'心儿'耽误下!"他反唇相讥。"'后沟里的'可会迷男人?""咦!亮亮妈,人可好!""这两捆柴,敢是给亮亮妈砍的吧?""谁情愿要,谁扛去。"这话是真的,老汉穷,可不小气。

有一回我半夜起来去喂牛,借着一缕淡淡的月光,摸进草窑。刚要揽草,忽然从草堆里站起两个人来,吓得我头皮发麻,不禁喊了一声,把那两个人也吓得够呛。一个岁数大些的连忙说:"别怕,我们是好人。"破老汉提着个马灯跑了过来,以为是有了狼。那两个人是瞎子说书的,从绥德来。天黑了,就摸进草窑,睡了。破老汉把他们引回自家窑里,端出剩干粮让他们吃。陕北有句民谣:"老乡见老乡,两眼泪汪汪。"老汉和两个瞎子长吁短叹,唠了一宿。

第二天晚上,破老汉操持着,全村人出钱请两个瞎子说了一回书。书说得乱七八糟,李玉和也有,姜太公也有,一会是伍子胥一夜白了头,一会又是主席语录。窑顶上,院墙上,磨盘上,坐得全是人,都听得入神。可说的是什么,谁也含糊。人们听的那么个调调儿。陕北的说书实际是唱,弹着三弦儿,艾艾怨怨地唱,如泣如诉,像是村前汩汩而流的清平河水。河水上跳动着月光。满山的高粱、谷子被晚风吹得"沙沙"响,时不时传来一阵响亮的驴叫。破老汉搂着留小儿坐在人堆里,小声跟着唱。亮亮妈带着亮亮坐在窑顶上,穿得齐齐整整。留小儿在老汉怀里睡着了,她本想是听完了书再去饲养场上爆玉米花的,手里攥着那个小手绢包儿。山村里难得热闹那么一回。

我倒宁愿去看牛顶架,那实在也是一项有益的娱乐,给人一种力量的感受,一种拼搏的激励。我对牛打架颇有研究。二十头牛(主要是那十几头犍牛、公牛)都排了座

---

① 夜来黑喽:昨天晚上。

次，当然不是以姓氏笔划为序，但究竟根据什么，我一开始也糊涂。我喂的那头最壮的红犍牛却敬畏破老汉喂的那头老黑牛。红犍牛正是年轻力壮的时候，肩峰上的肌肉像一座小山，走起路来步履生风，而老黑牛却已显出龙钟老态，也瘦，只剩了一副高大的骨架。然而，老黑牛却是首领。遇上有哪头母牛发了情，老黑牛便几乎不吃不喝地看定在那母牛身旁，绝不允许其他同性接近。我几次怂恿红犍牛向它挑战，然而只要老黑牛晃晃犄角，红犍牛便慌忙躲开。我实在憎恨老黑牛的狂妄、专横，又为红犍牛的怯懦而生气。后来我才知道，牛的排座次是根据每年一度的角斗，谁夺了魁，便在这一年中被尊崇为首领，享有"三宫六院"的特权，即便它在这一年中变得病弱或衰老，其它的牛也仍为它当年的威风所震慑，不敢贸然不恭。习惯势力到处在起作用。可是，一开春就不同了，闲了一冬，十几头犍牛、公牛都积攒了气力，是重新较量、争魁的时候了。"男子汉"们各自权衡了对手和自己的实力，自然地推举出一头（有时是两头）体魄最大，实力最强的新秀，与前冠军进行决赛。那年春天，我的红犍牛处在新秀的位置上，开始对老黑牛有所怠慢了。我悄悄促成它们决斗，把它们引到开阔的河滩上去（否则会有危险）。这事不能让破老汉发觉，否则他会骂。一开始，红犍牛仍有些胆怯，老黑牛尚有余威。但也许是春天的母牛们都显得愈发俊俏吧，红犍牛终于受不住异性的吸引或是轻蔑，"哞——哞——"地叫着向老黑牛挑战了。它们拉开了架势，对峙着，用蹄子刨土，瞪红了眼睛，慢慢地接近，接近……猛地扭打到一起。这时候需要的是力量，是勇气。犄角的形状起很大作用，倘是两支粗长而向前弯去的角，便极有利，左右一晃就会顶到对方的虚弱处，然而，红犍牛和老黑牛都长了这样两支角。这就要比机智了。前冠军毕竟老朽了，过于相信自己的势力和威风，新秀却认真、敏捷。红犍牛占据了有利地形（站在高一些的地方比较有利），逼得老黑牛步步退却，只剩招架之功。红犍牛毫不松懈，瞅准机会把头一低，一晃一冲，顶到了对方的脖子。老黑牛转身败走，红犍牛追上去再给老首领的屁股上加一道失败的标记。第一回合就此结束。这样的较量通常是五局三胜制或九局五胜制。新秀连胜几局，元老便自愿到一旁回忆自己当年的骁勇去了。

为了这事，破老汉阴沉着脸给我看。我笑嘻嘻地递过一根纸烟去。他抽着烟，望着老黑牛屁股上的伤痕，说："它老了呀！它救过人的命……"

据说，有一年除夕夜里，家家都在窑里喝米酒，吃油馍，破老汉忽然听见牛叫、狼嗥。他想起了一头出生不久的牛不老，赶紧跑到牛棚。好家伙，就见这黑牛把一只狼顶在墙旮旯里，黑牛的脸被狼抓得流着血，但它一动不动，把犄角牢牢地插进了狼的肚子。老汉打死了那只狼，卖了狼皮，全村人抽了一回纸烟。

"不，不是这。"破老汉说，"那一年村里的牛死的死、杀的杀（他没说是哪年），快光了。全凭好歹留下来的这头黑牛和那头老生牛，村里的牛才又多起来。全靠了它，要不全村人倒运吧！"破老汉摸摸老黑牛的犄角。他对它分外敬重。"这牛死了，可不敢吃它的肉，得埋了它。"破老汉说。

可是，老黑牛最终还是被人拖到河滩上杀了。那年冬天，老黑牛不小心踩上了山坡上的暗洞，摔断了腿。牛被杀的时候要流泪，是真的。只有破老汉和我没有吃它的肉。那天村里处处飘着肉香。老汉呆坐在老黑牛空荡荡的槽前，只是一个劲抽烟。

我至今还记得这么件事：有天夜里，我几次起来给牛添草，都发现老黑牛站着，不卧下。别的牛都累得早早地卧下睡了，只有它喘着粗气，站着。我以为它病了。走进牛棚，摸摸它的耳朵，这才发现，在它肚皮底下卧着一只牛不老。小牛犊正睡得香，响着均匀的鼾声。牛棚很窄,各有各的"床位",如果老黑牛卧下,就会把小牛犊压坏。我把小牛犊赶开(它睡的是"自由床位"),老黑牛"噗通"一声卧倒了。它看着我,我看着它。它一定是感激我了,它不知道谁应该感激它。

那年冬天我的腿忽然用不上劲儿了,回到北京不久,两条腿都开始萎缩。

住在医院里的时候,一个从陕北回京探亲的同学来看我,带了乡亲们捎给我的东西:小米、绿豆、红枣儿、芝麻……我认出了一个小手绢包儿,我知道那里头准是玉米花。

那个同学最后从兜里摸出一张十斤的粮票,说是破老汉让他捎给我的。粮票很破,溃透了油污,中间用一条白纸相连。

"我对他说这是陕西省通用的。在北京不能用,破老汉不信,说:'咦!你们北京就那么高级?我卖了十斤好小米换来的,咋啦不能用?!'我只好带给你。破老汉说你治病时会用得上。"

唔,我记得他儿子的病是怎么耽误了的,他以为北京也和那儿一样。

十年过去了。前年留小儿来了趟北京,她真的自个儿攒够了盘缠!她说这两年农村的生活好多了,能吃饱,一年还能吃好多回肉。她说,黑肉①真的还是比白肉好吃些。

"清平河水还流吗?"我糊里巴涂地这样问。

"流哩嘛!"留小儿"咯咯"地笑。

"我那头红犍牛还活着吗?"

"在哩!老下了。"

我想象不出我那头浑身是劲儿的红犍牛老了会是什么样,大概跟老黑牛差不多吧,既专横又慈爱……

留小儿给他爷爷买了把新二胡。自己想买台缝纫机可没买到。

"你爷爷还爱唱吗?"

"一天价瞎唱。"

"还唱《走西口》吗?"

"唱。"

"《揽工调》呢?"

"什么都唱。"

"不是愁了才唱吗?"

"咦?!谁说?"

关于民歌产生的原因,还是请音乐家和美学家们去研究吧。我只是常常记起牛群在土地上舔食那些渗出的盐的情景,于是就又想起破老汉那悠悠的山歌:"崖畔上开花崖畔上红,受苦人过得好光景……"如今,"好光景"已不仅仅是"受苦人"的一种盼望了。老汉唱的本也不是崖畔上那一缕残阳的红光,而是长在崖畔上的一种野花,叫山丹丹,红的,年年开。

哦,我的白老汉,我的牛群,我的遥远的清平湾……

(原载《青年文学》1983年第1期)

---

① 黑肉:瘦肉或精肉。白肉:肥肉。

棋 王

阿 城

第一章

一

车站是乱得不能再乱,成千上万的人都在说话。谁也不去注意那条临时挂起来的大红布标语。这标语大约挂了不少次,字纸都折得有些坏。喇叭里放着一首又一首的语录歌儿,唱得大家心更慌。

我的几个朋友,都已被我送走插队,现在轮到我了,竟没有人来送。父母生前颇有些污点,运动一开始即被打翻死去。家具上都有机关的铝牌编号,于是统统收走,倒也名正言顺。我虽孤身一人,却算不得独子,不在留城政策之内。我野狼似的转悠一年多,终于还是决定要走。此去的地方按月有二十几元工资,我便很向往,争了要去,居然就批准了。因为所去之地与别国相邻,斗争之中除了阶级,尚有国际,出身孬一些,组织上不太放心。我争得这个信任和权利,欢喜是不用说的,更重要的是,每月二十几元,一个人如何用得完?只是没人来送,就有些不耐烦,于是先钻进车厢,想找个地方坐下,任凭站台上千万人话别。

车厢里靠站台一面的窗子已经挤满各校的知青,都探出身去说笑哭泣。另一面的窗子朝南,冬日的阳光斜射进来,冷清清地照在北边儿众多的屁股上。两边儿行李架上塞满了东西。我走动着找我的座位号,却发现还有一个精瘦的学生孤坐着,手拢在袖管儿里,隔窗望着车站南边儿的空车皮。

我的座位恰与他在一个格儿里,是斜对面儿,于是就坐下了,也把手拢在袖里。那个学生瞄了我一下,眼里突然放出光来,问:"下棋吗?"倒吓了我一跳,急忙摆手说:"不会!"他不相信地看着我说:"这么细长的手指头,就是个捏棋子儿的,你肯定会。来一盘吧,我带来家伙呢。"说着就抬身从窗钩上取下书包,往里掏着。我说:"我只会马走日,象走田。你没人送吗?"他已把棋拿出来,放在茶几上。塑料棋盘却搁不下,他想了想,就横摆了,说:"不碍事,一样下。来来来,你先走。"我笑起来,说:"你没人送吗?这么乱,下什么棋?"他一边码好最后一个棋子,一边说:"我他妈要谁送?去的是有饭吃的地方,闹得这么哭哭啼啼的。来,你先走。"我奇怪了,可还是拈起炮,往当头上一移。我的棋还没移到,他的马却"啪"的一声跳好,比我还快。我就故意将炮移过当头的地方停下。他很快地看了一眼我的下巴,说:"你还说不会?这炮二平六的开局,我在郑州遇见一个高人,就是这么走,险些输给他。炮二平五当头炮,是老开局,可有气势,而且是最稳的。嗯?你走。"我倒不知怎么走了,手在棋盘上游移着。他不动声色地看着整个棋盘，又把手袖起来。

就在这时，车厢乱了起来。好多人拥进来，隔着玻璃往外招手。我就站起身，也隔着玻璃往北看月台上。站上的人都拥到车厢前，都在叫，乱成一片。车身忽地一动，人群"嗡"地一下，哭声四起。我的背被谁捅了一下，回头一看，他一手护着棋盘，说："没你这么下棋的，走哇！"我实在没心思下棋，而且心里有些酸，就硬硬地说："我不下了。这是什么时候！"他很惊愕地看看我，忽然像明白了，身子软下去，不再说话。

车开了一会儿，车厢开始平静下来。有水送过来，大家就掏出缸子要水。我旁边的人打了水，说："谁的棋？收了放缸子。"他很可怜的样子，问："下棋吗？"要放缸的人说："反正没意思，来一盘吧。"他就很高兴，连忙码好棋子。对手说："这横着算怎么回事儿？没法儿看。"他搓着手说："凑合了，平常看棋的时候，棋盘不等于是横着的？你先走。"对手很老练地拿起棋子儿，嘴里叫着："当头炮。"他跟着跳上马。对手马上把他的卒吃了，他也立刻用马吃了对方的炮。我看这种简单的开局没有大意思，又实在对象棋不感兴趣，就转了头。

这时一个同学走过来，像在找什么人，一眼望到我，就说："来来来，四缺一，就差你了。"我知道他们是在打牌，就摇摇头。同学走到我们这一格，正待伸手拉我，忽然大叫："棋呆子，你怎么在这儿？你妹妹刚才把你找苦了，我说没见啊。没想到你在我们学校这节车厢里，气儿都不吭一声。你瞧你瞧，又下上了。"

棋呆子红了脸，没好气地说："你管天管地，还管我下棋？走，该你走了。"就又催促我身边的对手。我这时听出点音儿来，就问同学："他就是王一生？"同学睁了眼，说："你不认识他？唉呀，你白活了。你不知道棋呆子？"我说："我知道棋呆子就是王一生，可不知道王一生就是他。"说着，就仔细看着这个精瘦的学生。王一生勉强笑一笑，只看着棋盘。

王一生简直大名鼎鼎。我们学校与旁边几个中学常常有学生之间的象棋厮杀，后来拼出几个高手。几个高手之间常摆擂台，渐渐地，几乎每次冠军就都是王一生了。我因为不喜欢象棋，也就不去关心什么象棋冠军，但王一生的大名，却常被班上几个棋篓子供在嘴上，我也就对其事迹略闻一二，知道王一生外号棋呆子，棋下得神不用说，而且在他们学校那一年级里数理成绩总是前数名。我想棋下得好而且有个数学脑子，这很合情理，可我又不信人们说的那些王一生的呆事，觉得不过是大家寻逸闻鄙事，以快言论罢了。后来运动起来，忽然有一天大家传说棋呆子在串联时犯了事儿，被人押回学校了。我对棋呆子能出去串联表示怀疑，因为以前大家对他的描述说明他不可能解决串联时的吃喝问题。

可大家说呆子确实去串联了，因为老下棋，被人瞄中，就同他各处走，常常送他一点儿钱，他也不问，只是收下。后来才知道，每到一处，呆子必要挤地头看下棋。看上一盘，必要把输家挤开，与赢家杀一盘。初时大家见他其貌不扬，不与他下。他执意要杀，于是就杀。几步下来，对方出了小汗，嘴却不软。呆子也不说话，只是出手极快，像是连想都不想。待到对方终于闭了嘴，连一圈儿观棋的人也要慢慢思索棋路而不再支招儿的时候，与呆子同行的人就开始摸包儿。大家正看得紧张，哪里想到钱包已经易主？待三盘下来，众人都摸头。这时呆子倒成了棋主，连问可有谁还要杀？有那不服的，就坐下来杀，最后仍是无一盘得利。

后来常常是众人齐做一方，七嘴八舌与呆子对手。呆子也不忙，反倒促众人快走，因为师傅多了,常为一步棋如何走自家争吵起来。就这样,在一处呆子可以连杀上一天。后来有那观棋的人发觉钱包丢了,闹嚷起来。慢慢有几个有心计的人暗中观察,看见有人掏包,也不响,之后见那人晚上来邀呆子走,就发一声喊,将扒手与呆子一齐绑了,由造反队审。呆子糊糊涂涂,只说别人常给他钱,大约是可怜他,也不知钱如何来,自己只是喜欢下棋。审主看他呆相,就命人押了回来,一时各校传为逸事。后来听说呆子认为外省马路棋手高手不多,不能长进,就托人找城里名手近战。有个同学就带他去见自己的父亲,据说是国内名手。名手见了呆子,也不多说,只摆一副据说是宋时留下的残局,要呆子走。呆子看了半晌,一五一十道来,替古人赢了。名手很惊讶,要收呆子为徒。不料呆子却问:"这残局你可走通了?"名手没反应过来,就说:"还未通。"呆子说:"那我为什么要做你的徒弟?"

名手只好请呆子开路,事后对自己的儿子说:"你这同学倨傲不逊,棋品连着人品,照这样下去,棋品必劣。"又举了一些最新指示,说若能好好学习,棋锋必健。后来呆子认识了一个捡烂纸的老头儿,被老头儿连杀三天而仅赢一盘。呆子就执意要替老头儿去撕大字报纸,不要老头儿劳动。不料有一天撕了某造反团刚贴的"檄文",被人拿获,又被这造反团栽诬于对立派,说对方"施阴谋,弄诡计",必讨之,而且是可忍,孰不可忍!对立派又阴使人偷出呆子,用了呆子的名义,对先前的造反团反戈一击。一时呆子的大名"王一生"贴得满街都是,许多外省来取经的革命战士许久才明白王一生原来是个棋呆子,就有人请了去外省会一些江湖名手。交手之后,各有胜负,不过呆子的棋据说是越下越精了。只可惜全国忙于革命,否则呆子不知会有什么造就。

这时我旁边的人也明白对手是王一生,连说不下了。王一生便很沮丧。我说:"你妹妹来送你,你也不知道和家里人说说话儿,倒拉着我下棋!"王一生看看我说:"你哪儿知道我们这些人是怎么回事儿?你们这些人好日子过惯了,世上不明白的事儿多着呢!你家父母大约是舍不得你走了?"我怔了怔,看着手说:"哪儿来父母,都死球了。"我的同学就添油加醋地叙了我一番,我有些不耐烦,说:"我家死人,你倒有了故事了。"王一生想了想,对我说:"那你这两年靠什么活着?"我说:"混一天算一天。"王一生就看定了我问:"怎么混?"我不答。

呆了一会儿,王一生叹一声,说:"混可不易。一天不吃饭,棋路都乱。不管怎么说,你父母在时,你家日子还好过。"我不服气,说:"你父母在,当然要说风凉话。"我的同学见话不投机,就岔开说:"呆子,这里没有你的对手,走,和我们打牌去吧。"呆子笑一笑,说:"牌算什么,瞌睡着也能赢你们。"我旁边儿的人说:"据说你下棋可以不吃饭?"我说:"人一迷上什么,吃饭倒是不重要的事。大约能干出什么事儿的人,总免不了有这种傻事。"王一生想一想,又摇摇头,说:"我可不是这样。"说完就去看窗外。

一路下去,慢慢我发觉我和王一生之间,既开始有互相的信任和基于经验的同情,又有各自的疑问。他总是问我与他认识之前是怎么生活的,尤其是父母死后的两年是怎么混的。我大略地告诉他,可他又特别在一些细节上详细地打听,主要是关于吃。例如讲到有一次我一天没有吃到东西,他就问:"一点儿都没吃到吗?"我说:"一点儿也没有。"他又问:"那你后来吃到东西是在什么时候?"我说:"后来碰到一个同学,他要用书包装很多东西,就把书包翻倒过来腾干净,里面有一个干馒头,掉在地上就碎了。我一边儿和他说话,一边儿就把这些碎馒头吃下去。不过,说老实话,干烧饼比干馒头解饱得多,而且顶时候儿。"他同意我关于干烧饼的见解,可马上又问:"我是说,你吃到这个干馒头的时候是几点?过了当天夜里十二点吗?"我说:"噢,不。是晚上十点吧。"他又问:"那第二天你吃了什么?"我有点儿不耐烦。讲老实话,我不太愿意复述这些事情,尤其是细节。我觉得这些事情总在腐蚀我,它们与我以前对生活的认识太不合辙,总好像是在嘲笑我的理想。我说:"当天晚上我睡在那个同学家。第二天早上,同学买了两个油饼,我吃了一个。上午我随他去跑一些事,中午他请我在街上吃。晚上嘛,我不好意思再在他那儿吃,可另一个同学来了,知道我没什么着落,硬拉了我去他家,当然吃得还可以。怎么样?还有什么不清楚?"他笑了,说:"你才不是你刚才说的什么'一天没吃东西'。你十二点以前吃了一个馒头,没有超过二十四小时。更何况第二天你的伙食水平不低,平均下来,你两天的热量还是可以的。"我说:"你恐怕还是有些呆!要知道,人吃饭,不但是肚子的需要,而且是一种精神需要。不知道下一顿在什么地方,人就特别想到吃,而且,饿得快。"他说:"你家道尚好的时候,有这种精神压力吗?恐怕没有什么精神需求吧?有,也只不过是想好上再好,那是馋。馋是你们这些人的特点。"我承认他说得有些道理,禁不住问他:"你总在说你们、你们,可你是什么人?"他迅速看看其他地方,只是不看我,说:"我当然不同了。我主要是对吃要求得比较实在。唉,不说这些了,你真的不喜欢下棋?何以解忧?唯有象棋。"我瞧着他说:"你有什么忧?"他仍然不看我,"没有什么忧,没有。'忧'这玩意儿,是他妈文人的佐料儿。我们这种人,没有什么忧,顶多有些不痛快。何以解不痛快?唯有象棋。"

我看他对吃很感兴趣,就注意他吃的时候。列车上给我们这几节知青车厢送饭时,他若心思不在下棋上,就稍稍有些不安。听见前面大家拿吃时铝盒的碰撞声,他常常闭上眼,嘴巴紧紧收着,倒好像有些恶心。拿到饭后,马上就开始吃,吃得很快,喉节一缩一缩的,脸上绷满了筋。常常突然停下来,很小心地将嘴边或下巴上的饭粒儿和汤水油花儿用整个儿食指抹进嘴里。若饭粒儿落在衣服上,就马上一按,拈进嘴里。若一个没按住,饭粒儿由衣服上掉下地,他也立刻双脚不再移动,转了上身找。这时候他若碰上我的目光,就放慢速度。吃完以后,他把两只筷子吮净,拿水把饭盒冲满,先将上面一层油花吸净,然后就带着安全到达彼岸的神色小口小口地呷。有一次,他在下棋,左手轻轻地叩茶几。一粒干缩了的饭粒儿也轻轻地小声跳着。他一下注意到了,就迅速将那个饭粒儿放进嘴里,腮上立刻显出筋络。我知道这种干饭粒儿很容易嵌到槽牙里,巴在那儿,舌头是赶它不出的。果然,呆了一会儿,他就伸手到嘴里去抠。终于嚼完,和着一大股口水,"咕"地一声儿咽下去,喉节慢慢地移下来,眼睛里有了泪花。他对吃是虔诚的,而且很精细。有时你会可怜那些饭被他吃得一个渣儿都不剩,真有点儿惨无人道。我在火车上一直看他下棋,发现他同样是精细的,但就有气度得多。他常常在我们还根本看不出已是败局时就开始重码棋子,说:"再来一盘吧。"有的人不服输,非要下完,总觉得被他那样暗示死刑存些侥幸。他也奉陪,用四五步棋逼死对方,说:"非要听'将',有瘾?"

我每看到他吃饭,就回想起杰克·伦敦的《热爱生命》,终于在一次饭后他小口呷汤时讲了这个故事。我因为有过饥饿的经验,所以特别渲染了故事中的饥饿感觉。他不再喝汤,只是把饭盒端在嘴边儿,一动不动地听我讲。我讲完了,他呆了许久,凝视着饭盒里的水,轻轻吸了一口,才很严肃地看着我说:"这个人是对的。他当然要把饼干藏在褥子底下。照你讲,他是对失去食物发生精神上的恐惧,是精神病?不,他有道理,太有道理了。写书的人怎么可以这么理解这个人呢?杰……杰什么?嗯,杰克·伦敦,这个小子他妈真是饱汉子不知饿汉饥。"我马上指出杰克·伦敦是一个如何如何的人,他说:"是呀,不管怎么样,像你说的,杰克·伦敦后来出了名,肯定不愁吃的,他当然会叼着根烟,写些嘲笑饥饿的故事。"我说:"杰克·伦敦丝毫也没有嘲笑饥饿,他是……"他不耐烦地打断我说:"怎么不是嘲笑?把一个特别清楚饥饿是怎么回事儿的人写成发了神经,我不喜欢。"我只好苦笑,不再说什么。可是一没人和他下棋了,他就又问我:"嗯?再讲个吃的故事?其实杰克·伦敦那个故事挺好。"我有些不高兴地说:"那根本不是个吃的故事,那是一个讲生命的故事。你不愧为棋呆子。"大约是我脸上有种表情,他于是不知怎么办好。我心里有一种东西升上来,我还是喜欢他的,就说:"好吧,巴尔扎克的《邦斯舅舅》听过吗?"他摇摇头。我就又好好儿描述一下邦斯舅舅这个老饕。不料他听完,马上就说:"这个故事不好,这是一个馋的故事,不是吃的故事。邦斯这个老头儿若只是吃而不馋,不会死。我不喜欢这个故事。"他马上意识到这最后一句话,就急忙说:"倒也不是不喜欢。不过洋人总和咱们不一样,隔着一层。我给你讲个故事吧。"我马上感了兴趣:棋呆子居然也有故事!他把身体靠得舒服一些,说:"从前哪,"笑了笑,又说:"老是他妈从前,可这个故事是我们院儿的五奶奶讲的。嗯——老辈子的时候,有这么一家子,吃喝不愁。粮食一囤一囤的,顿顿吃多少吃多少,嘿,可美气了。后来呢,娶了个儿媳妇。那真能干,就没说把饭做糊过,不干不稀,特解饱。可这媳妇,每做一顿饭,必抓出一把米来藏好……"听到这儿,我忍不住插嘴:"老掉牙的故事了,还不是后来遇上荒年,大家没饭吃,媳妇把每日攒下的米拿出来,不但自家有了,还分给穷人?"他很惊奇地坐直了,看着我说:"你知道这个故事?可那米没有分给别人,五奶奶没有说分给别人。"我笑了,说:"这是教育小孩儿要节约的故事,你还拿来有滋有味儿地讲,你真是呆子。这不是一个吃的故事。"他摇摇头,说:"这太是吃的故事了。首先得有饭,才能吃,这家子有一囤一囤的粮食。可光穷吃不行,得记着断顿儿的时候,每顿都要欠一点儿。老话儿说'半饥半饱日子长'嘛。"我想笑但没笑出来,似乎明白了一些什么。为了打消这种异样的感触,就说:"呆子,我跟你下棋吧。"他一下高兴起来,紧一紧手脸,啪啪啪就把棋码好,说:"对,说什么吃的故事,还是下棋。下棋最好,何以解不痛快?唯有下象棋。啊?哈哈哈!你先走。"我又是当头炮,他随后把马跳好。我随便动了一个子儿,他很快地把兵移前一格儿。我并不真心下棋,心想他念到中学,大约是读过不少书的,就问:"你读过曹操的《短歌行》?"他说:"什么《短歌行》?"我说:"那你怎么知道'何以解忧,唯有杜康'?"他愣了,问:"杜康是什么?"我说:"杜康是一个造酒的人,后来也就代表酒,你把杜康换成象棋,倒也风趣。"他摆了一下头,说:"啊,不是。这句话是一个老头儿说的,我每回和他下棋,他总说这句。"我想起了传闻中的捡烂纸老头儿,就问:"是捡烂纸的老头儿吗?"他看了我一眼,说:"不是。不过,捡烂纸的老头儿棋下得好,我在他那学到不少东西。"我很感兴趣地问:"这老头儿是个什么人?怎么下得一手好棋还捡烂纸?"他很轻地笑了一下,说:"下棋不当饭。老头儿要吃饭,还得捡烂纸。可不知他以前是什么人。有一回,我抄的几张棋谱不知怎么找不到了,以为当垃圾倒出去了,就到垃圾站去翻。正翻着,这老头儿推着筐过来了,指着我说:'你个大小伙子,怎么抢我的买卖?'我说不是,是找丢了的东西,他问什么东西,我没搭理他。可他问个不停,'钱,存折儿?结婚帖子?'我只好说是棋谱,正说着,就找到了。他说叫他看看。他在路灯底下挺快就看完了,说'这棋没根哪'。我说这是以前市里的象棋比赛。可他说,'哪儿的比赛也没用,你瞧,这叫棋路?狗脑子。'我心想怕是遇上异人了,就问他当怎么走。老头儿哗哗说了一通棋谱儿,我一听,真的不凡,就提出要跟他下一盘。老头让我先说。我们俩就在垃圾站下盲棋,我是连输五盘。老头儿棋路猛听头几步,没什么,可着子真阴真狠,打闪一般,网得开,收得又紧又快。后来我们见天儿在垃圾站下盲棋,每天回去我就琢磨他的棋路,以后居然跟他平过一盘,还赢过一盘。其实赢的那盘我们一共才走了十几步。老头儿用铅丝扒子敲了半天地面,叹一声,'你赢了。'我高兴了,直说要到他那儿去看看。老头儿白了我一眼,说,'撑的?!'告诉我明天晚上再在这儿等他。第二天我去了,见他推着筐远远来了。到了跟前,从筐里取出一个小布包,递到我手上,说这也是谱儿,让我拿回去,看瞧得懂不。又说哪天有走不动的棋,让我到这儿来说给他听听,兴许他就走动了。我赶紧回到家里,打开一看,还真他妈不懂。这是本异书,也不知是哪朝哪代的,手抄,边边角角儿,补了又补。上面写的东西,不像是说象棋,好像是说另外的什么事儿。我第二天又去找老头儿,说我看不懂,他哈哈一笑,说他先给我说一段儿,提个醒儿。他一开说,把我吓了一跳。原来开宗明义,是讲男女的事儿,我说这是四旧。老头儿叹了,说什么是旧?我这每天捡烂纸是不是在捡旧?可我回去把它们分门别类,卖了钱,养活自己,不是新?又说咱们中国道家讲阴阳,这开篇是借男女讲阴阳之气。阴阳之气相游相交,初不可太盛,太盛则折,折就是'折断'的'折'。我点点头。'太盛则折,太弱则泻'。老头儿说我的毛病是太盛。又说,若对手盛,则以柔化之。可要在化的同时,造成克势。柔不是弱,是容,是收,是含。含而化之,让对手入你的势。这势要造,需无为而无不为。无为即是道,也就是棋运之大不可变,你想变,就不是象棋,输不用说了,连棋边儿都沾不上。棋运不可悖,但每局的势要自己造。棋运和势既有,那就可无所不为了。玄是真玄,可细琢磨,是那么个理儿。我说,这么讲是真提气,可这下棋,千变万化,怎么才能准赢呢?老头儿说这就是造势的学问了。造势妙在契机。谁也不走子儿,这棋没法儿下。可只要对方一动,势就可入,就可导。高手你入他很难,这就要损。损他一个子儿,损自己一个子儿,先导开,或找眼钉下,止住他的入势,铺排下自己的入势。这时你万不可死损,势式要相机而变。势势有相因之气,势套势,小势开导,大势含而化之,根连根,别人就奈何不得。老头儿说我只有套,势不太明。套可以算出百步之远,但无势,不成气候。又说我脑子好,有琢磨劲儿,后来输我的那一盘,就是大势已破,再下,就是玩了。老头儿说他日子不多了,无儿无女,遇见我,就传给我吧。我说你老人家棋道这么好,怎么干这种营生呢?老头儿叹了一口气,说这棋是祖上传下来的,但有训——'为棋不为生',为棋是养性,生会坏性,所以生不可太盛。又说他从小没学过什么谋生本事,现在想来,倒是训坏了他。"我似乎听明白了一些棋道,可很奇怪,就问:"棋道与生道难道有什么不同么?"王一生说:"我也是这么说,而且魔怔起来,问他天下大势。老头儿说,棋就是这么几个子儿,棋盘就是这么大,无非是道同势不同,可这子儿你全能看在眼底。天下的事,不知道的太多。这每天的大字报,张张都新鲜,虽看出点道儿,可不能究底。子儿不全摆上,这棋就没法儿下。"

我就又问那本棋谱。王一生很沮丧地说:"我每天带在身上,反复地看。后来你知道,我撕大字报被造反团捉住,书就被他们搜了去,说是四旧,给毁了,而且是当着我的面儿毁的。好在书已在我脑子里,不怕他们。"我就又和王一生感叹了许久。

火车终于到了,所有的知识青年都又被用卡车运到农场。在总场,各分场的人上来领我们。我找到王一生,说:"呆子,要分手了,别忘了交情,有事儿没事儿,互相走动。"他说当然。

第二章

　　这个农场在大山林里,活计就是砍树、烧山、挖坑、再栽树。不栽树的时候,就种点儿粮食。交通不便,运输不够,常常就买不到煤油点灯。晚上黑灯瞎火,大家凑在一起臭聊,天南地北。又因为常割资本主义尾巴,生活就清苦得很,常常一个月每人只有五钱油,吃饭钟一敲,大家就疾跑如飞。大锅菜是先煮后搁油,油又少,只在汤上浮几个大花儿。落在后边,常常就只能吃清水南瓜或清水茄子。米倒是不缺,国家供应商品粮,每人每月四十二斤。可没油水,挖山又不是轻活,肚子就越吃越大。我倒是没有什么,毕竟强似讨吃。每月又有二十几元工薪,家里没有人惦记着,又没有找女朋友,就买了烟学抽,不料越抽越凶。

　　山上活儿紧时,常常累翻,就想:呆子不知怎么干?那么精瘦的一个人。晚上大家闲聊,多是精神会餐。我又想,呆子的吃相可能更恶了。我父亲在时,炒得一手好菜,母亲都比不上他,星期天常邀了同事,专事品尝,我自然精于此道。因此聊起来,常常是主角,说得大家个个儿腮胀,常常发一声喊,将我按倒在地上,说像我这样儿的人实在是祸害,不如宰了炒吃。下雨时节,大家都慌忙上山去挖笋,又到沟里捉田鸡,无奈没有油,常常吃得胃酸。山上总要放火,野兽们都惊走了,极难打到。即使打到,野物们走惯了,没膘,熬不得油。尺把长的老鼠也捉来吃,因鼠是吃粮的,大家说鼠肉就是人肉,也算吃人吧。我又常想,呆子难道不馋?好上加好,固然是馋,其实饿时更馋。不馋,吃的本能不能发挥,也不得寄托。又想,呆子不知还下棋不下棋。我们分场与他们分场隔着近百里,来去一趟不容易,也就见不着。

　　转眼到了夏季。有一天,我正在山上干活儿,远远望见山下小路上有一个人。大家觉得影儿生,就议论是什么人。有人说是小毛的男的吧。小毛是队里一个女知青,新近在外场找了一个朋友,可谁也没见过。大家就议论可能是这个人来找小毛,于是满山喊小毛,说她的汉子来了。小毛丢了锄,跌跌撞撞跑过来,伸了脖子看。还没等小毛看好,我却认出来人是王一生——棋呆子。于是大叫,别人倒吓了一跳,都问:"找你的?"我很得意。我们这队有四个省市的知青,与我同来的不多,自然他们不认识王一生。我这时正代理一个管三四个人的小组长,于是对大家:"散了,不干了。大家也别回去,帮我看看山上可有什么吃的弄点儿。到钟点儿再下山,拿到我那儿去烧。你们打了饭,都过来一起吃。"大家于是就钻进乱草里去寻了。

　　我跳着跑下山,王一生已经站住,一脸高兴的样子,远远地问:"你怎么知道是我?"我到了他跟前说:"远远就看你呆头呆脑,还真是你。你怎么老也不来看我?"他跟我并排走着,说:"你也老不来看我呀!"我见他背上的汗浸出衣衫,头发已是一绺一绺的,一脸的灰土,只有眼睛和牙齿放光,嘴也是一层土,干得起皱,就说:"你怎么摸来的?"他说:"搭一段儿车,走一段儿路,出来半个月了。"我吓了一跳,问:"不到百里,怎么走这么多天?"他说:"回去细说。"

　　说话间已经到了沟底队里。场上几只猪跑来跑去,个个儿瘦得赛狗。还不到下班时间,冷冷清清的,只有队上伙房隐隐传来叮叮当当的声音。

　　到了我的宿舍,就直进去。这里并不锁门,都没有多余的东西可拿,不必防谁。我放了盆,叫他等着,就提桶打热水来给他洗。到了伙房,与炊事员讲,我这个月的五钱油全数领出来,以后就领生菜,不再打熟菜。炊事员问:"来客了?"我说:"可不!"炊事员就打开锁了的柜子,舀一小匙油找了个碗盛给我,又拿了三只长茄子,说:"明天还来打菜吧,从后天算起,方便。"我从锅里舀了热水,提回宿舍。

王一生把衣裳脱了,只剩一条裤衩,呼噜呼噜地洗。洗完后,将脏衣服按在水里泡着,然后一件一件搓,洗好涮好,拧干晾在门口绳上。我说:"你还挺麻利的。"他说:"从小自己干,惯了。几件衣服,也不费事。"说着就在床上坐下,弯过手臂,去挠背后,肋骨一根根动着。我拿出烟来请他抽。他很老练地敲出一支,舔了一头儿,倒过来叼着。我先给他点了,自己也点上。他支起肩深吸进去,慢慢地吐出来,浑身荡一下,笑了,说:"真不错。"我说:"怎么样?也抽上了?日子过得不错呀。"他看看草顶,又看看在门口转来转去的猪,低下头,轻轻拍着净是绿筋的瘦腿,半响才说:"不错,真不错。还说什么呢?粮?钱?还要什么呢?不错,真不错。你怎么样?"他透过烟雾问我。我也感叹了,说:"钱是不少,粮也多,没错儿,可没油哇。大锅菜吃得胃酸。主要是没什么玩儿的,没书,没电影儿。去哪儿也不容易,老在这个沟儿里转,闷得无聊。"他看看我,摇一下头,说:"你们这些人哪!没法儿说,想的净是锦上添花。我挺知足,还要什么呢?你呀,你就叫书害了。你在车上给我讲的两个故事,我琢磨了,后来挺喜欢的。你不错,读了不少书。可是,归到底,解决什么呢?是呀,一个人拼命想活着,最后都神经了,后来好了,活下来了,可接着怎么生活呢?像邦斯那样?有吃,有喝,好收藏个什么,可有个馋的毛病,人家不请吃就活得不痛快。人要知足,顿顿饱就是福。"他不说了,看着自己的脚趾动来动去,又用后脚跟去擦另一只脚的背,吐出一口烟,用手在腿上掸了掸。

我很后悔用油来表示我对生活的不满意,还用书和电影儿这种可有可无的东西表示我对生活的不满足,因为这些在他看来,实在是超出基准线上的东西,他不会为这些烦闷。我突然觉得很泄气,有些同意他的说法。是呀,还要什么呢?我不是也感到挺好了吗?不用吃了上顿惦记着下顿,床不管怎么烂,也还是自己的,不用窜来窜去找刷夜的地方。可是我常常烦闷的是什么呢?为什么就那么想看看随便什么一本书呢?电影儿这种东西,灯一亮就全醒过来了,图个什么呢?可我隐隐有一种欲望在心里,说不清楚,但我大致觉出是关于活着的什么东西。

我问他:"你还下棋吗?"他就像走棋那么快地说:"当然,还用说?"我说:"是呀,你觉得一切都好,干吗还要下棋呢?下棋不多余吗?"他把烟卷儿停在半空,摸了一下脸说:"我迷象棋,一下棋,就什么都忘了。呆在棋里舒服。就是没棋盘,棋子儿,我在心里就能下,碍谁的事儿啦?"我说:"假如有一天不让你下棋,也不许你想走棋的事儿,你觉得怎么样?"他挺奇怪地看着我说:"不可能,那怎么可能?我能在心里下呀!还能把我脑子挖了?你净说些不可能的事儿。"我叹了一口气,说:"下棋这事儿看来是不错。看了一本儿书,你不能老在脑子里过篇儿,老想看看新的。下棋可不一样了,自己能变着花样儿玩。"他笑着对我说:"怎么样,学棋吧?咱们现在吃喝不愁了,顶多是照你说的,不够好,又活不出个大意思来。书你哪儿找去?下棋吧,有忧下棋解。"

我想了想,说:"我实在对棋不感兴趣。我们队倒有个人,据说下得不错。"他把烟屁股使劲儿扔出门外,眼睛又放出光来:"真的?有下棋的?嘿,我真还来对了。他在哪儿?"我说:"还没下班呢。看你急的,你不是来看我的吗?"他双手抱着脖子仰在我的被子上,看着自己松松的肚皮,说:"我这半年,就找不到下棋的。后来想,天下异人多得很,这野林子里我就不信找不到个下棋下得好的。现在我请了事假,一路找人下棋,就找到你这儿来了。"我说:"你不挣钱了?怎么活着呢?"他说:"你不知道,我妹妹在城里分了工矿,挣钱了,我也就不用给家寄那么多钱了。我就想,趁这功夫儿,会会棋手。怎么样?你一会儿把你说的那人找来下一盘?"我说当然,心里一动,就又问他:"你家里到底是怎么个情况呢?"

他叹了一口气,望着屋顶,很久才说:"穷。困难啊!我们家三口儿人,母亲死了,只有父亲、妹妹和我。我父亲嘛,挣得少,按平均生活费的说法儿,我们一人才不到十块。我母亲死后,父亲就喝酒,而且越喝越多,手里有俩钱儿就喝,就骂人。邻居劝,他不是不听,就是一把鼻涕一把泪,弄得人家也挺难过。我有一回跟我父亲说:'你不喝就不行?有什么好处呢?'他说:'你不知道酒是什么玩意儿,它是老爷们儿的觉啊!咱们这日子挺不易,你妈去了,你们又小。我烦哪,我没文化,这把年纪,一辈子这点子钱算是到头儿了。你妈死的时候,嘱咐了,怎么着也要供你念完初中再挣钱。你们让我喝口酒,啊?对老人有什么过不去的,下辈子算吧。'"他看了看我,又说:"不瞒你说,我母亲解放前是窑子里的。后来大概是有人看上了,做了人家的小,也算从良。有烟吗?"我扔过一支烟给他,他点上了,把烟头儿吹得红红的,两眼不错眼珠儿地盯着,许久才说:"后来,我妈又跟人跑了,据说买她的那家欺负她,当老妈子不说,还打。后来跟的这个是什么人,我不知道,我只知道我是我妈跟这个人生的。刚一解放,我妈跟的那个人就不见了。当时我妈怀着我,吃穿无着,就跟了我现在这个父亲。我这个后爹是卖力气的,可临到解放的时候儿,身子骨儿不行,又没文化,钱就挣得少。和我妈过了以后,原指着相帮着好一点儿,可没想到添了我妹妹后,我妈一天不如一天。那时候我才上小学,脑筋好,老师都喜欢我。可学校春游、看电影我都不去,给家里省一点儿是一点儿。我妈怕委屈了我,拖累着个身子,到处找活。有一回,我和我母亲给印刷厂叠书页子,是一本讲象棋的书。叠好了,我妈还没送去,我就一篇一篇对着看。不承想,就看出点儿意思来。于是有空儿就到街上看人家下棋。看了有些日子,就手痒痒,没敢跟家里要钱,自己用硬纸剪了一副棋,拿到学校去下。下着下着就熟了。于是又到街上和别人下。原先我看人家下得挺好,可我这一跟他们真下,还就赢了。一家伙就下了一晚上,饭也没吃。我妈找来了,把我打回去。唉,我妈身子弱,都打不痛我。到了家,她竟给我跪下了,说:'小祖宗,我就指望你了!你若不好好儿念书,妈就死在这儿。'我一听这话吓坏了,忙说:'妈,我没不好好儿念书。您起来,我不下棋了。'我把我妈扶起来坐着。那天晚上,我跟我妈叠页子,叠着叠着,就走了神儿,想着一路棋。我妈叹一口气说,'你也是,看不上电影儿,也不去公园,就玩儿这个棋。唉,下吧。可妈的话你得记着,不许玩儿疯了。功课要是拉下了,我不饶你。我和你爹都不识字儿,可我们会问老师。老师若说你功课跟不上,你再说什么也不行。'我答应了。我怎么会把功课拉下呢?学校的算术,我跟玩儿似的。这以后,我放了学,先做功课,完了就下棋,吃完饭,就帮我妈干活儿,一直到睡觉。因为叠页子不用动脑筋,所以就在脑子里走棋,有的时候,魔怔了,会突然一拍书页,喊棋步,把家里人都吓一跳。"我说:"怨不得你棋下得这么好,小时候棋就都在你脑子里呢!"他苦笑笑说:"是呀,后来老师就让我去少年宫象棋组,说好好儿学,将来拿大冠军呢!可我妈说,'咱们不去什么象棋组,要学,就学有用的本事。下棋下得好,还当饭吃了?有那点儿功夫,在学校多学点儿东西比什么不好?你跟你们老师们说,不去象棋组,要是你们老师还有没教你的本事,你就跟老师说,你教了我,将来有大用呢。啊?专学下棋?这以前都是有钱人干的!妈以前见过这种人,那都是身份,他们不指着下棋吃饭。妈以前呆过的地方,也有女的会下棋,可要的钱也多。唉,你不知道,你不懂。下下玩儿可以,别专学,啊?'我跟老师说了,老师想了想,没说什么。后来老师买了一副棋送我,我拿给妈看,妈说,'唉,这是善心人哪!可你记住,先说吃,再说下棋。等你挣了钱,养活家了,爱怎么下就怎么下,随你。'"我感叹了,说:"这下儿好了,你挣了钱,你就能撒着欢儿地下了,你妈也就放心了。"王一生把脚搬上床,盘了坐,两只手互相捏着腕子,看着地下说:"我妈看不见我挣钱了。家里供我念到初一,我妈就死了。死之前,特别跟我说,'这一条街都说你棋下得好,妈信。可妈在棋上疼不了你。你在棋上怎么出息,到底不是饭碗。妈不能看你念完初中,跟你爹说了,怎么着困难,也要念完。高中,妈打听了,那是上大学,咱们家用不着上大学,你爹也不行了,你妹妹还小,等你初中念完了就挣钱,家里就靠你了。妈要走了,一辈子也没给你留下什么,只捡人家的牙刷把,给你磨了一副棋。'说着,就叫我从枕头底下拿出一个小布包来,打开一看,都是一小点儿大的子儿,磨得是光了又光,赛象牙,可上头没字儿。妈说,'我不识字,怕刻不对。你拿了去,自己刻吧,也算妈疼你好下棋。'我们家多困难,我没哭过,哭管什么呢?可看着这副没字儿的棋,我绷不住了。"

我鼻子有些酸,就低了眼,叹道:"唉,当母亲的。"王一生不再说话,只是抽烟。

山上的人下来了,打到两条蛇。大家见了王一生,都很客气,问是几分场的,那边儿伙食怎么样。王一生答了,就过去摸一摸晾着的衣裤,还没有干。我让他先穿我的,他说吃饭要出汗,先光着吧。大家见他很随和,也就随便聊起来。我自然将王一生的棋道吹了一番,以示来者不凡。大家都说让队里的高手"脚卵"来与王一生下。一个人跑了去喊,不一刻,脚卵来了。脚卵是南方大城市的知识青年,个子非常高,又非常瘦。动作起来颇有些文气,衣服总要穿得整整齐齐,有时候走在山间小路上,看到这样一个高个儿纤尘不染,衣冠楚楚,真令人生疑。脚卵弯腰进来,很远就伸出手来要握,王一生糊涂了一下,马上明白了,也伸出手去,脸却红了。握过手,脚卵把双手捏在一起端在肚子前面,说:"我叫倪斌,人儿倪,文武斌。因为腿长,大家叫我脚卵。卵是很粗俗的话,请不要介意,这里的人文化水平是很低的。贵姓?"王一生比倪斌矮下去两个头,就仰着头说:"我姓王,叫王一生。"倪斌说:"王一生?蛮好,蛮好,名字蛮好的。一生是哪两个字?"王一生直仰着脖子,说:"一二三的一,生活的生。"倪斌说:"蛮好,蛮好。"就把长臂曲着往外一摆,说:"请坐。听说你钻研象棋? 蛮好,蛮好,象棋是很高级的文化。我父亲是下得很好的,有些名气,喏,他们都知道。我会走一点点,很爱好,不过在这里没有对手。你请坐。"王一生坐回床上,很尴尬地笑着,不知说什么好。倪斌并不坐下,只把手虚放在胸前,微微向前侧了一下身子,说:"对不起,我刚刚下班,还没有梳洗,你候一下好了,我马上就来。噢,问一下,乃父也是棋道里的人么?"王一生很快地摇头,刚要说什么,但只是喘了一口气。倪斌说:"蛮好,蛮好。好,一会儿我再来。"我说:"脚卵洗了澡,来吃蛇肉。"倪斌一边退出去,一边说:"不必了,不必了。好的,好的。"大家笑起来,向外嚷:"你到底来是不来? 什么'不必了,好的'!"倪斌在门外说:"蛇肉当然是要吃的,一会儿下棋是要动脑筋的。"

大家笑着脚卵,关了门,三四个人精着屁股,上上下下地洗,互相开着身体的玩笑。王一生不知在想什么,坐在床里边,让开擦身的人。我一边将蛇头撕下来,一边对王一生说:"别理脚卵,他就是这么神神道道的一个人。"有一个人对我说:"你的这个朋友要真是有两下子,今天有一场好杀。脚卵的父亲在我们市里,真是很有名气哩。"另外的人说:"爹是爹,儿是儿,棋还遗传了?"王一生说:"家传的棋,有厉害的。几代沉下的棋路,不可小看。一会儿下起来看吧。"说着就紧一紧手脸。我把蛇挂起来,将皮剥下,不洗,放在案板上,用竹刀把肉划开,并不切断,盘在一个大碗内,放进一个大锅里,锅底蓄上水,叫:"洗完了没有?我可开门了!"大家慌忙穿上短裤。我到外边地上摆三块土坯,中间架起柴引着,就将锅放在土坯上,把猪吆喝远了,说:"谁来看看?别叫猪拱了。开锅后十分钟端下来。"就进屋收拾茄子。

有人把脸盆洗干净,到伙房打了四五斤饭和一小盆清水茄子,捎回来一棵葱和两瓣野蒜、一小块姜,我说还缺盐,就又有人跑去拿来一块,捣碎在纸上放着。

脚卵远远地来了,手里抓着一个黑木盒子。我问:"脚卵,可有酱油膏?"脚卵迟疑了一下,返身回去。我又大叫:"有醋精拿点儿来!"

蛇肉到了时间,端进屋里,掀开锅,一大团蒸气冒出来,大家并不缩头,慢慢看清了,都叫一声好。两大条蛇肉亮晶晶地盘在碗里,粉粉地冒蒸气。我嗖的一下将碗端出来,吹吹手指,说:"开始准备胃液吧!"王一生也挤过来看,问:"整着怎么吃?"我说:"蛇肉碰不得铁,碰铁就腥,所以不切,用筷子撕着蘸料吃。"我又将切好的茄块儿放进锅里蒸。

脚卵来了,用纸包了一小块儿酱油膏,又用一张小纸包了几颗白色的小粒儿,我问是什么,脚卵说:"这是草酸,去污用的,不过可以代替醋。我没有醋精,酱油膏也没有了,就这一点点。"我说:"凑合了。"脚卵把盒子放在床上,打开,原来是一副棋,乌木做的棋子,暗暗的发亮。字用刀刻出来,笔划很细,却是篆字,用金丝银丝嵌了,古色古香。棋盘是一幅绢,中间亦是篆字:楚河汉界。大家凑过去看,脚卵就很得意,说:"这是古董,明朝的,很值钱。我来的时候,我父亲给我的。以前和你们下棋,用不到这么好的棋。今天王一生来嘛,我们好好下。"王一生大约从来没有见过这么精彩的棋具,很小心地摸,又紧一紧手脸。

我将酱油膏和草酸冲好水,把葱末、姜末和蒜末投进去,叫声:"吃起来!"大家就乒乒乓乓地盛饭,伸筷撕那蛇肉蘸料,刚入嘴嚼,纷纷嚷鲜。

我问王一生是不是有些像蟹肉,王一生一边儿嚼着,一边儿说:"我没吃过螃蟹,不知道。"脚卵伸过头去问:"你没有吃过螃蟹?怎么会呢?"王一生也不答话,只顾吃。脚卵就放下碗筷,说:"年年中秋节,我父亲就约一些名人到家里来,吃螃蟹,下棋,品酒,作诗。都是些很高雅的人,诗做得很好的,还要互相写在扇子上。这些扇子过多少年也是很值钱的。"大家并不理会他,只顾吃。脚卵眼看蛇肉渐少,也急忙捏起筷子来,不再说什么。

不一刻,蛇肉吃完,只剩两副蛇骨在碗里。我又把蒸熟的茄块儿端上来,放少许蒜和盐拌了。再将锅里热水倒掉,续上新水,把蛇骨放进去熬汤。大家喘一口气,接着伸筷,不一刻,茄子也吃净。我便把汤端上来,蛇骨已经煮散,在锅底刷拉刷拉地响。这里屋外常有一二处小丛的野茴香,我就拔来几棵,揪在汤里,立刻屋里异香扑鼻。大家这时饭已吃净,纷纷舀了汤在碗里,热热的小口呷,不似刚才紧张,话也多起来了。

脚卵抹一抹头发,说:"蛮好,蛮好的。"就拿出一支烟,先让了王一生,又自己叼了一支,烟包正待放回衣袋里,想了想,便放在小饭桌上,摆一摆手说:"今天吃的,都是山珍,海味是吃不到了。我家里常吃海味的,非常讲究,据我父亲讲,我爷爷在时,专雇一个老太婆,整天就是从燕窝里拔脏东西。燕窝这种东西,是海鸟叼来小鱼小虾,用口水粘起来的,所以里面各种脏东西多得很,要很细心地一点一点清理,一天也就能搞清一个,再用小火慢慢地蒸。每天吃一点,对身体非常好。"王一生听呆了,问:"一个人每天就专门是管做燕窝的?好家伙!自己买来鱼虾,熬在一起,不等于燕窝吗?"脚卵微微一笑,说:"要不怎么燕窝贵呢?第一,这燕窝长在海中峭壁上,要拼命去挖。第二,这海鸟的口水是很珍贵的东西,是温补的。因此,舍命、费工时,又是补品,能吃燕窝,也是说明家里有钱和有身份。"大家就说这燕窝一定非常好吃。脚卵又微微一笑,说:"我吃过的,很腥。"大家就感叹了,说费这么多钱,吃一口腥,太划不来。

天黑下来,早升在半空的月亮渐渐亮了。我点起油灯,立刻四壁都是人影子。脚卵就说:"王一生,我们来下一盘?"王一生大概还没有从燕窝里醒过来,听见脚卵问,只微微点一点头。脚卵出去了。王一生奇怪了,问:"嗯?"大家笑而不答。一会儿,脚卵又来了,穿得笔挺,身后随来许多人,进屋都看看王一生。脚卵慢慢摆好棋,问:"你先走?"王一生说:"你吧。"大家就上上下下围了看。

走出十多步,王一生有些不安,但也只是暗暗捻一下手指。走过三十几步,王一生很快地说:"重摆吧。"大家奇怪,看看王一生,又看看脚卵,不知是谁赢了。脚卵微微一笑,说:"一赢不算胜。"就伸手抽一棵烟点上。王一生没有表情,默默地把棋重新码好。两人又走。又走到十多步,脚卵半天不动,直到把一根烟吸完,又走了几步,脚卵慢慢地说:"再来一盘。"大家又奇怪是谁赢了,纷纷问。王一生很快地将棋码成一个方堆,看看脚卵问:"走盲棋?"脚卵沉吟了一下,点点头。两人就口述棋步。好几个人摸摸头,摸摸脖子,说下得好没意思,不知谁是赢家。就有几个人离开走出去,把油灯带得一明一暗。

我觉出有点儿冷,就问王一生:"你不穿点儿衣裳?"王一生没有理我。我感到没有意思,就坐在床里,看大家也是一会儿看看脚卵,一会儿看看王一生,像是瞧从来没有见过的两个怪物。油灯下,王一生抱了双膝,锁骨后陷下两个深窝,盯着油灯,时不时拍一下身上的蚊虫。脚卵两条长腿抵在胸口,一只大手将整个儿脸遮了,另一只大手飞快地将指头捏来弄去。说了许久,脚卵放下手,很快地笑一笑,说:"我乱了,记不得。"就又摆了棋再下。不久,脚卵抬起头,看着王一生说:"天下是你的。"抽出一支烟给王一生,又说:"你的棋是跟谁学的?"王一生也看着脚卵,说:"跟天下人。"脚卵说:"蛮好,蛮好,你的棋蛮好。"大家看出是谁赢了,都高兴松动起来,盯着王一生看。

脚卵把手搓来搓去,说:"我们这里没有会下棋的人,我的棋路生了。今天碰到你,蛮高兴的,我们做个朋友。"王一生说:"将来有机会,一定见见你父亲。"脚卵很高兴,说:"那好,好极了,有机会一定去见见他。我不过是玩玩棋。"停了一会儿,又说:"你参加地区的比赛,没有问题。"王一生问:"什么比赛?"脚卵说:"咱们地区,要组织一个运动会,其中有棋类。地区管文教的书记我认得,他早年在我们市里,与我父亲认识。我到农场来,我父亲给他带过信,请他照顾。我找过他,他说我不如打篮球。我怎么会打篮球呢?那是很野蛮的运动,要伤身体的。这次运动会,他来信告诉我,让我争取参加农场的棋类队到地区比赛,赢了,调动自然好说。你棋下到这个地步,参加农场队,不成问题。你回你们场,去报名就可以了。将来总场选拔,肯定会有你。"王一生很高兴,起来把衣裳穿上,显得更瘦。大家又聊了很久。

将近午夜,大家都散去,只剩下宿舍里同住的四个人与王一生、脚卵。脚卵站起来,说:"我去拿些东西来吃。"大家都很兴奋,等着他。一会儿,脚卵弯腰进来,把东西放在床上,摆出六颗巧克力,半袋麦乳精,纸包的一斤精白挂面。巧克力大家都一口咽了,来回舔着嘴唇。麦乳精冲成稀稀的六碗,喝得满屋喉咙响。王一生笑嘻嘻地说:"世界上还有这种东西?苦甜苦甜的。"我又把火升起来,开了锅,把面下了,说:"可惜没有调料。"脚卵说:"我还有酱油膏。"我说:"你不是只有一小块儿了吗?"脚卵不好意思地说:"咳,今天不容易,王一生来了,我再贡献一些。"就又拿了来。

　　大家吃了,纷纷点起烟,打着哈欠,说没想到脚卵还有如许存货,藏得倒严实,脚卵急忙申辩这是剩下的全部了。大家吵着要去翻,王一生说:"不要闹,人家的是人家的,从来农场存到现在,说明人家会过日子。倪斌,你说,这比赛什么时候开始呢?"脚卵说:"起码还有半年。"王一生不再说话。我说:"好了,休息吧。王一生,你和我睡在我的床上。脚卵,明天再聊。"大家就起身收拾床铺,放蚊帐。我和王一生送脚卵到门口,看他高高的个子在青白的月光下远远去了。王一生叹一口气,说:"倪斌是个好人。"

　　王一生又呆了一天,第三天早上,执意要走。脚卵穿了破衣服,肩了锄来送。两人握了手,倪斌说:"后会有期。"大家远远在山坡上招手。我送王一生出了山沟,王一生拦住,说:"回去吧。"我嘱咐他,到了别的分场,有什么困难,托人来告诉我,若回来路过,再来玩儿。王一生整了整书包带儿,就急急地顺公路走了,脚下扬起细土,衣裳晃来晃去,裤管儿前后荡着,像是没有屁股。

第三章

　　这以后,大家没事儿,常提起王一生,津津有味儿地回忆王一生光膀子大战脚卵。我说了王一生如何如何不容易,脚卵说:"我父亲说过的,'寒门出高士'。据我父亲讲,我们祖上是元朝的倪云林。倪祖很爱干净,开始的时候,家里有钱,当然是讲究的。后来兵荒马乱,家道败了,倪祖就卖了家产,到处走,常在荒野店投宿,很遇到一些高士。后来与一个会下棋的村野之人相识,学得一手好棋。现在大家只晓得倪云林是元四家里的一个,诗书画绝佳,却不晓得倪云林还会下棋。倪祖后来信佛参禅,将棋炼进禅宗,自成一路。这棋只我们这一宗传下来。王一生赢了我,不晓得他是什么路,总归是高手了。"大家都不知道倪云林是什么人,只听脚卵神吹,将信将疑,可也认定脚卵的棋有些来路,王一生既然赢了脚卵,当然更了不起。这里的知青在城里都是平民出身,多是寒苦的,自然更看重王一生。

　　将近半年,王一生不再露面。只是这里那里传来消息,说有个叫王一生的,外号棋呆子,在某处与某某下棋,赢了某某。大家也很高兴,即使有输的消息,都一致否认,说王一生怎会输棋呢?我给王一生所在的分场队里写了信,也不见回音,大家就催我去一趟。我因为这样那样的事,加上农场知青常常斗殴,又输进火药枪互相射击,路途险恶,终于没有去。

　　一天脚卵在山上对我说,他已经报名参加棋类比赛了,过两天就去总场,问王一生可有消息?我说没有。大家就说王一生肯定会到总场比赛,相约一起请假去总场看看。

　　过了两天,队里的活儿稀松,大家就纷纷找了各种借口请假到总场,盼着能见着王一生。我也请了假出来。

　　总场就在地区所在地,大家走了两天才到。这个地区虽是省以下的行政单位,却只有交叉的两条街,沿街有一些商店,货架上不是空的,即是"展品概不出售"。可是大家仍然很兴奋,觉得到了繁华地界,就沿街一个馆子一个馆子地吃,都先只叫净肉,一盘一盘地吞下去，拍拍肚子出来，觉得日光晃眼，竟有些肉醉，就找了一处草地，躺下来抽烟，又纷纷昏睡过去。

醒来后，大家又回到街上细细吃了一些面食，然后到总场去。

一行人高高兴兴到了总场，找到文体干事，问可有一个叫王一生的来报到。干事翻了半天花名册，说没有。大家不信，拿过花名册来七手八脚地找，真的没有，就问干事是不是搞漏掉了。干事说花名册是按各分场报上来的名字编的，都已分好号码，编好组，只等明天开赛。大家你望望我，我望望你，搞不清是怎么回事儿。我说："找脚卵去。"脚卵在运动员们住下的草棚里，见了他，大家就问。脚卵说："我也奇怪呢。这里乱糟糟的，我的号是棋类，可把我分到球类组来，让我今晚就参加总场联队训练，说了半天也不行，还说主要靠我进球得分。"大家笑起来，说："管他赛什么，你们的伙食差不了。可王一生没来太可惜了。"

直到比赛开始，也没有见王一生的影子。问了他们分场来的人，都说很久没见王一生了。大家有些慌，又没办法，只好去看脚卵赛篮球。脚卵痛苦不堪，规矩一点儿不懂，球也抓不住，投出去总是三不沾，抢得猛一些，他就抽身出来，瞪着大眼看别人争。文体干事急得抓耳挠腮，大家又笑得前仰后合。每场下来，脚卵总是嚷野蛮，埋怨脏。

赛了两天，决出总场各类运动代表队，到地区参加地区决赛。大家看看王一生还没有影子，就都相约要回去了。脚卵要留在地区文教书记家再待一两天，就送我们走一段。快到街口，忽然有人一指："那不是王一生？"大家顺着方向一看，真是他。王一生在街口另一面急急地走来，没有看见我们。我们一齐大叫，他猛地站住，看见我们，就横街向我们跑来。到了跟前，大家纷纷问他怎么不来参加比赛？王一生很着急的样子，说："这半年我总请事假出来下棋，等我知道报名赶回去，分场说我表现不好，不准我出来参加比赛，连名都没报上。我刚找了由头儿，跑上来看看赛得怎么样。怎么样？赛得怎么样？"大家一迭声儿地说早赛完了，现在是参加与各县代表队的比赛，夺地区冠军。王一生愣了半响，说："也好，夺地区冠军必是各县高手，看看也不赖。"我说："你还没吃东西吧？走，街上随便吃点儿什么去。"脚卵与王一生握过手，也惋惜不已。大家就又拥到一家小馆儿，买了一些饭菜，边吃边叹息。王一生说："我是要看看地区的象棋大赛。你们怎么样？要回去吗？"大家都说出来的时间太长了，要回去。我说："我再陪你一两天吧。脚卵也在这里。"于是又有两三个人也说留下来再耍一耍。

脚卵就领留下的人去文教书记家，说是看看王一生还有没有参加比赛的可能。走不多久，就到了。只见一扇小铁门紧闭着，进去就有人问找谁，见了脚卵，不再说什么，只让等一下。一会儿叫进了，大家一起走进一幢大房子，只见窗台上摆了一溜儿花草，伺候得很滋润。大大的一面墙上只一幅主席诗词的挂轴儿，绫子黄黄的很浅。屋内只摆几把藤椅，茶几上放着几张大报与油印的简报。不一会儿，书记出来，胖胖的，很快地与每个人握手，又叫人把简报收走，就请大家坐下来。大家没见过管着几个县的人的家，头都转来转去地看。书记呆了一下，就问："都是倪斌的同学吗？"大家纷纷回过头看书记，不知该谁回答。脚卵欠一下身，说："都是我们队上的。这一位就是王一生。"说着用手掌向王一生一倾。书记看着王一生说："噢，你就是王一生？好。这两天，倪斌常提到你。怎么样，选到地区来赛了吗？"王一生正想答话，倪斌马上就说："王一生这次有些事耽误了，没有报上名。现在事情办完了，看看还能不能参加地区比赛。您看呢？"书记用胖手在扶手上轻轻拍了两下，又轻轻用中指很慢地擦着鼻沟儿，说："啊，是这样。不好办。你没有取得县一级的资格,不好办。听说你很有天才,可是没有取得资格去参加比赛,下面要说话的,啊?"王一生低了头,说:"我也不是要参加比赛,只是来看。"书记说:"那是可以的,那欢迎。倪斌,你去桌上,左边的那个桌子,上面有一份打印的比赛日程。你拿来看看,象棋类是怎么安排的。"倪斌早一步跨进里屋,马上把材料拿出来,看了一下,说:"要赛三天呢!"就递给书记。书记也不看,把它放在茶几上,掸一掸手,说:"是啊,几个县嘛。啊?还有什么问题吗?"大家都站起来,说走了。书记与离他近的人很快地握了手,说:"倪斌,你晚上来,嗯?"倪斌欠欠身说好的,就和大家一起出来。大家到了街上,舒了一口气,说笑起来。

大家漫无目的地在街上走,讲起还要在这里呆三天,恐怕身上的钱支持不住。王一生说他可以找到睡觉的地方,人多一点恐怕还是有办法,这样就能不去住店,省下不少钱。倪斌不好意思地说他可以住在书记家。于是大家一起随王一生去找住的地方。

原来王一生已经来过几次地区,认识了一个文化馆画画儿的,于是便带了我们投奔这位画家。到了文化馆,一进去,就听见远远有唱的,有拉的,有吹的,便猜是宣传队在演练。只见三四个女的,穿着蓝线衣裤,胸瞰得不能再高,一扭一扭地走过来,近了,并不让路,直脖直脸地过去。我们赶紧闪在一边儿,都有点儿脸红。倪斌低低地说:"这几位是地区的名角。在小地方,有她们这样的功夫,蛮不容易的。"大家就又回过头去看名角。

画家住在一个小角落里,门口鸡鸭转来转去,沿墙摆了一溜儿各类杂物,草就在杂物中间长出来。门又被许多晒着的衣裤布单遮住。王一生领我们从衣裤中弯腰过去,叫那画家。马上就乒乒乓乓出来一个人,见了王一生,说:"来了?都进来吧。"画家只是一间小屋,里面一张小木床,到处是书、杂志、颜色和纸笔。墙上钉满了画的画儿。大家顺序进去,画家就把东西挪来挪去腾地方,大家挤着坐下,不敢再动。画家又迈过大家出去,一会儿提来一个暖瓶,给大家倒水。大家传着各式的缸子、碗,都有了,捧着喝。画家也坐下来,问王一生:"参加运动会了吗?"王一生叹着将事情讲了一遍。画家说:"只好这样了。要待几天呢?"王一生就说:"正是为这事来找你。这些都是我的朋友。你看能不能找个地方,大家挤一挤睡?"画家沉吟半晌,说:"你每次来,在我这里挤还凑合。这么多人,嗯——让我看看。"他忽然眼里放出光彩来,说:"文化馆里有个礼堂,舞台倒是很大。今天晚上为运动会的人演出,演出之后,你们就在舞台上睡,怎么样?今天我还可以带你们进去看演出。电工与我很熟的,跟他说一声,进去睡没问题。只不过脏一些。"大家都纷纷说再好不过了。脚卵放下心的样子,小心地站起来,说:"那好,诸位,我先走一步。"大家要站起来送,却谁也站不起来。脚卵按住大家,连说不必了,一脚就迈出屋外。画家说:"好大的个子!是打球的吧?"大家笑起来,讲了脚卵的笑话。画家听了,说:"是啊,你们也都够脏的。走,去洗洗澡,我也去。"大家就一个一个顺序出去,还是碰得叮当乱响。

原来这地区所在地,有一条江远远流过。大家走了许久,方才到了。江面不甚宽阔,水却很急,近岸的地方,有一些小洼儿。四处无人,大家脱了衣裤,都很认真地洗,将画家带来的一块肥皂用完。又把衣裤泡了,在石头上抽打,拧干后铺在石头上晒,除了游水的,其余便纷纷趴在岸上晒。画家早洗完,坐在一边儿,掏出个本子在画。我发觉了,过去站在他身后看。原来他在画我们几个人的裸体速写。经他这一画,我倒发觉我们这些每日在山上苦的人,却矫健异常,不禁赞叹起来。大家又围过来看,屁股白白的晃来晃去。画家说："干活儿的人，肌肉线条极有特点，又很分明。虽然各部分发展可能不太平衡，可真的人体，常常是这样，变化万端。我以前在学院画人体，女人体居多，太往标准处靠，男人体也常静在那里，感觉不出肌肉滚动，越画越死。今天真是个难得的机会。"有人说羞处不好看，画家就在纸上用笔把说的人的羞处涂成一个疙瘩，大家就都笑起来。衣裤干了，纷纷穿上。

这时已近傍晚，太阳垂在两山之间，江面上便金子一般滚动，岸边石头也如热铁般红起来。有鸟儿在水面上掠来掠去，叫声传得很远。对岸有人在拖长声音吼山歌，却不见影子，只觉声音慢慢小了。大家都凝了神看。许久，王一生长叹一声，却不说什么。

大家又都往回走，在街上拉了画家一起吃些东西，画家倒好酒量。天黑了，画家领我们到礼堂后台入口，与一个人点头说了，招呼大家悄悄进去，缩在边幕上看。时间到了，幕并不开，说是书记还未来。演员们化了妆，在后台走来走去，伸一伸手脚，互相取笑着。忽然外面响动起来，我拨了幕布一看，只见书记缓缓进来，在前排坐下，周围空着，后面黑压压一礼堂人。于是开演，演出甚为激烈，尘土四起。演员们在台上泪光闪闪，退下来一过边幕，就嬉笑颜开，连说怎么怎么错了。王一生倒很入戏，脸上时阴时晴，嘴一直张着，全没有在棋盘前的镇静。戏一结束，王一生一个人在边幕拍起手来，我连忙止住他，向台下望去，书记不知什么时候已经走了，前两排仍然空着。

大家出来，摸黑拐到画家家里，脚卵已在屋里，见我们来了，就与画家出来和大家在外面站着，画家说："王一生，你可以参加比赛了。"王一生问："怎么回事儿？"脚卵说，晚上他在书记家里，书记跟他叙起家常，说十几年前常去他家，见过不少字画儿，不知运动起来，损失了没有？脚卵说还有一些，书记就不说话了。过了一会儿书记又说，脚卵的调动大约不成问题，到地区文教部门找个位置，跟下面打个招呼，办起来也快，让脚卵写信回家讲一讲。于是又谈起字画古董，说大家现在都不知道这些东西的价值，书记自己倒是常在心里想着。脚卵就说，他写信给家里，看能不能送书记一两幅，既然书记帮了这么大忙，感谢是应该的。又说，自己在队里有一副明朝的乌木棋，极是考究，书记若是还看得上，下次带上来。书记很高兴，连说带上来看看。又说你的朋友王一生，他倒可以和下面的人说一说，一个地区的比赛，不必那么严格，举贤不避私嘛。就挂了电话，电话里回答说，没有问题，请书记放心，叫王一生明天就参加比赛。

大家听了，都很高兴，称赞脚卵路道粗，王一生却没说话。脚卵走后，画家带了大家找到电工，开了礼堂后门，悄悄进去。电工说天凉了，问要不要把幕布放下来垫盖着，大家都说好，就七手八脚爬上去摘下幕布铺在台上。一个人走到台边，对着空空的座位一敬礼，尖着嗓子学报幕员，说："下一个节目——睡觉。现在开始。"大家悄悄地笑，纷纷钻进幕布躺下了。

躺下许久，我发觉王一生还没有睡着，就说："睡吧，明天要参加比赛呢！"王一生在黑暗里说："我不赛了，没意思。倪斌是好心，可我不想赛了。"我说："咳，管它！你能赛棋，脚卵能调上来，一副棋算什么？"王一生说："那是他父亲的棋呀！东西好坏不说，是个信物。我妈妈留给我的那副无字棋，我一直性命一样存着，现在生活好了，妈的话，我也忘不了。倪斌怎么就可以送人呢？"我说："脚卵家里有钱，一副棋算什么呢？他家里知道儿子活得好一些了，棋是舍得的。"王一生说："我反正是不赛了，被人作了交易，倒像是我占了便宜。我下得赢下不赢是我自己的事，这样赛，被人戳脊梁骨。"不知是谁也没睡着，大约都听见了，咕噜一声："呆子。"

第四章

　　第二天一早儿，大家满身是土地起来，找水擦了擦，又约画家到街上去吃。画家执意不肯，正说着，脚卵来了，很高兴的样子。王一生对他说："我不参加这个比赛。"大家呆了，脚卵问："蛮好的，怎么不赛了呢？省里还下来人视察呢！"王一生说："不赛就不赛了。"我说了说，脚卵叹道："书记是个文化人，蛮喜欢这些的。棋虽然是家里传下的，可我实在受不了农场这个罪，我只想有个干净的地方住一住，不要每天脏兮兮的。棋不能当饭吃的，用它通一些关节，还是值的。家里也不很景气，不会怪我。"画家把双臂抱在胸前，抬起一只手摸了摸脸，看着天说："倪斌，不能怪你。你没有什么了不得的要求。我这两年，也常常犯糊涂，生活太具体了。幸亏我还会画画儿。何以解忧？唯有——唉。"王一生很惊奇地看着画家，慢慢转了脸对脚卵说："倪斌，谢谢你。这次比赛决出高手，我登门去与他们下。我不参加这次比赛了。"脚卵忽然很兴奋，攥起大手一顿，说："这样，这样！我呢，去跟书记说一下，组织一个友谊赛。你要是赢了这次的冠军，无疑是真正的冠军。输了呢，也不太失身份。"王一生呆了呆："千万不要跟什么书记说，我自己找他们下。要下，就与前三名都下。"

　　大家也不好再说什么，就去看各种比赛，倒也热闹。王一生只钻在棋类场地外面，看各局的明棋。第三天，决出前三名。之后是发奖，又是演出，会场乱哄哄的，也听不清谁得的是什么奖。

　　脚卵让我们在会场等着，过了不久，就领来两个人，都是制服打扮。脚卵作了介绍，原来是象棋比赛的第二、三名。脚卵说："这位是王一生，棋蛮厉害的，想与你们两位高手下一下，大家也是一个互相学习的机会。"两个人看了看王一生，问："那怎么不参加比赛呢？我们在这里呆了许多天，要回去了。"王一生说："我不耽误你们，与你们两人同时下。"两人互相看了看，忽然悟到，说："盲棋？"王一生点一点头。两人立刻变了态度，笑着说："我们没下过盲棋。"王一生说："不要紧，你们看着明棋下。来，咱们找个地方儿。"话不知怎么就传了出去，立刻嚷动了，会场上各县的人都说有一个农场的小子没有赛着，不服气，要同时与亚、季军比试。百十个人把我们围了起来，挤来挤去地看，大家觉得有了责任，便站在王一生身边儿。王一生倒低了头，对两个人说："走吧，走吧，太扎眼。"有一个人挤了进来，说："哪个要下棋？就是你吗？我们大爷这次是冠军，听说你不服气，叫我来请你。"王一生慢慢地说："不必。你大爷要是肯下，我和你们三人同下。"众人都轰动了，拥着往棋场走去。到了街上，百十人走成一片。行人见了，纷纷问怎么回事，可是知青打架？待明白了，就都跟着走。走过半条街，竟有上千人跟着跑来跑去。商店里的店员和顾客也都站出来张望。长途车路过这里开不过，乘客们纷纷探出头来，只见一街人头攒动，尘土飞起多高，轰轰的，乱纸踏得嚓嚓响。一个傻子呆呆地在街中心，咿咿呀呀地唱，有人发了善心，把他拖开，傻子就依了墙根儿唱。四五条狗窜来窜去，觉得是它们在引路打狼，汪汪叫着。

　　到了棋场，竟有数千人围住，土扬在半空，许久落不下来。棋场的标语标志早已摘除，出来一个人，见这么多人，脸都白了。脚卵上去与他交涉，他很快地看着众人，连连点头儿，半天才明白是借场子用，急忙打开门，连说"可以可以"，见众人都要进去，就急了。我们几个，马上到门口守住，放进脚卵、王一生和两个得了名誉的人。这时有一人走出来,对我们说:"高手既然和三个人下,多我一个不怕,我也算一个。"众人又嚷动了,又有人报名。我不知怎么办好,只得进去告诉王一生。王一生咬一咬嘴说:"你们两个怎么样?"那两个人赶紧站起来,连说可以。我出去统计了,连冠军在内,对手共是十人,脚卵说:"十不吉利的,九个人好了。"于是就九个人。冠军总不见来,有人来报,既是下盲棋,冠军只在家里,命人传棋。王一生想了想,说好吧。九个人就关在场里。墙外一副明棋不够用,于是有人拿出八张整开白纸,很快地画了格儿。又有人用硬纸剪了百十个方棋子儿,用红黑颜色写了,背后粘上细绳,挂在棋格儿的钉子上,风一吹,轻轻地晃成一片,街上人也嚷成一片。

  人是越来越多。后来的人拼命往前挤,挤不进去,就抓住人打听,以为是杀人的告示。妇女们也抱着孩子们,远远围成一片。又有许多人支了自行车,站在后架上伸脖子看,人群一挤,连着倒,喊成一团。半大的孩子们钻来钻去,被大人们用腿拱出去。数千人闹闹嚷嚷,街上像半空响着闷雷。

  王一生坐在场当中一个靠背椅上,把手放在两条腿上,眼睛虚望着,一头一脸都是土,像是被传讯的歹人。我不禁笑起来,过去给他拍一拍土。他按住我的手,我觉出他有些抖。王一生低低地说:"事情闹大了。你们几个朋友看好,一有动静,一起跑。"我说:"不会。只要你赢了,什么都好办。争口气。怎么样?有把握吗?九个人哪!头三名都在这里!"王一生沉吟了一下,说:"怕江湖的不怕朝廷的,参加过比赛的人的棋路我都看了,就不知道其他六个人会不会冒出冤家。书包你拿着,不管怎么样,书包不能丢。书包里有……"王一生看了看我,"我妈的无字棋。"他的瘦脸上又干又脏,鼻沟也黑了,头发立着,喉咙一动一动的,两眼黑得吓人。我知道他拼了,心里有些酸,只说:"保重!"就离了他。他一个人空空地在场中央,谁也不看,静静地像一块铁。

  棋开始了。上千人不再出声儿。只有自愿服务的人一会儿紧一会儿慢地用话传出棋步,外边儿自愿服务的人就变动着棋子儿。风吹得八张大纸哗哗地响,棋子儿荡来荡去。太阳斜斜地照在一切上,烧得耀眼。前几十排的人都坐下了,仰起头看,后面的人也挤得紧紧的,一个个土眉土眼,头发长长短短吹得飘,再没人动一下,似乎都把命放在棋里搏。

  我心里忽然有一种很古的东西涌上来,喉咙紧紧地往上走。读过的书,有的近了,有的远了,模糊了。平时十分佩服的项羽、刘邦都目瞪口呆,倒是尸横遍野的那些黑脸士兵,从地下爬起来,哑了喉咙,慢慢移动。一个樵夫,提了斧在野唱。忽然又仿佛见了呆子的母亲,用一双弱手一张一张地折书页。

  我不由伸手到王一生书包里去掏摸,捏到一个小布包儿,拽出来一看,是个旧蓝斜纹布的小口袋,上面绣了一只蝙蝠,布的四边儿都用线做了圈口,针脚很是细密。取出一个棋子,确实很小,在太阳底下竟是半透明的,像是一只眼睛,正柔和地瞧着。我把它攥在手里。

  太阳终于落下去,立即爽快了。人们仍在看着,但议论起来。里边儿传出一句王一生的棋步,外面的人就嚷动一下。专有几个人骑车为在家的冠军传送着棋步,大家就不太客气,笑话起来。

  我又进去,看见脚卵很高兴的样子,心里就松开一些,问:"怎么样?我不懂棋。"脚卵抹一抹头发,说:"蛮好,蛮好。这种阵式,我从来也没有见过,你想想看,九个人与他一个人,九局连环!车轮大战!我要写信给我的父亲,把这次的棋谱都寄给他。"这时有两个人从各自的棋盘前站起来,朝着王一生鞠躬,说:"甘拜下风。"就捏着手出去了。王一生点点头儿,看了他们的位置一眼。

王一生的姿式没有变,仍旧是双手扶膝,眼平视着,像是望着极远极远的远处,又像是盯着极近的近处,瘦瘦的肩挑着宽大的衣服,土没拍干净,东一块儿,西一块儿。喉节许久才动一下。我第一次承认象棋也是运动,而且是马拉松,是多一倍的马拉松! 我在学校时,参加过长跑,开始后的五百米,确实极累,但过了一个限度,就像不是在用脑子跑,而像一架无人驾驶飞机,又像是一架到了高度的滑翔机只管滑翔下去。可这象棋,始终是处在一种机敏的运动之中,兜捕对手,逼向死角,不能疏忽。我忽然担心起王一生的身体来。这几天,大家因为钱紧,不敢怎么吃,晚上睡得又晚,谁也没想到会有这么一个场面。看着王一生稳稳地坐在那里,我又替他赔一口气:死顶吧! 我们在山上扛木料,两个人一根,不管路不是路,沟不是沟,也得咬牙,死活不能放手。谁若是顶不住软了,自己伤了不说,另一个也得被木头震得吐血。可这回是王一生一个人过沟坎儿,我们帮不上忙。我找了点儿凉水来,悄悄走近他,在他跟前一挡,他抖了一下,眼睛刀子似的看了我一下,一会儿才认出是我,就干干地笑了一下。我指指水碗,他接过去,正要喝,一个局号报了棋步。他把碗高高地平端着,水纹丝儿不动。他看着碗边儿,回报了棋步,就把碗缓缓凑到嘴边儿。这时下一个局号又报了棋步,他把嘴定在碗边儿,半响,回报了棋步,才咽一口水下去,"咕"的一声儿,声音大得可怕,眼里有了泪花。他把碗递过来,眼睛望望我,有一种说不出的东西在里面游动,嘴角儿缓缓流下一滴水,把下巴和脖子上的土冲开一道沟儿。我又把碗递过去,他竖起手掌止住我,回到他的世界里去了。

我出来,天已黑了。有山民打着松枝火把,有人用手电筒照着,黄乎乎的,一团明亮。大约是地区的各种单位下班了,人更多了。狗也在人前蹲着,看人挂动棋子,眼神凄凄的,像是在担忧。几个同来的队上知青,各被人围了打听。不一会儿,"王一生"、"棋呆子"、"是个知青"、"棋是道家的棋",就在人们嘴上传。我有些发噱,本想到人群里说说,但又止住了,随人们传吧,我开始高兴起来。这时墙上只有三局在下了。

忽然人群发一声喊。我回头一看,原来只剩了一盘,恰是与冠军的那一盘。盘上只有不多几个子儿。王一生的黑子儿远远近近地峙在对方棋营格里,后方老帅稳稳地呆着,尚有一"士"伴着,好像帝王与近侍在聊天儿,等着前方将士得胜回朝;又似乎隐隐看见有人在伺候酒宴,点起尺把长的红蜡烛,有人在悄悄地调整管弦,单等有人跪奏捷报,鼓乐齐鸣。我的肚子拖长了音儿在响,脚下觉得软了,就拣个地方坐下,仰头看最后的围猎,生怕有什么差池。

红子儿半天不动,大家不耐烦了,纷纷看骑车的人来没有,嗡嗡地响成一片。忽然人群乱起来,纷纷闪开。只见一老者,精光头皮,由旁人搀着,慢慢走出来,嘴嚼动着,上上下下看着八张定局残子。众人纷纷传着,这就是本届地区冠军,是这个山区的一个世家后人,这次"出山"玩玩儿棋,不想就夺了头把交椅,评了这次比赛的大势,直叹棋道不兴。老者看完了棋,轻轻抻一抻衣衫,跺一跺土,昂了头,由人搀进棋场。众人都一拥而起。我急忙抢进了大门,跟在后面。只见老者进了大门,立定,往前看去。

王一生孤身一人坐在大屋子中央,瞪眼看着我们,双手支在膝上,铁铸一个细树桩,似无所见,似无所闻。高高的一盏电灯,暗暗地照在他脸上,眼睛深陷进去,黑黑的似俯视大千世界,茫茫宇宙。那生命像聚在一头乱发中,久久不散,又慢慢弥漫开来,灼得人脸热。众人都呆了,都不说话。外面传了半天,眼前却是一个瘦小黑魂,静静地坐着,众人都不禁吸了一口凉气。

半晌,老者咳嗽一下,底气很足,十分洪亮,在屋里荡来荡去。王一生忽然目光短了,发觉了众人,轻轻地挣了一下,却动不了。老者推开搀的人,向前迈了几步,立定,双手合在腹前摩挲了一下,朗声叫道:"后生,老朽身有不便,不能亲赴沙场。命人传棋,实出无奈。你小小年纪,就有这般棋道,我看了,汇道禅于一炉,神机妙算,先声有势,后发制人,遣龙治水,气贯阴阳,古今儒将,不过如此。老朽有幸与你接手,感触不少,中华棋道,毕竟不颓,愿与你做个忘年之交。老朽这盘棋下到这里,权做赏玩,不知你可愿意平手言和,给老朽一点面子?"

王一生再挣了一下,仍起不来。我和脚卵急忙过去,托住他的腋下,提他起来。他的腿仍是坐着的样子,直不了,半空悬着。我感到手里好像只有几斤的分量,就暗示脚卵把王一生放下,用手去揉他的双腿。大家都拥过来,老者摇头叹息着。脚卵用大手在王一生身上、脸上、脖子上缓缓地用力揉。半晌,王一生的身子软下来,靠在我们手上,喉咙嘶嘶地响着,慢慢把嘴张开,又合上,再张开,"啊啊"着。很久,才呜呜地说:"和了吧。"

老者很感动的样子,说:"今晚你是不是就在我那儿歇了?养息两天,我们谈谈棋?"王一生摇摇头,轻轻地说:"不了,我还有朋友。大家一起来的,还是大家在一起吧。我们到、到文化馆去,那里有个朋友。"画家就在人丛里喊:"走吧,到我那里去,我已经买好了吃的,你们几个一起去。真不容易啊。"大家慢慢拥我们出来,火把一团儿照着。山民和地区的人层层围了,争睹棋王风采,又都点头儿叹息着。

我搀了王一生慢慢走,光亮一直随着。进了文化馆,到了画家的屋子,虽然有人帮着劝散,窗上还是挤满了人,慌得画家急忙把一些画儿藏了。

人渐渐散了,王一生还有一些木。我忽然觉出左手还攥着那个棋子,就张了手给王一生看。王一生呆呆地盯着,似乎不认得,可喉咙里就有了响声,猛然"哇"地一声儿吐出一些粘液,呜呜地说:"妈,儿今天……妈——"大家都有些酸,扫了地下,打来水,劝了。王一生哭过,滞气调理过来,有了精神,就一起吃饭。画家竟喝得大醉,也不管大家,一个人倒在木床上睡去。电工领了我们,脚卵也跟着,一齐到礼堂台上去睡。

夜黑黑的,伸手不见五指。王一生已经睡死。我却还似乎耳边人声喧动,眼前火把通明,山民们铁着脸,肩着柴禾林中走,咿咿呀呀地唱。我笑起来,想:不做俗人,哪儿会知道这般乐趣?家破人亡,平了头每日荷锄,却自有真人生在里面,识到了,即是幸,即是福。衣食是本,自有人类,就是每日在忙这个。可囿在其中,终于还不太像人。倦意渐渐上来,就拥了幕布,沉沉睡去。

(原载《上海文学》1984 年第 7 期)

北方的河

张承志

我相信,会有一个公正而深刻的认识来为我们总结的:那时,我们这一代独有的奋斗、思索、烙印和选择才会显露其意义。但那时我们也将为自己曾有的幼稚、错误和局限而后悔,更会感慨自己无法重新生活。这是一种深刻的悲观的基础。但是,对于一个幅员辽阔又历史悠久的国度来说,前途最终是光明的。因为这个母体里会有一种血统,一种水土,一种创造的力量使活泼健壮的新生婴儿降生于世,病态软弱的呻吟将在他们的欢声叫喊中被淹没。从这种观点看来,一切又应当是乐观的。

第一章

他一直望着那条在下面闪闪发光的河。那河近在眼底。河谷和两侧的千沟万壑像个一览无余的庞大沙盘,汽车在呜呜吼着爬坡,紧靠着倾斜的车厢板,就像面临着深渊。他翻着地图,望着河谷和高原,觉得自己同时在看两份比例悬殊的地图。这峡谷好深哪,他想,真不能想象这样的峡谷是被雨水切割出来的。峡谷两侧都是一样均匀地起伏的黄土帽。不,地理书上的概念提醒着他,不叫"黄土帽",叫"梁"和"峁"。要用概念描述。他又注意地巡视着那些梁和峁,还有沟和壑。这深沟险壑真是雨水冲刷出来的。他望着黄土公路上的小水沟想。早晨下了一场透雨,直到现在水还顺着那些小沟,哗哗地朝着下头深不可测的无定河谷流着。汽车猛地颠了一下,他紧握住车厢板,继续打量着底下深谷里蜿蜒的无定河。那浑黄的河水在高原阳光的曝晒下,反射着强烈的光。天空又蓝又远,清澄如洗。黄土帽——梁和峁像大海一样托着那蓝天。淡黄的、微微泛白的梁峁的浪涛和天空溶成了一片。他觉得神清气爽,觉得这大自然既单纯又和谐。"蓝格莹莹的天",他哼了声民歌,心里觉得很舒服。解放牌大卡车载着他好像在沟壑梁峁的波峰浪谷里疾飞前游。

他对着高原,竭力想把视野里的景观记住。他皱着眉头,回忆着《中国自然地理》中那些专门概念的内容。"曲流宽谷",突然一个概念跳了出来,他不禁微微笑了。书上把他正在卡车上穿过的这条无定河大河沟叫作"曲流宽谷"。有意思,难道"曲流宽谷"和"拐弯大沟"有什么严格的区别么?不过,在试卷上要是写上"拐弯大沟"或是"老黄土帽中的拐弯河大深沟",考研究生的事就保险告吹。似乎那本书上还有些更严格的条条框框,但他想不起来了。不过他总算记住了一个曲流宽谷,而且是对着地图和大地记住了它。曲流宽谷,他又嘟囔了一声,然后转过身来,随即用手牢牢地握住车厢板。

满满一车老农民。他瞧着车里不禁又微笑了,今天他的心情特别好,就像跳高运动员在春季运动会的早晨看见了一个晴朗无风的好天气。一车老农民在解放牌车厢里颠着晃着哪。打盹的打盹,说话的说话。说话的用粗嘎的陕西腔吼着,满不在乎马达的轰鸣和呼呼的风吼。他估计这些农民全都是从自由市场得胜回乡的。早晨在绥德车站买票时,他亲眼看见那个扎蓝边白毛巾的老头口气蛮大地呐喊:"加车,加个大轿子么!咋——加个'解放'!"可这会儿那老头正稳稳地靠着驾驶室后窗坐着,一面扯着嗓子说着什么,一面警觉又故意不露声色地环顾着车上的动静。那个红脸青年可嫩多啦,两手紧紧捏住一个小黄挎包,一声不吭地背着众人独坐。后挡板外面翻滚的黄尘一阵阵吞没了他。"枣子!河畔枣子!"他记得这青年昨天在绥德城关这样瓮声瓮气地叫卖。全是农民。朴实的、小康的、可爱的、自有主意的农民。他们从绥德老城卖了货,挣了钱,现在回来了。那两个白胡子和花白胡子老汉不会是卖货,应当是串门走亲戚的。他们全回来了。从陕北名城绥德回到他们的无定河两岸上下的窑洞里和庄户院。婆姨和娃娃正轧好了饸饹,扫净了炕席等着他们。层层波涛般的沟壑梁峁和蓝莹莹的天、浊黄的水都在等着他们。他心里觉得踏实。从学校里一出来他就觉得踏实,不管黄土从后挡板上面卷过来时,他怎样呸呸地吐着嘴里的沙子,他还是觉得踏实。这条浑浊的河,这片无边无际的黄土山帽和这蓝得质朴的天,都使他踏实。

看见车厢左前角站着一个女的。他打量了几秒钟以后就断定,这是个北京人。她背对着他默默站着,他感到这女的有意避着他。两个插队出身的北京学生一眼就能彼此认出来,他猜她准是早就发现了自己。卡车歪歪地闯过一道楞坎,满车农民被颠得东倒西歪,但是那女的还是僵直地站着,坚持着一动不动。这是个和我差不多的,老插队出身的北京姑娘,她在避着我哪。他觉得挺有意思,他不由得又望了望她的背影,他觉得这背影很够味儿。

他愉快地吹了声口哨,把手翻转过来握紧车厢板,重新面对着荒莽的黄土高原。当卡车颠得蹦起来的时候,他开心地回头瞟着车里。在那些农民当中他最佩服那个红脸青年。那个棒小伙严肃庄重地坐在车尾,根本不理睬倒卷来的黄土。好后生,他用陕北式的口气自语着,满怀兴趣地端详着那小伙儿安静老实的模样。真是个安分的朴实后生,浑身肌肉鼓鼓的。他不由得展开手掌,然后又轻易地把车厢板握牢。他觉得他的手很有劲,老破卡车蹦一米高也不会使这双手松开,他心里很愉快。等停车吃饭的时候,他盘算着,我要用陕北话和那后生攀谈一番。"清涧的石板瓦堡的炭,米脂的婆姨绥德的汉",所以这后生的婆姨应当是米脂人,她这会儿也许正给这小伙儿纳鞋底呢。这一路的高原河水、风气人物都和黄色的梁峁一样让他感受清新。对,他心里说,挑选这个专业是对的,地理科学。单是在这样的大自然和人群里,就使他觉得心旷神怡。汉语专业无论怎么好,也不能和这个比,这才是个值得干的事业。我就选中这些河流作为研究方向,他暗暗地下着决心。

上星期毕业典礼时,教语音学的秦老师最后地对他苦口婆心了一番。而他说,不,秦老师,我还是说实话吧,这一行不对我的心思。论文得个五分,并不能说明我就是搞汉语语音学的材料。我想挑个更对我口味的专业干它一辈子。我很感谢您,真的,老师。我觉得这四年汉语学得很值。将来谁能离得开语言呢?

幸亏颜林他爹是搞自然地理的。没想到当年我和颜林拥着一床皮被在阿勒泰南坡露宿,居然成了今天为一生从事的专业作出选择的机缘。他回想起以前回北京去颜林家串门玩时的情景,那时老头经常坐在一个破沙发上对他畅谈地理知识。那干瘦老头居然能从青藏高原扯到海南岛,从太行山扯到黄果树瀑布。他挖空心思想打败老头,于是亮宝似的把自己串联过的地方一个个说出来。而老头随着他不安分的思路,如数家珍地大讲那些地方的地质成因、地貌特点，以及有什么河，河拐什么弯，夏天有多大洪水，冬天结多厚的冰。这还不算，连山上有什么岩洞，树上长什么叶子，老百姓种什么庄稼，老头全一清二楚。每次他离开颜林家时都暗暗称奇。哦，没想到，他想，原来那时听的故事已经在我心里扎根发芽啦。

他极端尊重秦老师的语音学，特别是方言调查理论。他在写毕业论文的那段时间里，不仅真真切切地触到了科学的冰凉而坚实的质地，而且有些天他几乎被这种不苟一音的、规律强大的领域迷住了。可是，当他熬到半夜，最后把三千字的一节删得只剩下二百来字的干货，终于扔掉笔，卷了一根烟点燃，靠在下铺同学的被子上以后，他又觉得不对劲。他惊奇地感到自己胸腔里的那颗心正慢慢苏醒过来，一层层重新滋润，一下下不安地敲打着他的胸肌。那颗心就好像小时候的二宝，热情地爬上他家窗台，邀他上哪儿去疯玩胡逛。这可不行！他害怕了，语音学要用三倍的安静、十倍的细致，循着铁轨一般的规律默默地干。这行当不太照顾他这颗小兔子般的心脏。那天晚上他失眠了，辗转地考虑了大半夜。后来他曾经拐弯抹角地找过起码一打教授和副教授，打探各种专业的底细。后来有一次颜林的老爹出差来新疆，到他们学校看他，他问道："一个有四年制汉语专业本科生基础，一门半外语，六年插队新疆历史，具有一定热情和干劲，身体条件良好的三十多岁老青年——究竟选择什么职业最好？"瘦老头斩钉截铁地回答："地理。毫无疑问，只有地理。"

他不禁苦笑了，眼睛还出神地盯着那个红脸后生。没想到这些话当了真：还有三个月，也许是两个月，他就要走上人文地理学研究生考试的考场。如果能参加人文地理学的考试，他就不用害怕自己的文科出身和高等数学的威胁。而据颜林他爹说，北京有位姓柳的老教授，几十年一直研究人文地理，目前正要大开山门，物色门徒。一切信号都是绿色，一切迹象都像这陕北高原的气息一样，显示着生机和美好。他在毕业前那阵乱哄哄的日子里啃完了一大堆地理系的讲义、小册子和一本《地表水》，并且刚刚把德国地理学家李希霍芬（Richthofen）的名著《中国》日文版第一卷借到了手。现在，天空晴朗湛蓝，风儿正吹满篷帆，他朝着亲自选定的那个目标启碇开航了。

促使他最后斩断了种种迟疑的是毕业分配。"计划生育办公室"！他气得火冒三丈。秦老师惋惜地说，这是照顾你家在北京，只有这么一个名额啦。他铁青着脸什么也没有说，他知道秦老师也很不舒服，因为这个结果对她谆谆开导他的那些方言调查理论也是一个大嘲笑。等秦老师端着饭盒走开以后，他突然狂怒地把两个饭碗砸在水泥地上。他踩着粉碎的白瓷片，撞开堵塞的人群，一直冲出了食堂。他当天就去图书馆借来了地理系的讲义。

那个红脸膛的陕北小伙儿突然站了起来，朝他憨憨地一笑。满车赚足了钱的农民都拍打着身上的黄土——卡车正慢慢地停住。他吃惊地朝车外一望：

青羊坪——三个白粉大字一下映入了他的眼睛。

他一下车就觉得眼花缭乱。眩目的阳光直射着这个河岸台地上的小镇。一点儿也回忆不起来啦，他惊奇地想。他完全回忆不起当年这里有些什么建筑和什么景物。那时我急得心火上蹿，因为我连自己被大卡车拉到了哪里全都不知道。他感慨地走在一条土巷子里，默默地看着。那天，为了避免暴露扒车者身份，他只是查对着一本薄薄的《革命串联地图》，猜测着卡车前进的方向。他只猜对了一点：这车从绥德东关一钻出来，就根本没有去什么军渡或宋家川，而是一头向东南扎下去，顺着无定河的大深沟，顺着曲流宽谷。

他追了两步,赶上那个红脸小伙子,在他肩头上拍了一下,"后生,"那小伙儿朝他转过晒得红红的脸来,清澈单纯的大眼望着他。"吃饭嗑么,后生?"他问。那次来陕北,他一共学会了三句陕北话:嗑、解下、相跟上。前两句一个是"去",一个是"懂",第三个和普通话意思一样,因为这说法又淳朴又文雅,所以他也一并记住了。这时他兴致勃勃地试验了第一句。

那后生又憨憨地笑了,赤裸的粗脖颈闪着健康的黑红色。"嗯,"他不好意思地答道。

"相跟上——咱们一块去吧!"他只说了半句陕北话,库存就空了。"我的话,你解下解不下?"他干脆把最后一句也抛了出来。幸好那后生宽容地说:"解下了,"于是他俩相跟上顺着土巷子往前走。

街巷上小饭棚、小客店鳞次栉比。他和那后生买了些白荞麦面皮的、包着粉条、菜和一点清油的馅饼。那饼炸得又黄又脆,他香甜地边走边吃,和那后生攀谈着,不断地使用"嗑、解下、相跟上"三个陕北词。当他们会钞时,他瞥见了黄帆布包里露出来一捆鲜艳金红的毛线。给婆姨的么?他逗那后生说。后生红着脸又憨憨地笑了,清澈的大眼躲着他。他想象着那个将要用这金红的毛线织成毛衣的陕北女人的模样。那女人的样子他知道。他猜得出,那一定是个像蓝花花或者李香香一样的,黑红又健美的女人,见了人羞得抬不起头,束着条蓝花布缝成的围裙。

"混纺的么?"后生红着脸把那金红毛线推了过来,请他鉴定。

"嗯。不——这种比混纺的还好。"他夸奖地说。毫无疑问,蓝花花和李香香穿上尼龙混纺的毛衣也会爱她们卖河畔枣、拦老绵羊的哥哥的。他在新疆插过六年队,他懂得,他解得下这个。快开车了,他们俩收拾好毛线,朝那辆风尘仆仆的卡车走去。他俩相帮着爬上车,我们已经成了朋友啦,他心里感到非常清爽。

接着这卡车将要开到黄河边去,顺着无定河最后的一段河谷一直开到黄河西岸。这辆解放牌卡车马上就要登上那段路程。那段路他曾经饿着肚子走了整整一个下午。他觉得有些心跳,有种苍老的、他觉得不是自己该有的慨叹般的情绪在堵着胸腔。卡车发动了,呜呜地哼着转过一个黄土山嘴,当卡车在山嘴上头换了挡,发出一种均匀的吼声时,他的眼睛亮了:他认出了这个地方。

真是这里,他默念着,真是这条路。我全认出来啦,我想起来啦。十几年前,他就是从这个山嘴转过来,一步步踏上被暴雨冲得沟渠纵横的道路的。他把最后一块白荞麦粉条馅饼塞进嘴里,用两只手握牢车厢板,开始专注地望着渐渐向前方倾斜下去的高原。瞧,这些山沟和老黄土帽,朝着黄河倾斜下去啦,朝着黄河,整个陕北高原都在倾斜。他出神地想,这陕北高原对黄河的倾斜是默默的,不露痕迹的,就像红脸后生对他的蓝花花婆姨一样。这不像你,他嘲笑自己说,你现在是强忍着激动。你从新疆大学校门到火车站,曾经给同学吹了一路,吹你对这条河的向往。

"喂,喂!"他听见一个女人的声音在唤着他。他转过身来。原来是她,她一直背着车厢站着。"喂,你是去河底村么?"那女的轻轻问他。他觉得她满口典型的北京知识青年腔。

他和她互相谈了一会儿。她告诉他自己是某小报的摄影记者;他也介绍说,他是新疆大学的应届毕业生。

他觉得和这姑娘谈话很不自在。她身上有股什么味儿使他有点手足无措。他有点烦，就劈头插上一句："你原来是哪个学校的？"

"女附中，"她微微一笑，"你呢，原来是插队的吧？"

"嗯，在新疆。听说过阿勒泰这个地方么？"

"我原来在北大荒。"她主动说，"我记得，北京学生那会儿不去新疆，都是去山西、陕西、内蒙……"

"我自己跑去的，"他说。他发觉自己在和这个姑娘聊天了。她准有事儿要去河底村，他想，她是发愁那地方人生地不熟。不然她不会走到车尾来，她一直避着我。这回是因为实在想找人帮忙，才找我来了。他诚恳地说："你别担心，河底村是个好地方。老百姓特好，不会欺负人的。"

她的脸红了，"我怕那儿没有招待所，"她小声说。

"放心，"瞧她脸都红了，她准还没有结婚呢。"没有招待所有店，没店有生产队，有老乡窑洞。"到底是个女的，他想，尽管也去过北大荒。他不禁看了一看眼前这个姑娘，女附中的，只有她们这种北京学生才会穿这种又不起眼又不入俗的女上衣，烫这种好像没烫过的发式。

"我想拍几张新鲜点的黄河照片，"她解释说，"就上了这趟车。河底村那儿的黄河和无定河相汇，我想可能比壶口啦，风陵渡啦，三门峡啦新鲜点。"

"放心。用得着的时候，我会帮你忙。"他结束了谈话。跟女的少那么饶舌，他训了自己一句。就那么回事呗，到时候把她领着和红脸后生相跟上，找蓝花花或李香香去就是了。

他又转身抓住车厢板。就是这条路，可是现在看着却那么陌生。岁月真能消蚀一切哪，饿着肚子走了半天的路，居然也会被忘掉。那时你才二十岁，衬衣口袋里只有不足十块钱。你从青羊坪小镇子下了车就走上这条土路，不但没吃白荞麦面的素馅饼，而且从清晨起滴水未下肚。你走了那么久，翻过一架又一架黄土老帽，见一个人就问一句"嗑黄河还有多么远？"陕北的里程和阿勒泰草原的里程一样，越走越大，一会儿一个数。从三十里到四十里，从二十里又到四十里。现在看来可能是一共四十里，因为你走了半天整。你的球鞋里灌进了细细的黄土末，你一路喝清亮些的渠水。后来你在一个山梁上看见一个老汉在茅棚下卖西瓜，你咬咬牙掏出五毛钱买了一个。你和那老汉聊天，说你从延安来，还到过延川和延长的油矿。老汉说："米脂的婆姨绥德的汉，三延的女子没人看。"你觉得蔫了半截。不过那瓜真甜。后来你一路摘没熟的枣子吃，因为这种枣沿着黄河西岸长，所以叫河畔枣。那红脸后生在城关集上卖河畔枣，所以你马上就猜他是河底村的。那时节的河畔枣又青又涩，吃得你肚子发胀，可是你一点儿不饿了。你快活得唱着"横山里下来些游击队"。那时你像一只鸟儿一样轻捷，敢从高高的山崖上跳下去抄近路。你还追赶过一只青灰色的野兔子，那青灰色的兔子在这黄土世界里显得鲜明而刺眼。可是你没追着，累得满头大汗地躺在又干又烫的黄土上喘气。等到你爬一座大山时你累了，那段公路又酥又软，上面结着开裂的硬皮儿，下头是软陷的松土。你咬紧牙往上爬，白花花的毒日头晒得你嗓子冒烟。你后悔没有省下半个瓜带着。可是那时你的生命像刚点燃的一簇火，你的四肢都弹性十足。你知道你的心脏特别健康，脉搏又沉又稳。所以你赌了一股狠劲儿要和那座黄土山比一比，你决定不停步一口气爬上山顶。你信心十足地踏住龟裂的黄土硬皮，然后有力地蹬直膝盖的关节，一步步地攀登着。后来,后来——在爬上山顶的那个时刻,你看见了黄河。

他突然听见那姑娘尖叫起来:

"快看! 黄——河!"

他浑身一震,忙转过头来。解放车正登上山顶。这一定就是那座黄土高山,你全忘啦。他轻轻地责备着自己,屏住了呼吸。陕北高原被截断了,整个高原正把自己勇敢地投入前方雄伟的巨谷。他眼睁睁地看着高原边缘上的一道道沟壑都伸直了,笔直地跌向那迷蒙的巨大峡谷,千千万万黄土的山峁还从背后像浪头般滚滚而来。他激动地喃喃着,"嘿,黄河,黄河。"他看见在那巨大的峡谷之底,一条微微闪着白亮的浩浩荡荡的大河正从天尽头蜿蜒而来。蓝青色的山西省的崇山如一道迷蒙的石壁,正在彼岸静静肃立,仿佛注视着这里不顾一切地倾泻而下的黄土梁峁的波涛。大河深在谷底,但又朦胧辽阔,威风凛凛地巡视着为它折腰膜拜的大自然。潮湿凉爽的河风拂上了车厢,他已经冲到了卡车最前面,痉挛的手指扳紧栏板。

这个记忆他可没有遗忘。这个记忆他珍存了十几年。他一直牢牢记着,一个乳臭未干的毛头小伙子目瞪口呆、惊慌失措地站在山顶,面对着那伟大的、劈开了大陆、分开了黄土世界和岩石世界的浩莽大河的时刻。他现在明白了,就是这个记忆鬼使神差地使他又来到这里,使他一步步走向地理学的王国。"我一定要考上!"他低声地发誓说。

"什么?喂,你说什么?"他发现自己原来和那姑娘并肩站在一起,抓着车厢前挡板。

我说,我一定要考上!河面上吹来的长风呛得他说不出话来,他觉得那条大河像在低低地吼。"晋陕峡谷",他激动地又想起了一个新名词。这个名词是多么难以咀嚼和消化呵,我将在将来要写的一切论文里,把"晋陕峡谷"四个字都改成"伟大的晋陕峡谷"。这么干才值得。滚它的宣传科小干事吧,我要干这一行。他发觉自己在这一刹间为自己的一生做了坚决的选择。

"喂!你是要考研究生吗?"他听见那姑娘对着他的耳朵喊,她的几丝纷飞的鬓发似乎触着了他的脸颊。"我一定能考得上!"他吼叫着,他有些发怒,但又满心痛快。他感到这个姑娘的身上散发着一道光彩,这光彩鼓舞着他想倾诉一番。我当然会考上的,我已经做了准备,读完了地理系的自然地理讲义。大学四年我一直选修历史系的考古学讲座。我有一门半外语,我还有语音学、方言调查和全部汉语专业的训练。按我们汉语专业的标准,连大块头的社论也常是病句连篇。我插过六年队,我也见过这些年的各种热闹事儿。我懂得考研究生的关键:我首先要让自己的外语不出毛病,也要把其它大路货的课考好,连考卷也写得整整齐齐。我已经读完了地理系那本讲义,我会把那些"曲流宽谷"背得滚瓜烂熟,我一共有一百来块钱,加上毕业时发的派遣报到费一共将近二百块。我要利用这个暑假和这笔钱跑几条河流,增添感性知识。我要从新疆一直跑到黑龙江,调查北方的所有大河。临上考场前,我要狠踢一顿足球,让脑子清清醒醒。我将用我记熟的准确概念和亲自调查来的知识轰炸那张考卷。我将调动我的看家本事,用严格的语法和讲究的修辞使这场轰炸尽善尽美。所以我一定能考上。等我考上了人文地理学的研究生,我就可以用研究生津贴过日子,我用不着去那家计划生育宣传科领工资。我一定会在这个世界上找到我最喜欢的那个位置。

他忍不住地把这些想法一古脑儿告诉了她。她眨着眼睛听着,觉得又新鲜又有趣。这男的真神,她想,和他作伴去河底村挺有意思。她不由得打量着他的侧面,打量着他粗硬的头发和眼睛。她觉得那双眼睛灼灼逼人。她听着他滔滔不绝地说着。小心点,她轻轻警告着自己,男人要比你想象的成熟。你毕竟第一次见到他啊。

这时,解放牌卡车驶进了巨谷底部。汽车猛地往右一拐,把无定河的浅滩浊水甩开,朝着一片浓绿的树林驶去。黄河平稳地向南迅速滑行着,仿佛凸起的水面白茫茫的。对岸山西的岩山仍是一片青蓝。红脸后生胸有成竹地站了起来,拍拍身上的尘土,握紧了黄帆布包。他从那后生憨憨的表情中知道:河底村到了。

他们来到了河边上。他一出了红脸后生的窑洞就大步流星地在前面疾走。等他走到了浊浪拍溅的河漫滩上,才回头看了看那姑娘摇晃的身影。真像一根杨柳,他想,给她的照相机压得一弯一闪。他沿着黄河蹀着,大步踏着咯咯响的卵石。河水隆隆响着,又浓又稠,闪烁而颤动,像是流动着沉重的金属。这么宽阔的大峡都被震得摇动啦,他惊奇地想着,也许有一天两岸的大山都会震得坍塌下来。真是北方第一大河啊。远处有一株带着枝叶的树干被河水卷着一沉一浮,他盯准那绿叶奔跑起来,想追上河水的速度。他痛快地大声叫嚷着,他感到自己已经完全融化在这喧腾声里,融化在河面上生起的、掠过大河长峡的凉风中了。

她刚刚给照相机换上一个长镜头,带好遮光罩,调整了光圈和速度。她擦着汗喘着,使劲地追赶着前面的他。她看见他这时正站在上游的一个尖岬上,一动不动。

"你怎么啦,喂!"她快活地招呼着。她轻轻扣好相机快门上的保险,她已经拍了第一张。她相信河水层次复杂的黄色、对岸朦胧的青山,以及远处无定河汇入黄河的银白的光影会使这张柯达胶片的效果很好。河底村小小的招待所很干净,现在她一点儿担心也没有了。

"你说话呀,研究生!"她朝旅伴开起玩笑来了。

"全想起来了,"他开口道,"我早知道,一到这儿我就能想起来。"

"想起来什么?地理讲义么?"她兴致很高地问,她挺想和这个大个子青年开开玩笑。

"不,是这块石头。"他说,"十几年前,我就是从这儿下水的。"

"游泳么?"她歪着头瞧着他。他默默地站着,长长地叹了一口气。告诉她么?"我上错了车,喏,那时的长途班车正巧就是辆解放牌卡车,"他迟疑地说,"我去延川看同学,然后想回北京。从绥德去军渡然后才能进山西往北京走,可是我上错了车。那辆车没有往北去军渡,而是顺着无定河跑到这儿来啦。而且,路被雨水冲垮了,车停在青羊坪。在青羊坪我听说这儿有渡船,就赶了四十里路来到了这里。"他凝视着向南流逝的黄河水,西斜的阳光下,河里像是满溢着一川铜水。他看见姑娘的身影长长地投在铜水般的河面上,和他的并排挨着。告诉她吧,他想道。"在这里,就在这儿我下了水,游过了黄河。"

她静了一会儿,轻声问:"你为什么不等渡船呢?"

那船晚上回来,八天后才再到河东岸去。当时他远远地望见船在河东岸泊着。他是靠扒车到各地同学插队的地方游逛的,他从新疆出发,先到巴里坤,再到陕北,然后去山西,最后回北京。他想看看世界,也看看同学和人们都在怎么生活。

姑娘又补充说道:"我是说,游过去——太冒险了。你不能等渡船么?"

"我没钱,"他说,"我在村子里问了,住小店,吃白面一天九毛钱,吃黑面一天六毛钱。那时候我住不起。"

她感动地凝视着他。"你真勇敢，"她说。

他的心跳了一下。你为什么把这些都告诉她？他的心绪突然坏了。他发现这姑娘和他的距离一下子近了，她身上的一股气息使他心烦意乱。今天在这儿遇上这个女的可真是见鬼，他想，原来可以在黄河边搞搞调查、背背讲义的。本来可以让这段时间和往事追想一点点地流过心间，那该使他觉得多宝贵啊。可是这女的弄得他忍不住要讲话，而这么讲完全像是吹牛。

"游过黄河……我想，这太不容易了，"他听见那姑娘自语般地说道。他觉得她已经开始直视着他的眼睛。你这会儿不怕没有招待所啦，哼！他忿忿地想。她在放松了戒备的神经以后，此刻显得光彩袭人。这使他心慌意乱。他咬着嘴唇不再理睬她，只顾盯着斜阳下闪烁的满溢一川的滚滚黄河。

她举起照相机，取出一个变焦距镜头换上。这个小伙子很吸引人，浑身冒着热情和一股英气。他敢从这儿游到对岸去。上游拂来的、带着土腥味儿的凉风撩着她的额发，抚着她放在快门上的手指。这个可不像以前人家介绍的那个。那个出了一趟国，一天到晚就光知道絮絮叨叨地摆弄他那堆洋百货。那家伙甚至连眼睛都不朝别处瞧，甚至不朝我身上瞧，她遐想着。而这个，这个扬言要考上地理研究生的小伙子却有一双烫人的眼睛。她想着又偷偷地瞟了他一眼。瞧人家，她想，人家眼睛里是什么？是黄河。

"坐下歇歇吧，"她建议说，并且把手绢铺在黄沙上，坐了下来。黄河就在眼前冲撞着，倔强地奔驰。这河里流的不是水，不是浪，她想，"喂！研究生！你看这黄河！"她喊他说，"我说，这黄河里没有浪头。不是水，不是浪，是一大块一大块凝着的、古朴的流体。你说我讲得对吗？"她问道。

一块一块的，他听着，这姑娘的形容很奇怪，但更奇怪的是她形容得挺准确。一块块半凝固的、微微凸起的黄流在稳稳前移，老实巴交但又自信而强悍。而陕北高原扑下来了，倾斜下来，潜入它的怀抱。"你说的，挺有意思。"他回答道，"我是说，挺形象。"

"我搞摄影。这一行要求人总得训练自己的感受。"

"不过，我觉得这黄河——"他停了一下。他也想试试。我的感受和你这小姑娘可不太一样，他感到那压捺不住的劲头又跃跃而来了。算啦，他警告自己说。

"你觉得像什么？"她感兴趣地盯着他的脸。他准是个热情的人，瞧这脸庞多动人。她端起照相机，调了一下光圈。"你说吧！你能形容得好，我就能把这感觉拍在底片上。"她朝他挑战地眯起了眼睛。

"我觉得——这黄河像是我的父亲！"他突然低声说道。他的嗓音浊重沙哑，而且在颤抖，"父亲，"他说。我是怎么啦？怎么和她说这个！可是他明白他忍不住。眼前这个姑娘在吸引着他说这个。也许是她身上的那股味道和她那微微眯起的黑眼睛在吸引着他说这个。他没想到心底还有个想对个姑娘说说这个的欲望。他忍不住了。

"我从小……没有父亲。我多少年把什么父亲忘得一干二净。那个人把我妈甩啦——这个狗杂种，"他恶狠狠地骂了一句，然后牢牢地闭上了嘴。对岸山西的青灰色岩山似乎在悄悄移动着，变成了黛色。瞧，这黄河的块，她静静地凝望着黄河想，它凝住啦。唉，人的心哪。

"我多少年一直有个愿望，就是长成一个块大劲足的男子汉。那时我将找到他，当着他老婆孩子的面，狠狠地揍他那张脸。"他觉得自己的牙齿剧烈地格格响着。他拼命忍住了，不再开口。这种事姑娘猜不到，她想象不出来这种事的。可是我有一个伟大的妈妈——告诉你,那些所谓的女英雄、女老干部、女革命家根本不配和我妈比。我有了她,一生什么全够了。我从小不会叫"爸爸"这个恶心词儿,也没想过我该有个父亲。他颤着手指划亮一根火柴,点燃一支香烟。可是,今天你忽然间发现,你还是应该有一个父亲,而且你已经给自己找到了一个。他喷出一团烟雾,哦,今天真好,今天你给自己找到了父亲——这就是他,黄河。他默默想着,沉入了自己的感动。但当他看到旁边那对充满同情的黑眼睛时,他又感到羞耻。你太嫩啦,看来你是毫无出息。你什么都忍不住,你这么轻易就把这些告诉了她。你,你怎么能把这样的秘密随便告诉一个女人?!他的心情恶劣透了。他忍着愤怒从沙滩上站了起来,朝河边的尖岬大步走去。他想躲开那个女的,他甚至恨那女的,是她用那可恶的黑眼睛和一股什么劲儿把他弄得失去了自制。他走到黄河边上,河水拍溅着他的脚,他觉得含沙的夏季河水又粗糙又温暖。他忘记了背后那个姑娘,他感到眼前的大河充满了神秘。

哦,真是父亲,他在粗糙又温暖地安慰着我呢。"爸—爸,"他偷偷试着嘟囔了一声,马上又觉得无比别扭和难受。远处的河水不可思议地凸起着摇荡着。你告诉我一切吧,黄河,让我把一切全写上那张考卷,让那些看卷的老头目瞪口呆。那将不是一张考卷,而是一支歌,一首诗,一曲永恒的关于父与子的音乐。老头们的试卷真能容纳下它么?他问自己。不可能,他又回答自己。这是写不出来的,也不应当告诉别人的一个秘密。你原来那么傻,他嘲笑着自己,你忘了那次横渡黄河时究竟有没有什么神示或者特殊的感觉。你活像只快乐的小鸭子一样,相跟着一个陕北老乡,把衣服和鞋塞进油浸的整羊皮口袋里,就大模大样地下了水。你不买票扒了车,走了四十里沟壑梁峁的黄土路,只吃了些西瓜和青涩的河畔枣,命催着似地跑到这儿来游黄河。你游过去了,当天赶到了山西。难道没有神助么?难道没有什么特殊的东西在保护着你么?你游水时的感觉和平常在游泳池,在水库,在京密引水渠里的感觉一样好,轻松又容易。你把那个抱着吹足气的羊皮油口袋的老乡甩在后面。你的两腿和手臂不仅没有抽筋,而且那么有力和舒展。你横渡了这条北方最伟大的河,又赶了二十里山西的青石头山道,当晚赶到了柳林镇附近的一个小村。第二天你拦卡车到了介休,又扒上"三八红旗白拉线"的火车,一直到了北京。后来你对同学们讲了游黄河的事,而二宝和徐华北他们挤眉弄眼地说,他们也游过来了,而且是游蝶泳过来的。——这一切中的每一步,在今天几乎都不可能。合理的答案只有一个,这答案你今天自己找到了:黄河是你的父亲,他在暗暗地保护着他的小儿子。

他抬起头来。黄河正在他的全部视野中急驶而下,满河映着红色。黄河烧起来啦,他想。沉入陕北高原侧后的夕阳先点燃了一条长云,红霞又撒向河谷。整条黄河都变红啦,它烧起来啦。他想,没准这是在为我而燃烧。铜红色的黄河浪头现在是线条鲜明的,沉重地卷起来,又卷起来。他觉得眼睛被这一派红色的火焰灼痛了。他想起了梵·高的《星夜》,以前他一直对那种画不屑一顾;而现在他懂了。在梵·高的眼睛里,星空像旋转翻腾的江河;而在他年轻的眼睛里,黄河像北方大地燃烧的烈火。对岸山西境内的崇山峻岭也被映红了,他听见这神奇的火河正在向他呼唤。我的父亲,他迷醉地望着黄河站立着,你正在向我流露真情。他解开外衣的纽扣,随即把它脱了下来。

她跟跄着冲过来,一把抓住他的手臂。

"你干什么?"她气喘吁吁地喊,"你要下水?"

他回过头来,困惑地望着姑娘。

"不行！太危险了！"她坚决地摇摇头。好骄傲的男人呐，他以为我怀疑他那段英雄史。"我知道你能游过去……你已经游过去啦，"她紧紧抓住他的手不放，"不过现在没有必要这样，这太危险了！"她喊着，想使自己的声音压住河水震耳的轰鸣。

他谨慎地抽出了手，打量着她。这姑娘怎么啦？看来男子汉在关键的时候，身边不能有女人。她们总是在这种时候搅得你心神不宁。她们可真有本事。

"别游了，太危险，"她仰着脸望着他说。"咱们不如聊聊天。要不，我再照几张照片，你对着黄河温温功课。"带着变焦距长镜头的相机沉重地在她胸前晃动着，他觉得她那长长的脖子快要被那机器坠断了。他挺想帮她托着那台金属的大相机。

"你去照你的相吧，上那边转转，"他嘎哑着嗓子，不高兴地嘟哝着，"我有点私事，你最好走开点。"

"不！"她喊起来，"这是黄河！你懂吗？"她把两只小手攥成可笑的拳头晃着。

我不懂，难道你懂么。他被深深地激怒了。谁叫你那么愿意和姑娘往一块儿凑？瞧她狂的。你懂，你大概只懂怎么把头发烫得更招人看两眼。他狠狠地咬着嘴唇，几乎想骂出一句粗话。

"喂，你听着：我不认识你。你不是已经找着招待所了吗？"他尽量有分寸地说。

她怔了一下，然后退了两步。他看见她脸上的神情先是凝固了，接着就渐渐褪尽。"好，随你吧，"她小声说道，双手扶住胸前的相机。他看见她的眼睛里充满了痛苦和责备的神情。

他吃惊地望着她。她这会儿显得真动人，简直像尊圣洁的雕像。你们真行，姑娘们。怪不得我一下子就吐出了心底的秘密，这秘密我从没向任何一个人说过。他抱歉地搓着手，"对不起，"他说，"我有个爱发火的坏毛病。"

"你太凶了，"她伤感地说。为什么要这样对待别人呢，我已经看透了，在最深的意识里，他们都一样。"真难得，刚才你还算诚恳些。我以为——"

"刚才我是在瞎编，"他打断了她的话。我为告诉了你那个而羞耻呢，他想。"你别当真。"

"不！人应该学得真诚些！"她激烈地反驳着，"而且——"而且你也用不着那么骄傲。讲人生滋味，也许我尝得比你多得多。她涨红了脸，突然颤声说："我也没有父亲，我也好久好久没有喊过爸爸这个词儿，而且……我一想到这个词就难受。"

"哦？"他吃了一惊。

"他在一个中学传达室工作，当打钟的工友。他们说，他在解放前当过国民党的兵，是残渣余孽。六六年，他们把他打死了。就在那个传达室里。那一年我十二岁，小学六年级。"她平静地说着，眼睛一直凝视着他。

"我懂了。"他冷峻地迎着她的目光，"你骂吧！我在那时候也是一个红卫兵。"

她疲惫地摇摇头，叹了口气："不，我不骂。而且，我一眼就看得出来，你和那些人根本不一样。那些人——"

"狗东西！"他从牙缝里恶狠狠地咒骂着。

"你太粗野了，"她忧郁地说。他从她低柔的声音里感到一种距离很近的信赖。

"后来呢？"他阴沉地问。

"我母亲有病，青光眼。医生说她一急就会失明。所以，我……"她的头低下去了。他看见她的黑发在风中颤抖着。"我就一个人跑到那个传达室，给爸爸洗身上的血。"

"好了,别说了,"他轻声打断了她。

"我用一块毛巾给爸爸洗身上的血。那血,那血——"

"别说了!"他转过身去。

她微张着嘴,安静地望着他的肩膀,接着就颓然坐在沙滩地上。被高原的烈日烤了一天的粗砂子舒服地烙着她。她感到心情非常宁静。是呵,别说啦。他全明白。像他对我一样,我也把一切都对他说啦。

他默默地面对着黄河站着,风拂着他裸着的前胸。我不能想象,小妹妹,他想。他的确不能想象,这个眼睛黑黑,身材柔细的姑娘,心里怎能盛着那么沉重的苦难。

这时,黄河,他看见黄河又燃烧起来了。赤铜色的浪头缓缓地扬起着,整个一条大川长峡此刻全部熔入了那片激动的火焰,山谷里蒸腾着朦胧的气流,他看见眼前充斥着,旋转着,跳跃着,怒吼着又轻唱着的一团团通红的浓彩。这是在呼唤我呢,瞧这些一圈圈旋转的颜色。这是我的黄河父亲在呼唤我。他迅速甩掉上衣,褪掉长裤,把衣服团成一团走向那姑娘。"不,太危险了,"她仰着头恳求着他。他又清楚地听见了这声音里的那种信赖。他感动得心里一阵难受。"拿着,等着我,"他低声说,"你看那渡船泊在对面呢,我回来时坐渡船。"他望着那姑娘的黑发在风中飘拂着,他使尽力气才忍住了想抚摸一下这黑发的念头。时间不早了,他想,他又看了一眼那姑娘的头发,就急匆匆地朝着那片疾速流动的火焰奔去。

她站了起来,紧抱着他脱下的乱糟糟的衣服。这衣服上带着一股强烈的男人的汗味儿和烟草味儿。糟糕,我好像爱上他啦,她惊慌地想。但她马上赶跑了这个怪念头。一丝冷静的神色慢慢地浮上了她的黑眼睛。她缓缓地端起了沉重的相机,那团衣服一下子落在沙滩上。她迅速地顾盼了一下视野左右,冰冷的目镜轻轻地、稳稳地抵住了她的眉梢。她不出声地拉动着照相机镜头上的变焦环,沉着地分析着目镜中的画面和她心中闪过的感受。

她看见了一幅动人的画面:一条落满红霞的喧嚣大河正汹涌着棱角鲜明的大浪。在构图的中央,一个半裸着的宽肩膀男人正张开双臂朝着莽莽的巨川奔去。

她嘴角泛出了一个紧张的笑纹。当那男人纵身扑向黄河的一刹,她稳稳地按下了快门。

他垂直对准着河对岸的山。他双臂均匀地划着水。我就这样游,注意手臂推水时别太猛,两腿后蹬时也要用劲均匀,你总喜欢用力过猛。记得那次我就是这样,游蛙泳,但头不埋进水里。要用眼睛瞄着从上游打来的浪。绝对不能抽筋。他觉得浑身被温暖的河水浸得很舒服,但他的每一根神经都绷紧着。那回你登上山西的河岸时,激动得跳着喊了一声"万岁",可是你不知道有个十二岁的小女孩在用毛巾擦着父亲尸体上的血污。"你真够浑的,"他说出了声,一个浪头哗地打在他脸上,使他把后半句咽了回去。今天我才明白,你是仗着黄河父亲的庇护和宽容才横渡成功。这时他停了一瞬,河水浮力很大,他感觉着身躯被浑重的河水托住的滋味。真的,黄河在保护着我呢,他想。他心里又掠过一阵激动。接着他笔直地对准了山西,对准了雄伟的吕梁山脉。他在浪头打来时吐气,在浪峰上吸气。他瞥见自己肩头的肌肉上水珠滚动。我感激你,小姑娘,你使我得到了宝贵的修正,而且你还给了我那样的信任。你居然看得出来。是的,那时我是个地道的红卫兵,但是我没有打过人,更没有打过你那当工友的爸爸。不过,我愿意也承担我的一份责任,我要永远记住你的故事。他觉得自己心情沉重,但他也觉得自己的心变得丰富了。他全神贯注地游着,这时,他看见了河的中流。

一下跌入中流,他就吃惊地发觉黄河正疯狂地搂着他飞跑。一条小鱼碰了他的大腿一下,他觉得那鱼像是对他闪电般地一刺。接着他又碰上了几条,每碰上一条都像挨了清晰的一击。他还仿佛听见了鱼群的叫声。不过中流的水面平缓极了,像凝固的一块在滑走。他想起了那姑娘对黄河的形容。我愿对你承担责任,十二岁的小姑娘。他想,既然当时我像只小鸭子一样毫无顾忌地跳下河水,既然我那时不懂得关心和感受世界上的痛苦。他发现他正被中流的河水抓着迅速向南滑翔着,他赶快对正河岸,努力游着。黄河,他默默地唤着。今天我已经不是那只肤浅的小鸭子啦。黄河轰轰地应声响着,对岸壁立的悬崖已经近了。这石壁已经近了,他想,这石壁在动呢,像是移动着向北走。他深吸了一口气,更专心地游着。

渐渐他觉得两臂上的三角肌发酸。我累了,他警觉地想。上一次我一点儿也不觉得累,记忆中只有轻松活泼、满心舒畅。这回刚游了一半你就累了,而且这回你没有走那四十里路,肚子里是白荞麦馅饼而不是青枣子。伙计,你在衰老。他突然觉得满心凄凉。十几年流逝得像这黄河水。你还没有长成人,你的肉体就已经开始要背叛你。可是我的青春别想背叛!"妈的,我活着就不让你背叛!"他又骂出声来。他划上一个浪峰吸了一口气,脸颊仿佛在发烧。他记起了那姑娘的责备。你总在讲粗话,十几年来,你变野了。可是十几年来我经历过多少啊,我变野了也变文明了。我受过汉语专业本科训练,我还将是地理学的研究生,我可不是不会文质彬彬。不过别再当着那姑娘说粗话,他嘱咐自己。十几年来不知她变没变。她那惊人的坚强和眼光不知道是不是背叛过她。应该对她温和一点,十二岁就有过那么一段经历的姑娘,应该多得到些温暖,包括语言。他使劲地游着,这时他渡过了块状滑行的中流,看见了速度慢得多,但是浪头很大的东侧的浅流。

他的心激动地跳了起来:河岸已经近在眼前啦。他的喉头哽住了,呼吸有些急促。哦,黄河父亲又一次卫护了我,剩下的这二百米我可以稳稳游过去。肉体也没有背叛,三角肌忍住了疲乏,严格地服从了青春指挥。我还没有衰老,我不会衰老的,他高兴地想。我可以帮那姑娘的忙,找到那个带头毒打她爸爸的恶棍,把那个贵族味儿十足的恶棍揍一顿。"狗东西!"他又骂了一句。这时他冲出了中流。河水的流速骤然减了下来,他又开始瞟着上面打来的浪头。不过,教训贵族的事儿应当留给她的男朋友或是丈夫干,我呢,我可以请她吃一顿。吃饭的时候,我给她唱一个额尔齐斯河边的哈萨克情歌,让她觉得世上好人多,让她觉得没有看错人。然后我就去专心地研究人文地理学。

他在激浪中游到了离河岸十几米的水面。眼前粘满青苔的岩壁飞快地移动着。这水流得太快啦,他想。就在这时他瞥见一块从河底伸出的巨石正朝他冲来。他蜷起身子,双脚拼命地蹬了那石头一下,巨石在水里半隐半现地一掠而过。流得太快了,这水把我冲下去啦,他有些惊慌。他奋力扬起臂膀,鼓足力气,用爬泳对准山西的石壁冲刺,他觉得石崖上的绿苔已经伸手可触了。可是河水抓着他仍然向下飞流。闪过的石壁上的纹理裂隙晃得他睁不开眼睛。两条手臂突然瘫软了,他感到肩头上沉重如铅,酸疼难忍。河水拥着他贴着石岸滑下,他看见又一块狰狞的巨石朝他驶来了。他低哑地从喉咙里吼了一声。他蔑视这块礁石,他知道自己已经胜利。他用尽全身力气扑向河岸。当他看见陡崖上的一个棱角闪过眼前时,他一把攥住了它。他的身体立即被河水冲得横了过去。他的身躯翻转了,右臂被一股强力重重地拉了一下。他死死抓紧了右手攀住的那个石棱,感到急流正在他的两个肩头和两只脚掌那儿哗哗地激起浊白的浪花。

他心满意足地闭上了眼睛。温暖多沙的水流抚着他的肉体滑过,朝着他的身体指着的方向继续向前。浑黄的浪头激烈地推撞着他,在他四周响成轰轰的一片。黄河父亲,他想道,我感激你。接着他逆着水流收起双腿,然后牢牢地踏住了坚实的石岸。

第二章

他出神地凝视着车窗外的黑暗,手指间夹着一支闪着红光的烟。列车摇晃着,暗黑中的树林、山岗和大地都在玻璃外面成了流动的黑色。原来列车也是一条河,他默默地吸着纸烟,在横贯陇海又猛折向北的河道上奔流,亮着灯光,鸣着号角,掀起着轰隆隆的巨响。列车上的人呢,就是河里的水和浪。他看见玻璃上映着一点烟头的红亮,列车也是一条河啊,他吐出一口烟。这样干地理学可真不错,走向河流、沿着河流,连我自己也像一条河流。他又吸了一口烟,看着乌蒙蒙的玻璃上又亮起一点红光。

那次也是这样:车厢里挤满了串联的学生,他坐在联结两节车的冷飕飕的过道里。地上是一块冲出防滑钉的铁踏板。那铁板也像现在一样摇晃不停。

那是你第一次坐火车,第一次投进一条汹涌的河。他缓缓地吐出烟雾。那时你当然不会吸烟,更不会喝酒、骑马、在阿勒泰山的雪坡上拖走一根粗大的圆木。那时你在这块灰蒙蒙的玻璃里只看见一张娃娃脸,看见一双幼稚明亮的闪闪的眼睛。那时你没有和红脸后生交朋友的本事,也没有拥抱过和粗鲁地亲吻过姑娘。你只是揣着一颗小兔子般活泼的心,被大千世界的风雨世面激动得坐卧不宁。那时你还是个孩子呢,就不假思索地跳下了这条河。

后来你穿州过府,风尘仆仆地和社会、和政治、和大自然、和那么多复杂的人往来比试。你敢在人头攒动的会场上大声疾呼,敢在空旷恐怖的荒山里大唱大喊地走夜路。你从马背上栽下来,翻滚的马从你稚嫩的身子上压过去。你不相信道路,用指北针计算着,倔强地朝挡路的大山攀登。后来你爱上了边疆,就一直跑到准噶尔,跑到阿勒泰,跑到伊犁。你回来时装着一副大人气,鄙夷那些只到过大城市的同学的娇气,你绷着晒脱了皮的黑红的脸,昂着头像一阵风走过他们身旁。你不知道,你根本不可能知道——有个十二岁的小姑娘在编着完全不同的故事。你那时不懂得眼泪,不懂得代价,你不知道历史也有它的痛苦。

他看见那扇乌蒙蒙的玻璃上映出一个修长的黑影。他回过头来,"还没睡么,"他问道。

她微笑着端详着他。天不亮车就要到达北京啦,他就要和我分手,去找他那些地理资料了。"你去睡一会儿吧,研究生,"她说,"我和列车员说好了,卧铺车厢开着门呢。"

"我不去,这儿挺好。"他说。

"去吧,你还能睡几个小时。"她劝道,"一个卧铺,轮着睡嘛。"

"我不想睡,"他说,"这儿凉快。车里又热又闷。"

那么我也不去。和他一块儿再呆几个小时吧,她想,只有几个小时了。天一亮,等他们走出拂晓时的北京车站,这个游黄河的小伙子就要离开她了。唉,人就又要各自东西啦,"说会儿话吧,"她说着坐了下来,把一本书垫在冰凉的铁踏板上。

他们默默地抱着膝坐着,想着心事。摇晃不停的列车抽动着铁踏板,他们的肩头时而碰在一起。这么近,我这么近地挨着一个男的坐着,她暗自想道,也许这是段挺值得珍惜的友谊呢。而且互相说了那么多,我和他都讲了关于父亲的事,我还亲眼看着他游过了黄河。走廊间的灯突然熄了,他们之间只有那支香烟在一下下明灭。而以前那个,哦,我已经忘记那人的名字啦,她想。那一个和我来往了那么久,也没有这么接近过。

他望着玻璃外面黑魆魆的原野,默默地吸着烟。河流真是神奇的,从那时你就爱上了河。在阿勒泰插队的时候,你总是尽量找和额尔齐斯河有缘分的活儿干。你抢着去沼泽里寻找丢失的挽马,顺着河岸的土路运送粮食。六月的时候野花开了,你迫不及待地下河游泳,后来你习惯了那冰水般刺骨的激流。你曾经和三个布尔津城来的打鱼人在冰水中拽着一张拖网,打上来一条二十公斤重的大鲇鱼。探亲回北京的时候,你上瘾似的见一条河就横渡一条河,后来——完全是命里注定,你横渡了那条黄河。那时你崇拜勇敢自由的生活,渴望获得击水三千里的经历。你深信着自己正在脱胎换骨,茁壮成长,你热切地期望着将由你担承的革命大任。那时你偏执而且自信,你用你的标准划分人类并强烈地对他们或爱或憎。你完全没有想到另一种可能,你完全没有想到会有一个十二岁的小姑娘为你修正。

他突然转过脸对她说:"喂,有件事别忘了;我要请你吃一顿饭。你爱吃什么?"

她故意歪着头逗他说:"我爱吃莫斯科餐厅的西餐。"

"好吧,"他说。他回忆起在黄河中流自己的决定,这件事我要记住,他想,别在忙碌中忘记了。还有几个小时他就要回到北京,他非常清楚在北京的这几十天他该干些什么。他轻轻地呼了一口气。决心斗一场吧,他想。

在黄河边上红脸后生的窑里,她曾经打听他下一步去哪里。他说,他打算沿着交通线调查几条河流的地貌和风俗、经济,然后回北京。"回北京,"他说,"我已经整整一年没有回家啦!"

姑娘犹豫着说,她在青海省还有一点工作,她也想顺便再拍几张黄河支流的风光和风俗片子,希望他能和她一块去。他笑着回答说,对不起,摄影家。既然连河底村这样的地方都有招待所,他就更用不着陪同她采访了。

她脸红了,分辩地说:"不,我是说,你也可以调查那里的河。那儿有一条河,叫湟水。"

他叹了口气:"你那个湟水我知道。前年,我们班在那儿搞过汉语方言调查。不过,南辕北辙——"

"啊,太好啦!"她高兴地嚷了起来,"一块去吧!你熟悉情况,我正发愁……"

"我是个穷学生,"他打断了她。"我从新疆来,去北京。我不能从陕西回头再去逛青海。我一共只有一百多块钱资本,我还要去黑龙江一趟。"黑龙江,他想,调查黑龙江,是我这一趟最压台的节目。黑龙江是我的最后一站。它在北方的那一个尽头呵。

"咱们可以想想办法嘛,"她说,她不太打算就这么快地和这个人分手。他头发上的水珠还没有干呢,在她的心目中,那个走向夕阳晚照中的黄河的男人的画面实在太动人了。我的那张片子一定拍得非常出色,她想。"比如说,我可以雇你当向导。我是因公出差,在那些地方可以雇向导,这样可以解决不少费用……"她继续只顾编造着刚刚出现的念头,"只是路费难些……"

这时她发现他神色专注地听着。"好办法,"他考虑着说,"我也真想跑一条黄河上游的支流呢。"

三天后,他们两人已经站在湟水之滨。

他们顶着高原上紫外线强烈的阳光,朝一个名叫高庙子的小镇走去。在一片浓郁的绿荫上头,他们看见一个金灿灿的琉璃庙顶在阳光中闪耀。

路边的田里长着碧绿的青麦子,整齐地随风摇曳。他们登上一段坡道,渐渐地看见了黄土台地和浅山夹着的湟水河滩。铁灰色的河滩上也有些棋盘般方正的绿麦地,一溜蹲成并排的一串花头巾在麦浪上蠕动。那是青海妇女在拔草呢,他给她讲解说,这个地方男人不会拔草。妇女们拔了草,用篮筐子挎回家去喂羊。羊多草缺,所以麦地里没有杂草。他们停了下来,望着湟水下游的弯曲长滩,几道黄土浅山的背后,云雾隐隐罩着一线银霞般的雪山。那边过去就是西藏,他继续为她指点着,咱们现在正站在青藏高原的边缘。"你听!"她突然举起手止住了他——

青枝呀绿叶展开了
六月的日子到了

那排成一线的戴花头巾的妇女们唱起来了,咿咿哑哑的嗓调一跌一扬地起伏着。"这是《少年》,青海民歌的一种,"他解释说,"听说过《花儿与少年》么,《花儿》也是一种民歌。"她恍然大悟地点了点头,我还以为《花儿与少年》是指的姑娘和小伙子哪,她想,这儿的老百姓真有意思。多浪漫的名字呀,花儿与少年。她感到心情非常舒畅,这样轻松的、舒畅的心情她已经好久没有过了,而这青海的黄土浅山和开阔的湟水河滩,这碧绿的青麦子,这隔断着远方西藏秘境的隐隐雪峰,还有这扎着花头巾排成一线拔草的妇女的民歌,都使她沉入了一种安宁恬静的心绪中。

哎哟哟,西宁城街里我去过
有一个当哨的磨
哎哟哟,尕妹妹跟前我去过
有一股扰人的火

那些拔草的女人还在无顾无忌地随心唱着。她听着他解释的歌词,脸上微微地发烧了。你这家伙也有一股扰人的火,跟着你跑,又累又心神不定,她悄悄地想。他的节奏太快了。从河底村出发,先截住一辆拖拉机,半路上在青羊坪又换了一辆卡车。第二天夜里赶到铜川,拂晓就坐上了开向青海的列车。她觉得应接不暇,她总想扯住他歇一会儿。她眼看着湟水在脚下流去,自己仿佛在梦中一般。在这弯曲的湟水河滩、绿绿的青麦、雪山、浅山和花头巾,还有这抑扬有致的纯朴民歌中,她觉得微微有些晕眩。她感到安定又觉得倦怠,她想倚着什么稍稍闭上眼休息一会儿,忘掉这马不停蹄的奔波,忘掉无定河的深谷和晚霞中的黄河,忘掉那张她命名为《黄河之子》的出色的片子。她需要定下神来,歇息一下疲惫的身心,使自己明白和确认自己已经到达青海,到达了湟水边上。她很快就要咬紧牙关,耸起每一根神经去捕捉这湟水的独特气息,在千钧一发之瞬把一切色彩、心绪、气息、画面、花儿与少年都收在她那张柯达公司的彩色幻灯片上。

他领着姑娘走进了高庙子小镇,径直朝那座黄琉璃瓦顶的庙宇走去。这一带他非常熟悉,前年秦老师曾经带领新疆大学中文系的一个方言调查小组来这里实习。他在这片湟水滩上的大小村庄里学到了很多东西。他参加了细致的语音调查,收集了几十首《少年》。"瞧这座庙,"他像个导游一样给她介绍说,"这种庙顶叫盔顶,你看它像不像顶钢盔?"他欣赏地打量着那残旧的黄琉璃双曲线。幸亏我一直听历史系考古专业的课拿学分,人文地理学的一半我可以用汉语方言的知识和考古学文化的知识来垫底。另一半自然地理,我可以猛攻那些讲义和书籍。他又觉得对将到的考试充满信心。"一会儿我们去找一个老头。那老头就住在这庙后面的河漫滩上,"他对她说,"那年那个老头挖了一条渠,引来一股湟水浇他种的一片青杨树。"他瞧了瞧金黄的庙顶旁边的树林,仿佛忆起了当年的情景,"他那些树,不知道长得多高了。"

她放下照相机,审视地盯着那黄琉璃庙宇,摇了摇头。构图不理想,也没有意思。"走吧,"她轻轻推了推他。在哪儿都有这种古建筑的,这反映不出湟水的风格。"走吧,咱们去看你那个种树浇水的老头儿。"她甩了甩滑下来的黑发。她觉得自己安定下来了,恢复了那种随时可以端起相机,反应敏捷地按下快门的状态。现在可以随他去哪儿乱逛,我已经全都准备好啦,她抚着冰凉的相机想。

他迈开大步走着。前年夏天他独自来高庙子的时候,认识了这个姓高的老汉。他走进一座干打垒的土墙庄院,朝那老汉要水解渴。高老汉在廊子下摆开一张小木头桌,在桌上放上一只杯,一把壶。一个扎着红头绳的小闺女从屋里捧出个大托盘,上面码着四个大得吓人的馍馍。那白馍上有星星点点的紫红色斑点,他问了才知道是掺了自家种的玫瑰花瓣。他第一次见到有人用玫瑰花瓣和面蒸馍馍,心里又惊叹又新鲜。后来那老汉提着锹出门去了,嘱咐小闺女给他续茶水。那小闺女生得水灵灵的,踮着脚尖小心翼翼地为他添茶。他喝饱了带些咸味的茶水,走出了那座前廊后厦的小庄户院。不远的湟水河漫上,他看见高老汉独自在烈日下站着,他走过去给老汉道谢时,看见一弯哗哗的渠水正被老汉用铁锹引导着,淌进一片小青杨林。在渠水灌饱了那一小片茂盛的小嫩树林以后,高老汉告诉他说,这些小树顶个儿子。他问为什么,老汉说,尕娃,我无后哇。孤寂汉,拖累着个小孙女。等十年,这片树林子成材了,卖了是钱。等动弹不得的日子到了,就免得说些难心的话。他记得当时他久久说不出话来,只顾愣怔怔地盯着那片青枝绿叶的小树林。那青杨树又细又嫩,在一片娑娑声中摇曳。后来他走开了,老远回过头来,还看见那老汉佝偻着腰,提着锹寻寻觅觅地踱着,独自侍弄着那片小树。

他们出了高庙子小镇,走向湟水河滩。这里视野很开阔,全部湟水河谷的庄稼、村落和自然环境都展现在他们眼前。

这是第一级台地。瞧见了吗,他给姑娘分析着地貌。那长着庄稼的是第二级台地,它们在过去都曾经是湟水的河床。河流冲刷着向下切割,后来原先的河床就变成了高高的台地。她眯着眼睛仰望着高处绿得刺眼的庄稼,"真不能想象,"她说,"那是什么庄稼呀,长得那么高。"他告诉她,那是墨西哥品种的小麦,"不能想象的是以前那儿是森林,"他指着曝晒在阳光里的秃秃的黄土浅山。"自然地理讲义和历史地理书上都说,湟水流域的浅山以前都是原始森林。"他停住了,专注地端详着绵延在前面的静静的远山。真静啊,这里静得让人感到神秘。

她把照相机材从肩上摘下来,提在手里。他准能考上研究生,她想。"喂,我说,你准能考上研究生。"她朝他说。

"嗯,我也这么打算呢,"他回答,"我已经预备了不少功课了。"

倒不是因为这个,她心里想,"哎,你看!"她停住脚步惊叫起来,"你看,这是什么?"他看见一条水沟里满满的堆着彩陶的碎片。

她俯身拾起一只破碎的彩陶罐子,"真漂亮呀!瞧这花纹!"她喊叫着,"真可惜,可惜碎了!"

彩陶罐子的下半截已经没有了,鼓鼓的腹截断在一条锐角鲜明的线上。陶器质地又细腻又结实,通体施着橙色的薄衣。他摸摸那断碎的碴口,觉得陶胎烧得又匀又硬。罐子腹上一个布满密网的大圆圈里,有一个粗放的黑彩勾画的怪人。那人形朝着他们手舞足蹈着,辨不清五官的脸孔上似乎凝着一种静默的、神秘的表情。

他长久地望着那图案上神秘无言的象形人。

"你瞧呀,这是森林,"她用手指抚摸着罐子颈部的一排塔松般的黑色三角纹,"一棵挨着一棵,尖尖的松树。你说对啦,这里以前一定是森林。"

两个人弯下腰,在河沟里的陶片堆里一块块翻找着,试着把陶片对上罐子的断口。一块块陶片天衣无缝地对上去了,彩陶罐渐渐地复原着。"啊,对上啦!又对上了一块!"她欣喜地悄声喊着,她已经深深地被这件彩陶吸引住了。

最后,只缺腹部的一块找不到。光洁流畅的线条从陶罐的肩部流到底部,只是中间残缺着黑洞洞的一块。"你瞧,多美啊,"她低声喃喃着,"可惜碎了。"世上的事情多么拗人心意啊,生活也常常是这样残缺。"可惜啦,"她重复地说。

这彩陶是四千多年前的,他想起了在历史系听的新石器时代考古课。四个大圆圈对称着,颈部排着三角形锯齿纹,像森林一样。这是马家窑文化的马厂类型,一种非常古老的原始文化。他抬起头望望静谧的湟水河谷和远山,怪不得这个世界显得那么神秘。森林变成了光秃秃的浅山,河床变成了高高的台地。雨水冲垮了山上的古墓葬,于是,顺着小沟,彩陶流成了河。他皱着双眉思索着,真的,在湟水流域,古老的彩陶流成了河。

他找到了那座干打垒院墙的小庄户院。在北房的廊子下面站着一个戴着蓝格子头巾的女孩子。那女孩子长得很壮实,手里撑着一把铁锹。"俺阿大——没了,"——后来,她只说了这么一句,就扭过脸抽泣起来。那姓高的老汉死啦,他想,可是青杨树才栽上两年。

他走到了宽阔的河漫滩上,走进了那片用石块围起的小树林。银灰色的叶子在微风中抖动着,树根上浸着汩汩的渠水。他看见湟水在这儿拐了一个弧形的弯,浑黄的浊流哗哗淌着,冲溅着河心的一簇巨石。你死啦,自然而平和。你没能指望上这片小树林子。彩陶片汇成了一条河,青杨树却还很细嫩。你早忘了曾经对一个尕娃讲过你的心事,你就这样悄悄地死啦。但我相信你一定非常宁静,因为此刻我的心里一片宁静。看这湟水,虽然它冲刷着黄土的陡崖,拍打着河里的石头,但我觉得它也充满了宁静。

他在额尔齐斯河边插队的时候,曾经认识一位哈萨克的老母亲。那老人从年轻的时候就死去了丈夫,独自抚养着一个独生儿子。后来这个儿子娶妻生子,她又抚养着她的孙子们。他插队落户时参加了老母亲的一个孙子的婚礼,后来他又看着那白发苍苍的老人抱着孙子的胖婴儿。老人辞世的时候,已经有整整一个家族为她送葬。他曾经目送着那支马队从草原上走过,里面尽是饱经风霜的妇女和慓悍勇敢的男人。

他沿着湟水漫步走着,打量着眼前的种种河流地貌。牛轭湖,河漫滩,干流和支流,浪涛击打的河岸。他抬头记忆着湟水两侧浅山下的台地形状,注意辨认河滩地上的植被和土壤。他一步一步地踏着松软的湿地,他的心情沉着而平静。后来那戴蓝格子头巾的女孩子跑来叫他们去家里喝茶,他望着女孩健壮的身子,不禁微微地笑了笑。

他在廊子下面的小方桌前坐了下来。桌上放着一把壶,两只杯,托盘上码着四个大馍馍。他看见她正香甜地吃着,注视着他的动作。馍馍上掺洒着紫红色的碎玫瑰花瓣,他接过她掰下的一块,大口嚼了起来。他伸手取茶壶时,右肩的三角肌突然钻心般地疼了一下。他怔了一怔,活动了一下肩头,然后默默地吃起来。

当他们走出那个小庄户院的时候,他们远远地看见一幅蓝格子头巾正在河滩的青杨树林里闪动。

她醒了。列车正在颠簸的气浪里驶过一个隧道。原来我睡着了,她舒服地揉着眼睛想,靠在这车门旁边的小过道上,居然比在卧铺上睡得还香。她歪过脑袋想看看他睡着没有,结果又看见了烟头的红光。

"研究生,喂,"她唤道,"你一直没睡么?"

"唔,"他回答,"我不困。"

"你就一直抽着烟么?"她问,"那烟,真能解困吗?"

他的脸上突然被灯光照得雪亮。列车正冲过一个灯炬齐明的小站。她静了下来,让那雪白的光柱一下一下地把自己这个小角落变得忽明忽暗。这个角落呀,她懒懒地遐想着,真像一个黑暗中的战壕。我们都蜷着身子在这儿小憩,等着到黎明时再去冲锋,她想到黎明时列车就会开进北京,想到冲洗胶卷、交待工作和争取发表自己作品的事,心情变得沉重了。她拂了拂额上的头发,驱走了那些烦人的心思。"喂,研究生,"她问道,"你回到北京以后,打算干些什么?"

他停了一会儿,然后低声说:"我要写一首诗。"

"诗?"她诧异地抬高了声调。

"这些天我一直在写,写了好几个开头。可是写得乱七八糟,"他自语般地说道,"不过……我相信能写出来。"

她明白了。"哦,我想,是关于河的。"

他没有回答。在黄河里游着的时候我就想,这不仅仅是河流地貌,也不是地理学。这是一支歌,一曲交响乐,是一首诗。在湟水边上我又在想。人文地理是科学,它有它的办法和路子。可是我除了科学还需要些别的。河流地貌不会关心青杨树是怎样长大的,描述性再强的地理著作也不会写到黄河浪头那种神秘的抚摸。还有那些彩陶片;暴雨冲垮了台地上的古墓葬,陶器在激流中撞得粉碎,接着,那彩陶片就流成了河。

"那专业呢?还考试么?"她问。

"当然。不但要考上而且要好好干。不过——难道你不觉得,那河还有好多别的内容么?"

她若有所思地点了点头。她知道,那个不安分的精灵又附上了这个年轻人。我们都一样,她想,我们都不愿庸庸碌碌地了此一生。你自己不也是一样么,你绷紧每一根神经,背着沉重的摄影器材翻山涉水,追逐着百分之一秒的瞬间。你忙得筋酸骨散,靠着这车门旁的硬墙也能呼呼入睡。你不是连自己的生活都无暇回顾么。

她转过脸对他说:"在湟水边上,我拍了一张静物。就是咱们复原的那只彩陶罐。它可惜是碎的,像生活一样,"她小声说,"背景是那片小青杨树。我觉得,这是我这次拍得最成功的作品之一。"还有一张,她想,那是一个男人扑向奔腾的大河,我这一趟只有这两张作品拍得成功。"你知道的,青杨树林刚刚长起来,可惜罐子是破的,像生活一样。"她忧伤地摇了摇头。

他从嘴角取下熄了的纸烟,专注地望着姑娘。

"你不是很坚强么?"他问,"你十二岁就见过那么多。"

她苦笑了一下,双手搂住膝盖,等着他擦燃火柴,把那半支烟点着。"你们还有一支烟,在太冷、太寂寞的时候让它作伴。而我们女的,啊,那种时候真难呵。"

他笑了。她在黑暗中似乎看见了他白白的牙齿。"你的男朋友呢?"他问道,"怎么,难道你还能没有位漂亮的骑士么?"他开起玩笑来了。

"别提了。总算是受完了洋罪。一共谈了三个月——吹了。"她厌烦地说。

"为什么?"他问。

她费劲地想着一个比喻,"这么说吧:和他坐在一间屋子里,屋里就像有两个女人。不,一个女人,一个唠叨老婆子!"

他放声哈哈大笑起来,笑得前仰后合。瞧他美的,她气恨地想,他倒自信得很呢。难道你的本质里就没有那种东西吗?我还没有告诉你那家伙以前的几个呢,有自私鬼,有小市侩,有木头人,还有一个臭流氓。她忿忿地打断了他的笑声:"连小说上都说,男子汉绝迹了。你不知道?"

"真的吗?"他止住了笑声,注视着她。"我现在就可以给你介绍几个。个个都货真价实。只怕不对你的胃口。"他嘲笑地扔掉了烟头。

"你说吧!姓名?"

"牛虻,马丁·伊登,保尔·柯察金,还有……"还有一个是我,他想。他不禁微笑了。"还有一个,那家伙名字很古怪,我想不起来了。"

她黯然地呆呆坐着。"都是虚构的啊!"她说。

"不,"他反驳道,"现实生活中也有。只怕你认不出来。女同胞,只怕你们见到了也认不出来。"

他们都沉默了。他发觉这最后一句话使他们两人的心绪都变坏了。列车正轰鸣着开过一架铁桥,车门上的把手、铁踏板和乌蒙蒙的玻璃窗都在震响着,他们的肩头也在随着晃动着。他这最后一句话使她听了心里难受,她想起了在北大荒时在一个农场里干活的一个康拜因手。那小伙子总是在快活地笑着,在秋天金黄一片的大田里,他总是喜欢穿一件油污的坦克兵夹克,整天都吹着一支口琴。有一次在麦子地里午休,曝烤着平原的太阳晒得满地升腾着麦秆的味道。她高傲地、鄙夷地回绝了他。她眯着眼睛眺望着一望无际的金黄麦海,心里满是不以为然,甚至是不能容忍的心情。那小伙子踩着地上的麦茬蹽回他们那群康拜因手那里,她听见整个中午那儿都响着一支单调的口琴曲子。后来康拜因手去了大庆油田。"我们这儿有八十万产业工人!我们这儿正出现着一个伟大的奇迹!"她听见知识青年们在念他写来的信。"到大庆来吧!这里过的才是真正的生活。"他在信里热烈地向朋友们呼吁着。她听着,仿佛听见一阵热情快活的口琴曲,她怅然若失地坐了好久。回来她常常回忆起那个快乐的小伙子,特别是在她机械地和人们介绍来的对象问答的时候,她有时会感到听见了一丝口琴声。她疲乏地靠住了车厢的硬壁,闭上了眼睛。

他也想起了一个姑娘——海涛。他已经好久没有想起海涛了。在额尔齐斯河边的那片苜蓿地上,在那个肮脏荒僻、地窝子盖得东倒西歪的小村里,海涛和他度过了多少美好的日子呵。海涛不仅仅是他的初恋,海涛那时和额尔齐斯河的流水一样,已经成了他习惯了的生活中的颜色。他至今对那个脉脉含情的姑娘记忆犹新。不知你今天怎样了,海涛。他想,也许你已经又离开了那个工厂。我们一块沿着额尔齐斯的陡岸奔跑,追赶着汛期流水冲下的大片漂浮的野花。我们曾一直跑到离布尔津城不远的那片沼泽。我到今天还记得那天的情景——额尔齐斯河在戈壁滩前舒缓地滑过,沼泽里芦苇长成一道道曲折的屏障。有牛群,也有野鸭子和别的水鸟停在沙洲上,那片从上游阿勒泰山南麓冲下来的野花,在钢蓝色的水面浮成斑斓的一层。那天有一种青色的暮霭弥漫着沼泽和四野,连翻滚的波浪也涂着青青的光。只有你的脸颊红润新鲜,海涛。他又轻轻擦亮了一根火柴,然后把烟咬在嘴角。我觉得你那红润新鲜的脸颊一直在滋润着我的心,鼓舞着我的热情。

　　他吸了口烟,略微活动了一下肩膀。右肩的肌肉还在隐隐作痛。恐怕就是在游到黄河东岸的时候,他暗暗想,我用一只手抓住了石头,那急流把肌肉拉伤啦。那时的我多年轻啊,我在额尔齐斯的冰水里也能又叫又嚷地拉网捉鱼,而且肌肉也没有拉伤。今天的我也许已经衰老了,他想。他又稍稍活动了一下肩膀,瞟了一眼旁边姑娘的影子。

　　这是个挺好看的姑娘,他想。可是海涛长得更漂亮。当海涛离开小村的时候,没有一个知识青年答理她。他们全都愤愤地谴责海涛,仅仅为了调回内地,仅仅为了当一个农场加工厂工人的前途,就背叛了爱情。但是他从人们的脸上看到了另一种表情,那是觉得被戏弄和被遗弃的表情。是呵,他想,海涛长得太漂亮了,干得又太不漂亮了。人们都觉得这矛盾的现实难以接受。其实人们是在为自己打抱不平,他们觉得海涛也抛弃了他们。他觉得只有他做得好。他从一户哈族老乡家里借来了一辆轻便的单马双轮车,拉开女知识青年住的地窝子房门,帮助已经无人理睬的美丽姑娘收拾了行李,然后为她把小马车一直赶上大道。在路上他跳进沼泽,用肩膀顶出了陷在泥里的车轮。后来他拉着马缰,车轮吱吱地辗过那片白色的流沙,最后驶过了额尔齐斯河上的大桥,到了布尔津城的长途汽车站。但是,在那个人影寥寥的长途车站门口,他冷冷地推开了她递过来的一张照片。

　　你干得不坏,伙计。他默默地想着,大方地给年轻时代的自己打了个五分。原来你可没打算那么干,原来你曾经打算撞进那间地窝子揍她一顿。你喝醉了酒,听见有谁悄悄地说到海涛这个名字就跳了起来。你一声不吭地提着空酒瓶子往外冲,咽喉里烧得冒火。可是后来你害臊了,因为你忽然觉得应该有点男子汉气度。醉醺醺地跑去打一个女孩子算什么好汉?你想着,一扭头改变方向跑到了河边,望着那条稳稳前进的大河。额尔齐斯,那也是一条河啊,他想,那是全国唯一的流向北冰洋的外流河。整个阿勒泰山脉南坡的流水都向它倾注,它串通着一串串沼泽和湖泊,胸有成竹地向着真正的北方流淌。那是一条被酷暑严寒的哈萨克草原养育得自由自在的大河啊,原来它把喝过它水乳的人都悄悄地改变了。他把烟头在车厢铁踏板上按熄,又从口袋里掏出一支拿着。今天看来,你和海涛分手时的一举一动都是由于额尔齐斯河的缘故,那条自由而宽阔的大河重新塑造了你。

　　外面灯光密集起来。快到北京了,他想。夜行的列车也像一条河。辨不出首尾,辨不清源头和前途,只觉得一股劲奔腾向前,把两岸的灯火远留背后。这样的河跟河流地貌、自然地理并没有关系啊,所以我要写一首诗。我要描写这样的,从大自然和人心里流过的河。

　　超员的车厢里一下子喧嚣起来,扛着大包小包的旅客挤到这块窄小的空间里吵嚷着。"收拾一下吧,就要到北京站了,"他对她说道,随即站起身来。

　　人们继续朝这车门挤来。扁担、硬纸箱和装得满满的大旅行袋在眼前晃来晃去。

他们两人被挤得紧紧贴在那扇车门上,颜色发紫的雪亮站灯疾速地一闪一闪流过。她目不转睛地凝望着他的脸庞,一句话也没有说。

前方出现了一个大水闸似的建筑,拦腰横跨在铁道上。他觉得列车像河水一样正对准这个水闸冲去。"哦,北京,"他小声地自语道。

第三章

他开始了高速运转。他首先咬着牙开始翻译李希霍芬的《中国》导言。这导言大约有三万多字。他在翻着字典时想,我要在报名时呈上译稿,请他们转交导师。他又觉得最好有论文,哪怕一篇也好。于是他就拟了几个题目:《黄河中游晋陕峡谷自然地理状况概述》《湟水河谷的黄土台地及植被》《关于额尔齐斯河流域的资源及综合经济》等等,可是写了几行以后,他发现自己写的不是论文,而是晚报或旅游杂志上用的大路货。他马上扔掉那几个题目去颜林家。颜林正在汗流浃背地给儿子洗尿布,颜老头捻着稀胡子听了他的论文设想以后笑了。老头说,放下你的那些论文吧,只要把基础课考好,问题就不大。但是老头本人并不招研究生。您怎么知道别人就不会事先上交论文呢?我还是要搞一篇,他想。我敢保证其他考生也都会来这一手的,这是光明正大的竞争,人人都不会放弃宝贵的机会。他从颜林父亲那儿抱回一大叠《地理学资料》和小册子,回家研究起来。当他发现不少论文实际上都是描述性的调查报告时,他欣喜若狂。原来野外的亲身调查也可以成为论文的基础,他考虑着,那太好了,我不仅有调查而且有整套缜密的方言调查资料作基础。我可以把方言的分布和发展与自然地理的分析结合起来。他决定搞一篇题为《湟水流域的人文地理考察》的文章,但他没有忙着动笔。他大量地阅读资料,皱着眉头捉摸那些论文字里行间的功夫所在。他没有过多注意那里面的内容,而只是锐利地搜寻着各种概念,以及行家们进入问题的角度和方法。他知道这里头一定有一些规矩。他愈读愈觉得自己的文章能写好,因为他已经模糊地发现了一条行家们严守着的思维的线路和框框。这条隐约可见的线路连结着一串串专用术语和概念,构成了一条神经,一个严密的网,一个冷静而独立的视角。他相信,这就是地理学。我逮住你啦,别看你闪烁其词,他想。干货就在这里。我要准准地抓住你,吃掉你,消化掉你,然后我使出我的方言调查的法宝,也来炮制一个。我的网和视角也会又独立又新鲜。他能读到的书和论文主要都是自然地理或经济地理方面的,他愈读愈发现结合人文科学的研究少而又少。这使他对自己拥有的汉语方言知识和旁听来的考古讲座知识满怀希望,他不时回忆起对他常怀偏爱的秦老师和新疆大学的往事。

他同时开始了对基础课的复习。除了翻译李希霍芬之外,他每天都做《简明基础日语》后头的练习题。考试全都是考基础,这个我深有体会,他想。从来都是这样:试题很简单,人们打开卷子心中窃喜。可是那些貌似傻乎乎的试题后面巧埋地雷,暗藏杀机。十之八九的考生没有发现自己从来没有掌握最简单的那些条条。他把练习题做了一遍又一遍,只要一出错,他就咬住错处狠攻硬背。他决定把这几页习题做上一百遍,一直到考试前三天才住手。政治课也一样,他从旧书店里买了两本哲学和政治经济学的小册子,把它们全都剪成词条,塞在右面衣袋里。骑着自行车赶路时,他左手扶着车把,右手摸出一张,瞥过几眼,默诵一遍,然后塞进左面衣袋里。等过了闹市,没有红绿灯路口时,再从右边摸出一张来。他骑车骑得很警觉,既没有撞了过路的老太太,也没有惹恼过警察。

这次回北京,他是作为一个北京人回来的。以前十来年里他虽然常常回来,但都是探亲或是过寒暑假。弟弟长大了,他第一次看见弟弟领回家一个时髦的女工时不禁想。弟弟已经是个支撑门户的大人,嘴唇上长着一层黑黑的胡茬。他看得出这个不言不语的小伙子正在暗中忙着自己的婚事。弟弟大啦,而且管了这么多年家,他想,我该接接他的班啦。母亲退休以后一直生病,他听弟弟说,这几年母亲的胃病常常发作。母亲很少说话,他只是从她银发下面的两只眼睛里发现了她的喜悦。

第一天全家三口坐在饭桌前时,母亲有些莽撞地忽然把一条鸡腿夹进他的碗里。她的动作很重,那鸡腿一下子推翻了他的碗。他看见母亲掩饰地转过脸去找来抹布,慌慌张张地擦着洒在桌上的汤水。他感到鼻子有些发酸。他差点忍不住握住母亲那双瘦骨嶙峋的手。

他承担了弟弟的买菜任务,并且和弟弟商量着给家里盖个小厨房。他每天上午十一点钟提起菜篮子,火急火燎地跑出去采买一番,然后回来交给母亲做饭——这样上午经常只能看三个小时书,渐渐地连三个小时也难以保障。他拼命地抓紧时间,可是弟弟的女朋友常来吃晚饭,他想自己要有个哥哥样儿,于是下午的四个小时也常被可怕地蚕食。只是晚上的时间极为安静,弟弟和女朋友去轧马路,妈妈坚决认为电视不值一看。他牢牢地攥住这夜晚的黄金时间,伏在小书桌上向地理学和外语习题发起进攻。

他每天早上七点钟爬起来,夜里一点半或者两点睡觉。一般他温习功课到午夜十二点左右,然后推开那些地理学报、考古讲义和《简明基础日语》,摊开几张稿纸,开始写他的那首诗。诗的题目是一下子跳到纸上的:《北方的河》。他握紧了笔,觉得胸膛里的长河大浪汹涌而至。那些浪头棱角鲜明,又沉又重,一下下撞得他胸口发痛。他忍着心跳,竭力想区别开那些河流。十几年他见过多少条河啊,黄河、湟水、白龙江和洮河、额尔齐斯河与伊犁河,甚至内蒙古的锡林河以及青海的通天河。这些河流在他的脑海里飞漩激荡,他感到兴奋得有些晕眩。他看见了那么多熟识的面影和那么多生动的故事,他觉得这些河流勾划出半个中国,勾划出一个神秘的辽阔北方。这片苍莽的世界风清气爽,气候酷烈,坚硬的大路笔直地通向远方。他深深地激动了,他把笔尖伸向那些薄纸。他想用简练有力的词句几笔就把那些浪头和漩流钉入稿纸的方格,然后再去尽情尽意地描写那些古朴的台地、倾斜的高原和高海拔的山前草原。可是他一个字也写不出来,留在肚子里为他看家的那套汉语训练早已溜之大吉。他枯坐着,紧张地瞪着稿纸上的那个题目,听着自己的心在咚咚地跳。他不仅没有找到那种闪闪发光、掷地有声的语句,他甚至一个字也写不出来。他感受万千,但又一筹莫展,他呆呆地一直坐到两点钟,最后扔掉钢笔,一头栽倒在床上。

有一天深夜,他突然感到四周太安静了。这静寂使他有些若失所依,心神不定。他披上衣服推开了旁边外屋的小板门,小心地绕过堵满一屋的家具和煤气灶、粮食柜,蹑手蹑脚地走到母亲床前,帮母亲把薄棉被盖好。他轻轻把被子拉到母亲的肩头上,突然发现她正在暗影中默默地望着自己。

"妈,"他低哑地喊了一声。

"早点睡吧,"母亲悄声说。

他只是点了点头。几天来,他一到夜晚就忘记了母亲的存在。他从来没有听见板壁这一边有过任何声响。他沉重地坐在母亲的床沿上,一声不响地坐了很久,然后回到自己屋里,熄灯上床。

那天夜里他终于听见了隔壁母亲发出的鼾声,但他却失眠了。他靠在床头吸了好几支烟,出神地倾听着那低柔的呼吸的声响。后来他悄悄取过纸笔,在黑暗中嚓嚓地写了起来。他凭手指的触觉知道,写下的诗句不会重叠在一起。

这是一首新诗的最初的几行。

她被那位银白头发的老人领着,走进了他的屋子。这家伙,不认识啦。她望着他怔怔的神情,好笑地想。"不认识我了吗?研究生!"她微笑着问道。一阵清新的风正从敞开着的屋门外拂来,她头上的黑发在风中轻微地动着。

"我听说了一个消息,就赶快跑来告诉你,"她解释地说道,一面接过他递来的一杯茶。

"听说有一条规定,如果大学毕业生不服从分配的话,将要取消大学生资格,而且五年之内,全民所有制单位也不得录用。我一听说就慌了,"她说着自己先紧张起来,"我担心,人家会用这一条来对付你。"

他听了也紧张起来。他确实没有想过这一层。"不怕,只要我拿到准考证,一切就不会出问题,"他说。可是他的神经全竖立起来了,他的感觉在锐利地告诉他,麻烦事恐怕不会太少。他有些语无伦次,"没关系,我又不是不服从分配。哼,我是符合报考条件的。不怕,工作单位报到日期截止在十月一日,哈哈,可是八月中旬我就考完啦!"他为自己发现的这个时间差而得意了。"万一到了十月一日还没有接到录取通知书,我顶多去那个地方点个卯。等通知书一来我就逃之夭夭。喂,喝茶呀!"

她笑了。他可真自信,她喝了一口茶,他就不想想考不上怎么办。她吁了一口气,觉得有些累了。这家伙大概没有碰过钉子吧?她瞧着他自以为得计的傻样子,他怎么好像孩子似的,难道他对这个社会还没点认识么?恐怕再合理的事也不会那么顺利的。"我想,你还是要做好思想准备,"她说。他们都沉默了。她看出这年轻人心绪很乱。

他抬起头来:"你愿意看看我的诗么?"

哦,他还真的写啦。她注意地看了他一眼,接过那几张纸来。

"我已经写了好几次,只写了这么个开头。"他说。

她坐得舒服些,然后开始阅读那几页纸。一共只有几行。为了礼貌,她故意沉吟着读了好久。

好一个不安分的人哪,一步还没有站稳,他已经又迈出了第二步。她打量着那些揉得皱巴巴的稿纸,在那稿纸上面,这个小伙子大大咧咧地写上了"北方的河"四个字。"嗯,就是这些么?"她迟疑了一会儿,然后谨慎地问。这似乎不能叫作诗,尽管她也觉得这些字迹里带着一股烫人的东西。他太不安分啦,他被那些河惯得太野啦,她想,他根本没想到他这是在对着艺术宫殿的大门乱敲呢。研究生,让我对你进一言忠告吧!尽管你在那些大河里如鱼得水,但是这儿可是北京,是首都。也许,你对北京的了解还不如我深切。她撩撩头发,仰起头说道:

"我说研究生,这首诗……你还是不忙着写吧!"她看见他的脸色一下子变了,心里歉疚起来。"我不是说,我并不是说你写得不好,"她努力补充着,"我是觉得,你首先要对付这场考试。事情不会那么顺利的,你该多做些准备。你的诗,"她口吃起来,她想到他的自信劲儿和热情劲儿,"唔,你的诗,你要知道,艺术——"她说不下去了。她想起了自己那间闷热潮湿的暗室。我从那间黑屋子里走出来的时候,浑身湿得像刚从水里捞出来一样。你哪里知道我要熬过多少难关，才能从显影液里水淋淋地提出一张过得去的照片啊。而这样得来的照片，命运还吉凶难卜。你仗着热情就有恃无恐，可是热情不等于艺术，艺术有时冷酷得让人心凉。

"我懂啦，"他强笑地说，"我也知道，这开头糟透了。"

"不！"她慌忙叫道，"我不是那个意思。我是说——"你就是这个意思。他的这几行实在不像诗。说心里话，这只是一大堆白话，像一个野孩子站在岸上对着大河在喊叫。他太狂啦，他以为他什么全能干成，他以为他会煽动就等于会写诗。他到底是成长得太顺利啦，他恐怕还没有机会咀嚼过生活。她想着，差点对他直说出来：小伙子，艺术不是那么容易就能得到的！……但她心里充满的却是同情。她望着他蓬乱的头发，安慰地说："先温习功课吧。你首先应该考上你的研究生。这诗，你好好收起来，我觉得，你写得到底是很真诚的……"

"不，它太糟了。我知道。"他回答说。他翻着那些稿纸，翻得哗啦哗啦响。"这些开头全该撕掉，"他小声地说着，慢慢地把那些纸撕成长条，又撕成碎片。

这姑娘很对，我没有写好。他有些伤感地想，我真是个大笨蛋。我压根儿没有找到那些本身就闪着光的词儿和句子。我没有找到那些本身就像河里的浪头一样，沉甸甸又动荡着的、色彩浓重又迷朦透明的词儿和句子。我知道自己肚子里全是些真东西，他痛苦地咬着嘴唇，站起来扔掉那把纸片。我对那些北方大地上的河感情深重，对那儿的空气水土和人民风俗，对那个苍茫淳朴的世界一往情深。我以为只要有一个精力饱满的晚上，只要四周一片寂静，那些东西就会像一片瀑布或者一股火焰一样直接喷到稿纸格子里。可是没有。不是它们在喷涌，而是我在拼命地挤。挤出来的全是些又干又瘦的瘪三儿。

他深深地叹了一口气，然后决心结束这个话题："不过，你等着，我会把它写出来的。"我还没去黑龙江呢，等我调查了黑龙江，我会把它写出来的。他开始观察眼前的这个姑娘，"怎么样，你一切都还好么？"

"好什么，"她笑了笑，"我——"

这时，门口一阵笑声和喧闹声打断了她的话。三个小伙子推开门，吵吵嚷嚷地走进了小屋。他连忙站起来，一边倒茶一边给她介绍：二宝、颜林、徐华北。颜林是抱着儿子来的；她坐了一会儿以后，就帮忙把那个胖儿子抱了过来。屋子里吵嚷声响成一片，他们谈着，提到了分配报到和报名考试的问题。

"伙计，"颜林从眼镜里深思熟虑地盯着他，"你应当去那个宣传科报到。不报到是失策的，"接着，颜林口气陡然一变，威吓地说："年轻人，难道你胆敢蔑视北京户口么？这户口，一张比一吨金子还贵哪！"

二宝说："算啦，报什么到。干脆咱们开个小酒铺，我也退职参加，而且，"他搔搔脑袋说，"我把录音机也搬来入伙，天天放咱们在新疆唱的那些知青歌。"

徐华北赞同地说："就这么干。咱们把酒铺安到沙滩，开在作家协会门口。文学酒铺。咱们给那伙作家讲故事，连故事带酒一块卖给他们。"

二宝大喊起来："太棒啦！咱们的啤酒一瓶卖一块！"

颜林打了个呵欠："什么时候开张呵？可得赶个礼拜六，我不用接孩子的时候。"

接着他们乱嚷着吹起牛来："我负责画广告：美酒加美的构思——每瓶收费一元。""二宝！你小子可不许偷酒喝！"颜林，干脆叫你老婆退职吧，叫她炒菜！""别考研究生啦,酒铺里再开个私塾,专门教怎么对付考试!""嘿! 咱们这个酒铺把北京镇啦!"

真有意思,这些人。她躲在角落里听着。北京可真是思想活跃呀,像这样的青年人不知有多少。她羡慕地望着他们。可是我一直没能遇上这样一群人,她烦恼地挥了挥手,像是驱开他们喷来的烟雾。怪不得,我在黄河边上遇见他时有种新鲜的感觉,原来他们都是这么快活、直爽和新鲜。

她插不进他们的谈话。坐在一旁听着,尽管兴致很浓,她还是渐渐地感到了一丝孤独。黄河流域的采访和摄影任务已经结束啦,可是最叫人头痛的事正在迫近。她害怕面对那些人事关系,但她知道想发表作品,想参加影展,想叫那些摇头晃脑的权威点头又必须面对人事关系。她坐在角落里,似乎已经感到一只无形的巨手冷冰冰地按在了她的肩头上。

要是能和这样的一群在一起,要是能有这样的一群做自己的支撑,该多好啊,她痴痴地想。等到天色渐黑,她才从遐思中醒来,依依不舍地随着那几个年轻人走了出去。

这伙年轻人余兴未尽地、吵吵嚷嚷地走上华灯初上的街道。他两手插在裤袋里,和徐华北走在最后面。

"你怎么样,华北?"他问道。

"不怎么样,哪里比得上你,"徐华北微笑着,"大学文凭到了手,又为研究生的事儿发愁。"

他没有说什么,在一株树旁停下来准备和客人们告别。

"喂——"徐华北用下巴指了指那姑娘,"真漂亮呀,伙计。"他看见徐华北眼中的一丝嘲笑。

"路上认识的。"他说。

"我可真嫉妒你。"徐华北开了个玩笑。

他默默地和徐华北告了别,又过去和另外几个人握了握手。电杆上的灯光泻过树影,地面上一片斑驳。他想起了关于准考证的事,心情不知为什么变得沉重起来。他又把双手插进裤兜,然后缓缓地朝自己家走去。

他更加紧地工作。由于效率不高,翻译论李希霍芬《中国》的事已经拖了很久,不过那篇充大人的所谓论文却写得很顺手。文章写完的第二天下午,他把稿子送到颜林父亲那里。他忐忑不安地坐在一旁,瞧着颜老头眯着眼睛读文章。后来颜林说他,当听见老头喊他的声音时,"脸都绿了"。

"这篇文章我负责帮你转交柳先生,"老头宣布说,"柳老爱才如命,尽管你这篇文章有不少地方写得……写得很可笑,但是,"老头宣判似的说下去,"你显然应当属于我们地理学。"

"颜叔叔,"他小心翼翼地问,"哪些地方,唔,写得可笑呢?"

老头说:"你的描述很准确。结合方言的地理分析也很独到。但是你显然根本没有摸过第四纪地质学,你对黄土还很陌生。小伙子,你懂得什么叫'黄土'吗?"

他吓得没敢回答。虽然他也知道第四纪的黄土,知道"马兰黄土","离石黄土"等概念。

颜老头嘿嘿笑了起来。"没关系,"他拍了拍他的肩膀说,"你是搞人文地理的,而不是搞黄土地貌。你大胆地使用了一种人文科学的材料,而且眼光独到。而柳老,柳先生过去在英国牛津是学人类学出身的,我估计,他会看重你的。"

但他已经听不进去了。黄土！他的脑袋已经晕了,黄土！我连一点像样的地貌知识也没有。我连这么基本的东西也没掌握。他从以往对黄河以及湟水的了解中明白:自己的这一缺陷是严重的。他联想到自己对外语考试的那些宝贵经验。你一定会在考卷上大露马脚的,伙计,他责骂着自己,你会在那些基本的概念上踩响地雷,写下满篇错误的漂亮话。他脸色铁青,好不容易才顾全了对老头的礼貌。

他当场从颜老头那儿抱走了一大捆书:科学院地质所编的《中国的黄土堆积》、一本出版年代虽然嫌早,但却是奠基之著的《黄土》,以及几十本地质、地理方面的学报和论文集。骑着车回家的路上,他突然又想起李希霍芬的那本《中国》里也有一些他不曾留心的黄土论述,他决定当天晚上就把那些段落找出来精读一遍。路过沙滩东面的十字路口时,他下车来把书捆了捆牢,然后在小店里排队给家里买宵夜。交钱时,他暗暗吃了一惊:他的全部资本,那一百多元钱似乎已经所剩不多。黑龙江,他想,不知道钱包里的这些小伙子还能不能帮我去黑龙江。他决定要做一次精打细算。再跨上车时他觉得心神不安,仿佛有种不祥的预感。横过马路的时候他没有控制住车把——这是他回北京以来第一次和人撞车。一个迷迷糊糊的"四眼儿"一头栽到他怀里,并且连车带人摔倒在马路中央。他猛扭了几下,用脚支住了地面——立即又明白这是错误的反应。我应该可怜巴巴地摔倒才对,应该让他把我压在下边才好。他望着威严地逼近的警察想。他一句话也没讲,他从那警察的眼神中看出,只要一分辩,自行车保险就扣。警察拖着长腔,慢条斯理地"消遣"他时,他谦恭地默立着,先考虑了一会儿"黄土"的事,然后改背政治经济学名词。"罚款一元,"等警察掏出小本开发票时,他如释重负,从钱包里摸出一张"透明大团结"递过去,等着警察找钱。等他接过找回的九块以后,立即飞也似的把车一拐,骑进了科学院图书馆。

他在开架阅览室里打开各种百科全书和词典,把"黄土地貌"的词条全部浏览一遍,并且摘录了一些提纲挈领的东西。不过,当他伸手搬下高高放在书架顶上的日本保育社版《现代百科大事典》时,右肩的肌腱钻心般地疼了一下。他差点喊出声来。那本大书重重地砸了一下他的肩膀,然后摔在地板上。角落里站起来一个老管理员,对着他照直地走了过来。

书没有摔坏。他跪在地上抱起那书来,一面用袖子擦着那书的人造革面,一面小声地朝那老者道歉。那老管理员注意地看了他一眼,"你不舒服么?"他听见那人在亲切地问他。他努力地做出了一个笑容,抱起大书坐了下来。当他翻阅着这部辞书时,心头悄悄掠过了一阵苍凉。这条胳膊叛变啦,他想,我还以为它早就好了。没想到你这么软弱,呸,胆小鬼,背叛的东西。他咬着牙暗自咒骂着。他竭力不再想这件事,专心地把心思理到那些书里去。他一本又一本地查阅着,辞典和百科全书像流水一样被取来又送回。他读着,觉得这些书也像一条河。闭馆铃一响,他就离开图书馆驱车回家,一路上目不斜视,中速行驶,特别提防着身旁骑车的妇女和戴眼镜的。

第二天他的运气更坏。

他一清早就骑车到了A委员会。颜林老爹所讲的人文地理学泰斗柳先生就在这个A委员会所属的一个研究院供职。他锁上车后,径直向大门冲去。

"哎,回来回来!"传达室的窗口伸出一只手来。他忙上前说明来意。那窗口后面坐着一个面如镔铁的胖妇女。她冷冷地听着他的话,伸手拨了个电话。他只好等着那胖女人掐头去尾地把他的事用电话传达过去。咔嗒,电话挂了。胖女人黑脸一沉:"研究生办的人说啦,应届大学毕业生一律在学校报名,领取准考证。不给单个人办理报名手续。"

他觉得头顶上挨了一记雷轰。那女人转过铁面孔去织毛线了,他连忙解释道:"我有特殊情况,我是……"

"不行!特殊情况,特殊情况,哪儿那么多特殊情况!"那女人出口不逊,"没人听你的特殊情况!"

他使劲咽下这口气,尽量用研究生的温雅口吻循循善诱地说:"对不起,耽误您了。我的情况比较复杂——您让我进去,跟他们研究生办公室的同志谈谈好吗?我的情况,他们一听就会同意的。我——"

那女人狠狠地把窗子砰地关上了。

他暴怒地扑上去,用拳头砸那扇窗子。

窗子又唰地拉开,一张气歪了的胖黑脸朝他吼着:"干什么!你抽疯哪!"

他的牙咬得格格响。他粗鲁地问:"喂,我问你,是不是你们家老头子揍少啦,惯得你这么浑?"

他看见那铁黑脸哆嗦着,伸手去抓电话。他冷笑了一声,扭头冲出门厅。这家伙准是要找保卫科,他想着跨上了自行车。他骑着,气得浑身在发抖。

他在气急败坏中居然心生一计。他找到一个公用电话,在电话簿上查到了A委员会的号码。他使劲克制着自己,使自己平静下来,然后拨了号码。电话通了,他尽量装出一口青海腔,大模大样地讲:

"研究生办么?我是新疆大学。我们学校有一个考生的准考证没有寄来。我们查询的结果,发现邮局把他的报名表寄丢了。现在考期已近,我们准备让这个考生直接到北京去交涉,并且参加考试。请你们接待一下。"电话里静了一会儿。他的心怦怦跳着,痉挛的手死死地攥住电话听筒。——这时,那边答腔了:

"好吧,但是,让他带上你们学校政治部人事处的介绍信,详细说明原因。"

他忙又操起青海话:"时间来得及吧?我们可不能耽误人才呀!"

电话回答说:"唔,反正报名还没有结束。而且,你们这不是打了招呼了吗?我们记着就是。"

他挂断电话,浑身浸透了汗水。幸好那"把门虎"拦不住电流,他喘着粗气,而且今天的几句青海话讲得有板有眼,俨然一副大学里的办公室主任的口吻。

他马上飞车赶到电报大楼,给新大中文系的恩师秦老师发了一份加急长电,详细说明了苦衷,要秦老师明天就把介绍信寄出来。拜托您啦,秦老师!他想。秦老师是个极为善良慈爱的女性,她是决不会看着她的门生在这里受气的。秦老师没准寄特挂呢,他分析着。没错,秦老师一定寄特挂,而且同时再直接给那个A委员会写一封盖公章的长信。

打电报整整用了九块七毛钱。他干脆坐在电报大楼的皮沙发上,清点了一下囊中财产。还有九十块零几毛,他默默地盘算着,刚好够跑一趟黑龙江回来。我可以不住招待所和旅馆,一律睡车站或者住老乡家。我还可以到处截卡车坐,最好能在黑龙江上干几天船夫什么的短工。

黑龙江,他一想这个名字就心荡神移。那可是一条迷人的巨川哪,完全是由一条黑龙变成的大河。如果跑了黑龙江,我就算见过了西至阿勒泰、东至小兴安岭的整个广袤北方的一切大河。"从额尔齐斯——到黑龙江！"不，"额尔齐斯在西方流逝，黑龙江在东方奔腾！"他顺口诌出了两句，又摇摇头笑了。不行，伙计，这哪里像诗呢。他离开了电报大楼，顺着宽阔的长安大街缓缓骑车回家。他顺手从右面口袋里摸出一张政治词卡片，读完，灵活地一换手，塞到左边口袋里，再摸下一张。他快活地吹着口哨，吹了哈萨克情歌《美丽的姑娘》，又吹了《乌苏里船歌》。他想，这些卡片像是从额尔齐斯河一张张地流进了黑龙江。他不禁笑了，心里很快活。路过北京站时，他瞥见大钟正指着上午十点。钟楼上悠扬的乐曲奏起来了，他使劲吹着口哨应和。这一天才刚刚开始，他想，这一天过得真不错。我回去后就去译那本李希霍芬，五天内完成译稿第一稿，并且去研究生办公室办好手续。等准考证一到手，我就出发去黑龙江。要抓紧，他想，也要节省用钱，一星期之后力争出发，挺进黑龙江。

晚饭的时候天气闷热，他和弟弟、母亲把小饭桌抬到屋外，在一片蝉声中吃着面条。母亲炸了一碗香味扑鼻的花椒油，他狼吞虎咽地吃着，吃得浑身大汗。

"哥，咱们盖小厨房的事儿，"弟弟慢条斯理地说道，"我看料快备齐啦。人工也方便，我们那儿有一伙铁哥儿们。都说了，言语一声就来。家伙我去厂子里借。用不着管饭，他们说了，帮工不帮饭。砖、沙、麻刀、木料、管子——料是差不多备齐啦。主要是两件事麻烦点：一是打个水泥地，得买几袋子洋灰；二是顶棚，咱们是买点油毛毡呢，还是买点石棉瓦？油毛毡省点，找路子买处理的，三四十就够啦。"

他停住了咀嚼，慢慢地放下了筷子。

我太顾自己啦，他想。我忘记了家里没个小厨房，忘记了妈妈是挤在锅碗瓢盆和煤气灶中间休息。我一心只想着自己的准考证，想着去闯荡那条遥远的黑龙江。我忘记了，弟弟正在不声不响地维持着这个家，还有一家的生活。他放下了碗，直起腰来望着弟弟。

他想起自己隐隐有过的对弟弟不爱读书的反感。他望着面前这个粗壮的小伙子，又想起了那个一打输了架就来找他的小男孩。他总是冲出去扑向那些恶霸一方的混小子，而那个小男孩则像条勇敢的小狼一样，从他侧面扑上去投入复仇的反攻。后来他离家远行，一走十多年。他只知道家里有个弟弟，这弟弟陪着母亲看家守业，打发生活。

"小弟，"他沉吟着说，"这些年，多亏你照顾家，照顾妈。我回来了，你该歇歇啦。小厨房需要的料，由我来买吧，我也该出点力啦。"他望了望院子里那个千疮百孔的破棚子，别了，黑龙江，他想。好好地奔流吧，我将来会去看你的。

弟弟依然慢条斯理地说道："不用，哥。咱们一人出一半吧，哥俩么。"

晚饭后，他和弟弟仔细盘算了盖小厨房的事，具体地商量了人工、用料和动工的日子。当他把钱交给弟弟的时候，他吩咐说："喂，小弟，告诉她——星期天来吃晚饭。"他又补充了一句："告诉她，是哥哥请她。"

弟弟高兴地咧开嘴笑了。还像以前那样，他想。以前每当他帮助弟弟战败了那些热衷于征服的鼻涕英雄以后，弟弟也总是这么笑的。

他回到自己的屋子，打开台灯，拿起李希霍芬的《中国》。他译得非常快，因为他的精神从未如此集中而安详。一个个准确的词汇涌向笔尖，待他把它们嚓嚓地写在稿纸上时，那些词汇又添了一分严谨和文采。他唰唰地写着，偶尔翻一翻辞典。他模糊感到时钟正在一旁嘀嗒响着，但他并没有意识到这就是时间。右肩的疼痛开始持久起来，但他心里对这疼感是麻木的，他觉得那疼痛与他无关。他译得出了神，思想愈来愈沉地陷入那德国地理学大师深邃的思路中去了。他译着,觉得自己正愈来愈清晰地理解着黄土,理解着地理科学,理解着中国北方的条条大河。

"有位客人找你——"母亲在门口唤道。

他好不容易才恢复了感觉。他活动了一下筋骨,推开门走到外屋。

一个陌生的中年人从黑人造革包里摸出一个信封递给他。他打开一看,赫然一个"新疆大学政治部人事处"的鲜红大印跃入眼帘。"秦老师——"他不禁小声叫道。

来客说,下午他正在民航售票处买票,秦老师拉住了他。他说他早就发现那个戴眼镜的女教师在围着他转了。"她一直盯着我,"来客吁了一口长气说,"你的那个老师说,通过邮局赶不上今天下午的飞机了,她要求我今晚一下飞机就亲自送到这儿来。千叮咛万嘱咐的,"他又歇了口气,接着站了起来,"我答应了,就送来啦。行啦,没我的事啦。"

秦老师在附来的一张明信片背面写道,与 A 委员会研究生办公室联系的结果,要随时告诉她。如果再有障碍,她动员学校派人来交涉。"只是",老师用一种娟秀的字迹写道,"你是在奔跑着生活。你不觉得太累了么?"

他送走了那位守信用的空中来客,回到了小屋,重新坐在桌前。家里又是一片寂静。他拿起秦老师写来的明信片,那明信片正面印着一条浮冰拥塞的大河。那是解冻时节的黑龙江。他用图钉把这张明信片钉在墙上,然后继续翻译李希霍芬的《中国》。他神情冷峻地写着,钢笔尖重重地划着纸面。午夜十二点时,他收起了词典和译稿。他又取出一沓纸,把台灯罩拉得低些。他一直专注地写到三点钟。这个晚上,他写出了那首诗的第一节。

第四章

她茫然站在他家门口。这家伙不知道跑到哪儿去啦,她怅惘地想。其实她猜得出来,他多半是躲在图书馆里。别找他啦,他全部心思都在那些河里呢。她慢慢地打开自行车的锁,不知为什么觉得很疲惫。

"你好,"一个亲切的男人的声音在唤着她。

她费劲地定神看着。原来是——他叫什么来着?她笑了笑,"你好,"她回答说,"他——出门啦。"

"我是徐华北。还认识么?"

她握住伸过来的一只大手。"认识。你不也是那个文学酒铺里的么。"她回答说。

徐华北笑了:"没错。我也许端盘子当跑堂儿。"

这个男的也挺神。她和徐华北推着车离开了小院门,她嘴角浮着一丝笑纹。他们这一伙都挺神。他们都是高个子,而且都活泼而神气。下班时分,人行道上和马路上的车流人流正在喧嚣,她打听了徐华北的工作,知道他在一个食品厂当秘书。"你呢,听说你搞摄影?"她默默地点了点头,抬眼望望滚滚的车流,她的神情变了。

今天,照片和幻灯片都退回来了,她想。包括那两张最好的。真干脆,一个牛皮纸信封就都退回来了。怪不得昨天做出差总结的时候,赵主任的脸色那么奇怪。我还激动得在那儿滔滔不绝地说呢,真没点眼色。今天一个牛皮纸信封,全退回来了。她想起出差回来后那几天的情景。那几天肚子总疼,浑身没有一点力气,可是她一直蹲在暗室里。找调子，找画面，像在蒸笼里一样喘着。作品的最后制作已经完成，几张十二吋的彩色照片装嵌在精致的白色硬纸框里。可是一张也没有采用，全退回来了。她想，我连去医院看看病的空儿还没等到呢，暗室还没有收拾干净，那个大牛皮纸口袋就摆到了工作台上。她眯起眼睛，避着夏天耀眼的阳光，推着自行车慢慢走着，心情坏透了。

"我讨厌新闻照片，"她听见徐华北说，"我喜欢艺术摄影。"听你口气多大，艺术——摄影。她朝他投去冷冷的一眼。今天上午，她咬着牙关，一声不吭地收拾那些照片和幻灯片的时候，眼泪不争气地溢出来了。后来坐在对面的老谢踱了过来，说有个旅游杂志急着要上一张西北风光片，问她愿意不愿意帮忙支援他一下。她居然能冷静地和老谢聊了一会儿，只是不敢正视老谢善良的目光。

"我不太爱看影展，不过，我倒是很喜欢那种黑白的艺术摄影，"徐华北显然没有注意到她的心情。她的心里突然涌起了强烈的反感。艺术，你懂得什么艺术！照我看艺术是最虚假的一个词儿。少来这一套吧，她用一种怀疑的眼光瞧着徐华北，什么你们都懂，什么你们都敢插嘴，我讨厌你们这种无孔不入。我比你懂得摄影。她加快了步子，抢先推车走上人行横道。

徐华北继续说："前些天我在北海画舫斋看了一次影展，白跑一趟。我觉得真亏。"他的声调很缓慢，充满了自信。

她站住了，从书包里取出一个牛皮纸口袋。"您能劳神看看这些，哪些最次，哪些稍次吗？"她嘲笑地盯着面前这个不知趣地奢谈艺术摄影的青年。徐华北惊讶地接过来，然后开始一张张翻看起来。她余兴未尽地又掏出一张在暗室里弄坏了色调的黄河风景，"喂，瞧这个，黄河之水天上来。怎么样？"她的精神来了，她渴望好好地恶作剧一下，戏弄戏弄这个班门弄斧的人。你还什么喜欢不喜欢摄影的，哼，所谓摄影不过是我在艰难之中捕捉的一个幻影。我真希望有一天能拍这个影子本身，然后把一切照相机全砸烂。"这张还不错吧？瞧这颜色！"她兴致勃勃地说。

徐华北推开她的手，举起一张照片问："这是谁照的？"

她惊呆了。她愣愣地瞪着徐华北，觉得这年轻人深邃的黑眼睛正洞察着她的五脏六腑。打碎的彩陶罐，她在心里喃喃地说。真厉害，这家伙。"谁知道是谁照的，一张破静物呗，"她说。她不服气地打量着这位食品厂的小秘书，她不相信有人能理解这帧画面。这样平淡无奇的画面，它的完全隐藏的内涵，只有当人们听说作者是一个伟人之后，才会牵强附会地去大肆发掘。难道你能看透我的心？呸！

徐华北推开其他照片，把那幅静物移到阳光晒不到的地方。"苍凉古老的黄土高原。生的欲望强烈得逼人的一片树林。端庄、美好、宁静的陶罐子，可惜它碎了。"她听着徐华北低沉的嗓音。他的嗓音很好，低音浑厚，她想。他们都有这样的嗓音。"它是碎的，不可弥补地残了一大块，哦，我觉得，这简直就是我们这一代人的生活。"徐华北沉思着，斟酌着词句说。

"不仅仅是我们，"她怯生生地插话道，"这就是生活。"

徐华北的目光像闪电一样射了过来，她慌忙避开了。她听见食品厂秘书愤慨地反驳道："不，就是我们！再没有谁的生活像我们——打得这么碎了！"她听着，心里不再想反对他了。真的是这样，她想起了上午的事，我们。就连我们咬着牙把它粘起来以后，还要再被打碎呢。她抬起头来，信服地望了望徐华北。她发现这个年轻人也是那样身材高大，充满自信，身上散发着一股强烈的力量。

"是你照的?"徐华北凝视着她问。

她轻轻地点了点头,心里拂过一阵感动。

"真不简单,"徐华北尊重地望着她,诚恳地说。"黄色,绿色,破碎的彩色;高原,树林子和古老的文物——哦,也许还是你对:这古老的罐子应当象征古老的生活。我们这一代,也许也没有什么太特别的。"他黯然摇了摇头,她也没有说话。我们这一代的事记在我们自己心里,她想,只有我们自己知道它的滋味。她抚摸着自行车的车把走着,觉得自己正在和这年轻人无言地交流。他们推着车走着,谁也没有再开口,街上的车流和行人稍稍稀疏些了。他们真是一群最好的人啊,她想。我能遇到他们真是件值得庆幸的事。只是你们这样的人埋藏在人海里,要找到你们就像沙里淘金。她突然想到一个念头。她的脸红了,烫烫的发烧。她悄悄瞟了一眼身旁的年轻人,不管怎样,如果你们真的开个文学酒铺,我一定也天天去那儿坐着,我也去喝你们那种一块钱一瓶的啤酒。

"你再看看这张,"她拣出那张《河的儿子》,阳光在上了光的照片上一闪,她感到手里像亮起一片红红的色彩。

徐华北神情专注地看着,仔细地打量着那烧沸的河面和裸着的男人。她觉得徐华北看得很认真,恐怕没有漏过一堆浪头,一个色块。最后,徐华爽朗地笑了起来。"哈哈,这是——他。"她略侧着头,满怀兴趣地听着。"他就是这样,干什么都不顾一切,"徐华北沉思着说道,"瞧,他又朝着他的目标冲上去啦。"

"听说,你们原来在一块儿插队?"她问。

"对,在新疆。后来,各奔前程啦。"

他们沉默了一会儿。

徐华北把照片收拾起来,顺口问道:"这样好的作品,你为什么不拿出去发表?"

她停住了,凝视着徐华北。静了一会儿,她终于把牛皮纸口袋,还有一切都原原本本地告诉了他。

徐华北慢慢地露出了一个坚决的笑容。"明白啦。这种事用不着多解释,"徐华北说,"到处都一样,到处都在压我们年轻人。不过,我们可不那么好惹,我们也长着会咬的牙。"她看见徐华北脸上渐渐浮出一种近乎残酷的果断神情。这神情点缀了他那张清癯方正的脸庞,使他显得在一刹那间像尊凝固的雕像那样饱含力量。

"要比就比,要干就干一场吧!"徐华北继续说,"我们可不像他们想得那么好惹。"

"算啦!"她忽然激烈地反驳道,"谁承认你!像我,一个人,累死苦死还不是——"她使劲抓紧了那个牛皮纸袋。

"我帮你干。"徐华北斩钉截铁地说道。

她意识到自己已经同徐华北走了很久了。她收好了照片,打算和这邂逅的青年告别。徐华北一条腿跨到车上,突然微笑着朝后面指了指,问道:"你知道他今天到哪儿去了吗?"

她当然不知道。但她猜得出,他今天反正是在和那些河流有关的地方,不是图书馆,就是什么大学。

"他今天去拜见未来的导师,"徐华北告诉她,"我刚刚想起来,颜林的父亲把他的文章交给了一位姓柳的地理专家。老先生有话,叫他今天去一次。"

她欣喜地睁大了眼睛。这么看来,他的研究生,有门啦。她如释重负地想。愿我们大家都顺利,都成功吧。她高兴地向徐华北伸出手来告别。

他从柳先生的四合院里走了出来,倚着一棵树擦着头上的汗。他心里充满了喜悦,甚至是神圣的感觉。

当他看见沙发里半埋着一个老人时,他就明白:决定他人生的契机到了。他屏住呼吸,姿势僵直地坐在老人对面。黄土,他绝望地想。不知道他的黄土给这位地理学泰斗留下了多恶劣的印象。他想说,那篇文章是我以前写的,我现在已经开始读黄土的书啦。可是他没有敢开口。他一直那么规矩地坐着不动,听着挂钟沉缓的响声。

"会几门外语?"老人威严地提出了第一个问题。

一门半,他想。但他说:"两门。"他的心跳了起来。可别当面考,老先生,我可以查着字典干,这一门半可以当两门使。我可以夜里干,耽误不了事的。

"再学两门吧,怎么样?"老人的第二个问题是商量式的,他连忙点了点头。"英法德俄日,这几门外语都很重要,"老人说,"研究展开以后,没人替你当翻译。懂吗?"

他轻轻地把椅子往前挪了挪,一字不漏地听着。他觉得,自己离那个全力奔赴的目标正在靠近着。

"听说,你已经跑了不少河流?"

听到老人这第三个问题以后,他兴奋起来了。"我在额尔齐斯河边上生活过,我在那儿插过队。我还去过黄河和湟水,在湟水边上搞过方言调查。"他结结巴巴地说着,好不容易才咽下了关于游过黄河的事。"我还准备去看看其他河,至少把以前我见过的一些河流重新调查一次,而且,我还要去调查黑龙江。"他停住了,等着老人的指示。黑龙江,他想,黑龙江我去不成啦,钱已经买了油毛毡盖小厨房。

柳先生闭上眼睛,躺在沙发里久久没有说话。

他觉得房间里静极了,只有挂钟的大摆在嚓嚓地响。有一会儿他不安地望望老人,他担心老人已经睡熟了。

"人文地理,这一行很苦,"老先生突然开口了,"年轻人,你愿意在这个领域里干完一生么?"

他微微地震动了一下。他想说什么,但没有说出来。

柳先生的声音很小,但很清晰:"没有一种知识是无用的,但是也很难有一个学科能综合一切有用的知识。我觉得,我们要培养那样的人,我希望有人能以地理科学为基础,深刻而且不浮夸地综合其他学科,成为一种真正有眼光的科学家。因为,在学科分支发达以后,科学在取得了伟大成果的同时,科学也正在陷入片面。年轻人,这不是一件随便说说的事。你要下决心吃苦,除了自然地理、经济地理、历史地理,你还要学习人类学和考古学,你要把你学过的那些方言知识搞得更深入。你得逐渐掌握统计还有计算。这些都不是轻松容易的……"

他入了神地听着,觉得这位老人的思索也像一条伟大的河。这是一位白发苍苍的统帅,他想,这样的统帅不用黄土吓唬小孩。中国真是藏龙卧虎之地,四合院里也潜居着宏观世界的哲人。真棒啊,他用崇拜的眼光望着老人,我真想现在就拜他为师。以前我从一条河跑到另一条河,我以为这样干就一定会成功,其实不,年轻人在一生的关口原来需要一个导师,这种导师将深思熟虑地指导他的人生。

柳先生最后挥了挥手:"你的文章我读过了。唔,回去好好准备吧,把基础课考好。记住:每门功课都必须名列前茅。"

他在林荫道下慢慢走着,回味着柳先生的话。我已经是个幸运儿啦,能找到这样好的导师。首先要考上他的研究生。要考好,而且要名列前茅。他计算着,我还有一个月时间,我已经译完了李希霍芬《中国》的导言。我已经把地理系的功课又复习了一遍。总而言之,我正在扎扎实实地准备着哪,我一定要考好,要力争名列前茅。

他骑上车顺着街道驰去。在一个药店门口,他下车进去买了几贴伤湿止痛膏。现在他的右臂已经一动就痛,但他不愿去想它。他脱去半边衬衫,把一块膏药贴在右肩的三角肌上,然后穿好衣服,上车继续前进。他鄙视这条胳膊,他坚信自己会很快使它投降。我有一颗有劲的心脏呢,他想,我的肺活量也很大。我的两腿、左臂都状况良好。我的大脑一天只要休息五六个小时,就永远敏捷可靠。我会抓紧这一个月时间的,他想。他知道自己既然能把过去的时间利用得那么有效,就一定能抓紧这剩下的时间。他使劲地蹬着自行车,朝 A 委员会的方向疾驰而去。

但是,准考证的事情仍然没有进展。秦老师奇迹般当日送到的介绍信看来也没有解决问题。

上次他送介绍信来时,研究生办公室的人讲,"可以研究研究"。而今天他们研究的结果是,因为报名期内的工作已经结束,不能补办其他考生的手续。"明年再考吧,"那位研究生办的职员劝他说。

他吓坏了。他急得声音颤抖,冷汗一下子浸透了衬衫。一个小时后,那位职员最后表示,研究生办是完全同情和理解他的;他们可以负责把他的情况反映上去,让上级再研究研究。

他心事重重地跨上车子回家。从柳先生静谧的小院里带来的那种神圣纯净的激情已经荡然无存。他的两只手都在微微颤抖,好像扶不稳车把。他强制自己做着深呼吸,想平息心里慌乱的激动。一点办法也没有,他失神地想,那些人刀枪不入,软硬不吃。原来是这么个结局在等着哪,干脆堵死泉眼,让河流从开头就干枯掉。怎么办呢?怎么办呢?他没有了主意。路过邮电局时,他抱着挣扎一下的想法又给秦老师打了个电报。

他突然看见一个新开张的知识青年小酒馆。他心里一动,立即调转车头,朝徐华北家的方向蹬去。他想起徐华北的姑父在 A 委员会工作,是个领导干部。找华北去想想办法吧,他想,千钧一发啦。

他推开徐华北家的单元门时,手表正指着下午四点。

徐华北正在摆弄一些贴在大幅硬纸上的照片。他一眼瞥见了那些熟悉的画面:彩陶罐,黄河的傍晚。她来过这儿啦,他突然想到,她正在和徐华北来往呢。"喂,华北,干什么哪?"他问。他发现自己的声音很别扭。

他看见徐华北慢慢地坐直了身子,然后又慢慢地看定了他。他立即明白了。原来是这样,他想,我明白啦。

"写篇小评论,"徐华北平静地说,"我有个熟人在摄影家协会,帮她推荐几张作品。"他望着徐华北,没有说什么。"她不容易,也太不顺了。得帮她一把。"他还是没有说话,信手翻弄着桌上堆着的大照片。华北好像知道我想什么似的,只用个"她"字。别来这一套吧,华北。还在阿勒泰的地窝子里钻的时候我就见过你这一套。那时候,我们那一伙人还都没有刮过胡子。我们从来不买刮脸刀片,甚至见到别人刮胡子还觉得麻烦——那时候我就见过你这一套。海涛给我讲过你的故事。当然啦,我们离开那里以后就不提旧账啦,在北京人和人用不着挤在一个地窝子里的一条皮被子下头,所以没有必要说那些往事。

"我也不顺利哪,华北,"他冷冷地说。

"你?研究生不是已经大半到手了吗?你有什么不顺?"

算了,华北。用不着这样,连讲话都充满敌意。你的那些故事还留在额尔齐斯河边上,尽管人们都已经不再用那河边上的规矩待人律己,可是那条河记着一切。那条流往北冰洋的河看重诺言和情义,也看重人的品质。

"我今天倒了霉啦,"他阴沉着脸对徐华北说。

"什么?今天你不是给你导师烧香去了吗?"

"我听不懂,"他有些生气了,"什么叫烧香?"

"烧香都不懂么?哼,"徐华北挑战般笑了一声,"烧香就是走后门,蹚路子,就是进贡表忠心。"徐华北的脸色冷峻起来,"烧香不是坏事么,你不烧他烧。我们本来就被压得他妈的喘不过来啦,烧香怎么样?放火也合情合理。你干嘛?假正经?你够顺的啦。大学稳稳毕了业,又分到北京城。再一步步地往上混,眼看研究生又要到手啦。你够顺的啦,伙计。你不懂——你不懂谁懂?我看数你的香烧得地道,没考就内定了。没有颜林他爹,你能蹚开路子吗?"

他听着徐华北的发泄。他渐渐地平静下来了。华北在额尔齐斯河边上的时候,可没有这么大火气,也没有这么多话,那会儿华北多谦恭。他想起了那条浩浩荡荡地向边境流去的大河,哦,在那条河上人们讲的是另一套行话。那条河只认识意志、热情和诺言。那儿的水土只认识有劲的胳膊,大碗的白酒和爽快的大笑。华北,那时的你是多么文雅、多么谦恭呐!那时你讲不出这一套,更讲不了这么粗。他抬起头来,打断了他的话:

"算啦——华北,告诉我——你看上她了?"

徐华北怔了一下,然后坚决地回答道:"对,我爱上她了,"他看着徐华北站了起来,两眼冒着火光。"我可没有你那么顺。我没有大学文凭,也没法子考研究生。我想的全干不成,好事从来轮不上我。我从六岁就学过钢琴,十一岁就在少年宫学画。我不信我就当不了个艺术家,可是我连个艺术毛也摸不着。妈的,家抄了几遍还不算,还把我涮到新疆玩砍土镘,一玩就是四年五年。要不是靠着熬了几年大头兵,今天也爬不回这个窝。我白白地在那儿踩了两脚泥,到现在才混了这么个烂秘书,而且,是给个白痴当秘书!"徐华北猛地挥起手,咚地砸在旁边的钢琴键盘上,那琴发出一声吓人的轰鸣。"但是我懂艺术!……我理解她的摄影,她现在和我一样不顺。我帮得了她,只有我帮得了她这一把。我看见她的第一眼就觉得我们俩合适。我们俩都要靠这一步跳出坑来……"徐华北满脸涨得通红,在地板上急促地走来走去。

"怎么,你有意见?"徐华北凶狠地盯着他。

"不,"他简短地回答,"我管不着,"他坐了下来,奇怪地打量着徐华北,"坐下,华北。你怎么啦?"

徐华北局促地笑了一下,语调又恢复了平常的样子。"呵,对不起。我最近不知怎么,心情不好,总是激动。"

他坐在椅子上,注视着徐华北去给他沏茶。多有意思,瞧华北又变得文质彬彬了。现在华北和这套房间的陈设和气氛又一致了。但刚才可不同,他想,跟在额尔齐斯河边插队的时候更不同。那时插队已经到了第四个年头了,布尔津附近的戈壁滩上总是刮着风沙。走近额尔齐斯河的白砂岸时,常常能看到砂粒在水面上溅起一大片密密的麻点。那个春天汛期过后不久,他曾经看见华北躲在陡岸下面哭。泪水在脸上冲开污垢,淌成一条条花道道。他还记得那天天色晚了,河水在薄暮中闪着白晃晃的光。我一点也不想讥笑你,华北。当时我急忙离开了河岸,生怕打搅了你。我以为你正在认真地回顾你的插队生涯呢,可是你没有。你没有去找那个被你甩掉后变得痴痴呆呆的女孩子谈谈,也没有和那些心直口快的牧人们告别。我不知道你是否记得,你曾经义正辞严地向公社书记抗议,因为他没有在听到最新最高指示后组织庆祝游行。当然,那是插队第一年的事了,后来我们都变得那么褴褛和潦倒。讥笑你是不对的,华北,讥笑你等于讥笑我自己。但我是不会赞成你的,你后来能为一根纸烟就和二宝翻脸,凶狠地对二宝破口大骂。我更不能赞成你那样离开。有一天早上,你声称去布尔津城买东西,就再也没有回来。你把行李、皮袍子和破烂的毡靴乱七八糟地扔在地窝子里,甚至连我们一块照的那张合影也没有带上。那是我们在额尔齐斯河边的芦苇地里照的唯一一张合影,背面有我们几人亲笔写的、要患难与共的誓言。我知道,你是厌恶地诅咒着离开那片土坯小屋的。不过那时你没有这么硬的口气,也没有这么凶的目光。你走向布尔津的时候佝偻着腰,我记得你的身影悄无声息地消失在那道白砂的河岸后面。

他默默地想着,小口喝着华北端来的茶水。茶很香,几片茉莉花瓣浮在水上。他望着墙边立着的漆黑闪亮的钢琴,那钢琴在斜阳柔和的光线中呈着一种凝重高雅的光泽。他突然觉得这环境正在有力地否定着他的思想。那些河是多么遥远哪,他想,这里并不受那些河的主宰。难道不是么,大家回到这里就不约而同地不提往事,尽释前嫌。在北京扯那些话题多不招人喜欢哪,生活在这里早就重新开始了。大家都在重新选择生活。我和华北、二宝、颜林,还有她,都重新选择生活。她自己会考虑好和华北的事的,她十二岁就见过那么大的世面。我当然管不着,华北,我更不会有什么意见。不过你要记住海涛给你的教训,那件事情你不该忘掉。你当年就是这样找海涛的,你也是这样,一见到海涛就甩了你原先的女朋友。海涛把你写给她的诗给我读过,说实话你的那首诗写得太棒了。你的那首诗如果登在报纸上,一定会引起轰动。只是我不同意你那么多地写到额尔齐斯河,那条河是被哈萨克的真挚情歌和阿勒泰山的雪水养大的,它一直浩浩荡荡地流向北冰洋,你不应该写它,额尔齐斯河是坚强、忠诚和敬重诺言的。

他提起书包,站了起来。

"你怎么,伙计,好像不太顺利?"徐华北随便地问道。

这回华北没讲"不顺",他想,可刚才你像个京油子,一嘴一个"不顺"。他把书包背上,然后端起桌上的杯子一饮而尽。"是研究生办公室有些麻烦,"他说着握住了门把手,"还是不给我准考证。"

徐华北笑了,赞许地拍拍他的肩膀。"放心温书吧,没问题。你是为这个来的么?"他们走到楼梯口,徐华北接着说:"我去找我姑父。问题不大,可以找他们头儿谈谈。"

他犹豫了一下,随即又抬起头来对徐华北说:

"不,用不着。"

傍晚,他走进家门,还没有放下自行车,邻居老大娘就唠叨着跑了过来。"可回来啦,你这宝贝儿子。快送你妈上医院吧,快进去看看你妈吧!"他的脸刷地变得惨白,自行车哐啷一声摔在地上。他冲进屋里,母亲正在床上痛苦地抽搐。他吓得浑身一抖,扑上去抓住母亲。

母亲艰难地睁开眼睛,看了看他,立刻又疼得侧过脸去。他看见母亲的蓬乱的白发在昏暗的室内显得分外刺眼。

他冲出小院。公共电话旁边站着两个穿红裤子的姑娘,正对着电话吃吃地笑。他重重地把手按在电话上面,"对不起,"他喘着粗气,"我母亲病啦,让我先打一个叫车。"他哆嗦着翻开电话簿,寻找出租车站的号码。电话里不紧不慢地应了一声。他赶紧报了地址,"——没车!"电话砰地挂断了。他愤怒地把听筒一摔,冲出了公用电话间。"哎!交钱!交钱!"他听见后面在吆喊,但他咬着牙睬也不睬。他的头脑已经丧失了思考的能力。

他撞开家门,不禁又愣住了:母亲已经自己穿好了衣服,围着一块头巾倚墙坐着。

他靠近母亲,难过地嘟囔了一声:"妈。"

"自行车……孩子,"母亲半闭着眼睛,虚弱地喃喃着。

他推着车大步走着。母亲默默地坐在自行车后座上,抓着车座一声不响。你永远这样,妈,你永远都是默默地忍受一切,他想,也许昨天或者前天你就病了,但你不说出来,甚至夜里都不哼出声来。"一会儿就到医院啦,妈。"他俯身低声安慰母亲说。他觉得自己左臂正生出千钧之力,沉重的车把在这条臂膀下被扶得又稳又直。他用右臂扶着母亲,咬紧牙关顺着大街走着。车流在他身后疾速分开,他听见脑袋后面车铃声响成一片。只要有一个人撞我的车,他默默地想,只要有谁把我撞了,把妈妈撞了——他发着狠想着,迈着大步走着。他浑身的肌肉都已绷紧,心脏和神经都充分调整过。他知道只要有一个蛮小子撞了他的母亲,这肌肉和神经就会即刻反射,把那个家伙朝下扭下来。他知道自己将不顾一切地大打出手。他觉得自己又变成了一个浪头,正在愤怒地扑向前方。不管他多么耻于让颜林的爸爸和柳先生知道自己还有如此野蛮的一面,他也在所不惜。十字路口亮着红灯,但他照直向前走去。额尔齐斯河在通过布尔津大桥时就是这样坚决地冲上去。他感到心中充满悲愤。他瞥见岗楼里的警察一直目送着他从眼皮下面走过。

他先是在急诊室里,后来又在病房里守着母亲,整整守了四天四夜。

这四天里,他没有做日语习题也没有温习地理讲义,他一句话也不说,只是不出声地注视着母亲床头的输液瓶。除了伺候病人以外,他总是坐在床前的一只白漆方凳上,连夜晚也坐在那里,一动不动地坐到天明。右肩三角肌的疼痛仿佛已经生了根,在那块肌肉下面的一个凹陷里潜伏着。他知道怎样一动就能牵疼那里,也知道怎样可以避开那种牵动,用这条手臂去拿东西。

有一天早晨来了一个新换班的护士,不知为什么对着母亲大叫大嚷。他缓缓地站了起来,走近那位脾气不好的小姐。他和她对峙了几秒钟。那位小姐突然恐怖地尖叫起来,夺路逃离了病房。一会儿又来了一位年纪大些的护士,她一面手脚麻利地干着自己的事,一面奇怪地打量着他。

他成堆成堆地给母亲买来水果和罐头。打开,削好,递到母亲面前。

"不想吃,"母亲的声音还很微弱。

他还是端着那些食物,不做声地望着母亲。

"不,"母亲又说了一遍。

他把食物递得更近。

"你也吃,"母亲说。

"不,你吃,妈。"他说。

"你也吃，"母亲坚持着。

他拿起一个苹果，用两个拇指卡住，咔嚓一声掰成两半，大口嚼了起来。他避开了母亲的目光，也不再去看老人满头的白发。母亲也吃了起来，小声地啜着罐头梨子里的糖汁。他们都想起了久逝的往事。小时候——好像是他刚上小学三年级的时候，有一次患猩红热住院。那时母亲穿着一件洗得发白的列宁服，也举着水果和一个梨子罐头坐在他床前。"你也吃，妈。"他奶声奶气地坚持着。好像后来妈妈吃的时候落泪了，他回忆着，当然我现在不会落泪。他几口就咽下了半个苹果，又开始吃另外一半。十几年来他几乎淡忘了自己的母亲，回北京探家或者度假时，有时心情不好他还对母亲大发脾气。只是有一次，他回想着，有一次他在布尔津城的小邮局里看见一个哈萨克女人在接北京来的长途电话，听筒里传来的声音满屋子都能听见："妈妈！妈妈！你怎么啦？妈妈，你说话呀！"可是哈萨克女人却呜咽着，一句话也说不出来。他目瞪口呆地看着那瘦削的女人，直至长途电话被切断。他永远忘不了那哈族女人剧烈颤抖着身子，紧紧握着话筒哭泣的样子。他在一旁看着，突然想起了自己的母亲。哦，那天我想起了自己的母亲，我难受得差点发疯。我冲出邮局大门，看见了横亘在面前的额尔齐斯河，那天我深深地体验到了我们知识青年心里的苦。他使劲地嚼着苹果，酸甜的汁液顺着喉咙淌入他胸中。

整整四天他没有看书。从清晨到黄昏，母子二人静静地在病室里迎送着时间。母亲的病很快地好了起来。

他开始考虑自己下一步的办法。他觉得心中一片茫然。去研究生办公室么？不，现在如果去那里，他会把事情弄得不可收拾。去图书馆么？他觉得兴味索然。明天弟弟就要来接替他看护母亲，家里将清冷得空无一人，他也不想回家。去找伙伴们么？颜林即使休息，那个胖儿子也一定正缠着他。二宝是砖厂的窑工，上一天班要流几斤汗，回家就呼呼大睡。他从徐华北又想到那个姑娘，他更不愿意去找他们。唉，黑龙江！他又想念起那条神秘的北方大河来，可是无论如何他也去不成那条河啦。我要找一条近一点的河流，他想，我现在只有去调查一条活泼的河流，才能恢复身上的力量。他打开母亲床头的台灯，掏出地图册翻阅起来，他一眼就看见了北京近郊有一条大河。

永定河，他望着地图上那条弯曲的蓝色线条，去永定河看看吧。母亲正在床上发出沉沉的鼾声，他稍稍收拾了一下自己的东西，然后疲惫不堪地伏在母亲的床头，闭上了眼睛。

第五天的清晨，弟弟和他的女朋友一块来替换哥哥。他提起自己的书包，吃力地从床前站了起来。他推开门走到外面，深深吸了一口室外的清新空气。夏季早晨的凉风正精神抖擞地摇晃着满树绿叶，他从存车处推出自行车来，走出了医院大门。

这时，他看见她正急急忙忙地迎面跑来。

通向首都西郊的大道上车流滚滚。他瞧见她的黑发在晨风中飘得高高的。他不愿和她多说什么，只顾用力地蹬着自行车。他在医院门口几次表示反对，但她说今天她没有事，还是跟着他一块来了。今天我又是同她一起奔向河边；他想到黄河，又想到湟水。这已经是第三条河啦，他想，这是很不容易的。可是他想到了徐华北，他的心绪又坏了。他又只顾蹬起车来。

车过五棵松以后，西去的车流稀疏起来，大道上行人很少。"研究生！喂，叫你哪！"她快活地说起话来。

"我的作品,要发表啦!"她大声说。

他点了点头,继续骑着车。

"那张静物,"她显然很兴奋,"记得吗?那个彩陶罐。"

他又点了点头。他看见她把身体绷得弯弯的,吃力地跟着他的速度,就略微骑慢了些。

"徐华北给我写了一篇评论,和作品一块儿发表,"她还是兴高采烈地说着,抬起手擦了擦汗。

"祝贺你,"他回答道,"发表在什么杂志上?"

"嘿,《摄影艺术》!全国最大的摄影杂志!"

"太好啦,"他说。不管怎样,他还是为这姑娘高兴。她总算闯过了一关,他想,这是很不容易的。

"喂,研究生。"她低声地唤他道,"你们这伙人真棒。"

他们进入了工厂区。两侧高耸的烟囱吐着团团浓云,路上拥挤着穿工作服的人群。他们不时按着车铃,闪开横冲直撞的卡车和悠然踱着的农民的马车。

"徐华北的评论写得真好,"她的声调里充满了感动,她甩了甩黑发,望着他说道:"那评论,我读了好几遍。"

"对,"他说,"华北的文章写得很漂亮。"他绕过一辆马车,不过,姑娘,你读过的那几页大概还不是华北的杰作。在阿勒泰,华北曾经写给海涛一首情诗。那首诗完全有资格在报纸上印上一整版。连我都被那首诗迷住啦,他想着不禁微笑起来。他努力想回忆那首诗里的句子,可是没有能想起来。凭心而论,那确实是一首漂亮的好诗,他心悦诚服地想,可是海涛却气愤地把那诗撕得粉碎。也许海涛不能容忍那种完美背后的欺骗,海涛为另一个蒙在鼓里的女孩子气得满面通红。后来海涛把头埋在他的怀里哭了。他苦笑了一下,轻轻地摇了摇头。其实诗确实是好诗,他想,我不同意的只是华北大段地写到了额尔齐斯河。额尔齐斯河是我的。

这时,他们终于穿出了林立的烟囱和工厂区,前方出现了三家店的崇山峻岭和平原。

永定河,他盯着前方的一条粼光闪闪的水。这就是永定河呵,他想。他忽然觉得累了,整个一条右臂又酸又麻。不管怎样,我总算是坚持着又来到一条北方的河畔,"喂,小心点!"他朝她喊了一声,用力握紧车把。自行车直直地顺着下坡路朝河谷飞去。他扭头急速地瞥了一眼,他看见飞舞的黑发下面,一双倔强的黑眼睛和他相遇了。

她不顾一切地松开车闸,冲向陡峭的下坡路。这个小伙子真勇猛呵,她想,他像一只下山的野兽,像一条飞溅的瀑布一样。他比徐华北更热情,更勇敢;但是徐华北却更懂得支持和扶助艰难中的女性,更机智和善于斗争。徐华北不像他这样不顾后果,而且徐华北也在不屈地向命运抗争。她想起徐华北告诉她的计划,要用一支笔砍开荆棘和障碍,离开那个食品厂秘书的办公桌。更重要的是,她忽然想起了一支名叫《山楂树》的歌,徐华北已经宣布爱我。她想着,望着前面的他。可是我更信任你呀,愣头青小伙子,她默默地说,我要听听你的意见再决定。她使劲蹬了几下,车子箭一样向下疾驰。她也看见了永定河,看见那条河正从西山山脉的群峰中朝着这里迢迢而来。她看见三家店高矗着的钢铁巨坝。她松开了领口的一个纽扣,望着下游的开人胸襟的广阔平原。她感到河谷里特有的,那种土腥味儿很浓的凉风正拂入她的胸怀。她使劲骑着车,很快追上了他。他们两人无言地并着肩,对准河谷飞快地驰去。

他们把自行车放倒在河滩上,朝河水走去。

喔,你就是永定河,他想。你就是把北京西北的巍峨山脉劈出了深峡长谷的永定河。你就是一旦来到了三家店,一旦摆脱了高山和岩石的阻拦就肆意恣情地在开阔的大平原上东摇西荡的永定河。你就是多少年来自由自在,迁徙无常,河道如麻的永定河。他失望地瞪大了眼睛,望着面前这条细浪汩汩的流水。简直是可怜巴巴,他来回地在河边踱着,唉,这条河简直是可怜巴巴。他不能理解地瞧着水上的鱼鳞细浪,永定河的一弯清波正在灰色的沙滩上拍响着单调的哗哗声。

她和他顺着荒漠的河岸走着,谈着话。她不时停下来,捉摸一会儿河谷的画面和色彩。他低着头,认真地读着她递来的那份徐华北的文稿。

他掀着纸张,很快地读着。这是一篇纯艺术的论文,徐华北在文章里分析了古朴的高原、新生的树林和破碎的彩陶罐,分析了构图、用光、色彩和调子。文章言简意赅地分析了这幅静物的象征意义,总结了动荡的历史和艰辛的生活,从悲剧的内容中肯定了作者对真善美的执着的爱。华北会这么写的,他合上了那叠稿纸,华北会这样把文章写得流畅又漂亮。他朝她问道:"华北今天上班么?"今天是星期日,他觉得,华北应当设法和她在一起才合理。

"他为你的事,要去找一位什么头头,"她答道,"华北说,只要准考证的事不再刁难你,问题就不大了。"

他踩着河滩地上的卵石和硬石,不动声色地压制着心头的怒火。他厌恶和徐华北之间发生的事,这些事愈解释愈庸俗不堪。就像他对徐华北本人的反感一样,那只是一种直觉,一种他解释不清,但又为他坚信不疑的直觉。他感到自己和这姑娘之间有着一种说不清的隔阂。他想着,心里突然强烈地怀念起那些气候酷热,环境荒莽的世界来。华北,你错了,他在心里说,我和这个姑娘并没有什么关系。你用不着干得那么面面俱到。如果她喜欢你——不,即使是当年吧,如果海涛喜欢你的那首长诗的话,我也决不会说什么。用不着和我来这种交换。在额尔齐斯,我们像赤裸在曝晒大地的阳光中一样,那时候我从来不去解释什么,不管是为别人还是为自己。他加快了步伐,不再去想华北的事,他开始集中精力,观察永定河谷的各种地貌特点。

徐华北昨天向我求爱了,她走着想道,徐华北说的那些话,简直……简直是些烫人的语言。可是不知为了什么,当时我突然想到了你,她悄悄地瞟了一眼旁边的他,你在我的眼中,曾经化成了一个奔向雄浑大河的男人,一个精灵般的河的儿子。华北……当然华北也很好。他那么理解奋斗中的女人,他在帮助我的时候机智、果断又富有才华。华北,他多像我在泥泞长旅中的温暖呀。她想着,又想到了那支《山楂树》,觉得心里充满了一种矛盾的、幸福感和奢侈感交织的心情。

"唉,你们都是好人哪。"她轻轻地说。

他听着圆圆的石块在脚下咯咯响着。他的情绪越来越坏了。永定河没有用惊人心魄的景观来振奋他,关于准考证的念头却纠缠着脑子,使他心烦意乱。面前那道小河缓缓淌着,耐心又有韧性。他凝视着那河水,深深地叹了一口气。你就是永定河么?你就是劈开了燕山和西山,多少年来任意迁徙、放浪不羁的那条河么?《地表水》和《历史自然地理》上说,你是条不知安宁、河床屡改的不驯的河。我在读着那些书时,总是禁不住在想象中描绘着你。我无法猜测年轻时代的你,无法猜测那时你究竟有多强悍。书本上说,就在五百多年前,你还曾经从这儿赶跑了两座城市,三百年以来你逼得下游五次改堤。他失神地望着河水,这条小河简直可以一跃而过,可以"捉襟而涉"。他看着一汪清流正朝着下游涓涓而去,河上漂浮着的几张腐叶和他正并肩徐行。

他回忆起黄河的情景。那才是一条真正的河呢,他想,我在黄河边上见过整棵的大树在浊浪里翻滚。在那儿男子汉可以找到粗糙的抚慰;在那儿,那一望迷茫的巨川会引诱人的勇敢,会引诱人把心底最深的话向姑娘们诉说。但是我决不会再向你们诉说啦,姑娘们,他愤愤地想,那些字字沉重的话语在你们娇嫩的心里会变成另外一些玩艺儿。他大踏步地踏着砾石块,咬着嘴唇走着,那位姑娘已经被他甩在背后了。永定河来到平原就屈服了。你呢,你也屈服了。你暴躁,你烦恼,你四天里谁都不理,你在大街上和医院里想寻衅打架。你连书也不看——你居然连书也不看了!他嘲笑着自己,仅仅因为拿不到准考证,因为没有钱去看黑龙江,仅仅因为徐华北在追求这个姑娘,你就丧失了意志。他轻蔑地望着那条小溪般的细流,"嘿,我以为你是一条好汉,"他大声地对永定河说道。

河水依然如旧地、无声地流着,微微地掀着涟漪。他弯下腰拾起一块石头,奋力朝河中心投去。石头在空中划了个弧线,在耀眼的水面上向着自己模糊的影子,咕咚一声沉了下去。哦,它咕咚一声沉下去啦,他想,连水花也不冒一个。他有些吃惊,又弯腰去拾一块更大的石头。这时右肩像撕裂了似的疼了一下,他咧着嘴倒抽了一口凉气。这病已经留了根啦,他想,这条胳膊完啦。他勃然大怒地冲了几步,"你这背叛的家伙!"他骂着,不管不顾地使劲把那块大石头扔向河水。石头笨拙地翻了个跟头,啪地摔碎在河滩的砾石堆上。"你这胆小鬼,哼,我不怕你,"他嘟哝着,绝望地站在岸边,咻咻地喘着粗气。

"你怎么啦,研究生?"她跑上来了。

"没怎么——喂,咱们找个地方吃饭吧。"他说。

他们找到一个小副食店,买了两包饼干。他们又绕到一个菜园子里,买来一堆西红柿。他们找到一棵大树,在荫凉地里坐了下来。树荫外面的世界被正午的毒阳曝烤着,一片白花花的灼烫气流罩着河谷。

"喂,研究生,"她吃着饼干问他,"还写诗吗?"

他满嘴都塞满了饼干。他抬起头来,不解地望着她。

她用手绢把一个西红柿擦干净,递给了他。

"你不是已经写了一个开头么?那首诗。"她问。

他迟疑了一下,但他还是回答说:"那首诗,嗯,我已经写了两节。"

她高兴得嚷了起来:"写了两节!真快呀,我记得,那天还在写开头。"他也许能成功呢,她想。

"这几天,在医院,我又写了一点儿。反正,将就算是写完了两节。"他说。可是写得力不从心,写得心烦意乱。他想着,心里兴致不好。

她伸出手来,兴奋地望着他:"来,我看看!"

他没有回答。他想到了徐华北的评论文章,也想到了那首献给海涛的情诗。他觉得自己有些冷淡,没心思在这会儿和她再谈论自己的诗。他沉默了一阵,抬起头来说:"不,现在不成,现在我那诗像个瘪三。等我改好以后,再请你读吧。"

他站了起来,咽下最后半个西红柿。"我要顺着河走一段路。你,"他打量着姑娘消瘦的脸,"要不,你就在这儿歇歇吧?"

她想挣扎着起来,可是觉得浑身瘫软无力。她望了望树荫外面白得晃眼的毒日头下的土地,"唉,"她叹了一口气,"那我就歇一会儿。这些日子天天忙到半夜才睡——我等着你,研究生,"她朝他疲倦地笑了笑,"快点回来。"

他顺着永定河的河漫滩大步走着。她看见他走进眩目的毒热的阳光里,又走进一片丛生的杨柳树林,然后消失了。

绕过一片树林子以后,他顺着河湾走进了一块新的地方。他看见河谷骤然开阔了。三家店下游的平原一望无际,高高的河堤远远伸向天尽头。被高堤嵌住的河床又宽又深,满盛着一川铁灰色的砾石。戈壁滩,他想,这河床简直就是一片阿勒泰南方的戈壁滩。一泓清流在这干渴的戈壁上扭曲着,强烈地反射着白亮的阳光。他眯起眼睛,用手搭着凉篷,眺望着那戈壁的彼岸。真宽哪,他暗暗吃惊了,简直宽得看不到边。他转身奔上岸上的河堤,继续朝那辽阔的河漫滩瞭望。一片茫茫的铁青色充塞视野。真宽呀,他暗暗惊奇了。这河漫滩恐怕有几千米宽,不,恐怕有一万米宽哪。这条河在丰腴的平原上制造了一片戈壁,一片荒漠,一个几千米或者一万米宽的摇篮。它在农田和树林之间制造了无法改造的一片钢铁般的青灰色,而它自己却在悄无声息地流。

河堤上一字排开地趴着一排光屁股孩子,从头到脚晒得焦黑似炭。他发现那伙小家伙正在好奇地看着他。他拾起一块石头,使劲地把它投向河中心。石头飞快地落向水面,他听见了深沉的咚的一声。"它深着哪,"他说道,"它非常深。"他又拾起一块石头扔向河中心。那伙贴在河堤上的小黑泥鳅们全都蹦了起来,喊叫着围住了他,争先恐后地拾起石子朝河里扔起来。他混在这伙赤条条的小黑人当中,和他们一块叫嚷着,把一块又一块鹅卵石和方砾石投向河心。河面上不断地响起咕咚咕咚的声音。后来孩子们一齐怪叫着,打闹着扑向河水,永定河被这群快乐的小家伙扑腾得溅起高高的白色浪花。他站在河边,听着孩子们的欢声和河水的音响,脸上身上都被浪花水珠溅湿了。

永定河没有屈服,他想,这并不是一道屈辱的驯服的浅流。听那石头落水的声音,那声音里饱含着深沉的艰忍和力量。永定河没有屈服,它不像你,原来,你完全配不上这些北方的河。你就像你那些诗句一样干瘪和轻狂,你只会在顺利的时候充满自信,得意洋洋。他想到了自己几天来的一幕一幕,想到了准考证、医院、徐华北和那姑娘。"笨蛋,你完全是个废物!"他骂着自己。你应当变得深沉些,像这忍受着旱季干渴的河一样。你应当沉静,含蓄,宽容。你应当像这群晒得黑黑的河边孩子一样具有活泼的生命,在大自然中如鱼在水。你应当根须攀着高山老林,吮吸着山泉雨水;在号角吹响的时候,像这永定河一样,带着惊雷般的愤怒浪涛一泻而下,让冲决一切的洪流淹没这铁青的砾石戈壁,让整个峡谷和平原都回响起你的喊声。

他沿着河漫滩向回走。永定河在远处仍然缓缓长流。他望着空旷的河谷和那条细流,心里又感到一种奇异的神秘。他走回树林后面那棵大树下时,偏西的太阳正沉入一条薄薄的长云。

他在那棵大树下停住了:那姑娘正倚着树干,酣沉地熟睡着。他轻轻地坐了下来,望着她静静的睡姿。他摸出一支烟来,默默地坐在一旁,注视着她,心里一下子百感交集。

你实在太累了,十二岁的小姑娘。这样的人生对于你来说,实在是太难了点儿。他吸着烟,打量着她熟睡的样子,心激烈地跳了起来。他的眼前闪过了自结识这姑娘以来的一幕一幕;闪过了黄河、湟水和这永定河的浪头。不管怎样,他想,这样的经历实在是太难得了。他知道眼前这酣睡着的女孩子是个真正的好姑娘。我真的还能遇到比她更好的人么?他默默地问着自己。他忽然感觉到一股苍凉的心境。他体味着这种遥遥而来的沉重心绪,又接上了一支烟。也许我应该伸出手把她牢牢地抓住;他思索着,也许我应该毫不迟疑地把华北打败。谁知道你的生活最终会不会是一个悲剧呢?他冷冷地问着自己。他久久地凝视着倚树沉睡的她,好像要在心里永远把她记住。不,这不是我渴望的爱情,他轻轻摇了摇头。我要鼓足勇气坚持下去,哪怕真的陷入悲剧我也决不屈服。何况,她现在刚刚登上一座山岗,她心里正充满着成功的喜悦;他想,让她自己去了解和认识一切吧,我应该离她远一点儿。她在奋斗中认识了华北,找到了自己的小船、帆篷和港口,而这一切和我之间最终是不一样的。别认为我不支持你的奋斗,他想,冈林信康唱过:"我就是我,我不能变成你。"他深深地吸了一口烟,然后把烟雾吐向河谷。向前跑吧,别回头,我祝你成功,也祝你幸福。如果你有一天陷入了逆境,如果有一天华北真的又使你感受到他那种阿勒泰式的东西,我会伸出手来,尽力帮助你,尽管我的这条手臂已经受了伤。而现在——他把烟头轻轻地踩熄在地上,而现在,我要同你告别啦。

他转过身去,注视着永定河远近的景观,记忆着与地理学有关的东西。等三家店西面的群山里拂来第一阵凉爽的晚风时,他叫醒了她。他们推起自行车,走上了那个陡陡的高坡,然后上了公路,向着东方的都市中心驰去。薄暮的永定河水被留在他们身后,在黄色的斜阳照耀下闪跳。

第五章

他一层一层地走上楼梯,拐弯,然后顺着宽宽的走廊向前走。他朝一个忙匆匆的中年人问清了 A 委员会党委第一书记办公室的位置,接着照直走到那扇磨砂玻璃门前,毫不犹豫地一把推开了门。他看见在一张巨大的写字台前正伏着一个花白头发的老人,他闪电般地联想了一下柳先生和母亲。那老人惊讶地戴上眼镜,望着他。

"您是党委书记吗?"他问。

"对。我姓曹。"

他听出了这位书记语调中的不快。他掏出了毕业证书、从研究生办取回的申请书、秦老师寄来的介绍信、一份自填的人文地理研究生报名表,还有一份标明时间的备忘录,谨慎地一一摆在写字台上。最后,他退后一步,简洁而清晰地把自己的全部情况叙述了一遍。

"现在距离考试一共只有十天。而且十天里包括今天。我和我的母校已经尽了我们能尽的一切力量,"他平静地望着曹书记,沉着而不容置疑地说,"但是没有用处。我只有直接找您谈。请您通知研究生办:让他们马上发给我准考证。"

姓曹的书记放下了眼镜,慢慢地斟酌着字句。"小伙子,你不觉得,嗯,"书记先微笑了一下,"这儿是党委书记的办公室啊——门也不敲就闯进来?"

他眼睛一眨不眨地迎视着曹书记的目光:"不,我不觉得。这是人民交给您的工作。而且,"他继续冷冷地说,"我从您这座楼的传达室敲起,已经整整敲了一个多月门了。您可以化个装,然后到您的传达室去试试找您自己,"他建议说。

曹书记被他逗笑了。"哈，你认为你的考试这么重要么？来，坐下。小伙子。"书记点燃一根烟，打量着这个年轻人。"那么，你认为我的其他工作，嗯，"他推了推案上高高的卷宗文件，"我们老头子天天忙的，就都不算你说的，人民交给的工作吗？"

"您可以再忙一点。"他斩钉截铁地回答道，"难道您不是共产党员吗？"他看见这书记被他的话吓了一跳。

两人默默地坐着，陷入了难堪的寂静。最后，书记把那支烟按熄在烟灰缸里，抬起头来：

"好吧，我马上研究你的材料，好么？只要你符合报名条件，我就通知他们发给你准考证。"

"现在我想请您原谅我，曹书记。"他依然一动不动地坐着，"我刚才的每一句话都没有礼貌，"他诚恳地盯着书记说，"因为，我实在走投无路了。您知道，只剩下十天了。"

书记和蔼地站了起来，"不，你的话，每一句都很正确。"他一直被这年迈的书记送出玻璃门，又送到楼梯口。"不过，小伙子，"书记在告别时满有兴趣地问道，"万一我们认为不能给你准考证呢？我是说，在慎重研究之后？"

"那我就去闯考场，"他阴沉地说。

"噢。那么，如果你万一考不取呢？你不觉得今天这些话，太过分一点了么？"书记笑着问。

"不可能。我一定要考上。"他像受伤的野兽一样，喉咙里咕噜噜地响。

"真自信呀。"书记笑着摇了摇头，然后话锋一转，严肃地问他说，"你真的这样热爱这个专业吗？"

"再见——"他嘶哑地说了一声，头也不回地奔下楼梯。

他撞开大门，飞身跨上自行车，一下子冲进了川流不息的人流。他的心还在怦怦地狂跳着，他竭力使自己不去回想刚才同那位第一书记的谈话。再谈下去你会控制不住的，你或者会丢人地流出眼泪，或者会疯狂地破坏一切成果，把事情弄得不堪收拾。他责备地埋怨着自己，把车子骑得飞快。你完全没有那种大河风度，你只是被那些河惯坏的一个野孩子。你在年轻时代就被惯坏啦，被那条自由的、北国的额尔齐斯河。

他使劲蹬着车，风吹着发烫的脸颊。他想，我怎么能不被惯坏呢，在额尔齐斯河流域，路程起码是上百公里，山岭最少是海拔三千多米。我们曾经徒步走进阿勒泰山，异想天开地想把红卫兵的旗子插到阿勒泰的冰峰上去。我们在山里迷了路，一天同时挨了暴雨和暴雪的鞭打。后来我们遇上了一群赶马的牧人，又兴高采烈地跟着他们去浪游新疆。那时的我还不满二十岁，我是抱着一匹马的脖颈渡过额尔齐斯河的。河水冷得刺骨，汛期的雪水在河里掀着大浪。我只记得满河都响着马群的嘶声和哈萨克人粗犷的喊叫，马蹄溅起的水珠在天空飘成一片蒙蒙的雾。上岸时我已经冻僵了，那些牧人把整瓶的烈酒灌进我的肚子里。我说不出话来，我看见他们也把整瓶的酒喝得干干净净。我一句话也没说就醉了，我觉得他们那粗放的大笑在震撼着我的每一个细胞。我嘿嘿地笑着，后来在篝火旁睡熟了。第二天清晨我爬了起来，我一开口就发现自己的嗓音已经粗哑，带着他们那样的声调。我走了第一步就发现自己也开始像他们那样威风地摇晃。我就这样变野啦，亲爱的、操劳的老书记！等我考完了试，我要买一瓶麦乳精去看您，再次向您道歉。我是因为走投无路才那么毫无礼貌，出言不逊。阿勒泰的牧人是讲究礼节的,我要在考试以后,华北不会再认为我是"烧香"以后去看您,请您喝点麦乳精,休息休息脑筋和补养一下身体。我还要请她——他突然想起一件事来,我答应过请她吃一顿西餐,为着她承受过的痛苦。应当由大家承受的不该只落在一些小姑娘身上,华北也最好能同意这一点。

他当晚把李希霍芬《中国》导言的译稿又读了一遍,然后整整齐齐地钉好,放在桌角。他又收起了那本边角翻烂的《简明基础日语》,这里面的习题他已经做了不知多少遍。他又整理了那一大叠《地理学报》《地理学资料》《国外人文地理研究动态》,准备全部还给颜林的父亲。最后,他搬过卡片盒来,随手翻阅着那些卡片。他感到一股满足和有把握的心情。他想,这些卡片就是那些讲义和书籍里的干货。无论是政治课的内容,还是自然地理、人类学和原始社会考古学的内容,有用的都已尽收其中。剩下的几天时间我只对付你们。伙计们,他抚摸着卡片想。我可以把你们放在口袋里,随时随地掏出来阅读。

他整理了卡片,然后取出一张纸,在纸上画了九个格。每格代表一天,还有九天,他想。九天以后是个星期一,那天早晨,我带上两只钢笔,灌足墨水,然后去考场。不管准考证的事儿怎么了结,那天早晨我都要走向考场。

他挪挪椅子,坐得端正些,然后开始了工作。

一天过去了,他在那张表上划掉了第一个格。

又一天过去了。还有七天,他计算着,把写满了工作内容的第二个格轻轻地勾掉。这是一个星期日的晚上,弟弟和那位年轻女工把母亲接走去看戏,家里只有他一个人。

他擦干净桌子,扔掉一个空烟盒和一些碎纸。他从抽屉里取出自己的诗稿,然后慢慢地拔下钢笔帽。

他感到自己的心情异样的宁静,但又觉得那宁静之中正在渐渐地涌起着,凸起着什么。心跳开始一下比一下沉重,他听着自己的心跳,听着那涌起着和凸起着的东西带来的一丝微弱而尖锐的音响。刹那间那一丝音响轰鸣起来,他感到自己被突如其来的汹涌波涛一下淹没了。他激动地把笔按向纸张,纸嗤地撕破了。

他已经写完了第三节。第三节是在从永定河回来那天夜里一气呵成的。他不知道自己要写多少节,也不知道自己究竟要写些什么,他只是重重地把笔尖刺向稿纸,让笔尖发出的嚓嚓的声音紧紧跟上胸膛里那颗心的搏动。他来不及字斟句酌,但他惊喜地发现已经有些亮闪闪的字眼排着队,不可思议地从笔下涌出,留在他的稿纸上。但他此刻无暇回顾,因为那浪涛在凶猛地冲撞着他,急躁地朝着他的喉咙、他的大脑以及他握笔的手一下一下地冲击。黄河,额尔齐斯,湟水,无定河和永定河,阿勒泰的巍巍大山,黄土高原的沟壑梁峁,新栽的青杨树林,以及羊群和马群,飘浮的野花,彩陶的溪流,铁青的河漫滩——都挟带着热烈的呼啸一拥而至。那些大河两岸的为他熟识了又与他长别了的人们的面影正在波浪中浮沉隐现,亲切地注视着他的眼睛。他写着,手微微地颤抖了。他发觉自己正大胆地企图描绘一个粗犷的大自然,一个广阔的世界。这是北方啊,他吃惊地想,他有些害怕。涂满墨迹的纸一页页地翻过去,他鼓足勇气写了下去。他看见,在他的笔下渐渐地站起来了一个人,一个在北方阿勒泰的草地上自由成长的少年,一个在沉重劳动中健壮起来、坚强起来的青年,一个在爱情和友谊、背叛与忠贞、锤炼与思索中站了起来的战士。他急速地写着,一手按住震颤着的薄薄纸页。理想、失败、追求、幻灭、热情、劳累、感动、鄙夷、快乐、痛苦,都伴和着那些北方大河的滔滔水响,清脆的浮冰的击撞,肉体的创痛和感情的磨砺,一齐奔流起来,化成一支持久的旋律,一首年轻热情的歌。他写着,觉得心里充满了神奇的感受。我感激你,他想,我永远感激你,北方的河,你滋润了我的生命。

他一口气写了很多。他已经在留心寻找适当的机会结尾。他明白这宣泄而下的倾诉应当有个深刻的结束;这结束应当表现出巨大的控制力和象征能力,它将使全部诗行突然间受到一束奇异的强光照射,魔幻般地显现它们深蕴的一层更厚重含蓄的内容。这个结尾应当像那些北方大河一样,粗悍清新,动人心魄,但又不留痕迹,不动声色。

他猛地把笔摔掉,跳了起来。他抓起那叠稿纸读着,用两只手把它们翻得哗啦乱响。

他读完了。不行啊,他把诗稿放回桌子上,我不仅没能写出那个结尾,而且我也没能写出那种吸引着我的、伟大的东西。那是一个神秘的幽灵,北方全部的魅力都因它而生。他沉重地坐在椅子上,沉吟着点燃了一根烟。这不是因为我不懂得艺术,也不是因为我不会写诗。他推开窗子,让清凉的夜风吹进小屋。你还没有找到那神秘的幽灵,他对自己说,你还并没有真正理解北方的河。你走的地方还少,你见到的世面更少,你还没来得及在塔里木,在居延,在许许多多的北方河流旁边生活过。特别是你还没有见过黑龙江。他有些伤心地想,无论如何,我现在去不成黑龙江啦。我没有钱,也没有时间,无法去瞻仰和调查那条完全由一条黑色巨龙变成的大河。

他终于把钢笔慢慢地插入笔帽,藏起了自己的诗稿。他看看闹钟,时针正指着凌晨三点。最后的一个星期开始了,一共还有七天时间。他抱着双臂坐了一会儿,倾听着闹钟走动的嘀嗒声。他决定,这首诗就写到这儿为止,等他将来到达黑龙江以后,再写出结尾并把全诗修改出来。他站起来,揉了一会儿麻木的右臂,然后关上窗子,上床睡觉。

她在床上躺着,昏昏欲睡。她累得全身像是散了架,连起床给自己煮一碗挂面的力气也没有。当她听见有人敲门以后,好久才打起精神应了一声。

她吃了一惊。她睁大眼睛望着门口站着的他。这是他第一次来找我呢,她想。华北可是已经常来常往了,而他,自从一块去了永定河以后,我还是第一次看见他。

"研究生,事情怎么样?"她还是开着玩笑问道。

他猛地一把从书包里抓出一张纸,"你看!"他的声音激动得发抖,"你看,准考证!"

她感慨地看着那张小小的白纸片。

原来就是这么一张纸片。可是这种小纸片上凝聚着我们这一代人怎样艰辛的经历呐。她想起昨天华北也拿来了一张白色的纸片。那是一份调令。华北终于以他的文章,以他的顽强努力和出众才华离开了那家小食品工厂。华北也曾激动得声音发抖:"我的新生命开始了!我复活了!"她也曾像此刻一样,感慨地、默默地看着那张公文纸。

"真好啊。"她喃喃地说。

她给他冲了一杯橘子水,望着他大口地喝着。真好啊,她想,他们都在奋力地挣扎,都在坚强地和命运搏斗。他们都终于找到了自己向往的一个位置,找到了一个为人们和社会承认的位置。真是些坚强的男子汉哪,她羡慕地想。

他大口地喝着橘子水,敞开的衬衫领口冒着热气。"再喝一杯吧,"她端起冷水瓶和橘子水瓶。他憨厚地笑了,于是又把第二杯一饮而尽。她马上又斟上了第三杯。

他抹了抹嘴角,"喂,你瞧,"他说着把两臂向侧后伸直,踩着碎步,歪着脑袋,像只鸟儿一样在屋子里转了起来。"呜……"他憋足劲儿哼着,"喂,你看,像不像飞机?"

她笑着,奇怪地凝视着他。"不像。像只大蜻蜓!"真可笑,不害羞,她想,高兴成这样子。拿到了准考证,他简直乐得像个小孩子。"像个大傻瓜!"她高声笑道。

"不对,"他一面呜呜转着圈一面说,"这是轰炸机。瞧吧,"他停止了飞行,端起那杯橘子水,"还有五天了,还有一共五天,我就要去轰炸那些考卷。"他兴奋不已地瞧了瞧橘子水,然后仰起头大口喝起来。

她把华北的事情讲给了他。"你们都成功啦,"她说,他一定会考得很出色,华北也可以搞他喜欢的艺术了。她欣慰地想,他们都是强者,都是些坚强的人。"你们真像岩石,"她突然说道。

"什么?我们——岩石?"他奇怪地问。

"嗯,"她微笑着点了点头。是岩石,她想,是我们理想中的依靠。

"走吧!摄影家!"他把杯子放在桌子上,毅然地做了个邀请的姿势。"走吧,去莫斯科餐厅。忘了吗?我早就说过,要请你去吃一顿。"

她出神地望着他,好久才站了起来。

他们走出房间。在大门口迈进了暴晒的阳光里。他看见这姑娘晕眩了一下,用手扶住了一棵树。她太累了,她简直是形容憔悴,他想道,心里漾起一道包含复杂的潮水。但是她不露声色地谈起了别的事。于是,他们一块走离了那棵树。

在餐桌旁,他问道:"你怎么样?好久没见啦。"

"我么,我很好,"她说,"那张作品,已经发表了。"哦,已经——发表了。她想起上午自己躲在报刊零售亭旁看到的情景。道路上依然人声鼎沸,广播里依然报道着重要新闻,她盯住两个买了《摄影艺术》的年轻姑娘走了一段路,但她发现她们买这份杂志的目的在于封面女郎的那件蝉翼衫。发表了,而且还有华北的那篇评论,也许在秋天全国影展的大厅里会占上一个小小的角落。可是,她怅然地想,这就是一切么?

邻座的一位小伙子正在独自大吃,桌上放着一架录音机。一个嗓音低沉的男人正在唱着什么歌。

"你听,这是冈林信康,我最喜欢的歌手。"他小声地告诉她。"唱得真棒啊,"他聚精会神地听着。

他现在充满了信心,大考临头还镇静自若。她想,他那么相信自己的力量。是的,男人比我们多的只是力量,这是我们和他们最大的差别。她伤感地想,我咬着牙关,拼着全力,才终于得到了这么一丁点儿。可是我得到了也累垮了,我像被抽空了一样精疲力尽,心境苍凉。哦,这样的成功也够狠的,她想着,顺手叉了一点菜放在口中嚼着。人生那么多代价,那么多滋味儿,就被这种成功轻轻地一笔勾销啦。

他突然推了她一下:"注意听——这首歌我听过。我给你翻译。"她放下叉子,邻座的录音机里正传来吉他的伴奏。

> 你的疼痛的深切
> 我当然不能理解
> 为什么我们离得远了
> 其实一直是近在眼前

她一下子转过头来,黑黑的头发随着甩到一侧。她直视着他说:"我要告诉你一件事——华北已经向我求婚了。"她喝了一口掺汽水的啤酒,"当然,华北是和你一样的人,但是我还是一直想征求你的意见。"她说完后稍稍朝椅子上靠了靠。我明白啦,她想,成功并不能真正给人的生活带来改变,包括不能改变人心的孤寂。我是女人,她慢慢地啜着冰啤酒,我需要有块岩石靠靠,我要歇一会儿,我实在累啦。

他久久没有回答。那边的录音机里正奏着长长的间奏。当她看见他抬起眼睛的时候,心里不禁一动。但他伸出一个手指:"听——"接着又继续译下去:

是呵,我就是我
我不能变成你
就连你在那儿独自苦斗
我也只能默默地注视

她静静地听着那个歌声,一动不动地坐着。她的脑海里浮现出她的另一幅作品,那是一个扑向晚霞烧红的黄河的男人。她明白自己终于要和那幅画面中的主人公告别了,她意识到自己在这一刹流逝的时间中已经完成了抉择。她双手抚着冰凉的玻璃杯,小口小口地喝着,记忆着这种复杂而亲切的滋味儿。

"你也吃呀,"她帮助他把菜拨到小盘子里,然后望着他狼吞虎咽地吃着。她隐隐感到,自己也不会再有机会和这个莽撞热情的小伙子去到处看望那些大河了。多保重吧,她心里暗暗地对他祝福道。他用刀叉把盘子里的菜切成块,吃得额上微微沁出了汗珠。他偶尔抬起头来,正看见她那双黑眼睛里的痴痴的神情。他的手突然有些发抖了。哦,他想,我就这样和她分开啦。

这时,长长的吉他伴奏弹完了,那支歌又继续唱了起来:

我们两人都经受着考验
而你究竟是我的谁
如果一切将从此崩溃
那么我又曾是你的谁

他们吃着,喝着啤酒,谈论着这支歌的曲调,谈论着彼此的工作。他问她下一步打算干些什么,她回答恐怕还是要为争取发表作品而努力;她也问到关于考试的一些事情,他仔细地对她讲了自己的打算和计划。她笑着说道:"研究生,等你考上并且念完了研究生,得到了学位,而且——也许将来当上了讲师、副教授或者教授以后,你准备做些什么?"

"哦,我没有想到那么远,"他沉吟着回答,"不过,我在想,恐怕我会再次改行。"

"改行?"她大大地震惊了,"改行?干什么?"

"我想写诗,"他低声回答道。

她放下了刀叉和杯子,久久地凝视着他。她一句也没有多问,她完全明白他的意思。许久,她沙哑地说道:"你们真像岩石。"他笑了,举起杯来对她说:"来,干一杯。让我祝你幸福吧,"祝你幸福,十二岁的小姑娘!他心里补充道。她忙举起杯子:"也让我祝你一句——祝你平安些,顺利些吧!"

他们喝掉杯里的酒,然后一块坐着听着那支歌子的叠唱:

是呵,我就是我

> 我不能变成你
> 就连你在那儿独自苦斗
> 我也只能默默地注视

那歌手的嗓音真实、深沉。他们倾听着那歌声,彼此都觉得受了深深的感动。

这一天从清晨就风和日丽。他撕掉一张红色的星期天日历,又顺手把作息计划表上最后的一格划掉。他吩咐弟弟在家准备这顿星期天的午饭,自己则和母亲一块走出了家门。

他没有踢足球。恐怕去找二宝也没有用,这个星期天二宝不会老实呆在家里的。他扶着母亲的手臂,散着步走进了公园。今天是最后一天,他想,过了这个白天,再睡完这个夜晚,那个庄严的时刻就要到啦。卡片都已经收拾整齐,装回了盒子里。今晚应该早早睡觉,明天早晨要记住把钢笔灌足墨水。这个白天要好好休息,让头脑里的知识平静下来,按秩序排好队,准备好一个个上场应战。

他和母亲慢慢踱着,小声谈着家常话。有时他跳起来,揪下高高梢头上的绿叶;或是举起腿,把小石子踢到湖水里。他暗自体察着自己手臂和腿上的触觉。我还年轻呐,他很高兴。还能跳那么高,眼明手疾地抓住叶子,膝关节也依然富有弹性。

他和母亲在一个石桌旁坐了下来。母亲用麦管安静地啜着酸牛奶,他从衣袋里掏出一封出门时收到的信。

信很简单,是份请柬。"定于二十八日下午五时举行订婚纪念酒会。"他看到徐华北和她的名字用漂亮的美术体并排签在一起。

他把那张信笺放在石桌上,然后开始喝酸奶。这样很好,他想,岩石和岩石分开了。十二岁的小女孩找到了她的岩石,华北找到了他的胜利,你找到了你的北方的河。我们都找到了自己追求的东西。二十八日是后天,下午五点我已经考完了第四门课。我会去看你们,参加你们喜庆的纪念。我会帮助你们接待宾客,会管住二宝不要吵闹,会替换颜林抱那个胖儿子。我会悄悄地把伙伴们召集起来,商量好给你们送一份新颖别致的礼品。从你们那儿回来以后,我还要早些睡觉,大后天上午还要考最后一门课。等三天五门课全考完以后,我就开始钻研黑龙江问题。今年秋天和冬天我努力学习基础课,同时也读几本诗。我要读读惠特曼的《草叶集》,等着明年春天的实习。明年四月,我就前往黑龙江。我要在那冰封的河岸上等着四月十七日。《地表水》上说,黑龙江平均的解冻期是每年四月十七日。我会看到莽莽的冰河咔咔开冻。我会看到下游十公里宽的辽阔江面上冰排拥塞的雄壮景观。我会看到一条黑龙的苏醒和飞腾。那时,我将站在开冻的江上大声对你说:祝你找到了真正的岩石,祝你找到了幸福的安慰,十二岁的小姑娘!

"喏,走么,孩子?"他听见妈妈在唤他。

他站起来,看见妈妈的眼睛在纷乱的银发下望着他。他笑了。他和妈妈一块朝着公园的深处走去。他听见母亲窸窣的轻微足音和自己沉重的脚步,心里充满了新奇的庄重。

"喏,同学的信么,刚才?"母亲随口问道。

"是华北,还有那个姑娘,——他们要结婚了,"他说。

母亲默默地点了点头,不再问了。

他不禁又笑了。他望着身旁走着的矮小的母亲,懂得了她无言之中的话语。"走吧,妈,"他用大手握紧母亲的臂。"我也快啦,妈,"他调皮地逗母亲说,"您别着急。"

"真的么?"母亲苦笑着,挣出手来,替他摘掉衣服上的一片草叶。

当然是真的,妈妈。别太为那个眼睛黑黑的年轻姑娘遗憾,她毕竟还不了解你的儿子,更不了解你。他望着林荫道两侧高大的乔木,一线明亮的天正在密密的浓叶中闪烁。我当然会结婚,会找到一个我中意的姑娘。就像无定河边上的那个红脸膛的陕北小伙找到他的蓝花花,就像额尔齐斯草原的哈萨克巴郎子找到他们的阿米娜或是帕丽黛,就像保尔找到他的达雅,就像一个河上的年轻船工找到他的健壮红润的渔家女儿一样,我当然会找到一个梳小辫的家伙,她会让你乐得合不上嘴,妈妈。她会心甘情愿地跟着我从一条大河跑向另一条大河。她有本事从人群中一把抓出我来,火辣辣地盯住我不放。她一眼就能看清两块石头之间的不一样。她会在我们男子汉觉得无法忍受的艰难时刻表现得心平气和,而我则会靠着她这强大的韧性,喘口气再冲上去。她身上应当有一种永远使我激动和震惊的东西,那就是你的品质,妈妈。

他遐想着,看着母亲和自己的两个并排的身影在地上长长地伸着。公园深处悄无声响。他仔细地听着母亲轻微的喘息声,听着大地上传来的低低的回响。

母亲挨着他,一言不发地,一步接一步地迈着步子。似乎不是他陪着母亲出来散步,而是母亲正全力以赴地送自己的儿子踏上征途。他看了一眼母亲那副全神贯注的样子,不禁又轻轻捏住了她细瘦的手臂。

上午的太阳透过层层树冠,把一道道一束束强烈的光芒迎面投来。再见啦,他在心里朝那姑娘道了别,让我们趁着这阳光明媚的时候,各自奔向自己的目标吧。他回忆着自从结识了那姑娘以来的一件件往事,审视着自己的所有的行为。他隐约觉察到自己好像有过不少错误、偏激和分寸失当的地方,但他又感到这一切都根本无法避免。他想,你还肤浅,你还太嫩,你还缺少像那些河流一样的、饱经沧桑的生活。但他又想,让那些伟大的哲人去描述北方河流最深刻的一面吧,我可以写这些河的青春。肉体可以衰老,心灵可以缺残,而青春——连青春的错误都是充满魅力的。我就是我,我的北方的河应当是幻想的河,热情的河,青春的河。

他扶着母亲,缓缓地顺着石板路走着。林荫道两侧高矗的巨大杨树在高空哗哗地摇着叶片。他抬起头来看了看太阳。多么宁静的一天啊,他想,这最后的一天就要过去了。明天,明天我将走进一个新世界。

阳光依然在浓密的树叶上面明亮地闪烁。

母子两人顺着静谧的小路,向林荫深处走去。

他沉沉地、香甜地睡熟了。开始他还听见桌上闹钟在嘀嗒地响,后来那嘀嗒声溶进了一片潮水般的风声中。他费劲地听着那潮声,他似乎从那声响中辨认出一种动静。他翻了个身,被子掀在了一边。他琢磨着那一丝缥缈的消息。他闻到了一股被腐殖质染成清黑色的河水的气味儿。黑龙江,他在梦中喃喃着,这是黑龙江的水腥味儿。那条河在呼唤着我呢。

他终于大声喊起来:"黑龙江——"母亲披着衣服,轻手轻脚地走进屋来,替他掖紧了薄棉被。他翻了一个身,紧紧地抓住了被角。那轰轰作响的波涛声已经淹没了他,此刻他正伏在一张狗拉爬犁上驰过茫茫的雪原。他目不暇接地看着密密的针叶林和阔叶林,以及斑驳闪幻的茫茫林海正从爬犁两侧滑过。他看见前方出现了一条明铮铮、亮晶晶的光洁冰面。黑龙江,我来看你啦,他朝那道冰河招呼说。是我来啦,我在黄河找到了自己的父亲,我在湟水找到了自己的血脉,现在我看你来啦。

他看见白皑皑的雪原吞没了起伏的沙洲和纵横的河汊。在雪盖的冻土地和沼泽上,稀疏的灌木丛刺破积雪,星罗棋布地、黑斑斑地布满荒原。一个戴着狐皮帽子的魁梧大汉用长鞭子打着精神抖擞的狗,雪橇轻灵地滑上了冰冻的江面。

开冻吧,黑龙江!他喊道,你从去年十一月就封河静止,你已经沉睡了半年时光,你在这北方神秘的冬季早已蓄足了力量,你该醒来啦。裂开你身上白色的坚甲,炸开你首尾的万里长冰,使你全部的魔力,把我送到下游,把我带到你的入海口吧!我在额尔齐斯河就爱上了你的性格,我在永定河已经懂得了艰忍沉着。我东出山海关,穿越了整个松嫩平原和三江低地,我翻越了兴安岭,跋涉了万里雪原,我怀着对你的爱情,我点燃了自己的生命,我高举着自己年轻的诗篇来找你,请你为我开冻吧!

他举起自己的诗稿,在粗厉的风啸声中朗读起来。他读着,激动地挥着手臂。狂风卷起雪雾,把他的诗句远远抛向河心。他读着,觉得自己幼稚的诗句正在胸膛里升华,在朗诵中完美,像一支支烈焰熊熊的火箭镞,猛烈地朝着那冰河射去。

一声低沉而暗哑的、撼人心弦的巨响慢慢地轰鸣起来。整个雪原,整个北方大地都呻吟着震颤着。迷蒙的冰河开冻了。坚硬的冰甲正咔咔作响地裂开,清黑的河水翻跳起来,拥推开巨船般的冰岛。在同一个刹间,雪原上长长地拂来了一股暖流。积雪融化了,汩汩的细流渗透着,在凹地和低处汇成了清亮的雪水溪,朝着大河快乐地奔跑。河中间已经出现了一条发亮的微黑的水道,正在庄严的音乐中朝着下游平稳地起程。而整个一条河流的上下却仍在连声炸响着,冰排、冰洲、冰块、冰岛在漩流中愤怒又惬意地粗野碰撞。他目瞪口呆地站着,手里紧握着那沓诗稿。这河苏醒啦,黑龙正在舒展筋骨。他默默望着眼前这又可怖又迷人的大河,黑龙江解冻了,黑龙就要开始飞腾啦。

那赶雪橇的魁梧大汉卸下了狗群,领着他走到了河边。河岸上站着一个束鹿皮坎肩的,系红头巾的小女孩。他们对他笑着,领着他登上了一只桦皮舟。

轻盈的桦皮舟像一条大鱼,在滚滚的黑色波涛和冰排中间飞一般地前进。他站在桦皮舟尖吻般的船头上,眺望着上下无际的满江流冰。他久久说不出一句话来。他甚至屏住了呼吸。他被彻底地慑服了,震惊了,吞没了。

他香甜地熟睡着。他不再说梦话。他的声音已经和这轰鸣的巨川的吼声溶在一起,他觉得自己的身体也和这桦皮舟一块儿化成了一个大浪。我就要成熟了,他听见自己在用浪涛的语言说着,我就要成人了。我很快就要窥见那北方的秘密。他感到自己正随着一泻而下的滚滚洪流向前挺进,他心里充满了神圣的豪情。我感谢你,北方的河,他说道,你用你粗放的水土把我哺养成人,你在不觉之间把勇敢和深沉、粗野和温柔、传统和文明同时注入了我的血液。你用你刚强的浪头剥着我昔日的躯壳,在你的世界里我一定将会变成一个真正的男子汉和战士。你让额尔齐斯为我开道,你让黄河托浮着我,你让黑龙江把我送向那辽阔的入海口,送向我人生的新的旅程。我感激你,北方的河。

他在梦中紧紧地攥住拳头,脸上现出幸福的笑容。他知道自己已经启程了,他感到力量正在每一块肌肉和每一根骨骼中蓄集。他惊喜地发现自己正在继续获得着青春。他听到一些新鲜的诗句正踏着浪涛的节奏远远传来,他已经朦胧地读到了一首真正的诗篇。他明白,在黑龙江和北方的条条大江长河上,那首诗就要诞生了。他也仿佛看见了一个活生生的姑娘:那是一个任何艰难困苦都不能把她打垮的、热情似火的姑娘。那姑娘正轻蔑地踩着河岸上丛生的荆棘，笔直地正对着他大步走来。他甜美地睡着，静静地等待着她走近。他的脸上露出了一个慰藉的微笑。

最后的这个夜晚正在悄悄地消逝着。他用炽热的爱情和不安宁的生命等待的一天正在降临。

窗口渐渐变得亮了起来，东方现出了晨曦。

（原载《十月》1984年第1期）

山上的小屋

残 雪

在我家屋后的荒山上,有一座木板搭起来的小屋。

我每天都在家中清理抽屉。当我不清理抽屉的时候,我坐在围椅里,把双手平放在膝头上,听见呼啸声。是北风在凶猛地抽打小屋杉木皮搭成的屋顶,狼的嗥叫在山谷里回荡。

"抽屉永生永世也清理不好,哼。"妈妈说,朝我做出一个虚伪的笑容。

"所有的人的耳朵都出了毛病。"我憋着一口气说下去,"月光下,有那么多的小偷在我们这栋房子周围徘徊。我打开灯,看见窗子上被人用手指捅出数不清的洞眼。隔壁房里,你和父亲的鼾声格外沉重,震得瓶瓶罐罐在碗柜里跳跃起来。我蹬了一脚床板,侧转肿大的头,听见那个被反锁在小屋里的人暴怒地撞着木板门,声音一直持续到天亮。"

"每次你来我房里找东西,总把我吓得直哆嗦。"妈妈小心翼翼地盯着我,向门边退去,我看见她一边脸上的肉在可笑地惊跳。

有一天,我决定到山上去看个究竟。风一停我就上山,我爬了好久,太阳刺得我头昏眼花,每一块石子都闪动着白色的小火苗。我咳嗽着,在山上辗转。我眉毛上冒出的盐汗滴到眼珠里,我什么也看不见,什么也听不见。我回家时在房门外站了一会,看见镜子里那个人鞋上沾满了湿泥巴,眼圈周围浮着两大团紫晕。

"这是一种病。"听见家人们在黑咕隆咚的地方窃笑。

等我的眼睛适应了屋内的黑暗时,他们已经躲起来了——他们一边笑一边躲。我发现他们趁我不在的时候把我的抽屉翻得乱七八糟,几只死蛾子、死蜻蜓全扔到了地上,他们很清楚那是我心爱的东西。

"他们帮你重新清理了抽屉,你不在的时候。"小妹告诉我,目光直勾勾的,左边的那只眼变成了绿色。

"我听见了狼嗥,"我故意吓唬她,"狼群在外面绕着房子奔来奔去,还把头从门缝里挤进来,天一黑就有这些事。你在睡梦中那么害怕,脚心直出冷汗。这屋里的人睡着了脚心都出冷汗。你看看被子有多么潮就知道了。"

我心里很乱,因为抽屉里的一些东西遗失了。母亲假装什么也不知道,垂着眼。但是她正恶狠狠地盯着我的后脑勺,我感觉得出来。每次她盯着我的后脑勺,我头皮上被她盯的那块地方就发麻,而且肿起来。我知道他们把我的一盒围棋埋在后面的水井边上了,他们已经这样做过无数次,每次都被我在半夜里挖了出来。我挖的时候,他们打开灯,从窗口探出头来。他们对于我的反抗不动声色。

吃饭的时候我对他们说:"在山上,有一座小屋。"

他们全都埋着头稀哩呼噜地喝汤,大概谁也没听见我的话。

"许多大老鼠在风中狂奔。"我提高了嗓子,放下筷子,"山上的砂石轰隆隆地朝我们屋后的墙倒下来,你们全吓得脚心直出冷汗,你们记不记得?只要看一看被子就知道。天一晴,你们就晒被子,外面的绳子上总被你们晒满了被子。"

父亲用一只眼迅速地盯了我一下,我感觉到那是一只熟悉的狼眼。我恍然大悟。原来父亲每天夜里变为狼群中的一只,绕着这栋房子奔跑,发出凄厉的嗥叫。

"到处都是白色在晃动,"我用一只手抠住母亲的肩头摇晃着,"所有的都那么扎眼,搞得眼泪直流。你什么印象也得不到。但是我一回到屋里,坐在围椅里面,把双手平放在膝头上,就清清楚楚地看见了杉木皮搭成的屋顶。那形象隔得十分近,你一定也看到过,实际上,我们家里的人全看到过。的确有一个人蹲在那里,他的眼眶下也有两大团紫晕,那是熬夜的结果。"

"每次你在井边挖得那块麻石响,我和你妈就被悬到了半空,我们簌簌发抖,用赤脚蹬来蹬去,踩不到地面。"父亲避开我的目光,把脸向窗口转过去。窗玻璃上沾着密密麻麻的蝇屎。"那井底,有我掉下的一把剪刀。我在梦里暗暗下定决心,要把它打捞上来。一醒来,我总发现自己搞错了,原来并不曾掉下什么剪刀,你母亲断言我是搞错了。我不死心,下一次又记起它。我躺着,会忽然觉得很遗憾,因为剪刀沉在井底生锈,我为什么不去打捞。我为这件事苦恼了几十年,脸上的皱纹如刀刻的一般。终于有一回,我到了井边,试着放下吊桶去,绳子又重又滑,我的手一软,木桶发出轰隆一声巨响,散落在井中。我奔回屋里,朝镜子里一瞥,左边的鬓发全白了。"

"北风真凶,"我缩头缩脑,脸上紫一块蓝一块,"我的胃里面结出了小小的冰块。我坐在围椅里的时候,听见它们叮叮当当响个不停。"

我一直想把抽屉清理好,但妈妈老在暗中与我作对。她在隔壁房里走来走去,弄得踏踏地响,使我胡思乱想。我想忘记那脚步,于是打开一副扑克,口中念着:"一二三四五……"脚步却忽然停下了,母亲从门边伸进来墨绿色的小脸,嚅嚅地说话:"我做了一个很下流的梦,到现在背上还流冷汗。"

"还有脚板心,"我补充说,"大家的脚板心都出冷汗。昨天你又晒了被子。这种事,很平常。"

小妹偷偷跑来告诉我,母亲一直在打主意要弄断我的胳膊,因为我开关抽屉的声音使她发狂,她一听到那声音就痛苦得将脑袋浸在冷水里,直泡得患上重伤风。

"这样的事,可不是偶然的。"小妹的目光永远是直勾勾的,刺得我脖子上长出红色的小疹子来。"比如说父亲吧,我听他说那把剪刀,怕说了有二十年了?不管什么事,都是由来已久的。"

我在抽屉侧面打上油,轻轻地开关,做到毫无声响。我这样试验了好多天,隔壁的脚步没响,她被我蒙蔽了。可见许多事都是可以蒙混过去的,只要你稍微小心一点儿。我很兴奋,起劲地干起通宵来,抽屉眼看就要清理干净一点儿,但是灯泡忽然坏了,母亲在隔壁房里冷笑。

"被你房里的光亮刺激着,我的血管里发出怦怦的响声,像是在打鼓。你看看这里,"她指着自己的太阳穴,那里爬着一条圆鼓鼓的蚯蚓。"我倒宁愿是坏血症。整天有东西在体内捣鼓,这里那里弄得响,这滋味,你没尝过。为了这样的毛病,你父亲动过自杀的念头。"她伸出一只胖手搭在我的肩上,那只手像被冰镇过一样冷,不停地滴下水来。

有一个人在井边捣鬼。我听见他反复不停地将吊桶放下去,在井壁上碰出轰隆隆的响声。天明的时候,他咚地一声扔下木桶,跑掉了。我打开隔壁的房门,看见父亲正在昏睡,一只暴出青筋的手难受地抠紧了床沿,在梦中发出惨烈的呻吟。母亲披头散发,手持一把笤帚在地上扑来扑去。她告诉我,在天明的那一瞬间,一大群天牛从窗口飞进来,撞在墙上,落得满地皆是。她起床来收拾,把脚伸进拖鞋,脚趾被藏在拖鞋里的天牛咬了一口,整条腿肿得像根铅柱。

"他,"母亲指了指昏睡的父亲,"梦见被咬的是他自己呢。"

"在山上的小屋里,也有一个人正在呻吟。黑风里夹带着一些山葡萄的叶子。"

"你听到了没有?"母亲在半明半暗里将耳朵聚精会神地贴在地板上,"这些个东西,在地板上摔得痛昏了过去。它们是在天明那一瞬间闯进来的。"

那一天,我的确又上了山,我记得十分清楚。起先我坐在藤椅里,把双手平放在膝头上,然后我打开门,走进白光里面去。我爬上山,满眼都是白石子的火焰,没有山葡萄,也没有小屋。

(原载《人民文学》1985 年第 8 期)

十八岁出门远行

余 华

柏油马路起伏不止,马路像是贴在海浪上。我走在这条山区公路上,我像一条船。这年我十八岁,我下巴上那几根黄色的胡须迎风飘飘,那是第一批来这里定居的胡须,所以我格外珍重它们。我在这条路上走了整整一天,已经看了很多山和很多云。所有的山所有的云,都让我联想起了熟悉的人。我就朝着它们呼唤他们的绰号。所以尽管走了一天,可我一点也不累。我就这样从早晨里穿过,现在走进了下午的尾声,而且还看到了黄昏的头发。但是我还没走进一家旅店。

我在路上遇到不少人,可他们都不知道前面是何处,前面是否有旅店。他们都这样告诉我:"你走过去看吧。"我觉得他们说的太好了,我确实是在走过去看。可是我还没走进一家旅店。我觉得自己应该为旅店操心。

我奇怪自己走了一天竟只遇到一次汽车。那时是中午,那时我刚刚想搭车,但那时仅仅只是想搭车,那时我还没为旅店操心,那时我只是觉得搭一下车非常了不起。我站在路旁朝那辆汽车挥手,我努力挥得很潇洒。可那个司机看也没看我,汽车和司机一样,也是看也没看,在我眼前一闪就他妈的过去了。我就在汽车后面拼命地追了一阵,我这样做只是为了高兴,因为那时我还没有为旅店操心。我一直追到汽车消失之后,然后我对着自己哈哈大笑,但是我马上发现笑得太厉害会影响呼吸,于是我立刻不笑。接着我就兴致勃勃地继续走路,但心里却开始后悔起来,后悔刚才没在潇洒地挥着的手里放一块大石子。

现在我真想搭车,因为黄昏就要来了,可旅店还在它妈肚子里。但是整个下午竟没再看到一辆汽车。要是现在再拦车,我想我准能拦住。我会躺到公路中央去,我敢肯定所有的汽车都会在我耳边来个急刹车。然而现在连汽车的马达声都听不到。现在我只能走过去看了。这话不错,走过去看。

公路高低起伏,那高处总在诱惑我,诱惑我没命奔上去看旅店,可每次都只看到另一个高处,中间是一个叫人沮丧的弧度。尽管这样我还是一次一次地往高处奔,次次都是没命地奔。眼下我又往高处奔去。这一次我看到了,看到的不是旅店而是汽车。汽车是朝我这个方向停着的,停在公路的低处。我看到那个司机高高翘起的屁股,屁股上有晚霞。司机的脑袋我看不见,他的脑袋正塞在车头里。那车头的盖子斜斜翘起,像是翻起的嘴唇。车厢里高高堆着箩筐,我想着箩筐里装的肯定是水果。当然最好是香蕉。我想他的驾驶室里应该也有,那么我一坐进去就可以拿起来吃了。虽然汽车将要朝我走来的方向开去,但我已经不在乎方向。我现在需要旅店,旅店没有就需要汽车,汽车就在眼前。

我兴致勃勃地跑了过去,向司机打招呼:"老乡,你好。"

司机好像没有听到,仍在拨弄着什么。

"老乡,抽烟。"

这时他才使了使劲,将头从里面拔出来,并伸过来一只黑乎乎的手,夹住我递过去的烟。我赶紧给他点火。他将烟叼在嘴上吸了几口后,又把头塞了进去。

于是我心安理得了,他只要接过我的烟,他就得让我坐他的车。我就绕着汽车转悠起来,转悠是为了侦察箩筐的内容。可是我看不清,便去使用鼻子闻,闻到了苹果味。苹果也不错,我这样想。

不一会他修好了车,就盖上车盖跳了下来。我赶紧走上去说:"老乡,我想搭车。"不料他用黑乎乎的手推了我一把,粗暴地说:"滚开。"

我气得无话可说,他却慢悠悠地打开车门钻了进去,然后发动机响了起来。我知道要是错过这次机会,将不再有机会。我知道现在应该豁出去了。于是我跑到另一侧,也拉开车门钻了进去。我准备与他在驾驶室里大打一场。我进去时首先是冲着他吼了一声:"你嘴里还叼着我的烟。"这时汽车已经活动了。

然而他却笑嘻嘻地十分友好地看起我来,这让我大感不解。他问:"你上哪?"

我说:"随便上哪。"

他又亲切地问:"想吃苹果吗?"他仍然看着我。

"那还用问。"

"到后面去拿吧。"

他把汽车开得那么快,我敢爬出驾驶室爬到后面去吗?于是我就说:"算了吧。"

他说:"去拿吧。"他的眼睛还在看着我。

我说:"别看了,我脸上没公路。"

他这才扭过头去看公路了。

汽车朝我来时的方向驰着,我舒服地坐在座椅上,看着窗外,和司机聊着天。现在我和他已经成为朋友了。我已经知道他是在个体贩运。这汽车是他自己的,苹果也是他的。我还听到了他口袋里面钱儿叮当响。我问他:"你到什么地方去?"

他说:"开过去看吧。"

这话简直像是我兄弟说的,这话可多亲切。我觉得自己与他更亲近了。车窗外的一切应该是我熟悉的,那些山那些云都让我联想起来了另一帮熟悉的人来了,于是我又叫唤起另一批绰号来了。

现在我根本不在乎什么旅店,这汽车这司机这座椅让我心安而理得。我不知道汽车要到什么地方去,他也不知道。反正前面是什么地方对我们来说无关紧要,我们只要汽车在驰着,那就驰过去看吧。

可是这汽车抛锚了。那个时候我们已经是好得不能再好的朋友了。我把手搭在他肩上,他把手搭在我肩上。他正在把他的恋爱说给我听,正要说第一次拥抱女性的感觉时,这汽车抛锚了。汽车是在上坡时抛锚的,那个时候汽车突然不叫唤了,像死猪那样突然不动了。于是他又爬到车头上去了,又把那上嘴唇翻了起来,脑袋又塞了进去。我坐在驾驶室里,我知道他的屁股此刻肯定又高高翘起,但上嘴唇挡住了我的视线,我看不到他的屁股。可我听得到他修车的声音。

过了一会他把脑袋拔了出来,把车盖盖上。他那时的手更黑了,他把脏手在衣服上擦了又擦,然后跳到地上走了过来。

"修好了?"我问。

"完了,没法修了。"他说。

"等着瞧吧。"他漫不经心地说。

我仍在汽车里坐着,不知该怎么办。眼下我又想起什么旅店来了。那个时候太阳要落山了,晚霞则像蒸汽似地在升腾。旅店就这样重又来到了我脑中,并且逐渐膨胀,不一会便把我的脑袋塞满了。那时我的脑袋没有了,脑袋的地方长出了一个旅店。

司机这时在公路中央做起了广播操,他从第一节做到最后一节,做得很认真。做完又绕着汽车小跑起来。司机也许是在驾驶室里呆得太久,现在他需要锻炼身体了。看着他在外面活动,我在里面也坐不住,于是打开车门也跳了下去。但我没做广播操也没小跑。我在想着旅店和旅店。

这个时候我看到坡上有五个人骑着自行车下来,每辆自行车后座上都用一根扁担绑着两只很大的箩筐,我想他们大概是附近的农民,大概是卖菜回来。看到有人下来,我心里十分高兴,便迎上去喊道:"老乡,你们好。"

那五个人骑到我跟前时跳下了车,我很高兴地迎了上去,问:"附近有旅店吗?"

他们没有回答,而是问我:"车上装的是什么?"

我说:"是苹果。"

他们五人推着自行车走到汽车旁,有两个人爬到了汽车上,接着就翻下来十筐苹果,下面三个人把筐盖掀开往他们自己的筐里倒。我一时还不知道发生了什么,那情景让我目瞪口呆。我明白过来就冲了上去,责问:"你们要干什么?"

他们谁也没理睬我,继续倒苹果。我上去抓住其中一个人的手喊道:"有人抢苹果啦!"这时有一只拳头朝我鼻子上狠狠地揍来了,我被打出几米远。爬起来用手一摸,鼻子软塌塌地不是贴着而是挂在脸上了,鲜血像是伤心的眼泪一样流。可当我看清打我的那个身强力壮的大汉时,他们五人已经跨上自行车骑走了。

司机此刻正在慢慢地散步,嘴唇翻着大口大口喘气,他刚才大概跑累了。他好像一点也不知道刚才的事。我朝他喊:"你的苹果被抢走了!"可他根本没注意我在喊什么,仍在慢慢地散步。我真想上去揍他一拳,也让他的鼻子挂起来。我跑过去对着他的耳朵大喊:"你的苹果被抢走了!"他这才转身看了我起来,我发现他的表情越来越高兴,我发现他是在看我的鼻子。

这时候,坡上又有很多人骑着自行车下来了,每辆车后都有两只大筐,骑车的人里面有一些孩子。他们蜂拥而来,又立刻将汽车包围。好些人跳到汽车上面,于是装苹果的箩筐纷纷而下,苹果从一些摔破的筐中像我的鼻血一样流了出来。他们都发疯般往自己筐中装苹果。才一瞬间工夫,车上的苹果全到了地下。那时有几辆手扶拖拉机从坡上隆隆而下,拖拉机也停在汽车旁,跳下一帮大汉开始往拖拉机上装苹果,那些空了的箩筐一只一只被扔了出去。那时的苹果已经满地滚了,所有人都像蛤蟆似地蹲着捡苹果。

我是在这个时候奋不顾身扑上去的,我大声骂着:"强盗!"扑了上去。于是有无数拳脚前来迎接,我全身每个地方几乎同时挨了揍。我支撑着从地上爬起来时,几个孩子朝我击来苹果,苹果撞在脑袋上碎了,但脑袋没碎。我正要扑过去揍那些孩子,有一只脚狠狠地踢在我腰部。我想叫唤一声,可嘴巴一张却没有声音。我跌坐在地上,我再也爬不起来了,只能看着他们乱抢苹果。我开始用眼睛去寻找那司机,这家伙此刻正站在远处朝我哈哈大笑,我便知道现在自己的模样一定比刚才的鼻子更精彩了。

那个时候我连愤怒的力气都没有了。我只能用眼睛看着这些使我愤怒极顶的一切。我最愤怒的是那个司机。

坡上又下来了一些手扶拖拉机和自行车，他们也投入到这场浩劫中去。我看到地上的苹果越来越少，看着一些人离去和一些人来到。来迟的人开始在汽车上动手，我看着他们将车窗玻璃卸了下来，将轮胎卸了下来，又将木板撬了下来。轮胎被卸去后的汽车显得特别垂头丧气，它趴在地上。一些孩子则去捡那些刚才被扔出去的箩筐。我看着地上越来越干净，人也越来越少。可我那时只能看着了，因为我连愤怒的力气都没有了。我坐在地上爬不起来，我只能让目光走来走去。

现在四周空荡荡了，只有一辆手扶拖拉机还停在趴着的汽车旁。有几个人在汽车旁东瞧西望，是在看看还有什么东西可以拿走。看了一阵后才一个一个爬到拖拉机上，于是拖拉机开动了。

这时我看到那个司机也跳到拖拉机上去了，他在车斗里坐下来后还在朝我哈哈大笑。我看到他手里抱着的是我那个红色的背包。他把我的背包抢走了。背包里有我的衣服和我的钱，还有食品和书。可他把我的背包抢走了。

我看着拖拉机爬上了坡，然后就消失了，但仍能听到它的声音，可不一会连声音都没有了。四周一下子寂静下来，天也开始黑下来。我仍在地上坐着，我这时又饥又冷，可我现在什么都没有了。

我在那里坐了很久，然后才慢慢爬起来。我爬起来时很艰难，因为每动一下全身就剧烈地疼痛，但我还是爬了起来。我一拐一拐地走到汽车旁边。那汽车的模样真是惨极了，它遍体鳞伤地趴在那里，我知道自己也是遍体鳞伤了。

天色完全黑了，四周什么都没有，只有遍体鳞伤的汽车和遍体鳞伤的我。我无限悲伤地看着汽车，汽车也无限悲伤地看着我。我伸出手去抚摸了它。它浑身冰凉。那时候开始起风了，风很大，山上树叶摇动时的声音像是海涛的声音，这声音使我恐惧，使我也像汽车一样浑身冰凉。

我打开车门钻了进去，座椅没被他们撬去，这让我心里稍稍有了安慰。我就在驾驶室里躺了下来。我闻到了一股漏出来的汽油味，那气味像是我身内流出的血液的气味。外面风越来越大，但我躺在座椅上开始感到暖和一点了。我感到这汽车虽然遍体鳞伤，可它心窝还是健全的，还是暖和的。我知道自己的心窝也是暖和的。我一直在寻找旅店，没想到旅店你竟在这里。

我躺在汽车的心窝里，想起了那么一个晴朗温和的中午，那时的阳光非常美丽。我记得自己在外面高高兴兴地玩了半天，然后我回家了，在窗外看到父亲正在屋内整理一个红色的背包，我扑在窗口问："爸爸，你要出门？"

父亲转过身来温和地说："不，是让你出门。"

"让我出门？"

"是的，你已经十八了，你应该去认识一下外面的世界了。"

后来我就背起了那个漂亮的红背包，父亲在我脑后拍了一下，就像在马屁股上拍了一下。于是我欢快地冲出了家门，像一匹兴高采烈的马一样欢快地奔跑了起来。

1986年11月16日北京

（原载《北京文学》1987年第10期）

透明的红萝卜

莫　言

一

　　秋天的一个早晨,潮气很重,杂草上、瓦片上都凝结着一层透明的露水。槐树上已经有了浅黄色的叶片,挂在槐树上的红锈斑斑的铁钟也被露水打得湿漉漉的。队长披着夹袄,一手里拃着一块高粱面饼子,一手里捏着一棵剥皮的大葱,慢吞吞地朝着钟下走。走到钟下时,手里的东西全没了,只有两个腮帮子像秋田里搬运粮草的老田鼠一样饱满地鼓着。他拉动钟绳,钟锤撞击钟壁,"嗵嗵嗵"响成一片。老老少少的人从胡同里涌出来,汇集到钟下,眼巴巴地望着队长,像一群木偶。队长用力把食物吞咽下去,抬起袖子擦擦被络腮胡子包围着的嘴。人们一齐瞅着队长的嘴,只听到那张嘴一张开——那张嘴一张开就骂:"他娘的腿!公社里这些狗娘养的,今日抽两个瓦工,明日调两个木工,几个劳力全被他们给零打碎敲了。小石匠,公社要加宽村后的滞洪闸,每个生产队里抽调一个石匠,一个小工,只好你去了。"队长对着一个高个子宽肩膀的小伙子说。

　　小石匠长得很潇洒,眉毛黑黑的,牙齿是白的,一白一黑,衬托得满面英姿。

　　他把脑袋轻轻摇了一下,一绺滑到额头上的头发轻轻地甩上去。他稍微有点口吃地问队长去当小工的人是谁,队长怕冷似的把膀子抱起来,双眼像风车一样旋转着,嘴里嘈嘈地说:"按说去个妇女好,可妇女要拾棉花。去个男劳力又屈了料。"最后,他的目光停在墙角上。墙角上站着一个十岁左右的男孩子。孩子赤着脚,光着脊梁,穿一条又肥又长的白底带绿条条的大裤头子,裤头上染着一块块的污渍,有的像青草的汁液,有的像干结的鼻血。裤头的下沿齐着膝盖。孩子的小腿上布满了闪亮的小疤点。

　　"黑孩儿,你这个小狗日的还活着?"队长看着孩子那凸起的瘦胸脯,说:

　　"我寻思着你该去见阎王了。打摆子好了吗?"

　　黑孩不说话,只是把两只又黑又亮的眼睛直盯着队长看。他的头很大,脖子细长,挑着这样一个大脑袋显得随时都有压折的危险。

　　"你是不是要干点活儿挣几个工分?你这个熊样子能干什么?放个屁都怕把你震倒。你跟上小石匠到滞洪闸上去当小工吧,怎么样?回家找把小锤子,就坐在那儿砸石头子儿,愿意动弹就多砸几块,不愿动弹就少砸几块,根据历史的经验,公社的差事都是糊弄洋鬼子的干活。"

　　黑孩慢慢地蹭到小石匠身边,扯扯小石匠的衣角。小石匠友好地拍拍他的光葫芦头,说:"回家跟你后娘要把锤子,我在桥头上等你。"

　　黑孩向前跑了。有跑的动作,没有跑的速度,两只细胳膊使劲甩动着,像谷地里被风吹动着的稻草人。人们的目光都追着他,看着他光着的背,忽然都感到身上发冷。队长把夹袄使劲扯了扯,对着黑孩喊:"回家跟你后娘要件褂子穿着,嗐,你这个小可怜虫儿。"

他翘腿蹽脚地走进家门。一个挂着两条清鼻涕的小男孩正蹲在院子里和着尿泥,看着他来了,便扬起那张扁乎乎的脸,夯煞着手叫:"可……可……抱……"黑孩弯腰从地上捡起一个浅红色的杏树叶儿,给后母生的弟弟把鼻涕擦了,又把粘着鼻涕的树叶像贴传单一样"吧唧"拍在墙上。对着弟弟摆摆手,他向屋里溜去,从墙角上找到一把铁柄羊角锤子,又悄悄地溜出来。小男孩又冲着他叫唤,他找了一根树枝,围着弟弟画了一个大大的圆圈,扔掉树枝,匆匆向村后跑去。他的村子后边是一条不算大也不算小的河,河上有一座九孔石桥。河堤上长满垂柳,由于夏天大水的浸泡,树干上生满了红色的须根。现在水退了,须根也干巴了。柳叶已经老了,橘黄色的落叶随着河水缓缓地向前漂。几只鸭子在河边上游动着,不时把红色的嘴插到水草中,"呱唧呱唧"地搜索着,也不知吃到什么没有。

黑孩跑上河堤,已经累得气喘吁吁。凸起的胸脯里像有只小母鸡在打鸣。

"黑孩!"小石匠站在桥头上大声喊他,"快点跑!"

黑孩用跑的姿势走到小石匠跟前,小石匠看了他一眼,问:"你不冷?"

黑孩怔怔地盯着小石匠。小石匠穿着一条劳动布的裤子,一件劳动布夹克式上装,上装里套着一件火红色的运动衫,运动衫领子耀眼地翻出来,黑孩盯着领口,像盯着一团火。

"看着我干什么?"小石匠轻轻拨拉了一下黑孩的头,黑孩的头像货郎鼓一样晃了晃。"你呀,"小石匠说,"生被你后娘给打傻了。"

小石匠吹着口哨,手指在黑孩头上轻轻地敲着鼓点,两人一起走上了九孔桥。黑孩很小心地走着,尽量使头处在最适宜小石匠敲打的位置上。小石匠的手指骨节粗大,坚硬得像小棒槌,敲在光头上很痛,黑孩忍着,一声不吭,只是把嘴角微微吊起来。小石匠的嘴非常灵巧,两片红润的嘴唇忽而噘起,忽而张开,从他唇间流出百灵鸟的婉转啼声,响,脆,直冲到云霄里去。

过了桥上了对面的河堤,向西走半里路,就是滞洪闸,滞洪闸实际上也是一座桥,与桥不同的是它插上闸板能挡水,拔开闸板能放洪。河堤的漫坡上栽着一簇簇蓬松的紫穗槐。河堤里边是几十米宽的河滩地,河滩细软的沙土上,长着一些大水落后匆匆生出来的野草。河堤外边是辽阔的原野,连年放洪,水里挟带的沙土淤积起来,改良了板结的黑土,土地变得特别肥沃。今年洪水不大,没有危及河堤,滞洪闸没开闸滞洪,放洪区里种植了大片的孟加拉国黄麻。黄麻长得像原始森林一样茂密。正是清晨,还有些薄雾缭绕在黄麻梢头,远远看去,雾下的黄麻地像深邃的海洋。

小石匠和黑孩悠悠逛逛地走到滞洪闸上时,闸前的沙地上已集合了两堆人。一堆男,一堆女,像两个对垒的阵营。一个公社干部拿着一个小本子站在男人和女人之间说着什么,他的胳膊忽而扬起来,忽而垂下去。小石匠牵着黑孩,沿着闸头上的水泥台阶,走到公社干部面前。小石匠说:"刘副主任,我们村来了。"小石匠经常给公社出官差,刘副主任经常带领人马完成各类工程,彼此认识。黑孩看着刘副主任那宽阔的嘴巴。那构成嘴巴的两片紫色嘴唇碰撞着,发出一连串音节:"小石匠,又是你这个滑头小子!你们村真他妈的会找人,派你这个笊篱捞不住的滑蛋来,够我淘的啦。小工呢?"

黑孩感到小石匠的手指在自己头上敲了敲。

"这也算个人？"刘副主任捏着黑孩的脖子摇晃了几下，黑孩的脚跟几乎离了地皮。"派这么个小瘦猴来，你能拿动锤子吗？"刘副主任虎着脸问黑孩。

"行了，刘副主任，刘太阳。社会主义优越性嘛，人人都要吃饭。黑孩家三代贫农，社会主义不管他谁管他？何况他没有亲娘跟着后娘过日子，亲爹鬼迷心窍下了关东，一去三年没个影，不知是被熊瞎子舔了，还是被狼崽子咬了。你的阶级感情哪儿去了？"小石匠把黑孩从刘太阳副主任手里拽过来，半真半假地说。

黑孩被推搡得有点头晕。刚才靠近刘副主任时，他闻到了那张阔嘴里喷出了一股酒气。一闻到这种味儿他就恶心，后娘嘴里也有这种味。爹走了以后，后娘经常让他拿着地瓜干子到小卖铺里去换酒。后娘一喝就醉，喝醉了他就要挨打、挨拧、挨咬。

"小瘦猴！"刘副主任骂了黑孩一句，再也不管他，继续训起话来。

黑孩提着那把羊角铁锤，焉儿咕唧地走上滞洪闸。滞洪闸有一百米长，十几米高，闸的北面是一个和闸身等长的方槽，方槽里还残留着夏天的雨水。黑孩站在闸上，把着石栏杆，望着水底下的石头，几条黑色的瘦鱼在石缝里笨拙地游动。滞洪闸两头连结着高高的河堤，河堤也就是通往县城的道路。闸身有五米宽，两边各有一道半米高的石栏杆。前几年，有几个骑自行车的人被马车搡到闸下，有的摔断了腿，有的摔折了腰，有的摔死了。那时候他比现在当然更小，但比现在身上肉多，那时候父亲还没去关东，后娘也不喝酒。他跑到闸上来看热闹，他来得晚了点，摔到闸下的人已被拉走了，只有闸下的水槽里还有几团发红发浑的地方。他的鼻子很灵，嗅到了水里飘上来的血腥味……

他的手扶住冰凉的白石栏杆，羊角锤在栏杆上敲了一下，栏杆和锤子一齐响起来。倾听着羊角铁锤和白石栏杆的声音，往事便从眼前消散去。太阳很亮地照着闸外大片的黄麻，他看到那些薄雾匆匆忙忙地在黄麻里钻来钻去。黄麻太密了，下半部似乎还有间隙，上半部的枝叶挤在一起，湿漉漉，油亮亮。他继续往西看，看到黄麻地西边有一块地瓜地，地瓜叶子紫勾勾地亮。黑孩知道这种地瓜是新品种，蔓儿短，结瓜多，面大味道甜，白皮红瓤儿，煮熟了就爆炸。地瓜地的北边是一片菜园，社员的自留地统统归了公，队里只好种菜园。黑孩知道这块菜园和地瓜都是五里外的一个村庄的，这个村子挺富。菜园里有白菜，似乎还有萝卜。萝卜缨儿绿得发黑，长得很旺。菜园子中间有两间孤独的房屋，住着一个孤独的老头，黑孩都知道。菜园的北边是一望无际的黄麻。菜园的西边又是一望无际的黄麻。三面黄麻一面堤，使地瓜地和菜地变成一个方方的大井。黑孩想着，想着，那些紫色的叶片，绿色的叶片，在一瞬间变成井中水，紧跟着黄麻也变成了水，几只在黄麻梢头飞蹿的麻雀变成了绿色的翠鸟，在水面上捕食鱼虾……

刘副主任还在训话。他的话的大意是，为了农业学大寨，水利是农业的命脉，八字宪法水是一法，没有水的农业就像没有娘的孩子，有了娘，这个娘也没有奶子，有了奶子，这个奶子也是个瞎奶子，没有奶水，孩子活不了，活了也像那个瘦猴。（刘副主任用手指指着闸上的黑孩。黑孩背对着人群，他脊梁上有两块大疤癞，被阳光照得呼啦呼啦打闪电）。而且这个闸太窄，不安全，年年摔死人，公社革委特别重视，认真研究后决定加宽这个滞洪闸。因此调来了全公社各大队共合二百余名民工。第一阶段的任务是这样的，姑娘媳妇半老婆子加上那个瘦猴（他又指指闸上的黑孩，阳光照着大疤癞，像照着两面小镜子），把那五百方石头砸成柏子养心丸或者是鸡蛋黄那么大的石头子儿。石匠们要把所有的石料按照尺寸剁磨整齐。这两个是我们的铁匠（他指着两个棕色的人,这两个人一个高,一个低,一个老,一个少),负责修理石匠们秃了尖的钢钻子之类。吃饭嘛,离村近的回家吃,离村远的到前边村里吃,我们开了一个伙房。睡觉嘛,离村近的回家睡,离村远的睡桥洞(他指指滞洪闸下那几十个桥洞)。女的从东边向西睡,男的从西边向东睡。桥洞里铺着麦秸草,暄得像钢丝床,舒服死你们这些狗日的。

"刘副主任,你也睡桥洞吗?"

我是领导。我有自行车。我愿意在这儿睡不愿意在这儿睡是我的事,你别操心烂了肺。官长骑马士兵也骑马吗?狗日的,好好干,每天工分不少挣,还补你们一斤水利粮,两毛水利钱,谁不愿干就滚蛋。连小瘦猴也得一份钱粮,修完闸他保证要胖起来……

刘副主任的话,黑孩一句也没听到。他的两根细胳膊拐在石栏杆上,双手夹住羊角锤。他听到黄麻地里响着鸟叫般的音乐和音乐般的秋虫鸣唱。逃逸的雾气碰撞着黄麻叶子和深红或是淡绿的茎秆,发出震耳欲聋的声响。蚂蚱剪动翅羽的声音像火车过铁桥。他在梦中见过一次火车,那是一个独眼的怪物,趴着跑,比马还快,要是站着跑呢?那次梦中,火车刚站起来,他就被后娘的扫炕笤帚打醒了。后娘让他去河里挑水。笤帚打在他屁股上,不痛,只有热乎乎的感觉。打屁股的声音好像在很远的地方有人用棍子抽一麻袋棉花。他把扁担钩儿挽上去一扣,水桶刚刚离开地皮。担着满满两桶水,他听到自己的骨头"咯崩咯崩"地响。肋条跟胯骨连在了一起。爬陡峭的河堤时,他双手扶着扁担,摇摇晃晃。上堤的小路被一棵棵柳树扭得弯弯曲曲。柳树干上像装了磁铁,把铁皮水桶吸得摇摇摆摆。树撞了桶,把水撒在小路上,很滑,他一脚踏上去,像踩着一块西瓜皮。不知道用什么姿势他趴下了,水像瀑布一样把他浇湿了。他的脸破了路,鼻子尖成了一个平面,一根草梗在平面上印了一个小沟沟。几滴鼻血流到嘴里,他吐了一口,咽了一口。铁桶一路欢唱着滚到河里去了。他爬起来,去追赶铁桶。两个桶一个歪在河边的水草里,一个被河水载着向前漂。他沿着水边追上去,脚下长满了四个棱的他和一班孩子们称之为"狗蛋子"的野草。尽管他用脚指头使劲扒着草根,还是滑到了河里。河水温暖,没到了他的肚脐。裤头湿了,漂起来,围在他的腰间,像一团海蜇皮。他呼呼隆隆蹚着水追上去,抓住水桶,逆着水往回走。他把两只胳膊夸煞开,一只手拖着桶,另一只手一下一下划着水。水很硬,顶得他趔趔趄趄。他把身体斜起来,弓着脖子往前用力。好像有一群鱼把他包围了,两条大腿之间有若干温柔的鱼嘴在吻他。他停下来,仔细体会着,但一停住,那种感觉顿时就消逝了。水面忽地一暗,好像鱼群惊惶散开。一走起来,愉快的感觉又出现了,好像鱼儿又聚拢过来。于是他再也不停,半闭着眼睛,向前走啊,走……

"黑孩!"

"黑孩!"

他猛然惊醒,眼睛大睁开,那些鱼儿又忽地消失了。羊角铁锤从他手中挣脱了,笔直地钻到闸下的绿水里,溅起了一朵白菊花一样的水花。

"这个小瘦猴,脑子肯定有毛病。"刘太阳上闸去,拧着黑孩的耳朵,大声说:

"过去,跟那些娘们砸石子去,看你能不能从里边认个干娘。"

小石匠也走上来,摸摸黑孩凉森森的头皮,说:"去吧,去摸上你的锤子来。砸几块算几块,砸够了就要要。"

"你敢偷奸磨滑我就割下你的耳朵下酒。"刘太阳张着大嘴说。

黑孩哆嗦了一下。他从栏杆空里钻出去，双手勾住最下边一根石杆，身子一下子挂在栏杆下边。

"你找死！"小石匠惊叫着，猫腰去扯黑孩的手。黑孩往下一缩，身体贴在桥墩菱状突出的石棱上，轻巧地溜了下去。黑孩贴在白桥墩上，像粉墙上一只壁虎。他哧溜到水槽里，把羊角锤摸上来，然后爬出水槽，钻进桥洞不见了。

"这小瘦猴！"刘太阳摸着下巴说，"他妈的这个小瘦猴！"

黑孩从桥洞里钻出来，畏畏缩缩地朝着那群女人走去。女人们正在笑骂着。话很脏，有几个姑娘夹杂在里边，想听又怕听，脸儿一个个红扑扑的像鸡冠子花。黑孩黑黑地出现在她们面前时，她们的嘴一下子全封住了。愣了一会儿，有几个咬着耳朵低语，看着黑孩没反应，声音就渐渐大了起来。

"瞧瞧，这个可怜样儿！都什么节气了还让孩子光着。"

"不是自己腔里养出来的就是不行。"

"听说他后娘在家里干那行呢……"

黑孩转过身去，眼睛望着河水，不再看这些女人。河水一块红一块绿，河南岸的柳叶像蜻蜓一样飞舞着。

一个蒙着一条紫红色方头巾的姑娘站在黑孩背后，轻轻地问："哎，小孩，你是哪个村的？"

黑孩歪歪头，用眼角扫了姑娘一下。他看到姑娘的嘴上有一层细细的金黄色的茸毛，她的两眼很大，但由于眼睫毛太多，毛茸茸的，显出一副睡眼惺忪的样子。

"小孩，你叫什么名字？"

黑孩正和沙地上一棵老蒺藜作战，他用脚指头把一个个六个尖或是八个尖的蒺藜撕下来，用脚掌去捻。他的脚像骡马的硬蹄一样，蒺藜尖一根根断了，蒺藜一个个碎了。

姑娘愉快地笑起来："真有本事，小黑孩，你的脚像挂着铁掌一样。哎，你怎么不说话？"姑娘用两个手指戳着黑孩的肩头说："听到了没有，我问你话呢！"

黑孩感觉到那两个温暖的手指顺着他的肩头滑下去，停到他背上的伤疤上。

"哎，这，是怎么弄的？"

黑孩的两个耳朵动了动。姑娘这才注意到他的两耳长得十分夸张。

"耳朵还会动，哟，小兔一样。"

黑孩感觉到那只手又移到他的耳朵上，两个指头在捻着他漂亮的耳垂。

"告诉我，黑孩，这些伤疤，"姑娘轻轻地扯着男孩的耳朵把他的身体调转过来，黑孩齐着姑娘的胸口。他不抬头，眼睛平视着，看见的是一些由红线交叉成的方格，有一条梢儿发黄的辫子躺在方格布上。"是狗咬的？生疮啦？上树拉的？你这个小可怜……"

黑孩感动地仰起脸来，望着姑娘浑圆的下巴。他的鼻子吸了一下。

"菊子，想认个干儿吗？"一个脸盘肥大的女人冲着姑娘喊。

黑孩的眼睛转了几下，眼白像灰蛾儿扑棱。

"对，我就叫菊子，前屯的，离这儿十里，你愿意说话就叫我菊子姐好啦。"姑娘对黑孩说。

"菊子，是不是看上他了？想招个小女婿吗？那可够你熬的，这只小鸭子上架要得几年哩……"

"臭老婆，张嘴就喷粪。"姑娘骂着那个胖女人。她把黑孩牵到像山岭一样的碎石堆前，找了一块平整的石头摆好，说："就坐在这儿吧，靠着我，慢慢砸。"她自己也找了一块光滑石头，给自己弄了个座位，靠着男孩坐下来。很快，滞洪闸前这一片沙地上，就响起了"噼噼啪啪"的敲打石头声。女人们以黑孩为话题议论着人世的艰难和造就这艰难的种种原因，这些"娘儿们哲学"里，永恒真理羼杂着胡说八道，菊子姑娘一点都没往耳里入，她很留意地观察着黑孩。黑孩起初还以那双大眼睛的偶然一瞥来回答姑娘的关注，但很快就像入了定一样，眼睛大睁着，也不知他看着什么，姑娘紧张地看着他。他左手摸着石头块儿，右手举着羊角锤，每举一次都显得筋疲力竭，锤子落下时好像猛抛重物一样失去控制。有时姑娘几乎要惊叫起来，但什么也没发生，羊角铁锤在空中划着曲里拐弯的轨迹，但总能落到石头上。

黑孩的眼睛本来是专注地看着石头的，但是他听到了河上传来了一种奇异的声音，很像鱼群在喽喋，声音细微，忽远忽近，他用力地捕捉着，眼睛与耳朵并用，他看到了河上有发亮的气体起伏上升，声音就藏在气体里。只要他看着那神奇的气体，美妙的声音就逃跑不了。他的脸色渐渐红润起来，嘴角上漾起动人的微笑。他早忘记了自己坐在什么地方干什么，仿佛一上一下举着的手臂是属于另一个人的。后来，他感到右手食指一阵麻木，右胳膊也不由自主地抽搐了一下。他的嘴里突然迸出了一个音节，像哀叫又像叹息。低头看时，发现食指指甲盖已经破成好几半，几股血从指甲破缝里渗出来。

"小黑孩，砸着手了是不？"姑娘耸身站起，两步跨到黑孩面前蹲下，"亲娘哟，砸成了什么样子？哪里有像你这样干活的？人在这儿，心早飞到不知哪国去了。"

姑娘数落着黑孩。黑孩用右手抓起一把土按到砸破的手指上。

"黑孩，你昏了？土里什么脏东西都有！"姑娘拖起黑孩向河边走去，黑孩的脚板很响地扇着油光光的河滩地。在水边上蹲下，姑娘抓住黑孩的手浸到河水里。一股小小的黄浊流在黑孩的手指前形成了。黄土冲光手，血丝又渗出来，像红线一样在水里抖动，黑孩的指甲像砸碎的玉片。

"痛吗？"

他不吱声。这时候他的眼睛又盯住了水底的河虾，河虾身体透亮，两根长须冉冉飘动，十分优美。

姑娘掏出一条绣着月季花的手绢，把他的手指包起来。牵着他回到石堆旁，姑娘说："行了，坐着耍吧，没人管你，冒失鬼。"

女人们也都停下了手中的锤子，把湿漉漉的目光投过来，石堆旁一时很静。一群群绵羊般的白云从青蓝蓝的天上飞奔而过，投下一团团稍纵即逝的暗影，时断时续地笼罩着苍白的河滩和无可奈何的河水。女人们脸上都出现一种荒凉的表情，好像寸草不生的盐碱地。待了好长一会儿，她们才如梦初醒，重新砸起石子来，锤声寥落单调，透出了一股无可奈何的情绪。

黑孩默默地坐着，目不转睛地看着手绢上的红花儿。在红花旁边又有一朵花儿出现了，那是指甲里的血渗出来了。女人们很快又忘了他，"嘎嘎咕咕"地说笑起来。黑孩把伤手举起来放在嘴边，用牙齿咬开手绢的结儿，又用右手抓起一把土，按到伤指上。姑娘刚要开口说话，却发现他用牙齿和右手又把手绢扎好了。她长长地叹了一口气，举起锤子，沉重地打在一块酱红色的石片上。石片很坚硬，石棱儿像刀刃一样，石棱与锤棱相接，碰出了几个很大的火星，大白天也看得清。

中午,刘副主任骑着辆乌黑的自行车从黑孩和小石匠的村子里窜出来。他站在滞洪闸上吹响了收工哨。他接着宣布,伙房已经开火,离家五里以外的民工才有资格去吃饭。人们匆匆地收拾着工具。姑娘站起来。黑孩站起来。

"黑孩,你离家几里?"

黑孩不理她,脑袋转动着,像在寻找什么。姑娘的头跟着黑孩的头转动,当黑孩的头不动了时,她也把头定住,眼睛向前望,正碰上小石匠活泼的眼睛,两人对视了几十秒钟。小石匠说:"黑孩,走吧,回家吃饭,你不用瞪眼,瞪眼也是白瞪眼,咱俩离家不到二里,没有吃伙房的福分。"

"你们俩是一个村的?"姑娘问小石匠。

小石匠兴奋地吃起来,他用手指指村子,说他和黑孩就是这村人,过了桥就到了家。姑娘和小石匠说了一些平常但很热乎的话。小石匠知道了姑娘家住前屯,可以吃伙房,可以睡桥洞。姑娘说,吃伙房愿意,睡桥洞不愿意。秋天里刮秋风,桥洞凉。姑娘还悄悄地问小石匠黑孩是不是哑巴。小石匠说绝对不是,这孩子可灵性哩,他四五岁时说起话来就像竹筒里晃豌豆,咯崩咯崩脆。可是后来,话越来越少,动不动就像尊小石像一样发呆,谁也不知道他寻想着什么。你看看他那双眼睛吧,黑洞洞的,一眼看不到底。姑娘说看得出来这孩子灵性,不知为什么我很喜欢他,就像我的小弟弟一样。小石匠说,那是你人好心眼儿善良。

小石匠、姑娘、黑孩儿,不知不觉落到了最后边,他和她谈得很热乎,恨不得走一步退两步。黑孩跟在他俩身后,高抬腿、轻放脚,那神情和动作很像一只沿着墙边巡逻的小公猫。在九孔桥上,刚刚在紫穗槐树丛里耽误了时间的刘太阳骑着车子"嘎嘎啦啦"地赶上来,桥很窄,他不得不跳下车子。

"你们还在这儿磨蹭?黑猴,今天上午干得怎么样?噢,你的爪子怎么啦?"

"他的手让锤子打破了。"

"他妈的。小石匠,你今天中午就去找你们队长,让他趁早换人,出了人命我可担不起。"

"他这是工伤,你忍心撵他走?"姑娘大声说。

"刘副主任,咱俩多年的老交情了,你说,这么大个工地,还多这么个孩子?你让他瘸着只手到队里去干什么?"小石匠说。

"瘦猴儿,真你妈的,"刘太阳沉吟着说,"给你调个活儿吧,给铁匠炉拉风匣,怎么样?会不会?"

黑孩求援似地看看小石匠,又看看姑娘。

"会拉,是不是黑孩?"小石匠说。

姑娘也冲着他鼓励地点点头。

二

黑孩在铁匠炉上拉风箱拉到第五天,赤裸的身体变得像优质煤块一样乌黑发亮;他全身上下,只剩下牙齿和眼白还是白的。这样一来,他的眼睛就更加动人,当他闭紧嘴角看着谁的时候,谁的心就像被热铁烙着一样难受。他的鼻翼两侧的沟沟里落满煤屑,头发长出有半寸长了,半寸长的头发间也全是煤屑。现在,全工地的男人女人们都叫他

"黑孩"儿,他谁也不理,连认真看你一眼也不。只有菊子姑娘和小石匠来跟他说话时,他才用眼睛回答他们。昨天中午,工地上的人们全去吃饭了,铁匠师傅的一把小锤和一个淬火用的新水桶被人偷走了。刘太阳在滞洪闸上大骂了半个小时。他分派给黑孩一个新任务:每天中午放工吃饭后,留在工地看守工具,午饭由铁匠师傅从伙房里带来。刘副主任说,便宜黑孩这个狗小子一顿午饭。

人全走了,喧闹了一上午的工地静得很。黑孩走出桥洞,在闸前的沙地上慢慢地踱步。他倒背着胳膊,双手捂着屁股,蹙着眉毛,额头上出现三道深深的皱纹。他翻来覆去地数着桥洞,从两片嘴唇间"叽儿叽儿"地吐出一个个小泡泡儿。在第七个桥墩前,他站住了,然后双腿夹住桥墩的菱状石棱,一耸一耸地往上爬。爬到半截时,他滑了下来,肚皮上擦破了一大块,渗出一层血珠来。他弯腰抓起一把土,按到肚子上。然后倒退几步,抬起手掌打着眼罩,看着桥墩与桥面相接处那道石缝,他放心了。

很快地他又走到了妇女们砸石子的地方,他曾经坐过的那块石头没有了。他很准地找到了菊子姑娘的座位,他认识她那把六棱石匠锤。他坐在姑娘的座位上,不断地扭动着身体,变换着姿势,一直等调整到眼睛跟第七个桥墩上那条石缝成一条直线时,才稳稳地坐住,双眼紧盯着石缝里那个东西……

那天中午,他早早地跑到滞洪闸下,在西边第一个桥洞里蹲下来。他眼睛一遍遍地抚摸红炉、铁钳、大锤、小锤、铁桶、煤铲,甚至每块煤,甚至每块煤渣。快到上工时间了,他右手拿起煤铲,捅开了压住火的红炉,左手用力一拉风箱,煤烟和着煤灰飞起来,迷了眼睛,他使劲揉着,眼眶处充血发了紫。风箱里新勒了鸡毛,很沉,他一只手拉起来有些吃力。右手食指被碰了一下。看手指时才想起那条包着伤指的手绢。手绢已经不白了,月季花还是鲜红的。他转了一个念头,走出桥洞,四下打量着。在第七个桥墩前,他解下手绢用口叼着,费力地爬上去,把手绢塞到石缝里……三捅两戳,火灭了。他的额上沁出一层汗珠。这时桥洞外响起踢踢踏踏的脚步声,他惶恐地倒退着,一直退到脊背贴着凉凉的石壁。黑孩看到一个短腿的青年弯着腰走进桥洞,那姿势好像要证明桥洞很低他很高。黑孩咧了咧嘴。短腿青年看着被捅灭的火炉和拉出半截的风箱,又看看紧贴石壁站着的他,骂一声:"小狗崽子!你来折腾什么?火也捅灭了,风匣也拉歪了,欠揍的小混蛋。"黑孩听到头上响起一阵风声,感到有一个带棱角的巴掌在自己头皮上扇过去,紧接着听到一个很脆的响,像在地上摔死一只青蛙。

"滚出去砸你的石头子儿,小混蛋!"青年人骂着。

黑孩这才知道这就是小铁匠。小铁匠的脸上布满密集的粉刺疙瘩,鼻子像牛犊的鼻子一样,扁扁的,平平的,上边布满汗珠。黑孩看到小铁匠麻利地清理炉膛。又看着他从桥洞的角上抓过一把金黄的麦秸塞到炉膛里,点燃,轻轻地拉几下风箱,麦秸先冒出又轻又白的烟,紧跟着蹿出火苗。小铁匠铲了一铲湿漉漉的煤,薄薄地撒在正在燃烧的麦秸上,拉风箱的手一直不停。又撒了一层煤。又撒了一层煤。炉里蹿起焦黄的烟,烟里夹带着呛鼻子的煤味。小铁匠用铁铲尖儿把炉中煤一戳,几缕强劲有力的暗红色的火苗蹿了出来,煤着了。

黑孩兴奋地"噢"了一声。

"你还不滚,小混蛋!"

一个又高又瘦的老头子慢吞吞地走进桥洞,问小铁匠:"不是压住火了吗?怎么又生?"他的语声沉闷,声音像是从胸膛以下发出来的。

"被这个小混蛋给捅灭了。"小铁匠抬起煤铲指指黑孩。

"你让他拉吧。"老头说。他把一块蛋黄色的油布围在腰间,把两块蛋黄色的油布绑在脚脖子上护住了脚面。油布上布满了火星烧成的洞洞眼眼。黑孩知道这就是老铁匠了。

"让他拉风匣,你专管打锤,这样你也轻松一点。"老铁匠说。

"让这么个毛孩子拉风匣?你看他瘦得那个猴样,在火炉边还不给烤成干柴棍儿!"小铁匠不满意地嘟哝着。

刘太阳一步闯进来,翻着眼皮说:"怎么啦?不是你说的要个拉火的吗?"

"要拉火的不要他!刘副主任,你看看他瘦得那个样子,恐怕连他妈的煤铲都拿不动,你派他来干什么?臭杞摆碟凑样数!"

"我知道你小子的鬼心眼子。你想要个大姑娘来给你拉火是不是?挑个最漂亮的,让那个蒙着紫红色方头巾的来?美得你这个臊包狗蛋!黑孩,拉风箱吧。"刘太阳冲着小铁匠说,"你他妈的好好教教他!"

黑孩畏畏缩缩地走到风箱前站定,目光却期待什么似地望着老铁匠的脸。黑孩发现,老铁匠的脸色像炒焦了的小麦,鼻子尖像颗熟透了的山楂。他走上前来,教给黑孩一些烧火的要领。黑孩的耳朵抖动着,把老铁匠的话儿全听进去了。

刚开始拉火时,他手忙脚乱,满身都是汗水,火焰烤得他的皮肤像针尖刺着一样疼痛。老铁匠面部没有表情,僵硬犹如瓦片,连看也不看他一眼。黑孩咬着下嘴唇,不断地抬起黑胳膊擦着流到眼睛上边的汗水。他的鸡胸脯一起一伏,嘴和鼻孔像风箱一样"呼哧呼哧"喷着气。

小石匠送来磨秃的钢钻待修,看着黑孩那副样子,说:"能不能挺住?挺不住就吱声,还去砸你的石头子儿。"

黑孩连头都没抬。

"这倔种!"小石匠把钢钻扔在地上,走了。但很快他又折了回来,和菊子姑娘一起。菊子把方头巾扎在脖子上,整个脸显得更加完整。

桥洞里的小铁匠忽然感到眼前一亮,使劲咽了一口唾液,又用肥厚的舌头舔了舔干裂的嘴唇。他的两只眼睛不比黑孩的眼睛小,但右眼里有一个鸭蛋皮色的"萝卜花"遮盖了瞳孔。天长日久地用左眼看东西,养成了脑袋往右歪的习惯。他的头枕在右肩上,左眼里射出一道灼热的光,直盯着姑娘红扑扑的脸膛。十八磅的大铁锤头朝下站在他的两腿间,他手扶锤把子,像拄着一根拐棍。

炉中烟火升腾,黑烟夹带着火星直冲到桥面上,又愤怒地反扑下来。黑孩的脸笼罩在烟雾里,他咳嗽着,胸脯里"呲呲"地响。老铁匠冷冷地看了黑孩一眼,从磨得油亮的皮口袋里掏出烟袋,慢吞吞地装上烟,就着炉火点燃,把两股白色烟喷进黑色烟里,鼻孔里两撮黑毛抖动着,他从烟雾里漠然地看了一眼桥洞口的小石匠和菊子,这才对黑孩说:"少加煤,撒匀一点。"

黑孩急促地拉着风箱,瘦身子前倾后仰,炉火照着他汗湿的胸脯,每一根肋巴条都清清楚楚。左胸脯的肋条缝中,他的心脏像只小耗子一样可怜巴巴地跳动着。老铁匠说:"拉长一点,一下是一下。"

菊子姑娘看到黑孩的下唇流出深红的血,眼睛里顿时充满泪水。她喊道:"黑孩,不给他们干了。走,回去跟我砸石子儿。"她走到风箱前,捏住了黑孩那两条干柴棍一样的细胳膊。黑孩拼命挣扎着,喉咙里呜呜地响着,像一条要咬人的小狗。他身体很轻,姑娘架着他的胳膊把他端出了桥洞,他粗糙的脚趾划着地面,地上的碎石片儿哗哗地响着。

"黑孩,咱不给他们干了,你顶不住烟熏火燎,你这么瘦,流光了汗,就烤成锅巴啦。还是跟姐姐去砸石子儿轻松。"一边说着,一边把他放下,用一只手拖着他往石堆那边走。她的胳膊粗壮有力,手很大很柔软,捏着黑孩的手腕,像捏着一条小山羊腿。黑孩打着坠,脚后跟哗哗啦啦犁着地上的碎石片。"小傻瓜,小拗种,好好跟我走。"姑娘停住脚,回头对他说着,手用力捏捏他的腕子,"看看你这小狗腿,我要一用劲,保准捏碎了,那么重的活你怎么干得了?"黑孩恨恨地盯了她一眼,猛地低下头,在姑娘胖胖的手腕上狠狠地咬了一口。她"哎哟"了一声,松开手,黑孩转身跑回了桥洞。

黑孩的牙齿十分锋利,姑娘的手腕上被咬出了两排深深的牙印。他的犬齿是两个锥牙儿,这两个锥牙在姑娘腕上钻出了两个流血的小洞。小石匠关切地走上前去,掏出一条皱巴巴的手绢要给姑娘包扎。她推开他,眼睛也不看他,弯腰从地上抓起一把土,按在伤口上。

"有病菌!"小石匠吃惊地叫喊。

姑娘走回乱石堆前,寻着自己的座位坐下来,呆呆地瞅着河水上层出不穷的波纹,一块石头儿也不砸。

"看看,又傻了一个。"

"黑孩八成会使魔法。"

女人们咬着耳朵低语。

"黑孩,你给我滚出来,狗崽子,狗咬吕洞宾,不识好人心。"小石匠骂着往铁匠炉所在的桥洞里走。

一股脏乎乎、热烘烘的水泼出来,劈头盖脸蒙住了小石匠。小石匠对得正,桥洞里瞄得准,半桶水几乎没浪费一滴。他柔软的黄头发上,劳动布夹克衫上、大红运动衫翻领上,沾满了铁屑和煤灰,脏水像小溪一样从头往脚流。

"瞎了狗眼了!"小石匠大骂着冲进桥洞,"谁干的?说,谁干的?"

没有人答理他。桥洞里黑烟散尽,炉火正旺,紫红色的老铁匠用一把长长的铁钳子把一根烧得发白透亮的钢钻子从炉里夹出来,钻子尖上"嚓嚓"地爆着耀眼的钢花。老铁匠把钻子放在铁砧上,用小叫锤敲了一下铁砧的边缘,铁砧清脆地回答着他。他的左手操着长把铁钳,铁钳夹着钻子,钻子按着他的意思翻滚着;右手的小叫锤很快地敲着钢钻。他的小锤敲到哪儿,独眼小铁匠的十八磅大铁锤就打到哪儿。老铁匠的小锤像鸡啄米一样迅疾,小铁匠的大锤一步不让,桥洞里生出习习热风。在惊心动魄的锻打声中,钢钻子火星四溅,火星溅到老铁匠和小铁匠围腰护脚的油布上,"滋滋"地冒着白色的烟。火星也飞到了黑孩裸露的皮肤上,他咧着嘴,龇出两排雪白的小狼牙齿。钢火在他肚皮上烫起几个大燎泡,他一点都没有痛的表情,眼睛里跳动着心荡神迷的火苗,两个瘦削的肩头耸起来,脖子使劲缩着,双臂交叠在胸前,手捂着下巴和嘴巴,挤得鼻子上满是皱纹。

秃钻子被打出了尖,颜色暗淡下来——先是殷红,继而是银白。地下落着一层灰白的铁屑,铁屑引燃了一根草梗,草梗悠闲地冒着袅袅的白烟。

"谁他妈的泼了我?"小石匠盯着小铁匠骂。

"老子泼的,怎么着?"小铁匠遍体放光,双手拄着锤把,优雅地歪着头,说。

"你瞎眼了吗?"

"瞎了一个。老爹泼水你走路,碰上了算你运气。"

"你讲理不讲?"

"这年头,拳头大就有理。"小铁匠捏起拳头,胳膊上的肉隆起来。

"来吧,独眼龙!老子今天把你这只狗眼也打瞎。"小石匠怒气冲冲地靠了前,老铁匠好像无意地往前跨了一步,撞了他一下。小石匠猛然觉得老人那双深深地眍着的眼窝里射出了一股物质,好像暗示着什么,他顿时感到浑身肌肉松弛。老铁匠微微扬起脸,极随便地哼唱了一句说不出是什么味道的戏文或是歌词来。

恋着你刀马娴熟通晓诗书少年英武,跟着你闯荡江湖风餐露宿吃尽了世上千般苦。

老铁匠只唱了这一句,声音戛然而止,听得出他把一大截悲怆凄楚的尾音咽进了肚子。老铁匠又看了小石匠一眼,低下头去给刚打出尖的钻子淬火。淬火前,他捋起右手衣袖,把手伸进水桶里试着水温,他的小臂上有一个深紫色的伤疤,圆圆的,中间凸出,尽管这个伤疤不像一只眼睛,但小石匠却觉得这个紫疤像一只古怪的眼睛盯着自己。他撇了一下嘴,恍恍惚惚像中了魔症,飘飘地出了桥洞,红炉这边,一下午没见到他的影子。

……黑孩的眼睛酸了,头皮也晒得发烫。他从姑娘的座位上站起来,踱回到铁匠炉边。桥洞里很暗,他摸摸索索地坐在老铁匠的马扎上,什么都不想的时候,双手便火烧火燎地痛起来,他把手放在凉森森的石壁上,赶快去想过去的事情。

三天前,老铁匠请假回家拿棉衣和铺盖,他说人老了腿值钱,不愿天天往家跑,在红炉边絮个铺,冻不着的。(黑孩抬眼看看老铁匠的铺。桥洞的北边已经用闸板堵起来了,几缕亮光从板缝里漏进来,斜照着老铁匠那件油晃晃的棉袄和那条狗毛脱落的皮褥子。)老师傅回了家,小铁匠成了一洞之主。那天上午进桥洞来,他挺着胸,凸着肚,好颜好色地说:"黑孩,生火,老东西回家了,咱们俩干。"

黑孩看着他。

"瞪什么眼,兔崽子!你瞧不起老子是不?老子跟着老东西已经熬了整三年啦,他那点把戏我全知道。"小铁匠说。

黑孩懒洋洋地生起火来。小铁匠得意地哼着什么。他把几支头天没来得及修的钢钻插进炉膛烧着。黑孩把火拉得很旺,照着自己的黑脸透出红来。小铁匠忽然笑起来,说:"黑孩,你小子冒充老红军准行,浑身是疤。"

黑孩使劲拉火。

"这几天怎么也不见你那个浪干娘来看你啦?你咬了她一口,把她得罪啦,狗儿子。她的胳膊什么味儿?是酸的还是甜的?你狗日的好口福。要是让我捞到她那条白嫩胳膊,我像吃黄瓜一样啃着吃了。"

黑孩提起长钳,夹起一根烧透了的钢钻扔到砧子上。

"哟,儿子,好快!"小铁匠抄起一把比大锤小比小锤大的中锤,一手掌钳,一手抡锤,狠狠地打起来。黑孩呆呆地看着。小铁匠一身好力气,铁锤耍得出神出鬼,打出的钢钻尖儿棱角分明,像支削好的铅笔。黑孩很悲哀地看着老铁匠那把小叫锤儿。小铁匠用铁钳夹着打好的钢钻到桶边淬火,他淬火的动作跟老铁匠一模一样。黑孩背过脸,又去看那把躺在砧子旁边的小叫锤,小叫锤的木把儿像老牛的角尖一样又光又滑。

小铁匠好马快刀,一会儿工夫就修好十几支钢钻。他得意地坐在师傅的马扎上卷烟。卷好烟,插进嘴,吩咐黑孩夹过一块通红的炭给他点着。

"儿子,看到了吧?没有老梆子我们照样干!"

小铁匠正得意着,刚才拿走钻子的石匠们找他来了。

"小铁匠,你淬得什么鸟火?不是崩头就是弯尖,这是剥石头,不是打豆腐。没有弯弯肚子,别吞镰头刀子。等你师傅回来吧,别拿我们的钢钻练功夫。"

石匠们把那十几支坏钻子扔在地上。走了。小铁匠脸变了色,咋呼着黑孩拉火烧钻子。一会儿工夫他又把钻子打好,淬好,亲自抱着送到工地上。他前脚进了桥洞,石匠们后脚就跟来了。坏钻子扔在地上,脏话扔在小铁匠头上:"去你娘的蛋,别要我们的大头了,看看你淬的火!全崩了你娘的尖啦!"

黑孩看看小铁匠,嘴角上漾出两道纹来,谁也不知道他是高兴还是难过。小铁匠把工具摔得"噼哩卡啦"响,蹲到地上,呼呼地吐闷气。他抽了一支烟,那只独眼骨碌碌地转着,射出迷茫暴躁的光线,两条大蝌蚪一样的眉毛急遽地扭动着。他扔掉烟屁股,站起来,说:

"妈的,就不信羊不吃蒿子!黑孩,拉火再干!"

黑孩无精打采地拉着风箱,动作一下比一下迟缓。小铁匠催他,骂他,他连头都不抬。钻子又烧好了。小铁匠草草打了几锤,就急不可耐地到桶边淬火。这次他改变了方式,不是像老铁匠那样一点点地淬,而是把整个钻子一下插到水里。桶里的水吱吱地叫着,一股白气绞着麻花冲起来。小铁匠把钢钻提起来,举到眼前,歪着头察看花纹和颜色。看了一阵,他就把这支钻子放在砧子上,用锤轻轻一敲,钢钻断成两半。他沮丧地把锤子扔到地上,把那半截钻子用力甩到桥洞外边去。坏钻子躺在洞前石片上,怎么看都难受。

"去把那根钻子捡回来!"小铁匠怒冲冲地吩咐黑孩。黑孩的耳朵动了动,脚却没有动。他的屁股上挨了一脚,肩膀上被捅了一钳子,耳边响起打雷一样的吼声:"去把钻子捡回来。"

黑孩垂着头走到钻子前,一点一点弯下腰去,伸手把钻子抓起来。他听到手里"滋滋啦啦"地响,像握着一只知了。鼻子里也嗅到炒猪肉的味道。钻子沉重地掉在地上。

小铁匠一愣,紧接着大笑起来:"兔崽子,老子还忘了钻子是热的,烫熟了猪爪子,啃吧!"

黑孩走回桥洞,一眼也不看小铁匠,把烫熟了皮肉的手淹到水桶里泡了泡,又慢悠悠走出桥洞。他弯下腰去,仔细地端详着那半截钢钻子。钢钻是银灰色的,表面粗糙,有好多小颗粒。地上的湿土在钢钻下冒着白气,那白气很细,若有若无。他更低地俯下身去,屁股高高地翘起来,大裤头全褪到屁股上,露出比小腿颜色略浅的大腿。他的一只手捂在背上,一只手从肩前垂下去,慢慢地接近钢钻,水珠沿着指尖滴下去,钢钻子嗤啦一声响。水珠在钻子上跳动着,叫着,缩小着,变成一圈波纹,先扩大一下,立即收缩,终于消逝了。他的指尖已经感到了钢钻的灼热,这种灼热感一直传导到他心里去。

"你他妈的在那儿干什么,弯腰撅腚,冒充走资派吗?"小铁匠在桥洞里喊他。

他一把攥住钢钻,哆嗦着,左手使劲抓着屁股,不慌不忙走回来。小铁匠看到黑孩手里冒出黄烟,眼像风瘫病人一样咽斜着叫道:"扔、扔掉!"他的嗓子变了调,像猫叫一样,"扔掉呀,你这个小混蛋!"

黑孩在小铁匠面前蹲下，松开手，抖了两抖，钻子打了两滚儿躺在小铁匠脚前。然后就那么蹲着，仰望着小铁匠的脸。

小铁匠浑身哆嗦起来："别看我，狗小子，别看我。"他拧过脸去。黑孩站起来，走出桥洞……他记得他走出桥洞后望了一会儿西天，天上连一丝云彩也没有，只有半个又白又薄的月亮，像一块小小的云……

他想得很累，耳朵里有蜜蜂的叫声。从马扎子上起来，走到老铁匠的铺前躺下来。头枕着棉袄，眼皮不知不觉合上了。他感到有一个人在抚摸自己的脸，抚摸自己的手，痛，他忍着。有两滴沉甸甸的水珠落下来，一滴落在两片唇间，他咽了；一滴打到鼻尖上，鼻子被砸得酸溜溜的。

"黑孩、黑孩，醒醒，吃饭啦。"

他觉得鼻子酸得厉害，匆忙爬起来，看着姑娘。有两股水儿想从眼窝里滚出来，他使劲憋住，终于让水儿流进喉咙。

"给你。"姑娘解开那条紫红色头巾。头巾里包着两个窝窝头。一个窝窝头的眼里塞着一根腌黄瓜，一个窝窝头眼里栽着一棵大葱。一根长长的梢儿发黄的头发粘在窝窝头上。姑娘用两个指头拈起头发，轻轻一弹，头发落地时声音很响，黑孩听到了。

"吃吧，你这条小狗！"姑娘摸着他的脖子说。

黑孩咬葱咬黄瓜咬窝窝头，一边咀嚼一边看姑娘。

"手是怎么烫的？是不是独眼龙使坏？还咬我吗？看看你的狗牙多快。"

黑孩的耳朵使劲忽扇着，左手举起窝窝头，右手举起大葱腌黄瓜，遮住了脸。

三

夜里，莫名其妙地下了一场雷阵雨。清晨上工时，人们看到工地上的石头子儿被洗得干干净净，沙地被拍得平平整整。闸下水槽里的水增了两拃，水面蓝汪汪地映出天上残余的乌云。天气仿佛一下子冷了，秋风从桥洞里穿过来，和着海洋一样的黄麻地里的窸窣之声，使人感到从心里往外冷。老铁匠穿上了他那件亮甲似的棉袄，棉袄的扣子全掉光了，只好把两扇襟儿交错着掩起来，拦腰捆上一根红色胶皮电线。黑孩还是只穿一条大裤头子，光背赤足，但也看不出他有半点瑟缩。他原来扎腰的那根布条儿不知是扔了还是藏了，他腰里现在也扎着一节红胶皮电线。他的头发这几天像发疯一样地长，已经有二寸长，头发根根竖起，像刺猬的硬毛。民工们看着他赤脚踩着石头上积存的雨水走上工地，脸上都表现出怜悯加敬佩的表情来。

"冷不冷？"老铁匠低声问。

黑孩惶惑地望着老铁匠，好像根本不理解他问话的意思。"问你哩！冷吗？"老铁匠提高了声音。惶惑的神色从他眼里消失了，他垂下头，开始生火。他左手轻拉风箱，右手持煤铲，眼睛望着燃烧的麦秸草。老铁匠从草铺上拿起一件油腻腻的褂子给黑孩披上。黑孩扭动着身体，显出非常难受的样子。老铁匠一离开，他就把褂子脱下来，放回到铺上去。老铁匠摇摇头，蹲下去抽烟。

"黑孩，怪不得你死活不离开铁匠炉，原来是图着烤火暖和哩，妈的，人小心眼儿不少。"小铁匠打了一个百无聊赖的呵欠，说。

工地上响起哨子声，刘副主任说，全体集合。民工们集合到闸前向阳的地方，男人抱着膀子，女人纳着鞋底子。黑孩偷觑着第七个桥墩上的石缝，心里忐忑不安。刘副主任说，天就要冷，因此必须加班赶，争取结冰前浇完混凝土底槽。从今天起每晚七点到十点为加班时间，每人发给半斤粮，两毛钱。谁也没提什么意见。二百多张脸上各有表情。黑孩看到小石匠的白脸发红发紫，姑娘的红脸发灰发白。

当天晚上，滞洪闸工地上点亮了三盏汽灯。汽灯发着白炽刺眼的光，一盏照耀石匠们的工场，一盏照着妇女们砸石子儿的地方。妇女们多数有孩子和家务，半斤粮食两毛钱只好不挣。灯下只围着十几个姑娘。她们都离村较远，大着胆子挤在一个桥洞里睡觉，桥洞两头都堵上了闸板，只在正面留了个洞，钻进钻出。菊子姑娘有时钻桥洞，有时去村里睡（村里有她一个姨表姐，丈夫在县城当临时工，有时晚上不回家睡，表姐就约她去作伴）。第三盏汽灯放在铁匠炉的桥洞里，照着老年、青年和少年。石匠工场上锤声叮当，钢钻子啃着石头，不时迸出红色的火星。石匠们干得还算卖劲，小石匠脱掉夹克衫，大红运动衣像火炬一样燃烧着。姑娘们围灯坐着，产生许多美妙联想。有时嘎嘎大笑，有时窃窃私语，砸石子的声音零零落落。在她们发出的各种声音的间隙里，充填着河上的流水声。菊子放下锤子，悄悄站起来，向河边走去。灯光把她的影子长长地投在沙地上。"当心被光棍子把你捉去。"一个姑娘在菊子身后说。菊子很快走出灯光的圈子。这时她看到的灯光像几个白亮亮的小刺球，球刺儿伸到她面前停住了，刺尖儿是红的、软的。后来她又迎着灯光走上去。她忽然想去看看黑孩儿在干什么，便躲避着灯光，闪到第一个桥墩的暗影里。

她看到黑孩儿像个小精灵一样活动着，雪亮的灯光照着他赤裸的身体，像涂了一层釉彩。仿佛这皮肤是刷着铜色的陶瓷橡皮，既有弹性又有韧性，撕不烂也扎不透。黑孩似乎胖了一点点，肋条和皮肤之间疏远了一些。也难怪他，每天中午她都从伙房里给他捎来好吃的。黑孩很少回家吃饭，只是晚上回家睡觉，有时候可能连家也不回——姑娘有天早晨发现他从桥洞里钻出来，头发上顶着麦秸草。黑孩双手拉着风箱，动作轻柔舒展，好像不是他拉风箱而是风箱拉着他。他的身体前倾后仰，脑袋像在舒缓的河水中漂动着的西瓜，两只黑眼睛里有两个亮点上下起伏着，如萤火虫优雅地飞动。

小铁匠在铁钻子旁边以他一贯的姿势立着，双手拄着锤柄，头歪着，眼睛瞪着，像一只深思熟虑的小公鸡。

老铁匠从炉里把一支烧熟的大钢钻夹了出来，黑孩把另一支坏钻子捅到大钢钻腾出的位置上。烧透的钢钻白里透着绿。老铁匠把大钢钻放到铁砧上，用小叫锤敲敲砧子边，小铁匠懒洋洋地抄起大锤，像抡麻秆一样抡起来，大锤轻飘飘地落在钢钻子上，钢花立刻光彩夺目地向四面八方飞溅。钢花碰到石壁上，破碎成更多的小钢花落地，钢花碰到黑孩微微凸起的肚皮，软绵绵地弹回去，在空中画出一个个漂亮的半圆弧，坠落下去。钢花与黑孩肚皮相撞以及反弹后在空中飞行时，空气摩擦发热发声。打过第一锤，小铁匠如同梦中猛醒一般绷紧肌肉，他的动作越来越快，姑娘看到石壁上一个怪影在跳跃，耳边响彻"咣咣咣咣"的钢铁声。小铁匠塑铁成形的技术已经十分高超，老铁匠右手的小叫锤只剩下干敲砧子边的份儿。至于该打钢钻的什么地方，小铁匠是一目了然。老铁匠翻动钢钻，眼睛和意念刚刚到了钢钻的某个需要锻打的部位，小铁匠的重锤就敲上去了，甚至比他想的还要快。

姑娘目瞪口呆地欣赏着小铁匠的好手段，同时也忘不了看着黑孩和老铁匠。打得最精彩的时候，是黑孩最麻木的时候（他连眼睛都闭上了，呼吸和风箱同步），也是老铁匠最悲哀的时候,仿佛小铁匠不是打钢钻而是打他的尊严。

钢钻锻打成形,老铁匠背过身去淬火,他意味深长地看了小铁匠一眼,两个嘴角轻蔑地往下撇了撇。小铁匠直勾勾地看着师傅的动作。姑娘看到老铁匠伸出手试试桶里的水,把钻子举起来看了看,然后身体弯着像对虾,眼瞅着桶里的水,把钻子尖儿轻轻地、试试探探地触及水面,桶里水"咝咝"地响着,一股很细的蒸气蹿上来,笼罩住老铁匠的红鼻子。一会儿,老铁匠把钢钻提起来举到眼前,像穿针引线一样瞄着钻子尖,好像那上边有美妙的画图,老头脸上神采飞扬,每条皱纹里都溢出欣悦。他好像得出一个满意答案似的点点头,把钻子全淹到水里,蒸气轰然上升,桥洞里形成一个小小的蘑菇烟云。汽灯光变得红殷殷的,一切全都朦胧晃动。雾气散尽,桥洞里恢复平静,依然是黑孩梦幻般拉风箱,依然是小铁匠公鸡般冥思苦想,依然是老铁匠如枣者脸如漆者眼如屎克螂者臂上疤痕。

老铁匠又提出一支烧熟的钢钻,下面是重复刚才的一切,一直到老铁匠要淬火时,情况才发生了一些变化。老铁匠伸手试水温。加凉水。满意神色。正当老铁匠要为手中的钻子淬火时,小铁匠耸身一跳到了桶边,非常迅速地把右手伸进了水桶。老铁匠连想都没想,就把钢钻戳到小伙子的右小臂上。一股烧焦皮肉的腥臭味儿从桥洞里飞出来,钻进姑娘的鼻孔。

小铁匠"嗷"地号叫一声,他直起腰,对着老铁匠恶狠狠地笑着,大声喊:

"师傅,三年啦!"

老铁匠把钢钻扔在桶里,桶里翻滚着热浪头,蒸气又一次弥漫桥洞。姑娘看不清他们的脸子,只听到老铁匠在雾中说:"记住吧!"

没等烟雾散尽她就跑了,她使劲捂住嘴,有一股苦涩的味儿在她胃里翻腾着。坐在石堆前,旁边一个姑娘调皮地问她:"菊子,这一大会儿才回去,是跟着大青年钻黄麻地了吧?"她没有回腔,听凭着那个姑娘奚落。她用两个手指捏着喉咙,极力不让自己发出声音。

收工的哨声响了。三个钟头里姑娘恍惚在梦幻中。"想汉子了吗?菊子?""走吧,菊子。"她们招呼着她。她坐着不动,看着灯光下幢幢的人影。

"菊子,"小石匠板板整整地站在她身后说,"你表姐让我捎信给你,让你今夜去做伴,咱们一道走吗?"

"走吗?你问谁呢?"

"你怎么啦?是不是冻病啦?"

"你说谁冻病啦?"

"说你哩!"

"别说我。"

"走吗?"

"走。"

石桥下水声响亮,她站住了。小石匠离她只有一步远。她回过头去,看到滞洪闸西边第一个桥洞还是灯火通明,其他两盏汽灯已经熄灭。她朝滞洪闸工地走去。

"找黑孩吗?"

"看看他。"

"我们一块去吧,这小混蛋,别迷迷糊糊掉下桥。"

菊子感觉到小石匠离自己很近了,似乎能听到他"怦怦"的心跳声。走着,走着。她的头一倾斜,立刻就碰到小石匠结实的肩膀,她又把身子往后一仰,一只粗壮的胳膊便把她揽住了。小石匠把自己一只大手捂在姑娘窝窝头一样的乳房上,轻轻地按摩着,她的心在乳房下像鸽子一样乱扑棱。脚不停地朝着闸下走,走进亮圈前,她把他的手从自己胸前移开。他通情达理地松开了她。

"黑孩!"她叫。

"黑孩!"他也叫。

小铁匠用一只眼看着她和他,腮帮子抽动一下。老铁匠坐在自己的草铺上,双手端着烟袋,像端着一杆盒子炮。他打量了一下深红色的菊子和淡黄色的小石匠,疲惫而宽厚地说:"坐下等吧,他一会儿就来。"

……黑孩提着一只空水桶,沿着河堤往上爬。收工后,小铁匠伸着懒腰说:"饿死啦。黑孩,提上桶,去北边扒点地瓜,拔几个萝卜来,我们开夜餐。"

黑孩睡眼迷蒙地看看老铁匠。老铁匠坐在草铺上,像只羽毛凌乱的败阵公鸡。

"瞅什么?狗小子,老子让你去你尽管去。"小铁匠腰挺得笔直,脖子一抻一抻地说。他用眼扫了一下瘫坐在铺上的师傅。胳膊上的烫伤很痛,但手上愉快的感觉完全压倒了臂上的伤痛,那个温度可是绝对的舒适绝对的妙。

黑孩拎起一只空水桶,踢踢踏踏往外走。走出桥洞,仿佛"扑通"一声掉下了井,四周黑得使他的眼睛里不时迸出闪电一样的虚光,他胆怯地蹲下去,闭了一会眼睛,当他睁开眼睛时,天色变淡了,天空中的星光暖暖地照着地,也照着瓦灰色的大地……

河堤上的紫穗槐枝条交叉伸展着,他用一只手分拨着枝条,仄着肩膀往上走。他的手捋着湿漉漉的枝条和枝条顶端一串串结实饱满的树籽,微带苦涩的槐枝味儿直往他面上扑。他的脚忽然碰到一个软绵绵热乎乎的东西,脚下响起一声"唧喳",没及他想起这是只花脸鹌,这只花脸鹌就惚头转向地飞起来,像一块黑石头一样落到堤外的黄麻地里。他惋惜地用脚去摸花脸鹌适才趴窝的地方,那儿很干燥,有一簇干草,草上还留着鸟儿的体温。站在河堤上,他听到姑娘和小石匠喊他。他拍了一下铁桶,姑娘和小石匠不叫了。这时他听到了前边的河水明亮地向前流动着,村子里不知哪棵树上有只猫头鹰凄厉地叫了一声。后娘一怕天打雷,二怕猫头鹰叫。他希望天天打雷,夜夜有猫头鹰在后娘窗前啼叫。槐枝上的露水把他的胳膊濡湿了,他在裤头上擦擦胳膊。穿过河堤上的路走下堤去。这时他的眼睛适应了黑暗,看东西非常清楚,连咖啡色的泥土和紫色的地瓜叶儿的细微色调差异也能分辨。他在地里蹲下,用手扒开瓜垅儿,把地瓜撕下来,"叮叮当当"地扔到桶里。扒了一会儿,他的手指上有什么东西掉下,打得地瓜叶儿哆嗦着响了一声。他用右手摸摸左手,才知道那个被打碎的指甲盖儿整个儿脱落了。水桶已经很重,他提着水桶往北走。在萝卜地里,他一个挨一个地拔了六个萝卜,把缨儿拧掉扔在地上,萝卜装进水桶……

"你把黑孩弄到哪儿去了?"小石匠焦急地问小铁匠。

"你急什么?又不是你儿子!"小铁匠说。

"黑孩呢?"姑娘两只眼盯着小铁匠一只眼问。

"等等,他扒地瓜去了。你别走,等着吃烤地瓜。"小铁匠温和地说。

"你让他去偷?"

"什么叫偷?只要不拿回家去就不算偷!"小铁匠理直气壮地说。

"你怎么不去扒?"

"我是他师傅。"

"狗屁!"

"狗屁就狗屁吧!"小铁匠眼睛一亮,对着桥洞外骂道:"黑孩,你他妈的去哪里扒地瓜?是不是到了阿尔巴尼亚?"

黑孩歪着肩膀,双手提着桶鼻子,趔趔趄趄地走进桥洞,他浑身沾满了泥土,像在地里打过滚一样。

"哟,我的儿!真够下狠的了,让你去扒几个,你扒来一桶!"小铁匠高声地埋怨着黑孩,说,"去,把萝卜拿到池子里洗洗泥。"

"算了,你别指使他了。"姑娘说,"你拉火烤地瓜,我去洗萝卜。"

小铁匠把地瓜转着圈子垒在炉火旁,轻松地拉着火。菊子把萝卜提回来,放在一块干净石头上。一个小萝卜滚下来,沾了一身铁屑停在小石匠脚前,他弯腰把它捡起来。

"拿来,我再去洗洗。"

"算了,光那五个大萝卜就尽够吃了。"小石匠说着,顺手把那个小萝卜放在铁砧子上。

黑孩走到风箱前,从小铁匠手里把风箱拉杆接过来。小铁匠看了姑娘一眼,对黑孩说:"让你歇歇哩,狗日的。闲着手痒痒?好吧,给你,这可不怨我,慢着点拉,越慢越好,要不就烤糊了。"

小石匠和菊子并肩坐在桥洞的西边石壁前。小铁匠坐在黑孩后边。老铁匠面南坐在北边铺上,烟锅里的烟早烧透了,但他还是双手捧烟袋,双肘支在膝盖上。

夜已经很深了,黑孩温柔地拉着风箱,风箱吹出的风犹如婴孩的鼾声。河里传来的水声越加明亮起来,似乎它既有形状又有颜色,不但可闻,而且可见。河滩上影影绰绰,如有小兽在追逐,尖细的趾爪踩在细沙上,声音细微如同毳毛纤毫毕现,有一根根又细又长的银丝儿,刺透河的明亮音乐般穿过来。闸北边的黄麻地里,"泼剌剌"一声响,麻秆儿碰撞着,摇晃着,好久才平静。全工地上只剩下这盏汽灯了,开初在那两盏汽灯周围寻找过光明的飞虫们,经过短暂的迷惘之后,一齐聚集到铁匠炉边来,为了追求光明,把汽灯的玻璃罩子撞得"哔哔啪啪"响。小石匠走到汽灯前,捏着汽杆,"噗唧噗唧"打气。汽灯玻璃罩破了一个洞,一只蝼蛄猛地撞进去,炽亮的石棉纱罩撞掉了,桥洞里一团黑暗。待了一会儿,才能彼此看清嘴脸。黑孩的风箱把炉火吹得如几片柔软的红绸布在抖动,桥洞里充溢着地瓜熟了的香味。小铁匠用铁钳把地瓜挨个翻动一遍。香味越来越浓,终于,他们手持地瓜红萝卜吃起来。扒掉皮的地瓜白气袅袅,他们一口凉,一口热,急一口,慢一口,咯咯吱吱,唏唏溜溜,鼻尖上吃出汗珠。小铁匠比别人多吃了一个萝卜两个地瓜。老铁匠一点也没吃,坐在那儿如同石雕。

"黑孩,回家吗?"姑娘问。

黑孩伸出舌头,舔掉唇上残留的地瓜渣儿,他的小肚子鼓鼓的。

"你后娘能给你留门吗?"小石匠说,"钻麦秸窝儿吗?"

黑孩咳嗽了一声。把一块地瓜皮扔到炉火里,拉了几下风箱,地瓜皮卷曲,燃烧,桥洞里一股焦糊味。

"烧什么你?小杂种,"小铁匠说,"别回家,我收你当个干儿吧,又是干儿又是徒弟,跟着我闯荡江湖,保你吃香的喝辣的。"

透明的红萝卜

小铁匠一语未了,桥洞里响起凄凉亢奋的歌唱声。小石匠浑身立时爆起一层幸福的鸡皮疙瘩,这歌词或是戏文他那天听过一个开头。

恋着你刀马娴熟,通晓诗书,少年英武,跟着你闯荡江湖,风餐露宿,受尽了世上千般苦——

老头子把脊梁靠在闸板上,从板缝里吹进来的黄麻地里的风掠过他的头顶,他头顶上几根花白的毛发随着炉里跳动不止的煤火轻轻颤动。他的脸无限感慨。腮上很细的两根咬肌像两条蚯蚓一样蠕动着,双眼恰似两粒燃烧的炭火。

……你全不念三载共枕,如云如雨,一片恩情,当作粪土。奴为你夏夜打扇,冬夜暖足,怀中的香瓜,腹中的火炉……你骏马高官,良田万亩,丢弃奴家招赘相府,我我我我是苦命的奴呀……

姑娘的心高高悬着,嘴巴半张开,睫毛也不眨动一下地瞅着老铁匠微微仰起的表情无限丰富的脸和他细长的脖颈上那个像水银珠一样灵活地上下移动着的喉结。凄婉哀怨的旋律如同秋雨抽打着她心中的田地,她正要哭出来时,那旋律又变得昂扬壮丽浩渺无边,她的心像风中的柳条一样飘荡着,同时,有一种麻酥酥的感觉从脊椎里直冲到头顶,于是她的身体非常自然地歪在小石匠肩上,双手把玩着小石匠那只厚茧重重的大手,眼里泪光点点,身心沉浸在老铁匠的歌里,意里。老铁匠的瘦脸上焕发出夺目的光彩,她仿佛从哪儿发现了自己像歌声一样的未来……

小石匠怜爱地用胳膊揽住姑娘,那只大手又轻轻地按在姑娘硬邦邦的乳房上。小铁匠坐在黑孩背后,但很快他就坐不住了,他听到老铁匠像头老驴一样叫着,声音刺耳、难听。一会儿,他连驴叫声也听不到了。他半蹲起来,歪着头,左眼几乎竖了起来,目光像一只爪子,在姑娘的脸上撕着、抓着。小石匠温存地把手按到姑娘胸脯上时,小铁匠的肚子里燃起了火,火苗子直冲到喉咙,又从鼻孔里、嘴巴里喷出来。他感到自己蹲在一根压缩的弹簧上,稍一松神就会被弹射到空中,与滞洪闸半米厚的钢筋混凝土桥面相撞,他忍着,咬着牙。

黑孩双手扶着风箱杆儿,炉中的火已经很弱了,一绺蓝色火苗和一绺黄色火苗在煤结上跳跃着,有时,火苗儿被气流托起来,离开炉面很高,在空中浮动着,人影一晃动,两个火苗又落下去。黑孩目中无人,他试图用一只眼睛盯住一个火苗,让一只眼黄一只眼蓝,可总也办不到,他没法把双眼视线分开。于是他懊丧地从火上把目光移开,左右巡睃着,忽然定在了炉前的铁砧上。铁砧踞伏着,像只巨兽。他的嘴第一次大张着,发出一声感叹(感叹声淹没在老铁匠高亢的歌声里)。黑孩的眼睛原本大而亮,这时更变得如同电光源。他看到了一幅奇特美丽的图画:光滑的铁砧子。泛着青幽幽蓝幽幽的光。泛着青蓝幽幽光的铁砧子上,有一个金色的红萝卜。红萝卜的形状和大小都像一个大个阳梨,还拖着一条长尾巴,尾巴上的根根须须像金色的羊毛。红萝卜晶莹透明,玲珑剔透。透明的、金色的外壳里包孕着活泼的银色液体。红萝卜的线条流畅优美,从美丽的弧线上泛出一圈金色的光芒。光芒有长有短,长的如麦芒,短的如睫毛,全是金色,……老铁匠的歌唱被推出去很远很远,像一个小蝇子的嗡嗡声。他像个影子一样飘过风箱,站在铁砧前,伸出了沾满泥土煤屑、挨过砸伤烫伤的小手,小手抖抖索索……当黑孩的手就要抓住小萝卜时,小铁匠猛地蹿起来,他踢翻了一个水桶,水汪汪地流着,渍湿了老铁匠的草铺。他一把将那个萝卜抢过来,那只独眼充着血:"狗日的!公狗!母狗！你也配吃萝卜？老子肚里着火,嗓里冒烟,正要它解渴!"小铁匠张开牙齿焦黑的大嘴就要啃那个萝卜。黑孩以少有的敏捷跳起来,两只细胳膊插进小铁匠的臂弯里,身体悬空一挂,又嘟噜滑下来,萝卜落到了地上。小铁匠对准黑孩的屁股踢了一脚,黑孩一头扎到姑娘怀里,小石匠大手一翻,稳稳地托住了他。

老铁匠停下了嘶哑的歌喉,慢慢地站起来。姑娘和小石匠也站起来。六只眼睛一起瞪着小铁匠。黑孩头很晕,眼前的一切都在转动。使劲晃晃头,他看到小铁匠又拿着萝卜往嘴里塞。他抓起一块煤渣投过去,煤渣擦着小铁匠腮边飞过,碰到闸板上,落在老铁匠铺上。

"日你娘,看我打死你!"小铁匠咆哮着。

小石匠跨前一步,说:"你要欺负黑孩?"

"把萝卜还给他!"姑娘说。

"还给他?老子偏不。"小铁匠冲出桥洞,扬起胳膊猛力一甩,萝卜带着飕飕的风声向前飞去,很久,河里传来了水面的破裂声。

黑孩的眼前出现了一道金色的长虹,他的身体软软地倒在小石匠和姑娘中间。

四

那个金色红萝卜砸在河面上,水花飞溅起来。萝卜漂了一会儿,便慢慢沉入水底。在水底下它慢慢滚动着,一层层黄沙很快就掩埋了它。从萝卜砸破的河面上,升腾起沉甸甸的迷雾,凌晨时分,雾积满了河谷,河水在雾下伤感地呜咽着。几只早起的鸭子站在河边,忧悒地盯着滚动的雾。有一只大胆的鸭子耐不住了,蹒跚着朝河里走。在蓬生的水草前,浓雾像帐子一样挡住了它。它把脖子向左向右向前伸着,雾像海绵一样富于伸缩性,它只好退回来,"呷呷"地发着牢骚。后来,太阳钻出来了,河上的雾被剑一样的阳光劈开了一条条胡同和隧道,从胡同里,鸭子们望见一个高个子老头儿挑着一卷铺盖和几件沉甸甸的铁器,沿着河边往西走去了。老头的背驼得很厉害,担子沉重,把它的肩膀使劲压下去,脖子像天鹅一样伸出来。老头子走了,又来了一个光背赤脚的黑孩。那只公鸭子跟它身边那只母鸭子交换了一个眼神,意思是说:记得吧？那次就是他,水桶撞翻柳树滚下河,人在堤上做狗趴,最后也下了河拖着桶残水,那只水桶差点没把麻鸭那个臊包砸死……母鸭子连忙回应:是呀是呀是呀,麻鸭那个讨厌家伙,天天追着我说下流话,砸死它倒利索……

黑孩在水边慢慢地走着,眼睛极力想穿透迷雾,他听到河对岸的鸭子在"呷呷呷呷,嘎嘎嘎嘎"地乱叫着。他蹲下去,大脑袋放在膝盖上,双手抱住凉森森的小腿。他感觉到太阳出来了,阳光晒着背,像在身后生着一个铁匠炉。夜里他没回家,猫身在一个桥洞里睡了。公鸡啼鸣时他听到老铁匠在桥洞里很响地说了几句话,后来一切归于沉寂。他再也睡不着,便踏着冰凉的沙土来到河边。他看到了老铁匠伛偻的背影,正想追上去,不料脚下一滑,摔了一个屁股墩,等他爬起来时,老铁匠已经消逝在迷雾中了。现在他蹲着,看着阳光把河雾像切豆腐一样分割开,他望见了河对岸的鸭子,鸭子也用高贵的目光看着他。露出来的水面像银子一样耀眼,看不到河底,他非常失望。他听到工地上吵嚷起来,刘太阳副主任响亮地骂着:"娘的,铁匠炉里出了鬼,老混蛋连招呼都不打就卷了铺盖,小混蛋也没了影子,还有没有组织纪律性?"

"黑孩!"

"黑孩!"

"那不是黑孩吗？瞧，在水边蹲着。"

姑娘和小石匠跑过来，一人架着一只胳膊把他拉起来。

"小可怜，蹲在这儿干什么？"姑娘伸手摘掉他头顶上的麦秸草，说，"别蹲在这儿，怪冷的。"

"昨夜里还剩下些地瓜，让独眼龙给你烤烤。"

"老师傅走了。"姑娘沉重地说。

"走了。"

"怎么办？让他跟着独眼？要是独眼折磨他呢？"

"没事，这孩子没有吃不了的苦。再说，还有我们呢，谅他不敢太过火。"

两个人架着黑孩往工地上走，黑孩一步一回头。

"傻蛋，走吧，走吧，河里有什么好看的？"小石匠捏捏黑孩的胳膊。

"我以为你狗日的让老猫叼了去了呢!"刘太阳冲着黑孩说。他又问小铁匠："怎么样你？把老头挤兑走了，活儿可不准给我误了。淬不出钻子来我剜了你的独眼。"

小铁匠傲慢地笑笑，说："请看好吧，刘头。不过，老头儿那份钱粮可得给我补贴上，要不我不干。"

"我要先看看你的活。中就中，不中你也滚他妈的蛋!"

"生火，干儿。"小铁匠命令黑孩。

整整一个上午，黑孩就像丢了魂一样，动作杂乱，活儿毛糙，有时，他把一大铲煤塞到炉里，使桥洞里黑烟滚滚；有时，他又把钢钻倒头儿插进炉膛，该烧的地方不烧，不该烧的地方反而烧化了。"狗日的，你的心到哪儿去啦？"小铁匠恼怒地骂着。他忙得满身是汗，绝技在身的兴奋劲儿从汗珠缝里不停地流溢出来。黑孩看到他在淬火前先把手插到桶里试水温，手臂上被钢钻烫伤的地方缠着一道破布，似乎有一股臭鱼烂虾的味道从伤口里散出来。黑孩的眼里蒙着一层淡淡的云翳，情绪非常低落。九点钟以后，阳光异常美丽，阴暗的桥洞里，一道光线照着西壁，折射得满洞辉煌。小铁匠把钢钻淬好，亲自拿着送给石匠师傅去鉴定。黑孩扔下手中工具，蹑手蹑脚溜出桥洞，突然的光明也像突然的黑暗一样使他头晕眼花。略微迟疑了一下，他便飞跑起来，只用了十几秒钟，他就站在河水边缘上了。那些四个棱的狗蛋子草好奇地望着他，开着紫色花朵的水芡和擎着咖啡色头颅的香附草贪婪地嗅着他满身的煤烟味儿。河上飘逸着水草的清香和鲢鱼的微腥，他的鼻翅扇动着，肺叶像活泼的斑鸠在展翅飞翔。河面上一片白，白里掺着黑和紫。他的眼睛生涩刺痛，但还是目不转睛，好像要看穿水面上漂着的这层水银般的亮色。后来，他双手提起裤头的下沿，试试探探下了水，跳舞般向前走。河水起初只淹到他的膝盖，很快淹到大腿，他把裤头使劲卷起来，两半葡萄色的小屁股露了出来，这时候他已经立在河的中央了，四周的光一齐往他身上扑，往他身上涂，往他眼里钻，把他的黑眼睛染成了坝上青香蕉一样的颜色。河水湍急，一股股水流撞着他的腿。他站在河的硬硬的沙底上，但一会儿，脚下的沙便被流水淘走了，他站在沙坑里，裤头全湿了，一半贴着大腿，一半在屁股后飘起来，裤头上的煤灰把一部分河水染黑了。沙土从脚下卷起来，抚摸着他的小腿，两颗琥珀色的水珠挂在他的腮上，他的嘴角使劲抽动着。

他在河中走动起来，用脚试探着，摸索着，寻找着。

"黑孩！黑孩！"

他听到小铁匠在桥洞前喊叫着。

"黑孩,想死吗？"

他听到小铁匠到了水边,连头也不回,小铁匠只能看到他青色的背。

"上来呀！"小铁匠挖起一块泥巴,对准黑孩投过去,泥巴擦着他的头发梢子落到河水里,河面上荡开椭圆形的波纹。又一坨泥巴扔过来,正打着他的背,他往前扑了一下,嘴唇沾到了河水。他转回身,"嗯嗯隆隆"地蹚着水往河边上走。黑孩遍身水珠儿,站在小铁匠面前。水珠儿从皮肤上往下滚动,一串一串的,"嘟噜噜"地响。大裤头子贴在身上,小鸡子像蚕蛹一样硬邦邦地翘着。小铁匠举起那只熊掌一样的大巴掌刚要扇下去,忽然觉得心脏让猫爪子给剐了一下子,黑孩的眼睛直盯着他的脸。

"快去拉火。师傅我淬出的钢钻,不比老家伙差。"他得意地拍拍黑孩的脖颈。

铁匠炉上暂时没有活儿,小铁匠把昨夜剩下的生地瓜放在炉边烤着。黄麻地里的风又轻轻地吹进来了。阳光很正地射进桥洞。小铁匠用铁钳翻动着烤出焦油的地瓜,嘴里得意地哼着："从北京到南京,没见过裤裆里拉电灯。黑孩,你见过裤裆里拉电灯吗？你干娘裤裆里拉电灯哩……"小铁匠忽然记起似的对黑孩说："快点,拔两个萝卜去,拔回来赏你两个地瓜。"黑孩的眼睛猛然一亮,小铁匠从他肋条缝里看到他那颗小心儿使劲地跳了两下,正想说什么没及开口,黑孩就像兔一样跑走了。

黑孩爬上河堤时,听到菊子姑娘远远地叫了他一声。他回过头,阳光捂住了他的眼。他下了河堤,一头钻进黄麻地。黄麻是散种的,不成垅也不成行,种子多的地方黄麻杆儿细如手指,铅笔;种子少的地方,麻秆如镰柄,手臂,但全都是一样高矮。他站在大堤上望黄麻田时,如同望着微波荡漾的湖水。他用双手分拨着粗粗细细的麻秆往前走,麻秆上的硬刺儿扎着他的皮肤,成熟的麻叶纷纷落地。他很快就钻到了和萝卜地平行着的地方,拐了一个直角往西走。接近萝卜地时,他趴在地上,慢慢往外爬。很快他就看到了满地墨绿色的萝卜缨子。萝卜缨子的间隙里,阳光照着一片通红的萝卜头儿。他刚要钻出黄麻地,又悄悄地缩回来。一个老头正在萝卜垅里爬行着,一边爬一边从口袋里往外掏着麦粒,一穴一穴地点种在萝卜垅沟中间。骄傲的秋阳晒着他的背,他穿着一件白布褂儿,脊沟湿湿了,微风扬起灰尘,使汗湿的地方发了黄。黑孩又膝行着退了几米远,趴在地上,双手支起下巴,透过麻秆的间隙,望着那些萝卜。萝卜田里有无数的红眼睛望着他,那些萝卜缨子也在一瞬间变成了乌黑的头发,像飞鸟的尾羽一样耸动不止……

一个红脸膛汉子从地瓜地里大步走过来,站在老头背后,猛不丁地说："哎,老生,你说昨天夜里遭了贼？"

老头手忙脚乱地爬起来,垂着手回答："遭了,偷了六个萝卜,缨子留下了,地瓜八墩,蔓子留下了。"

"怕是让修闸的那些狗日的偷去了,加点小心,中午饭晚点回去吃。"

"我听着啦,队长。"老头儿说。

黑孩和老头一起,目送着红脸汉子走上大堤。老头坐在萝卜地里,面对着黑孩。黑孩又慌乱地往后退出一节,这时,密密麻麻的黄麻把他的视线遮住了。

"黑孩！"

"黑孩!"

姑娘和小石匠站在大堤上,对着黄麻地喊着。他们背对着正晌的太阳,阳光照着散工的人群。

"我看到他钻到黄麻地里,我还以为他去撒尿拉屎了呢!"姑娘说。

"独眼龙难道又欺负他了?"小石匠说。

"黑孩!"

"黑孩!"

姑娘和小石匠的男女声二重喊贴着黄麻梢头像燕子一样滑翔,正在黄麻梢头捕食灰色小蛾的家燕被惊吓得高飞,好一会儿才落下来。小铁匠站在桥洞前边,独眼望着这并肩站着的男女,感到肚子越胀越大。方才姑娘和小石匠来找黑孩,那语气那神态就像找他们的孩子。"等着吧,丫头养的你们!"他恨恨地低语着。

"黑孩!黑孩!"姑娘说,"他怕是钻到黄麻地里睡着了。"

"去看看吗?"小石匠乞求地看着姑娘。

"去吗?去吧。"

两个人拉着手下了堤,钻到黄麻地里。小铁匠尾追着冲上河堤,他看到黄麻叶子像波浪一样翻滚着,黄麻杆子"唰拉拉"地响着,一男一女的声音在喊叫黑孩,声音像从水里传上来的一样……

黑孩趴累了,舒了一口气,翻了一个身,仰面朝天躺起来。他的身下是干燥的沙土,沙上铺着一层薄薄的黄麻落叶。他后脑勺枕着双手,肚子很瘪地凹陷着,一个带着红点的黄叶飘飘地落下来,盖住了他满是煤灰的肚脐。他望着上方,看到一缕粗一缕细的蓝色光线从黄麻叶缝中透下来,黄麻叶片好像成群的金麻雀在飞舞。成群的金麻雀有时又像一簇簇的葫芦蛾,蛾翅上的斑点像小铁匠眼中那个棕色的萝卜花一样愉快地跳动。

"黑孩!"

"黑孩!"

熟悉的声音把他从梦幻中唤醒,他坐起来,用手臂撞了一下身边那棵粗大的黄麻。

"这孩子,睡着了吗?"

"不会的,我们这么大声喊。他肯定是溜回家去了。"

"这小东西……"

"这里真好……"

"是好……"

声音越来越低,像两只鱼儿在水面上吐水泡。黑孩身上像有细小的电流通过,他有点紧张,双膝跪着,扭动着耳朵,调整着视线,目光终于通过了无数障碍,看到了他的朋友被麻秆分割得影影绰绰的身躯。一时间极静了的黄麻地里掠过了一阵小风,风吹动了部分麻叶,麻秆儿全没动。又有几个叶片落下来,黑孩听到了它们振动空气的声音。他很惊异很新鲜地看到一根紫红色头巾轻飘飘地落到黄麻秆上,麻秆上的刺儿挂住了围巾,像挑着一面沉默的旗帜,那件红格儿上衣也落到地上。成片的黄麻像浪潮一样对着他涌过来。他慢慢地站起来,背过身,一直向前走,一种异样的感觉猛烈冲击着他。

五

一连十几天,姑娘和小石匠好像把黑孩忘记了,再也不结伴到桥洞里来看望他。每当中午和晚上,黑孩就听到黄麻地里响起百灵鸟婉转的歌唱声,他的脸上浮起冰冷的微笑,好像他知道这只鸟在叫着什么。小铁匠是比黑孩晚好几天才注意到百灵鸟的叫声的。他躲在桥洞里仔细观察着,终于发现了奥秘:只要百灵鸟叫起来,工地上就看不见小石匠的影子,菊子姑娘就坐立不安,眼睛四下打量,很快就会扔下锤子溜走。姑娘溜走后一会儿,百灵鸟就歇了歌喉。这时,小铁匠的脸色就变得更加难看,脾气变得更加暴躁。他开始喝起酒来。黑孩每天都要走过石桥到村里小卖部给他装一瓶地瓜烧酒。

这天晚上,月光皎洁如水,百灵鸟又叫起来了。黄麻地里的熏风像温柔的爱情扑向工地。小铁匠攥着酒瓶子,把半瓶烧酒一气灌下去,那只眼睛被烧得泪汪汪的。刘太阳副主任这些天回家娶儿媳妇去了,工地上人心涣散,加夜班的石匠们多半躺在桥洞里吸烟,没有钻头要修理,炉火半死不活地跳动着。

"黑孩……去,给老子拔几个萝卜来……"酒精烧着小铁匠的胃,他感到口中要喷火。

黑孩像木棍一样立在风箱边上,看着小铁匠。

"你,等着老子揍你吗?去……"

黑孩走进月光地,绕着月光下无限神秘的黄麻地,穿过花花绿绿的地瓜地,到了晃动着沙漠蜃影的萝卜地。等他提着一个萝卜走回桥洞时,小铁匠已经歪在草铺上呼呼地睡了。黑孩把萝卜放在铁砧子上,手颤抖着拨亮炉火,可再也弄不出那一蓝一黄升腾到空中的火苗,他变换着角度,瞅那个放在铁砧子上的萝卜,萝卜像蒙着一层暗红色的破布,难看极了,黑孩沮丧地垂下头。

这天夜里,黑孩没有睡好。他躺在一个桥洞里,翻来覆去地打着滚。刘副主任不在,民工们全都跑回家去睡觉。桥洞里只剩下一层薄薄的麦秸草。月光斜斜地照进桥洞,桥洞里一片清冷光辉,河水声,黄麻声,小铁匠在最西边桥洞里发出的鼾声。以及其它一些莫名其妙的声音,一齐钻进了他的耳朵。石头上的麦草闪闪烁烁,直扎着他的眼睛。他把所有的麦秸草都收拢起来,堆成一个小草岭,然后钻进去,风还是能从草缝里钻进来,他使劲蜷缩着,不敢动了。他想让自己睡觉,可总是睡不着。他总是想着那个萝卜,那是个什么样的萝卜呀。金色的,透明。他一会儿好像站在河水中,一会儿又站在萝卜地里,他到处找呀,到处找……

第二天早晨,太阳还没出来,月亮还没完全失去光彩,成群的黑老鸹惊惶失措地叫着从工地上空掠过,滞洪闸上留下了它们脱落的肮脏羽毛。东边的地平线上,立着十几条大树一样的灰云,枝杈上挂满了破烂的布条。黑孩从桥洞里一钻出来就感到浑身发冷,像他前些日子打摆子时寒颤上来一样滋味。刘副主任昨天回来了,检查了工地上的情况,他非常生气,大骂了所有的民工。所以今天人们来得都很早,干活也卖力,工地上的锤声像池塘里的蛙鸣连成一片。今天要修的钢钻很多,小铁匠的工作态度也非常认真,活儿干得又麻利又漂亮。来换钢钻的石匠们不断地夸奖他,说他的淬火功夫甚至超过了老铁匠,淬出的钢钻又快又韧,下下都咬石头。

太阳两竿子高的时候,小石匠送来两支钢钻待修。这是两支新钻,每支要值四五块钱。小铁匠瞥瞥神采焕发的小石匠,独眼里射出一道冷光。小石匠没觉察到小铁匠的表情,幸福的眼睛里看到的全是幸福。黑孩儿感到心里害怕,他看出小铁匠要作弄小石匠了。小铁匠把那两支钢钻烧得像银子一样白,草草地在砧子上打出尖儿,然后一下子浸到水里去……

小石匠提着钢钻走了,小铁匠嘴上滑过一个得意的笑容,他对着黑孩眨眨眼,说:"孙子,他他妈的也配使老子淬出的钻子?儿子,你说他配吗?"黑孩缩在角落里,使劲打着哆嗦。一会儿,小石匠回到铁匠炉边,他把两支钻子扔到小铁匠跟前,骂道:"独眼龙,你这是淬得什么火?"

"孙子,叫唤什么?"小铁匠说。

"睁开你那只独眼看看!"

"这是你的钻子不好。"

"放屁,你这是成心捉弄老子。"

"捉弄你又怎么着?爷们看着你就长气!"

"你、你,"小石匠气得脸色煞白,说,"有种你出来!"

"老子怕你不成!"小铁匠撕下腰间扎着的油布,光着背,像只棕熊一样踱过去。

小石匠站在闸前的沙地上,把夹克衫和红运动衣脱下来,只穿一件小背心。他身材高大,面孔像个书生,身体壮得像棵树。小铁匠脚上还扎着那两块防烫的油布,脚掌踩得地上尖利的石嘎嘎地响,他的臂长腿短,上身的肌肉非常发达。

"文打还是武打?"小铁匠不屑一顾地说。

"随你的便。"小石匠也不屑一顾地说。

"你最好回家让你爹立个字据,打死了别让我赔儿子。"

"你最好回家先钉口棺材。"

骂着阵,两个人靠在了一起。黑孩远远地蹲着,一直没停地打着哆嗦。他看到,小铁匠和小石匠最初的交锋很像开玩笑。小石匠卷着舌头啐了小铁匠一脸唾沫,小铁匠扬起长臂,把拳头捅过去,小石匠一退,这一拳打空了。又啐。又一拳。又退。闪空。但小石匠的第三口唾沫没迸出唇,肩头上就被小铁匠猛捅了一拳,他的身体不由自主地转了一圈。

人们惊叫着围拢上来,高喊着:"别打了,别打了。"但没有人上前拉架。后来,连喊声也没有了,大家都睁大眼,屏住气,看看这两个身段截然不同的小伙子比试力气。菊子姑娘脸色灰白,使劲地抓住她身边一个姑娘的肩头。当她的情人吃了小铁匠的铁拳时,她就低声呻唤着,眼睛像一朵盛开的墨菊。

决斗还难分高低,你打我一拳,我也打你一拳,小石匠个头高,拳头打得漂亮潇洒,但显然有点飘,有点花哨,力量不很足,小铁匠动作稍慢一点,但出拳凶狠扎实,被他懵上一拳,小石匠就要转一个圈。后来,小铁匠头上挨了一拳,有点晕头转向,小石匠趁机上前,雨点般的拳头打得小铁匠的身体嘭嘭地响。小铁匠一猫腰,钻进了小石匠腋下,两只长臂像两条鳗鱼一样缠住了小石匠的腰,小石匠急忙夹住小铁匠的头,两个人前进,后退,后退,又前进,小石匠支持不住,仰面朝天摔在沙地上。

人群里爆发了一阵欢呼。

小铁匠站起来,吐吐口中的血沫子,歪着头,像只斗胜的公鸡。

小石匠爬起来,向着小铁匠扑过去。一白一黑两个身体又扭在一起。这次小石匠把身体伏得很低,保护着自己的下三路不让小铁匠得手,四只胳膊紧紧地纠缠着,有时候,小石匠把小铁匠撩起来,转着圈抢动,但并不能把小铁匠摔出去。小石匠气喘吁吁,满身都是汗水,小铁匠却连一个汗珠都没掉。小石匠体力不支,步伐错乱,眼前出现重影,稍一懈怠,手臂便被拨开,小铁匠抱住他的腰,箍得他出气不匀,他再次仰天倒地。

第三个回合小石匠败得更惨,小铁匠一个癞狗钻裆把他扛起来,摔出去足有两米远。

菊子姑娘哭着扑上去,扶起了小石匠。在菊子姑娘的哭声中,小铁匠脸上的喜色顿时消逝,换上了满面凄凉。他呆呆地站着。小石匠爬起来,拨开菊子的手,抓起一把沙土,对准小铁匠的脸打上去。沙土迷住了小铁匠的独眼,他像野兽一样嗥叫着,使劲搓着眼睛。小石匠趁机扑上去,卡着小铁匠的脖子把他按倒,拳头像摇鼓一样对着小铁匠的脑袋乱打……

这时候,从人们的腿缝里,钻出了一个黑色的影子。这是黑孩。他像只大鸟一样飞到小石匠背后,用他那两只鸡爪一样的黑手抓住小石匠的腮帮子使劲往后扳,小石匠龇着牙,咧着嘴,"噢噢"地叫着,又一次沉重地倒在沙土上。

小铁匠挣扎着坐起来,两只大手摸起地上的碎石片儿,向着四周抛撒。"畜牲!狗!"骂声和着石头片儿,像冰雹一样横扫着周围的人群,人们慌乱地躲闪着。菊子姑娘突然惨叫了一声。小铁匠的手像死了一样停住了。他的独眼里的沙土已被泪水冲积到眼角上,露出了瞳孔。他朦胧地看到菊子姑娘的右眼里插着一块白色的石片,好像眼里长出一朵银耳。他怪叫一声,捂着眼睛,躺在地上痛苦地扭动着。

黑孩听到姑娘的惨叫,便松开了自己的手。他的手指把小石匠的腮帮子抓出两排染着煤灰的血印。趁着人们慌乱的时候,他悄悄地跑回桥洞,蹲在最黑暗的角落上,牙齿"的的"地打着战,偷眼望着工地上乱纷纷的人群。

六

第二天,滞洪闸工地上消失了小石匠和菊子姑娘的影子,整个工地笼罩着沉闷压抑的气氛。太阳像抽风般颤抖着,一股股肃杀的秋风把黄麻吹得像大海一样波浪起伏,一群群麻雀惊恐不安地在黄麻梢头躁叫着。风穿过桥洞,扬起尘土,把半边天都染黄了。一直到九点多钟,风才停住,太阳也慢慢恢复正常。

刚娶完儿媳妇回来的刘太阳副主任碰上了这些事,心里窝着一腔火,他站在铁匠炉前,把小铁匠骂得狗血淋头,并扬言要抠出他那只独眼给菊子姑娘补眼。小铁匠一声不吭,黑脸上的刺疙瘩一粒粒憋得通红,他大口喘着气,大口喝着酒。

石匠们不知被什么力量催动着,玩命儿地干活,钢钻子磨秃了一大批,堆在红炉旁等着修理。小铁匠像大虾一样蜷曲在草铺上,咕咕地灌着酒,桥洞里酒气扑鼻。

刘副主任发火了,用脚踹着小铁匠骂:"你害怕了?装孙子了?躺着装死就没事了?滚起来修钻子,这样也许能将功补过。"

小铁匠把手中的酒瓶向上抛起来,酒瓶在桥面上砰然撞碎,碎玻璃掺着烧酒落了刘副主任一头。小铁匠跳起来,一路歪斜跑出去,喊着:"老子怕什么,老子天都不怕,死都不怕,还怕什么?"他爬上滞洪闸,继续高叫着:"我谁都不怕!"他的腿碰到了石栏杆,身子歪歪扭扭,桥下有人喊:"小铁匠,当心掉下桥。""掉下桥?"他哈哈大笑起来,笑着攀上石栏杆,一松手,抖抖擞擞地站在石栏杆上。桥下的人都中了魔,入了定,呼吸也不敢用力。

小铁匠双臂煞开,一上一下起伏着,像两只羽毛丰满的翅膀。他在窄窄的石栏杆上走起来,身体晃来晃去。他慢走变成快走,快走变成小跑,桥下的人捂住眼睛,又松手露出眼睛。

小铁匠一起一伏晃晃悠悠地在石栏杆上跑着,栏杆下乌蓝的水里映出他变了形的身影。他从西头跑到东头,又从东头跑回来,一边跑一边唱起来:"南京到北京,没见过裤裆里拉电灯,格里咙格里格咙,里格咙,里格咙,南京到北京,没见过裤裆里打弹弓……"

几个大胆的石匠跑上闸去,把小铁匠拖了下来。他拼命挣扎着,骂着:"别他妈的管我,老子是杂技英豪,那些大妞在电影上走绳子,老子在闸上走栏杆,你们说,谁他妈的厉害……"几个人累得气喘吁吁,总算把他弄回桥洞里。他像块泥巴一样瘫在铺上,嘴里吐着白沫,手撕着喉咙,哭叫着:"亲娘哟,难受死了,黑孩,好徒弟,救救师傅吧,去拔个萝卜来……"

人们突然发现,黑孩穿上了一件包住屁股的大褂子,褂子是用崭新的、又厚又重的小帆布缝的。这种布非常结实,五年也穿不破。那条大裤头子在褂子下边露出很短的一截,好像褂子的一个花边。黑孩的脚上穿着一双崭新的回力球鞋,由于鞋子太大,只好紧紧地系住鞋带,球鞋变得像两条丑陋的胖头鲇鱼。

"黑孩,听到了吗?你师傅让你去干什么?"一个老石匠用烟袋杆子戳着黑孩的背说。

黑孩走出桥洞,爬上河堤,钻进黄麻地。黄麻地里已经有了一条依稀可辨的小径,麻秆儿都向两边分开。走着走着,他停住脚。这儿一片黄麻倒地,像有人打过滚。他用手背揉揉眼睛,抽泣了一声,继续向前走。走了一会,他趴下,爬进萝卜地。那个瘦老头不在,他直起腰,走到萝卜地中央,蹲下去,看到萝卜垅里点种的麦子已经钻出紫红的锥芽,他双膝跪地,拔出了一个萝卜,萝卜的细根与土壤分离时发出水泡破裂一样的声响。黑孩认真地听着这声响,一直追着它飞到天上去。天上纤云也无,明媚秀丽的秋阳一无遮拦地把光线投下来。黑孩把手中那个萝卜举起来,对着阳光察看。他希望还能看到那天晚上从铁砧上看到的奇异景象,他希望这个萝卜在阳光照耀下能像那个隐藏在河水中的萝卜一样晶莹剔透,泛出一圈金色的光芒。但是这个萝卜使他失望了。它不剔透也不玲珑,既没有金色光圈,更看不到金色光圈里包孕着的活泼的银色液体。他又拔出一个萝卜,又举在阳光下端详,他又失望了。以后的事情就变得很简单了。他膝行一步。拔两个萝卜。举起来看看。扔掉。又膝行一步,拔,举,看,扔……

看菜园的老头子眼睛像两洼混浊的水,他蹲在白菜地里捉拿钻心虫儿。捉一个用手指捏死,再捉一个还捏死。天近中午了,他站起来,想去叫醒正在看园屋子里睡觉的队长。队长夜里误了觉,白天村里不安宁,难以补觉,看园屋子里只能听到秋虫浅吟,正好睡觉。老头儿一直起腰,就听到脊椎骨"叭哽叭哽"响。他恍然看到阳光下的萝卜地一片通红,好像遍地是火苗子。老头打起眼罩,急步向前走,一直走到萝卜地里,他才看得那遍地通红的竟是拔出来的还没有完全长成的萝卜。

"作孽啊!"老头子大叫一声。他看到一个孩子正跪在那儿,举着一个大萝卜望太阳。孩子的眼睛是那么大,那么亮,看着就让人难受。但老头子还是不客气地抓住他,扯起来,拖到看园屋子里,叫醒了队长。

"队长,坏了,萝卜,让这个小熊给拔了一半。"

队长睡眼惺忪地跑到萝卜地里看了看,走回来时他满脸杀气。对着黑孩的屁股他狠踢了一脚,黑孩半天才爬起来。队长没等他清醒过来,又给了他一耳巴子。

"小兔崽子,你是哪个村的?"

黑孩迷惘的眼睛里满是泪水。

"谁让你来搞破坏?"

黑孩的眼睛清澈如水。

"你叫什么名字?"

黑孩的眼睛里水光潋滟。

"你爹叫什么名字?"

两行泪水从黑孩眼里流下来。

"他娘的,是个小哑巴。"

黑孩的嘴唇轻轻嚅动着。

"队长,行行好,放了他吧。"瘦老头说。

"放了他?"队长笑着说,"是要放了他。"

队长把黑孩的新褂子、新鞋子、大裤头子全剥下来,团成一堆,扔到墙角上,说:"回家告诉你爹,让他来给你拿衣裳。滚吧!"

黑孩转身走了,起初他还好像害羞似地用手捂住小鸡儿,走了几步就松开了手。老头子看着这个一丝不挂的黑孩,抽抽答答地哭起来。

黑孩钻进了黄麻地,像一条鱼儿游进了大海。扑簌簌黄麻叶儿抖,明晃晃秋天阳光照。

黑孩——黑孩——

(原载《中国作家》1985年第2期)

系在皮绳扣上的魂

扎西达娃

现在很少能听见那首唱得很迟钝、淳朴的秘鲁民歌《山鹰》。我在自己的录音带里保存了下来。每次播放出来，我眼前便看见高原的山谷。乱石缝里窜出的羊群。山脚下被分割成小块的田地。稀疏的庄稼。溪水边的水磨房。石头砌成的低矮的农舍。负重的山民。系在牛颈上的铜铃。寂寞的小旋风。耀眼的阳光。

这些景致并非在秘鲁安第斯山脉下的中部高原，而是在西藏南部的帕布乃冈山区。我记不清是梦中见过还是亲身去过。记不清了。我去过的地方太多。

直到后来某一天我真正来到帕布乃冈山区，才知道存留在我记忆中的帕布乃冈只是一幅康斯太勃笔下十九世纪优美的田园风景画。

虽然还是宁静的山区，但这里的人们正悄悄享受着现代化的生活。这里有座小型民航站，每星期有五班直升飞机定期开往城里。附近有一座太阳能发电站。在哲鲁村口自动加油站旁的一家小餐厅里，与我同桌的是一位喋喋不休的大胡子，他是城里一家名气很大的"喜马拉雅运输公司"的董事长，在全西藏第一个拥有德国进口的大型集装箱车队。我去访问当地一家地毯厂时，里面的设计人员正使用电脑程序设计图案。地面卫星接收站播放着五个频道，每天向观众提供三十八小时的电视节目。不管现代的物质文明怎样迫使人们从传统的观念意识中解放出来，帕布乃冈山区的人们，自身总还残留着某种古老的表达方式：获得农业博士学位的村长与我交谈时，嘴里不时抽着冷气，用舌头弹出"罗罗"的谦卑的应声。人们有事相求时，照样竖起拇指摇晃着，一连吐出七八个"咕叽咕叽"的哀求。一些老人们对待远方的城里人，仍旧脱下帽子捧在怀中站到一旁表示真诚的敬意。虽然多年前国家早已统一了计量法，这里的人们表示长度时还是伸直一条胳膊，另一只手掌横砍在胳膊的手腕、小臂、肘部直到肩膀上。

桑杰达普活佛快要死了，他是扎妥寺的第二十三位转世活佛。高龄九十八岁。在他之后，将不再会有转世继位。我想为此写篇专题报道。我和他以前有过交道。全世界最深奥和玄秘之一的西藏喇嘛教（包括各教派）在没有了转世继位制度从而不再有大大小小的宗教领袖以后，也许便走向了它的末日。形式在一定程度上也支配着意识，我说。

扎妥·桑杰达普活佛摇摇头，表示否认我的观点。他的瞳孔正慢慢扩散。

"香巴拉，"他嚅动嘴唇，"战争已经开始。"

根据古老的经书记载，北方有个"人间净土"的理想国——香巴拉。据说天上瑜伽密教起源于此，第一个国王索查德那普在这里受过释迦的教诲，后来宏传密教《时轮金刚法》。上面记载说，在某一天，香巴拉这个雪山环抱的国家将要发生一场大战。"你率领十二天师，在天兵神将中，你永不回头，骑马驰骋。你把长矛掷向哈鲁太蒙的前胸,掷向那反对香巴拉的群魔之首,魔鬼也随之全部除净。"这是《香巴拉誓言》中对最后一位国王神武轮王赞美的描写。扎妥·桑杰达普有一次跟我说起过这场战争。他说经过数百年的恶战,妖魔被消灭后,甘丹寺里的宗喀巴墓会自动打开,再次传布释迦的教义,将进行一千年。随后,就发生风灾、火灾,最后洪水淹没整个世界。在世界末日到达时,总会有一些幸存的人被神祇救出天宫。于是当世界再次形成时,宗教又随之兴起。

扎妥·桑杰达普躺在床上,他进入幻觉状态,跟眼前看不见的什么人在说话:"当你翻过喀隆雪山,站在莲花生大师的掌纹中间,不要追求,不要寻找。在祈祷中领悟,在领悟中获得幻象。在纵横交错的掌纹里,只有一条是通往人间净土的生存之路。"

我恍惚看见莲花生离开人世时,天上飞来了一辆战车,他在两位仙女的陪伴下登上战车,向遥远的南方凌空驶去。

"两个康巴地区的年轻人,他们去找通往香巴拉的路了。"活佛说。

我疲惫地看着他。

"你要说的是——在1984年,这里来了两个康巴人,一男一女?"我问。

他点点头。

"男的在这里受了伤?"我又问。

"你也知道这件事。"活佛说。

扎妥·桑杰达普活佛闭上眼,断断续续回忆起当年那两个年轻人来到帕布乃冈山区的事,他讲起那两个人告诉他一路上的经历。我听出扎妥活佛是在背诵我虚构的一篇小说。这篇小说我给谁都没有看过,写完锁进了箱里。他几乎是在逐字逐句地背诵,地点是一路上直到帕布乃冈一个叫甲的村庄。时间是1984年。人物一男一女。这篇小说没给别人看的原因就是到最后我也不知道主人公要去什么地方。经活佛点明我现在才清楚。唯一不同的一点是结尾时主人公是坐在酒店里有一位老人指路。我没写老人指的是什么路,当时连我自己也不知道。而扎妥活佛说是在他的房子里给那两人指的路,但这里还有一个巧合,即老人与活佛都谈起过关于莲花生的掌纹。

最后,其他人进屋来围在活佛身边,活佛眼睛半睁,渐渐进入了失去知觉和思想的状态。

有人开始准备后事了。扎妥活佛将被火葬,我知道有人想拾到活佛的舍利作为永久的收藏和纪念。

与扎妥·桑杰达普诀别后,在回家的路上,我边走边考虑着有关文学创作的动机问题……

回到家,我打开贴有"可爱的弃儿"题词的箱子盖。里面整齐地排列着上百只牛皮纸袋,我所有不被发表或我不愿发表的作品都存在这儿。我取出一个编码是840720的纸袋,里面是一个短篇小说,记录着两个康巴人来到帕布乃冈的经过,还没有题目。下面是这篇小说的原文:

婍赶着她的二十几只羊下山的时候,站在半山腰。她看见山脚底下那一条宽阔蜿蜒、砾石累累的枯干的河床有个蚂蚁般的小黑点在缓缓移动。她辨认出那是一个男人,正朝她家的方向走来。婍挥挥羊鞭,匆匆把羊往山下赶。

她粗略算了算,那人得走到天黑时才能到这儿。周围荒野只有这隆起的小山岗上有几间鹅卵石垒起的矮房,房后是羊圈,一共两户人家:婍和她的爸爸,还有一个五十多岁的哑女人。爸爸是个说《格萨尔》的艺人，常常被几十里远的外村人请去说唱，有时还被请到更远的镇里。短则几天，长则数月。来人骑马，还牵匹空马来到小山岗，把身背长柄六弦琴的爸爸请上马。随后马蹄伴着铜铃声有节奏地久久敲响着荒野里的寂静。嫄站在岗上，一手抚摸坐立在她裙边的大黑狗，一直望到两匹马拐过前面的山弯。

嫄从小就在马蹄和铜铃单调的节奏声中长大，每当放羊坐在石头上，在孤独中冥思时，那声音就变成一支从遥远的山谷中飘过的无字的歌，歌中蕴含着荒野中不息的生命和寂寞中透出的一丝苍凉的渴望。

哑女人整天织氆氇，每天早晨站在小山岗上，向空中撒出一把豌豆糌粑，呼喊着观音菩萨。然后手摇一柄浸满油污的经轮筒，朝东方喃喃祈祷。偶尔在半夜时分，爸爸爬起身去女人房里，天蒙蒙亮时头顶蒙着长长的袍子又钻进自己的羊皮垫里。早晨嫄起来挤完奶打好茶，喝糌粑糊。然后背上装了一天口粮的小羊皮口袋，背一只小黑锅，去房后拉开羊圈栅栏，软鞭一挥，赶着羊群上山。生活就是这样。

嫄把食物和热茶准备好，趴在毯子上等待来客。室外的狗叫了，她冲出门，月亮刚刚升起。她拉住狗链，不见四周有人，一会儿，从她前面的坡下冒出个脑袋。

"来吧，不要紧，我抓住狗的。"嫄说。

来人是一位顶天立地的汉子。

"辛苦，大哥。"嫄说。她把汉子领进了房里，他礼帽下的额边垂着一绺鲜红的丝穗。爸爸不在家，去说《格萨尔》了。隔壁传来哑女人织氆氇时木棰砸下的梆梆声。这位疲惫的汉子吃过饭道完谢后便倒在嫄的爸爸床上睡了。

嫄在门外站了一会儿，天空繁星点点、周围沉寂得没有一点大自然的声音，眼前空旷的峡谷地带在月光下泛着青白色。大黑狗被铁链拴着在原地转圈，嫄过去蹲下身搂着它的脖子。想起自己在这寂寞简朴的小山岗上度过的童年和少年时代，想起每次来接爸爸上马的都是些沉闷不语的人，想到屋里那位从远方来明天又要去远方的酣睡的旅人。她哭了，跪在地上捧着脸，默默祈求爸爸的宽恕，然后将眼泪在黑狗的皮毛上蹭擦干，起身回屋。

黑暗中，她像发疟疾似地浑身打颤，一声不响地钻进了汉子的羊毛毯里。

当东方的启明星刚刚升起，在摇曳的酥油灯下，嫄把自己的薄毯裹成一个卷，在一只布袋里塞了些牛肉干、揉糌粑的皮口袋、粗盐和一块酥油，又背上天天放羊时在山上熬茶用的小黑锅，一个姑娘该带的都在她背上了。她最后巡视一眼昏暗的小屋。

"好了。"她说。

汉子吸完最后一撮鼻烟，拍拍巴掌上的烟末，起身。摸她头顶。搂住她肩膀，两人低头钻出小屋，向黑魆魆的西方走去。嫄全身负重，身上的东西一路上叮当作响。她根本不想去打听汉子会把她带向何处，她只知道她永远要离开这片毫无生气的土地了。汉子手中只提着一串檀香木佛珠，他昂首阔步，似乎对前方漫漫的旅途充满了信心。

"你腰上挂条皮绳干什么？像只没人牵的小狗。"塔贝问。

"用它来计算天数，你没见上面打了五个结吗！"嫄告诉他，"我离开家有五天了。"

"五天算什么，我生来没有家。"

她跟着塔贝徒步行走，一路上，有时在村庄的麦场上过夜，有时住羊圈里，有时卧在寺庙废墟的墙角下，有时住山洞，运气好时，能在农人外屋借宿，或是在牧人的帐篷里。

每进一个寺庙，他俩便逐一在每个菩萨像的座台前伸出额头触碰几下，膜拜顶礼。

在寺庙外,道路旁,江河边,山口上,只要看见玛尼堆,都少不了拾几块小白石放在上面。一路上还有些磕等身长头的佛教徒,他们一步一磕,系着厚帆布围裙,胸部和膝部磨穿了,又补了几层厚补丁。他们脸上突出的地方全是灰,额头上磕了一个鸡蛋大的肉瘤,血和土粘在一起。手掌上打铁皮的木板护套在他们身体俯卧的两边地上印出两道深深的擦痕。塔贝和嫔没有磕长头,他俩是走路,于是超过了他们。

西藏高原群山绵延,重重叠叠,一路上人烟稀少。走上几天看不到一个人影,更没有村庄。山谷里刮来呼呼的凉风。对着蓝色的天空仰望片刻,就会感到身体在飘忽上升,要离开脚下的大地。烈日烤炙,大地灼烫。在白昼下沉睡的高原山脉,永恒与无极般宁静。塔贝的身体矫健灵活,上山时脚尖踩着一块块滑动的石头步步上蹿,他径直攀上一块圆石,回头看见嫔被甩下好长一截,便坐下来等她。他们在赶路时总是默默无言,嫔有时在难以忍受的沉默中突然爆发出她的歌声,像山谷里的一只母兽在仰天吼叫。塔贝并不转过头看她一眼,只顾行路。嫔过一会不唱了,周围又是死一般沉寂。嫔低头跟在他身后,只有坐下来小憩时才说说话。

"不流血了吧?"

"它现在一点也不疼。"

"我看看。"

"你去给我捉几只蜘蛛来,我捏碎了涂在上面就会好得快。"

"这儿没有蜘蛛。"

"去找找,石头缝里,你扒开石块会有的。"

嫔在四周扒开一块块半掩在土中的石块,认真地寻找蜘蛛。一会儿她就捉了五六只,握在掌中,走过来扳开塔贝的手掌放在上面。他一只只捏碎后涂在小腿的伤口上。

"那条狗好凶,我跑跑跑,背上的锅老碰我的后脑勺,碰得我眼睛都花了。"

"当初我该拔出刀宰了它。"

"那女人给我们这个。"她模仿着做了个最污辱人的下流动作,"真吓人。"

塔贝又抓起一把土撒在伤口上,让太阳晒着。

"她钱放在哪儿的?"

"在酒店的屋柜子里,有这么厚一叠。"他亮亮巴掌,"我只拿了十几张。"

"你用它想买什么呢?"

"我要买什么?前面山下有个次古寺,我给菩萨送去。我还要留一点。"

"好的。你现在好点了吗?不疼了吧?"

"不疼了。我说,我口干得要冒烟。"

"你没见我把锅已经架上了吗?我就去捡点干刺枝。"

塔贝懒洋洋躺在石头上,将宽礼帽拉在眼睛上挡住阳光,嘴里嚼着干草,嫔趴在三颗白石垒成的灶前,脸贴着地,鼓起腮帮吹火熬茶。火苗"嘭"地燃烧起来。她跳起身,揉揉被烟熏得灼辣的眼,拉下前额的头发看看,已经被火舌燎焦了。

远处高山顶上有两个黑影,大约是牧羊人,一高一矮,像是盘踞在山顶岩石上的黑鹰。他们一动也不动。

嫔也看见了他们,挥起右手在空中划圈向他们招呼,上面的人晃动起来,也划起圈向她致意。距离太远,扯破嗓子喊互相也听不见。

"我还以为这里只有我们两个人。"嫔对塔贝说。

"我在等你的茶。"他闭上眼。

嫈忽然想起了什么,她从怀里掏出一本书,很得意地向塔贝展示自己的猎物,那是昨晚上在村里投宿时从一个往她耳里灌满了甜言蜜语、行为并不太规矩的小伙子屁股兜里偷来的。塔贝接过一看,他不认识这种文字和一些机械图,封面印的是一幅拖拉机。

"这玩意儿没一点用处。"他扔给嫈。

嫈很沮丧,下一次烧茶时她一页页撕下来用作引火的燃料了。

走到黄昏,站在山弯远远看见前面的一个被绿树怀抱的村庄时,嫈的精神重新振奋起来,又唱起歌了,她抡起挂棍在地边的马兰草堆里乱舞,又端起棍子小心翼翼地戳戳塔贝的胳肢窝和腰下想逗他发痒。塔贝不耐烦地抓住棍梢往外一甩,拽得她趔趄几下跌倒在地。

进了村,塔贝自己一个人去喝酒或者干别的什么去了。他俩约好在村里小学校边一幢刚刚盖好还没有安装门窗的空房子里住宿。村里的广场晚上演电影,有人在木杆上挂银幕。嫈在一片林子里拾柴火时被一群小孩围住,孩子们趴在墙头朝她扔石头。有一颗打在她肩上,她没有回头,直到一个戴黄帽子的年轻人把孩子们轰走。

"他们扔了八颗石头,有一颗打中了你。"黄帽子笑眯眯地说,他把手中握着的一只电子计算机摊在嫈眼前,显示屏显出一个阿拉伯数字"8","你从哪儿来?"

嫈看着他。

"你记不记得你走了多少天?"

"我不记得。"嫈撩起皮绳说,"我数数看。你帮我数数。"

"这一个结算一天吗?"他跪在她跟前。"有意思……九十二天。"

"真的!"

"你没数过吗?"

嫈摇摇头。

"九十二天,一天按二十公里计算。"他戳戳计算机上的数字键码,"一千八百四十公里。"

嫈没有数字概念。

"我是这儿的会计。"小伙子说,"我遇到什么问题,都用它来帮我解答。"

"这是什么?"嫈问。

"是电子计算机,好玩极了。它知道你今年多大。"他按出一个数字给嫈看。

"多大?"

"十九岁。"

"我今年十九岁吗?"

"那你说。"

"我不知道。"

"我们藏族以前从不计算自己的年龄。但它却知道。看,上面写的是十九吧。"

"不像。"

"是吗?我看看。哦,刚开始看有些不习惯,它的数字有点怪。"

"它能知道我名字吗?"

"当然。"

"叫什么。"

他一连按出八位数,把显示屏显得满满的。

"怎么样?它知道吧。"

"叫什么?"

"你连自己的名字还看不出来?笨蛋。"

"怎么看?"

"你这样看,"他竖着给她看。

"这是叫婛吗?"

"当然叫婛,洽霞布久曲呵婛。"

"嘿!"她兴奋地叫道。

"嘿什么,人家外国人早用了。我在想一个问题,以前我们没日没夜地干活,用经济学的解释是输出的劳动力应该和创造的价值成正比。"他信口开河起来,把工分值、劳动值以及商品值和年月日加减乘除乱说一通。又显出数字,"你看看,计算出来倒成了负数。结果到年终我们还要吃返销粮,向国家伸手要粮。这是违反经济规律的……你瞪我干什么?想吃掉我?"

"如果你没晚饭吃,就在这儿吃好了,我拾了柴就烧菜。"

"他妈的,你是从中世纪走来的吗?或者你是……是叫什么外星人。"

"我从很远的地方来,走了……"她又撩起皮绳。"刚才你数了多少?"

"我想想,八十五天。"

"走了八十五天。不对,你刚才说九十二天,你骗我。"婛咯咯笑起来。

"啊啧啧!菩萨哟,我快醉了。"他闭眼喃喃道。

"你在这儿吃吗?我还有点肉干。"

"姑娘,我带你去一个地方好吧?有快活的年轻人,有音乐、啤酒,还有迪斯科。把你手上那些烂树枝扔掉吧!"

塔贝从黑压压一片看电影的人群中挤出来。他没被酒灌醉,倒被那银幕上五光十色、晃来晃去、时大时小的景物和人物弄得昏头胀脑、疲惫不堪,只好拖着脚步回到那幢空房里。小黑锅架在石头上,石头是冰凉的。婛的东西都放在角落边。他端起锅喝了几口凉水,便背靠墙壁对着天空冥思苦想。越往后走,所投宿的村庄越来越失去了大自然夜晚的恬静,越来越嘈杂、喧器。机器声、歌声、叫喊声。他要走的决不是一条通往更嘈杂和各种音响混合声的大都市,他要走的是……

婛撞撞跌跌回来,她靠着没有门框的土坯墙,隔着一段距离塔贝就闻到她身上发出的酒气,比他喷出的酒气要香一些。

"真好玩,他们真快活,"婛似哭似笑地说。"他们像神仙一样快活。大哥,我们后……大后天再走。"

"不行。"他从不在一个村里住两个晚上。

"我累了,我很疲倦。"婛晃着沉甸甸的脑袋。

"你才不懂什么叫累,瞧你那粗腿,比牦牛还健壮。你生来就不懂什么叫累。"

"不,我说的不是身体。"她戳戳自己的心窝。

"你醉了,睡觉。"他扳住婛的肩头将她按倒在满是灰土的地上。最后替她在皮绳上系了个结。

娑越来越疲倦了,每次在途中小憩时,她躺下就不想继续往前走。

"起来,别像贪睡的野狗一样赖着。"塔贝说。

"大哥,我不想走了。"她躺在阳光下,眯起眼望着他。

"你说什么?"

"你一人走吧,我不愿再天天跟着你走啊走啊走。连你都不知道该去什么地方,所以永远在流浪。"

"女人,你什么都不懂。"但是他知道该往哪个方向走。

"是,我不懂。"她闭上眼,蜷缩成一团。

"滚起来,"他在娑屁股上踹了两脚,高高扬起巴掌,做出砍来的样子。"要不,我揍你。"

"你是个魔鬼!"娑哼哼唧唧爬起身。塔贝先走了,她拄着棍子跟在后面。

娑在一个她认为适当的机会时逃跑了。他俩睡在山洞里,半夜时她爬起身,没忘记背上她的小黑锅,借着星光和月光朝山下往回跑。她觉得自己像出笼的小鸟一样自由。到第二天中午,在一边是深谷的岩边休息时,从对面山脊出现了一个黑点,就像那天她放羊回家时所看见的一样。塔贝截住了她,走来。她气得发抖,抡起小黑锅向他头上死命砸去,那其大无比的力量足以使一头野公牛的脑浆飞进出来。塔贝惊骇机智地闪过,抬手一拨,黑锅从她手中飞脱,叮叮当当滚下深谷里。他俩互相看看,听见那声音响了好一阵。最后娑只得呜呜咽咽攀下深谷,几个时辰后才把锅拣上来。锅身碰满了大大小小的凹坑。

"你赔我的锅。"娑说。

"我看看,"他接过来。两人仔细检查了一阵,"只有一条小缝,我能补好。"

塔贝走了,娑垂头丧气地跟着。

"哎——"她用大得出奇的声音唱起一首歌,把整个山谷震得嗡嗡响。

大概有那么一天,塔贝对娑也厌倦了,他想:只因我前世积了福德和智慧资粮,弃恶从善,才没有投到地狱,生在邪门外道,成为饿鬼痴呆,而生于中土,善得人身。然而在走向解脱苦难终结的道路上,女人和钱财都是身外之物,是道路中的绊脚石。

不久,他俩来到名叫"甲"的村庄。这个时候,娑的腰间那根皮绳已系了一串密密麻麻的结。没想到甲村的人们会敲锣打鼓站在村口迎接他俩。民兵组成仪仗队背着半自动步枪站在两旁,为了保险起见,枪口都塞了红布卷。两头由四个村民装扮的牦牛在夹道中跳着舞。村长和几个姑娘捧着哈达和壶嘴上沾着酥油花的银壶在最前面迎接。原来这里一直大旱,前不久有人打了卦,今天黄昏时会有两个从东边来的人进村,他们将带来一场琼浆般吉祥的雨水,使久旱的庄稼得好收成。他俩果然出现了,人们认为这是一个好兆头。欢天喜地将塔贝和娑扶上挂满哈达的铁牛拖拉机簇拥着进了村。男女老少都穿着新衣,家家户户的屋顶都换了新的五色经幡布。有人从娑的音容、谈吐和体态上看出了她有转世下凡的白度母的特征,于是塔贝被撇在一边。但是塔贝知道娑决不是白度母的化身。因为在娑睡熟的时候,他发现她的睡相丑陋不堪,脸上皮肉松弛,半张的嘴角流出一股股口涎。

他一人闷闷不乐地去酒店喝酒,他想惹点事,最好有人讨厌他,跟他过不去,他就有事干了。打上一场,那人敢跟他拼刀子更好。

酒店只有一个老头在喝酒,苍蝇在他头顶飞来飞去。塔贝进去后,带着挑衅的神气坐在他对面。一个包花头巾的农家姑娘取一只玻璃杯放在他桌前,斟满酒。

"这酒像马尿。"他喝了一口大声说。

没有人回答。

"你说像不像?"他问老头。

"要说马尿,我年轻时喝过。那真正是用嘴对着公马底下那玩意儿喝的。"

塔贝得意地笑起来。

"为了把我的牛羊从阿米丽尔大盗手中夺回来,我从格则一直追到塔克拉玛干沙漠。"

"阿米丽尔是谁?"

"嘿,那是几十年前从新疆那边来的一支强盗的女首领,是哈萨克人,在阿里和藏北一带赫赫有名。一个万户数不清的牛羊群在一夜之间就从草原上带走,第二天从帐篷出来一看,白茫茫一片,留下的只有数不清的蹄印,连噶厦政府派出的藏兵也制不了她。"

"后来?"

"刚才你说马尿。是啊,我背着叉子枪,骑马追我的牛羊,在那大沙漠里,就是那几口马尿救了我的命。"

"再后来?"

"再后来,女首领要留我,留我给她当……"

"丈夫?"

"羊倌。我是万户的儿子啊!她娘的长得真漂亮,她简直是太阳,谁都不敢对直看她一眼,我逃了回来。你说说,我除了地狱和天堂,还有什么地方没去过?"

"我要去的地方你就没去过。"塔贝说。

"你准备去哪儿?"老头问。

"我,不知道。"塔贝第一次对前方的目标感到迷惘,他不知道该继续朝前面什么地方去。老头明白他的心思。

老头指着他身后的一座山说:"谁也没有往那边去过。我们甲村以前是驿站,通四面八方,可就是没人往那边去。1964年的时候,"他回忆起来,"这里开始办人民公社,大家都讲走共产主义道路,那时没有几个人讲得清楚共产主义是什么,反正它是一座天堂。在哪儿,不知道。问卫藏的来人说,没有。问阿里的来人说,没有。康藏的人也说没看见。那只有喀隆雪山没人去过。村里就有几个人变卖了家产,背着糌粑口袋,他们说去共产主义,翻越喀隆雪山,从此没回来。后来,村里人没一个再去那边,哪怕日子过得再苦。"

塔贝用牙咬住玻璃杯口,翻起眼看他。

"但是我知道有关喀隆雪山下的一点秘密。"老头眨眨眼。

"说吧。"

"你准备去那边吗?"

"也许。"

"爬到山顶,你会听见一种奇怪的哭声,像一个被遗弃的私生子的哭声,不要紧,那是从一个石缝里吹来的风声。爬完七天,到山顶时刚好天亮,不要急着下山。太阳下,雪的反光会刺瞎你的眼,等天黑后再下山。"

"这不是秘密。"塔贝说。

"对,这不是秘密。我要说的是,下山走两天,能看见山脚下时,那底下有数不清的深深浅浅的沟壑。它们向四面八方伸展,弯弯曲曲。你走进沟底就算是进了迷宫。对,这也不是什么秘密,别打断我的话,你知道山脚为什么有比别的山脚多得多的沟壑吗?那是莲花生大师右手的掌纹。当年他与一个叫喜巴美如的妖魔在那里混战一百零八天不分胜负,大师施出种种法力未能降伏喜巴美如。当妖魔变成一只小小的虱子想使对手看不见时,莲花生举起了神奇的右手,口中高声念诵着咒经,一巴掌盖向大地,把喜巴美如镇到了地狱中,从此在那里留下了自己的掌纹。凡人只要走到那里面就会迷失方向。据说在这数不清的沟壑中只有一条能走出去,剩下的全是死路。那条生路没有任何标记。"

塔贝神情严肃地看着老头。

"这是一个传说,我也不知道走出去以后前面是个什么世界。"老头摇摇头,咕噜道。

塔贝准备去那边了。老头后来向他提出要求,请他将嫖留下。他家有个儿子,最近刚买了一台拖拉机。现在家家都想买拖拉机。大清早,隆隆的机器声掩盖了千百年雄鸡的打鸣声。道路上的马车和毛驴被挤到了边上。人们喝着从雪山流下的纯洁透明的溪水时,也嗅到一股淡淡的柴油气味。老头自己经营着一座电机磨房,老伴耕种着十几亩田地。前不久,老头还去大城市出席了一个"治穷致富先进代表大会",领到奖状和奖品,报纸上也登过他的四寸大照片。他们世世代代没像现在这么富裕过,也世世代代没像现在这么忙碌过。需要一个操持家务的媳妇。说话的时候,他儿子进来了,掏出一叠花花绿绿的钞票,想在外乡人面前炫耀。儿子戴着电子表,腰间挂着小巧的放声机,头上戴着耳机,他随着别人听不见的音乐节奏扭着舞步,真是把城里公子哥儿的派头学到家了。塔贝对此无动于衷,只是门外停着的那辆没熄火的手扶拖拉机的突突声牵动了一下他的心弦。他起身走向拖拉机旁,摸摸扶手。

"好的,嫖留给你了。"塔贝说。

小伙子大概刚从嫖那里得到了一点什么,笑眼朦胧。

"我能坐坐你这玩意儿吗?"塔贝问。

"当然,半个小时保你会开。"小伙子上前教他操作常识,教他怎样控制油门,教他怎样换挡、离合器怎样配合、怎样起步和刹车。

塔贝慢慢开动了拖拉机,行驶在黄昏的乡村土道上。嫖在一旁看着他。她要留下来了。她愉快地流着眼泪。这时后面开来一辆速度很快的带拖斗的铁牛拖拉机,塔贝不知道怎么办。旁边是条浅沟,小伙子在后面高声喊他开进沟里。塔贝从驾驶座跳到了路中间,手扶拖拉机自己慢慢溜进了沟里。他被来不及刹车的"铁牛"后面的拖斗撞倒在地。大家全围上前。塔贝爬起身,拍拍土。他的腰部被撞了,他说没什么,一点事也没有。大家松了口气。

塔贝要走了,他第一次摆弄机器就被它咬了一口。他抱住嫖,跟她行了个碰头礼,往喀隆雪山那边去了。到夜晚时,果然下了场雨,村里人高高兴兴唱起歌。塔贝离开甲村,一人进了山。在半路上,他吐了一口血,他的内脏受了伤。

小说到此结束。

我决定回到帕布乃冈,翻过喀隆雪山,去莲花生的掌纹地寻找我的主人公。

从甲村翻过喀隆雪山到掌纹地的路途比我预料的要遥远得多。雇的一匹骡子在途中累倒了。它卧在地上，口中流着白沫，用临死前那样一种眼光看看我。我只得卸下它驮的包囊背在自己身上，在它嘴边放了几块捏碎的压缩面包。一翻过喀隆雪山，首先听见海啸般轰轰的巨响，山下的雪堆像云朵般上下翻卷，脚下的雪粒像急流的河水。但是我的整个身体一点没感到风的吹动，空气就像无风的冬夜一样寒冷而静谧。我戴着防护镜，所以用不着等到天黑才下山。整个山面是被厚雪覆盖的一片平滑的大斜坡，看上去没什么凸凹障碍，我背着囊包走"Z"形缓慢下山。沉重的囊包从背上慢慢坠到腰间，就在我收腹挺胸耸肩想把囊包提起来时，由于猛烈的失重，脚下站立不稳，一个跟头朝前跌倒。我知道已经无法再站起来，身体正快速往下滑动，于是手脚抱成一团，接着天旋地转向山下滚去。

　　万幸的是，还没掉进雪窝里去。等我醒来，已躺在平整松软的雪地上，我已到了山脚，从上望去，在雪坡中一道深深的条痕通到高处雪雾飘渺的空间。

　　在山顶时我看了一次表，时间是九点四十六分，此刻再次看表时，指针却指向八点零三分。走下雪线便进入草苔地带，再往下是草地，高寒灌木丛、小树林，接着是一片大森林。穿出森林，树木植物又渐渐稀少，呈现出光秃秃的荒凉的山石、空坝。整个途中，我不时地看表，把心里估计的时间和表上的时间不断加以对照，计算一番后得出了结论：翻过喀隆雪山以后，时间开始出现倒流现象，右手腕上这块精工牌全自动太阳能电子表从月份数字到星期日历全向后翻，指针向逆方向运转，速度快于平常的五倍。

　　越往前走，映入视觉中的自然景象也越来越产生了形的异变：一株株长着卵形叶子、枝干黄白的菩提树，根部像生长在输送带上一样整整齐齐从我眼前缓缓移过。旁边有座古代寺庙的废墟。在一片广阔的大坝上走来一只长着天梯般长脚的大象。它使我想起了萨尔瓦多·达利的《圣安东尼的诱惑》，我小心翼翼避开这一切，加快脚步，并不回头再望一眼。一直走到蒸腾着热气的温泉边才歇息一会儿。我实在太累了，但不敢睡，我知道一旦合上眼皮，将永远长眠不醒了。透过温泉的热气，前面有些不知哪个时代遗弃在这里的金马鞍、弓箭铁矛、盔甲、转经筒和法号，还有破布条的黄旗，这里很像是一个古战场。如果我不那么累的话，我会走过去仔细看看，也许能考证出《格萨尔》史诗中所描写的某一战场是在这里。现在我只能坐在一旁远远地观看。这些金属被温泉长时间的高温熔化了，软绵绵摊在那里，失去了视觉上的硬度感，有的已无法辨认出它本身的形状，变成稀释的物质四处流溢，颇有规律地排列组合成像玛雅文字一样难解的符号。起先我怀疑眼前这一切物象是由于患上了孤独症而错误地感知外界客体产生形的变异，但马上又排斥了这个想法，因为我大脑的思维是有逻辑性的，记忆力和分析能力都良好。太阳自始至终由东向西，宇宙不管怎样还是在按照自身的规律存在和运动。虽然白昼和黑夜交替出现，但由于手表上的指针继续向反时针方向作快速运行，日历和星期月份牌不断向后翻，这使我心理上产生一种体内生物钟的紊乱，甚至身体出现失重现象。

　　等我从一个黎明醒来，发现自己睡在一块高大无比的红色巨石下面。我是在一个呈放射型向前延伸的数不清沟壑的汇聚点上。一定是这又凉又潮的寒意把我冻醒了，加上从四处沟底吹来的风更冷得我牙齿打颤。我急忙攀上眼前一面乱石突出的沟壁，探头一看，前面是一望无际的地平线，我已到了掌纹地。数不清的黑沟像魔爪一样四处伸展，沟壑像是干旱千百年所形成的无法弥合的龟裂地缝，有的沟深不见底。竟然找不到一棵树，一根草。一片蛮荒，它使我想起一部描写核战争电影的最后一个广角镜头：在世界末日的焦土上，一东一西两个男女主人公慢慢抬起头，费力地向对方爬去，最后这两个世界上唯一的幸存者终于爬到一起，拥抱。苦难的眼光。定格。他们将成为又一对亚当和夏娃。

扎妥·桑杰达普的躯体早已被火葬，大概有人在烫手的灰烬中拣到了几块珍宝般的舍利。我的主人公却没有在眼前出现。

"塔——贝！你——在——哪——儿？"我放开声音喊叫，我觉得他走不出这块地方。声音传得很远，却没有一点回音。

不一会儿，我便看见了奇迹：一两公里外的前面出现了一个黑点。我沿着垄沟朝前飞跑，一面喊着我的主人公的名字。等我看清时，惊讶得站住了：是嫦！这是我万万没预料到的。

"塔贝要死了。"她哭哭啼啼走过来说。

"他在哪儿？"

嫦把我带到她身边的沟底下。塔贝躺在地上，他脸色苍白，憔悴，沉重地呼吸着。沟边长着苔藓的石缝里滴着水，在地上积成个小水洼，嫦不停地用腰带蘸一点水，滴在他半张的嘴里。

"先知，我在等待，在领悟，神会启示我的。"塔贝睁眼看着我说。

"他腰上的伤很严重，需要不停地喝水。"嫦在我耳边低语。

"你为什么没留在甲村？"我问。

"我为什么要留在甲村呢？"她反问。"我根本没这样想过，他从来没答应我留在什么地方。他把我的心摘去系在自己腰上，离开他我准活不了。"

"不见得。"我说。

"他一直想知道那是什么。"嫦指着我身后，我回过头，从沟底往回望去，这是一条笔直的深沟，一直可见到头，前面那座红色巨石正是我昨晚过夜的地方。现在才看清，红色的心脏上刻着一个雪白的"弓"。站在红石下仰起头是无法看见的。"弓"通常是喇嘛念"唵吗呢叭吽哄"六字真言一百遍时要喊出的一个音节。它刻在红石上据我所知，要么，就是此地是神灵鬼怪出没的地方，要么，这里曾埋葬过一位伟人的英灵，在从江孜到帕里的一个名叫曲米新古河边的一块岩石上也刻着这样一个"弓"，那是为纪念一九〇四年为抵抗英国人的侵略在那里献身的藏军首领二代本拉丁而刻的。但这一切我觉得没有对塔贝再解释的必要。

此时此刻，我才发现一个为时过晚的真理，我那些"可爱的弃儿"们原来都是被赋予了生命和意志的。我让塔贝和嫦从编有号码的牛皮纸袋里走出来，显然是犯了一个不可弥补的错误。为什么我至今还没塑造出一个"新人"的形象来？这更是一个错误。对人物的塑造完成后，他们的一举一动即成客观事实，如果有人责问我在今天这个伟大的时代为什么还允许他们的存在，我将作何回答呢？

怀着最后的一丝侥幸心理，我俯在塔贝耳边，轻声细语地用各种他似乎能理解的道理说服他，使他相信他要寻找的地方是不存在的，就像托马斯·莫尔创造的《乌托邦》，就那么一回事。

晚上，在他生命的最后一刻要让他放弃多少年形成的信仰是不可能了。他翻了个身,将脑袋贴在地面。

"塔贝,"我说,"你会好起来的,你等我一会儿,我的东西全放在那边,里面还有些急救药……"

"嘘!"塔贝制止住我,耳朵贴紧冰凉潮湿的地面。"你听!听!"

好半天,我只听见自己心律跳动中出现的一点微弱的杂音。

"扶我上去!我要到上面去!"塔贝坐起身,挥舞着手喊道。

我只得扶起他。婍先爬到沟上面,我在下面托住塔贝,他身体居然很沉。我扛着他,一手小心护着他腰,另一只手扭住锋利突出的岩石块,一点点把他往上托。两只脚踩在外凸的石块上。攀石的那只手被划的一下,先是麻木,接着灼痛,热呼呼的血流了出来,顺着胳膊流到衣袖里。婍趴在上面,伸下两只手夹住了塔贝的胳肢窝。一个在上面拽,一个在下面托,费好大的劲才把他抬上沟来。太阳正要从地平线上升起,东边辉映着一派耀眼的光芒。他贪婪地吸了一口早晨的空气,眼睛警觉地四处搜寻,想要发现什么。

"它说的是什么,先知?我听不懂,快告诉我,你一定听懂了,求求你。"他转过身匍匐在我脚下。

他耳朵里接收的信号比我早几分钟,随后我和婍都听见了一种从天上传来的非常真实的声音。我们注意聆听。

"是寺庙屋顶的铜铃声。"婍喊道。

"是教堂的钟声。"我纠正道。

"山崩了,好吓人。"婍说。

"不,这是气势庞大的鼓号乐和千万人的合唱。"我再次纠正道。婍困惑地看我一眼。

"神开始说话了。"塔贝严肃地说。

这次我没敢纠正。是一个男人用英语从扩音器里传来的声音。我怎么也不能告诉他,这是在美国洛杉矶举行的第二十三届奥林匹克运动会的开幕式,电视和广播正通过太空向地球上的每一个角落报送着这一盛会的实况。我终于获得了时间感。手表上的指针和日历全停止了,整个显出的数字告诉我:现在是公元一千九百八十四年七月北京时间二十九日上午七时三十分。

"这不是神的启示,是人向世界挑战的钟声、号声,还有合唱声,我的孩子。"我只能对他这样讲。

不知他听见没有,或者他什么都明白了。他好像很冷似的蜷缩起身子,闭上眼,跟睡着了一样。

我放下塔贝,跪在他身边,为他整理着破烂的衣衫,将他的身体摆成一个弓形,由于我右手上的血沾在了他衣衫上,这使我感到很内疚。是我害了他,也许,这以前我曾不止一次地将我其他的主人公引向死亡的路。是该好好内省一番了。

"现在,只剩下我一个人了。"婍可怜巴巴地说。

"你不会死。婍,你已经经历了苦难的历程,我会慢慢地把你塑造成一个新人的。"我仰面望着她说,我从她纯真的神情中看见了她的希望。

她腰间的皮绳在我鼻子前晃荡。我抓住皮绳,想知道她离家的日子,便顺着顶端第一个结认真地往下数:"五……八……二十五……五十七……九十六……"

数到最后一个结是一百零八个,正好与塔贝手腕上念珠的颗数相吻合。
这时候,太阳以它气度雍容的仪态冉冉升起,把天空和大地辉映得黄金一般灿烂。我代替了塔贝,嫁跟在我后面,我们一起往回走。时间又从头算起。

(原载《西藏文学》1985 年第 1 期)

苏 醒

格 非

有一天,在北京医院的门口,一个人懒洋洋地朝我走过来,对我说:

"看见我眼睛里的血丝了吗?我昨晚一夜没睡。"

他以为我一定会问他:昨晚去哪儿了?为什么一夜没睡?我没有这样问他,他随后告诉我,昨天晚上,他去帮着料理一位朋友的后事了。我实在应该问一下,谁的后事?谁死了?可我没有吱声。于是,他只得自己说出了下面的话:

"是王小波,心脏病。"

我看过王小波先生的文章,虽说不上喜欢,但也决不反感。按说,听到这个噩耗,总该表示点什么,问题是,我当时什么也没有说。当我一个人独自走开时,脑子里正想着另一件事,另一个人。就在十分钟之前,他突然陷入了昏迷,我们正等着他清醒过来,尽管我心里清楚,他或许永远不会醒来了。

当时,我们坐在客厅里,讨论着第二天的登山计划。他看上去兴致勃勃,实际上内心充满焦虑。笑容无法遮盖的阴云凝结在他的眉头,残留在他的嘴角。这种阴云不是痛苦,而是厌倦。我忍不住多看了他两眼,他立刻就显出很不自在的样子。

他这副样子我并非第一次见到。我没有把他当回事,也没有想到要去安慰他。从他脸上我更多地看到了我自己。我知道,我的境况也不比他好多少。

他说,只有在登山的时候,才会忘掉那些像雾一样的烦恼。我的手里正好有一支圆珠笔,就在一张矿泉水证订单上写下了"雾"这个字。接着他又说,登山让他忘掉时间。是时间,还是时艰?我有点吃不准。我记得,我信手写下的两个字却是"灰烬",而且,我还想到了"焦虑"这个词:既然有焦虑,必然会有灰烬。我又抬头看了一眼他的脸。这时,保姆端着一盘饺子皮进了客厅。

我注意到,我的妻子正在椅子上熟睡,怀里抱着一本还珠楼主的《青城十九侠》。后来,当我重新回忆起这个上午的情形时,首先想到的就是她酣睡的样子:嘴巴不时蠕动着,像是在费力吞咽着什么东西。如果说,在那个安静的上午,有什么不同寻常的事发生,那一定是保姆端着饺子皮走进了客厅。她是来宣布一个惊人的消息的。

"今天吃饺子。"她说。

"什么馅的?"他问道。

"茴香。"保姆说。

接着,他伸了个懒腰,说了这么一句话:

"我还从来没有尝过茴香馅的饺子,今天总算吃上了。"

没有人会对他的这句话表示异议。但事情随之急转直下,无法挽回,速度之快,也许连他自己也无法意识到。这句话将是他留在这个世界上最后的声音。

在他昏迷倒在地上后相当长的一段时间里,我和妻子并不知道发生了什么事。后来,她终于想到了给急救中心打电话;再后来,我们意识到,其实根本没有必要等待救护车,因为北京医院就在我们家的对面。另外,我们忽略了最应做的事:在他的嘴里塞上一颗硝酸甘油。其他的事情我都记不起来了。我只记得,当我们七手八脚地将他弄到楼下时,救护车还没有来。东交民巷的槐花全都开了。

  两年前,在瑞典的布姆什维克,我遇见诗人多多。他旅居荷兰多年,头发全白了,看上去显得非常虚弱。我们在湖边散步,随后来到一棵大橡树下避雨。他穿着一件花格西装,坐在树桩下打盹。我看见孟浪(也许是别的什么人)推着坐在轮椅上的史铁生,正从树林里出来。那天雨下得并不大,于是,我们一起聚在树下聊天。多多说话时仍像十年前一样爱激动,喜欢骂人。不过,这一次他用的英语,蹩脚的英语。他在骂人时不说"Fuck you",而说"Fuck me",逗得我哈哈大笑。在雨中我们觉得快乐。

  有人提起了他们,那些死者,我们共同的朋友。他们的死大多是因为自杀。气氛随之变得抑郁而沉重。我们很快就注意到了以上事实:几乎所有的自杀者都是在春天死去的。我们希望找到一两个例外,于是每个人都提供了一些姓名和日期。没有例外。这的确是一个问题。就像一部侦探小说所设置的谜团,春天即便不是谜底,至少也是线索之一。为什么会是春天?

  如果一定要寻找解答,总会得出一些牵强附会的结论。多多提到了一位名叫岳重的诗人,早在七十年代,他就发现了春天隐含的恐怖。他有一首诗,在当时非常著名,题目就叫做《三月即末日》。也有人谈到了T.S.艾略特:

  四月最残忍
  从死了的泥土里滋生丁香

还有那位遁世者华莱士·史蒂文斯,春天总在他的诗作中扮演杀手的角色:

  狂怒的春天过去了
  所有被残杀的愚人来到了盛夏

  我以为,胡河清博士在这方面的思索也值得一提。作为一名现当代文学的研究者,他的文章中洋溢着浓厚的神秘主义气息,我猜测,这与他对于时序、季节、术数和天象的持续兴趣不无关系。在上海华山路上的枕流公寓里,我们喝着刚刚上市的西湖龙井,对春天这个话题进行过一番简短的交谈,时间是一九九三年四月。谈话也是从一位朋友的自杀开始的。

  "这与苏醒时的脆弱意识有关。"胡河清先生的语调着夹杂着钱塘方音,说话不紧不慢,"假如他能熬到夏天,也许一切都会好起来。他根本用不着自杀。"

  我说我有点不太明白他的意思,胡河清接着解释说:

  "在春天,随着万物的复苏,人的思维也变得格外活跃,积蓄了一个冬天的能量此刻都已蠢蠢欲动,各种念头纷至沓来,而不冷不热的暖昧气候很适合这些念头的生长。在冬天,至少还有严寒需要对付,通常你只要缩紧脖子就可以了。而到了春天,人会在不知不觉中迷失。到处都是平庸、呆板、浑浑噩噩,连空气都是甜腻腻的,连续不断的阴雨更让人厌倦。我这么说,只是打了个比方而已。你知道我想说什么。何况,并不是每个人都会在春天感到不适,只有极少数的人被忧郁抓住不放,比如我……"

  "我差不多也是这样。"我对他说。

  "你是在安慰我。"胡河清摇了摇头,笑了起来,像个孩子那样天真无邪,"在我看来,春天的一切都是不真实的。当然,这还不是最可怕的。毕竟夏天很快就会到来,一切都会在暴风雨中得到洗刷,或者,像我每天盼望的那样,在炎炎烈日下出一身大汗。"

"那么,什么是最可怕的?"我问道。

胡河清博士没有立刻回答我的话,他呆呆地看着墙角出神,那里有一张木台上有一面圆镜,镜子上覆盖着红绸布,大概是为了避邪。

"生机,"胡河清说,"空气污染得那样厉害,你还是能嗅到窗外的勃勃生机,它几乎是无处不在,却唯独不是你的。它就像一面镜子,映照出你的衰老、没落、陈腐、百无一用。所有的植物都长势良好,而我却要凋萎了。"

那天,胡河清博士留我用了晚餐。我的朋友徐麟教授后来告诉我,能吃到胡河清先生的晚餐,是一件难得的礼遇。我提到了那天的谈话,并表示了隐隐的担忧。徐麟想了想,对我说:"胡先生虽然生活在当今世界,但严格地说,他并不属于这个时代。"

第二年的春天,似乎也是四月,我在北京突然接到了陈福民先生从上海打来的长途,他只说了四个字:河清没了。

春天到了,我的好日子到头了。

在电话的另一端,传来了王润东干涩的声音。那时,他正在日本的福冈,而电话却是绕过美国打来的。他说,这样电话费便宜一些,我们可以好好聊聊。他的声音听上去很不真切,长吁短叹,很快就把我搅得心烦意乱。

他重复了曾与我谈起的一个个计划。比方说,他想去一个地方"隐居"起来,别人无法找到他,而他却可以偷偷回来,躲在暗处,探访一下他的亲友。假如他高兴,也许还会突然现身,让我们大吃一惊。比如,他打算在五十岁时,去我的老家丹徒,找一个清净的地方,办一所小学,聊以终老。课余还可以开片荒地,种上几亩棉花。他说他喜欢闻棉铃的味道。春天就养养蜜蜂。

我说,计划得以实施的先决条件,是你能够活到五十岁(现在,我有点后悔这么说),而且丹徒那个地方已经不那么清净了。几乎每个镇上都有了按摩院,从安徽、四川过来的歌舞女郎已经使我们家乡那些本分的庄稼人尝到了开放的滋味。再说,我们那里根本就没有棉花,更别提养蜂了。

"那我们就去西藏。去西藏总可以吧?"

"恐怕也没那么容易。"

"基本上是这样。"我说。的确,我不该那样轻率地说话。我应该能够想到,他打了差不多一个小时的国际长途,不会仅仅是为了和我"随便聊聊"。

"好吧,再见。"

挂断电话之后,我的妻子一直忧心忡忡。她反复地追问我,她哥哥在电话中说了些什么,然后细细咀嚼着。每一个晚上,她都在喃喃自语,而我很快就睡着了。

差不多在同一个夜晚,王润东给远在加拿大的一位朋友打去了同样的电话,我知道这件事,是在两个月之后,那时我和这位加拿大朋友正在五台山白雪皑皑的冰峰下穿越密林,希望为他找到一块理想的墓穴。

我与王润东相识已经十多年了。我每年的寒、暑假都在北京度过,见面的机会自然也不算少,可我们几乎从来就没有作过什么像样的交谈。那次电话是唯一的例外。他学的专业是飞机制造,而我的专业却是文学。我们之间唯一的共同之处,也许就是对各自的专业感到了厌恶,而对对方的职业却充满了羡慕。就是说,我们属于那样的人,通过对别人生活的想象来构筑自己的梦幻。

按照我妻子的说法(我也这么认为),她哥哥的举止多少有些乖戾。也许她能理解其中所蕴含的特别意义。他的房门永远是关着的,只有在吃饭时,他才会出来。他很少与我们说话,随便对付几句,也是让人摸不着头脑,而且总是带着一点语病。要么是"我对你的话感到很难令人费解",要么是"若要己莫为,除非人不知"。听上去有些莫名其妙。

"这都是装的。"我的妻子对此解释说,在她们那个机关大院里,有的是公子哥儿和纨绔子弟,为了与众不同,他索性将自己伪装成一个可怜虫。他的衣服打满了补丁;他用麻绳捆着一摞书去上学,所有的人都认为他买不起书包;他用结结巴巴的语调和别人说话,害得听者直咽口水。后来他果然成了一个结巴,这给他第一次恋爱带来了很大的麻烦。"可是到了现在,他再也不用伪装了,假如他走在大街上,你一眼就能把他辨认出来,从里到外都是一个地地道道的可怜虫。他还没有来得及抛弃这个世界,世界就抢先将他抛弃了。"

终于有一天,王润东突然提出来,要跟我学打桥牌。我妻子认为这是一个机会,可以彼此了解,消除隔阂和陌生感。"其实他心里很苦。人人心里都有一束光。就像汽车的前灯,本来是用来照亮前面的道路的,可他却用来烘烤自己的心脏,它迟早会被烧坏的。"

我走进他房间的时候,他正趴在桌上画图纸,身上只穿着一条三角短裤。"如果我每天都得画一张飞机图纸,也许就没有那么多的时间用来胡思乱想了。"进门后,我这样对他说。

"恰恰相反,我觉得摆脱苦恼的最好方法,就是去写一部永远写不完的小说。至少也要写得像普鲁斯特那样长。"他提到了普鲁斯特,说明他对文学也并非一窍不通。但随后他扶了扶眼镜,转身走了出去。谈话就这样结束了。

我听说,王润东最大的爱好是爬山。慕田峪、金山岭、白花山、小五台,北京郊外的山脉早就让他爬遍了。他最大的愿望是登上贡嘎山。不是珠穆朗玛。他不愿意凑热闹。实际上,他已经在为登上贡嘎山进行周密的准备了,但突发性的心肌梗塞却将他拽向最终的栖息之地:八宝山。

"有些人,就像这些冰块,只能在冬天生存。"我的妻子说,"到了春天,它几乎立刻就融化了。"我知道她说的"有些人"指的是谁。她的手里拿着一根铁锥,一把榔头,正在用力地将冰坨砸碎。医生们需要这些冰块,用于病人脑部的冷敷。

阜外医院的心脏病专家被请来了,据说他曾经抢救过胡耀邦。他查看了王润东的病情,过来对我们说:假如病人求生的愿望特别强烈,或许还有苏醒的希望。他的这句话并没有给我们带来什么安慰。我妻子的眼睛马上就黯淡了下来。"大概是不行了。"她用榔头奋力敲着冰坨,哭了起来:"哥哥大概没救了。"

我远远地看着她,站在窗口,克制着抽烟的欲望。我的心里没有叵测的担心。或者说没有担心;没有尖锐的痛苦,或者说没有痛苦。几年前,当我听到胡河清先生的死讯时,我曾惊讶自己何以没有深切的悲伤,没有眼泪,现在,我连这种惊讶也没有了。

王润东死后的第二天深夜,天空中沉闷的雷声预示着春天的结束。我记得,他的遗体被送入北京医院的太平间时,告别室里"彭真同志永垂不朽"的横幅尚未取下。

朋友们从各地赶来为他送葬。我和妻子去法华寺为他选购花篮,是白色的百合;去王府井替他买布鞋;我们挑选了他最喜欢听的莫扎特几首曲子在告别仪式上播放——好像这些事情仍然与他有关。我还把自己写的一部蹩脚的小说放在他的身边,让他带去阅读——好像他一睡醒来,真的会用来打发漫长的寂寞。

现在,王润东去世已经两年了。转眼又到了他的忌日。我的妻子打算写篇文章来纪念他。她想了一个题目,叫做《脆弱而高贵》。她大概是觉得"高贵"这个词语过于扎眼了,与他哥哥谦卑的一生不相吻合,就将它删去了。其实,在今天,"高贵"这个词,早就不是什么赞语了,它仅仅与不幸的命运还有点关系。而没有"高贵","脆弱"就显得有些不伦不类了。这篇文章终于没有写成。到了后来,连写文章的念头也渐渐淡了。它就像一块冰,一点点地融化了,什么痕迹也没有留下。

冰块这个比喻,也可以看成是我们为他写的墓志铭:

他死了,什么痕迹也没有留下。

(原载《长城》1999年第3期)

棚 车

苏 童

　　祖母五十多年没坐过火车了。祖母把火车叫做棚车,她说,现在的棚车比以前好多了,都说现在的棚车上每人都有座位,没想到是这么好的座位,都是皮沙发呀。姐姐说,什么皮沙发,其实就是椅子上蒙了一层人造革。祖母说,人造革比皮沙发还光滑呢,那人造革不比猪皮牛皮强? 你没坐过以前的棚车,以前的棚车上连硬板凳都没有,现在,现在的棚车比以前好到天上去啦,你还噘着嘴? 你还嫌挤?

　　姐姐不知道祖母为什么把火车叫做棚车,祖母的解释听上去振振有词,她说,运货的火车叫煤车,运人的火车就是棚车,我没有说错,你别以为我什么都不懂,我五十年前就坐过火车啦! 姐姐仍然不明白,而且她始终觉得棚车这个字眼听上去很可笑。棚车,棚车,姐姐嘀咕着朝邻座人扮了个鬼脸。邻座的人笑了。那是一个五十多岁的干部模样的男人,没想到他乐意接过我祖母的话茬。棚车,棚车就是货车的空车厢,那人说,我年轻时也坐过棚车的,买棚车票很便宜,没有座位给你,你可以站着,也可以坐在地上,有时还可以铺张报纸在车上睡一觉。

　　姐姐看了看邻座,又看了看祖母。姐姐对以前的老掉牙的事情根本不感兴趣,她以为祖母会附和那个邻座的话,但她听见祖母鼻孔里嗤地响了一声,祖母对邻座男人的回忆明显表示了不以为然。嘁,还坐在地上呢,还在车上睡一觉呢,祖母瞥了那人一眼说,连站的地方都没有,一个人挤着一个人,人都踩在人的脚背上站着,孩子就吊在大人肩膀上,哪有地方给你坐给你睡呀? 邻座一时语塞,想了一会儿讪讪地说,那么挤的棚车我没坐过,你坐那会儿大概是战争年代吧? 姐姐再去看祖母的脸,祖母的脸上终于出现了得胜者的满意表情。就是到处打仗那会儿呀,到处兵荒马乱的,你们知道我是怎么挤上棚车的? 怀里抱着一个孩子,手上还牵着一个,肚里还拖着一个呢,这还不算,我背上还背着一篓鸡崽。祖母的手开始前后左右地游动着,模拟当时上火车的情景,她的声调也变得生动活泼起来,你们想一想我受的那份罪,为了逃命,就那样在棚车上站了一天一夜,人最后就像一根木头了,下了车想坐,可腰背却弯不下来,怎么也弯不下来啦!

　　姐姐噗哧笑了一声,但她立即捂住嘴低下头来,不让祖母发现她笑了。姐姐后来埋头一心一意地嗑瓜子,她听见祖母絮絮叨叨地向邻座说着五十年前的往事,姐姐不想听,但她的眼前渐渐地浮现出五十年前的一列火车,火车在遍地的炮火弹雨中驶过原野,在姐姐的想象中那列火车驮载了许多木棚,木棚里站满了衣衫褴褛面如菜色的难民,其中包括青年时代的祖母。不知为什么姐姐无法想象祖母年轻时的模样,她依稀看见白发苍苍的祖母站在五十年前的火车上,拖儿带女,背上还驮着一只装满小鸡的篓子。姐姐无法想象祖母当时的心情,但她能够准确地想象那篓小鸡惹人喜爱的模样,它们肯定是鹅黄色的毛茸茸的,它们叽叽喳喳地挤在祖母的篓子里,一定可爱极了。

　　那篓小鸡呢? 姐姐突然抬头问祖母。

什么小鸡？祖母没听清，她说，我没说鸡的事。

你带的那篓小鸡，小鸡后来怎么样了？

小鸡能怎么样？死了几只，活了几只，公鸡卖了，母鸡留着生蛋。祖母朗声笑起来，她在姐姐腮上拧了一把。傻孩子，鸡能怎么样？又不是人，能活上五十年吗？

姐姐觉得祖母根本没有说出小鸡的故事，祖母总是这样，有意思的事情她都不记得了，没意思的事情却说个没完。为什么鸡不能活上五十年？假如人不杀鸡不吃鸡，鸡或许就能活上五十年，姐姐想到这里就忍不住抢白道：只有人才能活五十年吗？那可不一定。

祖母灿烂的笑容一下子凝住了，祖母最恨的就是姐姐跟她顶嘴，她的干瘪的嘴唇嚅动了几下，想说的话没有说出来。姐姐记得祖母就是从这时候开始生她气的。祖母不高兴的时候，她的头会向左侧轻轻摆动，不停地摆动，它让姐姐想起了祖母房间里的那只老式挂钟。

火车在一个小站停靠了五分钟，车上乱了一阵，下车的人还没有挤出去，上车的人群行李已经涌了进来，一个背着铺盖的汉子从人堆里跌跌撞撞地冲出来，恰巧撞在祖母的身上，姐姐听见什么东西嘎嗒一下折断的声音，便慌忙地去抓祖母的手，抓住的却是那汉子的衣角。

原来是祖母脚下的篮子被那汉子踩住了，篮子里的锡箔元宝溅了出来。你干什么？姐姐愤怒地推了那汉子一把。那汉子仍然是满脸紧张之色，目光在车厢四周搜寻着，他说，我不干什么，我在找座位呀。姐姐又推了他一下，你找座位干嘛要撞人？篮子给你踩坏了，你要赔！姐姐一边骂着一边转向祖母问，他有没有撞疼你？有没有撞疼？祖母已经把篮子抱到了膝上，她捡起了地上的几只锡箔元宝，放在嘴边吹了吹，祖母对孙女的关心似乎置若罔闻，她饶有兴味地打量着那个汉子。第一回坐棚车吧？祖母说，座位肯定没有啦，我们先来的才有座位，你现在上车当然就没有座位啦，这过道不是还空着吗？你还是坐在过道上吧。

过道上不能坐，他坐了别人怎么走路？姐姐高声叫道。

怎么不能走？偏一下身子就过去了，祖母说，这棚车比从前的空多了，座位没有，可过道还都空着呢。你还嫌挤？一点也不挤！

姐姐愤愤地瞪了祖母一眼，但祖母仍然不理睬姐姐，她好像还在生孙女的气，姐姐便把愤怒的目光投向那个汉子，她想把他赶走，故意把一只脚伸到过道上，但是她看见那汉子朝祖母咧嘴一笑，卸下背上的铺盖卷朝地上一放，然后就稳稳地坐下去了。姐姐想不出别的办法，眼睁睁地看着那汉子和祖母一高一低地坐到了一起。你这是去哪儿呀？祖母说，去走亲戚吗？

不，回家去。汉子瓮声瓮气地答道。

家在哪儿？听你口音像是塔县的，我听得出来，你是塔县人吧？

跟塔县隔着条河，我是宝庄人。

咳，什么塔县宝庄的，喝的还不是一条河里的水？祖母说，我娘家嫂子也是塔县人，塔县北关的老孙家，你知道吧？

不知道，我不是塔县的，我是宝庄人。

那汉子神情木讷，祖母很快看出来那是一个少言寡语的人，与这样一个人攀谈并没有多大乐趣，祖母便叹了口气说，出门在外不容易呀。祖母说这句话的时候目光又移向邻座的那个干部，那个干部含笑点了点头，但随后他就拿起报纸挡住了自己的脸。

姐姐看见祖母脸上掠过一丝惘然之色，她的白发苍苍的头部又开始向左侧轻轻摆动起来。挤什么？一点也不挤！祖母又说。姐姐知道祖母这会儿又想与她说话了，但姐姐心里也在生祖母的气，她故意侧转脸去望着窗外。

祖母一时找不到人说话，便从篮子底部摸出一叠锡箔，后来祖母便专心致志地叠起元宝来了。

我姐姐说其实那个坐铺盖卷的汉子还不算讨厌，他上车不久便开始打瞌睡了，只是他侵占的面积大了些，我姐姐的腿再也不能伸来伸去，而且那汉子的鞋隐隐约约地飘出一股臭味，很多时候她不得不捂着鼻子。

最讨厌的是一个又黑又瘦头扎花毛巾的老妇人，姐姐说她看着那老妇人拎着一只大篮子从车厢那头过来，一路搜寻着座位，谦卑的笑容像一朵凋谢的菊花，她走近祖母身边时眼睛兀自一亮，就像找到了亲人。姐姐看见了她篮子里的东西，与祖母的一样，也是一篮锡箔叠成的元宝。

我这儿不挤，坐我这儿吧。祖母盯着老妇人的篮子说。

事实上祖母看见那个老妇人时眼睛也亮了，姐姐说两篮子锡箔元宝成了什么联络暗号，她眼睁睁地看着那个老妇人与祖母挤坐在一起，而且是祖母主动地为对方腾出了一半位子。

清明啦，该上坟啦。老妇人说。

可不是吗，我是回老家上爹娘的坟，祖母说，我五十年没回老家了，老家里也没什么人了。本来不想回去，可前一阵做梦，梦见我爹娘坟上的草枯了，树上的叶子掉光了。醒来一想，是不是爹娘在阴间没钱花了呢，五十年啦，爹娘从来没向我要过什么，这回想起我来啦，想起跟我要钱花啦。

可不是吗，清明雨一下，死人们全都跑来托梦了，老妇人说，你还算清净的，我这几天就没睡过一个好觉，谁都来向我要这要那的，就连我那个死鬼叔叔，他是喝酒醉死的，他在阴间还喝着酒呢，那天梦里就摇着个酒瓶对我说，酒瓶空罗，酒瓶空罗，死人张嘴你又不好回绝的，我就只好多买了一叠锡箔给他做酒钱。

我姐姐说她在一旁听得又好笑又生气，忍不住就大声刺了那老妇人一句，既然他跟你要酒喝，那你就买一瓶白酒给他送去嘛。

那老妇人脸上幡然变色，但她忍住没有发作。阳世的酒瓶是送不到阴间去的，过了一会儿老妇人悻悻地说，要不然锡箔纸扎派什么用处呢？烧成了灰，变成了烟才能送过去呀。

变成了烟就没有了，谁收得到呀？你这套鬼话能骗谁？姐姐没有能尽兴地批驳那个老妇人，因为她的脚被祖母重重地踩住了。

祖母停止了叠锡箔的动作，她用罕见的严厉森然的目光盯着姐姐，眼睛里渐渐地闪出怒火，姐姐便慌乱地低下头去，低下头去嗑瓜籽。后来她听见了祖母悲伤沉痛的声音，你看看现在这种孩子，将来我们去了什么也不会有的，这种孩子，他们不会送一个锡箔元宝给你的。

姐姐心里在说，当然不送，但她不敢说出声来，姐姐把瓜籽壳吐在那汉子的铺盖卷上，吐在那老妇人的脚下，但她不敢再惹我祖母生气了。姐姐咯嚓咯嚓地嗑瓜籽，火车就轰隆轰隆地往前开。

火车就轰隆轰隆地往前开，火车将把我祖母送到我曾祖母的坟茔边，送她去上坟。

火车开到我老家大约要九个小时，对于我姐姐来说，这段旅程已经变得乏味而难以忍受，姐姐的耳朵里灌满了她讨厌的闲言碎语，鼻子里则钻进了任何人都讨厌的脚臭味。祖母对此浑然不觉。祖母恰恰变得愈来愈活泼了，因为她发现自己渐渐成了半节车厢几十个人的中心，她与老妇人关于阴曹地府的谈话吸引了许多人的注意，有人干脆就跑过来站在祖母身边，竖起耳朵听她说阎王爷抓人的故事。

阎王爷抓女人就抓她的头发，不过阎王爷的心也是肉做的，你要是不想跟他去，他也会手下留情，祖母说，我六十三岁那年就让阎王爷抓过头发，我不想去，我力气大，拼命地掙呀，掙呀，结果阎王爷就松手了，只带走了一绺头发。祖母说着低下头，分开她的白发，让众人看那个真实的痕迹，你们看见了吗？让他抓去一绺头发呀！

头扎花毛巾的老妇人仔细鉴别着我祖母的一小片光裸的头顶，她沉吟了一会儿说，是被抓过的，不过我看那不是阎王爷抓的，是阎王爷派来的小鬼抓的，阎王爷不会轻易出马来抓人。

姐姐不止一次听祖母说过头发的故事了，姐姐不敢阻止祖母继续这个话题，就把怒气撒到那个老妇人头上，你怎么知道是小鬼抓的？姐姐说，难道你也是阎王爷手下的鬼吗？

但是姐姐的出言不逊没有什么作用，那个老妇人只是朝她翻了一下眼睛，她仍然和我祖母挤坐在一起，叠着元宝一唱一和。我姐姐悲哀地发现那节车厢里装的都是无知的崇尚迷信的人，他们竟像黄蜂采蜜一样朝我祖母这边涌来，人挤着人，塞满了旁边的过道和座位前的空隙，所有的脑袋都像向日葵一样对准我祖母。挤死了，挤死了！我姐姐嚷着开始推搡身边的那些人，她说，你们都是傻瓜呀，都跑来听这些鬼话，你们真的相信这些鬼话呀？

那堆人却不理睬我姐姐，他们像木桩一样坚固地立在我祖母四周，有的张大了嘴满脸惊悸之色，有的窃窃私笑，只有一个男人对我姐姐说，你推什么推呀？这儿热闹就站这儿，坐火车闷，听她们说说解个闷嘛。

姐姐气得满脸绯红，她为祖母充当了这个角色而生气，也为自己的空间被一点点蚕食分割而愤怒。挤死我啦！姐姐最后尖叫了一声，推开人堆逃了出来。她一边冲撞着那些人一边说，我不坐这儿了，让你们坐，让你们坐吧！那群人对我姐姐的愤怒无动于衷，更让姐姐生气的是她刚离开座位就有一个男人坐了下去，一个肥头大耳的男人，坐下去的时候还很舒服地叹了口气。

火车当然还是向前开着，但姐姐现在只能站着了，姐姐满腔怒火地站在车厢尽头，目光狠狠地盯着车厢中部人头攒动的地方。姐姐站了一会站累了，她想凭什么把座位让给那个可恶的男人，她想祖母关于阎王和头发的故事该讲完了，那堆人也该散了，姐姐就一路吆喝着走过去。姐姐走过去就听见了一种苍老的嘶哑的哭诉声，她这才明白了那堆人迟迟不散的原因，现在他们竖着耳朵，就是在听那种苍老的嘶哑的哭诉声。

幸好不是我祖母，是头扎花头巾的老妇人突然哭起来了。姐姐在一旁听了很久才明白了事情的原委，她没想到老妇人的悲伤居然是从她身上引起的。你有福气呀，回家扫墓有孙女陪着,老妇人涕泪横流地拍着我祖母的手说,我也有一群儿女子孙,你别以为我没有儿女子孙,可他们谁肯陪我去?谁肯陪我去?想想就害怕,哪天我也让阎王抓了去,那就一粒米也吃不上一块布也穿不上呀!

我姐姐说她一开始对那老妇人还动了恻隐之心,但听着听着就烦了,而且她看见祖母也被老妇人弄得凄惶惶,祖母的眼睛湿了,她从前襟里抽出自己的手帕给那老妇人擦泪,但那个老妇人接过手帕却擤了一把鼻涕。

姐姐不能忍受这列火车了,她想从人堆里钻进去回到自己的座位,钻来撞去的却怎么也过不去,那群人或者是听得入了迷,或者是不让姐姐占据什么,他们像一堵墙挡住了她。姐姐被挤在人堆中间进退两难,这样持续了很久,姐姐突然急中生智,她扯着嗓子对我祖母喊,奶奶,下车啦!我们到啦!

要知道我祖母坐火车最担心的就是下错了站,最担心的就是火车到站时她不知道。姐姐这么一叫我祖母立即从椅座上跳了起来,祖母慌忙地提起她的篮子,慌忙地推着她身边的那堆人,她说,你们别堵着我,你们堵着我怎么下车呀?急死我了,你们快让我下车呀!

我姐姐后来向全家人描述人群散开的情景时得意地笑了。我们认为那是一次有趣的旅程,可是我姐姐并不这么看,她说,那叫什么坐火车。坐的简直就是,棚?对,就是棚车,棚车。

事实上我们只能想象祖母五十年前坐过的棚车了。火车就是火车,棚车就是棚车,反正火车和棚车是两种不同的车。这个区别我祖母现在也弄清楚了,现在我们要出门远行时祖母会嘱咐几句:要坐火车去,不要坐棚车,棚车上人挤,火车一点也不挤。

(原载《东海》1995年第9期)

清水洗尘

迟子建

天灶觉得人在年关洗澡跟给死猪煺毛一样没什么区别。猪被刮下粗粝的毛后显露出又白又嫩的皮，而人搓下满身的尘垢后也显得又白又嫩。不同的是猪被分割后成为了人口中的美餐。

礼镇的人把腊月二十七定为放水的日子。所谓"放水"，就是洗澡。而郑家则把放水时烧水和倒水的活儿分配给了天灶。天灶从八岁起就开始承担这个义务，一做就是五年了。

这里的人们每年只洗一回澡，就是在腊月二十七的这天。虽然平时妇女和爱洁的小女孩也断不了洗洗刷刷，但只不过是小打小闹地洗。譬如妇女在夏季从田间归来路过水泡子时洗洗脚和腿，而小女孩在洗头发后就着水洗洗脖子和腋窝。所以盛夏时许多光着脊梁的小男孩的脖子和肚皮都黑黢黢的，好像那上面匍匐着黑蝙蝠。

天灶住的屋子被当成了浴室。火墙烧得很热，屋子里的窗帘早早就拉上了。天灶家洗澡的次序是由长至幼、老人、父母，最后才是孩子。爷爷未过世时，他是第一个洗澡的人。他洗得飞快，一刻钟就完了，澡盆里的水也不脏，于是天灶便就着那水草草地洗一通。每个人洗澡时都把门关紧，门帘也落下来。天灶洗澡时母亲总要在外面敲着门说："天灶，妈帮你搓搓背吧？"

"不用！"天灶像条鱼一样蜷在水里说。

"你一个人洗不干净！"母亲又说。

"怎么洗不干净。"天灶便用手指撩水，使之发出哗啦哗啦的声响，仿佛在告诉母亲他洗得很卖力。

"你不用害臊。"母亲在门外笑着说，"你就是妈妈生出来的，还怕妈妈看吗？"

天灶便在澡盆中下意识地夹紧了双腿，他红头涨脸地嚷，"你老说什么？不用你洗就是不用你洗！"

天灶从未拥有过一盆真正的清水来洗澡。因为他要蹲在灶台前烧水，每个人洗完后的脏水还要由他一桶桶地提出去倒掉，所以他只能见缝插针地就着家人用过的水洗。那种感觉一点也不舒服，纯粹是在应付。而且不管别人洗过的水有多干净，他总是觉得很浊，进了澡盆泡上个十几分钟，随便搓搓就出来了。他也不喜欢父母把他的住屋当成浴室，弄得屋子里空气湿浊，电灯泡上爬满了水珠，他晚上睡觉时感觉是睡在猪圈里。所以今年一过完小年，他就对母亲说："今年洗澡该在天云的屋子里了。"

天云当时正在叠纸花，她气得一梗脖子说，"为什么要在我的屋子？"

"那为什么年年都非要在我的屋子？"天灶同样气得一梗脖子说。

"你是男孩子！"天云说，"不能弄脏女孩子的屋子！"天云振振有词地说，"而且你比我大好几岁，是哥哥，你还不让着我！"

天灶便不再理论,不过兀自嘟囔了一句,"我讨厌过年!年有个什么过头!"

家人便纷纷笑起来。自从爷爷过世后,奶奶在家中很少笑过,哪怕有些话使全家人笑得像开了的水直沸腾,她也无动于衷,大家都以为她耳朵背了。岂料她听了天灶的话后也使劲地笑了起来,笑得痰直上涌,一阵咳嗽,把假牙都喷出口来了。

天灶确实不喜欢过年。首先不喜欢过年的那些规矩,焚纸祭祖,磕头拜年,十字路口的白雪被烧纸的人家弄得像一摊摊狗屎一样脏,年仿佛被鬼气笼罩了。其次他不喜欢忙年的过程,人人都累得腰酸背痛,怨声连天。拆被、刷墙、糊灯笼、做新衣、蒸年糕等等,种种的活儿把大人孩子都牵制得像刺猬一样团团转。而且不光要给屋子扫尘,人最后还得为自己洗尘,一家老少在腊月二十七的这天因为卖力地搓洗掉一年的风尘而个个都显得面目浮肿,总是使他联想到屠夫用铁刷嚓嚓地给死猪煺毛的情景,内心有种隐隐的恶心。最后,他不喜欢过年时所有人都穿扮一新,新衣裳使人们显得古板可笑、拘谨做作。如果穿新衣服的人站成了一排,就很容易使天灶联想起城里布店里竖着的一匹匹僵直的布。而且天灶不能容忍过年非要在半夜过,那时他又困又乏,毫无食欲,可却要强打精神起来吃团圆饺子,他烦透了。他不止一次地想若是他手中有了至高无上的权力,第一项就要修改过年的时间。

奶奶第一个洗完了澡。天灶的母亲扶着颤颤巍巍的她出来了。天灶看见奶奶稀疏的白发湿漉漉地垂在肩头,下垂的眼袋使灭兀的颧骨有一种要脱落的感觉。而且她脸上的褐色老年斑被热气熏炙得愈发浓重,仿佛雷雨前天空中沉浮的乌云。天灶觉得洗澡后的奶奶显得格外臃肿,像只烂蘑菇一样让人看不得。他不知道人老后是否都是这副样子。奶奶嘘嘘地喘着粗气经过灶房回她的屋子,她见了天灶就说:"你烧的水真热乎,洗得奶奶这个舒服,一年的乏算是全解了。你就着奶奶的水洗洗吧。"

母亲也说:"奶奶一年也不出门,身上灰不大,那水还干净着呢。"

天灶并未搭话,他只是把柴禾续了续,然后提着脏水桶进了自己的屋子。湿浊的热气在屋子里像癞皮狗一样东游西蹿着,电灯泡上果然浮着一层鱼卵般的水珠。天灶吃力地搬起大澡盆,把水倒进脏水桶里,然后抹了抹额上的汗,提起桶出去倒水。路过灶房的时候,他发现奶奶还没有回屋,她见天灶提着满桶的水出来了,就张大了嘴,眼睛里现出格外凄凉的表情。

"你嫌奶奶——"她失神地说。

天灶什么也没说,他拉开门出去了。外面又黑又冷,他摇摇晃晃地提着水来到大门外的排水沟前。冬季时那里隆起了一个肮脏的大冰湖,许多男孩子都喜欢在冰湖下抽陀螺玩,他们叫它"冰嘎"。他们抽得很卖力,常常是把鼻涕都抽出来了。他们不仅白天玩,晚上有时月亮明得让人在屋子里呆不住,他们便穿上厚棉袄出来抽陀螺,深冬的夜晚就不时传来"啪——啪——"的声音。

天灶看见冰湖下的雪地里有个矮矮的人影,他躬着身,似乎在寻找什么,手中夹着的烟头一明一灭的。

"天灶——"那人直起身说,"出来倒水啦?"

天灶听出是前趟房的同班同学肖大伟,便一边吃力地将脏水桶往冰湖上提,一边问:"你在这干什么?"

"天快黑时我抽冰嘎,把它抽飞了,怎么也找不到。"肖大伟说。

"你不打个手电,怎么能找着?"天灶说着,把脏水"哗——"地从冰湖的尖顶当头浇下。

"这股洗澡水的味儿真难闻。"肖大伟大声说,"肯定是你奶奶洗的!"

"是又怎么样?"天灶说,"你爷爷洗出的味儿可能还不如这好闻呢!"

肖大伟的爷爷瘫痪多年,屎尿都得要人来把,肖大伟的妈妈已经把一头乌发侍候成了白发,声言不想再当孝顺儿媳了,要离开肖家,肖大伟的爸爸就用肖大伟抽陀螺的皮鞭把老婆打得身上血痕纵横,弄得全礼镇的人都知道了。

"你今年就着谁的水洗澡?"肖大伟果然被激怒了,他挑衅地说,"我家年年都是我头一个洗,每回都是自己用一盆清水!"

"我自己也用一盆清水!"天灶理直气壮地说。

"别吹牛了!"肖大伟说,"你家年年放水时都得你烧水,你总是就着别人的脏水洗,谁不知道呢?"

"我告诉你爸爸你抽烟了!"天灶不知该如何还击了。

"我用烟头的亮儿找冰嘎,又不是学坏,你就是告诉他也没用!"

天灶只有万分恼火地提着脏水桶往回走,走了很远的时候,他又回头冲肖大伟喊道:"今年我用清水洗!"

天灶说完抬头望了一下天,觉得那迤逦的银河"刷"地亮了一层,仿佛是清洌的河水要倾盆而下,为他除去积郁在心头的怨愤。

奶奶的屋子传来了哭声,那苍老的哭声就像山洞的滴水声一样滞浊。

天灶拉开锅盖,一舀舀地把热水往大澡盆里倾倒。这时天灶的父亲过来了,他说:"看你,把奶奶惹伤心了。"

天灶没说什么,他往热水里又兑了一些凉水。他用手指试了试水温,觉得若是父亲洗恰到好处,他喜欢凉一些的;若是天云或者母亲洗就得再加些热水。

"该谁了?"天灶问。

"我去洗吧。"父亲说,"你妈妈得陪奶奶一会儿。"

这时天云忽然从她的房间冲了出来,她只穿件蓝花背心,露出两条浑圆的胳膊,披散着头发,像个小海妖。她眼睛亮亮地说:"我去洗!"父亲说:"我洗得快。"

"我把辫子都解开了。"天云左右摇晃着脑袋,那发丝就像鸽子的翅膀一样起伏着,她颇为认真地对父亲说,"以后我得在你前面洗,你要是先洗了,我再用你用过的澡盆,万一怀上个孩子怎么办?算谁的?"

父亲笑得把一口痰给喷了出来,而天灶则笑得撇下了水瓢。天云嘟着丰满的小嘴,脸红得像炉膛里的火。

"谁告诉你用了爸爸洗过澡的盆,就会怀小孩子?"父亲依然"嗬嗬"地笑着问。

"别人告诉我的,你就别问了。"

天云开始指手画脚地吩咐天灶,"我要先洗头,给我舀上一脸盆的温水,我还要用妈妈使的那种带香味的蓝色洗头膏!"

天云无忌的话已使天灶先前沉闷的心情为之一朗,因而他很乐意地为妹妹服务。他拿来脸盆,刚要往里舀水,天云跺了一下脚一迭声地说:"不行不行!这么埋汰的盆,要给我刷干净了才能洗头!"

"挺干净的嘛。"父亲打趣天云。

"你们看看呀?盆沿儿那一圈油呢,跟蛇寡妇的大黑眼圈一样明显,还说干净呢!"天云梗着脖子一脸不屑地说。

蛇寡妇姓程,只因她喜欢跟镇子里的男人眉来眼去的,女人背地说她是毒蛇变的,久而久之就把她叫成了蛇寡妇。蛇寡妇没有子嗣,自在得很,每日都起得很迟,眼圈总是青着,让人不明白她把觉都睡到哪里了。她走路时习惯用手捶着腰。她喜欢镇子里的小女孩,女孩们常到蛇寡妇家翻腾她的箱底,把她年轻时用过的一些头饰都用甜言蜜语泡走了。

　　"我明白了——"天云的父亲说,"是蛇寡妇跟你说怀小孩子的事,这个骚婆子!"

　　"你怎么张口就骂人呢?"天云说,"真是!"

　　天灶打算用肥皂除掉污垢,可天云说用碱面更合适,天灶只好去碗柜中取碱面。他不由对妹妹说:"洗个头还这么啰嗦,不就几根黄毛吗?"

　　天云顺手抓起几粒黄豆朝天灶撒去,说:"你才是黄毛呢。"又说:"每年只过一回年,我不把头洗得清清亮亮的,怎么扎新的头绫子?"

　　他们在灶房斗嘴嬉笑的时候,哭声仍然微风般地从奶奶的屋里传出。

　　天云说:"奶奶哭什么?"

　　父亲看了一眼天灶,说:"都是你哥哥,不用奶奶的洗澡水,惹她伤心了。这个年她恐怕不会有好心情了。"

　　"那她还会给我压岁钱么?"天云说,"要是没有了压岁钱,我就把天灶的课本全撕了,让他做不成寒假作业,开学时老师训他!"

　　天云与天灶一团和气时称他为"哥哥",而天灶稍有一点使她不开心了,她就直呼其名。

　　天灶刷干净了脸盆,他说:"你敢把我的课本撕了,我就敢把你的新头绫子铰碎了,让你没法扎黄毛小辫!"

　　天云咬牙切齿地说:"你敢!"

　　天灶一边往脸盆哗哗地舀水,一边说:"你看我敢不敢?"

　　天云只能半是撒娇半是委屈地噙着泪花对父亲说:"爸爸呀,你看看天灶——"

　　"他敢!"父亲举起了一只巴掌,在天灶面前比划了一下,说:"到时我揍出他的屁来!"

　　天灶把脸盆和澡盆一一搬进自己的小屋。天云又声称自己要冲两遍头,让天灶再准备两盆清水。她又嫌窗帘拉得不严实,别人要是看见了怎么办？天灶只好把窗帘拉得更加密不透光,又像仆人一样恭恭敬敬地为她送上毛巾、木梳、拖鞋、洗头膏和香皂。天云这才像个女皇一样款款走进浴室,她闩上了门。隔了大约三分钟,从里面便传出了撩水的声音。

　　父亲到仓棚里去找那对塑料红色宫灯去了,它们被闲置了一年,肯定灰尘累累,家人都喜欢用天云洗过澡的水来擦拭宫灯,好像天云与鲜艳和光明有着密不可分的联系似的。

　　天灶把锅里的水填满,然后又续了一捧柴禾,就悄悄离开灶台去奶奶的屋门前偷听她絮叨些什么。

　　奶奶边哭边说:"当年全村的人数我最干净,谁不知道哇？我要是进了河里洗澡,鱼都躲得远远的,鱼天天呆在水里,它们都知道身上没有我白、没有我干净……"

　　天灶忍不住捂着嘴偷偷乐了。

　　母亲顺水推舟地说:"天灶这孩子不懂事,妈别跟他一般见识。妈的干净咱礼镇的人谁不知道？妈下的大酱左邻右舍的人都爱来要着吃,除了味儿跟别人家的不一样外,还不是因为干净？"

奶奶微妙地笑了一声,然后依然带着哭腔说:"我的头发从来没有生过虱子,胳肢窝也没有臭味。我的脚趾盖里也不藏泥,我洗过澡的水,都能用来养牡丹花!"

奶奶的这个推理未免太大胆了些,所以母亲也忍不住"扑哧"一声乐了。天灶更是忍俊不禁,连忙疾步跑回灶台前,蹲下来对着熊熊的火焰哈哈地笑起来。这时父亲带着一身寒气提着两盏陈旧的宫灯进来了,他弄得满面灰尘,而且冻出了两截与年龄不相称的清鼻涕,这使他看上去像个捡破烂儿的。他见天灶笑,就问:"你偷着乐什么？"

天灶便把听到的话小声地学给父亲。

父亲放下宫灯笑了,"这个老小孩!"

锅里的水被火焰煎熬得吱吱直响,好像锅灶是炎夏,而锅里闷着一群知了,它们在不停地叫嚷"热死了,热死了"。火焰把天灶烤得脸颊发烫,他就跑到灶房的窗前,将脸颊贴在蒙有白霜的玻璃上。天灶先是觉得一股寒冷像针一样深深地刺痛了他,接着就觉得半面脸发麻,当他挪开脸颊时,一块半月形的玻璃本色就赫然显露出来。天灶擦了擦湿漉漉的脸颊,透过那块霜雪消尽的玻璃朝外面望去。院子里黑魆魆的,什么都无法看清,只有天上的星星才现出微弱的光芒。天灶叹了一口气,很失落地收回目光,转身去看灶坑里的火。他刚蹲下身,灶房的门突然开了,一股寒气背后站着一个穿绿色软缎棉袄的女人,她黑着眼圈大声地问天灶:"放水哪？"

天灶见是蛇寡妇,就有些爱理不睬地"哼"了一声。

"你爸呢？"蛇寡妇把双手从袄袖中抽出来,顺手把一缕鼻涕擤下来抹在自己的鞋帮上,这让天灶很作呕。

天灶的爸爸已经闻声过来了。

蛇寡妇说:"大哥,帮我个忙吧。你看我把洗澡水都烧好了,可是澡盆坏了,倒上水哗哗直漏。"

"澡盆怎么漏了？"父亲问。

"还不是秋天时收饭豆,把豆子晒干了放在大澡盆里去皮,那皮又干又脆,把手都扒出血痕了,我就用一根松木棒去捶豆子,没承想把盆给捶漏了,当时也不知道。"

天灶的妈妈也过来了,她见了蛇寡妇很意外地"哦"了一声,然后淡淡打声招呼:"来了啊？"

蛇寡妇也淡淡地应了一声,然后从袖口抽出一根桃红色的缎子头绳:"给天云的!"

天灶见父母都不接那头绳,自己也不好去接。蛇寡妇就把头绳放在水缸盖上,使那口水缸看上去就像是陪嫁,喜气洋洋的。

"天云呢？"蛇寡妇问。

"正洗着呢。"母亲说。

"你家有没有锡？"父亲问。

未等蛇寡妇作答,天灶的母亲警觉地问:"要锡干什么？"

"我家的澡盆漏了,求天灶他爸给补补。"蛇寡妇先回答女主人的话,然后才对男主人说:"没锡。"

"那就没法补了。"父亲顺水推舟地说。

"随便用脸盆洗洗吧。"天灶的母亲说。

蛇寡妇睁大了眼睛,一抖肩膀说:"那可不行,一年才过一回年,不能将就。"她的话与天云的如出一辙。

"没锡我也没办法。"天云的父亲皱了皱眉头,然后说:"要不用油毡纸试试吧。你回家撕一块油毡纸,把它用火点着,将滴下来的油弄在漏水的地方,抹均匀了,凉透后也许就能把漏的地方弥住。"

"还是你帮我弄吧。"蛇寡妇在男人面前永远是一副天真表情,"我听都听不明白——"

天灶的父亲看了一眼自己的女人,其实他也用不着看,因为不管她脸上是赞同还是反对,她的心里肯定是一万个不乐意。但当大家把目光集中到她身上,需要她做出决断时,她还是故作大度地说:"那你就去吧。"

蛇寡妇说了声"谢了",然后就抄起袖子,走在头里。天灶的父亲只能紧随其后,他关上家门前回头看了一眼老婆,得到的是一个不折不扣的白眼和她随之吐出的一口痰,那道白眼和痰组成了一个醒目的惊叹号,使天灶的父亲在迈出门槛后战战兢兢的,他在寒风中行走的时候一再提醒自己要快去快回,绝不能喝蛇寡妇的茶,也不能抽她的烟,他要在唇间指畔纯洁地葆有他离开家门时的气息。

"天云真够讨厌的。"蛇寡妇一走,母亲就开始心烦意乱了,她拿着面盆去发面,却忘了放酵母,"都是她把蛇寡妇招来的。"

"谁叫你让爸爸去的。"天灶故意刺激母亲,"没准她会炒俩菜和爸爸喝一盅!"

"他敢!"母亲厉声说,"那样他回来我就不帮他搓背了!"

"他自己也能搓,他都这么大的人了,你还年年帮他搓背。"天灶"咦"了一声,母亲的脸便刷地红了,她抢白了天灶一句:"好好烧你的水吧,大人的事不要多嘴。"

天灶便不多嘴了,但灶坑里的炉火是多嘴的,它们用金黄色的小舌头贪馋地舔着乌黑的锅底,把锅里的水吵得嗞嗞直叫。炉火的映照和水蒸气的熏炙使天灶有种昏昏欲睡的感觉。他不由蹲在锅灶前打起了盹。然而没有多一会儿,天云便用一只湿手把他揉醒了。天灶睁眼一看,天云已经洗完了澡,她脸蛋通红,头发湿漉漉地披散着,穿上了新的线衣线裤,一股香气从她身上横溢而出,她叫道:"我洗完了!"

天灶揉了一下眼睛,恹恹无力地说:"洗完了就完了呗,神气什么。"

"你就着我的水洗吧。"天云说。

"我才不呢。"天灶说,"你跟条大臭鱼一样,你用过的水有邪味儿!"

天灶的母亲刚好把发好的面团放到热炕上转身出来,天云就带着哭腔对母亲说,"妈妈呀,你看天灶呀,他说我是条大臭鱼!"

"他再敢说我就缝他的嘴!"母亲说着,示威性地做了个挑针的动作。

天灶知道父母在他与天云斗嘴时,永远会偏袒天云,他已习以为常,所以并不气恼,而是提着两盏灯笼进"浴室"除灰,这时他听见天云在灶房惊喜地叫道:"水缸盖上的头绫子是给我的吧?真漂亮呀!"

那对灯笼是硬塑的,由于用了好些年,塑料有些老化萎缩,使它们看上去并不圆圆满满。而且它的红颜色显旧,中圈被光密集照射的地方已经泛白,看不出任何喜气了。所以点灯笼时要在里面安上两个红灯泡,否则它们可能泛出的是与除夕气氛相悖的青白的光。天灶一边刷灯笼一边想着有关过年的繁文缛节,便不免有些气恼,他不由大声对自己说:"过年有个什么意思!"回答他的是扑面而来的洋溢在屋里的湿浊的气息,于是他恼上加恼，又大声对自己说："我要把年挪到六月份，人人都可以去河里洗澡！"

天灶刷完了灯笼，然后把脏水一桶桶地提到外面倒掉。冰湖那儿已经没有肖大伟的影子了，不知他的"冰嘎"是否找到了。夜色已深，星星因黑暗的加剧而显得气息奄奄，微弱的光芒宛如一个人在弥留之际细若游丝的气息。天灶望了一眼天，便不想再看了。因为他觉得这些星星被强大的黑暗给欺负得噤若寒蝉，一派凄凉，无边的寒冷也催促他尽快走回户内。

父亲还没有回来，母亲脸上的神色就有些焦虑。该轮到她洗澡了，天灶为她冲洗干净了澡盆，然后将热水倾倒进去。母亲木讷地看着澡盆上的微微旋起的热气，好像在无奈地等待一条美人鱼突然从中跳出来。

天灶提醒她："妈妈，水都好了！"

母亲"哦"了一声，叹了口气说，"你爸爸怎么还不回来？要不你去蛇寡妇家看看？"

天灶故作糊涂地说："我不去，爸爸是个大人又丢不了，再说我还得烧水呢，要去你去。"

"我才不去呢。"母亲说，"蛇寡妇没什么了不起。"说完，她仿佛陡然恢复了自信。提高声调说："当初我跟你爸爸好的时候，有个老师追我，我都没答应，就一门心思地看上你爸爸了，他不就是个泥瓦匠嘛。"

"谁让你不跟那个老师呢？"天灶激将母亲，"那样的话我在家里上学就行了。"

"要是我跟了那老师，就不会有你了！"母亲终于抑制不住地笑了，"我得洗澡了，一会儿水该凉了。"

天云在自己的小屋里一身清爽地摆弄新衣裳，天灶听见她在唱："小狗狗伸出小舌头，够我手里的小画书。小画书上也有个小狗狗，它趴在太阳底下睡觉觉。"

天云喜欢自己编儿歌，高兴时那儿歌的内容一派温情，生气时则充满火药味。比如有一回她用鸡毛掸子拂掉了一只花瓶，把它摔碎了，母亲说了她，她不服气，回到自己的屋子就编儿歌："鸡毛掸是个大灰狼，花瓶是个小羊羔。我饿了三天三夜没吃饭，见了你怎么能放过！"言下之意，花瓶这个小羊羔是该吃的，谁让它自己不会长脚跑掉呢。家人听了都笑，觉得真不该用一只花瓶来让她受委屈。于是就说："那花瓶也是该打，都旧成那样了，留着也没人看！"天云便破涕为笑了。

天灶又往锅里填满了水，他将火炭拨了拨，拨起一片金黄色的火星像蒲公英一样地飞，然后他放进两块比较粗的松木杆。这时奶奶蹒跚地从屋里出来了，她的湿头发已经干了，但仍然是垂在肩头，没有盘起来，这使她看上去很难看。奶奶体态臃肿，眼袋松松垂着，平日它们像两颗青葡萄，而今日因为哭过的缘故，眼袋就像一对红色的灯笼花，那些老年斑则像陈年落叶一样匍匐在脸上。天灶想告诉奶奶，只有又黑又密的头发才适合披着，斑白稀少的头发若是长短不一地披下来，就会给人一种白痴的感觉。可他不想再惹奶奶伤心了，所以马上垂下头来烧水。

"天灶——"奶奶带着悲愤的腔调说，"你就那么嫌弃我？我用过的水你把它泼了，我站在你跟前你都不多看一眼？"

天灶没有搭腔，也没有抬头。

"你是不想让奶奶过这个年了？"奶奶的声音越来越悲凉了。

"没有。"天灶说，"我只想用清水洗澡，不用别人用过的水。天云的我也没用。"天灶垂头说着。

"天云的水是用来刷灯笼的！"奶奶很孩子气地分辩说。

"一会儿妈妈用过的水我也不用。"天灶强调说。

"那你爸爸的呢？"奶奶不依不饶地问。

"不用！"天灶斩钉截铁地说。

奶奶这才有些和颜悦色地说："天灶啊，人都有老的时候，别看你现在是个孩子，细皮嫩肉的，早晚有一天会跟奶奶一样皮松肉散，你说是不是？"

天灶为了让奶奶快些离开，所以抬头看了一眼她，干脆地答道："是！"

"我像你这么大时，比你水灵着呢。"奶奶说，"就跟开春时最早从地里冒出的羊角葱一样嫩！"

"我相信！"天灶说，"我年纪大时肯定还不如奶奶呢，我不得腰弯得头都快着地，满脸长着癞？"

奶奶先是笑了两声，后来大约意识到孙子为自己规划的远景太黯淡了，所以就说："癞是狗长的，人怎么能长癞呢？就是长癞，也是那些丧良心的人才会长。你知道人总有老的时候就行了，不许胡咒自己。"

天灶说："嗳——！"

奶奶又絮絮叨叨地询问灯笼刷得干不干净，该炒的黄豆泡上了没有。然后她用手抚了一下水缸盖，嫌那上面的油泥还呆在原处，便责备家里人的好吃懒做，哪有点过年的气氛。随之她又唠叨她青春时代的年如何过的，总之是既洁净又富贵。最后说得嘴干了，这才唉声叹气地回屋了。天灶听见奶奶在屋子里不断咳嗽着，便知她要睡觉了。她每晚临睡前总要清理一下肺腔，透彻地咳嗽一番，这才会平心静气地睡去。果然，咳嗽声一止息，奶奶屋子里的灯光随之消失了。

天灶便长长地吁了口气。

母亲历年洗澡都洗得很漫长，起码要一个钟头。说是要泡透了，才能把身上的灰全部搓掉。然而今年她只洗了半个小时就出来了。她见到天灶急切地问："你爸还没回来？"

"没。"天灶说。

"去了这么长时间，"母亲忧戚地说，"十个澡盆都补好了。"

天灶提起脏水桶正打算把母亲用过的水倒掉，母亲说："你爸还没回来，我今年洗的时间又短，你就着妈妈的水洗吧。"

天灶坚决地说："不！"

母亲有些意外地看了眼天灶，然后说："那我就着水先洗两件衣裳，这么好的水倒掉可惜了。"

母亲就提着两件脏衣服去洗了。天灶听见衣服在洗衣板上被激烈地揉搓的声音，就像饿极了的猪啖食一样。天灶想，如果父亲不及时赶回家中，这两件衣服非要被洗碎不可。

然而这两件衣服并不红颜薄命，就在洗衣声变得有些凄厉的时候，父亲一身寒气地推门而至了。他神色慌张，脸上印满黑灰，像是京剧中老生的脸谱。

"该到我了吧？"他问天灶。

天灶"嗯"了一声。这时母亲手上沾满肥皂泡从里面出来，她看了一眼自己的男人，眼眉一挑，说："哟，修了这么长时间，还修了一脸的灰，那漏儿堵上了吧？"

"堵上了。"父亲张口结舌地说。

"堵得好?"母亲从牙缝中迸出三个字。

"好。"父亲茫然答道。

母亲"哼"了一声,父亲便连忙红着脸补充说:"是澡盆的漏儿堵得好。"

"她没赏你一盆水洗洗脸?"母亲依然冷嘲热讽着。

父亲用手抹了一下脸,岂料手上的黑灰比脸上的还多,这一抹使脸更加花哨了。他十分委屈地说:"我只帮她干活,没喝她一口水,没抽她一棵烟,连脸都没敢在她家洗。"

"哟,够顾家的。"母亲说,"你这一脸的灰怎么弄的?钻她家的炕洞了吧?"

父亲就像一个做错了事的孩子似地仍然站在原处,他毕恭毕敬的,好像面对的不是妻子,而是长辈。他说:"我一进她家,就被烟呛得直淌眼泪。她也够可怜的了,都三年了没打过火墙。火是得天天烧,你想helpin灰还不全挂在烟洞里?一烧火炉子就往出燎烟,什么人受得了?难怪她天天黑着眼圈。我帮她补好澡盆,想着她一个寡妇这么过年太可怜,就帮她掏了掏火墙。"

"火墙热着你就敢掏?"母亲不信地问。

"所以说只打了三块砖,只掏一点灰,烟道就畅了。先让她将就过个年,等开春时再帮她彻底掏一回。"父亲傻里傻气地如实相告。

"她可真有福。"母亲故作笑容说,"不花钱就能请小工。"

母亲说完就唤天灶把水倒了,她的衣裳洗完了。天灶便提着脏水桶,绕过仍然惶惶不安的父亲去倒脏水。等他回来时,父亲已经把脸上的黑灰洗掉了。脸盆里的水仿佛被乌贼鱼给搅扰了个尽兴,一派墨色。母亲觑了一眼,说:"这水让天灶带到学校刷黑板吧。"

父亲说:"看你,别这么说不行么?我不过是帮她干了点活。"

"我又没说你不能帮她干活。"母亲显然是醋意大发了,"你就是住过去我也没意见。"

父亲不再说什么,因为说什么也无济于事了。天灶连忙为他准备洗澡水。天灶想父亲一旦进屋洗澡了,母亲的牢骚就会止息,父亲的尴尬才能解除。果然,当一盆温热而清爽的洗澡水摆在天灶的屋子里,母亲提着两件洗好的衣裳抽身而出。父亲在关上门的一瞬小声问自己女人:"一会儿帮我搓搓背?"

"自己凑合着搓吧。"母亲仍然怨气冲天地说。

天灶不由暗自笑了,他想父亲真是可怜,不过帮蛇寡妇多干了一样活,回来就一副低眉顺眼的样子。往年母亲都要在父亲洗澡时进去一刻,帮他搓搓背,看来今年这个享受要像艳阳天一样离父亲而去了。

天灶把锅里的水再次添满,然后又饶有兴致地往灶炕里添柴。这时母亲走过来问他:"还烧水做什么?"

"给我自己用。"

"你不用你爸爸的水?"

"我要用清水。"天灶强调说。

母亲没再说什么,她进了天云的屋子了。天灶没有听见天云的声音,以往母亲一进她的屋子,她就像盛夏水边的青蛙一样叫个不休。天云屋子的灯突然被关掉了,天灶正诧异着,母亲出来了,她说:"天云真是的,手中拿着头绫子就睡着了。被子只盖在腿上,肚脐都露着,要是夜里着凉拉肚子怎么办?灯也忘了闭,要过年把她给兴过头了,兴得都乏了……"

天灶笑了,他拨了拨柴禾,再次重温金色的火星飞舞的辉煌情景。在他看来,灶炕就是一个永无白昼的夜空,而火星则是满天的繁星。这个星空带给人的永远是温暖的感觉。

锅里的水开始热情洋溢地唱歌了。柴禾也烧得毕剥有声。母亲回到她与天灶父亲所住的屋子,她在叠前日洗好晾干的衣服。然而她显得心神不定,每隔几分钟就要从屋门探出头来问天灶:"什么响?"

"没什么响。"天灶说。

"可我听见动静了。"母亲说,"不是你爸爸在叫我吧?"

"不是。"天灶如实说。

母亲便有些泄气地收回头。然而没过多久她又探出头问:"什么响?"而且手里提着她上次探头时叠着的衣裳。

天灶明白母亲的心思了,他说:"是爸爸在叫你。"

"他叫我?"母亲的眼睛亮了一下,继而又摇了一下头,说,"我才不去呢。"

"他一个人没法搓背。"天灶知道母亲等待他的鼓励,"到时他会一天就把新背心穿脏了。"

母亲嘟囔了一句"真是前世欠他的",然后甜蜜地叹口气,丢下衣服进了"浴室"。天灶先是听见母亲的一阵埋怨声,接着便是由冷转暖的嗔怪,最后则是低低的软语了。后来软语也消去,只有清脆的撩水声传来,这种声音非常动听,使天灶的内心有一种发痒的感觉,他就势把一块木板垫在屁股底下,抱着头打起盹来。他在要进入梦乡的时候听见自己的清水在锅里引吭高歌,而他的脑海中则浮现着粉红色的云霓。天灶不知不觉睡着了。他在梦中看见了一条金光灿灿的龙,它在银河畔洗浴。这条龙很调皮,它常常用尾去拍银河的水,溅起一阵灿烂的水花。后来这龙大约把尾拍在了天灶的头上,他觉得头疼,当他睁开眼睛时,发觉自己磕在了灶台上。锅里的水早已沸了,水蒸气袅袅弥漫着。父母还没有出来,天灶不明白搓个背怎么会花这么长时间。他刚要起身去催促一下,突然发现一股极细的水流悄无声息地朝他蛇形游来。他寻着它逆流而上,发现它的源头在"浴室"。有一种温柔的呢喃声细雨一样隐约传来。父母一定是同在澡盆中,才会使水膨胀而外溢。水依然汩汩顺着门缝宁静地流着,天灶听见了搅水的声音,同时也听到了铁质澡盆被碰撞后间或发出的震颤声,天灶便红了脸,连忙穿上棉袄推开门到户外去望天。

夜深深的了。头顶的星星离他仿佛越来越远了。天灶大口大口地呼吸着寒冷的空气,因为他怕体内不断升腾的热气会把他烧焦。他很想哼一首儿歌,可他一首歌词也回忆不起来,又没有天云那样的禀赋可以随意编词。天灶便哼儿歌的旋律,一边哼一边在院子中旋转着,寂静的夜使旋律变得格外动人,真仿佛是天籁之音环绕着他。天灶突然间被自己感动了,他从来没有体会过自己的声音是如此美妙。他为此几乎要落泪了。这时屋门"吱扭"一声响了,跟着响起的是母亲喜悦的声音:"天灶,该你洗了!"

天灶发现父母面色红润,他们的眼神既幸福又羞怯,好像猫刚刚偷吃了美食,有些愧对主人一样。他们不敢看天灶,只是很殷勤地帮助天灶把脏水倒了,然后又清洗干净了澡盆,把清水一瓢瓢地倾倒在澡盆中。

天灶关上屋门,他脱光了衣服之后,把灯关掉了。他蹑手蹑脚地赤脚走到窗前,轻轻拉开窗帘,然后返身慢慢地进入澡盆。他先进入双足,热水使他激灵了一下,但他很快适应了,他随之慢慢地屈腿坐下,感受着清水在他的胸腹间柔曼地滑过的温存滋味。天灶的头搭在澡盆上方,他能看见窗外的隆隆夜色,能看见这夜色中经久不息的星星。他感觉那星星已经穿过茫茫黑暗飞进他的窗口,落入澡盆中,就像课文中所学过的淡黄色的皂角花一样散发着清香气息,预备着为他除去一年的风尘。天灶觉得这盆清水真是好极了,他从未有过的舒展和畅快。他不再讨厌即将朝他走来的年了,他想除夕夜的时候,他一定要穿着崭新的衣裳,亲手点亮那对红灯笼。还有,再见到肖大伟的时候,他要告诉他,我天灶是用清水洗的澡,而且,星光还特意化成皂角花撒落在了我的那盆清水中了呢。

(原载《青年文学》1998年8期)

哺乳期的女人

毕飞宇

断桥镇只有两条路,一条是三米多宽的石巷,一条是四米多宽的夹河。三排民居就是沿着石巷和夹河次第铺排开来的,都是统一的二层阁楼,楼与楼之间几乎没有间隙,这样的关系使断桥镇的邻居只有"对门"和"隔壁"这两种局面。当然,阁楼所连成的三条线并不是笔直的,它的蜿蜒程度等同于夹河的弯曲程度。断桥镇的石巷很安静,从头到尾洋溢着石头的光芒,又干净又安详。夹河里头也是水面如镜,那些石桥的拱形倒影就那么静卧在水里头,千百年了,身姿都龙钟了,有小舢板过来它们就颤悠悠地让开去,小舢板一过去它们便驼了背脊再回到原来的地方去。不过夹河到了断桥镇的最东头就不是夹河了,它汇进了一条相当阔大的水面,这条水面对断桥镇的年轻人来说意义重大,断桥镇所有的年轻人都是在这条水面上开始他们的人生航程的。他们不喜欢断桥镇上石头与水的反光,一到岁数便向着远方世界蜂拥而去。断桥镇的年轻人沿着水路消逝得无影无踪,都来不及在水面上留下背影。好在水面一直都是一副不记事的样子。

旺旺家和惠嫂家对门。中间隔了一道石巷,惠嫂家傍山,是一座二三十米高的土丘;旺旺家依水,就是那条夹河。旺旺是一个七岁的男孩,其实并不叫旺旺。但是旺旺的手上整天都要提一袋旺旺饼干或旺旺雪饼,大家就喊他旺旺,旺旺的爷爷也这么叫,又顺口又喜气。旺旺一生下来就跟了爷爷了。他的爸爸和妈妈在一条拖挂船上跑运输,挣了不少钱,已经把旺旺的户口买到县城里去了。旺旺的妈妈说,他们挣的钱才够旺旺读大学,等到旺旺买房、成亲的钱都回来,他们就回老家,开一个酱油铺子。他们这刻儿正四处漂泊,家乡早就不是断桥镇了,而是水,或者说是水路。断桥镇在他们的记忆中越来越概念了,只是一行字,只是汇款单上遥远的收款地址。汇款单成了鳏父的儿女,汇款单也就成了独子旺旺的父母。

旺旺没事的时候坐在自家的石门槛上看行人,手里提着一袋旺旺饼干或旺旺雪饼。旺旺的父亲在汇款单左侧的纸片上关照的,"每天一袋旺旺"。旺旺吃腻了饼干,但是爷爷不许他空着手坐在门槛上。旺旺无聊,坐久了就会把手伸到裤裆里,掏鸡鸡玩。一手提着袋子,一手捏住饼干,就好了。旺旺坐在门槛上刚好替惠嫂看杂货铺。惠嫂家的底楼其实就是一铺子。有人来了旺旺便尖叫。旺旺一叫惠嫂就从后头笑嘻嘻地走了出来。

惠嫂原来也在外头,一九九六年的开春才回到断桥镇。惠嫂回家是生孩子的,生了一个男孩,还在吃奶。旺旺没有吃过母奶。爷爷说,旺旺的妈天生就没有汁。旺旺衔他妈妈的奶头只有一次,吮不出内容,妈妈就叫疼。旺旺生下来不久便让妈妈送到奶奶这边来了,那时候奶奶还没有埋到后山去。同时送来的还有一只不锈钢碗和不锈钢调羹。奶奶把乳糕、牛奶、亨氏营养奶糊、鸡蛋黄、豆粉盛在锃亮的不锈钢碗里,再用锃亮的不锈钢调羹一点一点送到旺旺的嘴巴里。吃完了旺旺便笑,奶奶便用不锈钢调羹击打不锈钢空碗,发出悦耳冰凉的工业品声响。奶奶说:"这是什么?这是你妈的奶子。"旺旺长得结结实实的,用奶奶的话说,比拱奶头拱出来的奶丸子还要硬铮。不过旺旺的爷爷倒是常说,现在的女人不行,没水分,肚子计国家计划了,奶子总不该跟着瞎计划的。这时候奶奶总是对旺旺说,你老子吃我到五岁呢。吃到五岁呢。既像为自己骄傲又像替儿子高兴。

　　不过惠嫂是例外。惠嫂的脸、眼、唇、手臂和小腿都给人圆嘟嘟的印象。矮墩墩胖乎乎的,又浑厚又溜圆。惠嫂面如满月,健康,亲切,见了人就笑,笑起来脸很光润,两只细小的酒窝便会在下唇的两侧窝出来,有一种产后的充盈与产后的幸福,通身笼罩了乳汁芬芳,浓郁绵软,鼻头猛吸一下便又似有若无。惠嫂的乳房硕健巨大,在衬衣的背后分外醒目,而乳汁也就源远流长了,给人以取之不尽、用之不竭的印象。惠嫂给孩子喂奶格外动人,她总是坐到铺子的外侧来。惠嫂不解扣子,直接把衬衣撩上去,把儿子的头搁到肘弯里,尔后将身子靠过去。等儿子衔住了才把上身直起来。惠嫂喂奶总是把脖子倾得很长,抚弄儿子的小指甲或小耳垂,弄住了便不放了。有人来买东西,惠嫂就说:"自己拿。"要找钱,惠嫂也说:"自己拿。"旺旺一直留意惠嫂喂奶的美好静态,惠嫂的乳房因乳水的肿胀洋溢出过分的母性,天蓝色的血管隐藏在表层下面。旺旺坚信惠嫂的奶水就是天蓝色的,温暖却清凉。惠嫂儿子吃奶时总要有一只手扶住妈妈的乳房,那只手又干净又娇嫩,抚在乳房的外侧,在阳光下面不像是被照耀,而是乳房和手自己就会放射出阳光来,有一种半透明的晶莹效果,近乎圣洁,近乎妖娆。惠嫂喂奶从来不避讳什么,事实上,断桥镇除了老人孩子只剩下几个中年妇女了。惠嫂的无遮无拦给旺旺带来了企盼与忧伤。旺旺被奶香缠绕住了,忧伤如奶香一样无力,奶香一样不绝如缕。

　　惠嫂做梦也没有想到旺旺会做出这种事来。惠嫂坐在石门槛上给孩子喂奶,旺旺坐在对面隔着一条青石巷呢。惠嫂的儿子只吃了一只奶子就饱了,惠嫂把另一只送过去,她儿子竟让开了,嘴里吐出奶的泡沫。但是惠嫂的这只乳房胀得厉害,便决定挤掉一些。惠嫂侧身站到墙边,双手握住了自己的奶子,用力一挤,奶水就喷涌出来了,一条线,带着一道弧线。旺旺一直注视着惠嫂的举动。旺旺看见那条雪白的乳汁喷在墙上,被墙的青砖吸干净了。旺旺闻到了那股奶香,在青石巷十分温暖十分慈祥地四处弥漫。旺旺悄悄走到对面去,躲在墙的拐角。惠嫂挤完了又把儿子抱到腿上来,孩子在哼唧,惠嫂又把衬衣撩上去。但孩子不肯吃,只是拍着妈妈的乳房自己和自己玩,嘴里说一些单调的听不懂的声音。惠嫂一点都没有留神旺旺已经过来了。旺旺拨开婴孩的手,埋下脑袋对准惠嫂的乳房就是一口。咬住了,不放。惠嫂的一声尖叫在中午的青石巷又突兀又悠长,把半个断桥镇都吵醒了。要不是这一声尖叫旺旺肯定还是不肯松口的。旺旺没有跑,他半张着嘴巴,表情又愣又傻。旺旺看见惠嫂的右乳上印上了一对半圆形的牙印与血痕,惠嫂回过神来,还没有来得及安抚惊啼的孩子,左邻右舍就来人了。惠嫂又疼又羞,责怪旺旺说:"旺旺,你要死了。"

　　旺旺的举动在当天下午便传遍了断桥镇。这个没有报纸的小镇到处在口播这条当日新闻。人们的话题自然集中在性上头,只是没有挑明了说。人们说:"要死了,小东西才七岁就这样了。"人们说:"断桥镇的大人也没有这么流氓过。"当然,人们的心情并不沉重,是愉快的、新奇的。人们都知道惠嫂的奶子让旺旺咬了,有人就拿惠嫂开心,在她的背后高声叫喊电视上的那句广告词,说:"惠嫂,大家都'旺'一下。"这话很逗人,大伙都笑,惠嫂也笑。但是惠嫂的婆婆显得不开心,拉着一张脸走出来说:"水开了。"

旺旺爷知道下午的事是在晚饭之后。尽管家里只有爷孙两个,爷爷每天还要做三顿饭,每顿饭都要亲手给旺旺喂下去。那只不锈钢碗和不锈钢调羹和昔日一样锃亮,看不出磨损与锈蚀。爷爷上了岁数,牙掉了,那根老舌头也就没人管了,越发无法无天,唠叨起来没完。往旺旺的嘴里喂一口就要唠叨一句,"张开嘴吃,闭上嘴嚼,吃完了上床睡大觉。""一口蛋,一口肉,长大了挣钱不发愁。"诸如此类,都是他自编的顺口溜。但是旺旺今天不肯吃。调羹从右边喂过来他让到左边去,从左边来了又让到右边去。爷爷说:"蛋也不吃,肉也不咬,将来怎么挣钞票?"旺旺的眼睛一直盯住惠嫂家那边。惠嫂家的铺子里有许多食品。爷爷问:"想要什么?"旺旺不开口。爷爷说:"克力架?"爷爷说:"德芙巧克力?"爷爷说:"亲亲八宝粥?"旺旺不开口。亲亲八宝粥旁边是澳洲的全脂粉,爷爷说:"想吃奶?"旺旺回过头,泪汪汪地正视爷爷。爷爷知道孙子想吃奶,到对门去买了一袋,用水冲了,端到旺旺的面前来。说:"旺旺吃奶了。"旺旺咬住不锈钢调羹,吐在了地上,顺手便把那只不锈钢碗也打翻了。不锈钢在石头地面活蹦乱跳,发出冰凉的金属声响。爷爷向旺旺的腮边伸出巴掌,大声说:"捡起来!"旺旺不动,像一块咸鱼,翻着一双白眼。爷爷把巴掌举高了,说:"捡不捡?"又高了,说:"捡不捡?"爷爷的巴掌举得越高,离旺旺也就越远。爷爷放下巴掌,说:"小祖宗,捡呀!"

是爷爷自己把不锈钢餐具捡起来了。爷爷说:"你怎么能扔这个?你就是这个喂大的,这可是你的奶水,你还扔不扔?啊?扔不扔?——还有七个月就过年了,你看我不告诉你爸妈!"

按照生活常规,晚饭过后,旺旺爷到南门屋檐下的石码头上洗碗。隔壁的刘三爷在洗衣裳。刘三爷一见到旺旺爷便笑,笑得很鬼。刘三爷说:"旺爷,你家旺旺吃人家惠嫂豆腐,你教的吧?"旺旺爷听不明白,但从刘三爷的皱纹里看到了七拐八弯的东西。刘三爷瞟他一眼,小声说:"你孙子下午把惠嫂的奶子啃了,出血啦!"

旺旺爷明白过来脑子里就轰隆一声。可了不得了。这还了得?旺旺爷转过身就操起扫帚,倒过来握在手上,揪起旺旺冲着屁股就是三四下。小东西没有哭,泪水汪了一眼,掉下来一颗,又汪开来,又掉。他的泪无声无息,有一种出格的疼痛和出格的悲伤。这种哭法让人心软,叫大人再也下不了手。旺旺爷丢了扫帚,厉声诘问说:"谁教你的?是哪一个畜生教你的?"旺旺不语。旺旺低下头,泪珠又一大颗一大颗往下丢。旺旺爷长叹一口气,说:"反正还有七个月就过年了。"

旺旺的爸爸和妈妈每年只回断桥镇一次。一次六天,也就是大年三十到正月初五。旺旺的妈妈每次见旺旺之前都预备了好多激情,一见到旺旺又是抱又是亲。旺旺总有些生分,好多举动一下子不太做得出。这样一来旺旺被妈妈搂着就有些受罪的样子,被妈妈摆弄过来又摆弄过去。有些疼。有些别扭。有些需要拒绝和挣扎的地方。后来爸爸妈妈就会取出许多好玩的好吃的,都是与电视广告几乎同步的好东西,花花绿绿一大堆,旺旺这时候就会幸福,愣头愣脑地把肚子吃坏掉。旺旺总是在初三或者初四开始熟悉和喜欢他的爸爸和妈妈,喜欢他们的声音、气味。一喜欢便想把自己全部依赖过去,但每一次他刚刚依赖过去他们就突然消失了。旺旺总是扑空,总是落不到实处。这种坏感觉旺旺还没有学会用一句完整的话把它们说出来。旺旺就不说。初五的清早他们肯定要走的。旺旺在初四的晚上往往睡得很迟,到了初五的早上就醒不来了,爸爸的大拖挂就泊在镇东的阔大水面上。他们放下一条小舢板沿着夹河一直划到自家的屋檐底下。走的时候当然也是这样,从窗棂上解下绳子,沿夹河划到东头,然后,拖挂的粗重汽笛吼叫两声,他们的拖挂就远去了。他们走远了太阳就会升起来。旺旺赶来的时候天上只有太阳,地上只有水。旺旺的瞳孔里头只剩下一颗冬天的太阳,一汪冬天的水。太阳离开水面的时候总是拽着的,扯拉着的,有了痛楚和流血的症状。然后太阳就升高了,苍茫的水面成了金子与银子铺成的路。

　　由于旺旺的意外袭击,惠嫂的喂奶自然变得小心些了。惠嫂总是躲在柜台的后面,再解开上衣上的第二个纽扣。但是接下来的两天惠嫂没有看见旺旺。原来天天在眼皮底下,不太留意,现在看不见,反倒格外惹眼了。惠嫂中午见到旺旺爷,顺嘴说:"旺爷,怎么没见旺旺了?"旺旺的爷爷这几天一直羞于碰上惠嫂,就像刘三爷说的那样,要是惠嫂也以为旺旺那样是爷爷教的,那可要羞死一张老脸了。旺旺的爷爷还是让惠嫂堵住了,一双老眼也不敢看她。旺旺爷顺着嘴说:"在医院里头打吊针呢。"惠嫂说:"怎么了?好好的怎么去打吊针了?"旺旺爷说:"发高烧,退不下去。"惠嫂说:"你吓唬孩子了吧?"旺旺爷十分愧疚地说:"不打不骂不成人。"惠嫂把孩子换到另一只手上去,有些责怪,说:"旺爷你说什么嘛?七岁的孩子,又能做错什么?"旺旺爷说:"不打不骂不成人。"惠嫂说:"没有伤着我的,就破了一点皮,都好了。"这么一说旺旺爷又低下头去了,红着脸说:"我从来都没有和他说过那些,从来没有。都是现在的电视教坏了。"惠嫂有些不高兴,甚至有些难受,说话的口气也重了:"旺爷你都说了什么嘛?"

　　旺旺出院后人瘦下去一圈。眼睛大了,眼皮也双了。嘎样子少了一些,都有点文静了。惠嫂说:"旺旺都病得好看了。"旺旺回家后再也不坐石门槛了,惠嫂猜得出是旺爷定下的新规矩,然而惠嫂知道旺旺躲在门缝的背后看自己喂奶,他的黑眼睛总是在某一个圆洞或木板的缝隙里忧伤地闪烁。旺爷不让旺旺和惠嫂有任何靠近,这让惠嫂有一种说不出的难受。旺旺因此而越发鬼祟,越发像幽灵一样无声游荡了。惠嫂有一回抱着孩子给旺旺送几块水果糖过来,惠嫂替他的儿子奶声奶气地说:"旺旺哥呢?我们请旺旺哥吃糖糖。"旺旺一见到惠嫂便藏到楼梯的背后去了。爷爷把惠嫂拦住说:"不能这样没规矩。"惠嫂被拦在门外,脸上有些挂不住,都忘了学儿子说话了,说:"就几块糖嘛。"旺爷虎着脸说:"不能这样没规矩。"惠嫂临走前回头看一眼旺旺,旺旺的眼神让所有当妈妈的女人看了都心酸,惠嫂:"旺旺,过来。"爷爷说:"旺旺!"惠嫂说:"旺爷你这是干什么嘛!"

　　但旺旺在偷看,这个无声的秘密只有旺旺和惠嫂两个人明白。这样下去旺旺会疯掉的,要不就是惠嫂疯掉。许多中午的阳光下面狭长的石巷两边悄然存放着这样的秘密。瘦长的阳光带横在青石路面上,这边是阴凉,那边也是阴凉。阳光显得有些过分了,把傍山依水的断桥镇十分锐利地劈成了两半,一边傍山,一边依水。一边忧伤,另一边还是忧伤。

旺爷在午睡的时候也会打呼噜的。旺爷刚打上呼噜旺旺就逃到楼下来了,趴在木板上打量对面。旺旺就是在这天让惠嫂抓住的。惠嫂抓住他的腕弯,旺旺的脸给吓得脱去了颜色。惠嫂悄声说:"别怕,跟我过来。"旺旺被惠嫂拖到杂货铺的后院。后院外面就是山坡,金色的阳光正照在坡面上,坡面是大片大片的绿,又茂盛又肥沃,油油的全是太阳的绿色反光。旺旺喘着粗气,有些怕,被那阵奶香裹住了。惠嫂蹲下身子,撩起上衣,巨大浑圆的乳房明白无误地呈现在旺旺的面前。旺旺被那股气味弄得心碎,那是气味的母亲,气味的至高无上。惠嫂摸着旺旺的头,轻声说:"吃吧,吃。"旺旺不敢动。那只让他牵魂的母亲和他近在咫尺,就在鼻尖底下,伸手可及。旺旺抬起头来,一抬头就汪了满眼泪,脸上又羞愧又惶恐。惠嫂说:"是我,你吃我,吃。——别咬,衔住了,慢慢吸。"旺旺把头靠过来,两只小手慢慢抬起来了,抱向了惠嫂的右乳。但旺旺的双手在最后的关头却停住了。旺旺万分委屈地说:"我不。"

惠嫂说:"傻孩子,弟弟吃不完的。"

旺旺流出泪,他的泪在阳光底下发出六角形的光芒,有一种烁人的模样。旺旺盯住惠嫂的乳房拖着哭腔说:"我不。不是我妈妈!"旺旺丢下这句没头没脑的话回头就跑掉了。惠嫂拽下上衣,跟出去,大声喊道:"旺旺,旺旺……"旺旺逃回家,反闩上门。整个过程在幽静的正午显得惊天动地。惠嫂的声音几乎也成了哭腔。她的手拍在门上,失声喊道:"旺旺!"

旺旺的家里没有声音。过了一刻旺爷的鼾声就中止了。响起了急促的下楼声。再过了一会儿,屋里发出了另一种声音,是一把尺子抽在肉上的闷响。惠嫂站在原处,伤心地喊:"旺爷,旺爷!"

又围过来许多人。人们看见惠嫂拍门的样子就知道旺旺这小东西又"出事"了。有人沉重地说:"这小东西,好不了啦。"

惠嫂回过头来。她的泪水泛起了一脸青光,像母兽。有些惊人。惠嫂凶悍异常地吼道:"你们走!走……!你们知道什么?"

(原载《作家》1996年第8期)

戏　剧

茶 馆(第一幕)

老 舍

人　物　王利发、刘麻子、庞太监、唐铁嘴、康六、小牛儿、松二爷、黄胖子、宋恩子、常四爷、秦仲义、吴祥子、李三、老人、康顺子、二德子、乡妇、茶客甲、乙、丙、丁、马五爷、小妞、茶房一、二人

时　间　一八九八年(戊戌)初秋,康梁等的维新运动失败了。早半天。

地　点　北京,裕泰大茶馆。

〔幕启:这种大茶馆现在已经不见了。在几十年前,每城都起码有一处。这里卖茶,也卖简单的点心与菜饭。玩鸟的人们,每天在遛够了画眉、黄鸟等之后,要到这里歇歇腿,喝喝茶,并使鸟儿表演歌唱。商议事情的,说媒拉纤的,也到这里来。那年月,时常有打群架的,但是总会有朋友出头给双方调解;三五十口子打手,经调人东说西说,便都喝碗茶,吃碗烂肉面(大茶馆特殊的食品,价钱便宜,做起来快当),就可以化干戈为玉帛了。总之,这是当日非常重要的地方,有事无事都可以来坐半天。

〔在这里,可以听到最荒唐的新闻,如某处的大蜘蛛怎么成了精,受到雷击。奇怪的意见也在这里可以听到,像把海边上都修上大墙,就足以挡住洋兵上岸。这里还可以听到某京戏演员新近创造了什么腔儿,和煎熬鸦片烟的最好的方法。这里也可以看到某人新得到的奇珍——一个出土的玉扇坠儿,或三彩的鼻烟壶。这真是个重要的地方,简直可以算作文化交流的所在。

〔我们现在就要看见这样的一座茶馆。

〔一进门是柜台与炉灶——为省点事,我们的舞台上可以不要炉灶;后面有些锅勺的响声也就够了。屋子非常高大,摆着长桌与方桌,长凳与小凳,都是茶座儿。隔窗可见后院,高搭着凉棚,棚下也有茶座儿。屋里和凉棚下都有挂鸟笼的地方。各处都贴着"莫谈国事"的纸条。

〔有两位茶客,不知姓名,正眯着眼,摇着头,拍板低唱。有两三位茶客,也不知姓名,正入神地欣赏瓦罐里的蟋蟀。两位穿灰色大衫的——宋恩子与吴祥子,正低声地谈话,看样子他们是北衙门的办案的(侦缉)。

〔今天又有一起打群架的,据说是为了争一只家鸽,惹起非用武力解决不可的纠纷。假若真打起来,非出人命不可,因为被约的打手中包括着善扑营的哥儿们和库兵,身手都十分厉害。好在,不能真打起来,因为在双方还没把打手约齐,已有人出面调停了——现在双方在这里会面。三三两两的打手,都横眉立目,短打扮,随时进来,往后院去。

〔马五爷在不惹人注意的角落,独自坐着喝茶。
〔王利发高高地坐在柜台里。
〔唐铁嘴踏拉着鞋,身穿一件极长极脏的大布衫,耳上夹着几张小纸片,进来。

王利发　唐先生,你外边遛遛吧!
唐铁嘴　(惨笑)王掌柜,捧捧唐铁嘴吧!送给我碗茶喝,我就先给您相相面吧!手相奉送,不取分文!(不容分说,拉过王利发的手来)今年是光绪二十四年,戊戌。您贵庚是……
王利发　(夺回手去)算了吧,我送给你一碗茶喝,你就甭卖那套生意口啦!用不着相面,咱们既在江湖内,都是苦命人!(由柜台内走出,让唐铁嘴坐下)坐下!我告诉你,你要是不戒了大烟,就永远交不了好运!这是我的相法,比你的更灵验!

〔松二爷和常四爷都提着鸟笼进来,王利发向他们打招呼。他们先把鸟笼子挂好,找地方坐下。松二爷文绉绉的,提着小黄鸟笼;常四爷雄赳赳的,提着大而高的画眉笼。茶房李三赶紧过来,沏上盖碗茶。他们自带茶叶。茶沏好,松二爷、常四爷向邻近的茶座让了让。

松二爷
常四爷　您喝这个!(然后,往后院看了看)
松二爷　好像又有事儿?
常四爷　反正打不起来!要真打的话,早到城外头去啦,到茶馆来干吗?

〔二德子,一位打手,恰好进来,听见了常四爷的话。

二德子　(凑过去)你这是对谁甩闲话呢?
常四爷　(不肯示弱)你问我哪?花钱喝茶,难道还教谁管着吗?
松二爷　(打量了二德子一番)我说这位爷,您是营里当差的吧?来,坐下喝一碗,我们也都是外场人。
二德子　你管我当差不当差呢!
常四爷　要抖威风,跟洋人干去,洋人厉害!英法联军烧了圆明园,尊家吃着官饷,可没见您去冲锋打仗!
二德子　甭说打洋人不打,我先管教管教你!(要动手)

〔别的茶客依旧进行他们自己的事。王利发急忙跑过来。

王利发　哥儿们,都是街面上的朋友,有话好说。德爷,您后边坐!

〔二德子不听王利发的话,一下子把一个盖碗搂下桌去,摔碎。翻手要抓常四爷的脖领。

常四爷　(闪过)你要怎么着?
二德子　怎么着?我碰不了洋人,还碰不了你吗?
马五爷　(并未立起)二德子,你威风啊!
二德子　(四下扫视,看到马五爷)喝,马五爷,您在这儿哪?我可眼拙,没看见您!(过去请安)
马五爷　有什么事好好地说,干嘛动不动地就讲打?

二德子	嗻！您说的对！我到后头坐坐去。李三,这儿的茶钱我候啦！（往后面走去）
常四爷	(凑过来,要对马五爷发牢骚)这位爷,您圣明,您给评评理!
马五爷	(立起来)我还有事,再见!（走出去）
常四爷	(对王利发)邪！这倒是个怪人!
王利发	您不知道这是马五爷呀？怪不得您也得罪了他!
常四爷	我也得罪了他？我今天出门没挑好日子!
王利发	(低声地)刚才您说洋人怎样,他就是吃洋饭的。信洋教,说洋话,有事情可以一直地找宛平县的县太爷去,要不怎么连官面上都不惹他呢!
常四爷	(往原处走)哼,我就不佩服吃洋饭的!
王利发	(向宋恩子、吴祥子那边稍一歪头,低声地)说话请留点神！（大声地）李三,再给这儿沏一碗来！（拾起地上的碎瓷片）
松二爷	盖碗多少钱？我赔！外场人不作老娘们事!
王利发	不忙,待会儿再算吧!（走开）

〔纤手刘麻子领着康六进来。刘麻子先向松二爷、常四爷打招呼。

刘麻子	您二位真早班儿!（掏出鼻烟壶,倒烟）您试试这个！刚装来的,地道英国造,又细又纯!
常四爷	唉！连鼻烟也得从外洋来！这得往外流多少银子啊!
刘麻子	咱们大清国有的是金山银山,永远花不完！您坐着,我办点小事!（领康六找了个座儿）

〔李三拿过一碗茶来。

刘麻子	说说吧,十两银子行不行？你说干脆的！我忙,没工夫专伺候你!
康　六	刘爷！十五岁的大姑娘,就值十两银子吗?
刘麻子	卖到窑子去,也许多拿一两八钱的,可是你又不肯!
康　六	那是我的亲女儿！我能够……
刘麻子	有女儿,你可养活不起,这怪谁呢?
康　六	那不是因为乡下种地的都没法子混了吗？一家大小要是一天能吃上一顿粥,我要还想卖女儿,我就不是人!
刘麻子	那是你们乡下的事,我管不着。我受你之托,教你不吃亏,又教你女儿有个吃饱饭的地方,这还不好吗?
康　六	到底给谁呢?
刘麻子	我一说,你必定从心眼里乐意！一位在宫里当差的!
康　六	宫里当差的谁要个乡下丫头呢?
刘麻子	那不是你女儿的命好吗?
康　六	谁呢?
刘麻子	庞总管！你也听说过庞总管吧？侍候着太后,红的不得了,连家里打醋的瓶子都是玛瑙做的!
康　六	刘大爷,把女儿给太监作老婆,我怎么对得起人呢?
刘麻子	卖女儿,无论怎么卖,也对不起女儿！你糊涂！你看,姑娘一过门,吃的是珍馐美味,穿的是绫罗绸缎,这不是造化吗？怎样,摇头不算点头算,来个干脆的!

康　六　自古以来，哪有……他就给十两银子？
刘麻子　找遍了你们全村儿，找得出十两银子找不出？在乡下，五斤白面就换个孩子，你不是不知道！
康　六　我，唉！我得跟姑娘商量一下！
刘麻子　告诉你，过了这个村可没有这个店，耽误了事别怨我！快去快来！
康　六　唉！我一会儿就回来！
刘麻子　我在这儿等着你！
康　六　（慢慢地走出去）
刘麻子　（凑到松二爷、常四爷这边来）乡下人真难办事，永远没个痛痛快快！
松二爷　这号生意又不小吧？
刘麻子　也甜不到哪儿去，弄好了，赚个元宝！
常四爷　乡下是怎么了？会弄得这么卖儿卖女的！
刘麻子　谁知道！要不怎么说，就是一条狗也得托生在北京城里嘛！
常四爷　刘爷，您可真有个狠劲儿，给拉拢这路事！
刘麻子　我要不分心，他们还许找不到买主呢！（忙岔话）松二爷（掏出个小时表来），您看这个！
松二爷　（接表）好体面的小表！
刘麻子　您听听，嘎登嘎登地响！
松二爷　（听）这得多少钱？
刘麻子　您爱吗？就让给您！一句话，五两银子！您玩够了，不爱再要了，我还照数退钱！东西真地道，传家的玩艺！
常四爷　我这儿正咂摸这个味儿，咱们一个人身上有多少洋玩艺儿啊！老刘，就看你身上吧：洋鼻烟、洋表、洋缎大衫、洋布裤褂……
刘麻子　洋东西可是真漂亮呢！我要是穿一身土布，像个乡下脑壳，谁还理我呀！
常四爷　我老觉乎着咱们的大缎子、川绸，更体面！
刘麻子　松二爷，留下这个表吧，这年月，戴着这么好的洋表，会教人另眼看待！是不是这么说，您哪？
松二爷　（真爱表，但又嫌贵）我……
刘麻子　您先戴两天，改日再给钱！
　　　　〔黄胖子进来。
黄胖子　（严重的沙眼，看不大清楚，进门就请安）哥儿们，都瞧我啦！我请安了！都是自己弟兄，别伤了和气呀！
王利发　这不是他们，他们在后院哪！
黄胖子　我看不清楚啊！掌柜的，预备烂肉面，有我黄胖子，谁也打不起来！（往里走）
二德子　（出来迎接）两边已经见了面，您快来吧！
　　　　〔二德子同黄胖子入内。
　　　　〔茶房们一趟又一趟地往后面送茶水。老人进来，拿着些牙签、胡梳、耳挖勺之类的小东西，低着头慢慢地挨着茶座儿走，没人买他的东西。他要往后院去，被李三截住。

李　三	老大爷,您外边遛遛吧!后院里,人家正说和事呢,没人买您的东西!(顺手儿把剩茶递给老人一碗)
松二爷	(低声地)李三!(指后院)他们到底为了什么事,要这么拿刀动杖的?
李　三	(低声地)听说是为一只鸽子。张宅的鸽子飞到了李宅去,李宅不肯交还……唉,咱们还是少说话好,(问老人)老大爷您高寿啦?
老　人	(喝了茶)多谢!八十二了,没人管!这年月呀,人还不如一只鸽子呢!唉!(慢慢走出去)

〔秦仲义,穿得很讲究,满面春风,走进来。

王利发	哎哟!秦二爷,您怎么这样闲在,会想起下茶馆来了?也没带个底下人?
秦仲义	来看看,看看你这年轻小伙子会作生意不会!
王利发	唉,一边作一边学吧,指着这个吃饭嘛。谁叫我爸爸死的早,我不干不行啊!好在照顾主儿都是我父亲的老朋友,我有不周到的地方都肯包涵,闭闭眼就过去了。在街面上混饭吃,人缘儿顶要紧。我按着我父亲遗留下的老办法,多说好话,多请安,讨人人的喜欢,就不会出大岔子!您坐下,我给您沏碗小叶茶去!
秦仲义	我不喝!也不坐着!
王利发	坐一坐!有您在我这儿坐坐,我脸上有光!
秦仲义	也好吧!(坐)可是,用不着奉承我!
王利发	李三,沏一碗高的来!二爷,府上都好?您的事情都顺心吧?
秦仲义	不怎么太好!
王利发	您怕什么呢?那么多的买卖,您的小手指头都比我的腰还粗!
唐铁嘴	(凑过来)这位爷好相貌,真是天庭饱满,地阁方圆,虽无宰相之权,而有陶朱之富。
秦仲义	躲开我!去!
王利发	先生,你喝够了茶,该外边活动活动去。(把唐铁嘴轻轻推开)
唐铁嘴	唉!(垂头走出去)
秦仲义	小王,这儿的房租是不是得往上提那么一提呢?当年你爸爸给我的那点租钱,还不够我喝茶用的呢!
王利发	二爷,您说的对,太对了!可是,这点小事用不着您分心,您派管事的来一趟,我跟他商量,该长多少租钱,我一定照办!是!嗻!
秦仲义	你这小子,比你爸爸还滑!哼。等着吧,早晚我把房子收回去!
王利发	您甭吓唬着我玩,我知道您多么照应我,心疼我,决不会叫我挑着大茶壶,到街上卖热茶去!
秦仲义	你等着瞧吧!

〔乡妇拉着个十来岁的小妞进来。小妞的头上插着一根草标。李三本想不许她们往前走,可是心中一难过,没管。她俩慢慢地往里走。茶客们忽然都停止说笑,看着她们。

小　妞	(走到屋子中间,立住)妈,我饿!我饿!

〔乡妇呆视着小妞,忽然腿一软,坐在地上,掩面低泣。

秦仲义　（对王利发）轰出去！
王利发　是！出去吧，这里坐不住！
乡　妇　哪位行行好？要这个孩子，二两银子！
常四爷　李三，要两个烂肉面，带她们到门外吃去！
李　三　是啦！（过去对乡妇）起来，门口等着去，我给你们端面来！
乡　妇　（立起，抹泪往外走，好像忘了孩子；走了两步，又转回身，搂住小妞吻她）宝贝！宝贝！
王利发　快着点吧！
　　　　〔乡妇、小妞走出去。李三随后端出两碗面去。
王利发　（过来）常四爷，您是积德行好，赏给她们面吃！可是，我告诉您，这路事儿太多，太多了！谁也管不了！（对秦仲义）二爷，您看我说的对不对？
常四爷　（对松二爷）二爷，我看哪，大清国要完！
秦仲义　（老气横秋地）完不完，并不在乎有人给穷人们一碗面吃没有。小王，说真的，我真想收回这里的房子！
王利发　您别那么办哪，二爷！
秦仲义　我不但收回房子，而且把乡下的地，城里的买卖也都卖了！
王利发　那为什么呢？
秦仲义　把本钱拢在一块儿，开工厂！
王利发　开工厂？
秦仲义　嗯，顶大顶大的工厂！那才救得了穷人，那才能抵制外货，那才能救国！（对王利发说而眼看着常四爷）唉，我跟你说这些干什么，你不懂！
王利发　您就专为别人，把财产都出手，不顾自己了吗？
秦仲义　你不懂！只有那么办，国家才能富强！好啦，我该走啦。我亲眼看见了，你的生意不错，你甭再耍无赖，不长房钱！
王利发　您等等，我给您叫车去！
秦仲义　用不着，我愿意遛跶遛跶！
　　　　〔秦仲义往外走，王利发送。
　　　　〔小牛儿搀着庞太监走进来。小牛儿提着水烟袋。
庞太监　哟！秦二爷！
秦仲义　庞老爷！这两天您心里安顿了吧？
庞太监　那还用说吗？天下太平了，圣旨下来，谭嗣同问斩！告诉您，谁敢改祖宗的章程，谁就掉脑袋！
秦仲义　我早就知道！
　　　　〔茶客们忽然全静寂起来，几乎是闭住呼吸地听着。
庞太监　您聪明，二爷，要不然您怎么发财呢！
秦仲义　我那点财产，不值一提！
庞太监　太客气了吧？您看，全北京城谁不知道秦二爷！您比做官的还厉害呢！听说呀，好些财主讲维新！
秦仲义　不能这么说，我那点威风在您的面前可就施展不出来了！哈哈哈！

庞太监　说得好,咱们就八仙过海,各显其能吧!哈哈哈!
秦仲义　改天过去给您请安,再见!（下）
庞太监　（自言自语）哼,凭这么个小财主也敢跟我逗嘴皮子,年头真是改了!（问王利发）刘麻子在这儿哪?
王利发　总管,您里边歇着吧!
　　　　〔刘麻子早已看见庞太监,但不敢靠近,怕打搅了庞太监、秦仲义的谈话。
刘麻子　喝,我的老爷子!您吉祥!我等了您好大半天了!（挽庞太监往里面走）
　　　　〔宋恩子、吴祥子过来请安,庞太监对他们耳语。
　　　　〔众茶客静默了一阵之后,开始议论纷纷。
茶客甲　谭嗣同是谁?
茶客乙　好像听说过!反正犯了大罪,要不,怎么会问斩呀!
茶客丙　这两三个月了,有些做官的、念书的,乱折腾乱闹,咱们怎能知道他们捣的什么鬼呀!
客茶丁　得!不管怎么说,我的铁秆庄稼又保住了!姓谭的,还有那个康有为,不是说叫旗兵不关钱粮,去自谋生计吗?心眼多毒!
茶客丙　一份钱粮倒叫上头克扣去一大半,咱们也不好过!
茶客丁　那总比没有强啊!好死不如赖活着,叫我去自己谋生,非死不可!
王利发　诸位主顾,咱们还是莫谈国事吧!
　　　　〔大家安静下来,都又各谈各的事。
庞太监　（已坐下）怎么说?一个乡下丫头,要二百银子?
刘麻子　（侍立）乡下人,可长得俊呀!带进城来,好好地一打扮、调教,准保是又好看,又有规矩!我给您办事,比给我亲爸爸作事都更尽心,一丝一毫不能马虎!
　　　　〔唐铁嘴又回来了。
王利发　铁嘴,你怎么又回来了?
唐铁嘴　街上兵荒马乱的,不知道是怎么回事!
庞太监　还能不搜查搜查谭嗣同的余党吗?唐铁嘴,你放心,没人抓你!
唐铁嘴　嗻!总管,您要是赏给我几个烟泡儿,我可就更有出息了!
　　　　〔有几个茶客好像感到什么灾祸,一个个往外溜。
松二爷　咱们也该走啦吧!天不早啦!
常四爷　嗻!走吧!
　　　　〔二灰衣人——宋恩子和吴祥子走过来。
宋恩子　等等!
常四爷　怎么啦?
宋恩子　刚才你说"大清国要完"?
常四爷　我,我爱大清国,怕它完了!
吴祥子　（对松二爷）你听见了?他是这么说的吗?
松二爷　哥儿们,我们天天在这儿喝茶。王掌柜知道,我们都是地道老好人!
吴祥子　问你听见了没有?

松二爷　那,有话好说,二位请坐!
宋恩子　你不说,连你也锁了走!他说"大清国要完",就是跟谭嗣同一党!
松二爷　我,我听见了,他是说……
宋恩子　(对常四爷)走!
常四爷　上哪儿?事情要交代明白了啊!
宋恩子　你还想拒捕吗?我这儿可带着王法呢!(掏出腰中带着的铁链子)
常四爷　告诉你们,我可是旗人!
吴祥子　旗人当汉奸,罪加一等!锁上他!
常四爷　甭锁,我跑不了!
宋恩子　量你也跑不了!(对松二爷)你也走一趟,到堂上实话实说,没你的事!
　〔黄胖子同三五个人由后院过来。
黄胖子　得啦,一天云雾散,算我没白跑腿!
松二爷　黄爷!黄爷!
黄胖子　(揉揉眼)谁呀?
松二爷　我!松二!您过来,给说句好话!
黄胖子　(看清)哟,宋爷,吴爷,二位爷办案哪?请吧!
松二爷　黄爷,帮帮忙,给美言两句!
黄胖子　官厅儿管不了的事,我管!官厅儿能管的事呀,我不便多嘴!(问大家)是不是?
众　　　嗻!对!
　〔宋恩子、吴祥子带着常四爷、松二爷往外走。
松二爷　(对王利发)看着点我们的鸟笼子!
王利发　您放心,我给送到家里去!
　〔常四爷、松二爷、宋恩子、吴祥子同下。
黄胖子　(唐铁嘴告以庞太监在此)哟,老爷在这儿哪?听说要安份儿家,我先给您道喜!
庞太监　等吃喜酒吧!
黄胖子　您赏脸!您赏脸!(下)
　〔乡妇端着空碗进来,往柜上放,小妞跟进来。
小　妞　妈!我还饿!
王利发　唉!出去吧!
乡　妇　走吧,乖!
小　妞　不卖妞妞啦?妈!不卖啦?妈!
乡　妇　乖!(哭着,携小妞下)
　〔康六带着康顺子进来,立在柜台前。
康　六　姑娘!顺子!爸爸不是人,是畜生!可你叫我怎办呢?你不找个吃饭的地方,你饿死!我不弄到手几两银子,就得叫东家活活地打死!你呀,顺子,认命吧,积德吧!
康顺子　我,我……(说不出话来)

刘麻子　(跑过来)你们回来啦?点头啦?好!来见见总管!给总管磕头!
康顺子　我……(要晕倒)
康　六　(扶住女儿)顺子!顺子!
刘麻子　怎么啦?
康　六　又饿又气,昏过去了!顺子!顺子!
庞太监　我要活的,可不要死的!
　　　　〔静场。
茶客甲　(正与乙下象棋)将!你完啦!

——幕　落

(原载《老舍文集》第11卷,人民文学出版社1987年版)

恋爱的犀牛(节选)

孟京辉

序

〔舞台上,女孩明明被蒙着眼睛绑在椅子上。年轻人马路坐在她旁边。

马　路　黄昏是我一天中视力最差的时候,一眼望去满街都是美女,高楼和街道也变幻了通常的形状,像在电影里……你就站在楼梯的拐角,带着某种清香的味道,有点湿乎乎的,奇怪的气息,擦身而过的时候,才知道你在哭。事情就在那时候发生了。我有个朋友牙刷,他要我相信我只是处在发情期,像图拉在非洲草原时那样,但我知道不是。你是不同的,唯一的,柔软的,干净的,天空一样的,我的明明,我怎么样才能让你明白?你如同我温暖的手套,冰冷的啤酒,带着阳光味道的衬衫,日复一日的梦想。你是甜蜜的,忧伤的,嘴唇上涂抹着新鲜的欲望,你的新鲜和你的欲望把你变得像动物一样不可捉摸,像阳光一样无法逃避,像戏子一般毫无廉耻,像饥饿一样冷酷无情。我想给你一个家,做你孩子的父亲,给你所有你想要的东西,我想让你醒来时看见阳光,我想抚摸你的后背,让你在天堂里的翅膀重新长出。你感觉不到我的渴望是怎样地向你涌来,爬上你的脚背,淹没你的双腿,要把你彻底吞没吗?我在想你呢,我在张着大嘴,厚颜无耻地渴望你,渴望你的头发,渴望你的眼睛,渴望你的下巴,你的双乳,你美妙的腰和肚子,你毛孔散发的气息,你伤心时绞动的双手。你有一张天使的脸和婊子的心肠。我爱你,我真心爱你,我疯狂地爱你,我向你献媚,我向你许诺,我海誓山盟,我能怎么办就怎么办。我怎样才能让你明白我如何爱你?我默默忍受,饮泣而眠?我高声喊叫,声嘶力竭?我对着镜子痛骂自己?我冲进你的办公室把你推倒在地?我上大学,我读博士,当一个作家?我为你自暴自弃,从此被人怜悯?我走入精神病院,我爱你爱崩溃了?爱疯了?还是我在你窗下自杀?明明,告诉我该怎么办?你是聪明的,灵巧的,伶牙俐齿的,愚不可及的,我心爱的,我的明明……

第一场

〔一只大钟的底座占满了整个舞台后部,由此可以想见钟的巨大,众人聚集在大钟前。
〔众人合唱。
这是一个物质过剩的时代,
这是一个情感过剩的时代,

这是一个知识过剩的时代，
这是一个信息过剩的时代，
这是一个聪明理智的时代，
这是一个脚踏实地的时代。

我们有太多的事情要做，
我们有太多的东西要学，
我们有太多的声音要听，
我们有太多的要求要满足。

爱情是蜡烛，给你光明，
风儿一吹就熄灭。
爱情是飞鸟，装点风景，
天气一变就飞走。
爱情是鲜花，新鲜动人，
过了五月就枯萎。
爱情是彩虹，多么缤纷绚丽，
那是瞬间的骗局，太阳一晒就蒸发。

爱情是多么美好，但是不堪一击。
爱情是多么美好，但是不堪一击。

众　人　在新世纪来临前，我们要整理人类的财富，
　　　　在新世纪来临前，我们要清扫没用的垃圾，
　　　　在新世纪来临前，我们要推翻不切实际的幻想，
　　　　在新世纪来临前，我们要摒弃一切软弱的东西。

播音员　为了迎接新世纪的到来，我们要建造一座世界上独一无二的大钟，它巍然屹立，坚不可摧，体现着人类的智慧和力量。此时的大钟制造现场一片紧张而欢乐的景象，设计人员和工人们加班加点，市民聚集在现场周围久久不肯离去。大家都在为我们的这项创举而欢欣鼓舞、激动不已！
市民A　一百公斤，仅仅秒针就一百公斤，时间从没有像现在走得这么沉重。
市民B　现代科技的奇迹，机芯全部由航天部提供的钛金属制成，经得起是非荣辱，沧海桑田，象征着我们的民族。
市民C　每一条曲线都是精心雕琢，每一个指标都将载入史册。
市民D　一百位本世纪出生，本世纪死去的杰出诗人的诗句被刻上表盘。
市民E　一位六十七岁的老诗人为了让自己的作品入选刚刚自杀。
市民F　献给来临的新世纪，举世无双的世纪大钟，全部由我们设计，我们施工。
市民G　应该写上这是人类智慧的结晶。
市民A　我建议写成世界第九大奇迹，外星人的引路灯塔。

市民 B	为大钟发行的彩票,奖金已经累积到五百万元,还在继续上升!拿到这笔钱的将是 21 世纪的幸运儿!
市民 C	听说表盘上的数字是镀金的,就像这个世纪的人爱说的——时间就是金钱。
市民 D	我们家邻居答应给我五万块钱,如果我把他的字母缩写藏在表针后面。
市民 E	你敢!你们是在破坏二百年后的文物!
市民 F	我要在八点的边上偷偷刻上自己的名字,这样就可以流芳百世。
市民 G	我要把我爱人的名字刻上大钟的基座,旁边再刻上一颗心,代表我们忠贞不渝的爱情。

〔众人一起对他侧目而视。

众　人　爱情是多么美好,但是不堪一击。
　　　　爱情是多么美好,但是不堪一击。

第二场

〔马路家,大仙手里玩着一副纸牌,黑子、马路坐在一边。

黑　子　他还来不来?
马　路　我怎么知道。
黑　子　呼他!重色轻友!
大　仙　(一手拿一张牌)看着,看着,这边是红的吧,这边是黑的,我吹一口气,红的能变成黑的。看着呀!

〔大仙变戏法,马路和黑子看着,兴趣不大。

大　仙　怎么样?
黑　子　小石到底怎么说的?
大　仙　他说一会儿就过来。
黑　子　以后不带他玩了。
大　仙　行。(又变戏法)看着,看着!
黑　子　(对马路)你们旁边新搬来那姑娘是干嘛的?
大　仙　瞎打听什么?
黑　子　我也想变成有事干的人!问你呢,马路。
马　路　我想是办公室的秘书。
黑　子　她告诉你的?

〔马路摇摇头。

黑　子　那你怎么知道?
马　路　因为她身上有股复印机的味道。
黑　子　开玩笑。
马　路　我能从一个人散发的气味判断他的身份、职业,和他刚刚干了些什么。不相信?闻闻大仙,闻到那股医院味了吗?那是用多少柠檬香洗衣粉和力士香皂也洗不掉的,它已经浸到了你的骨头缝里,无时无刻不在往外散发。那些带着空调和复印机气味的职员,满身烟味的小商人,刚刚从厨房出来,打扮一新逛商场的主妇,尽管喷了香水,还是遮不住头发里的油烟。还有那些鸡,个个身上都带着呛人的精液的涩味。我甚至能从呼吸里分辨出每个人中午的菜谱——鱼香肉丝,麻辣肚片,香菇菜心……

黑　子　就你那蒜头鼻子。
大　仙　鼻子的好坏不在于它的外观,在于它的功能。
马　路　对呀!人们对于眼睛和耳朵都有统一的检验标准,没有达到这个标准,就会被视为某种残疾,影响你的工作、升学,甚至人生态度。关于这个有许多带有歧视色彩的形容词——眼瞎、耳聋、色盲,而对鼻子却完全没有要求。鼻塞,这仅仅被作为一种感冒的症状,几粒康泰克就可以解决问题。一个称职的、优秀的鼻子,从来无人理睬。
大　仙　马路和他养的犀牛一样,眼睛不好,不过鼻子特灵。
黑　子　快赶上狗了。
马　路　比如你,头发里总是带着股×味,你乱搞完了,最好洗洗头。
大　仙　真的?让我闻闻。
　　　　〔大仙追黑子,有人敲门。
黑　子　别闹了,开门,开门,小石来了,开始玩牌!
　　　　〔推销牙刷者出现。
推销牙刷者　各位好,我是汇晨公司的广告员,耽误大家几秒钟的宝贵时间。在二十一世纪即将到来之际,我们高兴地迎来了卫生洁具的划时代的革命——它就是我们公司生产的高科技产品钻石牌钻石型钻石牙刷。诸位有所不知,当你每天刷完牙之后,细菌很快会在口腔内滋生,它会导致蛀牙、牙菌斑、口腔异味和牙石。怎么办?只要您每天早晚使用我们公司生产的钻石牌钻石型钻石牙刷,您就能扼杀细菌存留的机会,口气清新,没有异味,没有蛀牙。早晨刷牙出门体面,晚上刷牙刺激性欲……因为它是第一支经中华口腔医学会检测认证,并能有效地预防龋齿的牙刷品牌,同时又是中华预防医学会唯一验证并推荐的牙刷品牌。大家请不要误会,其实我来这里的真正目的是向大家报喜,喜从何来?这位先生问得好!凡购买我们公司的钻石牌钻石型钻石牙刷者,将得到汇晨公司带给首都人民的"赠、送、给"真诚大回报,何为"赠送给"?这位先生又问了。"赠送给"就是我们将免费赠送给您两支钻石牙刷。来吧,让我们大家一起在卫生化生活的天地里翱翔吧!
大　仙　明白了,给我们吧。
　　　　〔大仙和黑子从推销者手中拿过牙刷。
大　仙　行了,走吧。
推销者　是这样的先生,我们赠送您两支,您购买我们一支钻石牙刷,一支是十六元……
黑　子　不要了,不要了,两个够了。
推销者　不是啦,您没有明白我的意思。
大　仙　你送,我们要了,你还想怎么着?
黑　子　再给我两支,他(指坐在桌边没动的马路)还没有呢!
推销者　不是啦。
大　仙　等等,我问——你们是不是要举办一次答谢消费者的"赠送给"活动?

推销者　是。

大　仙　我是不是消费者？

推销者　是。

大　仙　我要这两支牙刷行不行？

推销者　行。

大　仙　那还有什么问题？快走吧，我们还有事呢。

推销者　不是啦，先生。

大　仙　怎么又不是？

　　　　〔推销者看看三个大小伙子。

推销者　我不卖了，你们把牙刷还我吧。

　　　　〔大仙和黑子刚要急，马路说话了。

马　路　一支牙刷要十六元？

　　　　〔推销者看看马路，觉得这个人好说话。

推销者　(对大仙和黑子)你们可能没有明白我的意思。(跑到马路身边)我是汇晨公司的广告员，我们现在正在举办一次答谢消费者的活动，我们免费赠送两支钻石型牙刷，您买一支牙刷，三支共十六元……

马　路　等等，你不是说一支十六吗？

推销者　还免费赠送两支呢！

马　路　我们就是要赠送的，不要要钱的。你是傻啊，还是弱智啊？

推销者　大哥，我错了。您看我做生意也挺不容易的。您要真想要，您给十六元，三支您全拿走。

马　路　等等等等，我就问你一支牙刷多少钱？

推销者　十六。

马　路　三支呢？

推销者　十六。

马　路　一支呢？

推销者　十六。

马　路　你把我当傻子了！我就要一支，你说多少钱吧！

推销者　十六……

马　路　嗯？

推销者　另外还送您两支。

大　仙　我们就要那送的！

马　路　我问你呢，听着，我就要一支，懂不懂，你识不识数，"一"，不是"三"，一支，多少钱？小心说话，告诉你我可没耐心了。

推销者　(犹豫再三，小声地)十六……

马　路　我就不明白了！我就不明白了！

推销者　您要想要我白送您还不行？

马　路　不行，你凭什么送我，我认识你是谁呀？你不是非要进来吗？你不是非要卖牙刷吗？我买，我就问你一支多少钱！

推销者　我们这是答谢……

马　　路　少来这一套,我就问你一支多少钱!
　　　　　〔推销者突然哭了。
推销者　大哥,我错了。我家乡还有八十岁的老母亲。
马　　路　你哭什么!是你要进来卖牙刷的!我就问你一支多少钱?
大　　仙　算了。
马　　路　不行,今天你不说清楚了,别想走。
推销者　我错了。
马　　路　哪错了?你哪错了?
推销者　我把牙刷都给你们让我走吧。
马　　路　想走,没那么容易!
推销者　我错了,再也不来了。
马　　路　你哪错了?你没错!我就问你一支牙刷多少钱!一支牙刷!
　　　　　〔大仙和黑子劝阻着激动的马路。推销者哭丧着脸,到桌子前从包里向外掏牙刷。
大　　仙　马路,算了!
马　　路　不行!
大　　仙　牙刷!(对推销者)说你呢!坐下!
　　　　　〔大仙把马路按在椅子上。推销者也乖乖坐下。
大　　仙　黑子,发牌。
　　　　　〔四个人坐在一圈,黑子发牌。
黑　　子　拿着,"牙刷",你的牌。
　　　　　〔推销者以后定名:牙刷。
牙　　刷　大哥!
大　　仙　拿——着。
牙　　刷　唉,玩什么?
黑　　子　拉耗子。
牙　　刷　玩多大的?
黑　　子　你有多少钱?
牙　　刷　我没钱,只有牙刷。
大　　仙　牙刷就牙刷。抓牌!
　　　　　〔牙刷渐渐恢复了常态,十分机灵、油滑,并且越战越勇,最后把马路等人赢得精光。
黑　　子　嘿,你可以呀,刚才那傻样是装的?
牙　　刷　自我保护,自我保护嘛!
大　　仙　不玩了,不玩了,哪蹦出这么一位来。
牙　　刷　不好意思,不好意思!

第三场

〔犀牛馆
马　　路　草料一吨半,食量有些下降。拉屎五次,颜色呈黑黄色,正常。出外散步四小时。图拉,你是不是又不高兴?你总是不高兴,跟个诗人似的,你不过是一只黑犀牛,甚至上不了濒危动物的红皮书。真不知道你那个大脑袋里想些什么。跟白犀牛合不来,对河马也没好感。没有牛啄鸟帮你吃虫子,我不是在每天帮你洗澡吗? 而且,你知道不知道有牛啄鸟这码事都说不定,那时候你还太小,草原是什么样子恐怕你都忘了。我要是告诉了你那件事,你是不是能高兴点? 新犀牛馆快盖好了,园里拨了钱,他们准备要再买一头犀牛呢! 也许是一头漂亮的,性感的非洲母犀牛! 而且跟白犀牛塔娜不同,是一头真正的黑犀! 1999年5月16日,图拉,草料二吨,苹果一公斤,室外活动,七点钟回栏就寝。5月17日,八点钟出门上班,穿淡紫色套装。晚上六点回来,看起来很高兴,买了很多食品。七点钟,一男人来访,(有房间钥匙),一夜未离开。5月18日,一早传来吵闹声,男人离开,M追下楼去,又哭了,一个星期来的第三次……5月19日,草料二吨,打扫兽舍,图拉有点拉稀。白犀尼克尔有发情表现,母犀塔娜无动于衷……

第四场

〔夜晚的楼顶平台,马路和明明。

明　明　我是说"爱"! 那感觉是从哪来的? 从心脏、肝脾、血管,哪一处内脏里来的? 也许那一天月亮靠近了地球,太阳直射北回归线,季风送来海洋的湿气使你皮肤润滑,蒙古形成的低气压让你心跳加快。或者只是来自你心里的渴望,月经周期带来的骚动,他房间里刚换的灯泡,他刚吃过的橙子留在手指上的清香,他忘了刮的胡子刺痛了你的脸……这一切作用下神经末梢麻酥酥的感觉,就是所说的爱情……

马　路　有的犀牛生活在干燥而开阔的草原地带,有的犀牛则喜欢栖息在浓密的森林中。它们吃的食物也不同,有的喜欢吃草,有的喜欢吃树叶,有的草和树叶都吃。犀牛的名字来源于希腊文,是热带动物。世界上的犀牛有五种:黑犀牛、白犀牛、苏门答腊犀、印度犀和爪哇犀已经基本灭绝了。像图拉就是生活在非洲草原的那种。

明　明　图拉是谁?

马　路　一只非洲黑犀牛。

明　明　你养的?

马　路　嗯。犀牛的视力很差,人长什么样子它不大看得清。

明　明　你是动物园的?

马　路　你想去看看图拉吗?

明　明　去动物园? 我很久都没去过了! 真奇怪,犀牛我倒是见过,可我还从来没见过一个养犀牛的人呢! 人家说对动物有耐心的人,对女人一定有耐心。可是你为什么不干一点普通的职业呢? 比如说开出租啦,当修理工啊什么的。当然不是每个人都能搞艺术,像陈飞那样,不过,养犀牛未免太奇怪了。

马　路　我是有职称的,园林局核定的专业职称!

明　明　我的意思是说,你很难换工作! 如果你不喜欢这家动物园,或者不喜欢这头犀牛了,怎么办? 人家说现代社会你要是不会英语、电脑和开车,就等于什么都

马　路　不会。你会吗?
明　明　你会吗?
马　路　电脑我会呀,我一分钟能打一百一十个字,是我们公司打得最快的。英语呢日常用语没问题,开车也行啊。
明　明　那个人会吗?
马　路　谁?你说陈飞?他是艺术家,是引导人们思想的,当然另当别论。可惜你不是。所以,你完!(剥了一块口香糖放进嘴里)
明　明　初中毕业时我考过飞行员,我本来可以穿着收口的皮夹克,戴着风镜出现在画报上的。样样都合格,除了眼睛。我应该是个飞行员,犀牛原本应该是老鹰,我们原本不该靠嗅觉生活,哪有猎物,哪有水源,哪的水草鲜美……不过大多数的动物都是靠嗅觉生活的,居住在非洲草原的斑马、大象就是靠嗅觉发现危险寻找猎物,但它们并不是嗅觉最强的动物,就我们所知有些动物的嗅觉比人强百万倍。秃鹰的嘴和鼻子两旁有个很大的开口,它们也是靠嗅觉觅食。有一种斯堪的纳维亚的海燕靠嗅觉捕食沙鳗和小鱼,甚至海龄。蛇也利用嗅觉寻找猎物,它的舌头可以一伸一缩地品尝空气跟踪猎物。鲨鱼就更别提了。人是闻不到一百米以外的气味的,但人能闻到附近有什么好吃的东西。(停顿)是柠檬。
明　明　(嚼着口香糖)什么?
马　路　柠檬?
明　明　对,是柠檬味的,你要吗?
　　　　〔马路摇摇头。
马　路　我刚到动物园的时候,他们说从没见过戴眼镜的饲养员,后来我就不戴了,因为犀牛很大,不用眼镜也看得见。
明　明　昨天我跟陈飞说:"他们都说我对你太好了,你不配!"你猜他怎么说?你想都想不到,他说:"这才好呢,我就是不配,我要是配,就显不出你好了。"你见过这么有个性的人吗?他说我是个阴谋家,对他好,是想霸占他。说我是强权制度民间化的体现。还有,弱势群体对强势群体的道德化企图。
马　路　野兔的大部分时间用于追逐尽量多的母兔,但豺一生只恋爱一次,并且.与他的母豺厮守一生。
明　明　什么意思?
马　路　《动物学》课本上说的。
明　明　可是我听人说豺是吃死人的!(作张嘴长吠状,跑开了。)
马　路　那是人的偏见,豺……(回头发现明明已经走了)
　　　　〔马路拾起明明扔在地上的口香糖放进嘴里咀嚼起来。
马　路　柠檬味的明明。
　　　　〔马路的歌——《柠檬》:

　　　　我静静地躺在床上,
　　　　衣柜里面挂着我的白天,
　　　　我静静地躺在床上,

墙壁上面落着我的夜晚，
我静静地躺在床上，
床底下躲着我的童年，
我静静地躺在床上，
座位上留着你的温暖。

杯子里盛着水，盛着思念，
窗帘里卷着风，卷着心愿，
每一次脚步都踏在我的心坎上，
让我变成风中的树叶，
一片片在空气的颤动中瑟瑟发抖。

我要用所有的耐心热情，
我要用一生中所有光阴，
想着你，等着你，我的爱情。

第五场

〔恋爱训练。

恋爱教授 昨天我们讲了如何识别你爱的人和公众美女之间的差别。今天我们的课程是进行倾诉训练，这在恋爱中是至关重要的。一个人的表达能力从未像今天这样成为人的基本生活能力中最重要的一种。如果你爱一个人十分，而你只能表达出一分，还不如你爱一个人一分表达出十分。我们众所周知的作家和音乐家都是声音优美、感情真挚的表达者。为了帮助大家的训练，我已经列出了经典的书目和曲目。记住，倾诉的要诀有三。第一，必须选择好倾诉的情绪，如能在几种情绪间穿梭往复达到统一，那是比较高的境界了。第二，必须相信倾诉的真实性，从而使倾诉具有影响他人的能量。第三，必须选择适当的情境。不恰当的情境会使最好的倾诉变得愚蠢。（放音乐）莫扎特的音乐可以算是很好的倾诉诱导体。现在哪位同学愿意试一试？

同学A 我的爱情丢了，丢失在喧闹的街道边，丢失在岁月的沙漏里，在无穷无尽的货架上，来来往往的出租车里，忙忙碌碌寻求成功的工作中，以及一个又一个男人的面孔间。我已经丢失了我的爱情……

同学B 你，进尼姑庵去吧！

同学C 我不知道是什么不能让我开口，我没有为我那些不可捉摸的言行作过解释，你也从未追问过我。你的泰然处之让我自惭形秽，唯一的借口是我太年轻。

同学D 从我们有意识以来，我们就知道，在这一生当中，随时都有可能面临失去心爱的人的痛苦，无论是死亡或者是一段恋情的结束。而我所感兴趣的部分，正是人们用什么方式来抗拒这种失落……是什么值得我们活在世界上？什么答案可以让我们暂时忘记这个世界只不过是一团屎？

同学E 我可能没有别人对你那么好，但是我会比别人对你好得更长久。

马　路　没有父母，没有朋友，没有家，没有事业，没有人需要我。我的人生是零，是空落落的一片。你可以花钱买很多女人同你睡觉，同很多很多萍水相逢的女人上床，但你还是孤单一人，谁也不会紧紧地拥抱你，你的身体还是与他人无关。我觉得我就要这样一年老似一年……直到有一天我看见了你，我觉得你和我一样孤单，我忽然觉得我找到了要做的事——我可以使你幸福。她是一个值得你为她做点什么的人……

第六场

〔明明家。明明在哭，不停地抹眼泪擤鼻涕。马路不声不响地坐在旁边。明明不理他，投入地哭着。

明　明　我还要对他顺从到哪一天，我真不知道我还有什么事不能为他做！这个可恨的人！我要是不爱他了，该多好。我眼睛里带着爱情就像是脑门上带着奴隶的印记，他走到哪我就要跟到哪！你能想象吗？只要跟着他我就满足了。真是发疯，怎么样才可以不再爱他呢？嗯？（马路想开口，但明明并不理他）这样下去我会受不了的！可我要是不爱他了，活着还有什么意思呢？如果没有那么多的感动，那么多的痛苦，在狂喜和绝望的两极来来回回，活着还有什么意思呢？是不是？我从来没见过像他这样的男人，我下了多少次决心，可一看见他，完蛋了……（哭）

〔马路走也不是，劝也不是，站起身，明明抹抹眼泪，抬头看着马路。

明　明　你来干什么？
马　路　你好点了吗？
明　明　我有什么不好？又来送花？没有？香水？巧克力？什么也没有，那你来干什么？
马　路　……我走了……
明　明　自尊心受不了了？想走？可你又不愿意走，你正犹豫呢，这说明你还没把自己所处的位置想清楚。

〔马路转身欲走。

明　明　哈，这么容易就放弃了！
马　路　如果这样让你高兴，我没问题。
明　明　我有什么可高兴的，对别人坏并没什么乐趣。对不起，我现在变得越来越尖刻，脾气越来越坏，别生我气。
马　路　我不生气。我只想让你高兴起来！
明　明　高兴？也许明天会高兴，也许明天太阳不再升起我会高兴？也许地球只公转，不自转我会高兴？也许不会。
马　路　别折腾自己了！
明　明　我没有。（又要哭）我只是不能没有他！我现在每天向他暗示他是离不开我的，他是爱我的。像巫婆那样，我还偷偷剪了他一绺头发，把头发和他的照片一起烧成灰喝了，不知道灵不灵。
马　路　他有什么好？

明　明　他有什么好？我也想知道。

马　路　离开他。

明　明　不可能。

马　路　再试一试！

明　明　不可能。

马　路　不要再理他了。

明　明　我做不到。

马　路　不要再理他了,除非你是个自虐狂！

明　明　别冲我嚷嚷。

马　路　听我的话,不要再理他了！那对你不好。

明　明　我偏不,我偏不听你的话,我偏要理他。只要他还能让我爱他,只要他不离开我,只要我还能忍受,他爱怎么折磨我就怎么折磨我,他可以欺骗我,可以贬低我,可以侮辱我,可以把我吊在空中,可以让我俯首帖耳,可以让我四肢着地,只要他有本事让我爱他。你傻看我干吗？你的爱情在我面前软弱无力了吧？不值一提了吧？烟消云散了吧？你以为爱是什么？花前月下,甜甜蜜蜜,海誓山盟？没有勇气的人,去找个女人和你作伴吧,但是,不要说"爱"。嘘……

(原载《先锋戏剧档案》,作家出版社 2000 年版)